KNAUR

Von Markus Heitz sind bereits folgende Titel erschienen:

Ritus
Sanctum
Kinder des Judas
Blutportale
Judassohn
Judastöchter
Oneiros – Tödlicher Fluch
Totenblick
Exkarnation – Krieg der alten Seelen
Exkarnation – Seelensterben
AERA – Die Rückkehr der Götter
Wédōra – Staub und Blut
Des Teufels Gebetbuch
Die Klinge des Schicksals
DOORS (Staffel 1)

Über den Autor:

Markus Heitz, geboren 1971, studierte Germanistik und Geschichte. Kein anderer Autor wurde so oft wie er mit dem Deutschen Phantastik Preis ausgezeichnet, weshalb er zu Recht als Großmeister der deutschen Fantasy gilt. Mit der Bestsellerserie um »Die Zwerge« drückte er der klassischen Fantasy seinen Stempel auf und eroberte mit seinen Werwolf- und Vampirthrillern auch die Urban Fantasy. Markus Heitz lebt in Homburg.

MARKUS HEITZ

Wédōra

Schatten und Tod

Roman

KNAUR

Besuchen Sie uns im Internet:
www.knaur.de

Facebook: https://www.facebook.com/KnaurFantasy/
Instagram: @KnaurFantasy

FSC
www.fsc.org
MIX
Papier aus verantwortungsvollen Quellen
FSC® C083411

Vollständige Taschenbuchausgabe Dezember 2018
Knaur Taschenbuch

Ein Imprint der Verlagsgruppe
Droemer Knaur GmbH & Co. KG, München

Dieses Werk wurde vermittelt durch die AVA international GmbH
Autoren- und Verlagsagentur, München.
www.ava-international.de
Redaktion: Hanka Jobke
Alle Karten im Buch von Heiko Jung
Covergestaltung: Guter Punkt, München/Anke Koopmann
Coverabbildung: © Gabriel Björk Stiernström
Satz: Adobe InDesign im Verlag
Druck und Bindung: CPI books GmbH, Leck
ISBN 978-3-426-51781-9

2 4 5 3 1

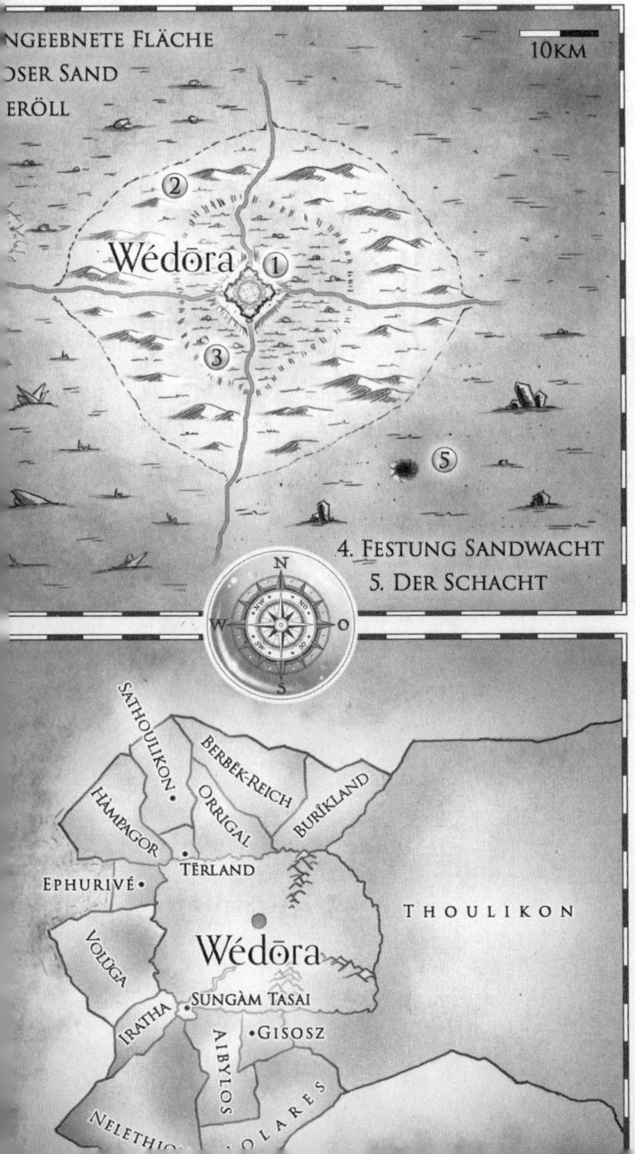

NGEEBNETE FLÄCHE
OSER SAND
ERÖLL
10KM
Wédōra
1
2
3
5
4. FESTUNG SANDWACHT
5. DER SCHACHT
N
W
O
S
SATHOULIKON
BERBĒK-REICH
HÀMPAGOR
ORRIGAL
BURĪKLAND
TĒRLAND
EPHURIVÉ
THOULIKON
VOLŪGA
Wédōra
SUNGÀM TASAI
IRATHA
GISOSZ
AIBYLOS

Wédōra
N
S
O
1
7
9
8
3
6
4
5
2
1. Vorstädte
2. Innerer Wall
3. Äußerer Wall
4. Prachtviertel
5. Krankenviertel
6. Vergnügungsviertel
7. Armenviertel
8. Reiche Bürger
9. Einfache Bürger

Wédōra
N
W
O
S
Die Umgebung der Stadt
Wédora

Dramatis Personae

In den Königreichen Telonia und Burgonn

Annla: Magistra aus Basirien
Arcurias Kelean der Vierte: König von Telonia
Boydin und Tescûl: Mèstre
Dûrus der Kaufmann: Witgo
Edocius: Mèstre, Bibliothekar
Fenia von Ibenberg: Witga des Königs von Telonia
Helcamus: Agitus
Martis: Jungbäuerin
Uphemis: Mèstre
Vimith, Etmond, Atha, Korelian, Listhan, Otrid, Voial, Gaïna: Söldnerinnen und Söldner der Sieben Krähen

In Wédōra

Abouc: Nanthenas Freund
Amanus, Calán, Dewart, Elswerth, Fhila, Harmon, Qadim und Zenarus: Soldatin und Soldaten in Sandwacht
Berizsa: Hohepriesterin des Driochor
Dârèmo: Herrscher über Wédōra
Daitya, Narako, Slink: Keijo
Dyar-Corron: Statthalter des Krankenviertels
Ebailsu: Handwerker
Ebneyon: Nakib-Dho
Fradarick Ghominàs: Schmuggler
Hamátis: Statthalterin der Vorstädte

Irian Ettras: Karawanenführer und ehemaliger Soldat
Iwezsa, Wechinu: Soldatinnen
Kardīr: Razhiv
Kehana: älteste Tochter von Thoulik dem Dreizehnten, Kèhán von Thoulikon
Kendec und Doligart: Gestrandete
Kytain Dôol: Izozath
Lestolei: Kaufmann aus Thoulikon
Liothan: Saldûn, Halunke mit Herz
Louthara: Anführerin der Samtklingen
Malchikor und Pajana: Nakib-Dho von Sandwacht
Nanthena Ghominàs: Künstlerin
Obciulus: Oberhaupt der Houca-Familie
Pitháklos: Sungàm Tasai
Ellja Tegiin: Nakib in Sandwacht
Sarāsh: Botin des Dârèmo
Shentara: Kehanas Tochter
Sotháno: ein T'Kashrâ
Tomeija: Priesterin des Driochor und ehemalige Scīrgerēfa
Uccran: Keel-Èru
Wasēm Ghominàs: Söldner
Wiu: Sklavin

Begriffe

In den Königreichen Telonia und Burgonn

Agitus: Leiter einer akademischen Einrichtung
Dimensios: andere Realitäten parallel zur eigenen
Hastus: Gott der Gerechtigkeit (Walfor)
Mèstre: Anrede für einen Gelehrten (Burgonn)
Maìluon: Nervus-Leitbahn im Körper
Scīrgerēfa: Ordnungshüterin
Witga/o: Hexe/r
Wǽrloga: Dämon, Ungeheuer

In Wédōra

Adlatus: Gehilfe
Ambiaktos/ia: Bedienstete/r des Dârèmo
Angitila: Riesenechsen
Bhlyat: Verzehrer (Titel)
Bidjan: mag. Formel der T'Kashrâ
Brosium: teeähnliches Getränk der Keel-Èru
Daoja Mahal: Todesfrau (Titel der T'Kashrâ)
Dârèmoi: Garde des Dârèmo
Draicani: Echsenbestien
F'Shasiik: Rufer (Artefakt der T'Kashrâ)
Ghefti: Rauschmittelmischer
Hakhua: Kannibale
Henket: Bier
Iatros/a: Medikus

Ingenius/a: Baumeister/in, Ingenieur/in
Ipoton, Raat, Ziin: drei Monde
Kèhán: Großkönig
Keijo: Wesen, die zum Aufspüren von Sandvolk-Spionen eingesetzt werden
Khubs: Fladenbrote
Kib: Unteroffizier der Garde/des Heeres (Titel)
Kutu: Schlampe
Mar'Dheon: Kriegerfürst der Keel-Èru
Menaïd: höchste Daseinsstufe der Thahdrarthi
Nakib: Hauptmann der Garde (Titel)
Nakib-Dho/a: General/in des Heeres (Titel)
Kibibi: Prinzessin
Klingilōn: Spielautomat
Pajarota: Gleiter, wörtlich übersetzt »Kunstvogel«
Planáoma: Welt, Planet
Razhiv/a: Zauberer/in
Saldûn: mächtiger Zauberer
Shikar: Währungseinheit
Shudiya: Richter/in (Titel)
Shudiya-Lha/Lho: Höchste/r Richter/in (Titel)
Si'Khonûngra: Königintochter (Titel der Keel-Èru)
Skornida: Skorpionartige
Takeza: Ballspiel
Thahdrarthi: Stamm der T'Kashrâ do Sarqia
T'Kashrâ do Sarqia: Volk des Sandmeeres; insgesamt gibt es fünf
Vinciad: Gefährt der Izozath
Yhadòk: ein Monster, das sich von Aas und Menschen ernährt

Zeiteinheiten in Wédōra

ein Sandglas: eine Stunde
eine Sonne: ein Tag
ein Mondsiebtel: eine Nacht
voller Mond: eine Woche
ein Mâne: ein Monat
ein Siderim: ein Jahr

Was bisher in Wédōra geschah …

Tomeija und Liothan sind Freunde von Kindesbeinen an. Als sie erwachsen wurden, verschwand Tomeija für längere Zeit aus dem Königreich Telonia, während Liothan den Weg eines Holzfällers und Halunken in der Baronie Walfor einschlug. Nach ihrer Rückkehr übernahm Tomeija die Aufgaben der Gesetzeshüterin, was dazu führte, dass sie Liothan eines Nachts beim Einbruch ins Haus des alten, verhassten Kaufmanns Dûrus stellte. Dûrus erwies sich überraschend als Witgo (Hexer), der die beiden Freunde mit einem misslungenen Zauber aus Walfor in eine andere Welt katapultierte.

In der fremden Wüstenwelt erreichten Tomeija und Liothan die schwer befestigte Handelsstadt Wédōra, wo sie prompt mit dem Gesetz in Konflikt gerieten und getrennt wurden. Tomeija verdingte sich als Leibwache eines Hurenwirts, Liothan wurde verurteilt und als Sklave an eine reiche Adelige verkauft.

Tomeija lernte schnell, sich zurechtzufinden, und kam einer Bande Drogenhändler auf die Spur. Mit ihren Ermittlerspürsinnen fand sie die Schuldigen und die Drahtzieher: T'Kashrâ, Angehörige der Wüstenvölker, die Wédōra mit der Verbreitung des tödlichen Iphiums in die Knie zwingen wollten.

Bei ihren Ermittlungen lernte sie den Kannibalen Irian Ettras kennen, der ihr das Leben rettete. Irian entdeckte, dass ein getarntes Heer nahe der Wüstenstadt darauf lauerte, dass sich die Tore von innen öffneten. Aber wer sollte das tun?

Liothans Herrin starb überraschend, und er verkleidete sich als Adelige, um die Gegend auszukundschaften und nach Tomeija zu suchen. Als die Nichte der Toten erschien, flog Liothans Scharade auf. Nach einigem Hin und Her weihte die

Nichte ihn in ihre eigenen Pläne ein: Sie und ihre Verbündeten wollten die Stadt vom geheimnisvollen Despoten, dem Dârèmo, befreien. Liothan, der Schurke mit Herz, stellte sich auf die Seite der Rebellen und half ihnen bei den Vorbereitungen. Er lernte den Razhiv (Zauberkundigen) Kardīr kennen, der in Liothan magische Kräfte erkannte. Zwischendurch suchte er immer wieder nach Tomeija, doch die Freunde verpassten sich stets um Haaresbreite.

Bald erkannte Liothan, dass er getäuscht wurde. Der Despot sollte nicht gestürzt, sondern die Stadt von dem angrenzenden Reich Thoulikon eingenommen werden! Eine Streitmacht lag bereits in der Nähe, Tausende Soldaten wurden heimlich in die Stadt geschmuggelt. Die Verräter wollten die Tore für den König von Thoulikon öffnen.

Liothan schlug Alarm, wobei er und Tomeija wieder zusammenfanden. Gemeinsam mit den Verteidigern warfen sie sich gegen die Angreifer und verhinderten die Übernahme durch Thoulikon.

Als Dank erhielten sie vom Herrscher große Reichtümer und das Haus von Liothans einstiger Herrin geschenkt.

Durch einen Trick von Kardīr glaubt Liothan fest daran, dass er hernach einige Jahrzehnte in seine alte Heimat zurückgekehrt sei – was jedoch nichts als ein Trugbild war. Tomeija kennt die Wahrheit, verschweigt sie aber, um ihren Freund in dem versöhnlichen Glauben zu lassen.

Beide sehen dem Leben in Wédōra freudig entgegen. Liothan übt sich in den Fertigkeiten eines Magiers, und Tomeija könnte eines Tages zur Hohepriesterin des Totengottes Driochor werden.

Das spurlose Verschwinden von Tomeija und Liothan hatte Folgen für ihre einstige Heimat Walfor. Dûrus musste Lügen erfinden und Morde begehen, um falsche Fährten zu legen, bis er seine Tarnung nicht länger aufrechterhalten konnte und er als Witgo erkannt wurde.

Dûrus schwor Rache und beschloss, mit seinen Kräften die Baronie und das Königreich zu erobern.

Die königliche Witga, Fenia von Ibenberg, reiste an, um Dûrus das Handwerk zu legen. Da er nichts mehr zu verlieren hatte, nahm er keinerlei Rücksicht auf die Leben derer, die ihn aufhalten wollten. Etliche Menschen verloren ihr Leben.

In einem finalen Duell zwischen den beiden Magiern schien Dûrus die Oberhand zu gewinnen, doch Fenia von Ibenberg gelang mit ihrem letzten Atemzug ein Zauberspruch, der den Hexer aus Wédōra aufhielt.

So scheint es zumindest …

Kapitel I

Königreich Telonia, Baronie Walfor

Bleibt dicht zusammen.« Vimith kniete auf dem Boden, presste eine Hand in den nassen Dreck. Am Nachmittag waren kräftige, kurze Schauer niedergegangen, die dem Waldboden Feuchtigkeit spendeten und ihn kühlten. Vimith spürte die Magie, die in der Erde pulsierte und lebte, ohne dass er sie einzuordnen vermochte. »Das wird kein Spaziergang.«

Um ihn herum standen die Sieben Krähen, dreißig Klingen stark, ihres Zeichens die beste Söldnertruppe von allen käuflichen Kriegern im Königreich Burgonn. Jeder und jede von ihnen trug eine andere Rüstung, auf der das Abzeichen der Einheit prangte. Sie waren von einem Mittelsmann angeheuert worden, um die verlorene Baronie Walfor im Nachbarreich Telonia zu erkunden und ihre Beobachtungen auf Karten einzuzeichnen. Ihre Pferde hielten sie an den Zügeln; sie waren an der Grenze zu Walfor abgestiegen.

»Was meinst du damit?« Etmond, der glatzköpfige Anführer ihrer Einheit, kreuzte die Arme vor der breiten Brust, ohne die Leine loszulassen. Sein Rapphengst schnaubte. »Kein Spaziergang im Vergleich zu welchem unserer Einsätze?«

»Eines jeden.« Vimith, ein ungewöhnlich filigraner Mann im Kreis der Söldner, verstand sich auf Magie, was im Gefecht ebenso von Vorteil war wie bei der anschließenden Heilung. Außer ihm verfügte von den Sieben Krähen noch Atha über ein magisches Grundwissen, das sich dafür eignete, aus Zauber gewobene Fallen aufzuspüren. Doch gegen Dämonen und andere mächtige Gegner wäre die junge Frau hilflos.

»Ist das nicht ein wenig dramatisch?«, erkundigte sich Listhan unbehaglich, der seine geringe Körpergröße durch Geschwindigkeit im Kampf wettmachte. »Hier lebt doch nichts und niemand mehr.«

»Nichts und niemand, den *du* sehen kannst«, verbesserte Vimith und erhob sich, rieb die schmutzige Hand am Fell seines Apfelschimmels ab, bis die Flammentätowierungen auf der Innenseite zum Vorschein kamen. »Ich habe die Magie gespürt, die verborgen unter unseren Füßen auf diesem Land tobt. Aber es ist keine Magie, wie ich sie kenne.«

»Sondern?«, verlangte Etmond zu wissen.

»Ich kann es dir nicht sagen.« Vimith suchte nach passenden Worten. »Als kämpfte der Zauber eines Witgos gegen einen anderen, ohne dass sie an Kraft verlieren oder sich gegenseitig aufheben. Das genaue Gegenteil geschieht: Sie wirken aufeinander ein und verändern sich.«

»Wie kann das sein?« Die dunkelhaarige Atha legte ihre Linke an das Bronzeamulett von Timera, der Göttin der Magie, das an einem Lederband eng um ihren Hals hing. »Ich dachte, Hexerei sei in Telonia verboten?«

»Das ist sie auch.« Etmond bedeutete seiner Truppe, in die Sättel zu steigen, und schwang sich auf den Rücken seines Hengstes. Er richtete seinen Mantel und das Schwert, packte die Zügel und ließ den Rappen antraben. »Deshalb hat man uns angeheuert. Sie haben keine Witgos und Witgas mehr, die das übernehmen könnten, was wir tun sollen.«

»Das wird für uns nicht weniger zum Problem. Es ist eine unbekannte Art der Magie.« Vimith stemmte sich auf sein Pferd, seine dunkelblonden Locken federten. »Ein mächtiger Fluch kam zum Einsatz, und ich vermute, er wurde von der Witga des Königs gesprochen. Aber er wird ununterbrochen von diesem zweiten Zauber attackiert, aufgehalten, umwoben.«

»Woher bezieht dieser Zauber seine Energie?« Atha zeigte sich äußerst wissbegierig. Vimith bedauerte, dass sie niemals so gut sein würde wie er, weshalb er sie auch nicht weiter unterrichtete. Er wollte seine Zeit nicht verschwenden. Er hatte ihr einen Mèstre empfohlen, der sich auf das Erspüren und Errichten magischer Fallen verstand, aber sie war nach dem ersten Besuch bei ihm nicht sonderlich begeistert gewesen. Sie wollte eine Kämpferin, keine Entschärferin sein. »Müsste die Energie nicht längst aufgebraucht sein?«

»Es ist mir unerklärlich.« Vimith sah besorgt zu Etmond. »Deswegen sagte ich: Es wird kein Spaziergang. Ringsherum lauert Gefahr. In allem, was uns umgibt.«

Der Anführer schaute durch die buntbelaubten Bäume hinauf zum aufklarenden Himmel. »Wir haben dich, Zauberkrähe. Du wirst uns vor Witgo-Flüchen bewahren. Unsere Schwerter und Pfeile erledigen den Rest, wie sie es zuvor auf den Schlachtfeldern taten.«

Die Männer und Frauen riefen ihre Zustimmung.

Vimith schwieg.

Auch Atha fiel nicht in den Schlachtruf der Truppe ein und rückte zu ihm auf.

»Mit welchen Angriffen rechnest du?«, raunte sie ihm zu. Sie rieb ihr Amulett, als würde sie auf das Erscheinen eines guten Geistes hoffen.

»Es ist vieles möglich«, sagte er ausweichend und zurrte den Helm über seinen Locken fester. »Es kann ein Dämon sein. Oder verhexte Natur. Oder magisch veränderte Tiere. Sei auf alles gefasst! Wir befanden uns bisher in keiner vergleichbaren Lage.«

Atha deutete ein Nicken an.

Die Sieben Krähen ritten schweigsam durch den lichten Wald, immer zwei nebeneinander und leicht versetzt, damit ein Geschoss aus dem Hinterhalt nie mehr als einen töten konnte. Es roch nach Moos und Pilzen, der Duft des Herbstes.

Etmond hatte bei Tagesanbruch vier Späher vorausgesandt. Neben ihm ritt der Kartograph, den ihnen ihr Mittelsmann mitgesandt hatte. Er glich ihre Position mit dem Stand der Sonne ab, berechnete die Geschwindigkeit der Truppe und machte gelegentlich Markierungen auf den Karten.

Vimith hatte von verschiedenen Expeditionen erfahren, die

auf Geheiß des Königs von Telonia in die verlorene Baronie Walfor vorgedrungen waren und von denen man nie wieder etwas gehört hatte. Das verfluchte Land behielt, was einen Fuß daraufsetzte. Der Lohn für die Sieben Krähen fiel sehr hoch aus, um einen Anreiz zu schaffen.

Vimith blickte zum kahlen Etmond, der sich mit dem Kartenzeichner unterhielt. Der riesige Mann kannte keine Furcht, weder vor Hexerei noch einem irdischen Gegner. Das machte ihn umso anfälliger für Gefahren. Eine verlorene Schlacht zur rechten Zeit hätte ihn womöglich umsichtiger werden lassen, aber die Söldner eilten unter seiner Führung seit Jahren von Erfolg zu Erfolg, in wessen Diensten sie auch standen.

Vimith hegte die Befürchtung, dass sie sich in Walfor etwas würden stellen müssen, dem Etmond nicht gewachsen war. *Und ich auch nicht.*

Er neigte sich zur Seite und kramte zwei Almanache über Zauber aus fremden Ländern aus den Satteltaschen. Es musste möglich sein, die zweite Komponente in diesem magischen Konglomerat zuzuordnen. Da sie existierte, musste sie bestimmbar sein.

»Was glaubst du, wer unser Auftraggeber ist?« Atha kehrte nicht in die Formation zurück. Sie band ihre dunklen Haare zu einem Zopf, der Helm saß auf dem Sattelknauf. Ihre mit Kettenringen und Eisenplatten verstärkte Lederrüstung klirrte leise. »Jemand, der sich die aufgegebene Baronie unter den Nagel reißen will, oder jemand, der die magische Kraft des Landes für seine eigenen Zwecke nutzen möchte?«

Solche Beweggründe interessierten Vimith nicht. Er blätterte die Seiten vor und zurück, um einen Hinweis auf die ihm unbekannte Magieform zu entdecken. »Wir bekommen unseren Lohn. Das genügt mir zu wissen.«

»Mir nicht.«

»Du bist eine Söldnerin. Benimm dich entsprechend.«

»Muss man das Denken denn dafür aufgeben?«

»Manches Mal ist das von Vorteil.« Vimith schlug das Buch

zu und wuchtete das zweite darüber. Lesen während des Reitens war anstrengend, unentwegt verrutschte er in den Zeilen.

Er wischte sich mit dem Handrücken über die Stirn und fühlte Schweiß. Es war merklich wärmer geworden, obwohl sich der Herbst dem Ende neigte und die Nächte bereits Rauhreif brachten.

»Das ist seltsam«, sagte Vimith leise und richtete den Blick auf das braunrote Blätterdach über ihnen. Die Sonne schien, aber sandte kaum spürbare Wärme. Sie war nicht der Grund für den Temperaturanstieg.

»Vimith!«, rief Etmond aufgeregt von vorne. »Zu mir! Auf der Stelle!«

Vimith klappte den Almanach zu und hielt die Bücher fest, ließ seinen Apfelschimmel antraben und setzte sich an die Spitze der Söldnertruppe.

Der Anblick dessen, was sich vor ihm ausbreitete, war die Antwort auf seine stumme Frage, was sein Anführer von ihm wollte.

Der Waldweg führte aus dem Hain hinaus auf eine Brache, die einmal ein Feld gewesen war, wie Vimith an den Rändern erkannte, an denen sich letzte tapfere, dörrende Getreidehalme hielten. *Hafer, vermutlich.* Der Rest der Wiesen und Äcker hatte sich in eine hellbraune Sandlandschaft verwandelt, die eine starke Wärme abstrahlte. An manchen Stellen schwangen sich die Dünen mehr als hundert Schritte hoch, in einiger Entfernung lagerte schwarzsilberner Sand, dessen Oberfläche unheimlich wie die eines Sees schwappte und wogte. Nichts gedieh darauf, kein Baum, kein Strauch.

Der Kartograph betrachtete die Sandebene, berechnete ihre Position und suchte die Stelle auf der Karte. »Das ist nicht möglich! Im Umkreis müssten Felder, zwei Dörfer und eine Garnison sein.« Er wies Vimith und Etmond die Stellen. »Da und da.«

»Nichts.« Der Anführer der Sieben Krähen nahm sein Fernrohr und ließ den Blick über die Ödnis schweifen. »Diese Brache reicht mehr als vier Meilen in alle Richtungen.«

»Wo sind die Späher?«, warf Atha ein. »Hätten sie uns nicht in Kenntnis setzen müssen?«

Etmond setzte die Sehhilfe ab. »Weder Huf- noch Stiefelspuren.«

»Dann waren sie gar nicht hier?« Die junge Söldnerin klang verwundert.

»Das hat er nicht gesagt.« Vimith rutschte aus dem Sattel und trat an die Grenze zwischen Wald und Wüste. Erneut ging er in die Hocke und legte seine blanke Hand auf den Boden, erst auf den laubbedeckten Untergrund, dann behutsam auf die Körner.

Die unbekannte Kraft versuchte augenblicklich, Kontrolle über ihn zu erlangen und seinen Verstand zu vereinnahmen. Sofort riss Vimith die Finger vom Sand. Der knappe Kontakt reichte aus, um sowohl die Macht als auch die Gefährlichkeit zu erkennen.

»In diesem Bereich liegt der Ursprung der anderen unbekannten Magie. Sie ist stärker als der Fluch der Witga, der sie eindämmen sollte«, erklärte er nach einem erschrockenen Keuchen. »Niemand betritt die Wüste!« Er richtete sich auf und sah alarmiert zu Etmond. »Sollten die Späher hineingeritten sein, sind sie verloren.«

»Schöner Dreck! Das war so nicht abgemacht«, erklang eine Stimme aus der Reihe der Söldner. »Was ist das für Sand?«

Etmond wandte sich im Sattel um. »Voial, wie lange bist du bei den Krähen?«

»Fünf Jahre.«

»Habe ich dich jemals in eine Gefahr geführt, die wir vorher nicht berechnen konnten?«

»Nein, Hauptmann.«

»Dann halt die Fresse! Sonst schicke ich dich vor, damit du nach den Spähern suchst.« Etmond setzte das Fernrohr erneut vor sein rechtes Auge. »Wir umreiten den Sand und halten nach unseren Leuten Ausschau.« Er schwenkte es hin und her. »Auf der anderen Seite!«, rief er unvermittelt. »Das ist Otrid!«

Vimith kniff die Lider zusammen, aber für ihn war der Späher nur ein winziger, sich bewegender Punkt. »Ist er schlau genug, um mit dem Spiegel Lichtzeichen zu geben?«

»Das kann er gerade nicht«, gab Etmond zurück und riss seinen Rappen am Zügel zur Seite. »Er rennt um sein Leben, wie es den Anschein hat.« Der Anführer galoppierte los, am Rand der magisch erschaffenen Wüste entlang. »Krähen, mir nach! Und haltet Abstand zu dem verfluchten Sand!«

Vimith stieg in den Sattel und scherte in die Reihe ein, der Kartograph wurde nach hinten auf den Platz vor die Nachhut verwiesen. Ihm durfte nichts geschehen.

Die Einheit donnerte am Waldrand entlang. Wegen tiefhängender Äste mussten sie sich ständig bücken, keine Söldnerin und kein Söldner wich in das vermeintlich freie Gebiet daneben aus.

Vimith blickte nach links und suchte nach Otrid, aber sie befanden sich zu weit von dem Punkt entfernt, an dem der Späher gesehen worden war.

Etmond schaute erneut durch sein Fernrohr, aber der Mann schien zwischen den Bäumen verschwunden zu sein. »Er ist durch das Dickicht gesprungen.«

»Du hast noch nicht gesagt, was ihm folgte«, merkte Atha an.

»Das konnte ich nicht erkennen«, gab Etmond zurück. »Aber seinen Gesichtsausdruck werde ich in meinem Leben nicht vergessen.«

Unvermittelt krachte und splitterte Holz neben ihnen, und zwei große Hastuseichen rauschten nacheinander nieder. Sie fielen zwischen die Söldnerinnen und Söldner, teilten die Einheit in drei unterschiedlich große Gruppen auf.

Durch die aufragenden Äste sah Vimith kaum mehr etwas vom Rest der Truppe und bemühte sich, sein Pferd zu beruhigen und zum Stehen zu bringen.

Dann versuchte er, durch das gelichtete Unterholz zu erkennen, weswegen die dicken Eichen gefallen waren, doch es gab nichts und niemanden zu entdecken. Eine Attacke blieb aus.

»Umreitet die Stelle und nutzt dabei den Wald«, befahl Etmond mit lauter Stimme über das Durcheinander aus Wiehern und Fluchen. »Keiner betritt den –«

Ein hoher Schrei gellte über sie hinweg. Ein Schwall Rot spritzte hoch in die Luft, und das entsetzte Rufen mehrerer Söldner mischte sich mit dem Schleifen von rasch gezogenen Schwertern. Prasselnd landete der rote Schauer im Laub der Eichen und auf den Umstehenden.

Auch Vimith bekam etwas ab und roch: *Blut!*

Er richtete sich im Sattel auf und erkannte den Grund für den grausigen Regen. Korelian hatte sein Tier nicht davon abbringen können, vor Schreck in die Wüste abzudrehen. Der Kopf des im Sand versinkenden Schimmels ruckte hin und her, als versuchte das Pferd, sich aus dem tückischen Untergrund zu befreien. Korelian musste bereits versunken sein, die Stelle hatte sich glitzernd-feucht-rot verfärbt. Blutfontänen quollen jäh hervor, und ruckartig wurde der Schimmel unter die Oberfläche gezogen.

»Seht ihr, was passiert?«, rief Etmond und lenkte seinen Rappen weg von den Wüstenausläufern ins leichte Unterholz. »Reitet durch den Wald, Krähen, und sammelt euch hernach bei mir! Folgt meinem Zeichen!«

Die Truppen setzten sich in Bewegung, vorbei an den ausladenden Stämmen der Eichen und ins Dickicht. Ihre Stimmen wurden leiser, das Trappeln der Hufe sowie das Klirren des Reitgeschirrs entfernte sich – und verklang.

Etmond sah zu Vimith. »Nutze den Hexspruch, mit dem wir uns sonst in der Nacht finden. Gib ihnen was, an dem sie sich orientieren können.«

Vimith sprach die Silben einer Formel, die in absoluter Finsternis dafür sorgte, dass sich die Einheit als schimmernde Umrisse erkannte, um Freund von Feind zu unterscheiden. Damit war es leicht, Hinterhalte in mondlosen Nächten ohne Fackel und Lampe zu legen. Mit einer auslösenden Handbewegung vollendete er den Zauber.

Dann war es totenstill.

Außer Etmond, Vimith und Atha waren Listhan, Voial und Gaïna in der Gruppe verblieben. Ein jeder von ihnen saß stocksteif im Sattel und spähte in den Wald.

Kein Windhauch ließ das rotgefärbte Laub rascheln, nur das gelegentliche Schnauben der Pferde durchbrach die Abwesenheit der Töne.

Vimith betrachtete den gesplitterten Stamm einer Hastuseiche. Es hatte den Anschein, als habe feiner Sand das Holz im Inneren ersetzt. Die verbliebene dünne Ummantelung, Borke und Rinde, war unter dem Gewicht der Baumkrone gebrochen.

Die Wüste kriecht im Boden voran, dachte er beunruhigt. *Sie breitet sich im Wurzelwerk aus, wird aufgesogen und durchsetzt die Pflanzen. Die eindämmende Wirkung des Witga-Zaubers verliert seine Macht.*

»Wohin sind sie?«, flüsterte Atha, die sich einhändig den Helm aufsetzte und ihn mit dem Riemen festschnallte. »Es ist, als wären sie vom Rand einer Klippe gestürzt oder Hunderte Meilen von uns weggeritten.«

Gemeinsam hielten sie Ausschau nach den flirrenden Schemen im Dickicht.

»Sie … sie sind weg?«, kam es verwundert über Athas Lippen. »Oder sieht sie jemand von euch?«

Keiner gab ihr Antwort.

Dann rief Gaïna abrupt: »Zur Rechten! Vier, nein, fünf schimmernde Silhouetten!«

»Das können sie unmöglich sein«, gab Listhan zurück. »Die sind zu groß und –«

»Hier drüben«, machte Voial aufmerksam. »Ich zähle … elf! Elf weitere Schemen. Aber auch die sind … Halbriesen oder andere Bestien!«

»Was immer sie sind: Sie kesseln uns ein.« Etmond zog sein Schwert. »Weg hier! Brechen wir durch!« Er stieß dem Rappen die Sporen in die Seite, und der Hengst preschte los. Erde und Laub wirbelten unter den Hufen in die Höhe.

Der kleine Rest der Sieben Krähen jagte ihrem Hauptmann

hinterher, ohne noch einmal nach dem Schicksal der Verschwundenen zu fragen. Es ging ums nackte Überleben.

Ich fürchtete, Etmond will kämpfen. Vimith sah beim wilden Ritt durch das Unterholz zu den flimmernden Umrissen, die etwa vier Schritte hoch und ganz und gar nicht menschlich waren. Die vorbeifliegenden Stämme verhinderten einen unmittelbaren Blick auf die Kreaturen, von denen ihnen eine unweigerlich den Weg abschneiden würde.

»Achtung, bereithalten!«, gab Etmond Anweisung. »Wenn es sich vermeiden lässt, umreitet ihn. Sollte einer von uns gepackt werden, greifen wir –«

Der hünenhafte Gegner brach aus dem Schutz der Bäume und baute sich auf dem schmalen Pfad zwischen Wüste und Dickicht auf.

Das Grauen packte gleichermaßen Vimiths Verstand und Herz. Weder hatte sich der Erkennungszauber getäuscht, noch umgaben sich die Angreifer mit Hexerei: Das Monstrum *bestand* aus den Torsi und Gliedmaßen der Sieben Krähen, als hätte ein verrückter Gott die Söldner in grobe Einzelteile zerrissen, sie zusammengesteckt und verknetet, um im Anschluss der neuen Kreatur Leben einzuhauchen.

Zwei Dutzend Arme schwangen Schwerter und Schilde, sechs ineinander montierte Beine trugen den kolosshaften Leib, und überall rann das Blut in Strömen über blanke Haut, Lederfetzen und Rüstungsstücke.

* * *

Wédōra, Prachtviertel

Tomeija korrigierte den Sitz ihrer Schutzmaske und lehnte sich gegen den brausenden Wind, der durch die breiten Straßen des Viertels tobte. Gegen die schmirgelnden Sandkörner hatte sie einen leichten hellen Mantel um ihren schlanken Leib geschlungen, ihre Hände steckten in dünnen weißen Lederhandschuhen. Doch die unsteten Böen fanden immer Wege, die winzigen Körnchen unter den Stoff und die Maske zu blasen.

Der Kara Buran, der Schwarze Sturm, hatte sich über Sonnen hinweg weder gesteigert, noch war er abgeschwächt. Er hielt die Bewohner der riesigen Stadt in seinem Bann und gewährte ihnen nur gelegentlichen Ausgang, und das unter erschwerten Bedingungen.

Die Maske, die Tomeija trug, bestand aus geschliffenem Hartglas, in das wabenartig Draht eingelassen war. Sie wurde nach Art einer Fechthaube getragen und erlaubte Tomeija, ihre Umgebung wahrzunehmen. Ihr Gesicht lag geschützt hinter dem durchsichtigen Material, der Sand prasselte dagegen und vermochte ihm nichts anzuhaben.

Verfluchter Wind. Er könnte endlich nachlassen. Tomeija befand sich auf dem Rückweg vom Driochor-Tempel in der Nordvorstadt, wo sie ihr tägliches Gebet verrichtet und sich mit Berizsa besprochen hatte. Die Doravo bereitete Tomeija darauf vor, die Aufgabe der Hohepriesterin zu übernehmen.

In ihrer alten Heimat war Tomeija niemals besonders gläubig gewesen und hatte den Göttern lediglich die verlangten Opfergeschenke dargebracht. Aber in Wédōra hatte sich ihre Einstellung geändert. Gelegentlich überkamen sie Visionen von Driochor, der ihr mächtige Kräfte prophezeite, und so zweifelte sie nicht mehr daran, dass sie berufen war, als Nächste das Amt der Hohepriesterin zu bekleiden. Und lange würde Berizsa nicht mehr leben, wie sie bisweilen unaufdringlich anmerkte. Ihre metallbeherrschende Gabe, die viele Menschen aus Doravo traf, forderte ihren Tribut. Daher nutzte Berizsa jede Möglichkeit, um Tomeija zu unterrichten.

Weit ist es nicht mehr bis nach Hause. Sie zog den Waffengurt um ihre Hüfte enger, damit er den Mantel dichter verschloss. Ihre langen graugefärbten Haare wehten wie eine Standarte hinter ihr aus der Maske.

Tomeija hatte die Zeit im kleinen Tempel genossen, zwischen den Wänden aus schwarzem Marmor, darauf die kunstvollen Zeichnungen ihres Gottes, der aus einem Skelettleib bestand, mit Klauen und spitzen Zähnen und der überlangen Knochenschleppe. Das Licht im Innern wirkte durch die kleinen, bemalten Fenster und die hauchdünnen Silbereinlagen stets mystisch.

Viele Anhänger hatte der Gott Driochor nicht, vor allem deshalb, weil der Herrscher der Stadt die Ausübungen eines jeglichen Kultes erschwerte. Doch die Mutigen, die sich in den winzigen Tempel wagten, sollten belohnt werden und jemanden dort vorfinden.

Diese Maske ist jede Münze wert. Tomeija hatte das Artefakt bei einem Edelsteinschleifer im Goldenen Viereck entdeckt und erstanden. Es war nur für reiche Menschen erschwinglich gewesen, aber sie besaß Münzen im Überfluss. Ihr Lohn für die Heldentat, Wédōra vor der Einnahme durch die Umstürzler aus Thoulikon bewahrt zu haben, war üppig ausgefallen. Als Dreingabe hatte es vom Herrscher ein sechsstöckiges Haus im Prachtviertel gegeben, das sie zusammen mit Liothan bewohnte, ihrem Freund aus Kindertagen. Sie weilten erst seit kurzer Zeit in der Stadt, und in diesem Palast ließ es sich durchaus gut leben.

Trotz des surrenden Windes hörte Tomeija ein Krachen zu ihrer Linken.

Was war das?

Sie wandte den Kopf.

In einer Seitenstraße schwang eine Dienstbotentür in den Böen vor und zurück. Sie musste von der Naturgewalt aufgedrückt worden sein, und die Bewohner des herrschaftlichen Anwesens hatten es noch nicht mitbekommen. Das bedeutete, dass sich der Sand im Innenraum bald kniehoch auftürmen würde. Ein boshafter Gruß des Kara Buran an die Unachtsamen.

Tomeija schwenkte in das Gässchen, um die Besitzer zu warnen.

Wie ich es mir dachte. Die dunklen und hellen Körnchen bewegten sich in Schlangenlinien flink vorwärts und zwängten sich hurtig durch den Eingang, als wüsste der Schwarze Sturm um jede Schwachstelle und würde seine Armee lenken. Wédōra hielt ihm seit zweihundertfünfzig Siderim stand, mal mit großen, mal mit geringen Schäden an den Gebäuden.

Tomeija verweilte auf der Schwelle und blickte ins Halbdunkel, nahm die Maske ab, um sich besser verständlich zu machen. Laut pfiff und säuselte der Wind durch den Spalt. »Jemand zu Hause?«, rief sie. »Hier steht die Tür offen.«

Knöchelhohe schwarzgraue Dünen hatten sich bereits auf dem bunt gemusterten Fliesenboden des Raumes gebildet, bei dem es sich um die Bediensteten- und Sklavenküche handelte. Die Einrichtung und Auswahl an Kochutensilien verdeutlichte den Reichtum der Besitzer.

An einigen Stellen blieb der Sand auf den Kacheln haften. Als sich ihre Augen an das Zwielicht gewöhnt hatten, erkannte Tomeija dort große, dunkle Flecken: Lachen und Spritzer einer rötlichen Flüssigkeit.

Die umherliegenden Menschen auf der Treppe, dem Tisch und neben der Feuerstelle ließen sie darauf verzichten, erneut nach den Bewohnern zu rufen. Ein grausames Verbrechen war geschehen, und der oder die Täter mochten noch im Haus sein.

Angesichts des Überfalls verfiel Tomeija in die Besonnenheit, welche sie zur besten Ordnungshüterin in ihrer Heimat gemacht hatte. *Ruhig. Ruhig und achtsam sein.*

Sie machte einen Schritt hinein und stellte sich an die Wand neben die Tür, ohne sie zu schließen, damit weiterhin Licht hineinfiel. Die hellen und dunklen Körnchen ließen sich auf den Leichen nieder und verwandelten sie in Sandskulpturen, verbargen Kleidung, Haut und Verletzungen.

Lebt noch jemand? Langsam zog Tomeija ihr Schwert, um auf einen Angriff vorbereitet zu sein. *Ich muss nachschauen, ob ich helfen kann.*

Plötzlich flog aus dem dunkleren Teil der Küche etwas auf sie zu.

Sie duckte sich unter dem Geschoss weg und schlug gleichzeitig danach.

Die Klinge zerteilte etwas, Tröpfchen trafen sie an Schulter und Brust. Neben Tomeija landeten zwei Teile eines ausgerissenen Unterarms.

In diesem Moment traten zwei Gardisten durch die Dienstbotentür; der offene Eingang hatte wohl ihr Misstrauen geweckt. Sie sahen Tomeija, einer riss daraufhin das Schwert aus der Hülle, der andere griff nach seiner Alarmpfeife, und einen Atemzug darauf tönte das zweitönige Schrillen durch den Raum, die Gassen und den Sturm.

»Runter mit der Waffe!«, befahl die vordere Wache, vom Rang her ein Nakib, und richtete die stählerne Schwertspitze auf Tomeija.

Sie wehrte sich nicht. »Sicher, Nakib.« Sie senkte das Schwert, ohne es zu verstauen, und stemmte die Maske mit der anderen Hand lässig in die Seite. *Ich muss ruhig bleiben.* »Ich weiß, wonach es aussieht. Aber der wahre Täter ist dort hinten. Neben dem Feuer.«

Zwei weitere Gardisten rannten herbei und betraten den Raum, in dem die zweite Wache eine Lampe entzündete und umherleuchtete.

»Da ist wirklich jemand«, meldete der Mann und hielt die Blendleuchte so, dass der Strahl auf ein Mädchen im Alter von etwa zehn Siderim fiel. »*Das* soll die Mörderin sein?«

Die Wachen fachten weitere Lampen an, die an der Decke und den Wänden hingen, und verschafften sich einen Überblick. Sie betrachteten die Leichen und deren schwere Wunden, in denen sich unentwegt Sand niederließ und sich mit Blut vollsog. Als ehemalige Scīrgerēfa wusste Tomeija, dass nur ein überaus kräftiger Erwachsener solche Hiebe austeilen konnte.

Das Mädchen saß neben dem Feuer, von oben bis unten mit Ruß beschmiert, und starrte zu ihnen hinüber. »Sie war es!«, rief es mit Angst in der hellen Stimme und deutete auf Tomeija. »Sie hat meine Familie getötet!«

Tomeija nahm die Kleinigkeiten in dem großen Zimmer wahr, prägte sich die Lage der Toten ein und merkte sich so viel, wie es ihr möglich war. *Schock oder abgekartete Sache?* »Ich will eine Untersuchung«, sprach sie ruhig.

»Die zu *was* führen soll?«, setzte der Nakib nach. »Wenn du mich fragst, ist offensichtlich, was geschah.«

»Ich bin gespannt«, gab Tomeija besonnen zurück. »Erkläre mir meine angebliche Tat.«

»Du wolltest den Sturm als Deckung für dein schändliches Tun nutzen und hast dir Zugang verschafft.« Er zeigte auf die Leichen. »Sie waren im Weg und wurden von dir getötet. Danach sollte dein Raubzug im Haus beginnen.«

»Und das Kind habe ich übersehen?«, warf Tomeija lächelnd ein.

»Ich habe mich mit Asche getarnt, damit sie mich nicht entdeckt«, rief das Mädchen dazwischen. »Gleich, nachdem sie hereinkam und uns überfiel.«

»Da haben wir die Lösung«, sagte der Nakib. »Ich habe keinen Grund, in dir eine Unschuldige zu sehen.« Er zeigte auf Tomeijas Schwert, dessen Gravuren sich mit hinabrinnendem Blut füllten. »Das stammt von den Opfern. Sogar deine Kleidung weist Spuren auf. Überall sind Spritzer und Schlieren. Wie kann ich da *nicht* annehmen, dass du die Mörderin bist?«

Tomeijas kühler Verstand ließ sich von den Umständen nicht ablenken. Das Aufklären kapitaler Missetaten hatte zu ihren Aufgaben als Scīrgerēfa gehört. Die Kleinigkeiten, die im hellen Schein der Laternen sichtbar wurden, erzählten eine gänzlich andere Geschichte als die des Gardisten.

»Nakib, sage mir: Warum ist das Mädchen nicht weggerannt?«, fragte Tomeija freundlich. »Die Tür stand offen. Sie hätte an mir vorbei ins Freie flüchten und Hilfe holen können, während ich vorgeblich Menschen abschlachtete.« Sie zeigte auf den gegenüberliegenden Ausgang, der in einen Flur führte. »Oder sie hätte sich im Haus verstecken können. Aber sich umständlich mit Ruß und Asche einreiben? Hätte ich das nicht mitbekommen müssen? Zumal das Feuer noch brennt. Sie hätte sich verletzen können.«

Das Kind funkelte sie böse an, was durch das geschwärzte Gesicht durchdringend wirkte.

»Dann warf das Balg den Arm nach mir, damit ich danach schlage und einen Beweis gegen mich erschaffe.« Tomeija senkte die abgerundete Spitze ihres Schwertes und deutete auf die zerteilte Gliedmaße auf dem Boden, die bereits von Sand bepudert war. »Wie du siehst, tritt kaum mehr Blut aus. Das bedeutet, dass die Leiche entweder schon älter ist oder ihren Arm früher einbüßte.«

Der Nakib stemmte die Hände in die Hüften und wirkte überfordert. »Das bedeutet jetzt was?«

»Dass es sich um eine Falle handelt. Denn die anderen Toten« – Tomeija nutzte ihre Klinge wie einen Zeigestab – »sind ebenfalls vor einer Weile verschieden. Das Blut ist absichtlich verschüttet worden und stammt vermutlich von einem geschlachteten Tier.«

»Du willst mir sagen, dass die Leichen *nicht* frisch sind?«, fragte der Nakib verwundert.

»Sieh dorthin, wo man noch Haut unter dem Sand erkennen kann: Totenflecke. Sie erscheinen erst längere Zeit nach dem Ableben.« Tomeija ging langsam zwischen den liegenden Körpern umher – bis sie blitzschnell zutrat und einem männlichen Opfer die Stiefelspitze zwischen die Rippen bohrte. »Außer bei ihm.«

Der vermeintliche Tote, der das prächtige Gewand eines Hausherrn trug, gab ein Stöhnen von sich und krümmte sich unter Schmerzen.

»Ein putzmunterer Leichnam.« Tomeija setzte ihm die Sohle auf die Stirn und legte das abgerundete Schwertende an seine Kehle. »Dein Atmen hat dich verraten. Und die falsche Wunde an deiner Kehle ist von Stümpern gemacht. Du bist hier, um das Mädchen vor mir zu schützen, falls ich ihr etwas angetan hätte, bevor die Gardisten kamen, habe ich recht?«

Er nickte vorsichtig, um keinen Schnitt zu riskieren.

»Alte Leichen, ein falscher Toter, ein Lügenmädchen. Welches Schauspiel geht in dieser Küche vor?«

»Oh«, machte der Nakib und kratzte sich am Kinn. »Das ist … wirklich verwunderlich.«

»Noch verwunderlicher ist, dass *du* kein Gardist bist. Weder du noch deine Freunde«, entgegnete Tomeija, ohne ihre Waffe vom Hals des Unbekannten zu nehmen. »Es fiel mir erst spät auf, sonst hätte ich mich nicht mit dir abgegeben.«

Der Nakib grinste abrupt. »Verdammt noch eins! Was hat uns verraten?«

»Die Alarmpfeife. Dein Kumpan blies nicht mit ganzer Kraft hinein, und doch erschien die Verstärkung trotz des Kara Buran unglaublich schnell.« Tomeija lachte leise. »Ihr müsst bessere Ohren haben als ein Wachhund. Dann deine Anrede und dein Verhalten mir gegenüber. Wir befinden uns im Prachtviertel. Selbst wenn ich eine Mörderin wäre, hättest du aufgrund meiner Kleidung und der sehr teuren Sandsturmmaske davon ausgehen müssen, dass ich eine höherstehende Person bin, die man respektvoll ansprechen muss.« Tomeija versuchte unterdessen, für sich selbst zu einer Erklärung zu gelangen. Ein Komplott gegen sie und ihren Freund Liothan? Sollte sie unter dem Vorwand einer Inhaftierung entführt werden? Waren die vier und das Mädchen Teil der Verschwörung aus Thoulikon, die nach Rache trachteten? »Inszenierte Morde, ein Bewacher für die falsche Zeugin, vier Wachen, die keine sind«, fasste sie zusammen. »Jemand, der weiß, dass ich diese Strecke häufig gehe, wollte mich in die Falle locken.« Tomeija verstärkte den Druck auf den Griff, wodurch sich die Schwertspitze leicht in den Hals des Liegenden bohrte. »Was kommt als Nächstes? Greift ihr mich an?«

»Nein! Nein, greift sie nicht an«, krächzte der Mann unter ihrem Stiefel. »Bitte, tut das nicht!«

»Also *wolltet* ihr mich angreifen.« Tomeija ließ das Mädchen nicht aus den Augen, dessen Ausstrahlung ihr viel zu erwachsen vorkam. »Und natürlich wisst ihr genau, wer ich bin.« Sie ging in die Knie, legte die Maske ab und zog eine feine Nadel aus dem Umschlag des Handschuhs. Sie steckte dem Liegenden das dünne Metall seitlich in den Nacken. Damit war sein Maìluon blockiert, er würde sich nicht bewegen können. »Versucht es.« Dann erhob sie sich und verstaute das Schwert, um ihre langen grauen Haare zu verknoten und weitere Nadeln zu zücken. »Mehr als dies brauche ich nicht. Driochors Beistand habe ich obendrein.«

Die vier Gegner sahen sich unschlüssig an.

Tomeija nutzte den Moment – sprang und schob dem falschen Nakib die dünne Nadel durch den oberen Nackenmaìluon und lähmte seine Bewegungen. Ohne ihren Befehlshaber würden die verbliebenen drei Gegner an Selbstsicherheit verlieren. *Leichteres Spiel für mich.*

Der Nakib brach zusammen, die Augen angstvoll aufgerissen. Er verstand nicht, weswegen sein Körper keine Befehle mehr von seinem Verstand annahm und er zum nutzlosen Herumliegen verdammt war.

Bevor sich Tomeija um die restlichen Gegner in der Gesindeküche kümmern konnte, schob sich ein weiterer, schwer gepanzerter Widersacher durch den Hintereingang herein.

Die schwarzen und blauen Muster waren meisterlich in die gravierte Lamellenpanzerung aus poliertem Stahl geätzt; kleine Schilde saßen an den Unterarmen, an seinem Wehrgehänge trug er eine Auswahl von Klingen und Wurfgeschossen, die teils in die Rüstung eingepasst waren. Der Helm mit dem geschlossenen Visier zeigte ein Puppengesicht.

Ein Dârèmoi!

Gegen die Leibgarde des Dârèmo, um die sich etliche Legenden rankten, käme sie mit ihren Nadeln nicht weit.

Gegen ihn würde sie höchstens mit ihrer Gabe als Todbringerin bestehen können. Wenn Tomeija sich darauf konzentrierte, mit einem Schlag oder einer Berührung das Sterben eines Menschen zu verursachen, geschah es. Was als Fluch in ihrer alten Heimat über sie geworfen worden war, hatte sie dank Berizsa als Gabe angenommen und für sich zu nutzen gelernt.

»Ist das ein neues Komplott?« Tomeija musterte den hochgewachsenen Krieger. »Stellt sich die eigene Garde gegen den Herrscher von Wédōra? Diene ich dabei als Lockvogel oder als Schuldige?«

Schritte hinter ihr verrieten, dass sich eine Person durch den Gang näherte, der von der Küche ins Anwesen führte.

Als Tomeija sich umwandte, sah sie Sarāsh, die Vertraute und Botin des Dârèmo, die durch den Korridor kam und applaudierte. Sie trug eine prunkvolle Lamellenrüstung gleicher Machart wie der Dârèmoi; auf ihren blutroten Überwurf hatte sie ebenso verzichtet wie auf den Helm. Die langen, braunen Haare waren hochgesteckt. »Meinen herzlichen Glückwunsch. Du hast die Prüfung bestanden. Sogar besser, als ich es mir erhoffte.«

Schlagartig ergab das Szenario einen Sinn. Die falschen Gardisten, die präparierten Leichen, das Kind und der getarnte Aufpasser: Sarāsh hatte herausfinden wollen, wie es um ihre Kombinationsgabe bestellt war. Der aufmarschierte Dârèmoi war lediglich zum Schutz von Sarāsh hier. Die Vertraute des Herrschers ging nie ohne Leibwache durch Wédōra, auch wenn es niemand wagte, sie zu attackieren. Es war ein Zeichen an die Bewohner.

»Ich hatte durchschaut, dass etwas nicht stimmt«, erwiderte Tomeija und verstaute die Nadeln. »Doch hinter den Grund komme ich nicht.«

»Ich wollte sehen, wie du handelst.« Sarāsh begab sich neben den gelähmten Nakib, der aus großen Augen zwischen den Frauen hin- und herstarrte. »Kann man die Nadel einfach herausziehen, oder ist dabei etwas zu beachten?«

Tomeija grinste und legte ihre Linke an den Schwertgriff. »Nein, muss man nicht. Aber vom tieferen Einstechen rate ich ab.«

Sarāsh lachte auf und befreite den Mann aus der Starre, einer der falschen Gardisten tat das Gleiche mit dem ebenso falschen

Nakib. Nach einem kurzen Gruß verschwanden sie mit dem rußgeschwärzten Mädchen hinaus. Sie und das Kind hatten ihren Zweck bei dem Schauspiel erfüllt.

Gemietete Darsteller. Hätte ich sie getötet, wären ihre Leichen einfacher zu entsorgen gewesen als die von echten Gardisten.

Tomeija stand mit Sarāsh und dem Dârèmoi zwischen den Leichen, dann sah sie auf die Blutspritzer auf ihrer Kleidung. »Ich nehme an, ich erhalte eine Erklärung.« Sie sammelte die Nadeln vom Boden auf und steckte sie ein.

»Gewiss. Aber nicht an diesem Ort.« Sarāsh zeigte auf den Durchgang. »Ich habe nebenan ein Mahl vorbereiten lassen, bei dem wir uns unterhalten.« Sie ging voraus.

Tomeija nahm die Sandmaske und folgte ihr. Der Dârèmoi verriegelte die Dienstbotentür und schloss sich ihnen an.

In dem Speisesaal saßen sonst wohl zehn und mehr Bewohner beieinander. Dicke Teppiche auf dem Boden dämpften die Trittgeräusche. Auf den niedrigen Tischen, von denen man im Sitzen aß, stapelten sich feine Köstlichkeiten, wie sie sich in Wédōra die Reichen gönnten und für die ein Koch kleine Ewigkeiten am Herd und am Backofen verbrachte.

Der Leibwächter blieb an der Tür stehen.

Tomeija kannte die Gerichte, aber ihr Herz schlug für das Einfache, wie die gefüllten Dampfklößchen, die es sogar im Prachtviertel an Ständen zu kaufen gab. Sie wartete, bis sich Sarāsh niedergelassen hatte, und begab sich auf den Kissenstapel ihr gegenüber; ihr Schwert legte sie neben sich.

»Ich schätze deine Umsicht«, sagte Sarāsh und goss ihr zuerst vom nach starker Minze riechenden Tee ein. Ihr Gesicht wirkte im warmen Schimmer der Öllampen weniger streng. »Deine Nervenstärke. Deine Auffassungsgabe.«

»Und doch war ein Aufpasser versteckt.«

»Wir wussten nicht, was geschehen würde. Bevor ich das Wohl eines Kindes in Gefahr bringe, sorge ich vor.« Sarāsh lächelte. »Eine Schauspieltruppe aus dem Vergnügungsviertel, solltest du dich fragen, wer diese Leute waren.«

»Aha.« Tomeija hakte nach. »Aber warum keine echten Wachen, die du ins Vertrauen gezogen hast? Damit wäre ich längst nicht so rasch hinter die Aufführung gekommen. Das Verhalten hat mich gleich stutzig gemacht.«

»Vertrauen«, wiederholte Sarāsh bedächtig. »Das ist ein Wort, das in Wédōra äußerst selten benutzt wird. Auch innerhalb der Garde und des Heeres. Mit dem Aufdecken der Verschwörung wurde eine schwärende Wunde offenbart, die viel zu lange … nennen wir es: toleriert worden ist. Und ich hörte, dass du dich mit der Behandlung von Entzündungen auskennst. Besser als die Iatroi.«

Tomeija hatte keine Ahnung, worauf die Frau hinauswollte. »Das stimmt.«

»Überall saßen die Verschwörer aus Thoulikon. In sämtlichen Vierteln. In der Garde. In der Armee. Die Eroberung der Stadt, die in einem Handstreich beinahe gelungen wäre, brachte den Dârèmo zum Nachdenken«, führte Sarāsh aus. »Es ist nur die Spitze der Pyramide, die unter dem Sand vergraben liegt. Und er will etwas unternehmen.«

»Da die Verschwörer gefasst sind: gegen wen?«

»Die geheimen Bünde. Die Bruder- und Schwesternschaften, die ihre heimlichen Reiche aufgebaut haben. Die Geheimniskrämer in den Vierteln, die sich die Straßen aufteilen, sich bestechen lassen, Gaunerbanden formieren. Ob reich, ob arm. Es sind ebensolche Verschwörer wie die Bande aus Thoulikon, nur dass sie aus der Stadt kommen und von ihr zehren, sie ausbeuten und verschleißen. Damit muss Schluss sein.« Sarāsh prostete Tomeija zu. »Du ahnst es?«

»Ich bin mir nicht sicher.« Sie hob ihr Glas und erwiderte den Gruß, trank und stellte es ab. Die scharfe Minze machte die Nase frei und raubte ihr zugleich fast den Atem. Mit Zucker war nicht gespart worden.

»Jeder Statthalter regiert wie ein kleiner Fürst«, fuhr Sarāsh fort.

»Dann setzt neue ein.«

»Und die neuen bringen wiederum ihre eigenen Leute mit. Innerhalb weniger Mâne wären die Verhältnisse die gleichen wie zuvor und trügen andere Namen. Sogar die Spione des Herrschers sind ihnen bekannt.« Sarãsh nahm eine kandierte Simafrucht. »Es kennen sich einfach zu viele Menschen, die sich wiederum Gefallen schulden.«

»Ich verstehe. Ihr braucht jemanden von außerhalb, der nicht in die Händel und Geschäfte involviert ist«, sagte Tomeija.

Sarãsh steckte sich die Nascherei in den Mund und kaute langsam. »Du hast es erfasst.«

»Eine Million Einwohner, neun Viertel, unendlich viele Straßen, Gassen, Plätze, Sprachen – und *ich* soll die Geheimnisse der Gesetzlosen ergründen?« Tomeija lachte, obwohl ihr der Gedanke auf Anhieb gefiel. Sie war in ihrer alten Heimat eine Gesetzeshüterin aus Überzeugung und mit Eifer gewesen, die Beste in der Baronie und hochgradig wirkungsvoll. Bis auf Liothan hatte sie damals alle erwischt. *Warum also nicht auch in meiner neuen Heimat?* Die betuliche Baronie ließ sich allerdings nicht mit Wédōra vergleichen. »Das ist eine zu große Aufgabe«, sagte sie.

»Deswegen fangen wir mit einer einfacheren an, die jedoch nicht weniger von Bedeutung ist«, erwiderte Sarãsh. »Der Dârèmo ist von dir überzeugt. Aufgrund deiner Vergangenheit beabsichtigt er, dich zu seiner obersten Verbrechensjägerin zu machen. Zu seiner höchsten Shudiya-Lha. Weil du als Gestrandete nicht zum Sumpf aus Intrigen und Banden der neun Viertel und Vorstädte gehörst, wie du schon sagtest, kann keiner mit deiner Rücksicht rechnen.«

Tomeija spürte große Lust, der Aufforderung nachzukommen. Die Bedenken wichen jedoch nicht. »Das klingt durchaus verlockend. Aber wie werden die Statthalter reagieren? Sie –«

»Du wirst einen Rang und Titel erhalten, der dich mit Sonderbefugnissen ausstattet«, fiel ihr Sarãsh beruhigend ins Wort und hob ihre Teetasse. »Alles wird vorbereitet sein. Abgesehen von deinen Aufgaben als Ermittlerin, wirst du eine geheime

Truppe aus Gestrandeten zusammenstellen, die sich wie du noch nicht in die hiesigen Machenschaften haben verwickeln lassen. Sie werden dir gehorchen und Neuigkeiten zutragen oder mit dir in den Kampf ziehen, um Unterschlupfe der Banden auszuheben. Niemand wird erfahren, wer sie sind. Außer dir.« Sarāsh deutete mit der nächsten ergriffenen Frucht auf den Krieger neben der Tür. »Sollten die Gegner einmal zu zahlreich oder zu stark bewaffnet sein, sende ich dir die Dârèmoi.«

Tomeija trank vom Minzaufguss. Aufregung und Jagdfieber packten sie. *Aber kann ich bei diesen Aufgaben noch Hohepriesterin werden?* Sie würde den Driochor um eine Vision bitten, um Aufschluss zu erhalten. »Ich müsste darüber nachdenken.«

Aber Sarāsh schüttelte den Kopf. »Nein. Musst du nicht. Dein Blick verriet mir längst, dass du dich entschieden hast.«

»Es gibt dabei Dinge zu bedenken.«

»Das können wir tun, sobald es so weit ist.« Sarāsh ließ sich nicht beirren. »Du bist dazu bestimmt, die höchste Shudiya-Lha zu sein, Tomeija. Der Dârèmo erkannte dies. Niemand vor dir besaß je eine solche Aufgabe und Verantwortung. Du jagst die Großen und die Kleinen, ohne Rücksicht auf Herkunft und Vermögen. Das Wohl und die Zukunft der Stadt werden von dir entscheidend abhängen. Eine solche Verschwörung, die beinahe zum Fall führte, darf niemals mehr fruchten.«

Tomeija goss sich Wasser nach. Die Minze schmeckte auf Dauer zu sehr hervor und trocknete durch die ätherischen Öle den Mund aus. »Wann würde meine Aufgabe beginnen?«

»Sobald unser Mahl beendet ist.« Sarāsh blickte sie fest an, die alte Strenge kehrte auf ihre Züge zurück. »Du darfst darüber mit niemandem sprechen. *Niemandem!* Sonst wird dein Geheimnis nicht lange ein Geheimnis bleiben. Bis sämtliche Vorbereitungen getroffen wurden, darf nichts nach außen dringen.«

Schon gar nicht bis zu Liothan. Tomeija würde es vor ihrem Freund verschweigen müssen. Damit hätte sie noch ein Geheimnis mehr vor ihm. Der Gedanke ließ ihr das Herz schwer werden. *Vielleicht kann ich ihn irgendwann zu einem Teil der geheimen Truppe machen? Obwohl … einmal Halunke, immer Halunke.*

»Einverstanden«, sagte sie.

Sarāsh zeigte sich zufrieden. »Dann kommen wir zu deinem Einstand. Löst du dieses Rätsel, bestehst du jedwede Aufgabe.«

»Wieder ein Theaterstück, in dem ich die Ungereimtheiten finden muss?«

»Die Kindereien sind vorüber, Tomeija.« Sarāsh deutete auf das Fenster. »Du wirst stellvertretend für mich einen echten Mord aufklären, der sich just ereignete. Nichts davon ist gestellt oder vorgetäuscht. Löse den Fall und finde die Geheimnisse der Toten – so es welche gibt.«

»Wo finde ich den Ort, an dem sich das Verbrechen ereignete? Im Vergnügungsviertel?«

»Nein.«

Tomeija las vom Gesicht ihres Gegenübers, auf dem sich eine latent gemeine Vorfreude spiegelte, dass es kein ihr bekannter Ort war. »Sondern?«

»Die Festung Sandwacht.«

Tomeija hob langsam die Augenbrauen. Vom abseits gelegenen Berg und dem darauf errichteten Bollwerk startete das Heer die Erkundungsflüge mit den Pajarota-Gleitern, um die Wüste zu überwachen. *Ich begreife, was sie meint.* Umgeben von Hunderten Soldaten, die es nicht gutheißen würden, dass eine Ermittlerin von außen zu ihnen stieß, um einen Mord unter ihresgleichen zu klären, machte das Unterfangen zu etwas Besonderem.

»Du wirst sehen, dass das Heer eine eigene Welt mit eigenen Gesetzen ist. Das glauben sie zumindest.« Sarāsh schenkte sich in ein zweites Glas dunkelblauen Wein aus einer Karaffe ein. »Aber in Wédōra gelten einzig die Gesetze des Dârèmo. Das wirst du den Frauen und Männern dort vor Augen führen. Als meine Vertreterin. Einerlei, wie du es anstellst.«

Driochor stehe mir bei. Tomeija griff gleichermaßen nach dem Wein.

Sie hatte ein ungutes Gefühl bei dem Gedanken, sich in die

Festung auf jenen Berg zu begeben, wo böse Geister hausten, die Wahnsinn bei den Menschen auslösten. Allzu lange durfte sie sich in den Mauern nicht aufhalten. Nicht umsonst wurden die Wachen oft abgelöst, um sie vor dem Irrsinn zu bewahren.

Und *das* war nur eine Geschichte von vielen, die sich um diese Erhebung rankte.

»Es ist mir eine Ehre, Euch bei den Ermittlungen vertreten zu dürfen.« *Ich werde mich gründlich in die Vergangenheit der Festung und des Berges einlesen. Dann kann mich wenig überraschen. Zumindest vonseiten der Geister.*

* * *

KÖNIGREICH TELONIA, BARONIE WALFOR

Etmond blieb angesichts des grauenhaften Wesens aus Leichenteilen bewundernswert abgebrüht und ließ seinen Rappen Haken schlagen. Ross und Reiter entgingen den niederzuckenden und zustoßenden Schwertern, die Klingen hackten tiefe Kerben in den Boden. Er trennte im Vorbeireiten einige Gliedmaßen ab und gelangte in den Rücken der Kreatur. »Los, macht schon!«

Voial und Listhan umritten das magisch erschaffene Wesen weiträumiger, schlüpften durch eine Lücke zwischen ihm und sich nähernden neuen Gegnern.

Vimith konnte nicht anders, als auf das homunkulusartige Riesengeschöpf zu starren und sich zu fragen, mit welcher Art Hexerei so etwas zustande gebracht wurde. *Nichts, was mir bekannt ist!*

»Warte nicht zu lange.« Gaïna ritt an dem vielarmigen Wesen vorbei und versuchte das gleiche gewagte Kunststück wie Etmond. Aber ihr Pferd scheute angesichts der heulenden und stöhnenden Kreatur, und das Zögern reichte der magischen Bestie aus, fünf Hiebe gleichzeitig zu führen. Die Schwerter zerschnitten die Söldnerin mitsamt Tier, in großen und kleinen Teilen fielen die leiblichen Überreste, Rüstungsteile, Sattel und Geschirr auf die Erde.

Schon bückte sich der Koloss und sammelte brauchbare blutende Gaïna-Stücke ein. Ihre Arme rammte er sich in den riesigen Oberkörper, wo sie augenblicklich mit dem Rest verwuchsen und sich bewegten, als gehörten sie seit Jahren an die Stellen. Den abgeschlagenen, tropfenden Kopf presste er zu den anderen Schädeln.

Vimith schauderte, als sich die Trübheit in den toten Augen verlor und Gaïna ein zweites Leben antrat. Die blutigen Lippen öffneten sich zu einem wirren, wilden Stöhnen.

»Wir müssen weg!«, rief Atha und ließ ihre Fuchsstute antraben, um ansatzlos in Galopp zu verfallen. »Die anderen Monster sind schon viel zu nahe.« Sie hielt auf den schmalen Streifen zwischen Wüste und Feind zu, um ihn links zu überholen und zur verbliebenen Truppe zu stoßen.

Vimith sah das Unheil nahen. Zwei der Bestienbeine traten nach der jungen dunkelhaarigen Söldnerin und katapultierten sie zusammen mit ihrem Pferd in hohem Bogen in die Wüste, wo sie innerhalb eines Herzschlages im flüssigen Sand versanken wie Steine in einem Teich. *Nein!*

Für Etmond, Voial und Listhan war der Kampf längst nicht vorbei. Das unwirkliche Geschöpf agierte in beide Richtungen und attackierte die Söldner mit seinen zahlreichen Armen, Händen und Waffen, ohne dass es sich umwenden musste. Vier Köpfe blieben derweil auf Vimith gerichtet.

Brüllend brachen weitere Gegner aus dem Wald hervor und wollten sich auf den Witgo werfen.

Somit muss ich es auf einen Versuch ankommen lassen. Vimith sammelte seine Kräfte und beschwor einen Zauber, der unsichtbare Ketten um den monströsen Feind legen sollte.

Der Spruch flog über Vimiths vor Furcht trockene Lippen,

und ein leises Klirren erklang, als sich die unsichtbaren Fesseln um Arme und Beine legten. Ein zweites, lauteres Klirren ertönte, als die Ketten durch die ruckartigen Bewegungen gesprengt wurden. Ein goldbräunliches Blitzen umspielte die Kreatur, fremde Magie hatte den Fesselungsversuch vereitelt.

Trotzdem konnte Vimith nicht länger warten und trieb seinen Apfelschimmel an, um knapp am monströsen Feind vorbei zum Rest der Truppe zu stoßen. Danach würde Etmond hoffentlich den Rückzug vom verfluchten Land befehlen.

Timera, sei mit mir! Vimith passierte den Koloss und duckte sich unter zischenden Schwertspitzen weg, als etwas seinem Pferd die Vorderläufe im Galopp wegzog.

Ein erschrockenes Wiehern, der Apfelschimmel stürzte.

Vimith zog die Füße aus den Steigbügeln und drückte sich ab. Er flog über das sich überschlagende Tier hinweg – genau in einen Faustschlag des Feindes.

Vimith glaubte, von einem Balken getroffen worden zu sein.

Er wurde herumgewirbelt und von einer anderen Hand getroffen, die ihn wie eine Fliege zur Seite klatschte. Halb benommen, orientierungslos und angefüllt mit Schmerz, gelang ihm kein Schutzzauber.

Dann bremsten Äste seinen Sturz, ehe er rücklings auf dem Boden aufschlug. Feuerräder drehten sich vor seinen Augen, die einen Großteil des Geschehens verdeckten.

Bei den Göttern! Vimith rang nach Luft und versuchte, sich auf die Seite zu wälzen und sich aufzurichten; den Helm hatte er verloren. Er fühlte die Erde unter sich beben, die Scheusale rückten stampfend vor.

Durch das wirbelnde Glühen erkannte er Etmond, der sich zusammen mit Listhan und Voial seiner Haut erwehrte. Abgehackte Gliedmaßen lagen umher, doch die Ungeheuer kümmerte es nicht.

»Verbrenne sie!«, schrie der Hauptmann der Sieben Krähen. »Vimith, du musst diese Bestien vernichten, oder wir werden zu einem Teil von ihnen!«

Vimith kroch auf allen vieren näher an das Getümmel und ordnete seine Gedanken. Er legte seine gesamte Konzentration in die Formel, die lange Feuerstrahlen aus den Tätowierungen in seinen Handflächen schießen lassen sollte.

»Beeile dich!« Voial wich einem Hieb aus und wurde von zahlreichen Händen gepackt, die ihn aus dem Sattel pflückten und ihn entzweirissen. Gedärme und Innereien fielen herab, und schon wurde der Oberkörper des Getöteten wie eine halbe Skulptur angesetzt, die unverzüglich zum Leben erwachte und den Kampf aufnahm. Voial war es auch, der dem erstarrten Listhan ein Schwert durch den Hals schleuderte.

Listhan sank vom Pferd und wurde, von Klingen zerhackt, eingefügt.

»Timeras brennender Zorn treffe euch!« Vimith reckte einen Arm gegen das Monstrum vor dem Hauptmann, den anderen gegen die anrückenden drei grotesken Kolosse.

Ruckartig lösten sich die Lohen aus den Tätowierungen und strömten über viele Schritte hinweg rauchend, knisternd gegen die Ziele.

Vimith lenkte die Flammenstrahlen und führte sie auf und ab, hin und her, um die Leiber mit dem vernichtenden Feuer einzuhüllen. Unaufhörlich bewegten sich seine Lippen.

Die Geschöpfe brannten und schrien ihre Schmerzen mit vielen Stimmen hinaus, die unzähligen Knie brachen ein. Als sie, um sich schlagend, zur Seite fielen, löste sich die Wirkung der Magie, und die verkohlten Einzelteile der Menschen hopsten und kullerten schmauchend umher.

Das Gekreisch endete, dafür wurde das Knacken und Prasseln des Feuers lauter. Schwarzer Qualm stieg auf und sandte ein Signal in den Herbsthimmel. Es stank nach verbranntem Fleisch und verschmorten Haaren, heißem Metall und brennendem Leder.

Vimith unterbrach den Hexspruch und legte seine Hände zur Kühlung auf den regenfeuchten Boden. Es zischte, wo sie die Erde trafen. Er hatte den Zauber zu lange aufrechterhalten und fühlte die eigenen Verbrennungen. Sollten die dauerhaften Hautmalereien zerstört worden sein, würde er diesen Zauber vorerst nicht mehr nutzen können.

Etmond rannte durch die umherwehenden Rauchschwaden herbei und blieb an seiner Seite stehen, blickte sich hastig um. Die Rüstung zeigte tiefe Dellen und Schrammen, hatte dem Hauptmann wohl mehrmals das Leben gerettet; auch er hatte seinen Helm eingebüßt. »Du hast es geschafft.« Er packte Vimith im Nacken und zog ihn auf die Beine. »Weg von hier.«

»Das wollte ich gerade vorschlagen.« Wegen des stinkenden Qualms sah er wenig von der Umgebung. »Habe ich sie alle erwischt?«

»Ich weiß es nicht. Aber es reicht, um einen Vorsprung zu haben.«

»Die Pferde …«

»Wir müssen es zu Fuß schaffen. Bis zur Grenze sind es nur ein paar Meilen.« Etmond wandte den kahlen Kopf abrupt nach rechts und riss das Schwert hoch. »Wir sind –« Da traf ihn ein Speer, durchschlug seinen Hals und nagelte den Mann an einen Baum. Ein kurzes Zappeln und Zucken, dann hing Etmond tot und aufrecht am Stamm, sein Blut rann in wirren, roten Linien über die verbeulte Panzerung.

Vimith fuhr herum.

Vor ihm stand ein kleinerer, bewaffneter Homunculus, erschaffen aus den Resten dreier Söldner, mit vier Beinen, fünf Armen und zwei Köpfen; der dritte, halbierte Kopf baumelte sinnlos aus der Brust. Das irre Lachen war furchteinflößend.

»Ich … ich …«, stammelte Vimith und wich Schritt um Schritt zurück. Mit seinen verbrannten Händen konnte er sich nicht verteidigen. Seine gesamte magische Kraft war in den Lohenspruch geflossen.

»Dies ist erst der Anfang«, kam es aus den zwei Mündern des Geschöpfes. »Du wirst das Ganze nicht mehr erleben. Denn dies ist dein Ende!« Die Arme mit Schwert, Streitkolben, Speer und Dolch hoben sich. »Ihr hättet mich niemals stören dürfen!«

Wen auch immer es meint. Vimith ersparte sich den Fluchtversuch. Es gab kein Entkommen. Stumm betete er zu Timera.

Die Kreatur humpelte näher und holte zu Hieben und Stichen aus.

Lass es schnell gehen. Vimith schloss die Augen, fühlte einen ersten Schmerz in der rechten Brust, und er schrie.

Plötzlich wurde es hell. Das Licht drang durch seine Lider und blendete ihn. Die Klinge wurde aus seinem Körper gerissen, der Homunculus gab ein lautes Stöhnen von sich. Ein schweres Rumpeln erklang. Der Gegner war gestürzt.

Vimith öffnete verwundert die Augen.

Vor ihm stand Atha, über und über mit Sand bedeckt, der wie Panade an ihr haftete. Sie senkte die Hand, grünliches Feuer umspielte ihre Fingerspitzen. Im Leib des Feindes hatten sich fünf Löcher geöffnet, aus denen kochendes Blut blubberte und gegarte Gewebeteile herausschwemmte.

»Du bist dem Sand entflohen!«, rief Vimith freudig und hielt sich die schmerzende Wunde, stöhnte.

»Ja.« Atha eilte zu ihm und half ihm auf die Beine. Dann legte sie ihre Stirn gegen seine und murmelte einen Zauber. Kribbelnd heilten die Verbrennungen und das Loch in seiner Brust. »Nur fort von hier!«

Ich habe sie unterschätzt. »Wir müssen« – Vimith sah zur Sonne hinauf, um sich zu orientieren – »nordwestlich durch den Wald und zurück auf den Pfad. Bis zum Abend haben wir das verfluchte Land hinter uns gelassen.«

»Also, los. Mögen die Götter mit uns sein.« Atha übernahm die Führung.

Der Eichenwald ging in einen Tannenforst über. Das Schleichen gelang ihnen beiden nicht, doch sie gaben sich Mühe, nicht auf die dicksten Äste zu treten und verräterisches Knacken zu erzeugen. Allmählich verlor die junge Frau die Sandschicht, Rüstung, Kleidung und die langen dunklen Haare kamen darunter zum Vorschein.

»Wie bist du entkommen?«, fragte Vimith, während sie sich

durch das Unterholz bewegten. Niemand folgte ihnen. Sie schienen sich ihrer Gegner entledigt zu haben.

»Ich versuchte es mit einem Zauber, den ich beim Tauchen nutze, um unter Wasser atmen zu können«, erklärte Atha und betastete einen Stamm, um dann zielstrebig nach rechts abzubiegen. Die Moose und Flechten zeigten die Nordseite an. »Der Sand fühlte sich flüssig an. Ich strampelte und versuchte, irgendwie rauszukommen. Dann berührte mich etwas. Ich schlug um mich, kämpfte damit und gelangte an die Oberfläche.«

»Im Sand lebt etwas?«

»Ja.«

»Was war es? Andere Bestien?«

»Ich weiß es nicht.« Atha zog einen goldenen Ring aus ihrer Tasche. »Aber *das* habe ich ihm gestohlen. Spricht nicht für eine Bestie.«

»Nein.« Vimith war überrascht. »Kann ich es sehen?«

»Sicher.« Sie reichte ihm das Schmuckstück.

Vimith betrachtete den goldenen Siegelring, auf dem ein Skorpion eingraviert war. Er pustete die anhaftenden Körnchen beiseite und legte weitere Feinheiten frei. Die Fassung zeigte Ziergravuren, die ihm unbekannt waren und ebenso von Bedeutung sein mochten.

Als er an der hohen, leicht beschädigten Siegelplatte wackelte, ließ sie sich auf die Seite klappen und brachte einen Edelstein in Blutrot, mit schwarzen Einschlüssen darin, zum Vorschein. »Bei Timera!«

»Sagt dir das etwas?«

Vimith blieb stehen, den Blick auf den Stein gerichtet. »Ich ... kenne jemanden, der den gleichen Ring trägt«, sprach er aufgeregt. »Die gleichen Gravuren! Das gleiche Siegel!« Er hob das Kleinod und fing einen Sonnenstrahl mit dem Rubin ein. Die schwarzen Einschlüsse ergaben ein Muster. »Ich brauche eine Lupe!«

»Sobald wir dieses Fleckchen tödliche Erde verlassen haben«, mahnte Atha. »Wir sind nicht sicher.«

»Darf ich den Ring behalten?«

»Sicher. Du hast mehr Erfahrung mit Hexerei als ich. Wenn es uns hilft, Aufschlüsse über diese fremde Magie zu erlangen, umso besser.«

»Danke.« Vimith setzte sich wieder in Bewegung. Er würde den Ring nach eingehender Prüfung dem Mittelsmann übergeben, zusammen mit dem Bericht über die schrecklichen Vorkommnisse in der Baronie, die einem Fluch anheimgefallen war, gegen den er keinen Gegenzauber kannte.

»Der Träger des Ringes gleicher Machart kann hilfreich sein«, sagte die junge Söldnerin.

»Es mag auch Zufall im Spiel sein. Vielleicht fertigte ein Goldschmied ein Duplikat an.« Vimith konnte den Blick kaum von dem Stein lösen. »Doch die andere Möglichkeit darf nicht ausgeschlossen sein.«

»Du meinst, es gibt eine größere Verbindung?«

»Das wird sich herausfinden lassen.« In ihm festigte sich die Absicht, dem magischen Treiben in Walfor ein Ende zu bereiten. Das war er zum einen Etmond und den Sieben Krähen schuldig, zum anderen war er überzeugt, dass dieser tückische Sand im Boden vorwärtskroch und ein unsichtbares Geflecht bildete, um sich erst Telonia und danach die übrigen Länder einzuverleiben. Die veränderten Bäume waren ein eindeutiges Zeichen, und die Andeutungen des Geschöpfes Hinweis genug. *Der von Atha erbeutete Ring ist möglicherweise ein Schlüssel, um dem Ganzen Einhalt zu gebieten.*

Immer wieder flüchtete Wild vor den beiden Söldnern. Rehe setzten mit langen Sprüngen davon, Hasen suchten Schutz in Mulden, und Eichhörnchen schwangen sich die Bäume hinauf. Eichelhäher schimpften auf sie herab. Unterdessen brach die Dämmerung herein, das Licht verlor zwischen den Stämmen rasch an Kraft.

Unvermittelt blieb Atha stehen und hielt Vimith am Ärmel fest.

»Leise«, raunte sie. »Ducken und hinüber zu den Hecken.«

Er sah an ihr vorbei auf einen toten Schwarzbären, durch dessen aufgeschlitzten Bauch sich ein Eber fraß, wie ihn Vimith im Leben noch nicht gesehen hatte. Das Wildschwein war groß wie ein Rind, die Augen glommen sandfarben und golden. Die Veränderung des Tieres ging eindeutig auf die unbekannte Magie zurück.

Leise bewegten sich Vimith und Atha zur Seite, um im Schutz der Dornenhecken auf den Pfad zu gelangen.

Grunzend hob der gewaltige Eber den blutverschmierten Kopf und wies seine dolchlangen Hauer. Der blutnasse Rüssel schnaubte, witterte, rote Tröpfchen flogen davon. Der Schweif zuckte und richtete sich angriffslustig in die Höhe, die Rückenborsten stellten sich auf. Dann schoss das Wildschwein los und spurtete bedrohlich quiekend auf die Menschen zu.

»Hinter mich! Sofort!« Vimith formte seinen Feuerspruch und reckte dem schulterhohen Eber den Arm entgegen. »Machen wir das Biest zu einem Braten!«

Die letzte Silbe der Formel verklang – doch die Lohe kam nicht.

Meine Tätowierung! Die Brandwunde …

Die Hauer perforierten Vimiths Brust und traten auf dem Rücken wieder aus, wie er deutlich spürte. Die durchstoßenen, geborstenen Rippen drangen in seine Lunge ein. Der blutgeschwängerte Atem des Ebers umgab ihn wie Athas Schrei.

Das wütende Tier hob die Schnauze und schüttelte den aufgespießten Witgo mitsamt der Rüstung so heftig, dass er von den Hauern herabgeschleudert wurde. Dann rannte es schnaufend durch den Wald davon.

Bevor die Schmerzen kamen, wurde Vimith ohnmächtig.

* * *

Ein Sandfloh auf der Schlafmatte ist schlimmer als ein Dünenlöwe in der Wüste.

Sprichwort der Händler

Kapitel II

Wédōra, Prachtviertel

Liothan hasste die Bücher mit den magischen Formeln und Abhandlungen über verschiedenste Formen der Hexerei, die sich um ihn herum auf dem Tisch, den Stühlen und dem Boden stapelten. Er starrte die Einbände an und versuchte, sie durch seine verächtlichen Blicke in Flammen aufgehen zu lassen.

Auch das gelang ihm nicht.

Verflucht! Er warf die langen, braunen Haare zurück und stieß entnervt die Luft aus.

Er saß bei vielfachem Lampen- und Kerzenschein in einem Morgenmantel an seinem Arbeitstisch in der Bibliothek, hatte ein Henket neben sich stehen und malträtierte seinen Geist. Ohne Unterlass.

Die Inhalte der unzähligen Seiten blieben nicht in seinem Verstand haften, weder mit Tricks noch mit sturem Auswendiglernen. Kardīr war ein geduldiger Lehrmeister, der Liothan ein Grundverständnis für Zauberkunde, Beschwörungen, Flüche und Banne vermitteln konnte. Aber in seiner alten Heimat war Liothan Holzfäller und Halunke gewesen, der den Reichen das Geld nahm und es den Armen – zumindest anteilig – angedeihen ließ. Nichts hatte ihn dort mit Hexerei in Verbindung gebracht. Doch in Wédōra war aus ihm plötzlich ein Saldûn geworden, jemand, der mehr Kräfte zu nutzen vermochte als andere Razhiv. Zumindest behauptete dies Kardīr, der ihm aus Nachschlagewerken vorlas, welche Macht in ihm wohnte.

Einen Dreck vermag ich! In der Umsetzung vermochte Liothan: nichts, wenn er vom Öffnen diverser Schlösser absah. Für einen Halunken war dies durchaus von Vorteil, für einen Saldûn geradezu lächerlich. Die Legenden sagten, ein Saldûn könne die größten Wunder vollbringen, da er die Kraft der erkennbaren zwei Monde und des verborgenen dritten Mondes der Bosheit zu nutzen verstand.

Nicht einmal Gedankenlesen gelingt mir. Liothan hatte einiges darüber gelesen und es ausprobiert und unzählige Male geübt. Es wollte nicht glücken.

Er blickte sich in der Bibliothek des palastartigen Gebäudes um. *Wie bekomme ich dieses Wissen in meinen Kopf und umgesetzt? Was mache ich falsch?*

Liothan mochte es, gut in Dingen zu sein. Ein Talent zu besitzen und es nicht anwenden zu können, war für ihn eine Qual, zumal ihn Kardīr unentwegt daran erinnerte, wie selten diese Begabung vorkam. Mit Übung und Geduld und Ausdauer würde er womöglich der bedeutsamste Saldûn werden, den die Stadt jemals gesehen hatte.

Fehlschläge. Nichts als Fehlschläge. Liothan erhob sich und sah durch die Fenster hinaus auf die Straße, durch die der Kara Buran seine Sandwolken wie weißer, schwarzer und hellbrauner Regen trieb. Es war nicht unmöglich, vor die Tür zu gehen, wie Tomeija täglich bewies. Aber richtige Lust verspürte er auch darauf nicht.

Diese Lernerei ödet mich an. Er spannte die Muskeln an seinem sehnigen Leib. *Eine Rauferei wäre gut.* Liothan grinste sein Spiegelbild an. *Blutende Lippen, blaue Augen, ein loser Zahn. Die Abwechslung käme mir gerade recht.*

Dazu müsste er ins Vergnügungsviertel und in einen der Kampfringe, wo sich jeder prügeln durfte, der über die Absperrseile ins Innere kletterte. Die Besucher setzten Wetten, und dann begann die Keilerei.

Ob ich es noch kann? Liothan betrachtete seine weichen, gepflegten Hände. Sie waren einst vom Holzhacken schwielig gewesen. Nach den vielen Mondsiebteln und Mânen, die er mit Büchern und Baden, ein wenig Körperertüchtigung und noch mehr Lesen verbracht hatte, kam er sich vor wie ein Adliger, der sich in Bibliotheken verkroch und seine Zeit verschwendete.

Der Reichtum im Haus, das ermüdende, erfolglose Lernen und Experimentieren und das sonstige Nichtstun langweilten ihn schrecklich.

Der Herrscher Wédōras, der Dârèmo, hatte Liothan und Tomeija das Vermögen Eàkinas überlassen, der in Ungnade gefallenen, verstorbenen Adligen. Dies erlaubte ihm, sich alles leisten zu können, wonach er sich sehnte. Doch der Reichtum, von dem andere träumten, brachte ihm innere Ödnis. Der Lohn für seine Heldentaten schmälerte seine Daseinsfreude.

Anfangs hatte Liothan es mit Studien zu seiner Saldûn-Begabung ausgeglichen. Aber nachdem etliche Sprüche misslungen waren, auch die Reisesprüche, an denen er sich versuchte, schwand sein Ehrgeiz. Liothan hätte es lustig gefunden, als sein eigener Geist in seiner alten Heimat Walfor zu erscheinen und Gutes zu tun. In der Baronie nahm man an, er wäre nach einem langen glücklichen Leben gestorben. Sollten ihn die Dorfbewohner quicklebendig zu Gesicht bekommen, konnten sie ihn nur für einen Spuk halten.

Liothan musste grinsen. »Der Geisterräuber«, sagte er überbetont wie ein schlechter Schauspieler. »Niemand kann ihn aufhalten!«

Da kam ihm ein höchst erfreulicher Gedanke. Solange ihm die Reisezauber von Welt zu Welt misslangen, könnte er in Wédōra auf Beutezug gehen. Nicht als Geisterräuber, aber als ein Halunke, der mit seinen Zaubern jedes Schloss knackte.

Ich könnte mich im Vergnügungsviertel zuerst ein bisschen prügeln und anschließend nach einer guten Diebesbande umhören, sinnierte er. Kardīr wusste sicherlich, wo er fähige Frauen und Männer fände, die für die Aussicht auf fette Beute kein Wagnis scheuten. Was Liothan in seiner Heimat getrieben hatte, ließe sich zum Zeitvertreib ebenso gut in Wédōra tun.

Er begab sich gutgelaunt und mit dem Henket in der Hand ins obere Stockwerk, um nach Kleidung zu suchen, die ihn im Vergnügungsviertel nicht sonders auffallen ließen. Seit wenigen Sonnen besaß er einen Wendemantel, der auf einer Seite teuer und elegant war, um damit durch den Stadtteil der Reichsten zu gehen, und auf der anderen Seite geflickt und einfach wirkte, um in weniger guten Vierteln in Ruhe gelassen oder unterschätzt zu werden. Sein luftiges Gewand tauschte er gegen eine robuste lange Lederhose, Stiefel, ein grobes, festes Hemd und vergaß auch die Handschuhe nicht. Dann setzte er die teure Sturmglasmaske auf, wie auch Tomeija eine benutzte, um zum Driochor-Tempel zu gelangen. Er hatte lange damit geübt und seine Angst vor beengten Räumen und Situationen bekämpft. Inzwischen machte es ihm kaum mehr etwas aus.

Er ging durch das sechsstöckige, palastartige Anwesen nach unten und spielte mit dem geleerten Humpen. Liothan war sehr froh darüber, dass seine beste Freundin nicht mehr zum Lager der Gesetzeshüter gehörte. *Noch mal hätte ich mich nicht mit ihr anlegen wollen wie damals in Walfor.*

Die Gesetze in der Wüstenstadt waren hart. Erwischte Verbrecher hatten keine Gnade zu erwarten. Eigentlich. Aber da es die Möglichkeit gab, sich gemäß festgelegter Sätze von Strafen freizukaufen, blieb Liothan zuversichtlich. Er hatte genug Geld, um sich mindestens einmal erwischen zu lassen.

Das wird nicht geschehen, beschloss er. Der Gedanke, eine eigene Diebesbande anzuführen, belebte ihn. *Ich hätte das viel früher anpacken sollen.*

Dann, in der großen Eingangshalle und die Hand nach der Klinke ausgestreckt, blieb er stehen. *Der Schacht!*

Liothan hatte die senkrecht nach unten verlaufende Röhre hinter der Wand im Vasenraum entdeckt, kurz nach Eàkinas Tod und vor dem Auftauchen der Verschwörer, die sich als Rebellen ausgegeben hatten. Den Zugang hatte er damals rasch verschlossen, damit niemand ungesehen ins Haus gelangte. Er hatte gemutmaßt, dass die Truppe aus Thoulikon den Gang nutzte, um sich ungesehen durch die Stadt zu bewegen. Vor lauter Leserei, Lernerei und Zauberei hatte er vollkommen vergessen, dass sein eigenes Anwesen ein Geheimnis barg, das noch nicht ergründet war.

Er setzte die gläserne Maske ab und machte auf dem Absatz kehrt. *Wer weiß, mit welchen Gebäuden dieses Haus verbunden ist? Womöglich kann ich mir den Weg durch den Sturm sparen.*

Nach einiger Lauferei durch die Stockwerke erreichte er den Vasenraum, warf seinen Mantel von sich und rückte die schweren Möbel beiseite, die als Barrikade dienten. Beinahe feierlich legte er den Zugang zum Schacht frei.

Was wird sich entdecken lassen? Liothan sah in das finstere, stille Loch, in dem kein Windhauch wehte. *Und wer weiß, wie lange meine Erkundung dauert?*

Liothan eilte in die Vorratskammer und suchte anschließend eine gefüllte Petroleumlampe, ein Seil, eine handliche Axt und einen Dolch zusammen. In seiner Umhängetasche verstaute er, abgesehen vom Werkzeug, eine gefüllte Trinkflasche, getrocknetes Obst, Käse und Dauerwurst. Dann lief er zurück zum Schacht.

Bevor er die eisernen Sprossen hinabstieg, überlegte er, ob er Tomeija eine Nachricht hinterlassen sollte, falls ihm etwas zustieß.

Unfug. Mir wird nichts geschehen.

Mit der unauslöschlichen Zuversicht, die Liothan in seiner alten Heimat schon das Halunkenleben erleichtert hatte, kletterte er abwärts und leuchtete nach jeder vierten Sprosse mit der Blendlaterne umher, um sich einen Eindruck zu verschaffen.

Einige Zeit befand er sich in einem eigens gemauerten Kamin, der durch die Stockwerke des Hauses in eine unbekannte Unterwelt zu führen schien. Es roch nach trockenem Sand und Wärme. Der einsetzende, leichte Luftzug brachte das Flämmchen hinter dem Glas zum Tanzen, vermochte ihm aber nichts anzuhaben.

Sprosse um Sprosse kletterte Liothan nach unten. Er setzte mit dem Messer Entfernungsmarkierungen in den Stein und ließ das Fundament des Hauses schließlich hinter sich. Die Wände bestanden alsbald aus massivem Gestein, auf dem die Wüstenstadt errichtet worden war.

Wie Liothan erfahren hatte, war die Gesteinsschicht an manchen Stellen beunruhigend wenige Schritt dick, so dass keine festen Gebäude darauf errichtet werden durften. Das würde ein Geheimnis bleiben, wie er und Tomeija es der Vertrauten des Dârèmo geschworen hatten. Überall sonst verhieß die Tragkraft des Untergrunds keinerlei Schwierigkeiten. Tief unter Wédōra floss unaufhörlich das Wasser in den Smaragdnen Grotten, um den Einwohnern, Besuchern, Tieren und Kreaturen das Überleben zu sichern.

Liothan gelangte weiter abwärts.

In den Wänden erkannte er Spuren von Grabungsversuchen, um nach rechts oder links abzuzweigen, doch die Mineure waren an der harten Beschaffenheit des unerbittlichen Steins gescheitert. Mehrmals fand er das Zeichen Driochors und unbekannte Symbole im Stein.

Sie haben früher nach Schätzen in der Erde gesucht. Möglicherweise stammte der Schacht aus den Anfängen Wédōras als Kaufmannssiedlung. Überschlaue oder sehr faule Siedler hatten die Hoffnung gehegt, auf leichte Weise zu Reichtum zu kommen.

Liothan hakte sich mit einem Arm in einer Sprosse ein, hängte die Lampe im Eisen darüber fest und betrachtete die Hieroglyphen. *Tomeija würde wissen, was sie bedeuten.*

Driochor war nicht bekannt für eine Freundlichkeit, grob zusammengefasst, fielen in seine Zuständigkeit unschöner Tod und Reichtum. Eventuell hatten die Schürfer Zeichen zum Besänftigen des Gottes hinterlassen und Opfergaben, die längst vergangen waren.

Ich hoffe, es ist keine Warnung vor einer Krankheit, die in der Tiefe lauert. Er nahm die Lampe an sich und begab sich weiter den lotrechten Schacht abwärts.

Liothan kam es vor, als würde die Luft stickiger werden, was ihn erneut innehalten ließ, da sie im oberen Bereich frisch und unverbraucht gewesen war.

Die unverständlichen Symbole gingen ihm nicht aus dem

Sinn. Er kannte die Berichte von Bergleuten aus seiner Heimat, die von Schlagwettern und unsichtbaren Gasen in den Minen berichteten, an denen die Menschen erstickten.

Was, wenn es sich an diesem Ort ebenso verhält? Unschlüssig verharrte Liothan an der Wand.

Inzwischen schmerzten seine Hände und Arme von der unentwegten Belastung, die Muskeln schienen sich für die unerwartete Beanspruchung mit Pein zu rächen.

Liothan aß eine Dattel und spuckte den Kern aus, zählte dann behutsam, um abzuschätzen, wann der Boden erreicht wäre.

Nach wenigen Herzschlägen erklang ein Klackern.

Ich werde vorsichtig sein. Liothan kletterte weiter und erreichte nach achtzig Sprossen festen Untergrund, auf den er behutsam trat und in alle Richtungen leuchtete.

Er befand sich in einer kleinen Felskammer von etwa vier Schritt Durchmesser. Lose Steinchen und sein Dattelkern lagen auf dem Grund.

Aus einer Einbuchtung ging ein Kriechgang ab, durch den lediglich ein schlanker Mensch passte. Die von dort ausströmende Luft roch alt, muffig und als würde sie nicht ausreichen, um einen Menschen mit genügend Atem versorgen zu können. Bereits nach sechs, sieben Zügen keuchte Liothan. Ihm wurde schwindlig.

Rasch erklomm er die Sprossen, bis sich das Atmen besser anfühlte. *Waren die Hieroglyphen doch eine Warnung.* Missmutig blickte er auf den Boden, wo seine Lampe stand, deren Docht flackernd klein und kleiner wurde. Dem Feuer erging es nicht anders als ihm.

Doch Liothan gab nicht auf.

Wollte er den engen Gang erkunden und dabei nicht ersticken, benötigte er unverbrauchte, beste Luft für unterwegs.

Er überlegte und beschloss, dass sich Schweinsblasen am besten zum Transport eigneten. Sie waren dünn, dehnfähig und leicht. Bevor er sich also aufmachte, mussten größere Vorbereitungen getroffen werden. Auch brauchte er eine Eingebung, wie er sich im Dunkeln voranbewegen konnte, da er daran zweifelte, dass die Blasen sich dazu eigneten, die Lampen am Brennen zu halten.

Die plötzlichen Schwierigkeiten belebten Liothan. Endlich hatte er eine Aufgabe zu meistern, die nichts mit Magie und Hexerei zu tun hatte. Vielleicht wären ihm die Zauberformeln in den Büchern hierbei von Vorteil gewesen, doch in Walfor waren ihm die Einbrüche und Diebstähle und Beutezüge auch ohne übernatürliche Macht gelungen.

Ich kehre bald wieder, geheimnisvoller Schacht. Liothan hielt die Luft an und sprang nach unten, landete unmittelbar neben seiner Laterne, die er nicht zurücklassen wollte.

Schon griff er wieder nach den Sprossen, um sich an den Aufstieg zu machen – aber seine Neugier hielt ihn zurück.

Nur kurz schauen, wie weit der Kriechgang reicht. Er schnitt ein Stück Stoff von seinem Gewand, stippte es ins Petroleum und formte es zu einer Kugel, die er auf die Dolchklinge legte. An dem fast erloschenen Lampenflämmchen entzündete er das Knäuel, dann schleuderte er es in den waagrecht verlaufenden, niedrigen Tunnel. *Wie sieht es darin aus?*

Das Kügelchen flog wie ein winziger fallender Stern, der sich im Stollen verirrt hatte, setzte mehrmals auf und rollte mit ersterbendem Feuer den Gang entlang – um neben einem Gerippe zum Liegen zu kommen. Liothan erkannte schemenhaft das Skelett, das eine Art Rüstung und Umhang trug, dann wurde das Flämmchen zu klein.

Jemand, der sich nicht um das Gas kümmerte? Wieder breitete sich Schwindel in ihm aus. *Höchste Zeit zu verschwinden.*

Liothan richtete sich auf, als er das Fünkchen sah, welches unvermittelt zischelnd und rauchend neben dem Gerippe tanzte. Daraus erwuchs ein grelles Flackern, das prasselnd um sich griff und über die trockenen Gebeine kroch. Zundergleich standen die Überreste und der Umhang auf einmal in lichten Lohen, die an der niedrigen Gangdecke entlangleckten.

Bei Hastus dem Gerechten, welche alchemistischen Pülverchen trug der Kerl bei sich? Sie …

Ein gleißender Blitz blendete Liothan; pfeifend schoss stinkende, heiße Luft in den Aufwärtsschacht. Er wurde angehoben und emporgeschleudert, prallte blind gegen die Sprossen und griff um sich, um sich in Sicherheit vor dem Inferno am Grund zu bringen.

Aber seine Finger langten ins Leere.

Liothan stürzte hinab und schlug auf dem Felsen auf. Luft umtoste ihn mit Wucht und Wut, als wäre sie durch eine Barriere gebrochen wie ein angestauter Fluss durch die Mauer eines Wehrs. Sie riss und zerrte an ihm, schob ihn über den Boden und drückte ihn an die Wand, ohne dass er seine Arme oder Beine zu bewegen vermochte. Ihm gelang das Atmen kaum, so heftig stürzte der Wind über ihn herein.

Erst nach längerer Zeit verebbte das Stürmen. Die Luft roch nun nach einem Morgen am See, frisch und klar. Der Wind hatte den Gestank der Alchemie ebenso hinfortgeblasen wie das giftige Gas.

Liothan entwirrte im Dunkeln seine Gliedmaßen, ehe er in seinem Beutel nach Zunder und Stahl kramte. Seine braunen Haare hatten unter der übergroßen Wärme nicht gelitten und besaßen ihre alte Länge. Nach einigen Versuchen brachte er den Zunder zum Brennen und nutzte das Licht, um seine Laterne zu suchen.

Er fand sie neben sich, verbeult und ohne das Schutzglas, aber mit genug Petroleum, um Licht zu spenden.

Der Docht fing Feuer und erhellte die bekannte Umgebung.

Die Erkundung kann voranschreiten. Liothan dachte gar nicht mehr daran, den Rückzug anzutreten, um sich besser vorzubereiten. Seine größte Sorge war buchstäblich hinfortgeweht worden.

Er machte sich lang und robbte durch die Röhre, deren Wände heiß waren. Die Explosion hatte den Fels erhitzt, so dass er sich sehr beeilen musste, um keine Brandwunden davonzutragen. *Ich hoffe, das ist es wert.*

Von Skelett, Rüstung, Kleidung oder der fatalen Alchemie fand Liothan nichts mehr. Vermutlich lagen die Gebeine in zerriebenen Stückchen am Zugang zum Schacht. Der Luftsog würde gehörige Zerstörung im Zimmer von Eàkinas Haus hinterlassen haben. *Die Vasen waren eh hässlich.*

Für Liothan ging es sehr lange vorwärts, mal auf-, mal abwärts, und das Gestein verlor die Hitze nicht. Er schwitzte und fluchte.

Den Brandspuren nach war der ganze Gang mit dem Pulver des unbekannten Toten ausgefüllt gewesen und dank des brennenden Kügelchens mit einer gewaltigen Verpuffung verbrannt.

Liothan ahnte, was dieses Pulver gewesen war.

Er hatte gehört, dass sich die Soldaten zur Verteidigung von Wédōra nicht alleine auf Schwerter und Pfeile und ihre Pajarota verließen, die von Sandwacht aufstiegen. Die Rede war zudem von einem Geschoss, das einen gewaltigen Flammenschweif hinter sich herzog. Wo es einschlug, detonierte die Erde und tat sich ein Krater auf. Das Feuer, das dabei entstand, verbrannte jegliches Material und schmolz sogar Eisen. Wer in die glühende Druckwelle geriet und die Luft einatmete, verbrannte seine Lunge.

Was wollten sie hier unten damit? Liothan schob sich vorwärts.

Da es mit dem Verschwinden des Skeletts keine Anhaltspunkte mehr auf die Identität des Eindringlings gab, blieben Liothans Gedanken dazu reine Spekulation. Es konnte ein alter Verbündeter von Dûrus gewesen sein, der die Stadt zum Einsturz bringen wollte; ein wagemutiger Gesetzloser, der sich seinen Weg in die Gebäude der Reichen zu sprengen gedachte; ein Spion und Saboteur aus einem der umliegenden Königreiche und Länder, um Wédōra mit seinem Vorhaben – welches auch immer es gewesen sein mochte – zu schwächen.

Ich werde sehen, wo ich herauskomme. Danach ziehe ich meine Schlüsse.

Liothan gelangte ans Ende des Ganges.

Die Explosion musste hier besonders stark gewesen sein, denn sie hatte einen verwinkelten Hohlraum voller scharfer Kanten gesprengt. Ihm gegenüber war ein Loch in der Wand, groß genug, um ein hockendes Kind hindurchzulassen.

Wohin führt es mich? Liothan drehte die Flamme, so klein es ging, und schob sich vorsichtig aus dem Hohlraum.

Er fand sich auf einem umlaufenden Sims wieder, das nicht breiter als ein großzügiger Schritt war. Dahinter ging es senkrecht abwärts in einen vermeintlichen Abgrund, aber das leise Plätschern und die kühle Feuchte verrieten ihm, wo genau er sich befand.

Ich bin in den Kavernen der Stadt!

Schacht und Tunnel hatten ihn in die Grotten der Smaragdenen Wasser geführt.

Danach sehnte sich jeder Attentäter: Zugang zum Wichtigsten von Wédōra. Wer dieses kostbare Nass vergiftete, konnte die Einwohner spielend leicht ausrotten, um die Stadt danach dem Meistbietenden zu übergeben. Etwas in der Art hatte wohl auch der Tote im Gang vorgehabt.

Liothan prüfte die Festigkeit des Simses. *Das hält.* Dann hob er die Lampe und leuchtete nach rechts und links, um die Ausmaße der Grotte abzuschätzen, auch wenn das wenige Licht nicht annähernd ausreichte, um bis auf den Boden und zum Wasser zu gelangen.

War dort was? Liothan glaubte, in der Dunkelheit eine Bewegung ausgemacht zu haben, hob die Leuchte an – und touchierte mit der offenen Flamme eine an der Wand befestigte Fackel.

Unverzüglich erwachte sie mit einem leisen Fauchen und warf dank einer reflektierenden Scheibe hinter ihr den Schein weit in die Dunkelheit der Kaverne.

Bei Hastus! Nein, nein, nein! Das …

Über längs an der Wand verlegte Fasern, die als lange Dochte dienten, schossen Flämmchen nach rechts und links von der Fackel weg und entzündeten weitere.

Nicht doch! Ich …

Im Abstand von ungefähr zehn Schritten loderten die Flammen auf und warfen ihr gebündeltes Licht an die Decke, wo weitere Spiegel angebracht waren.

Innerhalb kürzester Zeit war es in der Grotte fast sonnenhell. Sie maß geschätzte zwei Meilen im Durchmesser, und bis zum Wasserspiegel ging es mehr als fünfzig Schritt nach unten. Die Decke bestand aus festem Gestein, von der polierte Metallscheiben an Ketten hingen und das Leuchten der Fackeln in der riesigen Höhle streuten.

Liothan seufzte. *Das gelang mir ja ausgezeichnet.* Er zog sich fluchtbereit in den schmalen Durchgang zurück, obgleich man bei seinen Verdiensten um die Stadt sicher davon absehen würde, ihn an Ort und Stelle hinzurichten.

Nach einiger Zeit des Lauschens und Wartens, in der sich auf dem umlaufenden Sims nichts regte, stellte er die Lampe am gesprengten Durchgang ab, stapelte einige lose Steine in das Loch in der Wand und kehrte die verbliebenen Spuren der Explosion von der Balustrade ins Wasser hinab, damit nicht zu offensichtlich war, auf welchem Weg er Zugang ins Allerheiligste bekommen hatte.

Nun denn. Entdecken wir neue Geheimnisse und gehen ihnen auf den Grund.

Liothan hielt sich nahe an der Wand, um nicht abzurutschen.

Seine Beine fühlten sich schwer an, die Gelenke schmerzten vom Sturz im Schacht, aber er würde sich davon nicht aufhalten lassen. Irgendwo musste es einen richtigen Ausgang geben.

Als er sich achtzig Fackeln weit von seinem Ausgangspunkt wegbewegt hatte, trat auf der gegenüberliegenden Seite des Simses eine Gestalt aus einer seitlichen Öffnung in den Schein der Flammen.

Liothan verlangsamte seinen Schritt und blieb stehen. *Was ist das?* Ebenso fasziniert wie erschrocken starrte er hinüber.

Ein menschenähnliches Wesen, anderthalbmal so hoch und wesentlich breiter gebaut als er, schälte sich aus der Dunkelheit.

Es trug sandfarbenes, geflecktes Fell, der Kopf mit der langen schwarzen Schnauze war spitzer als der eines Wolfs.

In Liothans ehemaliger Heimat nannte man vergleichbare Kreaturen Werwölfe. *Bei Hastus!*

Es witterte in Liothans Richtung und stieß ein langes Heulen aus, gleich darauf spurtete es nach rechts, auf den Eindringling zu.

Liothan drehte sich um und hetzte los. Der Garde hätte er sich erklären können, aber zwischen die Fänge dieses Wesens wollte er keinesfalls geraten.

Doch schon nach wenigen Schritten wurde ihm klar, dass er das Wettrennen verlieren würde.

* * *

Wüste, kurz vor der Festung Sandwacht

Tomeija hätte das eindrucksvolle Bollwerk, das über Wédōra wachte, auf ihrer zwanzig Meilen dauernden, beschwerlichen Anreise zu gerne aus der Ferne gesehen. Aber der missgünstige Kara Buran gewährte ihr den Anblick nicht.

Der deutlich abgeschwächte Sturm umtoste den Berg und umgab die mächtigen Mauern auf seiner Spitze mit dichten dunkelbraunen und schwarzen Sandschleiern wie Nebel, die allenfalls erahnen ließen, wie gewaltig diese Bauten dort oben sein mussten.

Tomeija, geschützt von ihrer Hartglasmaske, begnügte sich daher mit den schemenhaften Umrissen und lenkte ihre grauschwarze Sarqiabeek-Echse die steilen Windungen zur Festung hinauf. Die Augen des Reptils waren durch besondere Nickhäute, die flache Nase von einer natürlichen Membran im Innern vor dem Sand geschützt.

Seit geraumer Zeit fühlte Tomeija sich verfolgt.

Es wäre in den umhertreibenden Sandwolken ein Leichtes, sich an ihre Fersen zu heften. Vielleicht eine hungrige Skornida, die ihr nachstellte und auf leichte Beute hoffte.

Auf Tomeijas Rücken hing ein Tragesack mit Proviant und Wasser. Zuerst hatte sie Sarāsh für diese Empfehlung auslachen wollen, aber bei dem Blick aus dem heimischen Fenster verstand sie, dass der Sturm auch in der abgeschwächten Heftigkeit den scheinbar leichtesten Weg zu einer Herausforderung werden ließ. Wer sich verlief oder von seiner Echse getrennt wurde, starb in der Wüste schnell.

Daher hatte sie sich dem Rat gebeugt und daheim ein paar Kleinigkeiten und gefüllte Trinkflaschen eingepackt. Und natürlich Bücher mit Berichten über Sandwacht. Zeit zur eingehenden Lektüre blieb ihr nicht, ein Überfliegen musste für den Anfang genügen, um nicht völlig ahnungslos aufzukreuzen. Sie wollte sich in der Festung gründlicher einlesen.

Das palasthafte Haus, in dem sie zusammen mit Liothan lebte, war bei ihrem Aufbruch verlassen gewesen. Magische Almanache lagen aufgeschlagen in einer ihrer Bibliotheken, von Liothan fehlte allerdings jede Spur. Sie vermutete, dass ihr Freund die abgeflaute Sturmphase nutzte und sich im Vergnügungsviertel herumtrieb, anstatt sich um die Ergründung seiner Zauberkünste zu kümmern.

So wird er es nie lernen. Tomeija grinste. Sie erwartete nichts anderes von ihm. Er blieb in seiner Seele ein Halunke mit Herz, ein Gesetzloser und Herumtreiber, und sie würde viel Geld darauf wetten, dass er in diesem Augenblick etwas tat, das nicht unbedingt mit Wédōras Rechtsprechung im Einklang stand. Seine Veranlagung, ein besonderer Razhiv werden zu können, ein sogenannter Saldûn, der die drei Mondkräfte und vielleicht noch mehr nutzte, reizte ihn nicht halb so sehr.

Die Sarqiabeek-Echse folgte stur dem Pfad, der in dem leichten Gestöber Orientierung bot. Tomeija richtete den Blick von ihrem Armreif mit dem Driochor-Zeichen nach vorne und sah kaum mehr als die nächsten vier Schritte des verschlungenen Weges deutlich.

Unvermittelt erhob sich die Festung als unförmiger schwarzer Klotz drohend über ihr. Die Anlage bestand aus einem fertiggestellten Hauptturm und zwei kleineren Rundtürmen. Am Hang lagen einige behauene, verwitterte Steine, die von den Bauwerken jenes Volkes stammten, das vor den Kaufleuten hier gelebt hatte. Niemand wusste, was aus ihm geworden war.

Aber es gab Gerüchte. Geschichten. Und Legenden.

Sie werden einen wahren Kern tragen. Tomeija nahm auf dem Rücken der Echse die nächste Biegung und ließ sich durch den Kopf gehen, was sie über den Ort gelesen hatte, an dem sie einen Mord aufklären sollte. Dürftige Berichte, die sich um Geister, den Irrsinn der stationierten Soldaten und unerklärliche Vorfälle drehten, die in der Historie der Festung bis zu einem Angriff der Krieger auf Wédōra zurückreichten.

Diese »Eigentümlichkeiten von Sandwacht«, wie ein Schreiber es nannte, waren Fluch und Segen zugleich, denn die T'Kashrâ do Sarqia, die fünf Völker des Sandmeeres, blieben dem verfluchten Berg fern, sogar die Thahdrarthi, die Schlimmsten von allen. Die Furcht vor den grausamen Phantomen und deren tödliche, perfide Macht hielten sie von einem Angriff auf die Festung ab.

Sichere Unsicherheit zu einem hohen Preis. Tomeija sah unvermittelt einen Schatten im hellen Gestöber, der auf einem Steinbrocken seitlich des Weges wie zum Sprung kauerte. Sie ließ die Sarqiabeek-Echse ihre Schritte verlangsamen.

Es war eine Frau, wie Tomeija bei näherer Betrachtung erkannte, gekleidet in eine dunkelbraune Uniform, darüber einen weißbemalten Harnisch und einen Schal bis über die Nase gegen den Sand hochgezogen. Über den Augen verlief ein breiter schwarzer Streifen aus Stoff, fein gewoben, der gegen die Körnchen schützte; auf dem Kopf saß ein mützenähnlicher Helm mit langem Schirm und Nackenschutz.

»Wohin?«, rief die Frau gegen das Surren des Windes, ihr

Tonfall klang harsch. An den Oberschenkeln befestigt lagen zwei Kurzschwerter.

»Zur Festung. Der Dârèmo schickt mich.« Die Festung setzte offenbar vorgeschobene Posten ein, was Tomeija ihr Gefühl erklärte, verfolgt zu werden. *Keine Skornida.*

»Der Dârèmo? Du bist nicht seine Botin.«

»Nein. Sarāsh ist mit wichtigen Angelegenheiten in der Stadt betraut und sendet mich an ihrer statt. Aber ich trage eine Legitimation bei mir, die …«

Die Späherin mit den verdeckten Augen senkte leicht den Kopf und zeigte mit ausgestrecktem Arm auf Tomeijas Hals, als wäre es eine Anklage. Sie hatte die Kette entdeckt, das Geschenk des Keel-Èru. »Das sind Sitan-Diamanten!«

»Gut beobachtet.« Die Erschütterungen der Reise hatten den Schmuck über die Kleidung rutschen lassen. Tomeija setzte zu einer harmlosen Erklärung an. Es ging niemanden etwas an, dass die Kette eine besondere Gabe an sie gewesen war. »Sie sind …«

Die Soldatin lachte gegen den Sturm an. Der Laut aus ihrem Mund bescherte Tomeija ein Schaudern, der Schal verzerrte die Stimme eigentümlich. »Ich kenne keinen Menschen, der sich wagt, *diese* Steine mit einer Selbstverständlichkeit zu tragen, wie du es tust. *Keinen!* Nur T'Kashrâ dürfen das! Und deine Augen! Du schminkst dich wie sie, obwohl du keine von ihnen bist.« Sie stützte die Ellbogen auf die gebeugten Knie. »Du merkwürdiges Etwas. Wo du wandelst, folgt der Tod. Das wird die Kameraden in der Festung nicht erfreuen.«

Tomeija ahnte, worauf die Späherin anspielte. Sie musste das Driochor-Symbol gesehen haben, das sie auf dem Armreif trug. »Wir alle sterben eines Tages.«

»Wohl wahr.« Die Soldatin lachte erneut auf die schauerliche Weise, Sturm und Stimme bildeten einen unheimlichen Chor. »Wie recht du hast. Aber jemand wie du beschleunigt das Vergehen. Die Sitan-Diamanten machen es nicht besser. Die Kameraden werden dich dafür hassen. *Hassen!*«

Die Späherin erschien Tomeija höchst merkwürdig. *Gehört sie zu denen, die ihren Dienst zu lange schon in Sandwacht verrichten und deren Verstand offenkundig leidet?*

»Willst du meinen Passierschein prüfen?« Sie wollte endlich weiter und senkte den Blick, um nach der runden Lederhülle in ihrer Mantelinnentasche zu greifen, in der sich die Papiere befanden, die ihr Sarāsh für den Kommandanten gegeben hatte.

Als sie wieder aufschaute, war die Soldatin verschwunden.

»Auf jemanden wie dich«, vernahm Tomeija aus dem Tosen des Sturmes, »haben wir gewartet. Jemand, die anders ist. Die alles ist. Die aus den verschiedenen Welten stammt. Geh weiter. Du magst passieren.«

Endlich. Tomeija ließ die Echse weitergehen, das Tier stapfte auf dem Weg voran. Sie wollte aus den Böen, die ihr viel Kraft abverlangten. Ihr dünner, sehniger Körper bot dem Sturm nicht viel Angriffsfläche, aber wegen der exponierten Lage am Hang musste sie sich weit nach vorne über das Reptil beugen, um nicht weggeweht zu werden.

Bald darauf tauchte das Tor zusammen mit einem Teil der Außenmauer aus dem wehenden Sand auf. Im geöffneten Zustand passte allerhöchstens ein Mann oder eine kleine Laufechse hindurch, in gebeugter Haltung. Es war nicht vorgesehen, dass das Heer des Dârèmo in einem großen Aufmarsch aus der Festung in den Krieg zog.

Ein mit Ösen geführter Klingelzug hing herab, das untere Ende schlenkerte im Sturm.

Kaum hatte Tomeija kräftig geläutet, öffnete sich ein Guckloch.

Von drinnen wurde etwas gerufen, was sie aufgrund der Maske nicht verstand. Dabei fiel ihr erst auf, dass die Unterredung mit der Späherin ohne Schwierigkeiten verlaufen war.

»Driochors Segen. Ich habe etwas dabei, das mich ausweist«, rief Tomeija laut und zog die Lederhülle aus der Manteltasche, in der die Anweisungen für den Kommandanten standen. »Die Vertraute des Dârèmo schickt mich. Lest das.«

Vermutlich wurde sie ebenso wenig gehört, daher schob sie ihr wichtiges Mitbringsel durch eine aufschwingende Klappe. Und wartete.

Es dauerte eine geraume Weile, bis sich die Tür öffnete und eine Hand sie hereinwinkte.

Tomeija stieg von der Echse und nahm sie am Zügel, bückte sich und betrat das Innere, das sich als schleusenartiger Zwischenhof erwies, ganz nach dem Vorbild der äußeren Tore der Vorstädte, wenn auch wesentlich kleiner. Über ihr spannte sich eine steinerne Gewölbedecke, die vor Wind und Sand bewahrte. Hier gelänge eine Unterredung, ohne dass sich ihr Mund mit winzigen Körnchen füllte.

Fünf Wachen warteten auf sie, vier Männer und eine Frau, sehr jung und kaum der harten Ausbildung entronnen. Sie trugen nicht einmal leichte Lederpanzerungen, um sich gegen Angriffe zu schützen. Lange weiße Hosen und hellbraune Hemden, die bis zu den Knien reichten, genügten offenbar. Im Gegensatz zu den Gardisten in der Stadt mussten sie nicht mit Attacken rechnen; an ihren Gürteln hingen lediglich unterarmlange Dolche.

»Den Segen Driochors, sagtest du? Das habe ich schon lange nicht mehr gehört.« Einer der Männer trug das Kib-Abzeichen mit Stolz auf Brust und Schultern, in der Hand hatte er die entrollte Nachricht des Dârèmo. »Wie kommt es, dass du dem Klappergestell folgst?«

Kinder. In der Gestalt von Erwachsenen. Tomeija löste die Schnallen und legte ihre Hartglasmaske ab, klemmte sie lässig zwischen Handgelenk und Hüfte. Das Schreiben des Herrschers führte wie erwartet nicht dazu, dass man sie mit übergroßem Respekt behandelte. »Ich verbreite sein Wort«, erwiderte sie und streichelte die Schnauze der Echse.

»Aber nicht hier.«

»Ich weiß. Der Dârèmo –«

»Nicht wegen ihm«, unterbrach sie der Kib, der vom Alter ihr Sohn sein könnte. »Es würde die Geister des Berges in Aufruhr versetzen. Das Letzte, was wir brauchen, sind schlechtgelaunte Todesgespenster.« Er hob ihre Nachricht andeutungsweise an. »Du sollst wegen des Mordes an Ellja ermitteln, steht geschrieben.«

»Dem ist so.« Tomeija erkannte an den Mienen ihrer Empfangsdelegation, dass sie alles andere als erpicht auf eine Untersuchung war. *Sie werden schweigen und tun, als ob sie nichts wüssten.* Sicherlich dachte die Mehrzahl der Festung wie die fünf vor ihr. Das wiederum spornte sie an.

In ihren Jahren als Ordnungshüterin des Barons und ihrer Tätigkeit zuvor hatte Tomeija ein untrügliches Gespür dafür entwickelt, wenn es Geheimnisse herauszufinden gab. »Es mag euch nicht schmecken. Das muss es auch nicht. Diese Untersuchung ist nicht meine Eingebung gewesen, sondern die des Dârèmo.«

»Wie kommt es, dass wir noch nichts von dir gehört haben?« Der juvenile Kib dachte nicht daran, ihr die Lederhülle und das Schreiben zurückzugeben. »Wenn dich die ehrenwerte Sarāsh sendet, kannst du nicht eine hergelaufene Shudiya sein.«

Tomeija ließ sich von der zur Schau gestellten Respektlosigkeit nicht herausfordern. »Da du nicht der Kommandant der Festung bist, sehe ich mich nicht ermächtigt, mit dir über die Angelegenheit zu sprechen«, erwiderte Tomeija überfreundlich und legte die behandschuhte Linke an den Griff ihres Richtschwertes, das sie aus ihrer alten Heimat mit in diese Welt gebracht hatte. Die Erinnerung an ein altes Leben. »Ich verlange, mit ihm zu reden. Jetzt.«

Die fünf wechselten Blicke, sprachen sich stumm ab.

»Du bist zu spät. Der Mord liegt bereits eine Weile zurück«, eröffnete ihr der Kib. »Der Fall ist gelöst.«

»Das wüsste der Dârèmo«, hielt Tomeija dagegen.

»Wegen des Sturms ergab sich keine Gelegenheit, der ehrenwerten Sarāsh eine Nachricht zu schicken.«

»*Mir* gelang es, bis nach Sandwacht zu kommen. Einem von euch dürfte es keine Schwierigkeiten bereiten, nach Wédōra zu gelangen.« Tomeija vermutete, dass der Kommandant die abweisenden Soldaten vorgeschickt hatte, um sie entweder zu vergraulen oder ihre Hartnäckigkeit einer Probe zu unterziehen. »Gut. Dann werde ich euren Vorgesetzten aufsuchen und mir berichten lassen, was sich zugetragen hat.« Sie streckte die Hand energisch aus und verlangte das Schreiben und die Hülle zurück, während die andere am Waffengriff blieb. »Können wir?« Wieder schauten sich die fünf an. »Bevor ich die nächste Ausrede höre: Ich *bestehe* darauf. Im Namen der ehrenwerten Sarāsh, der Botin und Vertrauten des Dârèmo. Wer weiß: Vielleicht komme ich zu anderen Schlüssen als der Kommandant, was den Tod von Ellja angeht?«

Der Kib warf ihr das Papier und das Leder zu. »Das glaube ich zwar nicht, aber –«

»*Glaube* überlasse jenen, die sich den Gottheiten widmen. Ich rede von *Wissen*, wenn es um einen Mord geht«, fuhr Tomeija dazwischen. »Oh, richtig! Selbst im Glauben bin ich dir voraus, Kib.«

Der Unteroffizier schwieg, seine Züge zeigten eine Mischung aus Ungehaltenheit und Ärger. Aber er wagte es nicht, weitere Worte zu verlieren. Es erschien ihm selbst inzwischen unklug, jemandem, der von der ehrenwerten Sarāsh und damit vom Dârèmo gesandt worden war, unentwegt Widerrede zu geben und sich unbeliebt zu machen.

Die kleine Soldatengruppe fächerte auf seinen Wink hin auseinander und nahm Tomeija samt Echse in die Mitte, ihr Wortführer marschierte vorneweg.

Tomeija legte ihre schützende Maske rasch an und warf die langen, grauen Haare nach hinten.

Es ging aus der Schleuse über den großen Hof und in einem Bogen an einem eckigen Gebäude vorbei. Der Wind trieb den Sand ungebrochen in dichten Schleiern umher, so dass die Außenmauern und die drei Türme, wobei der mittlere der größte, höchste und massivste sein musste, eine Ahnung blieben.

Tomeija kannte den Aufbau der Festung. Sie hatte die Karten

studiert, sogar die grobe Aufteilung der Stockwerke rasch verinnerlicht. Die schlankeren Türme boten Platz für die verkleinerten Wohneinheiten und Laufechsenställe, der höchste diente als Plattform für Pajarota sowie als Werkstatt; es gab weitere Unterkünfte und ein riesiges Trinkwasserlager.

Tomeija blickte sich um.

Nicht nur am Berg existierten Überreste alter Grundfesten der verschollenen Vorgängersiedler. Die Kaufleute hatten aus Kostengründen die antiken Mauerüberbleibsel auf der Spitze in den Neubau der eigenen Befestigungsanlage integriert.

An einem dieser uralten Elemente schritten sie vorbei auf den Hauptturm zu. Es handelte sich um einen zweckmäßigen rechteckigen Kasten, der als Gefängnis sowie für Notfallmannschaftsquartiere herhalten sollte, falls die Besatzung aufgestockt werden musste. In den Berichten über Sandwacht war vermerkt, dass in genau jenen alten Teilen des Bollwerks die unerklärlichen Dinge vorgingen.

Der Kib führte sie durch das Eingangstor in den Hauptturm. »Wir beide gehen alleine weiter. Die anderen warten.«

»Gut.« Tomeija drückte die Leine der Sarqiabeek-Echse der Soldatin in die Hand. »Gut versorgen. Das Tier gehört Sarāsh.«

Sie folgte dem Unteroffizier.

Erneut mussten sie durch eine Innenschleuse, um zu verhindern, dass der Kara Buran hinter die Mauern drang.

Tomeija nutzte die Gelegenheit, um die Glasmaske abzulegen. »Wie machen eure vorgelagerten Späher eigentlich bei solchem Wetter auf Beobachtungen aufmerksam?«, erkundigte sie sich. »Brieftauben oder Blinkzeichen werden nicht funktionieren.«

Der Kib runzelte verwundert die Stirn. »Wir haben keine Späher. Das ergäbe während des Kara Buran keinerlei Sinn, nicht wahr?«

»Aber …« Tomeija überlegte. Dass die Kundschafterin eine gänzlich andere Uniform und Bewaffnung getragen hatte als die Besatzung, hatte sie zunächst nicht weiter irritiert. Verschiedene Einheiten innerhalb eines Heeres trugen unterschiedliche Kleidung. In knappen Worten beschrieb sie die Frau, die ihr am Hang begegnet war. »Ist sie eine von jenen, die ihren Verstand verloren hat und sich auf eigene Faust herumtreibt?«

Der junge Mann schluckte vernehmbar, seine Züge verloren die Sonnenbräune zusammen mit seiner aufgesetzten Ablehnung und Überlegenheit. »Nein. Ist sie nicht.«

»Sondern?«

»Sie ist … tot. Seit mehr als hundert Siderim. Gelegentlich erscheint sie, wenn …« Er wich vor Tomeija zurück, als gehörte sie zu den Phantomen der Festung.

Rasch folgte sie ihm aus der Schleuse. »Wenn *was? Wann* erscheint sie?«

Die Erklärung blieb ihr der Kib schuldig. Er sprach kein einziges Wort mehr, bis sie mit dem Gegengewichtaufzug in das dritte Stockwerk gefahren waren und er sie vor der Tür des Kommandanten abgestellt hatte.

Hastig klopfte er, von drinnen erklang ein schnarrendes »Herein«.

»Es mag sein«, raunte der Kib ihr zu, »dass es *doch* gut ist, eine wie Euch bei uns zu haben. Eine Gläubige von Driochor.«

»Eine angehende Hohepriesterin.« Tomeija hatte ihn nicht verbessern wollen, doch es war ihr über die Lippen gesprungen.

»Umso besser.« Dann drückte er die Klinke herab. »Möge uns der Gott des Todes beistehen.« Der junge Mann stieß die Tür auf und schob Tomeija in den von Kerzen und Lampen beleuchteten Raum. Ehe sie nachfragen konnte, verschwand er, ohne Meldung zu machen.

Tomeija stand dem Kommandanten gegenüber, betrachtete ihn und stellte fest, dass sich Sandwacht alle Mühe gab, sie von einem Herzschlag auf den nächsten zu überraschen.

* * *

Aus den Statuten der Stadt Wédōra:

Entsorgung eines toten Menschen, ganz gleich welchen Alters

- *Verwesungsturm: kostenlos*
- *Verbrennen: Die Kosten für das Holz tragen die Angehörigen. Dabei ist der Platz neben dem Verwesungsturm zu nutzen.*
- *In die Wüste bringen oder bringen lassen: Die Kosten tragen die Angehörigen.*
- *Tiere jeglicher Art sind dem Abdecker zu übergeben.*

Es ist nicht erlaubt, einen toten Menschen, ganz gleich welchen Alters, ebenfalls dem Abdecker zu übergeben.

Kapitel III

Wédōra, unter dem Prachtviertel

Als Liothan klarwurde, dass das alptraumhafte Wesen vor ihm am Durchbruch in der Wand sein würde, der in seinen Schacht führte, änderte er sein Vorhaben. Er warf sich herum und hetzte an den Fackeln vorbei in die entgegengesetzte Richtung. Sein neues Ziel war jener Ausgang, aus dem die werwolfartige Kreatur gekommen war. Die Öffnung führte hoffentlich zu einem Gang, der ihn aus der verborgenen Unterwelt der Wüstenstadt brachte.

Schlimmer kann es eh nicht mehr kommen. Keuchend rannte Liothan auf dem schmalen Sims entlang und hielt mit Mühe das Gleichgewicht, während hinter ihm ein wütendes Bellen erklang, das ihm mindestens einen sehr schmerzhaften Biss versprach. Er warf einen Blick über die Schulter und sah seinen Verfolger soeben das in die Wand gesprengte Loch passieren, vor das Liothan die Steine gestapelt hatte. Das Wesen bemerkte es nicht und blieb auf die Jagd fixiert.

Es muss gelingen, sonst … Liothans Lungen brannten. Er schwor sich, seine körperlichen Fähigkeiten zu verbessern, sollte er die Begegnung überleben. Die viele Leserei und Studiererei hatten seiner Ausdauer nicht gutgetan. Ein Abrutschen genügte, und er stürzte mindestens fünfzig Schritt in die Tiefe, ehe er ins Wasser schlagen und jämmerlich ersaufen würde.

Die Öffnung, aus welcher die Kreatur gekommen war, rückte näher und erwies sich als gemauerter Ausgang, hinter dem Dunkelheit lag. Einfache Piktogramme waren im Steinrahmen eingelassen worden, die unmissverständlich davor warnten, den dahinterliegenden Stollen zu betreten.

Zu spät. Liothan sprang in die Düsternis, aus der intensiver

Gestank von wilden Tieren drang und ihn zum würgenden Husten zwang.

Bis sich die Augen an das schummrige Zwielicht gewöhnt hatten, taumelte er voran. Seine Füße stolperten Stufen hinauf, die zunehmende Helligkeit rührte von Fackeln her, die weiter oben auf dem Absatz brannten. Kreischen, Fauchen und Brüllen schlugen ihm entgegen. Der durchdringende Geruch von Urin und Sekreten, mit denen Tiere ihre Gebiete markierten, fiel über ihn her und machte jeden Atemzug zur Qual.

Hastus, wenn ich deine Macht auch auf dieser Welt in Anspruch nehmen kann: Ich opfere dir, soviel ich entbehren kann. Liothan erreichte den Absatz, hinter dem sich ein schwach beleuchteter Gang mit zahlreichen Zellentüren anschloss. Die Verriegelungen ließen sich über Kettenzüge aus sicherer Entfernung betätigen; an den Decken hingen Gitter, welche den Korridor segmenthaft unterteilen konnten. Die Ketten verliefen in gebündelten Strängen im Gewölbe entlang, einige führten aus dem Gang, den Liothan gekommen war.

Geradeaus? Behutsamer als zuvor und geduckt eilte er den Korridor entlang, während sich eingesperrte Bestien gegen die Gittertüren warfen, um ihn zu zerreißen. Aber die beruhigend dicken Bolzen und Eisenbeschläge verhinderten ein Ausbrechen.

Liothan schwitzte. Damit legte er eine unfehlbare Duftspur für seinen Verfolger. *Er wird gleich auftauchen.* Hektisch suchte er nach dem Mechanismus, um die Trenngitter runterzulassen, während er vorwärtshuschte, auf die Ausgangstür zu, die auf die Entfernung wirkte, als bestünde sie aus verrostetem Eisenblech. Daneben gab es eine Reihe von Hebeln, zu denen Ketten führten.

Das muss es sein! Noch wenige Schritte trennten Liothan von der Vorrichtung, da dröhnte ein wütendes Kläffen durch den Zwinger.

Das Trappeln von schweren Pfoten näherte sich rasend schnell. Aus dem Bellen wurde ein ankündigendes tiefes Knurren.

Ein erneuter Schulterblick machte Liothan klar, dass ihn die

Bestie mit der langen, schwarzen Schnauze und einer Reihe langer, spitzer Fänge vor der Tür einholen würde.

Dann muss es so gehen! Er packte im Vorbeirennen einen halbvollen Wassereimer und schleuderte ihn in hohem Bogen gegen die Hebelreihe. *Hastus, löse die richtigen Gatter aus!*

Das Behältnis traf die kurzen Griffe und ließ einige nach unten einrasten.

Ratternd und klackend setzten sich die Ketten in Bewegung, Umlenkrollen und unsichtbare Mechanismen verrichteten ihren Dienst. Die Gitter fielen eins nach dem anderen hinter dem heranstürmenden Angreifer herab.

Nein, nein, nein! Liothan erreichte das Bedienelement mit einem verwegenen Sprung, sein Unterarm drückte die restlichen Hebel abwärts.

Klimpernd und rasselnd fielen sämtliche Trennelemente nach unten und schützten ihn vor den ausgestreckten Klauen der Kreatur, die sich rasend vor Zorn gegen das Metall warf. Klackend schnappte die lange Schnauze eine halbe Fingerlänge entfernt vor Liothans Schuhspitze zu.

Schnell zog er die Beine an und stand auf, kehrte aufreizend den Dreck von der Kleidung. Liothan hatte wieder Oberwasser. »Was nützt dir deine Kraft jetzt?« Langsam neigte er den Kopf nach vorne, sog prüfend die Luft ein.

Die Kreatur stellte ihr Toben ein und tat es ihm nach.

»Du bist ganz schön hässlich«, stellte Liothan mit einem Grinsen fest und wischte sich den Schweiß mit dem Ärmel von Stirn und Gesicht und band sich die Haare zu einem Zopf. »Und ziemlich tödlich, wie es für mich den Anschein hat.« Er betrachtete das Gitter misstrauisch. »Die Erbauer werden sich ganz sicher etwas dabei gedacht haben, als sie das Gefängnis einrichteten.«

Das Wesen betrachtete ihn aus katzenhaften Augen, grollte leise wie ein hungriger Wolf. Das sandfarben gefleckte Fell würde es in der Wüste so gut wie unsichtbar und zu einem erfolgreichen Jäger machen.

»Wer hat dich eingesperrt?«, überlegte Liothan laut und sah rechts und links an dem Monstrum vorbei.

Die Wesen hinter den etlichen Türen hatten sich beruhigt, klangen jedoch unterschiedlich. Es mussten verschiedene Sorten von Bestien sein.

Unwillkürlich dachte er an die Keijo, die Kreaturen in den Kisten, welche die Stadtwache an den Toren der Vorstädte einsetzte, um getarnte Sandvölker aufzuspüren. In der Stadt wurde erzählt, der Dârèmo habe sie in seinem Turm erschaffen, aber Liothan hatte in den Erzählungen eines Krämers gelesen, dass es Kreaturen seien, die wie er und Tomeija als Gestrandete in die Wüste gekommen waren. Die Truppen spürten sie auf und brachten sie heimlich in unterirdische Zellen, zu Hunderten, wo sie sich angeblich gegenseitig abschlachteten oder sich kreuzten und neue Bestien hervorbrachten, versehen mit den wundersamsten Kräften.

Habe ich diese unterirdischen Gefängnisse gefunden?

Liothan wagte es, im Vertrauen auf die Metallstäbe seinem Verfolger den Rücken zuzuwenden und den Ausgang in die vermeintliche Freiheit zu betrachten.

Die Tür bestand aus korrodiertem Eisen, das Schloss war tief und gewiss kompliziert. Auch wenn sein Studium der Hexerei ohne große Erfolge blieb, beherrschte er den Zauber des Schlösserknackens ohne größere Schwierigkeiten. Die Formel in Verbindung mit seiner Gabe ermöglichte es ihm, jede Verriegelung zu öffnen, mochte die Mechanik noch so ausgefeilt und schwierig für Diebe sein. Doch Liothan wusste nicht, was sich auf der anderen Seite befand. Es konnten dort Wachen warten.

Oder noch mehr Kreaturen wie diese Bestie. Hunderte. Hungrig. Hasserfüllt. Ohne Gitterstäbe.

Es bleibt mir nichts anderes, als es darauf ankommen zu lassen. Früher oder später würde jemand erscheinen, um nach dem Rechten zu schauen. Der Aufruhr in den Zellen musste einen Aufpasser auf den Plan rufen.

Er wandte sich zur Bestie um, die ihn aus ihren Katzenaugen

beobachtete, die krallenbewehrten Klauen um die Stäbe gelegt. »Du könntest mir sicher sagen, was jenseits der Tür ist.« Liothan blickte dem Wesen in die abgrundschwarzen Pupillen, in deren Mitte ein dünner hellgrüner Strich blitzte.

Er erinnerte sich an die magische Formel, mit der man in die Gedanken anderer Wesen einzudringen vermochte. Tomeija hatte ihm verboten, die Formel an ihr auszuprobieren, und bei jeglichem Versuch schwerste Prügel angedroht.

»Du wirst nichts dagegen haben.« Liothan murmelte die Silben und vollführte eine Geste, ohne seinen Blick zu senken.

Nichts.

Er gab einen Laut der Enttäuschung von sich und drehte sich zum einzigen Ausgang, der ihm geblieben war. *Wenigstens wird mir die Tür nicht widerstehen.*

»... könnte das Gitter hochschieben, um ihn zu erwischen«, vernahm er abrupt eine rauhe Stimme hinter sich. »Er ahnt nicht, dass ich es kann.«

Liothan gefror in der Bewegung.

»Nein«, sagte eine zweite. »Du hast gesagt, er sei aus einem Loch in der Wand gekommen. Das ist für unseren Plan viel wichtiger als sein Tod.«

Liothan drehte sich leicht zur Seite und sah die Bestie an. Sie stand brav und alleine vor dem Gitter, beobachtete ihn, die schwarzen Lefzen leicht in die Höhe gezogen.

»Ich bin gespannt, was er nun macht«, hörte er wieder eine Stimme – und begriff, dass er die Gedanken des Scheusals las! Die Hexerei tat mit leichter Verzögerung ihre Dienste. Die Kreatur schien sich auf mentale Weise mit einer anderen abzusprechen, die eingesperrt war. »Die Sicherheitstür kann nur mit einem Sonderschlüssel geöffnet werden.«

»Es wäre ratsamer, wenn du in die Kaverne zurückkehrst und das Loch so gut wie möglich versteckst«, erklang die Anweisung. »Die Garde soll nichts davon erfahren. Es ist perfekt für unser Vorhaben. Wenn sich der Aufruhr wegen des Eindringlings gelegt hat, finden wir heraus, wohin dieser Durchgang führt.«

»Und wenn sie ihn schnappen und er redet?«

Liothan verfolgte die Unterredung und bemühte sich, keinen Zwischengedanken zu senden, der den beiden Wesen verdeutlichte, dass er sie belauschte. Mit jedem Wort stieg seine Aufregung.

»Denkst du, er wird reden? Wie sieht er aus?«

»Ich glaube nicht, dass er aus Wédōra kommt. Er riecht anders.«

»Kann er zu den Verschwörern gehören, Narako?«, fragte die andere Stimme. »Jene aus Thoulikon, die versuchten, die Macht über die Stadt an sich zu reißen.«

»Nein. Ich glaube, er ist einer von den Diebesfamilien, die sich aus Versehen in die Kaverne gegraben haben.« Die Bestie schnupperte erneut in seine Richtung. »Ich habe mir seinen Gestank eingeprägt. Ich finde ihn überall wieder.«

Na, bestens. Liothan unterdrückte die aufkeimende Beklemmung und tat, als würde er nichtsahnend das Schloss der Eisentür erforschen.

»Wenn ich es recht bedenke«, sprach die zweite Stimme erneut, »wird es besser sein, wenn ihn keiner findet. Die Garde würde sich wundern, wo er auf einmal herkommt, und so lange suchen, bis sie seinen Gang aufspüren.«

Das Gespräch nahm eine Wendung, die Liothan höchst unschön fand.

Er bereitete die Formel vor, welche das Schloss bezwingen und ihm Freiheit bescheren würde. Mit dem Zauber verlöre er die Konzentration für die Telepathie sowie den Kontakt zu den beiden Wesen – und es hätte ihn schon sehr interessiert, von welchem Plan gesprochen wurde. *Ich warte noch damit.*

»Dann soll ich ihn doch erlegen?«

»Ja. Aber teile dein Mahl gerecht mit deinen Brüdern und Schwestern. Anschließend räumst du auf und sicherst den Durchbruch für uns. Keiner von den Leuten des Dârèmo darf davon erfahren. Es muss sein, als wäre dieser Kerl niemals in die Kaverne eingedrungen.«

»Dafür sorge ich, Daitya.«

Liothan hörte, dass die Bestie in seinem Rücken lauter grollte. Gleich darauf gab das Gitter ein lautes, anhaltendes Quietschen von sich. Es wurde nach oben gedrückt.

Verflucht! Er sprach die Silben und rief die nötige Mondenergie aus seinem Inneren ab.

Ein grelles Flirren huschte über den Beschlag, das Schloss leuchtete auf, und der Mechanismus klickte. Etliche Bolzen fuhren hörbar zurück.

Raus! Liothan drückte den Griff herab und verließ fluchtartig den Korridor, während das Scheusal hinter ihm aufheulte und das Klirren zunahm. Die Abtrennung wurde schlagartig nach oben gewuchtet.

Liothan warf die Tür hinter sich zu und ließ das Schloss einrasten, die Eisenriegel kehrten in die Halterungen zurück.

Von der anderen Seite krachte die Werwolfbestie dagegen, wie er am leichten Vibrieren merkte. Doch die Metalltür würde das Zehnfache und mehr aushalten.

Hastus, ich danke dir. Liothan blickte sich, am ganzen Körper bebend, um.

Auf dieser Seite gab es einen weiteren Gang mit einer Nische für einen Tisch, vier Stühle sowie mehrere Regale und offene Schränke, in denen Ausrüstung lagerte: Eisenringe, Stachelhalsbänder, Ketten, Haltegeschirre mit spitzen Haken, Trensen, Handschellen und Peitschen, die dazu gedacht waren, die Monster zu dressieren. Auch die Kästen fand er, in denen die Keijo an den Toren gehalten wurden. Zwei Lampen auf den Regalen brannten mit kleinster Flamme und spendeten schummrige Helligkeit. An der Wand befand sich ein Plan des Labyrinths, in dem es Dutzende solcher Gänge mit Zellen und Bestien gab.

Daitya und Narako. Leise schlich Liothan vorwärts, dachte über das Erlebte nach. Die Ungetüme und Wesen, die der Dârèmo an den Eingängen der Vorstädte zum Aufspüren der T'Kashrâ nutzte, schienen wesentlich intelligenter zu sein, als es sich der geheimnisvolle Herrscher vorstellte. Sie verfolgten eigene Vorhaben, welcher Natur auch immer.

Dann fiel Liothan ein, dass Narako just auf dem Weg sein dürfte, den gesprengten Schacht zu erkunden – der in sein Haus führte.

Dieser Werwolf ist viel zu breit, überlegte er. *Er wird es nicht schaffen.* Ein sicherer Schutz vor einem Besuch durch die Keijo bedeutete das nicht. Es gab Schmalere als Narako und sicher konnten auch einige von ihnen ihre Zellen verlassen.

Liothan erreichte eine Kreuzung und folgte dem Korridor, der leicht aufwärts verlief. Er hoffte, an die Oberfläche zu gelangen, auch wenn es bedeutete, dass er sich durch eine Garnison stehlen musste. Seiner Vermutung nach befand er sich in einem der vier gewaltigen Wachtürme, welche an den Mauern rund um das Prachtviertel standen.

Seine Gedanken schwirrten ungebrochen um die Begegnung mit der Bestie und die Unterredung.

Sie würden bestimmt ein weiteres Scheusal aussenden, schlanker und biegsamer, um den geheimen Weg zu ergründen.

Ich werde ihnen eine Falle stellen, beschloss er. *Ich schnappe mir eines, und dann werden sie mir die Wahrheit über ihre Absichten verraten.* Prompt verwarf er den Gedanken, die Leute des Dârèmo in Kenntnis zu setzen. Das würde er auf eigene Faust regeln. Was er in seinem Haus trieb, ging den Herrscher nichts an.

Aber Tomeija muss ich warnen, damit sie nicht bei einem Bad von einem Scheusal überrascht wird.

Sosehr Tomeijas Kampfkünste den seinen überlegen waren und sie Tricks mit ihren dünnen Nadeln beherrschte: In einer Wanne war man nackt und trug keine Waffen.

Ich muss sehr schnell nach Hause! Liothan fand sich am Fuß einer engen Wendeltreppe wieder, die senkrecht nach oben führte. Er spurtete sie hinauf und öffnete die nächste dicke Eisentür mit einem Zauber, auch wenn er deutlich fühlte, dass er sich alsbald neue Kraft aus den Strahlen der Monde ziehen müsste. Während des Kara Buran war dies so gut wie unmöglich. *Viel mehr Türen sollten mir nicht mehr im Weg sein.*

Liothan stand wie vermutet in einem Turm. Er schloss den Durchgang und drückte sich in die Schatten, schlich vorwärts.

Dank Hastus' schützender Hand gelang es ihm, sich heimlich durch die Gänge zu bewegen. Rechtzeitig duckte er sich hinter Truhen, stieg unter Gewölbedecken und wartete, bis die Leute unter ihm entlanggegangen waren, oder warf sich flach unter eine Bank.

Gardistinnen und Gardisten in leichten Rüstungen mit weißen Überwürfen liefen dicht an ihm vorbei und sprachen über den höchst launischen Kara Buran oder wie sie den Abend verbringen wollten, über den verhinderten Angriff oder über gewöhnliche Sorgen und Probleme ihres Alltags.

Als Liothan eine Ausrüstungskammer passierte, nahm er sich einen hellen Mantel sowie einen Helm und legte beides an, um den Anschein zu erwecken, er gehöre zur Garde.

Seine List gelang, auch weil er sich nicht scheute, Wildfremde zu grüßen und ihnen ein freundliches Wort zuzuwerfen, als kenne man sich seit Urgedenken.

Kurz vor dem Ausgang schloss Liothan sich einer ausrückenden Patrouille an und marschierte frech mit ihnen zum Tor hinaus, um im III. Viertel zu landen, wo die einfachen Bewohner der Stadt lebten.

Ehe man ihn bemerken konnte, bog Liothan in die erstbeste Seitengasse, streifte Überwurf und Helm ab. Beides landete in einer Ecke.

Liothan rannte los, durch die Böen des Kara Buran. Er musste in sein Anwesen zurück, bevor die Bestien einen passenden Späher fanden und durch den Tunnel schickten, womit er zu den verrosteten Eisenstiegen im Schacht gelangte. Und damit in sein Heim.

Trotz allem fühlte sich Liothan unglaublich gut.

Es gab Abenteuer in der Stadt zu erleben, die ihm deutlich mehr zusagten als die dröge Studiererei. Zwar waren die Pläne aus Thoulikon zur Unterwerfung Wédōras vereitelt worden, doch sein Halunkengespür warnte ihn davor, die Gefahren für die eine Million Einwohner und den Dârèmo als gebannt zu betrachten. *Ich finde heraus, was die Keijo planen.* Liothans Ansporn, sich von dem heutigen Tag an stärker mit Hexerei und Zauberkunde zu beschäftigen, stieg ins Unermessliche.

* * *

Festung Sandwacht

In den Beschreibungen über die Festung hatte Tomeija nichts über die körperliche Konstitution des Kommandanten gelesen.

Daher überraschte sie der Anblick der beiden Personen, die hinter dem imposanten, überladenen Schreibtisch über einem Wust aus Papieren und Karten saßen und deren Körper an der Schulter abwärts miteinander verwachsen waren, ohne dass sie dabei Gliedmaßen eingebüßt hatten. Darüber hinaus war der rechte Mensch ein älterer Mann von mindestens fünfzig Siderim, der linke hingegen eine Frau in Tomeijas Alter.

Driochor, wie geht das? So etwas hatte sie weder gesehen noch jemals davon gehört. Ohne magische oder göttliche Einflüsse war der Altersunterschied der Geschwister nicht zu erklären. Das leichte dunkelbraune Gewand, welches die Zwillinge trugen, die Rüstung, die Möbel, alles musste eigens angefertigt worden sein.

Der betagtere Mann, dessen Haar wie Silberdraht auf dem Kopf saß, betrachtete und bearbeitete ungerührt die Blätter, sichtete sie und machte Vermerke darauf.

Die Frau hingegen hob den Blick und betrachtete Tomeija neugierig. Sie hatte die schwarzen Haare fingerlang geschnitten und trug sie ohne besondere Frisur. »Eine Zivilistin. Auf dem Weg nach Wédōra im Kara Buran verlaufen?«

»Nein, Kommandantin.« Tomeija machte einige Schritte nach vorne und reichte den Brief des Dârèmo über den Tisch. Sandkörnchen rieselten aus der Kleidung auf den Boden und den Tisch. Sie stellte den unbequemen Tragesack neben sich ab und warf ihren Mantel darüber. Darunter kam ihr leichtes, dunkelrotes Kleid mit den seitlichen schwarzen Elementen und Stickereien zum Vorschein, um das sie ihr Schwert gegürtet hatte. Es war knöchellang und hochgeschlossen, durch die Serkaseide kühlte es angenehm. Auf eine Rüstung hatte sie verzichtet, um harmlos zu wirken. »Ich bin mit einem Auftrag hier.«

»Dein Auftrag muss meinen Kib so verwirrt haben, dass er nicht mal Meldung machte.« Sie lächelte beim Entgegennehmen des Blattes und überflog es. »Ich bin Pajana, das ist Malchikor. Die korrekte Anrede ist Nakib-Dho, wobei Kommandant auch in Ordnung wäre.« Ihre Miene blieb freundlich. »Oh. Der Dârèmo meint es gut mit uns.« Sie hielt das Schreiben vor die Augen ihres Bruders. »Er sendet uns die Vertretung seiner Vertreterin. Eine Shudiya als Ermittlerin.«

Malchikor las die Zeilen und widmete sich erneut seiner Tätigkeit. »Es gibt nichts mehr zu ermitteln«, brummte er. »Seit wann haben wir so etwas überhaupt: eine Shudiya, die Verbrechen im Heer untersucht? Das können wir selbst.«

»Das würde mich auch interessieren.« Pajana legte den Brief vor sich und faltete die Hände, die Unterarme ruhten auf der Arbeitsplatte. »Traut uns der Herrscher nicht mehr?«

»Das müsstet Ihr den Dârèmo fragen«, gab Tomeija zurück und korrigierte den Sitz ihrer weißen Lederhandschuhe. Sie hatte beschlossen, sich stets auf ihren Auftrag zu berufen. »Ich bin lediglich abbestellt worden, um an Sarāshs Stelle den Mord an Ellja Tegiin zu untersuchen. Mehr tue ich nicht. Es liegt mir fern, Eure Autorität zu untergraben. Man wird mein Dasein kaum bemerken. In einem Tag werde ich vermutlich verschwunden sein.«

Malchikor lachte leise auf.

»Was tust du sonst in Wédōra, Shudiya?« Pajana schien die

Abwechslung vom Sandwacht-Alltag willkommen zu sein. »Ich sehe das Zeichen von Driochor auf dem Schmuck an deinem Handgelenk. Dazu die Art, wie düster du dich schminkst, lässt mich fast annehmen, dass du dem Schick folgst und dich wie eine T'Kashrâ gibst. Du magst das Dunkle.«

»Wie ich schon sagte: Ich bin hier, um an Sarāshs Stelle Nachforschungen wegen des Mordes an Ellja Tegiin anzustellen.« Tomeija sah überhaupt nicht ein, mehr über sich zu erzählen. Das hatte sie bereits in ihrer alten Heimat so gehalten, wenn sie Verbrechen in der Baronie untersuchte. Um ihr Anliegen zu verdeutlichen, zog sie einen Stuhl zu sich und nahm Platz. »Ich brauche sämtliche Unterlagen, die Ihr zu dem Fall angelegt habt.«

Pajana lächelte amüsiert. »Jetzt ist es schon ein Fall.«

»Es kann sein, dass mehr als eine Tötung dahintersteckt.«

»Nein«, knurrte Malchikor und setzte einen Haken hinter eine Auflistung. »Es war ein Eifersuchtsmord.«

»Das klingt, als hättet Ihr es *beschlossen* und nicht *festgestellt*«, erwiderte Tomeija bestimmt. »Kann ich mit dem Iatros sprechen, der die Tote examinierte?«

»Das tust du.« Pajana schien an dem Wortgefecht zwischen ihrem Bruder und Tomeija Spaß zu haben. »Er hat sie untersucht.«

»Ich für meinen Teil habe es ebenso beschlossen wie festgestellt. Es macht keinen Unterschied«, betonte Malchikor und schloss die dicke Kladde mit dem Ledereinband schwungvoll, so dass es knallte.

»Dann würde ich gerne die Unterlagen zur Examinierung sichten«, beharrte Tomeija und ignorierte das laute Zeichen an sie.

»Es gibt keine«, bekam sie von ihm zur Antwort.

»Nur die Anklageschrift«, fügte Pajana hinzu und streckte sich, zog eine Schublade auf und nahm ein Dokument mit großem Siegel heraus, auf dem *Vergehensvorwurf* geschrieben stand. Sie reichte es Tomeija. »Du musst entscheiden, ob das der ehrenwerten Sarāsh genügt.«

»Danke.« Sie las aufmerksam die mit sauberer Handschrift verfasste Anklage.

Das Mordopfer Ellja hatte eine Beziehung zu Harmon unterhalten, die der Mann in seinem Verhör nicht bestritt. Da die Frau seiner Aussage nach weitere eindeutige Bekanntschaften gepflegt hatte, gab es immer wieder Eifersuchtsszenen außerhalb und während des Dienstes. Die Tatwaffe, mit der Ellja erstochen worden war, befand sich unmittelbar nach dem Mord in Harmons Besitz. Die Spuren an seinen Händen und auf der Kleidung legten den Verdacht sehr nahe, dass er es getan hatte.

Ein Geständnis hatte Harmon jedoch nicht abgelegt. Er vermochte nicht mit Gewissheit zu sagen, ob der Mord sein Werk war. Der Soldat war volltrunken gewesen, was ihm jede Erinnerung an den Tathergang raubte. Derzeit saß er in einer Zelle in Sandwacht.

Nichts über den Fundort oder genauere Umstände. Tomeija legte das nutzlose Papier ab.

Hätte ihr ein Offizier in der Baronie einen solchen Bericht übergeben, hätte sie den Mann zurückgeschickt und jede Handbreit am Tatort vermessen lassen. Sie brauchte Skizzen, detaillierte Beschreibungen, angefangen von der Lage der Leiche bis zu dem, was sie in den Händen hielt. Jede Kleinigkeit konnte bei Morden bedeutsam werden. Aber Malchikor hatte entschieden, dass es nichts Ungewöhnliches gab.

»Was war der Rang der Toten?«

»Eine Nakib«, knurrte Malchikor und nahm sich das nächste Buch, um Zahlen zu übertragen.

»Ich lese nichts über Elljas Aufgaben in der Festung.«

»Was soll das mit dem Mord zu tun haben?«

»Je mehr ich nicht erfahre, desto länger muss ich bleiben und mir Gedanken darüber machen, weswegen ich nichts erfahre«, konterte Tomeija. »Ich benötige eine Unterkunft. Danach schickt mir einen Adlatus, der mir bei meinen Nachforschungen zur Hand geht.«

»Es gibt nichts nachzuforschen!«, rief Malchikor erbost und schlug mit der flachen Hand auf den Tisch, so dass es laut schepperte. »Harmon war betrunken und eifersüchtig, noch dazu ist er seit längerer Zeit in Sandwacht. Das mag seine Sinne getrübt und ihn anfällig für das Böse gemacht haben.«

»Die Wirkung des Ortes«, ergänzte Pajana beiläufig. »Du wirst davon gehört haben. Auch wenn du aus Aibylos zu sein scheinst.«

»Das habe ich.« Tomeija erhob sich. »Damit es bei unserer Unterredung nicht vergessen wird: Der Dârèmo sandte mich stellvertretend für die ehrenwerte Sarāsh. Und ihr werde ich berichten, was ich erlebte. So finden meine Worte den Weg zum Herrscher.« Sie lächelte auf die miteinander verwachsenen Zwillinge nieder.

Nachdem die Drohung im Raum verklungen war, streckte Pajana die Hand aus und nahm das Glöckchen, um damit zu schellen. »Besorgen wir dir ein Zimmer und einen Fremdenführer«, verkündete sie und hatte ihre gute Laune nicht verloren. »Sonst sagst du am Ende noch Schlechtes über uns.«

Die Tür hinter Tomeija schwang auf, und ein Soldat kam herein, dem Pajana Order erteilte, den Gast unterzubringen und ihm als Adlatus zur Seite zu stehen sowie dessen Befehle zu befolgen. »Wir erwarten dich zum Abendessen. Dich und deine eigenen Erkenntnisse zu dem Mord.«

Malchikor schnalzte missbilligend mit der Zunge und schüttelte den Kopf.

Tomeija nahm Tragesack, Mantel sowie das Schreiben des Dârèmo und verließ nach einem Nicken, das nur von Pajana erwidert wurde, die Stube des Kommandanten.

Draußen stellte sich der Soldat vor, der keinen Offiziersrang trug. Ein leichtes Leinengewand, das bis zu den Knöcheln reichte, kleidete ihn, die Füße steckten in offenen Sandalen. »Ich bin Elswerth. Folgt mir, Shudiya. Ich bringe Euch in Eure Unterkunft.« Seine Neugier war nicht zu überhören.

Wenigstens er spricht mich respektvoll an. »Danke.« Tomeija ging ihm nach, in Überlegungen zu dem Fall versunken, und sie fuhren mit dem Gegengewichtfahrstuhl ein Stockwerk abwärts.

Ihr Bauchgefühl sagte ihr, dass es mehr zu entdecken gab als einen Mord aus Eifersucht. Das rigorose, dickköpfige Verhalten des alten Kommandanten, der sehr gelegen kommende Vollsuff des vermeintlichen Mörders, das allzu passende Motiv …

Der Dârèmo hat seinen Grund, mich zu entsenden. Die Tat konnte der Höhepunkt einer noch nicht absehbaren Menge von vorangegangenen Geschehnissen sein. *Ich finde es heraus.*

»Hier sind wir.« Der hellhaarige Elswerth blieb vor einer Tür stehen und stieß sie auf. »Ich lasse die Fliesen nochmals reinigen, wenn Ihr es wünscht.«

Tomeija sah ins Innere einer kargen Kammer, auf deren Boden sich ein rostbrauner Fleck abzeichnete. Es roch nach flüssigem Kupfer und Seife. Pajana ließ sie in der Unterkunft unterbringen, in der sich der Mord ereignet hatte.

Falsche Freundlichkeit.

»Nach dem Ablauf einer Sanduhr treffen wir uns wieder«, sagte Tomeija und betrat den Raum. »Und etwas zu essen hätte ich gerne.« Dann schob sie die Tür mit dem Fuß zu.

Tomeija atmete tief ein, blickte sich um, bis sich ihre türkisfarbenen Augen schließlich auf den Fleck richteten. Näher konnte sie nicht am Geschehen sein. *Beste Voraussetzungen, um möglichen Rätseln auf die Schliche zu kommen.*

Nach der Kammer wären die Zimmernachbarn an der Reihe. Eine Befragung nach der anderen, um Ungereimtheiten aufzudecken. Und auch Harmon bekäme Besuch von ihr in seiner Zelle.

Fangen wir mit dem Offenkundigen und Übersehenen an. Tomeija stellte den Tragesack auf die schlichte Liege und ließ sich auf die Knie herab, um ihre Suche zu beginnen.

Drei Sanduhren später hatte Tomeija zusammen mit Elswerth sämtliche Bewohner der Nachbarkammern vernommen und sich penibel Notizen angefertigt.

Bevor sie Harmon aufsuchen und sein Verhör beginnen würde, saß sie in der Unterkunft des Opfers und las ihre bisherigen Erkenntnisse am abgewohnten Schreibtisch durch, dessen Holz Generationen von Soldaten mit ihren Unterarmen abgenutzt und poliert hatten.

Tomeija hatte herausgefunden, dass das Mordopfer noch vier weitere Beziehungen oder eindeutige Bekanntschaften unterhalten hatte. Mit Männern und Frauen, was anscheinend eine beliebte Art des Zeitverbringens in der Festung war, gerade wenn der Kara Buran tobte und man keine Flüge unternehmen konnte.

Allmählich ergab sich ein Bild von der Toten.

Ellja war eine Pajarota-Fliegerin gewesen, die als äußerst wagemutig galt und selbst bei unmöglichsten Witterungen aufstieg. Sie hatte gemeint, dass die Sandvölker auch keine Rücksicht darauf nähmen und man vorbereitet sein müsste. Zusammen mit den Pajarota-Ingenio arbeitete Ellja an Modellen, die weniger anfällig für den Sturm waren und mit denen man weiter als mit gewöhnlichen Exemplaren segeln konnte. Sie war bereits mehrmals abgestürzt und hatte den Gleiter aus eigener Kraft wieder flottgemacht, um damit zurückzukehren. *Eine Heldin*, dachte Tomeija. Entsprechend hoch war Elljas Selbstbewusstsein und ihr Standesdünkel. Pajarota-Lenker betrachteten sich als eigene Kaste innerhalb des Heeres und führten den Rang eines Nakib.

Tomeija hatte erfahren, dass Ellja am Tag des Mordes von einem Erkundungsflug durch die schwächeren Ausläufer des Kara Buran zurückgekehrt war. Noch bevor sie Meldung erstatten oder einen Bericht darüber hatte schreiben können, war sie ermordet worden. Die Erkenntnisse ihres letzten Fluges waren verloren.

Das hatte Malchikor in seinem Bericht für nicht erwähnenswert gehalten.

Tomeija wollte nicht ausschließen, dass genau *diese* Neuigkeiten der Mordgrund gewesen sein könnten. Sollte die Tötung mit den Geheimnissen der T'Kashrâ zu tun haben, befänden sich Spione innerhalb der Mauern, und das würde Sarāsh sehr interessieren.

Und es konnte einen weiteren Grund geben.

Tomeija hatte unter dem Bett, im letzten Winkel und hinter einem Holzfuß eingeklemmt, einen Gegenstand gefunden, den sie nicht einzuordnen vermochte.

Es klopfte, und die Tür schwang auf. Elswerth stand bereit. »Wir können jetzt Harmon besuchen«, sagte er und hielt sich am Griff fest, als fürchte er, in die Kammer gesogen zu werden. »Wenn Ihr wollt, Shudiya.«

Vielleicht wird er mir helfen. Tomeija bedeutete ihm, einzutreten und die Tür zu schließen. Dann nahm sie das faustgroße Objekt aus farbigem Glas hervor, auf dem Blutspritzer und Flecken hafteten, die unmissverständlich zeigten, dass Ellja es im Augenblick ihres Todes bei sich getragen hatte. *Sie oder ihr Mörder.*

Sie stellte es auf das Pult. »Kannst du mir sagen, was ich gefunden habe?«

Elswerths Augenbrauen stiegen empor und blieben oben, als wären sie eingerastet. »Das ist ... ein T'Kashrâ-Artefakt! Würde ich meinen.«

»Das erkennst du *woran?*«

»Ich ... habe davon gehört.«

»Man sieht sie in der Festung öfter, nehme ich an.« Tomeijas Verdacht verstärkte sich. Sie legte die Kuppe des Zeigefingers auf die Spitze und drehte den Gegenstand mit zwei Fingern auf der Stelle. Durch das kristallreine Glas sah sie eingegossene Halbedelsteine, die in bestimmten Konstellationen angeordnet waren. »Wofür benutzen die T'Kashrâ es?«

Elswerths Augenbrauen senkten sich langsam. Er hatte seinen ersten Schrecken überwunden. »Woher soll ich das wissen?« Sein Blick huschte über die Sitan-Diamanten um ihren Hals, als wollte er damit sagen: Du solltest es mir erklären.

»Wie kommt dieses Artefakt wohl in Elljas Kammer?«

»Es muss ihr nicht gehört haben.«

»Wem sonst? Wer würde es liegenlassen, wo es doch einen gewissen Wert besitzt?« Der Handel und der Besitz von T'Kashrâ-Gegenständen war vom Dârèmo unter Strafe gestellt worden. Es hieß, dass Wédōra noch mehr Ärger mit den Sandvölkern vermeiden wollte, indem man sie nicht weiter bestahl. Der Verlust ihres Wasserheiligtums hatte sie hart genug getroffen.

Was vermagst du? Tomeija drehte das Artefakt erneut mit der Hand an und ließ es schneller rotieren.

Durch das hindurchscheinende Lampenlicht und die Bewegung ergaben die eingeschlossenen Steine unvermittelt neue Muster. Ein geradezu hypnotischer Sog ging davon aus.

Als Tomeija den Finger wegnahm, kreiselte das Artefakt von selbst weiter.

Ein leiser, dunkler Ton erklang, während die Edelsteine darin aufleuchteten und durch das Kreisen farbige, helle Bahnen schufen. Der Tisch vibrierte, das sanfte Schütteln erfasste für einen Herzschlag auch die Kammer.

Tomeija vermochte den Blick erst abzuwenden, als die Umdrehungen nachließen. »Hast du das gesehen?«

»Gesehen und gespürt«, gab Elswerth zurück. »Es ist ... vielleicht keine gute Eingebung, das zu wiederholen.«

Tomeija stimmte ihm innerlich zu. »Die Frage ist: Gehörte es Ellja, hat es ihr Mörder verloren, oder brachte sie es aus der Wüste mit?« Sie hatte eine Vermutung. Die Pajarota-Lenkerin bezweckte mit ihren waghalsigen Ausflügen mehr als das Austesten der weiterentwickelten Gleitermodelle. *Sie stahl den T'Kashrâ ihre Artefakte.* »Wie lange ist sie bereits im Einsatz? Seit wie vielen Siderim?«

»Wir werden in bestimmten Zyklen ausgetauscht, wie Ihr wisst«, antwortete Elswerth und wirkte sehr nervös. Das zeigte Tomeija, dass ihre Fragen genau die richtigen Punkte trafen. »Aber sie war so oft in der Festung, wie es ging.«

»Um den Pajarota-Baumeistern zu helfen. Weil sie eine gute Fliegerin war. Eine Heldin der Lüfte.«

»Genau.«

»Angenommen, sie nutzte diese Einsätze, um sich widerrechtlich solche Artefakte anzueignen« – Tomeija legte das auskreiselnde T'Kashrâ-Objekt hin –, »hätte sie doch niemals alleine dafür sorgen können, dass ihre Beute auf den Schwarzmarkt gelangt. Und derartig kostbare, verbotene Dinge zu horten, erscheint mir zu gefährlich. Sie hätte auffliegen und angeklagt werden können.«

»Das weiß ich nicht.« Elswerth schwitzte auf der Stirn und wischte die Tropfen mit dem Ärmel weg, auf dem sich dunkle Flecken bildeten.

Genüsslich lehnte sich Tomeija auf dem Stuhl nach hinten und legte die Füße hoch, an denen leichte, schwarze Stiefel steckten. »Nehmen wir an, Ellja ist die Beschafferin und bekommt einen Anteil vom Verkauf der Artefakte. Sie kehrt vom Flug zurück, und ihr Mittelsmann erwartet sie bereits in ihrer Kammer. Ellja will mehr Münzen, er sieht das nicht ein. Es kommt zum Kampf, er sticht sie nieder. Dann torkelt der betrunkene Harmon herein und schreit eifersüchtig herum, weil er das Geschehen falsch deutet.« Tomeija sah die Szene vor ihrem inneren Auge. »Der Mittelsmann flieht, noch bevor er das Artefakt suchen kann. Womöglich hat er auch mehr als eines an sich genommen, und der Verlust fiel ihm nicht auf.«

»Das sollte Harmon doch wissen.«

»Mit Gedächtnisverlust?« Tomeija überlegte. Die Amnesie des Verdächtigen konnte vorgetäuscht sein. Es gab Mittel und Wege, jemandem die Zunge zu lockern. Die Maìluone machten die Menschen gesprächig. Ihre Nadeln hatte sie mitgebracht. Sie wären von Vorteil und hinterließen keine Wunden oder Spuren.

»Ja, doch, ich denke, wir setzen unsere Befragungen mit Harmon fort.«

Tomeija nahm die Beine vom Pult und erhob sich. »Was sind diese Dinge wert?« Sie steckte das Artefakt, dessen Steine unentwegt leuchteten, als seien sie durch die Rotation aufgeweckt worden, in ihre Umhängetasche. *Ein hübscher Effekt.*

»Wirklich, Shudiya, ich kenne mich damit nicht aus.« Elsworth öffnete ihr die Tür.

»Wer tut das?« Sie warf sich ihren Mantel über das rote Kleid.

»Was meint Ihr damit?«

»Wer in der Festung kennt sich damit aus?« Tomeija blieb auf seiner Höhe stehen und blickte ihm ergründend in die Augen. Er senkte den Blick. »Verstehe. Du wirst schweigen.« Sie schritt an ihm vorbei auf den Gang. »Dann fragen wir Harmon. Mag sein, dass er sich doch an mehr erinnert, als er denkt.«

»Wie Ihr wünscht.« Der Adlatus zog an ihr vorbei und lotste sie durch die Gänge, den Aufzug und Treppen hinab zum Ausgang. Das Gefängnis lag im Gebäude neben dem großen Turm, sie würden ein Stück durch den Kara Buran gehen müssen.

Die Truppen, denen sie unterwegs begegneten, warfen Tomeija neugierige, manchmal auch feindselige und böse Blicke zu. Niemand mochte jene, die mit dem Stock giftigen Staub aufrührten, den dann alle einatmen mussten.

Tomeija folgte Elswerth. Für die wenigen Schritte durch den surrenden Sand verzichtete sie auf ihre Maske. Sie hatte sie im Zimmer zurückgelassen, um sie nicht in der Tragetasche umherschleppen zu müssen. Auf dem Weg fasste sie einen weiteren Entschluss: Sie würde die Nakib-Dho darum bitten, eine unangekündigte Durchsuchung sämtlicher Unterkünfte vornehmen zu lassen, bei Soldaten, Offizieren und ganz besonders bei den Pajarota-Lenkern. Sollten sich noch Artefakte der T'Kashrâ in den Mauern befinden, mussten sie als Beweismittel gefunden werden.

Der Dârèmo wusste genau, dass hinter Elljas Tod mehr steckte. Tomeija freute sich über das Vertrauen und die Möglichkeit, ihr Können unter Beweis zu stellen. Sie war gespannt, was sie ans Licht zerren würde.

Sie erreichten die große Pforte, an der zwei nicht gerüstete Wachen in den beigefarbenen Gewändern standen. Leise pfeifend fuhr der Sturm durch die Ritzen und sang grell, warnte die Menschen davor, sich ins Freie zu begeben.

Tomeija zog den Schal vor Mund und Nase. »Warum hat man keinen Tunnel gegraben?«

»Verzeiht, was meint Ihr?«

»Wäre es nicht einfacher gewesen, einen Verbindungsgang zu schaffen, durch den man sich bewegen kann?«, führte sie aus. »Sowohl zwischen den Türmen als auch den sonstigen Gebäuden?«

»Wir werden einen Dämon tun und uns in den verfluchten Stein graben«, murmelte Elswerth und wartete, dass ihnen geöffnet wurde. »Die Lagerräume, die es gibt, stammen noch von den Vorgängern. Es gibt verborgene Gänge, sagt man. Aber mich würde nichts hineinbringen.«

»Auch keine Todesgefahr?«, fühlte sich Tomeija herausgefordert.

»Ich bin mir nicht sicher, ob Driochor in diesen Gängen nicht noch leichteres Spiel hätte, mich umkommen zu lassen.« Elswerth zog sich ebenfalls den Schal vors Gesicht. »Falls er auf diesem Berg überhaupt Macht besitzt. Die Wesen, die an diesem Ort leben, entstanden lange vor den Gottheiten, die wir in die Wüste brachten.«

Die Wachen öffneten einen Durchlass, der in die Schleuse führte, wo sich bereits eine Sandschicht auf dem Boden verteilte. Erst, als sich die Tür hinter ihnen schloss, verließen sie das Gebäude auf der anderen Seite.

»Nehmt die Kette, Shudiya«, schrie Elswerth gegen das Brüllen des Kara Buran, der sich an den Mauern rieb und vielstimmige, unheimliche Lieder in ihre Ohren kreischte. »Wir hangeln uns hinüber.«

Tomeija musste zugeben, dass sie es ohne die Sicherung nicht durch den Sturm schaffen würde. An ganz schlimmen Tagen klinkten sich die Soldatinnen und Soldaten mit Gurt und Öse in die gespannte Kette ein und hofften, dass sie nicht ausrutschten und den Halt verloren. Gerade Neulinge hingen manchmal eine Sanduhr und länger im reißenden Wind und wurden zu einem lebendigen Fähnlein, wie in den Aufzeichnungen stand. Meistens wurden sie ohnmächtig geborgen, manche erstickten durch die Unzahl von Körnchen, die sich in Nase, Mund und Lunge sammelten.

Stumm fluchend erreichte sie das Gefängnisgebäude und gelangte in die bewachte Schleuse, von der aus sie hinter die schützenden Mauern wechselten und den Zellentrakt betraten.

Tomeija genoss die Stille innerhalb des Bauwerks. Der Wind entwickelte zur Wucht eine quälende Lautstärke. Sie hatte von Blindheit und Taubheit gelesen, die der Kara Buran gar in seiner abgeschwächten Form bei Unvorsichtigen verursachte.

Flankiert von zwei Soldaten, die auch keine Rüstung trugen, gingen sie den Gang entlang, bis zu jenem Verlies, in dem sich der Beschuldigte befand.

Sie rechnen mit keinerlei Angriffen. Tomeija wunderte sich zum wiederholten Male. *Nicht einmal von anderen Reichen. Auch nach dem Versuch von Thoulikon nicht.* Ihrer Ansicht nach war dies sträflich nachlässig.

Elswerth pochte fest gegen die Tür. »Harmon! Hoch mit dir. Wir kommen rein. Verhalte dich ruhig, und es wird zu deinen Gunsten ausgelegt, was das Strafmaß anbelangt.«

Es drang keine Antwort heraus.

Elswerth gab ihren Begleitern ein Zeichen, den Eingang zu öffnen.

Einer der Wärter zog einen filigranen Schlüssel aus der Tasche, der eigens mit einer Kette gegen Diebstahl und Verlust gesichert war, und führte ihn ins Schloss. Zuerst drehte er ihn zweimal nach rechts, bis es hörbar klickte, dann dreimal in die andere Richtung.

Laut quietschend entriegelten sich einige Bolzen.

Tomeija musste zugestehen, dass dieser feine Schlüssel viel schwieriger zu fälschen sein würde als grobe, einfache Schließmechanismen. Übte man zu viel Druck auf ihn aus, brach er einfach im Mechanismus ab. »Lass mich vorgehen.«

Elswerth nickte und öffnete.

Tomeija roch beim ersten Schritt ins dunkle Innere, dass sie sich das Verhör sparen konnte. Harmon lebte nicht mehr. Der Geruch von warmen Innereien, Exkrementen und Blut hing feuchtwarm in dem Raum und hüllte sie ein.

Er hat sich umgebracht. Sie blieb stehen.

»Ich brauche Licht«, verkündete sie und bekam eine Lampe gereicht.

Der gebündelte Schein der Blendlaterne fiel auf einen zerstückelten Kadaver, der den Wunden nach von einer Bestie zerfetzt worden sein musste. Lange Krallen hatten den Mann aufgeschlitzt und die Knochen durchtrennt, als wären es dünne Hühnchengebeine. Das Blut klebte am Boden, an den Wänden und an der Decke.

»Ich weiß, was du gleich denken wirst«, vernahm Tomeija eine sonore, bekannte Stimme aus den Schatten. »Aber ich war es nicht.«

Sie schwenkte den Strahl suchend in der Zelle herum, bis er den zweiten Insassen erfasste.

Irian Ettras!

* * *

Die Wege der Weisheit führen durch die Wüste. Und wer sie überlebt, ist wahrlich erleuchtet.

Sprichwort der Murzbha

Kapitel IV

Wédōra, Prachtviertel

Liothan erreichte die Tür zu seinem prächtigen, sechsstöckigen Anwesen und langte in seine Tasche – um gleich darauf zu fluchen. Er hatte natürlich keinen Schlüssel mitgenommen. Wie hätte er ahnen sollen, dass ihn das Abenteuer außerhalb seiner vier Wände verschlug?

Doch als Razhiv mit besonderer Begabung im Öffnen von Schließmechanismen bedeutete es weniger als ein Fingerschnippen, und er konnte mit einer weiteren Prise Mondlicht und der passenden Formel durch den Eingang spazieren, als hätte er ihn regulär aufgesperrt.

Ich muss mir unbedingt etwas ausdenken, um Einbrecher kaltzustellen, dachte Liothan und betrat die Eingangshalle. Wer es durch diese Tür schaffte, konnte sich nach Herzenslust an seinen und Tomeijas Schätzen bedienen. Und eine eingedrungene Bestie legte die Gefahrenlatte um mehrere Schritte höher als gewöhnliche Diebe.

Haben sie einen kleineren Keijo geschickt? Er blieb stehen und lauschte, ob er verdächtige Geräusche vernahm.

Außer dem Heulen und Surren des Kara Buran erklang kein Laut in dem großen Haus.

Liothan zog den Hastus-Anhänger unter seinem Gewand hervor. »Steh mir bei wie in der Grotte«, raunte er und schlich sich durch die Halle. Er wollte zuerst in die Küche, um das große Hackbeil zu holen, bevor er hinaufeilte, um den Schacht im Vasenraum zu verschließen. Falls sich Bestien in seinen vier Wänden aufhielten, wollte er bewaffnet sein. Auf die Hexerei alleine verließ er sich ungern – zudem hatte er wenig aufzubieten und derzeit nicht mal dafür ausreichend Kraft.

»Entschuldigt mein Eindringen«, traf ihn eine unbekannte

Stimme in den Rücken. »Ich wollte nicht im Sturm ausharren und in den Böen warten.«

Liothan blieb stehen. Er nahm nicht an, dass sich ein Monstrum derart freundlich vorstellte, und Diebe oder Räuber noch viel weniger.

Schnell drehte er sich um und sah einen hochgewachsenen schwarzhaarigen Mann in einem dunkelroten Gewand und weißgoldener Schärpe um Bauch und Hüfte neben der Tür stehen. Er hatte sich im Schatten der Balustrade aufgehalten und war Liothans Aufmerksamkeit entgangen. »Wir kennen uns und sind gute Freunde, was ich wohl vergessen haben muss – oder was sonst gibt dir das Recht, in mein Haus einzubrechen?«

»Nein. Aber ich kenne Tomeija.« Seine Haut ähnelte gemasertem weißem Marmor, die Augen waren mandelförmig. »Sie rettete meinem Kind das Leben.« Es roch unvermittelt nach heißen Metallspänen und gebrannten Nüssen; der Geruch ging von dem Fremden aus. »Ich klingelte und rief mehrmals, aber da niemand antwortete, ging ich davon aus, es sei niemand da, und erlaubte mir, in der Halle zu warten.«

Liothan ahnte endlich, mit wem er es zu tun hatte. »Du bist Dôol, ein Izozath.«

»Kytain Dôol.« Er neigte leicht seinen dunklen Schopf und deutete eine Geste mit dem achselhohen Gehstock an, dessen kinderfaustgroßer, silberner Knauf mit wabenförmigem Muster versehen war. »Dann hat sie von mir erzählt.«

»Wir sprachen über die Begegnung.« Liothan lauschte angespannt die Treppen hinauf. *Nichts. Keine Anzeichen einer Bestie.* »Vergessen wir, dass du bei uns eingebrochen bist. Ich müsste rasch hinauf, um –«

»Die Sache, die mich zu Euch bringt, duldet keinen Aufschub.« Ein Auge leuchtete rot, das andere blau auf, was dem Izozath eine unbestimmbare Gefährlichkeit gab. Zusammen mit der milchweißen Haut wirkte er auf Liothan wie eine menschengroße Statue, wie eine lebendig gewordene Puppe. »Meine nicht weniger. Sonst –«

»Ihr müsst mich begleiten. Sofort.«

»Ich dachte, du kommst wegen Tomeija?«

»Ich komme wegen euch *beiden*. Die Helden, die Wédōras Fall vereitelten.« Kytain Dôol trat auf Schlagweite seines Gehstabs heran. »Ihr müsst schildern, was sich zutrug.«

»Das habe ich schon. Was hast du damit zu tun?« Die Izozath kamen nicht aus den umliegenden Ländern rund um die Wüste. Ihre mechanischen Apparate und Erfindungen gehörten zu den teuersten Dingen, die sich die Reichsten der Reichen leisteten. Von manchen Artefakten wusste man nicht, wie sie funktionierten, aber schon der Besitz sagte viel über das Vermögen des Käufers aus. Wo die Izozath lebten, war ein Geheimnis.

Kytain Dôol umrundete Liothan und stellte sich ihm in den Weg. »Jemand, der Euch sprechen möchte, sandte mich. Er kommt aus Thoulikon.«

»Dann soll er auf einen Tee vorbeischauen. Sagen wir, in einem Sandglas?« Der offene Schacht ließ ihm keine Ruhe. Er zeigte die Treppen hinauf. »Es ist wirklich –«

»Die Sache duldet keinen Aufschub. Die Reisebedingungen sind nicht die besten. Der Kara Buran frischt auf. Bitte.« Der Mann zeigte auf den Ausgang. »Wir müssen los.«

Liothan sah vor seinem inneren Auge eine tödliche, schlangenhafte Kreatur, die den Schacht emporkletterte, um sich aus dem sechsten Stockwerk auf die Männer zu werfen und ihnen die Köpfe abzureißen, damit sie ihr Blut trinken konnte. *Oder sie lauern längst über uns und warten geduldig auf ihre Gelegenheit.* »Ich gehe sicherlich nicht vor die Stadtmauern, solange –«

»Dann tut es mir leid.« Kytain Dôol lächelte verkniffen und rieb über den Knauf.

Eine Wabe veränderte daraufhin ihre Farbe von Silber zu Schwarz. Mit einem hohen Summen schnellte ein kleiner blauer Blitz in gezackter Bahn heraus. Er traf den Razhiv gegen die Brust, genau auf das baumelnde Hastus-Zeichen.

Liothan fühlte einen heftigen Schlag, der von der Körpermitte in Kopf, Finger und Zehen schoss. Seine Sicht wurde von einem grellen Weiß überlagert, er roch die glühenden Späne und gebrannten Nüsse überdeutlich.

Als er wieder etwas sah, befand er sich in einem Zelt, wie ihm die flatternden hellen Leinwände verrieten. Er saß gegen einen Kissenstapel gelehnt, und jemand massierte seine Schultern, es roch nach Gewürzöl und Blütenessenzen. Unmengen von Laternen baumelten von den Streben und spendeten Licht. Seine Kleidung war noch die gleiche, wie er sie beim Betreten des Hauses getragen hatte: Lederhose, Hemd, Stiefel; seine Tragetasche lag neben ihm.

»Was, bei Hastus …?«, entfuhr es Liothan. Er legte eine Hand gegen die Brust und spürte durch das Loch im Hemd seinen Anhänger. Die Haut darunter brannte.

»Verzeiht mir«, sprach Kytain Dôol neben ihm. »Wie ich sagte: Es duldet keinen Aufschub. Wir hatten großes Glück, dass uns der Kara Buran die Reise erlaubte.«

»Natürlich erhaltet Ihr eine angemessene Entschädigung für den Aufwand und Eure Schmerzen«, schaltete sich eine Frau ein, die vor ihm auf einem fellbezogenen niedrigen Hocker saß. Sie trug ein weites hellblaues Lederkleid, das dicht mit Edelsteinschmuck bestückt war; Goldfäden um die Schulterpartien und zwischen den Brüsten setzten glanzvolle Akzente. Die geschickt in die blonden Haare eingeflochtenen kleinen bunten Federn sprachen für ihre Herkunft aus Thoulikon, die dicken Goldarmreifen und -spangen für eine sehr wohlhabende Person.

»Das ist nicht nötig. Ich habe keine Schmerzen.« Liothan schob die massierenden Hände weg. Er fühlte nicht mal Benommenheit. Welche Art von Magie auch immer der Izozath gegen ihn eingesetzt hatte, sie musste sehr mächtig sein. »Was soll die Entführung? Und wer bist du?«

Hinter der Frau und rings im eckigen Zelt mit der hohen Decke standen Wächter in leichter Lederpanzerung, die auf dem Oberkörper Verstärkungen aus Kettenelementen trug. Die Darstellungen, die in das Material eingeprägt und geritzt waren, zeigten überwiegend Kriegs- und Jagdszenen in Steppe und Ebene.

»Es ist keine Entführung«, verbesserte Kytain Dôol mit einem leichten Lächeln. »Es war eine beschleunigte Abreise.«

»Gegen meinen Willen.« Liothan dachte an die ahnungslos zurückkehrende Tomeija und die lauernden Bestien, die in der Zwischenzeit ihr Haus in Beschlag nehmen mochten. Seine Freundin konnte mit einer Attacke aus dem Hinterhalt nicht rechnen. Er erwog, Kytain Dôol von der Misere zu berichten, doch er hatte keine glaubhafte Geschichte, wie er an die Keijo geraten war, ohne zu verraten, dass es einen Durchgang von seinem Haus zu den Grotten gab. Da Widerstand zu noch mehr Verzögerungen führen würde, beschloss er, die Sache in diesem Zelt rasch hinter sich zu bringen und nach Wédōra zurückzukehren. *Aber vergessen ist damit nichts.* Der Izozath würde sich etwas einfallen lassen müssen, das seinen Einbruch und die Entführung wettmachte.

»Mein Name ist Kehana«, stellte sich die Frau vor. »Ich bin die älteste Tochter von Kahema, die Erstfrau von Thoulik dem Dreizehnten, Kèhán von Thoulikon. Mein Vater sandte mich, um den Ereignissen nachzugehen, die sich in Wédōra ereigneten und die ihm zugeschrieben werden. Bevor ich den Dârèmo treffe, muss ich von Euch hören, was –«

»Alles, was du gehört hast, entspricht der Wahrheit.« Liothan versuchte es auf die schnelle Art. »So. Kann ich gehen?«

Kehana stieß ein fröhliches Lachen aus. »Ihr seid genauso, wie man es mir berichtete. Und Ihr fürchtet Euch nicht vor mir.«

»Weswegen sollte ich das?« Liothan blickte sich um und zog das Lederband um die langen Haare fester. »Nun denn, ich berichte. In aller Knappheit, doch mit sämtlichen Kleinigkeiten, die womöglich wichtig für dich und Thoulikon sind.«

Nachdem er seine Gedanken gesammelt hatte, erzählte Liothan von den Erkenntnissen rund um Eàkina und ihre vermeintliche Nichte, welche den Aufstand in Wédōra gelenkt hatten. Nichts ließ er aus. Er erwähnte die Hinweise, die man dank Irian Ettras weiter draußen in der Wüste gefunden hatte und die darlegten, dass Thoulikon schuld an dem dreisten Versuch war, die Handelsstadt an sich zu reißen. Die Leichen der niedergemetzelten Soldatinnen und Soldaten in der Schlucht trugen weitere Beweise gegen das Großreich bei sich. Zwar hatten sie sich als Angehörige der T'Kashrâ verkleidet, doch Tätowierungen, Statur und persönliche Habseligkeiten ließen keinerlei Zweifel zu.

»So ist es gewesen und nicht anders«, schloss Liothan seinen Bericht, der mit großer Geschwindigkeit über seine Lippen gekommen war. »Nun würde mich interessieren: Was soll dein Besuch beim Dârèmo bezwecken? Fürchtet dein Vater Sanktionen gegen Kaufleute und Waren aus Thoulikon?«

Kehana nickte. »Das ist in der Tat der Hauptgrund. Ich bringe genug Gold und Reichtümer mit, um den Herrscher zu beschwichtigen. Wie alle wissen, sind Wédōras Gesetze durchaus dafür gemacht, dass man Strafen mit genügend Vermögen begleichen kann.«

Liothan hatte Zweifel, dass dies auch für gescheiterte Umstürze galt. Verschwörungen gegen den Dârèmo wurden mit dem Tode geahndet. *Aber wer bin ich, dass ich Ratschläge erteile?*

Heimlich versuchte er sich an seinem Telepathiespruch, um in Kehanas Gedanken einzudringen und die wahren Absichten zu erfahren – sofern sie log. Und er wollte wissen, was sie an Wert mit sich herumtrug. »Das muss … sehr viel Geld sein.«

Kehana ging auf seine Anmerkung nicht ein. »Meinem Vater und meiner Familie ist es wichtig zu betonen, dass wir nichts damit zu tun haben, sondern der Umsturzversuch einzig auf den verrückten Plan meines nicht weniger wahnsinnigen Bruders Khonór zurückgeht«, erläuterte sie.

Liothan fühlte, dass seine Hexerei unbemerkt von den Umstehenden ihre Wirkung entfaltete.

Kaum hatte er die Folgen von heimlichen Gesten beendet, prasselten die Gedanken der Leute auf ihn ein, schrien in seinen Kopf und überlagerten Kehanas gesprochene Worte.

Liothan zuckte zusammen und versuchte, sich nichts anmerken zu lassen, aber das Kontrollieren der Fähigkeit und das Sortieren der Gedanken fielen ihm schwer.

Durch den Trubel und das Gewirr in seinem Verstand drängte sich eine tiefere, brummende Stimme. Sie ähnelte jener, mit der sich die Werwolfkreatur bei seinem Besuch im Untergrund unterhalten hatte.

Keijo? Hier? Liothan wurde flau im Magen. *Wie kann das sein?* Er blickte sich um, ohne die Gedanken zuordnen zu können. *Oder täusche ich mich?* Er richtete seine ganze Aufmerksamkeit auf die tief tönende Stimme.

»... dass wir nicht länger abwarten sollten. Wir wissen nun, wie es um die Stärke der Mauern bestellt ist. Und die anderen sind bereit, sich jederzeit auf unser Zeichen hin zu erheben. Wir könnten sie vernichten!«

»Es ist mir zu unsicher«, sprach eine zweite Geistesstimme. »Das werden wir beraten müssen. Warten wir ab, was diese Menschlein aus Thoulikon in Wédōra ausrichten und wie sich der Dârèmo danach verhält.«

»Der Kara Buran nimmt an Kraft zu. Die Gelegenheit ist günstig!«

»Das dachten die Verschwörer auch.«

Es folgte ein gemeinschaftliches, finsteres Lachen, das nur Liothan in seinem Kopf vernahm.

Er fühlte, dass ihm der Zauber zerrann. Die dunklen Stimmen verhallten. *Ich muss wissen, zu wem sie gehören!*

»... kannst es gerne in deinem Viertel verbreiten: Der Kèhán von Thoulikon ist ein besonnener Mann und Wédōras Freund«, sprach Kehana immer noch. »Niemals käme es ihm in den Sinn, die Mauern mit –«

»Gewiss, gewiss.« Liothan machte eine Handbewegung, welche die verdutzte Frau zum Verstummen brachte, und erhob sich ungefragt. »Nachdem das erledigt ist, will ich unverzüglich zurück.« Er sah zum verblüfften Izozath und deutete auf den Stab, den er quer über den Knien trug. »Gehen wir vor das Zelt. Und dann den Reisezauber, bitte.«

»Bei den Kamelgöttern der Quingi! Du klingst, als hättest du etwas auf dem Herd stehenlassen und fürchtest, es könnte anbrennen«, erwiderte Kehana und lachte wieder. »Niemals hatte es ein Mann eiliger, aus meiner Gesellschaft zu entfliehen. Ich hätte dich gerne als meinen Gast in unserer Karawane mitgenommen.«

»Das schmeichelt mir.« Liothan grinste. »Aber glaube mir: Wenn ich nicht bald zurückkehre, könnte es wirklich um mein Haus geschehen sein.« *Und um Tomeija. Und das Prachtviertel.* Er ließ eine auffordernde Geste zu Kytain Dôol folgen und eilte zum Ausgang. »Es war mir eine Ehre, dir behilflich gewesen zu sein«, verabschiedete er sich im Gehen. Die Wachen ließen ihn passieren, und er schlug die bestickte Leinwandbahn zurück. »Sobald ihr in Wédōra angekommen seid, meldet euch bei mir. Ich kann dir und deinen Leuten ein paar schöne Fleckchen zeigen, trotz des Sturmes.«

Ohne eine Erwiderung abzuwarten, trat Liothan hinaus, wo ihn ein heftiger Wind packte und durchwehte.

Seine Blicke schweiften suchend umher. *Wo steckt ihr?*

Weitere große und kleine Zelte waren aufgestellt worden, sirrend und säuselnd brachen sich die Böen und spielten an den Seilen wie auf Saiten, die Stoffbahnen wogten. Die Delegation aus Thoulikon war das Reisen bei schlechtem Wetter und Sturm gewohnt, das riesige Reich mit den ausgedehnten Steppen kannte ähnliche Phänomene wie den Kara Buran.

Gerüstete Wachen standen in geringen Abständen auf ihren Posten, andere patrouillierten durch das Halblicht. Es konnte Morgengrauen oder Dämmerung sein, der Sturm verhinderte die genaue Einordnung.

Menschlein, hat der eine gesagt. Tief und tönend, erinnerte sich Liothan. *Wer würde uns …* Er entdeckte die Umrisse zweier Angitila, gute dreißig Schritt lang und selbst im Liegen hoch wie zwei Stockwerke, die sich neben schlichteren Zelten des Thoulikon-Trosses niedergelassen hatten und wie halbe Dünen oder kunstvoll gestaltete Gebilde aus Sand wirkten.

Für sie wären wir Menschlein.

Liothan verwarf den Gedanken. Jeder wusste, dass die riesigen Lastenechsen dümmer als ein Pferd waren. Sie könnten niemals Pläne schmieden oder sich über bloße Gedankenkraft verständigen.

Er versuchte sich ein weiteres Mal an der Hexerei, um den Stimmen zu lauschen, doch seine Kraft reichte nicht aus.

Liothan hob den Kopf und suchte in dem lichten Gestöber aus Sand nach den Monden, um neue Energie aus ihnen zu ziehen. Ziin, der Mond der Bosheit, stand stets am Firmament. Schwach erkannte Liothan die Umrisse des Gestirns und reckte die Hand dagegen, da er sich unbeobachtet glaubte.

Die Kraft strömte herab und in ihn, wenn auch zäh und langsam. Der Kara Buran wirkte blockierend.

Leise und dunkel erklangen die gluckernden Töne der ruhenden Angitila, als kommentierten sie, was sie sahen und das Menschlein tat.

Liothan senkte den Arm und betrachtete die Echsen nachdenklich.

Sollten sie es doch gewesen sein? In der Nacht des Angriffs auf Wédōra ging eine Herde der riesigen, als gutmütig geltenden Reptilien durch und riss einen Teil der Mauer ein. Es zeugte von der Kraft, die sie besaßen. *Und wenn es kein Zufall gewesen ist, sondern ein Versuch? Ein Abwägen? Ein Auskundschaften der Befestigung?*

Zuerst hatte Liothan auf die Angitila zugehen wollen, um seinen Verdacht zu prüfen, doch dann ließ er es. Sollten die Echsen schlauer und bösartiger sein, als man gemeinhin annahm, wäre es eine törichte Idee, ihnen zu zeigen, dass man ihr

Geheimnis erahnte. *Ich wäre sehr schnell verschlungen. Keiner vermutet meine Leiche im Magen eines Angitila.*

Aus der Langeweile, die Liothan zu Beginn des Tages verspürt hatte, war ein Abenteuer geworden, wie er es in Büchern nicht besser hätte finden können. Ein geheimnisvoller Schacht im eigenen Haus, eine magische Reise in die Wüste, eine mutmaßliche Verschwörung verborgener Keijo und Echsen gegen die Stadt.

Tomeija wird ziemlich staunen, wenn ich ihr davon berichte. Liothan blickte zur Jurte. Kytain Dôol ließ sich nicht blicken. Er schien sich mit Kehana zu beratschlagen, was als Nächstes zu tun sei.

Ich muss Kytain Dôol unbedingt zu seiner Art von Magie befragen. Ein Razhiv, der sich aufs Reisen versteht – bei ihm würde ich rascher lernen als aus vergilbten Almanachen und Codices. Liothan fragte sich, wieso sich der Izozath als Handlanger von Thoulikon betätigte. Wegen des Geldes? Wegen des Friedens? Oder hing das geheimnisvolle Volk von Erfindern und Mechanikern enger mit dem Kèhán zusammen? Seine Ungeduld wuchs. Sein Zuhause, der Schacht und die Ungeheuer bildeten eine Konstellation, die rasches Handeln verlangte.

Unvermittelt erklang ein leises Scheppern im melodiösen Windsummen, wie von einem vorsichtigen Hammerschlag auf dünnes Blech.

Liothan suchte den Ursprung des Geräuschs. Zwei der Wachen auf der Nordseite des Lagers fehlten. *Oh, Hastus! Nein!*

Erste aufgeregte Rufe erklangen, das Verschwinden war den übrigen Thoulikonern nicht entgangen. Es sprach für den heimtückischen Angriff der T'Kashrâ. Sie bevorzugten es, im Schutz des Sturmes zu attackieren, um den Feinden geringste Aussichten auf Gegenwehr zu geben.

»Kytain Dôol!«, rief Liothan und wollte seine Axt ziehen, um sich zu verteidigen. Doch sie lag bei ihm zu Hause. Am Gürtel auf dem Rücken trug er einen Dolch, was angesichts der Kampfkraft eines Keel-Èru oder eines Menaïd der Thahdrarthi ein niedliches Stückchen Eisen darstellte, das bestenfalls dazu taugte, sich selbst das Leben zu nehmen, bevor es der Gegner tat. »Deine Magie wird gleich gefragt sein.«

Ein Alarmgong wurde hektisch geschlagen.

Noch bevor die restlichen Wachen aus den Zelten waren, flogen gefüllte Tierblasen heran und landeten auf den Leinwänden, wo sie auseinanderplatzten und dunkle Flüssigkeit freisetzten, gefolgt von glühenden, kleinen Geschossen, die durch den Stoff jagten und ihn in Brand setzten; es roch durchdringend nach Petroleum.

Schwarze Wolken stiegen auf und wurden vom Kara Buran nach unten gedrückt, raubten Liothan und jedem anderen im Lager die Sicht.

Hustend duckte er sich und zog seinen Dolch, rutschte in den Schutz eines gepanzerten Wagens, bei dem die Echsen ausgespannt waren. *Abwarten.* Aufs Geratewohl rannte er nicht ins Verderben. Er brauchte einen Feind, einen sichtbaren Gegner und wollte nicht zum leichten Ziel der Schützen werden.

Rufe und Schreie brandeten auf, drangen durch den Wind. Gelegentlich klirrten Waffen, und es erklang das tödliche Sirren von Geschossen.

Unmittelbar neben Liothan stürzte eine Wache nieder, über das Gesicht strömte Blut. Ein fingerdickes Loch prangte unterhalb des rechten Auges, in seinem verbeulten Helm steckte eine gravierte Metallkugel von der Dicke einer großen Erbse.

Die Angreifer sind keine T'Kashrâ.

Die Zeichen auf dem Geschoss verwiesen auf ein gänzlich anderes Reich, im Südwesten und jenseits der Wüste gelegen. Die wellenartigen Symbole gehörten zu Sungàm Tasai, in dem sich jeder Fürst und jede Fürstin überheblich König und Königin nannte, welche wiederum einem Kaiser oder Kaiserin Rede und Antwort stehen mussten – sofern es jemanden in diesem Amt gab.

Liothan nahm das Schwert des Toten und blieb unter dem Wagen.

Was wollen sie in dieser Gegend, und warum überfallen sie die Tochter des Kèhán?

Das Erscheinen und die Attacke der Truppe aus Sungàm Tasai ergaben keinerlei Sinn. Das Wasserreich hatte es überhaupt nicht nötig, sich durch das Sandmeer zu begeben und Karawanen zu plündern. Ihr Geld verdienten sie, indem sie den Kaufleuten aus Aibylos, Nelethion und Iratha Zugang zur Wüste ermöglichten. Gegen eine Gebühr zogen die schwerbeladenen Schiffe der Sungàm Tasai auf dem vergifteten Fluss entlang und trugen Waren und Passagiere tief in die Wüste. Somit sparten sich die Krämer mehrere hundert beschwerliche Meilen Marsch.

Liothan mutmaßte, dass es sich um eine Verwechslung handelte. Möglicherweise hielten die Sungàm Tasai die Delegation aus Thoulikon im Sturm für ein Wüstenvolk und hatten sich für einen vorauseilenden Angriff entschieden, bevor sie selbst entdeckt wurden.

Das helle Pfeifen der Kugeln, die mit tragbaren Schleudern und eisernen Federmechaniken verschossen wurden, ging weiter. Wo Pfeile leichte Beute des Sturmes waren, trafen runde Geschosse ohne Schaft und Federn ihre Ziele.

Liothan hielt den Kopf unten. Sein Wissen über die Herkunft der Widersacher half ihm nicht gegen die Kugeln. Eine davon durchschlug knapp neben seinem Schädel das Panzerblech des Wagens, als hätten seine Gedanken das Geschoss angezogen.

Sie haben mich entdeckt! Geistesgegenwärtig ließ er sich in den weichen Sand fallen. Eine ganze Salve pfiff über ihn hinweg und stanzte Löcher durch Eisen und Holz.

Hastig kroch Liothan voran und suchte sich eine andere Deckung. So gerne er sich auf einen Feind geworfen hätte, die Vernunft befahl ihm, auf eine bessere Gelegenheit zu warten und bis dahin am Leben zu bleiben.

* * *

Tomeija betrachtete die bekannten, bartstoppligen Männerzüge im Lampenschein, und ihre Miene verschloss sich. »Eine Leiche und ein Hakhua in einer Zelle, was soll ich darüber wohl denken«, sagte sie betont langsam, während Elswerth und die Verlieswärter hinter ihr scharf die Luft einsogen.

»Es sind die Details, auf die es ankommt.« Irian Ettras streckte die Hand aus, die mit Schmucknarben überzogen war, drehte die Laterne in Tomeijas Hand und lenkte den hellen Strahl auf den Torso. »Der unglückliche Harmon trägt sein Herz noch am rechten Fleck. Hätte ich ihn aufgebrochen, sähe es anders aus.«

Die Bauchdecke war aufgeschlitzt, aber der antreibende Lebensmuskel des Soldaten saß unversehrt im Brustkorb. Es gab keinerlei Schnitte, die darauf hinwiesen, dass Irian überhaupt versucht hatte, das Herz zu entfernen.

»Du wirst mir sagen können, was geschehen ist?«, fragte Tomeija. »Und was machst du im Gefängnis der Festung?«

»Wie jeder von euch annehmen wird: Es war *kein* Selbstmord.« Irian blieb auf seiner Pritsche. Sie hatten ihm seine sandfarbene Kleidung und die Stiefel gelassen, mit denen er in der Wüste unsichtbar wurde. Das Blut und der Gestank machten ihm nichts aus. »Wir saßen hier und unterhielten uns über seine Mordanklage und wie albern es sei, weil er Ellja niemals ein Haar hätte krümmen können. Und wir sprachen über manch andere Dinge, die in Sandwacht vorgehen.« Er blickte zwischen Tomeija und den zwei Soldaten hin und her. »Plötzlich erschienen die Geister des Berges und zerfetzten ihn.«

»Ich wusste es«, murmelte Elswerth hinter Tomeija. »Ich warne den Nakib-Dho unentwegt davor. Es liegt am Kara Buran. Er ist anders als sonst.«

»Das ist nicht der einzige Grund«, warf Irian ein und fuhr sich durch die fingerkurzen, ausgebleichten Haare. »Doch es spielt auch eine Rolle.«

»Was machst du in der Festung?«, wiederholte Tomeija ihre Frage.

»Ich gehörte lange zur Besatzung. Und hatte Sehnsucht«, antwortete er freundlich.

»Die Besatzung wird regelmäßig ausgetauscht. Du könntest alte Kameraden von früher in den Tavernen des Vergnügungsviertels treffen.«

»Oh, nein! Das ist ein Missverständnis. Ich habe doch nicht Sehnsucht nach den Menschen!« Irian behielt sein fröhliches Gesicht bei und wirkte damit unheimlich, wahnsinnig. »Sondern nach den Geistern.«

Nach seinem letzten Wort trat eine Stille ein, durch die das Toben des Sturmes raunte und pfiff. Tomeija wusste nicht, was sie erwidern sollte.

»Shudiya, er sitzt ein, weil er dabei erwischt wurde, wie er sich unerlaubt durch die Festung schlich«, schaltete sich Elswerth erklärend ein.

»Um mit den Geistern zu sprechen«, beharrte Ettras. »Wollte ich jemanden töten, wäre es mir spielend leicht gelungen. Ihr habt mich erst nach zwei Sonnen entdeckt.« Er blickte Tomeija unmittelbar in die Augen. »Auf diesem Berg braut sich mehr zusammen als sonst. Sei auf der Hut! Es wird noch viel mehr in Sandwacht geschehen.«

»Verrückt gewordener Hakhua«, giftete einer der Wärter und wollte an Tomeija vorbei, seinen Schlagstock halb erhoben. »Wer weiß, was du insgeheim angerichtet hast!«

»Wer weiß, was er gesehen hat?«, murmelte sie und hielt den Soldaten zurück.

»Ich? Nichts. Aber meine Freunde.«

»Die Geister?«

»Die Geister. Die Phantome.« Irian erhob sich langsam und schüttelte die Beine aus. »Sie sehen alles und jeden. Zu jeder Zeit. Sei es beim Schein der Sonne oder im Licht der Nachtgestirne. Sie wissen viel.« Wieder richtete er sich an Tomeija. »Ich kann dir helfen.«

»Du weißt nicht, weswegen ich in die Festung gekommen bin.«

»Muss ich nicht. Meine Freunde wissen es.« Irian gab sein Spielchen nicht auf. »Warte, ich höre ihnen rasch zu. Vielleicht überzeugen dich die Fakten.« Er schloss die Augen und legte den Kopf in den Nacken, sein Gesichtsausdruck verklärte sich.

»Was macht der Idiot?«, raunte der zweite Aufseher.

»Gibt es noch etwas, was ich wissen müsste und das mit dem Fall zusammenhängt?« Tomeija blickte Elswerth an. »Wer sitzt noch ein und aus welchem Grund?«

»Es waren die Einzigen. Wir hatten bis vor drei Sonnen noch zwei Soldatinnen und einen Soldaten wegen Vergehen während des Wachdiensts«, erklärte der Adlatus. »Ansonsten ist –«

»Der Keel-Èru«, unterbrach ihn der zweite Aufseher.

»Ihr habt einen T'Kashrâ eingesperrt?«, brach es aus Tomeija heraus.

Es kostete sie viel Überwindung, dabei nicht in den Nacken zu greifen, wo ihr altes Brandzeichen und die Markierung jenes Keel-Èru saßen, den sie bei ihrer Ankunft in Wédōra in der Wüste angetroffen hatte. Sie war von einem mächtigen Krieger gezeichnet worden, wobei es verschiedene Deutungen zu dem Symbol gab. Hinzu kam, dass jeder Stadtbewohner sie wie eine Aussätzige behandeln würde, sollte es publik werden. Lediglich eine Handvoll Menschen wussten davon.

»Ja, Shudiya. Eine Patrouille entdeckte ihn, als er sich an den Berg heranschlich, um uns auszuspionieren«, sagte Elswerth. »Wir haben ihn geschnappt und wollten ihn zum Verhör nach Wédōra überführen. Der Dârèmo nimmt solche Vernehmungen höchstselbst vor.«

»Was macht er dann noch in Sandwacht?«

»Erst der Mord, dann der zunehmende Sturm«, listete der Adlatus auf. »Der Kommandant beschloss, dass wir das Ende des Kara Buran abwarten, bis wir das Kerlchen abtransportieren.«

Tomeija steckte eine Hand in die Tasche, die Finger legten sich um das T'Kashrâ-Artefakt. Sie bekam die Gelegenheit, mehr über den Gegenstand zu erfahren, wegen dem Ellja offenbar sterben musste. Sie atmete lange aus. »Ich will mit ihm sprechen.«

»Aber … aber das hat doch nichts mit dem Fall zu tun«, widersetzte sich einer der Gefängnisaufseher dem Wunsch.

»Das möchte ich aus seinem eigenen Mund hören.« Mit Blicken gab sie Elswerth zu verstehen, das Artefakt nicht zu erwähnen. Dann schaute sie auf Irian, der die Lider im Stehen geschlossen hatte. Hin und wieder zuckte er wie ein Schlafender im Traum und gab unverständliches Gebrabbel von sich. »Zumachen. Wir sehen gleich nach ihm.«

Ein Wärter schloss die Zelle ab, der andere ging zum Eingang zurück, um eine Eintragung im Wachbuch vorzunehmen.

Zu dritt marschierten sie zur Kammer, in welcher der Keel-Èru einsaß.

»Shudiya, diese Bestie ist gefährlich.« Elswerth fühlte sich offenbar verpflichtet, sie zu warnen.

»Wir haben ihn an die Wand gekettet«, beruhigte der Wächter. »Es kann nichts geschehen.« Schon hatte er das Schloss geöffnet und stieß die Tür auf.

Das Licht von zwei Petroleumlampen brannte im Inneren und beleuchtete einen Keel-Èru, den man mit Armen und Beinen an die Wand fixiert hatte, so dass er zu einem lebendigen X wurde.

Das Gesicht war nach der Tradition der Wüstenstämme kunstvoll bemalt mit dunkelblauem Muster und schwarzen Zeichen. Die nackenlangen braunen Haare lagen streng nach hinten gekämmt am Kopf und waren mit weißer Paste behandelt worden. Auf der Stirn hafteten vier Diamanten, die im Schimmer der Lampe funkelten. Man hatte dem Keel-Èru nur die Leibwäsche gelassen, mehr als knielanges schwarzes Untergewand trug er nicht.

»Du hast recht. Er kann mir nichts tun.« Tomeija betrat die Zelle. Als Elswerth und der Aufseher sich anschickten, ihr zu folgen, verwehrte sie ihnen die Begleitung. »Das geht nur mich etwas an. In Vertretung der ehrenwerten Sarāsh.«

Sie schloss die Tür und ging langsam auf den Gefangenen zu.

Sobald Tomeija besser im Licht zu erkennen war, hefteten sich die Blicke des Keel-Èru auf ihr geschminktes Antlitz und die diamantene Kette um ihren Hals. Sein Gesicht zeigte die Verwunderung deutlich, doch er erkundigte sich nicht danach.

»Ich habe eine Frage an dich«, begann sie.

»Warum sollte ich antworten?«, gab der T'Kashrâ zurück, dessen Statur für einen Krieger geradezu schwächlich wirkte. »Ich kam, um einen Anfang zu wagen, eine Zeit der Aussöhnung zwischen uns und den Eroberern in die Wege zu leiten. Sieh, wie sie mich behandeln!«

Tomeija wusste, dass sehnige, dünne Körper wie auch der ihre viel Kraft entwickeln konnten. Aber als sie seine Hände sah, war sie sich absolut sicher: *Das ist kein Krieger*. »Wenn du nicht antwortest, werde ich dem Nakib-Dho mitteilen, dass er keinen Keel-Èru gefangen hat, sondern jemanden, der sich für einen ausgibt. Und dann wird sich Malchikor fragen, warum jemand so etwas tun sollte, und sicherlich ein Verhör beginnen, um mit seinen Erkenntnissen vor dem Dârèmo gut dazustehen.«

Die Augen des Gefangenen wurden zu schmalen Schlitzen. »Das ist Unfug!«

»Ich kenne die Keel-Èru. Würde ich dich losmachen und gegen mich kämpfen lassen, wärst du schneller von mir besiegt, als du einen Schritt auf mich zumachen kannst«, hielt Tomeija dagegen. »Deine Hände verraten dich. Für jemanden, der Schwerter und Lanzen führt, an Zügeln zieht und die Finger ständig mit Kraft gebraucht, sind sie zu unversehrt.« Sie blieb vor ihm stehen und musterte ihn. »Was also treibt dich dazu, den Menschen vorzugaukeln, du wärst ein Keel-Èru, der auf Aussöhnung –«

»Ich bin ein Späher. Wir vermeiden den Kampf.«

»Ich geriet an Späher, und sie können sehr gut kämpfen«, konterte Tomeija.

Nun lachte der Mann. »*Du?* Du willst gegen einen von uns überlebt haben?«

»Schau auf die Sitan-Kette.« Sie legte zwei Finger darauf.

»*Das* war mein Lohn von den anderen deines Volkes, die mich wegen meiner Tapferkeit verschonten.« Tomeija wunderte sich, dass er es nicht von selbst erkannt hatte, und sah sich in ihrer Schlussfolgerung bestätigt. *Warum gibt er sich als Keel-Èru aus?* »Kommen wir ins Geschäft?«

»Ich habe mit dem Mord nichts zu tun. Ich will, dass mein Volk und Wédōras Bewohner miteinander sprechen. Da wäre ein Mord ein denkbar ungünstiger Auftakt.«

»Darum geht es mir nicht.« Tomeija zog das Artefakt heraus, das sie in Elljas Zimmer unter dem Bett gefunden hatte. »Was halte ich?«

Der T'Kashrâ blickte nicht auf den Gegenstand, sondern auf sie. »Etwas, was nicht dir gehört. Weder dir noch den Besatzern von Sandwacht.«

»Das weiß ich. Aber *was* ist es?« Tomeija sah ihm an, dass er genau wusste, womit sie es zu tun hatten. Ihr kam der Gedanke, dass sein Auftauchen mit dem gestohlenen Artefakt zusammenhing. Hatte man ihn ausgesandt, um es ausfindig zu machen und zurückzubringen? Er alleine, als Initiationsritus oder Mutprobe? »Wolltest du nicht mehr Vertrauen zwischen uns stiften?«, erinnerte sie ihn. »Beweise es.«

Nach neuerlichem Zögern sprach er: »Es ist ein F'Shasiik. Ein Rufer.«

»Was ruft man damit?«

»Schattensandvipern.« Der Keel-Èru nahm seinen Blick nicht von ihr. »Die eingeschlossenen Locksteine leuchten. Ich nehme an, jemand hat ihn unwissentlich in Gang gesetzt. Aber keine Sorge, die Vipern meiden den Berg wie alle Lebewesen, die bei Verstand sind.«

Tomeija betrachtete das Objekt. »Damit kann ich Schlangen herbeirufen. Mehr nicht?«

Der Mann lachte. »Schattensandvipern sind groß und gefährlich, vermögen zu springen und ihren Leib flach zu machen, um viele Schritte weit durch die Luft zu segeln. Doch wer sie damit ruft, vermag sie zu reiten.«

Das fand Tomeija interessant. »Hast du von Diebstählen an deinem Volk gehört?«

»Du meinst durch die Gleiterflieger von Sandwacht? Ja«, sagte er. »Nicht nur unser Heiligtum habt ihr an euch gerissen, nein, ihr gebt euch nie zufrieden. Und du trägst eine Sitan-Kette um den Hals. Wie eine stolze Diebin. Das muss aufhören, wenn das Abschlachten enden soll.«

Es steckt keine Wahrheit in seinen Worten. Tomeija hätte zu gerne erfahren, was sein eigentlicher Auftrag war. Doch zuvor hatte sie einen Mordfall zu lösen. »Danke für deine Auskunft.« Sie steckte den F'Shasiik weg und wandte sich zum Ausgang.

»Sie werden euch alle vernichten«, wisperte er ihr nach. »Der Kara Buran und die Geister. Sie haben sich verschworen. Gegen euch. Weil ihr anmaßend seid. Weil ihr auf den Berg gebaut habt, ohne euch zu scheren, wem er gehört!«

Tomeija verließ die Zelle.

»Und, Shudiya?«, wollte Elswerth wissen.

Sie bedeutete dem Aufseher, die Kammer zu verschließen. »Nichts, was uns weiterhilft«, antwortete sie und kehrte zu Irian Ettras' Verlies zurück. »Sehen wir nach dem Freund der Geister und was er uns zu erzählen hat.«

Durch das Guckloch suchte Tomeija nach dem Hakhua. »Die Phantome werden ihn befreit haben. Ich sehe ihn nicht mehr.«

»Das kann nicht sein!« Der Wärter entriegelte das Schloss und öffnete die Tür. Der Strahl seiner Lampe wanderte über nackte Wände, Blutspritzer und Leichenteile. »Bei den … Er ist weg!«

Irian fiel wie aus dem Nichts vor ihnen nieder und landete auf den Füßen, federte leicht in den Knien nach. »So leicht wäre es, euch zu töten«, sprach er und deutete mit dem Finger gegen die Decke. »Die Spinnentaktik.«

»Eher ein verrückter Spinner«, murrte Elswerth, eine Hand am Schwertgriff.

»Was sagten dir die Geister?« Tomeija blieb gelassen. Sie fand den Mann bei allem, was sie über ihn wusste, spannend. Sie und er waren Todbringer. Das verband sie auf eine seltsame Art und Weise.

Irian steckte die Hände in die Taschen. »Die Geister sagten, du sollst einen Mord an einer Pajarota-Lenkerin aufklären. Und dass du etwas in ihrer Kammer gefunden hast, von dem du annimmst, es hat was mit ihrem Tod zu tun.« Er grinste. »Und sie sagten mir außerdem, dass sich noch niemand mit ihrer Schwester unterhalten hat.«

Tomeija wandte sich Elswerth zu. »Stimmt das? Hat das Mordopfer eine Schwester?«

»Eine Zwillingsschwester, sagten die Geister, die Ellja aufs Haar gleicht«, fügte Irian genüsslich hinzu. »Könnte es sein, dass es vielleicht gar nicht die richtige Person erwischte? Schwebt diese Schwester noch in großer Gefahr, weil der Mörder sein Werk vollenden will, nachdem er seinen Irrtum erkannte? So viele neue Fragen für die Shudiya.«

In Tomeija stieg Wut empor. Niemand in der Festung schien ein Interesse zu haben, dass die Wahrheit ans Licht kam. Sollte Irian die Wahrheit sprechen, drohte einer Unschuldigen der Tod. Sie musste unbedingt mit der Schwester sprechen. »Das ist eine Überraschung. Ich hätte davon erfahren müssen.«

Elswerth trat von einem Fuß auf den anderen. »Ich wusste nicht, dass es wichtig für Euch ist, Shudiya«, stammelte er.

»Im Namen der ehrenwerten Sarăsh: Irian Ettras, hiermit stehst du unter meiner Obhut«, verkündete Tomeija und packte ihn am Oberarm, um ihn aus der Kammer zu ziehen. »Deine Geisterfreunde werden bei dem Fall hoffentlich von Nutzen sein, als Ausgleich für den Ärger, den ich deswegen bekomme.«

»Der Nakib-Dho wird es nicht witzig finden, dass Ihr gegen seinen Willen handelt«, warf Elswerth behutsam ein.

»Welche Strafe war für Ettras vorgesehen?«

»Darüber disputierten die Kommandanten noch mit sich selbst«, half Irian. »Ich habe was von Peitschenhieben und Stockschlägen gehört. Ohne eine Aussicht darauf, mich freizukaufen.«

»Weil?«

»Auf Sandwacht herrscht die Gesetzgebung des Heeres. Diese wurden zwar auch vom Dârèmo erlassen, aber unterscheiden sich von jener in der Stadt«, erläuterte Elswerth.

»Höre mir zu, Irian Ettras: Du wirst mich bei den Ermittlungen unterstützen, was zu deinem Wohl und Vorteil ausgelegt werden soll.« Tomeija pochte auf ihre Schwerthülle. »Solltest du versuchen zu fliehen oder Winkelzüge anwenden, um zu entkommen, schwöre ich dir –«

Irian hob die Hände. »Ich *möchte* gar nicht fliehen. Es wird Großes und Bedeutsames in der Festung geschehen, was ich auf keinen Fall verpassen will.« Er lächelte sie erneut an. »Ich danke dir, dass du dich für mich einsetzt. Das vergesse ich dir nicht.«

Tomeija setzte sich in Bewegung und betete zu Driochor, dass sie den Schritt nicht bereuen würde.

Der Verlieswärter schüttelte den Kopf und geleitete sie bis zur Schleuse. Wortlos schloss er das Tor hinter ihnen.

Kaum wurde es laut arretiert, öffnete sich der Durchlass auf der anderen Seite. Der Kara Buran warf heiße Sandkörnchen gegen sie.

»Dann los«, befahl Tomeija und zog ihren Schal in Position. Die Kette würde sie sicher durch das Gestöber leiten.

»Noch etwas«, rief Irian gegen den Wind. »Die Zwillingsschwester trägt ein Kind in sich, sagen die Geister.«

»Auch das noch«, sagte Elswerth stöhnend. »Ein Verstoß gegen die Erlasse.«

»Genau wie Mord«, ergänzte Tomeija und beeilte sich, durch den Sturm zu gelangen. Sofern Irians unsichtbare Freunde ihm die Wahrheit geflüstert hatten, waren zwei Leben in Gefahr.

Sie neigte dazu, ihm zu glauben.

Aber das machte nichts besser.

* * *

Aus den Statuten der Stadt Wédōra:

Wer in Wédōra lebt, unterwirft sich den herrschenden Gesetzen.

Wer sich Sklaven halten will, hält sich welche.

(…)

Pro Siderim sind zu entrichten: Kopfsteuer, Bodensteuer, Wassersteuer, unter Umständen Nachwuchssteuer, unter Umständen Erbsteuer.

(…)

Steht ein Haus/eine Wohnung/ein Zimmer länger als ein Siderim leer, fällt es an die Stadt.

(…)

Wer Abgaben nicht leisten kann, wird an Hab und Gut gepfändet, danach erteilt man der Person einen Verweis aus der Stadt.

Eine einmalige Rückkehr als Sesshafter ist möglich.

Der Besuch der Vorstädte oder der Viertel ist möglich, sofern sämtliche Schulden beglichen wurden.

Sonst hat die Person zu rechnen mit:

Abweisung,

Gefangenschaft,

Verkauf als Sklave

(…)

Kapitel V

Königreich Burgonn, Provinz Tersith

Atha näherte sich dem großen Portal, das in die *Bibliothek und Hochschule des Allumfassenden Wissens der bekannten Welt und der Zauberkunde* führte.

Als Witga hatte sie von der Hochschule gehört, aber da sie nicht den herkömmlichen Lehren folgte und bisweilen ihre eigenen Hexgesetze aufstellte, hatte sie bisher keinen Fuß hineingesetzt, weder in diese Bibliothek noch in eine andere.

Atha hatte ein wärmendes dotterfarbenes besticktes Kleid gegen die kalte Herbstluft angelegt und auf jegliches kriegerische Detail verzichtet, um einen harmlosen Eindruck zu machen und leichter vorgelassen zu werden. Die dunklen Haare lagen unter einer züchtigen Haube.

Vor dem Eingang des vierzig Schritt hohen Gebäudes standen zwei bewaffnete Gardisten, was sie reichlich albern fand. *Was sollen die denn hier bewachen, was verhindern? Buchdiebstähle?*

Sie ging die Stufen hinauf und korrigierte den Sitz des goldenen Siegelrings an ihrem rechten Mittelfinger.

Als Atha die Schwelle betreten wollte, kreuzten die Aufpasser abrupt ihre langen Hellebarden und hinderten sie am Weitergehen; klirrend trafen die Klingen aufeinander.

»Halt! Wo ist deine Legitimation?«, verlangte der Rechte zu wissen.

»Ich dachte, die Bibliothek steht jedem Mann und jeder Frau offen?« Athas Strategie war, nett und weiblicher zu erscheinen. »Ich möchte mich bilden.«

»Das kannst du auch«, sprach der Linke und zeigte mit der freien Hand zu einem seitlichen Anbau. »Du wirst dich dort bei den Secretari registrieren lassen. Danach bekommst du einen Besuchsschein, und wir lassen dich hinein.«

»Ich möchte mit Mèstre Edocius sprechen. Muss ich –«

»Ohne Passierschein kein Einlass.«

Atha sah den Mienen an, dass sie sich einen Disput sparen konnte. Es gab Abläufe, die eingehalten werden mussten. »Dann bedanke ich mich artig für den Hinweis«, verabschiedete sie sich einstweilen und machte kehrt. »Bis gleich.«

Das ihr folgende Lachen der Gardisten verwunderte sie. Sie war sich keines Scherzes bewusst. *Redet man nicht so in diesen Kreisen?*

Atha schritt durch die Herbstsonne auf das Nebengebäude zu. Sie hatte sich in den letzten Tagen durch Telonia nach Tersith in Burgonn durchgeschlagen, um den Mann zu treffen, von dem Vimith ihr vor seinem Tod berichtet hatte. Die Wunden, welche der durch Hexerei verwandelte Eber gerissen hatte, hatten sich als zu schwer erwiesen, um den Witgo vor dem Sterben zu bewahren. Vimith hatte ihr den Ring überlassen und den Eid abgenommen, dass sie nichts unversucht ließe, die grausame, fürchterliche Magie aufzuhalten, welche die Baronie heimsuchte. Den Schwur hatte Atha widerwillig und mit gekreuzten Fingern geleistet. Sie war Söldnerin, keine Heldin.

Edocius lautete der Name des Mannes, der als Mèstre und Bibliothekar in der Hochschule zu Tersith tätig war. Um zu ihm zu gelangen, brauchte Atha nun also den Besuchsschein.

Während sie auf den Anbau zuging, dachte sie an die schrecklichen Ereignisse im Wald von Walfor und schauderte, Gänsehaut bildete sich überall.

Sie hatte in den Jahren als angeheuerte Klinge bei den Sieben Krähen viel erlebt, doch die widerwärtigen Kreaturen und grausamen Vorkommnisse schlugen alles Vorstellbare.

Ihr seither angeschlagener Verstand gaukelte ihr vor, dass die Scheusale hinter den Ecken der großen Gebäude lauerten oder sich hinter den Büschen verbargen, um sie anzuspringen, in Stücke zu reißen und sich die Gliedmaßen einzuverleiben.

Und dann war da noch der verfluchte Sand, der unbemerkt unter der Erde vorankroch und alles durchtränkte, alles in Wüste wandelte.

Atha atmete tief durch, öffnete die Tür des Anbaus.

Hinter einigen Tresen verrichteten Männer und Frauen in einfachen Gewändern Schreibarbeiten. Regale mit Schubfächern und Karteikästen ragten an den Wänden auf, sogar unter der Decke wurden Kärtchen in langen Kisten aufbewahrt, die man über eine Flaschenzugvorrichtung herablassen konnte.

Atha begab sich an den nächststehenden Tisch und hüstelte, um die Aufmerksamkeit des Secretarius dahinter zu erlangen.

Er reagierte nicht.

»Verzeiht«, sagte sie gedämpft. »Ich wollte die Bibliothek aufsuchen, und die Gardisten sagten, ich brauchte einen Besuchsschein.« Lauter fügte sie hinzu: »Den bekomme ich hier, hieß es.«

Jetzt legte der Secretarius den Federkiel in die vorgesehene Halterung und wandte sich ihr zu. »Name?« Er langte unter den Tresen und zog ein Formular hervor, das mit Linien und Kästchen versehen war, danach zückte er einen Kohleschreiber mit feiner Spitze.

»Atha Feja Landan.«

»Du bist von wo?«

»Geboren im schönen Wellenstadt.«

Die Hand des Mannes hielt inne. »Du bist nicht aus dem Königreich Burgonn.«

»Nein. Aus Sibenien stamme ich.«

»Hast du deine Geburtsurkunde dabei?«

Atha staunte ihn an. »Wozu das?«

»Damit wir sicher sein können, wer ein und aus geht.« Der Secretarius drückte ihr den fast leeren Vordruck in die Hand. »Bring ihn wieder mit, wenn du alles dabeihast: Geburtsurkunde, Bescheinigung deiner Hochschule, dass du lesen und schreiben kannst, einen Leumund aus dem Königreich Burgonn, der für dich bürgt, sowie einhundert Tersith-Heller.« Der Mann wandte sich von ihr ab. »Bevor du dich beschweren willst: Wir haben die Vorgaben nicht gemacht.« Der Secretarius griff seine Feder, tunkte sie in die Tinte und nahm das Schreiben wieder auf. »Es hat den Herrscher viel Geld gekostet, die Bibliothek zu errichten. Aus Steuergeldern. Und alle Auswärtigen müssen ihren Anteil nachträglich zahlen.« Damit war für ihn die Unterredung beendet.

Atha begriff, dass die Gardisten über ihr zuversichtliches »bis gleich« gelacht hatten.

»Danke für deine Zeit«, gab Atha in beißendem Tonfall zurück und verließ den Anbau unschlüssig.

Sie sah sich bereits mit den Wachen kämpfen, um schnurstracks zu Edocius zu stürmen und ihm den Ring zu zeigen sowie Vimiths letzte Worte vorzutragen. Es müsste gelingen, bevor die Verstärkung anrückte und sie festnahm. *Das wird nichts werden.*

Im Freien schweiften ihre Blicke zwischen den Gardisten und den zehn Stockwerken der Bibliothek hin und her. Vielleicht könnte sie unbemerkt hineinklettern, aber im Inneren würde sicher auch jemand nach einem dieser Scheine oder einem Ausweis fragen.

Oder haben sie daran gedacht, dass …

Mit einem unauffälligen Hexspruch prüfte sie, wie es um die Sicherheit des Gebäudes stand, und bekam Gewissheit: Die Erbauer hatten an den Zugängen Zauber installiert, die Alarm gaben, wenn sich jemand ohne eine Erlaubnis Zutritt verschaffen wollte.

Die Bibliothek mögen sie gesichert haben. Atha faltete den Vordruck. *Ich versuche etwas anderes.*

Im Gehen sprach sie einen einfachen Bann, der den Wachen vorgaukeln sollte, den begehrten Ausweis vor sich zu sehen anstelle des leeren Wischs.

»Ich habe ihn!«, rief Atha von weitem und eilte mit einem gewinnenden Lächeln auf dem Gesicht die Treppe hoch. »Es war leichter als gedacht.« Sie schwenkte das magisch beeinflusste Papier vor den Männeraugen hin und her, ohne ihre Schritte zu verlangsamen. »Wünscht mir –«

Die Hellebarden kreuzten sich erneut schleifend vor ihr.

»Das, was du eben versucht hast, ist ein Vergehen«, verkündete die rechte Wache enttäuscht. »Das Erschleichen des Zugangs unter Zuhilfenahme von Magie steht unter strenger Strafe.« Er nickte dem zweiten Gardisten zu, der grobe Stricke von seinem Waffengurt zog, um Atha zu binden.

»Aber … nein! Nein, es ist wichtig! Auch für Burgonn!«, rief sie und bewegte sich rückwärts, hob abwehrend die Hände. »Ich muss mit Mèstre Edocius sprechen! Es geht um eine magische Bedrohung, die Telonia und die umliegenden Lande bedroht!«

»Einfallsreich bist du«, sagte der Gardist mit dem Strick und lehnte die Hellebarde gegen die Mauer. Er formte einen Knoten, um ihre Gelenke zu fesseln.

»Wirklich! Ich muss!« Atha bereitete einen Lähmungszauber vor, um die Gardisten kaltzustellen und durch das Portal ins Innere zu rennen. Ein schlichter, dummer Plan, aber es gab keinen anderen Weg. Gegen die Gesetze des Landes hatte sie ohnehin schon verstoßen.

»Ich tue das zum Wohle von Burgonn!« Bevor der Gardist sie erreichte, setzte Atha den Zauber frei.

Beim hastigen Gestikulieren streiften ihre Finger den goldenen Ring, und die Abdeckung des Skorpionsiegels klappte um. Der rote Stein darunter leuchtete boshaft auf, als freute er sich über die Formeln, die schwarzen Einschlüsse absorbierten das Tageslicht.

Atha spürte, dass der Rubin die Wirkung ihrer Magie veränderte, vermochte den Vorgang jedoch nicht aufzuhalten.

Glühende, sandfarbene Schlingen legten sich um die Männer und zogen sich ruckartig um ihre Leiber. Deutlich und laut brachen die Knochen, den Wachen gelang nicht einmal ein Schrei. Erbrochenes und Blut sprühte aus ihren geöffneten Mündern und regnete auf die Stufen, die Rüstungen knickten wie bemaltes Papier, dann fielen die Männer regungslos nieder.

Im gleichen Moment erklang eine laute Fanfare, die wohl zur magischen Warnvorrichtung der Bibliothek gehörte, und schon rannten weitere Gardisten aus dem Portal, denen Atha die Überraschung wegen des Alarms ansah. Die Verwunderung schlug angesichts der Toten in Wut und Sorge um, die geschärften Spitzen der Piken und Hellebarden richteten sich auf sie.

»Bleib, Mörderin!«, bekam sie die Anweisung.

»Ruft Mèstre Edocius!«, lautete der nächste Ruf. »Wir brauchen jemanden mit Witgo-Kenntnissen.«

»Ja, ruft den Mèstre!«, stimmte Atha erleichtert ein und hob die Arme als Zeichen, dass sie nichts gegen die Wachen unternehmen würde. »Das war ein grausames Missverständnis. Ich wollte das nicht!«

»Vorsicht! Ihr Ring!«, rief ein Gardist. »Er leuchtet rot wie ein Dämonenauge!«

Nein, nicht schon wieder. »Ich tue euch nichts.« Schnell klappte Atha die Abdeckung darüber. »Seht ihr?«

Ein Mann in einem hellroten Gewand, mit weißen und schwarzen Stickereien darauf, kam aus dem Gebäude gestürmt und hielt eine handflächengroße Runenkachel aus reinstem Cobalitkristall in der Linken, das Symbol zielte auf Atha. Auf dem ergrauten Schopf saß eine safrangelbe Haube, welche die gleichen Symbole sowie einen Amethyst in der Mitte trug. »Welche Art von schändlicher Magie kommt hier zum Einsatz? Vor meinem Haus?«, donnerte er, und die Luft um ihn herum waberte.

»Die Fremde hat zwei meiner Leute getötet, Mèstre«, sagte ein Gardist im prunkvollen Harnisch. »Trotz Eurer Konteramulette.«

»Wie gelang dir das?« Mit ausgestrecktem Arm, die Runenkachel unentwegt auf Atha gerichtet, kam Edocius auf sie zu. »Niemand vermag das, der nicht mindestens zehn Jahre meine magischen Künste studierte, und danach siehst du wahrlich nicht aus!«

Sie mochte keine Runenkacheln. Die Dinger waren in der Lage, große Mengen an Energie zu speichern, besaßen jedoch die gefährliche Eigenheit, bei Beschädigungen zu detonieren. Sie wich ein wenig zurück, behielt die Runenkachel im Auge und entdeckte an seiner Hand den gleichen Ring, wie sie ihn trug.

»Vimith schickt mich, Mèstre.« Sie löste behutsam den verhängnisvollen Siegelring von ihrem Finger und warf ihn Edocius vor die Füße. Hell klimpernd hopste er über den Stein. »Den soll ich Euch bringen. Das verlangte er vor seinem Tod. Ihr könntet damit etwas anfangen und den Zauber aufheben, der in Walfor wütet, sagte er.«

»Du rührst dich nicht von der Stelle.« Edocius hob das Schmuckstück langsam auf und betrachtete es. »Bei Timera!«, entfuhr es ihm.

»Gebt acht, Mèstre! Unter der Siegelplatte liegt ein Rubin verborgen, der vorhin leuchtete«, warnte ihn der Anführer der Garde.

»Woher hast du das?« Edocius kam auf sie zu, eine Kristallspitze der Runenkachel legte sich auf ihre Nasenwurzel und drückte schmerzhaft in die Haut.

»Vimith und ich waren mit den Sieben Krähen unterwegs.« Atha erzählte die Geschichte zu dem Fund in knappen Worten. »Wir dachten, wir sind entkommen, aber dann kam dieser verwandelte, riesige Eber, und Vimith starb in meinen Armen. Ich schwor ihm, dass ich den Ring zu Euch bringe«, log sie, um sich selbst aus der Pflicht zu nehmen. »Ihr könnt die Gefahr aufhalten, sagte er. Wegen Eures Wissens um Magie und Zauberei.« Ihren Auftrag sah sie somit als erfüllt an. Falls sie heil aus Tersith herauskam und nicht wegen der toten Gardisten belangt wurde, würde sie Timera ein Opfer bringen.

»Daher weht der Wind. Ich habe von dem Fluch gehört, den der König von Telonia zu brechen versucht«, raunte Edocius und schien mit den Gedanken noch in der Erzählung zu stecken. Nachdenklich blickte er auf den Ring. »Nach Walfor fällt Telonia und dann die übrigen Länder. Vimith tat recht, als er dich schickte. Aber weswegen hast du die Gardisten getötet?«

»Es war der Rubin! Ich wollte zu Euch und bekam keinen Schein, und da versuchte ich einen Fesselspruch, doch dieser … Stein veränderte ihn«, erklärte Atha. »Er erschuf den Fluch, der die Männer umbrachte, Mèstre. Ich bin ebenso Opfer seiner Macht.«

»Du bist eine Witga?«

»Ich verstehe mich nur wenig auf Hexerei. Meine Hexerei.«

Edocius nahm das Kristallende von ihrer Nasenwurzel. »Du kennst dich in Walfor aus, richtig? Du kannst mir die Stelle zeigen, wo du den Ring an dich genommen hast.«

Atha seufzte. »Ich bin Söldnerin, Mèstre. Meine Erinnerung ist bestimmt besser, wenn man sie bezahlt.«

»Lohn? Ich kann dir Münzen durch die Augen in deinen Schädel drücken!«, rief der Hauptmann der Bibliothekswächter aufgebracht. »Direkt in deine Erinnerung. Dann wollen wir hören, was dir alles einfällt!«

»Was er damit sagen möchte«, sprach Edocius ruhiger, »ist Folgendes: Du bist eigentlich zum Tode verurteilt. Wer ohne Grund tötet, endet am Strick.« Er spielte mit dem überbrachten Skorpionring. »Aber ich kann deine Strafe womöglich abwandeln lassen, wenn du mich nach Walfor begleitest. Mich und jene, die uns von Nutzen sein können.«

»Mèstre, das könnt Ihr nicht entscheiden!«, begehrte der Hauptmann auf. »Sie hat –«

»Sofern es stimmt, was sie sagt, brauche *ich* sie. Tot macht sie es schlimmer für uns alle.« Edocius gab den Gardisten ein Zeichen. »Fesselt ihre Hände und bringt sie hinein. Wir haben Dinge zu besprechen.«

»Ja, Mèstre.« Der Hauptmann persönlich zurrte den Strick eng um Athas Gelenke, so dass sich das Blut binnen eines Herzschlags spürbar staute. »Ich hoffe, es ist zu fest«, wisperte er ihr zu und versetzte ihr einen Kopfstoß mit dem Helm, so dass sich eine Platzwunde auf ihrer Stirn auftat. »Vorwärts!«

Atha taumelte benommen in die Bibliothek hinein.

Sie wurde geschubst und gestoßen, sah durch das tropfende

Blut kaum, wohin sie ging. Treppen fiel und stolperte sie hinauf, sie passierte einen Aufzug und mehrere Durchgangstüren, bis man sie in einen Sessel drückte und die Arme an den Lehnen festschnürte.

Auf einen Befehl von Edocius verschwanden die Wachen hinaus.

»Lass mich erklären, warum Vimith dich zu mir sandte. Er und ich sprachen gelegentlich über fremdartige Magie. Zauberei, Hexerei, wie auch immer man sie nennen möchte.« Er wischte ihr das Blut mit einem Tuch aus den Augen und setzte sich ihr gegenüber hinter seinen Schreibtisch. »Wir waren beide der festen Ansicht, dass man durch Planáoma und Zeiten und Dimensios reisen kann. Sofern man die Gesetze der Magie versteht und sie zu nutzen weiß.«

»Aber das tut Ihr doch, Mèstre. Sogar ich kann sie einsetzen«, sagte Atha und blinzelte sich die Sicht frei. Leichte rötliche Schlieren lagen noch vor den Pupillen.

»Einsetzen ist eine Sache. Aber wir verstehen ihre geheimen Wege nicht. Die ganzen Abhandlungen, die vielen Schriften, sie basieren auf Annahmen. Mutmaßungen.« Edocius pochte mit der Runenkachel gegen den Skorpionring aus Walfor. »*Das* ist der Beweis dafür, dass es gelingen kann. Er, der Tod der Sieben Krähen und der Gardisten.« Er stand auf und turnte mäßig elegant eine Leiter hinauf und kehrte mit einem verstaubten Folianten zurück, den er auf den Tisch wuchtete. »Welche Art von Zauberkundige bist du?«

»Ich nenne mich Witga.«

»Wer unterrichtete dich?«

»Meine Mutter. Als sie starb, versuchte ich auf eigene Faust, hinter die Geheimnisse der Magie zu gelangen.« Atha schämte sich nicht dafür. Leute wie Edocius, die Zugang zu so viel Wissen und Aufzeichnungen hatten, blickten stets mitleidig, verächtlich oder spöttisch auf sie herab. »Es reichte, um gutes Geld bei den Sieben Krähen zu machen.«

»Das glaube ich dir.« Edocius schlug das Buch auf und zeigte ihr eine Seite, die mit einem Lesebändchen markiert war. »Da haben wir es.«

Atha sah die Zeichnung von einem Ring, der jenem an seinem Finger und dem auf der Tischplatte eins zu eins glich. Die Sprache der Abhandlung, die dazugehörte, vermochte sie nicht zu lesen. »Was steht da geschrieben?«

»Dieser Almanach der Welten berichtet von verschiedenen Dimensios und Planáoma, die außer unserer eigenen existieren. Nicht als Totenwelt oder einem Jenseits voller Freude, sondern als tatsächliche Welt, die man bereisen kann.«

»Mit Magie?«

»Exakt. Sie ist der Schlüssel. Aber mir ist niemand bekannt, der sich darauf versteht.« Edocius setzte sich auf die Tischkante und sah die Söldnerin an. »Vimith und ich forschten seit Jahren, wann immer wir gemeinsam Zeit fanden. Diese Blätter stammen aus einem Reich namens Nelethion, das in einer fremden Welt zu finden ist, und wir wissen nicht, wie sie zu uns gelangten. Es dauerte ewig, bis ich die Schrift entziffern konnte.« Der Mèstre sah auf das Buch. »Der Verfasser spricht von einem Ring, den die mächtigsten Zauberer tragen, die sich Saldûn nennen. In einer Stadt namens Wédōra.« Edocius blickte sie an. »Du weißt, was dein Fund bedeuten kann?«

»Einer von dort reiste zu uns?« Atha erinnerte sich an die Begegnung im fließenden Sand. »Und … er lebt noch?«

»Ich erinnere mich sehr genau an die Ereignisse in Walfor. Ein Händler namens Dûrus erwies sich als Witgo. Und zwar nicht von dieser Welt.« Edocius kehrte hinter seinen Schreibtisch zurück. »Fenia von Ibenberg, die Witga von König Arcurias, war eine begnadete Zauberkundige. Sie konnte nur gegen ein Wesen scheitern, das mit anderen magischen Waffen kämpfte. Wie ein Schwertkrieger, der gegen einen Bogenschützen antritt, ohne dass er vor dem Kampf von der Ungleichheit weiß. Und wenn sie aufeinandertreffen, viele Schritte voneinander entfernt, ist es zu spät.« Er legte die Fingerspitzen zusammen, und sein nachgemachter Siegelring blitzte golden auf. »Ich befürchte, der Spruch von Dûrus und der Witga mutierten ohne deren Kontrolle, wurden wild und entwickelten eine Wirkung, mit der nicht zu rechnen war. Wie bei alchemistischen Experimenten mit neuen Zutaten.«

»Ich spürte genau, dass ich den Ring jemandem vom Finger zog.« Atha bewegte die kribbelnden Hände, damit die Durchblutung in Gang kam. »Das würde bedeuten, Dûrus lebt noch?«

»Wenn ihm der Ring gehörte, wer weiß? Oder es ist ein ganz anderes Wesen entstanden. Wie jene, die dich und die Sieben Krähen angriffen.« Edocius drehte den Kopf nach links und deutete mit dem Kinn zu jenen Regalen, die mit dicken Eisenriegeln und Vorhängeschlössern gegen unbefugtes Herausnehmen gesichert waren. »Das sind Schriften, die ich sammeln ließ und die sich mit fremder Magie beschäftigen. Ich werde sie mitnehmen und auf dem Weg nach Walfor studieren.« Er richtete seinen Blick auf die Söldnerin. »Du wirst mitkommen. Das kann ich vor dem königlichen Gericht mit vielen warmen Worten erreichen, indem ich auf die Gefahr für Burgonn hinweise.«

»Und wenn ich mich nicht erinnere, wo es sich in Walfor zutrug?«, tastete sich Atha vorsichtig vor.

»Bleibst du hier.« Edocius blickte sie mit der Gleichgültigkeit der Hochstehenden an. »Du hast zwei Gardisten getötet. Du kennst das Urteil.«

»Es war ein Unfall! Das geschah nur, weil ich zu Euch wollte, Mèstre!«

»Man wird es dir nicht durchgehen lassen. Der Strang ist dir sicher. Oder ein Laboratorium, in dem meine geschätzten Mèstres und Mèstras neue Sprüche an Probanden ausprobieren, wie beispielsweise das Heilen verschiedenster Leiden.« Er goss sich vom Wasser ein, das in einem Krug auf einem Servierwägelchen neben dem Tisch stand. »Manchmal erreichen sie die gegenteilige Wirkung. Es starben etliche an Pest, an Lungenbrand, an … nun ja. Sämtliche Krankheiten, die du dir vorstellen kannst. Oder sie weiden dich für die Anatomie aus. Bei lebendigem

Leib. Damit man sieht, wie die Organe sich im offenen Körper rühren und sich bewegen.«

Atha schloss für die Dauer mehrerer Herzschläge die Augen. »Ich habe keine Wahl«, stellte sie trocken fest.

»Nein. Hast du nicht. Aber möglicherweise kommst du aus Walfor zurück und behältst dein Leben.« Edocius erhob sich und rief nach den Wachen. »Ich lasse dich in meiner Bibliothek einsperren, bis ich deine Begleiterlaubnis in die Wege geleitet habe. Das wird das Beste für alle sein, bevor noch ein paar übereifrige Gardisten auf eigene Faust deine Hinrichtung im Kerker vornehmen.«

Die Gerüsteten kamen herein und lösten die Fesseln. Derweil bekamen sie von Edocius Anweisungen, wie sie zu verfahren hätten.

Es gab keinen Protest, auch wenn die Blicke der Männer Bände sprachen.

Als man sie durch die Gänge in den Keller der Bibliothek brachte und dabei mehrmals gegen die Wand schleuderte, was ihr neuerliche Schürfwunden einbrachte, musste Atha zu allem Unglück lachen. Der Betrug an Vimith, die gekreuzten Finger bei ihrem Schwur, rächten sich grausam. Sie würde nach Walfor zurückkehren und dabei nicht eine lumpige Münze verdienen. Den immens wertvollen Ring war sie los, ohne eine Belohnung vom knauserigen Mèstre zu erhalten.

Die Strafe der Götter, dachte Atha. *Timera, ich nehme deine Prüfung an.*

Ihr fiel ein, dass sie Edocius vergessen hatte zu fragen, warum er ein Duplikat des Ringes trug. *Womöglich gefällt es ihm, sich als mächtiger Witgo zu sehen. Als ein Saldûn*, dachte sie und grinste unwillkürlich. *Oder er stammt auch aus einer anderen Welt. Das hätte er bestimmt gern.*

* * *

Liothan kroch an einem großen Felsbrocken vorbei und lauschte in das Toben des Sturmes, ob neue Geschosse um ihn herum einprasselten. Aber die Angreifer hatten ihn aus den Augen verloren und verlegten sich auf leichtere Ziele. Das Sirren der Kugeln und das Schreien der Opfer erklangen im Wechsel.

Schwarzer Rauch und Sand mischten sich zu dichten Wolken und Wänden, die Liothan zum Husten brachten. *Ich muss den Izozath finden.*

Unvermittelt stand eine Silhouette vor ihm, gekleidet in eine schwere Lederrüstung und versehen mit dem Wappen von Sungàm Tasai. »Tod den Wahnsinnigen aus Thoulikon!«, rief der Krieger undeutlich hinter dem Helmvisier hervor und stach mit einem schmalen, langen Rapier zu.

Liothan fälschte den Stich mit einer raschen Bewegung seines erbeuteten Krummschwertes ab und trat dem Vermummten die Füße unter dem Leib weg.

Ächzend fiel der Widersacher in den Sand und führte im Sturz den nächsten Angriff.

Die abgeschrägte Klingenspitze bohrte sich in gerader Linie durch Liothans rechten Oberarm, es brannte heiß in seinem verletzten Fleisch.

Fluchend trat Liothan mit ganzer Kraft gegen das Visier, so dass der Mann bewusstlos zusammensackte. *Das fehlte noch.* Er zog sich das Rapier aus der Wunde, nahm sich die Bauchbinde des Ohnmächtigen und schlang sie als Kompresse mehrmals um die blutende Stelle.

Prompt sprang ein weiterer Gegner vom Felsbrocken und landete schräg neben ihm; in seiner Linken hielt er ein Beil mit kurzem Stiel. »Ihr Scheißkerle!«, wurde ihm entgegengerufen. »Thoulikon soll verrecken!«

Liothan hob das Schwert dem Mann entgegen. »Greif mich an, und es ist das Letzte, was du als Lebender tust.«

Der Krieger lachte laut auf und hackte nach ihm.

Liothan duckte sich und schlug von unten gegen den Arm, trennte ihn vor dem Ellbogengelenk ab.

Schreiend machte der Angreifer zwei, drei Schritte rückwärts und versuchte, das herausquellende Blut aufzuhalten, als ein Thoulikoner hinter ihm erschien und ihn mit seiner Lanze aufspießte. Die blattförmige Klinge trat aus dem Bauch aus.

Unerwartet stand der eben noch bewusstlose Sungàm Tasai wieder vor Liothan. »Ihr werdet dennoch ausgelöscht! Nichts wird euch helfen.« Mit einer Hand packte er ihn an der Kehle, mit der anderen führte er einen dünnen Dolch mit beidseitig geschliffener Schneide.

»Gnade gibt es kein zweites Mal.« Liothan hielt die zustoßende Hand mit raschem Griff auf, dann drängte er den Feind zurück gegen seinen durchbohrten Landsmann – und rammte ihm die Lanzenspitze durch den Rücken.

Ächzend brach der Mann vor seinen Füßen zusammen.

Liothan sah davon ab, ihm einen finalen Schwerthieb zu verpassen. Sollte er überleben, konnten ihn die Thoulikoner verhören, um hinter den Sinn des Überfalls zu kommen. *Eine Verwechslung war es nicht. Die Sungàm Tasai wissen genau, wen sie vor sich haben.*

Der Gerüstete riss soeben seinen Speer aus dem aufgespießten Gegner. »Der Beschuss hat aufgehört. Sehen wir im Lager nach, was wir tun können.«

Sich unentwegt sichernd, stapften sie durch den Kara Buran, orientierten sich an der Spur aus umherliegenden Leichen, um zurückzufinden.

Fast alle Zelte brannten mit dunklem Qualm, der Geruch von röstender Haut und Fleisch mischte sich darunter. Die Toten stammten überwiegend aus der Delegation, der Angriff im Schutz des Sturmes hatte sie überrumpelt.

Sie fanden viele Ermordete, denen die Kehle aufgeschlitzt worden war und deren Waffen noch in den Scheiden steckten. Die Sungàm Tasai zeigten keinerlei Milde.

Dann trat Kytain Dôol an sie heran, in der Hand seinen Gehstab. »Ah, da steckt Ihr, Liothan.« Die rot und blau leuchtenden Augen ließen ihn dämonisch wirken, sein Gewand zierten nicht wenige rote Flecke und Spritzer. »Wir haben Unterstützung aus Wédōra bekommen. Eine Patrouille kam uns zu Hilfe und schlug die Angreifer zurück.« Er zeigte auf ein kleineres Zelt, dessen Seitenwand einen langen Riss aufwies. »Kommt. Shentara bespricht sich eben mit den Soldaten des Dârèmo.«

Liothan hörte den Namen zum ersten Mal. »Was ist mit Kehana?«

»Sie wurde verschleppt. Shentara ist ihre vierte Tochter.«

Zu dritt begaben sie sich in den Schutz der flatternden Stoffbahnen.

Shentara, die ihrer Mutter stark ähnelte, und mehrere Kämpfer in den leichten weißgetünchten Panzerungen der Kaufmannsstadt warteten darin. Kleinere Kratzer und oberflächliche Wunden zeigten sich bei jedem, der den Überfall überlebt hatte.

»… das Signal gehört. Und wir ritten sofort zu Euch, Kibibi.« Der Nakib aus Wédōra sah zu den Neuankömmlingen. »Habt Ihr noch lebende Sungàm Tasai für ein Verhör mitgebracht?«

»Nein. Sie setzten alles daran, ihr Leben zu verlieren«, antwortete Liothan. Seine unausgesprochene Frage nach dem Grund der Attacke schwebte durch das Zelt.

Shentara hatte eine Wunde am Hals, die von zwei Heilern gereinigt und genäht wurde. Wäre die Klinge ein wenig tiefer gegangen, hätte sie die Ader durchtrennt. »Ich werde meinem Großvater von der Ungeheuerlichkeit berichten. Sungàm Tasai muss sich auf eine Antwort einrichten, die ihnen lange im Gedächtnis bleiben wird.«

Liothan hörte deutlich das Wort *Krieg* aus ihrer Formulierung heraus. Die beiden Reiche lagen weit auseinander, und ein Heer über Wédōra durch die Wüste zu führen, käme einer logistischen Meisterleistung gleich. Obendrein würden sich die

T'Kashrâ die Gelegenheit nicht entgehen lassen, Angriffe aus dem Hinterhalt zu führen.

»Hatten sie denn einen Anlass?«, hakte er nach.

»Den gleichen Anlass wie alle anderen, die Thoulikon für den Versuch einer gewaltsamen Übernahme von Wédōra bestrafen wollen«, antwortete Shentara. »Diese Tat kann ihnen der Kèhán niemals durchgehen lassen. Mein Großvater wird die Nachbarreiche auf seine Seite ziehen, und dann ist es um die Feiglinge geschehen!«

»Wie viele Tote?«, erkundigte sich Liothan.

»Beinahe hundertdreißig, mehr als fünfzig wurden verschleppt«, sagte Shentara und schloss die Augen vor Schmerzen beim Nähen des Halses. »Meine Mutter, zwei weitere Frauen meines Vaters und Mitglieder hochrangiger Familien aus Thoulikon.«

»Lösegeld, Hoheit«, stellte der Nakib fest.

»Das passt nicht zu Sungàm Tasai«, befand Liothan einmal mehr und ließ sich die Stichwunde im Oberarm behandeln. Die Heiler sahen geschickt und versiert aus.

»Ich kann sie leider nicht verfolgen«, erklärte der Nakib. »Wir wissen nicht, wie viele Feinde noch im Sturm lauern. Ich bin froh, wenn ich Euch, Kibibi, heil hinter die Stadtmauern gebracht habe. Noch dazu nimmt der Kara Buran zu. Er will nachholen, was er in den letzten Mânen vergaß.«

Shentara starrte wütend gegen die wogenden Leinwände. »Zehn. Zehn von zweihundert der diplomatischen Abordnung, die nach Wédōra wollte, um mit dem Dârèmo zu verhandeln und den Frieden wiederherzustellen, den einer seiner Söhne in Gefahr brachte. Jeder musste sehen, dass wir zum Verhandeln unterwegs waren. Unterhändler werden niemals angegriffen. Zu keiner Zeit.« Sie winkte eine Vertraute in einer schweren Rüstung zu sich. »Macht unsere Echsen bereit. Wir kehren nach Thoulikon zurück.«

»Durch den Sturm?«, warf der Nakib warnend ein. »Das ist riskant, Kibibi.«

»Die Angitila werden es schaffen. Je eher mein Großvater

von dem Gemetzel erfährt, desto besser. Und je eher bekomme ich meine Mutter zurück.«

Liothan sah der jungen Frau an, dass sie sich nicht umstimmen lassen würde. Wenn sich der Zorn des Kèhán auf Sungàm Tasai richtete, sollte es ihm recht sein. Bei der Größe des Reiches könnte Shentaras Großvater eine Truppenstärke von hunderttausend entsenden, die Hilfssoldaten eingeschlossen. *Diese Strafaktion wird das Wasserreich teuer zu stehen kommen.*

Nachdem die Aufregung sich gelegt hatte und seine Wunde mit wenigen Stichen vernäht worden war, drängte sich die Sorge um Tomeija und den Schacht zurück in seinen Verstand. Liothan sah zu Kytain Dôol. »Bringst du mich rasch zurück nach Wédōra?«

»Ihr habt es immer noch eilig. Da muss wahrlich Großes in Euren vier Wänden im Gange sein.« Der Izozath verbeugte sich vor Shentara. »Ich bedauere, was geschehen ist. Das Schicksal Eurer Mutter möge sich zum Besten wenden. Haltet mich nicht für hartherzig, doch ein Geschäft bleibt ein Geschäft, gerade in Wédōra. Dürfte ich daher um meine Bezahlung für meine Dienste bitten, Kibibi?«

Shentara erhob sich aus ihrem Sessel und wurde von einer Dienerin gestützt. Wut lag unvermindert in ihren hellblauen Augen und traf auch den Izozath. »Du hast die Abmachung mit meiner Mutter getroffen. Nicht mit mir. Du bekommst deinen Lohn, wenn sie wieder zurück ist.«

»Ihr meint: befreit und wohlauf aus den Händen der Sungàm Tasai?«

»Sehr genau.«

»Ist das Euer letztes Wort, Kibibi?«

»Ist das eine Drohung, Izozath?«

Kytain Dôol lachte beschwichtigend. »Nein. Ich wollte nur wissen, woran ich bin und unter welchen Umständen ich meine Bezahlung erhalte.« Er deutete eine Verbeugung an und schritt auf den Ausgang zu. »Kommt, Liothan. Ich bringe Euch nach Wédōra zurück.«

Liothan verneigte sich vor Shentara, schenkte dem Nakib einen nicht ernstgemeinten militärischen Gruß, nahm sich einen Schal von einem der Heiler und folgte dem Izozath ins ungemütliche Freie. Als ursprünglicher Bewohner einer Waldwelt hatte er sich immer noch nicht an den Sand und den Staub gewöhnt.

Was gäbe ich für meine Sturmmaske. Er zog den Schal vor Mund und Nase. »Warum müssen wir hier raus? Bist du ein Saldûn? Nutzt du die Energie des Sandes und des Windes?«

Kytain Dôol marschierte vor ihm her und ging auf etwas zu, was Liothan zuerst für eine bizarre Steinformation hielt, bis er sich so weit genähert hatte, dass er seinen Irrtum erkannte.

Es handelte sich um ein pfeilförmiges Fahrzeug, ungefähr so lang, hoch und breit wie ein Vierergespann mit Wagen. Statt Räder hatte es drei Achsen mit jeweils zwei umgedrehten, übergroßen Schaufeln, die aus schwarzem Metall gefertigt waren.

»Bei Hastus!«, rief Liothan verwundert. »Was ist *das?*«

»Der Grund, weswegen wir bewundert werden«, gab Kytain Dôol zurück und öffnete eine seitliche Eisenluke. »Einsteigen.«

»Du bist kein Razhiv.« Liothan schob sich ins Innere der massiven Hülle. Es roch nach Metall, nach Öl und war ziemlich warm. Ein allgegenwärtiges Summen schien durch das Fahrzeug zu strömen, das seine Härchen auf den Armen aufrichtete. Aus der engen Kammer verlief ein Gang nach vorne, einer nach hinten.

»Das habe ich niemals behauptet«, sagte der Izozath.

»Der Blitz aus deinem Stab?«

»Warum sollte ich Magie benötigen? Sie ist launisch und viel zu kompliziert.« Kytain Dôol stieg ein und begab sich durch den Kriechgang zum Kopf des Fahrzeugs. »Technik ist das, worauf man sich verlassen kann. Sofern die Konstruktionspläne stimmen.«

Liothan spürte die unsichtbare Kraft, die ihn in den metallischen Wänden umgab. Es fühlte sich anders an als jene, die ihm die Monde gaben. Er begriff, dass der Mann ihn mit dem Blitz aus dem Stab betäubt und in das Gefährt gebracht hatte, um ihn in die Wüste zu bugsieren. Den gleichen Weg nahmen sie nun zurück, dieses Mal war Liothan allerdings bei vollem Bewusstsein. *Ich bin sehr gespannt, was geschehen wird.* Auf einen Wink des Izozaths kroch auch Liothan durch den Gang in eine Kanzel, die den Aufbauten auf den Angitila glich, nur dass ein mit Draht verstärktes Kristallglas eine Rundumsicht nach oben und vorne zuließ. *Wie meine Sturmmaske, nur größer.*

Kytain Dôol wies Liothan den Sitz neben sich zu und schärfte ihm ein, nichts anzufassen, weder Hebel noch Knöpfe noch Regler. Dann schob er seinen Stab mit dem Knauf voraus in die dafür vorgesehene Öffnung und betätigte einen großen Schalter.

Liothan zuckte zusammen, als es einen leisen Knall gab, gefolgt von einem Knistern und dem Rattern von etlichen Zahnrädern. »Wie reisen wir durch den Sturm? Die Sicht ist null.«

»Wir brauchen keine Sicht.« Kytain Dôol deutete auf ein kleines Kästchen, in dem ein eiserner Pfeil in einer Flüssigkeit schwamm; ein Kranz mit Symbolen und Abkürzungen zog sich um ihn. »Dieses Artefakt führt uns.«

»Durch den Sand?« Liothan dachte an Dünen, an Felsbrocken, an verschiedenste Hindernisse, gegen die sie stoßen würden.

»Das Vinciad hat Dinge eingebaut, die eine Kollision verhindern, wenn es das ist, was Euch Sorgen bereitet.« Kytain Dôol drückte auf Tasten herum, deren eingelassene Zeichen zu leuchten begannen, und packte das herausstehende Ende des Gehstabs, drückte ihn vorsichtig nach vorne.

Das Gefährt setzte sich in Bewegung.

Liothan sah die vorderen schaufelradähnlichen Antriebe, die abwechselnd den losen Sand berührten und aufgrund ihrer großen Oberfläche nicht einsanken. Das Prinzip ähnelte jenen Echsen, deren Füßchen ähnlich beschaffen waren und über die Dünen rannten, als wäre es fester Steinboden, während ein Mensch nach wenigen Schritten bis zu den Knöcheln im Sand steckte.

Die Böen schüttelten das Gefährt durch, das unbeirrt seinen Kurs beibehielt.

»Wie schnell sind wir?« Liothan spürte einen gewissen Druck auf seinem Körper.

»Zurzeit in etwa so rasch wie ein galoppierendes Pferd«, sagte Kytain Dôol nach einem Blick auf eine grün glimmende Anzeige. »Ohne den Kara Buran wären wir wesentlich schneller. Aber es ist noch nicht nötig, unter den Sand zu tauchen.«

Liothan lachte auf. »Entschuldige, ich habe *unter den Sand* verstanden.«

»Sicherlich. Wir verlieren zwar an Geschwindigkeit, aber der Wind kann uns nichts mehr anhaben.«

»Unter den Sand? Verrückt. Wie kommt man auf solche Gedanken?« Liothan staunte. »Wie baut man das? Welche Energie treibt das hier an?«

Kytain Dôol lächelte. »Das sind Geheimnisse, die wir niemals verraten, Liothan. Ihr seid der erste Außenstehende, der eine Fahrt in einem Vinciad mitmacht. Ihr mögt sie genießen und darüber schweigen.« Er korrigierte die Richtung, und das Fahrzeug schwenkte spürbar um wenige Grad nach Nordwesten. »Was die Idee für das Vinciad angeht: Insekten. Echsen. Die Natur. Sie findet immer einen Weg, die Wüste zu überlisten. Das machen wir uns zunutze.«

Liothan grinste und verlor das beklemmende Gefühl. *Wirklich angenehm.* »Wie schnell sind wir in Wédōra?«

»Wir reisen nicht nach Wédōra.«

»Warum?«, seufzte er seine Frage.

»Weil ich mir meinen Lohn abholen möchte. Ich verzichte ungern auf diese nicht eben geringe Summe. Die Sungàm Tasai werden Kehana auf absehbare Zeit nicht freigeben, aber ich habe das Geld bereits eingeplant. Technik ist teuer.« Kytain Dôol beschleunigte den Vinciad. »Die Spuren wiesen nach Südwesten, sagten mir die Thoulikon-Gardisten, schnurgerade auf das Wasserreich zu. Wir nehmen einen kleinen Umweg. Das Terrain ist zu unstet für einen Tauchgang, und wir bewegen uns genau in den Kara Buran.«

»Ich muss aber zurück!« Liothan wusste nicht, wie er Kytain Dôol die Dringlichkeit begreiflich machen sollte.

»Es dauert nicht lange. Ich verspreche es.« Der Izozath lenkte souverän um einen auftauchenden Felsen herum und hielt sein rotes und sein blau leuchtendes Auge auf die kryptischen Anzeigen gerichtet. »Ihr könnt eine Weile schlafen. Oder etwas essen.«

Liothan hasste die Lage, in der er steckte, denn es gab keine Aussicht auf eine Änderung. *Hastus, lass mich die Geduld nicht verlieren.* Er starrte in das Wirbeln der Körnchen, ohne dass er zu sagen vermochte, ob sie sich schon unter dem Sand befanden. Die Zeit verstrich, ohne dass er ein Gefühl dafür hatte, wie schnell oder langsam.

Nach einem heftigen Rütteln sah Liothan einen bewölkten Wüstenabschnitt vor sich, dann blieb der Vinciad stehen. *Wir sind aus dem Untergrund aufgetaucht.* Der Kara Buran hatte sich entweder an diesem Ort bereits ausgetobt oder ihn noch nicht erreicht. »Weswegen halten wir?«

»Ich wollte oberirdisch reisen, da wir den Sturm verlassen haben, aber … Wir haben die Vermissten aus Thoulikon gefunden«, antwortete Kytain Dôol. »Seht.«

Durch das Glas, von dem die letzten Dreckschlieren rutschten, wurden mehrere nackte Gestalten sichtbar, die wie weggeworfen in der Gegend lagen und um die sich Großgeier, Dünenwölfe und Weißhyänen zankten. Von den Toten führten deutliche Spuren weg und über die nahe Düne.

Liothan nahm das angereichte Fernrohr und betrachtete die Toten. »Halsschnitte, Herzstiche«, verkündete er halblaut. »Da drüben ist Kehana!«

Die Leiche der Kèhán-Tochter wurde gerade von einer Weißhyäne aufgebrochen, die sich an ihrem Fleisch und ihren Innereien gütlich tat. Weder Kehana noch die anderen Ermordeten trugen Schmuck. Die Sungàm Tasai hatten alles Wertvolle mitgenommen.

»Sie hatten niemals vor, Lösegeld zu verlangen.« Liothan senkte das Fernrohr. »Wie weit sind wir von der Stelle des Überfalls entfernt?«

»Etwa hundert Meilen. Ich musste einen großen Bogen schlagen. Ich dachte nicht, dass wir sie bei unserem Aufstieg schon finden, sondern rechnete mit einer Hatz bis zum Abend.«

Liothan setzte das Okular zurück ans Auge und inspizierte die Spuren, welche die Soldaten hinterlassen hatten. »Da drüben«, machte er Kytain Dôol aufmerksam. »Sie führen über den Dünenkamm. Verfolgen wir sie?«

»Nein.« Der Izozath setzte den Vinciad in Bewegung und lenkte ihn durch das Gemetzel, das die Sungàm Tasai angerichtet hatten. »Ich brauche lediglich einen Beweis, dass wir die Entführten gefunden haben. Dann werde ich meinen Lohn von den Erben bekommen.«

Das Vehikel glitt über den losen Sandboden.

Die Tiere flüchteten vor dem unbekannten Ding, das sie beim Fressen störte. Manche zerrten ausgerissene und abgebissene Gliedmaßen mit sich, um sie zu sichern, andere ließen die Leichenstücke zurück.

Kytain Dôol steuerte auf die zerfressene Kehana zu. »Ihr geht hinaus und nehmt die Reste an euch. Legt sie in die Vorkammer.«

Liothan hatte so etwas geahnt und stemmte sich aus dem Sitz. »Du sorgst dafür, dass mich nichts von dem, was draußen herumspringt, als frisches Futter betrachtet.«

Die Weißhyäne ließ widerwillig von ihrer Beute ab, als sich der Vinciad auf sie zubewegte, und zog sich auf zwanzig Schritte zurück, ohne gänzlich aufzugeben.

»Das tue ich.« Kytain Dôol ließ das Raubtier nicht aus den Augen.

Liothan kroch durch den Gang in die Ausstiegskammer und entriegelte die Eisenluke. Er glitt hinaus ins Freie und atmete die Luft ein, die erfüllt war von Hitze und dem Gestank nach frischen Kadavern. Das Fauchen und Krächzen der Tiere umgab ihn. Er nutzte die Gelegenheit, um sich Kraft von Ziin zu holen, dem Mond der Bosheit, der Tag und Tag am Himmel stand.

Wer weiß, wie viele Zauber ich noch weben muss?

Die Weißhyäne brüllte wütend, als Liothan die Überreste von Kehana in das Gefährt wuchtete, wobei er es geschickt vermied, sich mit dem Blut der Toten zu besudeln. Dann streckte er sich. Er wollte nicht in den stählernen Sarg zurück. In früheren Zeiten, als ihm beengte Räume zu schaffen machten, hätte er keinen Fuß hineingesetzt.

»Kytain Dôol, hörst du mich?«, rief er in das Innere.

»Ja.«

»Ich gehe über die Düne. Ich will sehen, ob wir die Angreifer noch erkennen oder ob sie das Weite gesucht haben. Wir treffen uns auf der Kuppe.«

»In Ordnung. Ich achte darauf, dass Euch nichts attackiert.«

Und dann geht es endlich zurück in die Stadt, ich muss nach meinem Haus schauen. Liothan schloss die Luke und trabte durch den Sand, erklomm die sanften Erhebungen und wechselte dabei mehrmals die Hänge. Er schwitzte und keuchte, und zugleich genoss er die Anstrengung, ohne vom Kara Buran umfangen zu sein. Ziin schien auf ihn nieder und lud ihn mit neuer Energie auf, das Kribbeln spürte er in jeder Faser.

Rasselnd und surrend schnurrte das Vinciad mit seinen Schaufelrädern an ihm vorbei, als gäbe es nichts Einfacheres für eine Maschine, eine Düne zu erklimmen. Fasziniert beobachtete Liothan den Vorgang eine Weile, dann schaute er nach Südosten, wo Wédōra und der Sturm miteinander rangen.

Mit bloßem Auge sah er den finsteren Himmel und die Schwärze, in der Blitze zuckten und die allem mit Vernichtung drohte.

Wie einfach das Reisen mitten hindurch für die Izozath sein muss. Liothan wandte sich ab und erreichte den Rand der Düne, kämpfte sich schwer atmend auf die flache Kuppe, um Ausschau nach den Mördern zu halten.

Wenn sie überhaupt noch …

Was Liothan auf der anderen Seite erblickte, raubte ihm vollends den Atem.

* * *

Sinnierst du über dein Dasein, bedenke:
Das Leben gleicht dem Feuer. Es beginnt mit Rauch
und endet mit Asche.
Doch wie groß die Flamme ist,
entscheide ein jeder selbst.

Weisheit der Keel-Èru

Kapitel VI

Festung Sandwacht

Woher … woher wisst Ihr von dem Kind?« Fhila, die Schwester der ermordeten Pajarota-Lenkerin, blickte zwischen Tomeija und Irian Ettras verschüchtert hin und her. Sie hatten die Soldatin in ihrer Unterkunft überrascht. Die Frauen saßen am Tisch. Irian streifte durch den Raum und blickte mal hierhin, mal dorthin, als suchte er die Wahrheit wie etwas Gegenständliches.

»Ich habe meine Augen und Ohren überall in der Festung«, erwiderte Tomeija vieldeutig und hoffte, dass Irian ihren Schwindel nicht auffliegen ließ. »Deine Schwester wurde ermordet, deswegen bin ich eigentlich nach Sandwacht gekommen. Aber es ist möglich, dass sie vielleicht gar nicht das Ziel war.« Sie richtete ihren Blick auf den noch flachen Bauch der Soldatin. »Wer ist der Vater?«

»Aber … was hat das mit dem Mord an meiner Schwester zu tun?« Sie strich über das braune Leinengewand, das eng um ihren Leib lag.

Tomeija musterte das Gesicht der jungen Frau und versuchte zu ergründen, wie es mit ihrer Ehrlichkeit bestellt war. »Was weißt du von den Geschäften deiner Schwester mit T'Kashrâ-Artefakten?«

Ein kurzes Flackern in den Augen, und Fhila hatte sich gefangen. »Geschäfte? Das verstehe ich nicht. Welche Sorte von Artefakten soll das sein?«

»Es gibt Hinweise darauf, dass Ellja ihre Kundschaftsflüge mit dem Gleiter dazu nutzte, weit ins Gebiet der T'Kashrâ vorzustoßen, um ihnen heimlich Gegenstände zu stehlen.« Tomeija faltete die Hände. »Nun folge ich zwei Varianten des Mordes. Die erste besagt, Ellja wurde von Mitwissern umgebracht, weil es Streit um Geld oder Abmachungen gab. Die zweite besagt, dass der Mord eigentlich *dir* gegolten hat, Fhila. Dir und deinem ungeborenen Kind, weil es dem Vater nicht gelegen kommt.« Sie lächelte besorgt. »Sie wäre demnach mit dir verwechselt worden.« Sie schaute nach Irian, der seitlich an der Wand im Schatten lehnte und als Umriss zu erkennen war. »Also, Fhila, sage mir: Welche von den beiden Möglichkeiten sollte ich deiner Meinung nach weiterverfolgen?«

Die brünette Soldatin nahm eine Lederschnur, die aufgerollt auf dem Tisch stand, und wickelte sie nervös um den Finger. »Ich kann es nicht sagen.«

»Was kannst du nicht sagen?«

»Welchen der beiden Wege Ihr verfolgen solltet.«

»Komm zur Vernunft und sage, was du weißt. Angenommen, du hättest das Opfer sein sollen, dann läuft der Mörder immer noch in der Festung herum und wartet auf eine neuerliche Gelegenheit.«

»Aber … es war doch Harmon! Und der ist tot!«

Tomeija schüttelte langsam den Kopf. »Ich glaube nicht, dass er es gewesen ist.« Sie legte die Hände auf den Tisch und stand auf, blieb vornübergebeugt. »Fhila, es geht um dein Kind und um dein Leben. Wenn du mir sagst, es gibt unter der Besatzung Geschäftemacher mit den T'Kashrâ-Artefakten, die deiner Schwester übelwollten, gut. Dann bist du in Sicherheit. Aber lügst du mich an, kann ich nichts unternehmen, das deinen sicheren Tod verhindert.« Sie trug sehr dick auf, aber es war zielführend. »Du wirst dem Mörder nicht entkommen, der nicht davor zurückschreckte, das Leben deiner Schwester zu nehmen.«

»Warum sagen die Geister nicht, wer meine Schwester umgebracht hat?«, fragte Fhila leise und blickte zu Irian. »Am Ende waren sie es! Wie bei Harmon.«

»Sie finden es amüsant, uns dabei zuzuschauen, wie wir vorgehen«, lautete seine ruhige Erwiderung.

Tomeija durchschaute die Absicht der Soldatin. *Sie will von sich ablenken.* »Es gibt also Menschen in dieser Festung, die mit deiner Schwester zusammenarbeiteten, um die geraubten Artefakte zu veräußern.«

»Das habe ich niemals behauptet!«, rief Fhila unverzüglich und erbleichte.

»Das musst du nicht. Ich erkenne es auch so.« Tomeija richtete sich auf. »Gut. Dann werde ich meine Untersuchungen in diese Richtung führen und mit dem Kommandanten sprechen. Ich lasse die Unterkünfte auf den Kopf stellen, und dann werden wir sehen.« Sie zeigte auf Fhilas Bauch. »Dir und deinem Kind alles Gute. Du bist wohl außer Gefahr.« Sie nickte Irian zu und erhob sich, er folgte ihr zum Ausgang.

»Wartet!« Fhila schluchzte auf. »Ihr müsst mir helfen. Ich will nicht sterben. Und das neue Leben in mir auch nicht.«

Tomeija warf Irian einen kurzen Blick zu und erlaubte sich ein angedeutetes Lächeln, bevor sie sich umdrehte. »Sollte ich demnach *doch* in deine Richtung ermitteln?«

»Ich … ich fürchte, ja.«

Tomeija kehrte an den Tisch zurück und setzte sich, dieses Mal zeigte ihr Gesicht Offenheit und Aufmunterung. Sie beherrschte die vorgegaukelte Freundlichkeit. »Wer ist der Vater? Ich lasse ihn sogleich ergreifen.«

»Ich … ich weiß es nicht.«

Irian lachte aus dem Zwielicht heraus, durch das er sich erneut im Raum bewegte. »Es wäre zu einfach gewesen.«

»Kannst du mir das erklären?«, erkundigte sich Tomeija. »Hat es etwas mit dem hiesigen *Zeitvertreib* zu tun?«

Fhila unterdrückte das Schluchzen. »Ich verstehe das nicht. Früher war ich viel stärker, und das hätte mich gewiss nicht zum Weinen gebracht. Und nun heule ich wie ein gefühlsduseliges dummes Waschweib.«

»Es mag die Schwangerschaft sein.« Tomeija nickte ihr zu. »Ich höre?«

»Es sind drei Männer, die in Frage kommen. Amanus, ein Pajarota-Lenker, Dewart, einer aus dem Laufechsen-Regiment, und Calán, ein Nakib.«

»Und du hast ihnen gesagt, dass du schwanger bist?«

»Nur Calán. Und meiner Schwester.«

»Sprach deine Schwester oder Calán mit jemandem darüber?«

»Ich weiß es nicht.«

Tomeija stieß unzufrieden die Luft aus. Damit hatte sie lediglich einen konkreten Verdächtigen. »Wie hat Calán auf deine Eröffnung reagiert?«

»Er … freute sich. Der Idiot freute sich«, brach es aus Fhila heraus. »Ich habe ihm gesagt, dass mich der Nakib-Dho aus dem Heer werfen wird, und den Vater gleich mit.« Sie presste die Hände fest zusammen. »Ihr Götter, helft mir! Ich sehe mich schon im Vergnügungsviertel, als Hure!«

»Aber Calán freut sich doch.«

»Sein Wille zählt dabei nicht. Seine Eltern sind aus dem Goldenen Viereck, und sie werden niemals zulassen, dass er mich zur Gemahlin nimmt.« Fhila wischte sich die Tränen mit den Handballen weg. »Sie werden einen Beschluss bei einem Shudiya erwirken, damit ich nicht mal die Grundsicherung erhalte, und Calán's Vaterschaft anzweifeln.«

Tomeijas Mitleid hielt sich in Grenzen. Jede Frau wusste, was geschah, wenn man sich den körperlichen Freuden hingab, ohne Schutzmaßnahmen zu ergreifen.

Aber ihre Worte brachten Tomeija auf einen Gedanken.

»Hat dir Calán die Freude vielleicht vorgespielt? Kann es sein, dass er dich in Sicherheit wiegen wollte, um dich leichter umbringen zu können? Oder traust du seinen Eltern zu, dass sie jemanden von deinen Kameradinnen und Kameraden bestachen, damit sie dich aus der Welt schaffen?«

Fhila verlor noch mehr ihrer Gesichtsfarbe und öffnete den Mund, als es an der Tür klopfte.

»Einen Moment.« Tomeija erhob sich, ging zum Kammereingang und öffnete sie einen Spalt.

Zwei Soldaten standen neben Elswerth auf dem Gang. Einer trug die Uniform des herkömmlichen Heeres mit gewöhnlichen Rangabzeichen, der andere eine schwarze mit weißen Federn auf den Schulterklappen, was ihn als Falkner auswies.

Tomeija hoffte, dass wenigstens einer von ihnen zu den möglichen Vätern des Kindes in Fhilas Bauch gehörte. »Ja?«

»Entschuldigt, Shudiya«, setzte Elswerth an. »Zwei Dinge: Der Kommandant hat höchste Sturmwarnung herausgegeben. In zwei Sanduhrdurchläufen werden die mechanischen Außenschutzmaßnahmen abgeschlossen sein. Die Apparate wurden in Gang gesetzt.«

Tomeija machte ein fragendes Gesicht.

»Oh, entschuldigt. Das bedeutet, es kommt keiner mehr aus oder in die Festung. Stahlklappen liegen dann vor den Fenstern, und das Tor ist verriegelt. Sandwacht ist mit einem System aus Seilzügen, Mechaniken, Gewichten und Eisenblechen ausgestattet, die sich über Hebel ein- und ausfahren lassen. Einst waren sie gedacht gegen Angriffe der T'Kashrâ. Nun schützen sie gegen den Kara Buran«, führte Elswerth aus. »Die zweite Sache: Das sind Qadim und Zenarus. Sie wollen mit Euch sprechen.«

»Welchen Grund haben sie?«

»Sie möchten Euch bei Euren Ermittlungen unterstützen.« Ihr Adlatus winkte sie heran. »Erklärt euch.«

Freiwillige Ermittler? Nun war ihre Neugier zusammen mit dem Misstrauen geweckt.

Die Männer grüßten militärisch.

»Ich bin Qadim«, stellte sich der Blonde vor, »das ist Zenarus.« Er deutete auf den Falkneroffizier. »Wir waren gute Freunde von Ellja, und wir ahnen, dass es Euch nicht leichtfallen wird, in Sandwacht jemanden zu finden, der Euch die volle Wahrheit sagt.«

»Es ist eine Art Codex beim Heer«, fügte Zenarus hinzu. »Außenstehenden wird nichts verraten.«

»Ich verstehe. Und ihr wollt diesen Codex brechen.«

»Wir schulden es Ellja«, erwiderte Qadim. »Diesen Tod hat sie nicht verdient.«

»Dann kommt herein und macht euch nützlich«, erwiderte

Tomeija höflich und ließ sie zusammen mit Elswerth herein. Sie wollte die Gesichter der zwei sehen, wenn sie erfuhren, worüber gesprochen wurde: Nachwuchs, Artefakthandel.

»Vorstellen muss ich euch nicht.« Sie stellte sich neben den Tisch und ließ die beiden Soldaten gegenüber von Fhila Platz nehmen, damit sie sich in die Augen sehen konnten. *Wollen wir doch mal sehen, ob ihr wirklich Elljas Freunde wart.*

»Was tut ihr hier?« Perplex blickte Fhila zu den Soldaten, und Irian lachte leise und böse aus dem Dunkel. Tomeija mochte den geheimnisvollen Mann mehr und mehr.

Elswerth rieb sich den Nacken, ihm war die Situation unangenehm.

Abrupt flog die Tür auf, und der stechende Geruch von Schwefel drang herein.

Alle Augen blickten zum Eingang, wo dichter Qualm waberte, in dem ein Umriss erschien, der etwas Großes in beiden Händen hielt und in den Raum richtete.

»Runter!«, schrie der Adlatus und warf sich zum Schutz auf Fhila, riss sie in Deckung. »Das ist eine Bolidschleuder!«

Tomeija kam nicht mehr dazu nachzufragen, was eine Bolidschleuder sei: Aus dem dichten, die Lunge reizenden Rauch schossen glühende Kugeln, groß wie ein Taubenei, die grelle Schweife hinter sich herzogen. Wo sie aufschlugen, zerplatzten sie und setzten grellweißes Feuer frei, das sich durch die Ziele fraß. Die Hitze in der Kammer stieg mit jeder leisen Detonation.

Alchemistisch aufbereitete Geschosse! Tomeija hechtete nach rechts in den toten Winkel des Schützen, der unaufhörlich in das Zimmer feuerte. Eine ähnliche Waffe, die sie fliegende Krähe nannten, wurde zur Verteidigung Wédōras eingesetzt. Das Arsenal von Sandwacht schien mithalten zu können, was die Vernichtungskraft anbelangte.

Elswerth erhielt mehrere Treffer in den Rücken, er brannte sofort lichterloh und schrie. Das bunte Feuer fraß sich blitzschnell durch Kleidung, Haut und Knochen. Das austretende Blut verdampfte rascher, als es gerinnen konnte.

»Mörder!« Zenarus, der Falkner-Offizier, hatte seinen Säbel gezogen, hetzte im Zickzack auf den Schützen im Rauch zu und erhielt eins der Kügelchen mitten ins ungeschützte Gesicht.

Das Feuer vernichtete die Haare auf dem Kopf, schmolz die Haut und die Nase, rann flüssig am Hals hinab unter die Montur und ließ den Mann zusammenbrechen.

Fhila kroch weg vom brennenden Elswerth und suchte Schutz unter einer Steinbank.

Wie viel Schuss hat diese vermaledeite Bolidschleuder? Tomeija warf einen Blick um die Ecke. »Irian! Was machen deine Geister?«

»Ich höre sie nicht mehr«, rief er zurück, ohne dass sie ihn entdeckte. »Wir müssen es selbst klären.«

Mit jedem lauten Knall schoss eine weitere brennende Kugel in den Raum. Tische, Stühle, die Schränke und Kleidung standen in Flammen und füllten den Raum mit zusätzlichem Qualm. Die Sicht belief sich auf eine knappe Armlänge.

Von draußen erklangen aufgeregte Schreie und Rufe, eine Alarmglocke wurde hastig geschlagen. Trappelnde Schritte näherten sich.

Das halten wir nicht mehr lange aus. Tomeija zog sich den Schal vor Mund und Nase. Bis zum Eingang waren es keine zwei Schritte. *Driochor, ich vertraue auf dich.*

Sie zog ihr Schwert und machte einen Sprung in Richtung der Tür, unter einer Kugel hindurch. Der Schweif zog dicht an ihrem Gesicht vorbei, heiße Asche traf sie.

Tomeija schlug einen Haken und rollte sich über die Schulter ab, damit sie neben dem Schützen zum Stehen käme.

Durch den Qualm sah sie einen Umriss, zielte mit dem Schwert auf die Knie des Unbekannten – aber die Schneide traf auf viel zu harten Widerstand. *Holz?*

Soldaten rannten mit Eimern voller Wasser herbei und fluteten Fhilas Unterkunft. Laut zischend wehrten sich die Lohen und schickten heißen Dampf gegen die Retter.

Tomeija erkannte ein Holzgestell, auf das die Bolidschleuder montiert worden war. Sie schwieg nun. Der Angreifer hatte sich unerkannt aus dem Rauch gemacht.

Auf der gegenüberliegenden Seite trat Irian aus der Deckung, ein gekrümmtes Kurzschwert in der Linken. »Wir sind auf der richtigen Spur«, kommentierte er bedächtig. »Der Mörder wird nervös.«

»Leider wissen wir nicht, wem der Anschlag gegolten hat.« Sie trat der mit besonderer Lederkleidung und Helmen ausgestatteten Löschmannschaft aus dem Weg und unterdrückte ihr Husten, um keine giftigen Schwaden einzuatmen. »Holen wir Fhila raus, bevor …«

Durch den wallenden Rauch schleppten die Retter zuerst die Schwangere, danach Qadim, dessen rechter Arm schwerste Verbrennungen abbekommen hatte. Iatroi eilten herbei und übernahmen den Verwundeten. Fhila weinte zitternd und keuchend und wurde von zwei Freundinnen getröstet. Sie hatte nichts abbekommen.

Irian griff nach der brandgefährlichen Waffe, und zusammen verließen sie die verräucherte Zone, um besser Luft schöpfen zu können. Das Öffnen der Fenster war wegen des Sturmes nicht möglich.

»Das ist die Bolidschleuder«, sagte der Hakhua. Sie bestand aus neun kreisförmig angelegten Eisenröhrchen, die sich um ein dickeres in der Mitte legten. Das überhitzte Material tickte und glühte noch. Der hintere Teil mit Griffstück und Halteknauf bestand aus glasähnlichem Material, das die Wärme nicht weitergab.

Tomeija betrachtete die von Alchemisten erschaffene Fernwaffe und suchte daran nach einem Anhaltspunkt auf den Schützen, wie Haare, ein Stofffetzen oder dergleichen. Vergebens.

Es kann jeder gewesen sein, der Zugang dazu hatte. Sie grübelte. *Wem galt der Anschlag?*

»Welcher vollkommen beschissene Arsch zündet eine Bolidschleuder in meiner Festung?«, polterte Malchikor von weitem durch den Gang. »Ich schwöre, dass ich ihn hinrichten lasse!«

Tomeija stimmte dem Nakib-Dho voll und ganz zu. *Damit wäre dann auch der Mordfall gelöst.* Sie erwartete die Ankunft des verwachsenen Zwillingspaares, bis ihr einfiel, was höhere Priorität als ein schlechtgelaunter Befehlshaber hatte.

Sie schnappte sich den nächstbesten Soldaten, der an ihr vorüberlief. »Wo finde ich die Unterkunft von Qadim und Zenarus?«

Verdutzt nannte er ihr Stockwerke, Gänge und Nummern.

»Dann los«, sagte sie zu Irian und verfiel in schnellen Trab. »Lass die Schleuder liegen. Wenn wir noch Beweise finden wollen, müssen wir uns sputen. Die Gunst des Augenblicks könnte von vielen genutzt werden.«

Da die Kammern der beiden Soldaten weit auseinanderlagen, entschied Tomeija unterwegs, dass sie sich aufteilten.

Kurzerhand orderte sie einen passierenden Krieger als Begleitung für Irian. Zu viele kannten den Hakhua und wollten ihm Schlechtes. »Du haftest mir für die Sicherheit von Irian Ettras«, schärfte sie dem Mann ein und hastete davon.

Der Ehrgeiz von Wédōras kommender höchster Verbrechensjägerin war erwacht. Wer sie töten wollte, durfte keine Milde erwarten.

In der Kammer von Zenarus, dem Falkner-Offizier, arbeitete sich Tomeija durch das Schränkchen und die Ablagen, die Kommode und die Truhe. Als sie darin nichts entdeckte, untersuchte sie die Bodenplatten, die Wände, die Möbel, sogar die Decke wurde von ihr abgeklopft. In den Schriften und Aufzeichnungen, in den Büchern und den Landkarten gab es keinerlei Vermerke oder verräterische Abdrücke.

Tomeija überlegte. *Er war Falkner. Es könnte sein, dass er sein Versteck bei den Vögeln anlegte.*

Sie verließ die Kammer und stieg hinauf, bis zum höchsten Punkt des Hauptturmes, wo sich die Volieren der stolzen Raubvögel befanden. Eine Wache ließ sie in den riesigen Raum und wartete, ob sie gebraucht würde.

Der Kara Buran fegte mit beängstigender Wucht um den

Turm. Die hölzernen, unterarmdicken Läden vibrierten, die Riegel ächzten. Tomeija fiel auf, dass die eisernen Sicherungsklappen noch nicht vor den Öffnungen lagen, obgleich sie sicher schon mehr als zwei Sanduhrdurchläufe suchte. *Hätte das Schließen nicht längst vollendet sein sollen?*

Anhand der Beschriftungen machte Tomeija aus, welche Verschläge Zenarus' Tieren gehörten. Die Volieren waren überwiegend aus gedrehtem Draht und dünnen Gittern gebaut, damit die Vögel sich in den Zeiten, in denen sie nicht eingesetzt wurden, genug bewegen konnten und die Muskeln nicht verkümmerten.

Aufmerksam verfolgten die gelben, grünen und rötlichen Augenpaare Tomeijas Bewegungen durch die Halle. Sobald sie sich einem Käfig näherte, krächzten die Falken schrill und warnend.

Sie werden mich angreifen, sobald ich versuche, zu ihnen zu steigen. Besser hätte Zenarus Dinge gegen Diebstahl kaum schützen können.

Sie fasste sich ein Herz und betätigte den Riegel, öffnete eine von Zenarus' Volieren einen Spalt und schob sich zu dem einen Schritt großen Falken, der sogleich schimpfte und die majestätischen Schwingen ausbreitete. Er saß drei Schritte über ihr auf einer Stange und ließ den Schnabel drohend auf- und zuschnappen.

Behutsam forschte Tomeija im Dreck und in den Gripperesten unter ihm, bis sie sich das eigentliche Falkennest vornahm.

Da ist doch etwas! Zwischen den Zweigen lagen zwei Metallkapseln, wie sie zur Aufbewahrung von Nachrichten dienten.

Tomeija pulte sie aus dem Geflecht und schraubte sie auf, nahm die Zettelchen heraus. Sie erfasste die Zeilen, und auf ihrem Gesicht bildete sich ein zuversichtliches Lächeln. *Warten auf die Lieferung*, stand dort geschrieben. *Brauchen den Rufer unbedingt.*

Das andere Fetzchen Papier handelte von Bezahlungen, von Bestellungen, von Summen, die geboten wurden. Der Handel mit den verbotenen T'Kashrâ-Artefakten florierte und bildete ein eklatantes Motiv für den Mord an Tomeija, die den Machenschaften auf die Schliche gekommen war. *Qadim gehörte offenbar ebenso dazu.* Die ach so freundlichen freiwilligen Ermittlungshelferlein hatten nichts weniger im Schilde geführt, als an den Rufer zu gelangen.

Das bedeutete jedoch nicht, dass sie Ellja ermordet hatten.

Beide befanden sich zum Zeitpunkt des Anschlags in der Kammer, überlegte Tomeija. Zenarus war sogar durch die Bolidschleuder gestorben. Das wiederum ließ fast nur den Schluss zu, dass es sich bei dem unbekannten Schützen um einen der ungewollten Väter handelte.

»Eine Frage hätte ich«, rief sie der Wache zu und verließ die Voliere, was der Falke mit Siegeskrächzen quittierte und eine Runde in seinem Gefängnis flog, das ihm wieder alleine gehörte.

»Ja?« Der Mann kam näher.

»Wer hat hier Zugang zu einer Bolidschleuder?«

»Nur Offiziere des Feuerkorps.«

»Wie leicht kommt man an diese Waffen?«

»Man braucht einen eigenen Schlüssel und den eines Diensthabenden, um die Kammer zu öffnen, in der sie gelagert werden.«

»Ich nehme an, es ist kein gewöhnliches Zimmer.«

»Nein. Eine dicke Stahltür verhindert, dass im Falle einer Explosion die Festung beschädigt wird«, erklärte er gehorsam. »Das gilt auch für die Werkstatt, in der sie gefertigt werden.«

»Ist der Zugang zur Werkstatt ebenso gesichert?«

»Nein.«

»Danke.«

Tomeija umschloss die Kapseln in ihrer Hand fester. Womöglich hatte es sich bei dem Schützen um Calán gehandelt, der die Gelegenheit nutzen wollte, Fhila auszuschalten. Hatte er Ellja getötet, weil sie von Fhilas Schwangerschaft wusste?

Langsam ging sie los.

Eine Unterredung mit ihm wird Klarheit bringen. Sie steckte die Kapseln ein und tastete nach ihren Nadeln. *Er wird rasch reden.*

Treppe um Treppe ging sie zurück in die unteren Stockwerke, um sich mit Irian zu treffen. *Er wird längst mit der Durchsuchung von Qadims Quartier fertig sein. Hätte er etwas entdeckt, wäre er zu mir gekommen.* Doch zuvor würde sie mit dem Nakib-Dho über ihre Erkenntnisse sprechen. Der Handel mit den Artefakten musste unterbunden werden.

Halt. Noch bin ich nicht im Amt, rief sie sich zur Ordnung. Ihr Auftrag war es, den Mord aufzuklären und Sarāsh zu berichten. Malchikor und Pajana müssten vorerst alleine entscheiden, was gegen den Artefakthandel zu tun war.

Das Rauschen des Windes ähnelte dem eines stattlichen Wasserfalls, der sich aus großer Höhe ergoss. Es brauste und donnerte. Die geschlossenen Läden ächzten wie die vorgelegten Querbalken unter der Beanspruchung. Das Knacken verriet, dass das Holz nicht mehr lange halten würde. Schrill pfeifend jagte der Sturm durch einen Spalt in die Festung.

Die Schutzplatten liegen noch immer nicht wie vorgesehen vor den Fenstern und Toren. Tomeija beeilte sich, die Stockwerke rasch hinter sich zu bringen und auf direktem Weg zum Nakib-Dho zu gelangen.

Was ihr auffiel, war die große Anzahl an Wachen, die durch die Gänge patrouillierten, sowie die Menge an zusätzlichen Lampen, die aufgehängt wurde. Sie schaukelten und pendelten in den Böen.

Vor der Tür hatten vier Gardisten Posten bezogen, die sie ohne Fragen zu Malchikor und Pajana vorließen.

Die verwachsenen, ungleichen Zwillinge saßen wie beim ersten Zusammentreffen in ihrem dunkelbraunen Gewand mit dem Abzeichen auf Schulter und an der Brust hinter dem Schreibtisch, auf dem eine Decke lag. Darauf waren verschiedene verbrannte Gegenstände ausgebreitet, die aus Philas Kammer stammten, aber auch ein blutiger Dolch sowie die benutzte Bolidschleuder.

Beim Eintreten blickten die Geschwister gleichzeitig auf.

»Mit Eurem Erscheinen brach der Wahnsinn in meiner Festung aus«, konstatierte Malchikor feindselig.

Das ist mal eine Begrüßung. »Es geht weniger um Irrsinn als um die Vertuschung verschiedener Verbrechen«, gab Tomeija besonnen zurück. »Ich habe Beweise, die ich Euch –«

»Steckt Euch Eure Beweise in den Arsch! Ich musste fünfzig meiner Männer und Frauen ins Gefängnis sperren lassen, weil sie ihren Verstand verloren haben und jeden angriffen, der sich ihnen näherte«, unterbrach Malchikor. »Doch keiner von ihnen will es gewesen sein. Sie sagen, die Geister würden die Menschen töten!«

Die Nachricht traf Tomeija überraschend. »Seit wann?«

»Seit Ihr angekommen seid!«, schrie er aufgebracht, Speichel sprühte über die Lippen. »Ihr verwirrt sie. Allesamt. Meine Leute, die Geister, einen jeden Verstand. Mit Eurem Driochorglauben und … Euren Ermittlungen und …«

Pajana legte ihm eine Hand auf den Unterarm, und er verfiel in schnaufendes Schweigen. »Es gehen Dinge vor«, ergänzte sie wesentlich ruhiger, aber mit ernstem Gesicht, »wie ich sie noch nicht erlebte. Das mag verschiedene Gründe haben, aber Eure Beteiligung ist dabei gewiss. Ungewollt, natürlich.«

Der Sturm heulte urplötzlich auf, es klang, als lachten die Phantome bedrohlich. Die äußeren Läden vibrierten unter der Wucht.

Tomeija wünschte sich Irian an ihre Seite. Er würde etwas über die Geister sagen und sie von den Vorwürfen entlasten können. »Ich tue nur, was mir der Dârèmo auftrug«, erklärte sie. »Ich habe Erkenntnisse mit Euch zu teilen. Eure Leute verdienen sich einige Münzen zu ihrem Sold hinzu, indem sie mit Artefakten aus der Wüste handeln. Und dann ist da noch Fhila, die ein Kind in sich trägt, von dem ich vermute, dass Calán der Vater ist und er sie deswegen umbringen möchte.«

»Ist das ein Scherz?« Pajana runzelte die Stirn.

»Unter diesen Umständen wäre er überaus unpassend.« Tomeija hörte durch das Summen und Surren des Windes Lärm von draußen. »Ich muss mit dem Nakib sprechen. Der feige Anschlag mit der Bolidschleuder galt vornehmlich der werdenden Mutter. Er wusste, wie man damit umgeht, und hat Zugang zur Kammer.«

»Das kann ich nicht erlauben«, schmetterte Malchikor ab.

»Das war keine Bitte, Nakib-Dho!«

»Und ich sagte: Ich kann es nicht erlauben!« Er zeigte zum Fenster. »Die Schutzvorrichtungen funktionieren nicht wie sonst. Ich brauche sämtliche Kräfte, um die Sicherungsklappen von Hand in Position zu bringen, bevor der Kara Buran seine gesamte Kraft gegen die Mauern wirft. Sonst wird eine Katastrophe Sandwacht ereilen, wie sie noch in keinen Aufzeichnungen festgehalten ist.«

Tomeija seufzte. »Dann stellt Calán unter Bewachung. Er ist gefährlich. Und tückisch.«

»Ich habe Fhila zwei Aufpasser gegeben und sie in einer neuen Unterkunft untergebracht. Das muss reichen. Vorerst.«

»Dann setzt wenigstens Qadim fest. Er ist –«

»Qadim ist tot.«

Tomeija glaubte zuerst, sich verhört zu haben. »Aber er –«

»Die Wunden selbst hätte er überstanden, doch das Mittel aus den Brandgeschossen vergiftete sein Blut. Die Heiler vermochten nichts mehr für ihn zu tun.« Die Geschwister erhoben sich. »Wenn Ihr Euch nützlich machen wollt, dann geht und bewacht Calán selbst, bis wir die Sicherungsklappen geschlossen haben.« Malchikor zeigte auf die Tür.

»Na schön. Ach, sagt: Habt Ihr Irian Ettras gesehen?«

»Ich dachte, er sei bei Euch?« Malchikors verbissener Gesichtsausdruck wurde noch missbilligender. »Das hat mir noch gefehlt, dass dieser Hakhua durch die Festung stromert!«

»Er *stromert* nicht, er unterstützt mich bei meinen Ermittlungen.«

»Über ihn und seine Strafe ist das letzte Wort noch nicht gesprochen«, erwiderte Malchikor knurrig.

Tomeija ersparte sich Widerworte und wandte sich dem Ausgang zu.

Laut krachend barsten die Querriegel vor den Läden. Die dicken Gläser zersprangen unter dem Druck, und der Kara Buran fuhr in die Dienstkammer des Nakib-Dho. In einer Mischung aus Sog und Zug riss der Sturm alles Lose und Leichte durch die Fenster in das wirbelnde Schwarz. Blätter, Bücher, Kerzenhalter, Karaffen, Schemel und Hocker, Schränkchen und Stühle flogen durch die Öffnungen hinaus und zerbrachen dabei an den Mauerkanten.

Die Zwillinge lagen am Boden und klammerten sich an die steinerne Sitzbank. »Helft uns!«, rief Pajana in Todesangst.

Tomeija bekam die Türklinke zu fassen und öffnete den Ausgang, brachte sich in den Vorraum in Sicherheit. Ihre langen, grauen Haare peitschten ihr durchs Gesicht. »Haltet durch! Ich hole ein Seil, mit dem ich Euch sichere«, schrie sie in das Tosen und drehte sich um.

Sie erstarrte.

Vor ihr lag ein halbes Dutzend Verletzte und Leichen. Die Soldatinnen und Soldaten hatten sich anscheinend gegenseitig niedergestreckt, aus klaffenden Wunden sickerte und rann das Blut über den Boden. Die Waffen, mit denen sie sich attackiert hatten, hielten sie wie zum Beweis noch in ihren erkaltenden Händen.

Driochor stehe mir bei! Der Irrsinn, von dem Malchikor sprach! Tomeija kniete sich neben einen Schwerstverletzten. »Was ist geschehen?«

»Der Keel-Èru«, stieß die Kriegerin keuchend und mit aufgerissenen Augen aus. »Er ist … entkommen! Und er … er schleicht durch die Gänge und … jagt … jagt uns wie …« Die Pupillen verloren den Glanz und weiteten sich schlagartig.

Er war nie auf Versöhnung aus gewesen. Er kam, um …

Aus dem Zimmer des Kommandanten erklang ein verzweifelter Schrei, der sich rasch entfernte und verhallte. Tomeija musste nicht nachschauen, um zu wissen, dass Pajana und Malchikor vom Kara Buran verschlungen worden waren.

Wütend rüttelten und rissen die Böen an den Läden des Vorraums, das Holz knarrte warnend.

Ich muss Irian finden! Tomeija sprang auf und rannte mit gezogenem Schwert in den Gang.

* * *

Wüste, dreihundert Meilen südwestlich von Wédōra

»Schiffe!«, sagte Liothan verwundert. Mit diesem Anblick hätte er in der Wüste nicht gerechnet.

Er streckte sich, um besser in das Dünental in einer Meile Entfernung zu sehen. *Sie schwimmen auf Wasser.* Liothan konnte es nicht glauben. *Es ist keine Hitzespiegelung.*

Eine Flotte von sechs flachen Kähnen schwamm neben- und hintereinander in dem engen, tiefen Kanal, der in die Wüste gegraben worden war. Etliche Aufbauten und Kräne befanden sich auf den Decks, Maschinen stießen Rauch aus, weiß und schwarz, der den blauen Himmel betupfte. Durch Sand und Felsen, unbeirrt von Sonne und Hitze, hatten die Sungàm Tasai eine Wasserschneise getrieben, auf der die Schiffe ruhig lagen. Ketten mit bunten Wimpeln spannten sich rechts und links aufwärts zum Ufer.

Der Wind drehte und wehte Liothan stampfende, wummernde Geräusche und den Geruch von Kohlefeuer zu. Unablässig wiederholte sich das Hämmern und Krachen, gelegentlich polterte und platschte es.

Sie treiben den Kanal voran. Liothan konnte die Augen nicht abwenden.

Das Wasserreich rühmte sich, weit wie sonst niemand Waren, Vieh und Menschen gefahrlos auf ihren Kähnen über den Fluss in die Wüste transportieren zu können, bevor es an Land weiterging. Der Kaiser von Sungàm Tasai hatte offenbar beschlossen, die Grenzen seines Einflussbereichs künstlich zu verlängern und dabei den Hass der T'Kashrâ in Kauf zu nehmen.

Fast lautlos brachte Kytain Dôol den Vinciad neben ihm zum Stehen und kletterte aus der Luke, um sich neben Liothan zu stellen und ein Fernrohr anzureichen. »Das ist eine Entdeckung, mit der ich beim Aufstehen nicht gerechnet hatte.«

Stumm betrachteten die beiden Männer, was sich vor ihnen abspielte.

Die geschliffenen Gläser, die sich in verschiedenen Vergrößerungsstufen einstellen ließen und die Schiffe scheinbar auf kürzeste Distanz vor Liothans Auge zu holen schienen, zeigten ihm die Truppen, die rechts und links an den hohen Ufern mit fahrbaren Befestigungen Stellung bezogen hatten. Gut drei Meilen hinter der vordersten Stelle wies der Kanal eine schützende Mauer auf, auf der Arbeiter Stein um Stein verfugten.

»Die meinen es ernst.« Liothan streifte braune Strähnen aus den Augen und schwenkte die Linse abwärts. »Das ist keine kurzfristige Sache, die die Ingenio hier betreiben.«

Die Schiffe hatten hausgroße Bohrer am Bug montiert, die über Riemen und Ketten angetrieben wurden. Zahnräder und Gestänge übertrugen zusätzliche Kraft, die von unzähligen Arbeitern in riesigen Laufrädern sowie aufmontierten Windrädern erschaffen wurde. Mit viel Vortrieb fraßen sie sich in den Untergrund der Wüste, in den schwarzmarmorierten Stein.

Was von den unbarmherzigen Bohrern und schwingenden Abrisskugeln aus der Wand des stetig wachsenden Kanals gesprengt wurde, gruben gewaltige Schaufeln an schwenkbaren Galgen aus und wuchteten es auf eiserne Segmentförderbänder, welche den nassen Schutt mühelos auf die Schiffe dahinter beförderten.

»Das ist das Baumaterial für die Mauer«, sagte Liothan fasziniert.

»Mit Sicherheit geht das schon seit mehr als zwei, drei Siderim«, fügte Kytain Dôol hinzu. »Die Apparate, die ich auf den

Schiffen sehe, bestehen zu einem großen Teil aus unserer Technik. Die Erfinder des Kaisers haben einen Weg gefunden, sie auf eine andere Weise einzusetzen als von uns angedacht.« Er senkte das Fernglas und blickte zum Himmel. »Ungefähr dreihundert Meilen bis nach Wédōra. Nicht mehr lange, und die Pajarota von Sandwacht entdecken sie. Wenn das Wetter gut ist, kommen die besten ihrer Flieger so weit.«

»Aber nicht mehr zurück, schätze ich.« Liothan schwenkte das Fernglas auf die fahrbaren Befestigungen. Einige Kleidungsstücke der verschleppten und ermordeten Delegation wurden zwischen den Arbeitern aufgeteilt. »Wir wissen, wo die Wertsachen der Thoulikoner abgeblieben sind.«

»Aber was genau sehen wir?«

Liothan musste grinsen, weil diese Frage ebenso gut von seiner Freundin Tomeija hätte gestellt werden können. »Was willst du damit sagen?«

»Dass wir sehen, was jemand wollte, das wir sehen: Truppen aus Sungàm Tasai, die sich über die Habseligkeiten ihrer Opfer hermachen. Geschosse der Sungàm Tasai beim Überfall. Angreifer, die laut den Namen des Wasserreichs riefen, wieder und wieder.« Kytain Dôol kehrte zum Vinciad zurück. »Kommt. Wir müssen nach Wédōra zurück und die Leiche von Kehana dem Botschafter von Thoulikon überbringen, bevor Shentara abgereist ist.«

Liothan folgte dem Izozath grübelnd und kletterte in das merkwürdige Gefährt, mit dem man in kürzester Zeit dreihundert Meilen durch die Wüste zurücklegen konnte. Das Kribbeln in seinem Körper ließ nach, Ziin hatte ihn mit genug Kraft versorgt. Er fühlte sich aufgekratzt. »Ich weiß, was du meinst«, sagte er, nachdem er in dem gepolsterten Sitz Platz genommen hatte. »Ich habe nichts entdeckt, mit dem die Sungàm Tasai in der Lage gewesen wären, derart schnell zu reisen wie wir.«

»Oder problemlos in die Nähe des Lagerplatzes der Thoulikoner zu kommen.« Kytain Dôol aktivierte den Vinciad und lenkte ihn nach dem kleinen Kreiselgerät in gerader Linie auf die Handelsstadt zu. »Jemand wollte, dass Shentara das Offensichtliche annimmt.«

»Und der Kèhán in den Krieg gegen den Kaiser zieht.« Liothan rieb sich über das Kinn. »Wer könnte das wollen?«

»Aibylos, Nelethion und Iratha.«

»Weil sie Sungàm Tasai zähneknirschend viel Geld bezahlen, damit ihre Waren über das Wasser transportiert werden.« Liothan verfolgte den Gedanken weiter. »Ohne den Kaiser und die Könige könnte man das Reich aufteilen. Der Handel wäre mit wesentlich mehr Gewinn möglich, weil die Abgaben entfallen. Mit einer solchen Finte würde der lästige Kaiser von Thoulikon besiegt, ohne dass Aibylos, Nelethion und Iratha die Drecksarbeit übernehmen müssten. Abgesehen vom Überfall auf das Lager.«

»Die Vorgänge *könnte* man derart deuten«, stimmte der Izozath zu. »Oder eben das Offensichtliche für die Wahrheit halten.«

»Ohne Beweise sind unsere Vermutungen hinfällig«, sagte Liothan verstimmt. Es widersprach seinem Gerechtigkeitsgefühl, dabei zuzuschauen, wie ein Krieg vom Zaun gebrochen wurde, nur um mehr Handelsgewinn zu erzielen.

Ich muss mir etwas einfallen lassen. Er richtete seine Augen auf den Horizont, wo der Kara Buran tobte. *Falls ich überhaupt noch in mein Haus komme. Vor lauter Bestien.*

* * *

Aus dem anonymen Werk *Die große Lüge* (vom Dârèmo verboten):

Im Siderim 15 wurde ein Wachturm auf dem Berg errichtet, auch wenn die T'Kashrâ davon abrieten. Der Berg sei verflucht und habe einst einer Geisterfestung als Standort gedient.
Die Kaufleute jedoch glaubten, es sei eine List und dass die Wüstenvölker die wahren Absichten durchschaut hätten: die Grotte der Smaragdnen Wasser an sich zu reißen.

Kapitel VII

Wédōra, Prachtviertel

Der Kara Buran hat seine volle Stärke erreicht. Liothan klappte das Buch über Gedankenleserei bei Tieren auf seinem Schoß zu. Er saß schräg gegenüber dem Loch in der Wand im Vasenraum, hinter welcher der Schacht in die Tiefe führte. Die Detonation war hier oben schon stark abgeschwächt gewesen und hatte die aufgestellten Vasen verschont.

Die Lederrüstung war alles andere als bequem, doch Schutz ging vor.

Um ihn herum verteilten sich Bücher über Magie und Zauberkunde, die er während des Wartens studierte, sowie Proviant und Wasser. Sollte er dennoch seine Position verlassen müssen, verbarrikadierte er den Durchgang und legte Schlingen aus, wie er sie in seiner alten Heimat zum Fangen von Kleinwild genutzt hatte. Liothan blickte zu den fest verschlossenen Fenstern, die Läden wackelten und rüttelten an den Arretierungen. *Sie werden halten, hoffe ich.*

Die enge Bebauung von Wédōra verhinderte, dass der wütende Wind die Gebäude von allen Seiten angreifen konnte, aber die Geschwindigkeit und Wucht war eine gehörige Herausforderung für Mauern und Dächer. Mancher Terrassengarten, der nicht gesichert oder abgebaut worden war, würde nach dem Kara Buran neu angelegt werden müssen. *Solch ein Sturm! In Walfor genügte die halbe Kraft, um die Wälder umzuwerfen.*

Das Gefährlichste waren die losen Gegenstände, die im Freien umherschossen. Niemand durfte sich mehr durch die Straßen bewegen, Menschen und Tiere der Vorstädte befanden sich in den Kontoren. Nur die Angitila blieben aufgrund ihrer Größe im Freien, die Wesen machten sich klein und drückten sich gegen die Festungswälle. Sie waren das Spiel gewohnt, kaum eines erlitt während des Sturms Schaden.

Ich hoffe, Tomeija ist in Sicherheit. Sie war bei seiner Rückkehr ebenso wenig anwesend gewesen wie die Bestien aus dem Untergrund, was ihn sehr erleichterte.

Er hatte eine Nachricht von seiner Freundin gefunden, dass sie sich ein wenig in den neun Vierteln umschauen würde, um sich mit Wédōra vertrauter zu machen.

Sie kann es nicht lassen. Liothan grinste. *Als müsste sie jeden Winkel kennen, weil sie auf die Jagd nach Dieben und Gesetzlosen gehen möchte. Einmal Scīrgerēfa, immer Scīrgerēfa.*

Dabei hätte er ihr zu gerne von seinen Abenteuern in der Wüste berichtet, von dem Überfall, von der Entdeckung des künstlich erschaffenen Flusses.

Kytain Dôol hatte die selbstfahrende Maschine teils durch den Sturm, teils durch den Sand tauchen lassen, wobei sich der Vinciad mit leisem Klicken umbaute, um noch geschmeidiger unter der Oberfläche und dem Kara Buran durchzugleiten. Der Izozath hatte Liothan in der westlichen Vorstadt abgesetzt, um sich anschließend um die Übergabe von Kehanas Leichnam an den Botschafter von Thoulikon zu kümmern. Er hoffte darauf, einen Teil seiner ausgemachten Belohnung zu erhalten.

Liothan hatte sich durch die heftigen Böen bis zu seiner herrschaftlichen Bleibe gekämpft. Zweimal wurde er unterwegs von den Beinen gefegt, ständig hatte er sich an einer Ecke oder an Halteeisen festkrallen müssen, sonst wäre er gestürzt und gewiss die gesamte Straße zurückgewirbelt worden.

Hastus, du warst mit mir. Liothan küsste seinen Anhänger, dessen Zeichen sich durch den Blitz und die Hitze als rotes Gegenstück in seine Brust gebrannt hatte.

Ob sich aus dem Zwischenfall in der Wüste ein Krieg entspann oder nicht, wollte ihm der Izozath bei Gelegenheit und nach dem Kara Buran mitteilen. Dem Dârèmo konnte es gleichgültig sein. In der Stadt würden die Geschäfte weitergehen, ganz gleich, welche Zwiste unter den Ländern und Reichen herrschten.

Vermutlich werden die Preise für bestimmte Waren steigen. Liothan nahm das Buch über die Angitila, geschrieben von einem Gelehrten, dessen Hauptaugenmerk auf der Abrichtung widerspenstiger Tiere lag.

Paew Laoph, so lautete der Name des Verfassers, hatte am Ende der Abhandlung eine Mutmaßung eingefügt, wonach bestimmte Angitila schlauer sein könnten als andere Artgenossen. Er sei anwesend gewesen, als eine Riesenechse sich unbeobachtet glaubte und vielschichtige Handlungen vorgenommen habe und sich sogleich dumm gestellt habe, als sie den Gelehrten erkannte.

Schlauer als gedacht. Gedankensprecher. Verschwörer, führte Liothan die Liste in seinem Kopf fort. Er hasste es, keine Lösung für seine gravierende Entdeckung gefunden zu haben. Und keine Beweise. Wer würde ihm glauben? *Sollte ich Tomeija einweihen und ihr gestehen, was ich weit unter unserem Haus entdeckte?*

Er angelte sich den Almanach über Planáomai und die Magie der Monde, blätterte und las die Seiten quer wie die anderen Bücher zuvor.

Zu seinem Leidwesen fand er darin keine Hinweise, wie er ohne Mondschein zu frischer Energie kam. Liothan fühlte deutlich, dass ihm Kraft geblieben war, aber er musste damit haushalten, solange der Kara Buran die Welt verdunkelte und die nächtlichen Monde abschirmte. Die Strahlen des großen Eismonds Ipoton und des kleineren, blutroten Raat drangen nicht durch. Damit litten die Mond-Razhiv unter einem Nachteil wie die wenigsten anderen. Ohne Ziin, den Mond der Bosheit, und den Ausflug in die Wüste besäße Liothan kaum mehr als ein armseliges Quentchen Kraft.

Ich darf nicht verschwenderisch damit umgehen. Keine Schlösser mehr, die ich –

Sein Frühwarnsystem meldete sich. Liothan hatte Garn im Schacht gespannt und es an einen Kerzenhalter zu seinen Füßen gebunden, der sich just bewegte. Etwas kam nach oben.

Wusst ich's doch! Liothan legte das Buch zur Seite und ergriff das langstielige Beil. Er prüfte die Leinen der ausgelegten Schlingen, die er mit einem kräftigen Ruck zuziehen und an angebrachten Mauerhaken sichern konnte. *Ich muss schnell genug sein.*

Am Loch erschien ein flacher, haarloser Schädel mit drei gelb leuchtenden Augen. Darunter saßen vier Schlitze, durch die das Wesen hörbar Luft einsog. Eine Pranke schob sich durch die aufgestemmte Wand, genau in eine der Schlingen, eine zweite folgte, dann zog sich der ungebetene Besucher lautlos in das Zimmer.

Der reptilhafte, schlanke Körper richtete sich auf, das Wesen hatte vier Hinterläufe und zwei Arme mit langen Krallen. Um den dünnen Bauch lag ein Gürtel, der ein Schwert und einen Dolch trug.

Heißen wir den Späher willkommen! Liothan packte die Leinen mit beiden Händen und zog, so fest er vermochte.

Die Schlingen legten sich um drei der Füße und rissen das Wesen kopfüber in die Höhe; seine Waffen fielen klirrend auf den Boden. Es fauchte und zappelte, schlug um sich.

Liothan fixierte die Stricke an den Haken und trat aus seiner Deckung, das Beil lässig geschultert. »Sieh an, sieh an.« Er schob den schweren Schrank vor den Durchgang und arretierte ihn mit einem Brett. »Verstehst du mich?«

Das Wesen stellte das Schlagen ein, pendelte und drehte sich um die eigene Achse. Die drei Augen blieben auf ihn gerichtet. Der schmale Mund öffnete sich, lange Zähne kamen hinter den dünnen Lippen zum Vorschein. »Ja, ich verstehe dich. Wer bist du?«

Liothan grinste. »Der Hausbesitzer. Und du?«

»Slink.«

»Schön, dass wir uns kennenlernen, Slink. Auch wenn ich vermute, dass du nichts Nettes mit mir vorhattest.«

Das Wesen gab ein Zischen von sich.

»Und du lebst in einer Zelle unter mir. Zusammen mit weiteren Wesen.« Er ging in die Hocke. »Wie viele seid ihr? Dutzende? Hunderte?« Die Kreatur roch nach warmem Stein und Moschus, die Reptilhaut zeigte Striemen und vernarbte Wunden, wahrscheinlich von Peitschen und Stöcken beigebracht. »Seid ihr die Keijo?«

»Du hast einen Durchgang zu den Kavernen entdeckt und rufst nicht die Stadtwache«, erwiderte Slink. »Was soll ich von dir denken?«

»Dass ich jemand bin, der erst wissen will, was vor sich geht, und nicht blindlings in ungestüme Hektik verfällt, die niemandem nutzt«, antwortete Liothan. »Hat man dich geschickt, um mit mir zu sprechen? Das finde ich gut.«

»Wir wollen wissen, mit wem wir es zu tun haben«, antwortete Slink aus seinem länglichen Mund. »Ich sag's offen: Eine knappe Mehrheit hat sich dagegen entschieden, dich sofort zu töten, und dafür ausgesprochen, dich aufzusuchen und herauszufinden, welch komischer Vogel du bist.«

»Das ist sehr gnädig von euch.«

»Gnädiger als der Dârèmo.« Slink hatte sichtlich keine Angst. »Und schlauer.«

»Aber nicht schlau genug für mich.« Liothan setzte dem Wesen schnell die Beilklinge an die gepanzerte Kehle. »Und versuche keine Tricks. Ich bin ein mächtiger Saldûn. Ich höre, welches Angebot ihr an mich habt.«

»Was deine Schläue angeht, da wäre ich nicht so sicher.« Slink stieß zischende Töne aus, die entfernt verwandt mit menschlichem Lachen waren. »Habt ihr genug gesehen?«

Liothan benötigte keinen Lidschlag, um zu verstehen, dass sich die Frage nicht an ihn richtete.

Um ihn herum erklangen verschiedenste Laute, die an grollende Raubtiere erinnerten. Mehrere, unterschiedliche Schrittgeräusche bewegten sich auf ihn zu.

»Aha. Raffiniert.« Liothan erhob sich langsam, um keinen Angriff zu provozieren. Er kappte die Schlingen mit dem Beil, um seine friedliche Absicht zu unterstreichen.

»Vielen Dank.« Slink rollte den Sturz geschmeidig ab und stand auf.

»Aber haltet euch nicht für zu schlau. Ich wusste, dass ihr da seid«, log Liothan frech. »Euer Atmen höre ich die ganze Zeit. Und euren Geruch kann auch der Kara Buran nicht verwehen.« Oh, natürlich riecht ihr *gut*«, schob er rasch nach. »Na, *anders*. Ihr riecht *anders*.«

Er schaute sich um und zählte vier weitere Besucher, Kreaturen mit überwiegend menschenähnlichen Gestalten und Zügen, denen Animalisches anhaftete. Außer ihrem Fell oder ihrer Haut trugen sie keine Kleidung, die Waffen in ihren pranken- und klauenähnlichen Händen stammten aus seinem Haus. Auch Narako, das werwolfartige Wesen mit der langen schwarzen Schnauze, das ihn um die Kaverne gejagt hatte, befand sich darunter. Es schien zu grinsen, als es ihn erblickte.

»Ich würde sagen: Wir riechen zu gut«, sagte Slink. »An dem Abend, an dem du aus der Grotte geflüchtet bist, kamen wir kurz nach dir hier an. Aber der Izozath nahm dich mit, bevor wir dich greifen konnten. Von daher beschlossen wir, auf dich zu warten.«

Liothan wurde umstellt, sie blieben mehr als eine Armlänge auf Abstand. Die Drohung genügte völlig. *Oder sie glauben mir, dass ich ein Saldûn bin.* Wenn sie zu lesen vermochten, würden ihnen die zahlreichen Abhandlungen über Magie aufgefallen sein.

»Das ist zu freundlich«, sagte Liothan. »Ich hoffe, ihr habt zu essen und zu trinken gefunden?«

Slink lachte auf seine eigene Weise. »Ich mag seine Art. Er zeigt keine Angst. Er stinkt nicht einmal danach.«

»Ich verlasse mich auf meine Kräfte.« Liothan überhöhte seine eigene Gefährlichkeit. »Und darauf, dass ihr keinen Grund habt, mich zu töten.«

»*Einen* Grund hätten wir schon.« Slink richtete seine drei Augen, die hell wie brennende Dochte schimmerten, auf ihn. »Das ist der wichtigste von allen: Du weißt von uns.«

»Aber ich habe euch nicht verraten.«

Das Wesen gab seinen Begleitern einen Wink, und der versperrende Schrank vor der Röhre wurde entfernt. »Die Fügung mag sich etwas dabei gedacht haben, als sie dich zu uns führte. Was genau, das finden wir heraus.«

Liothan begriff, dass er ihnen folgen sollte. »Warum machen wir es uns nicht bei mir gemütlich? Platz genug wäre doch«, schlug er mit einem einnehmenden Lächeln vor.

»Es könnte auffallen, wenn so viele Zellen in unserem Block leer sind. Das Wagnis ist bereits groß genug.« Slink zeigte auf den Schacht. »Bitte, nach dir. Es geschieht dir nichts.«

»Wem begegne ich?«

»Unserem Anführer. Und du solltest wissen, dass er gegen dich stimmte.« Slink ging voraus zum Loch in der Wand. »Strenge dich an, wenn du ihn überzeugen möchtest, dass du ein fähiger Saldûn bist, der tauglich für unsere Sache sein könnte.«

»Und warum sollte ich euch bei dem unterstützen, was ihr tun wollt?«

»Weil wir dir mehr bieten können, als du ahnst.« Slink verschwand im Schacht. »Und weil wir wissen, dass du uns ähnlich bist: ein Wesen aus einer anderen Welt, das für die Schwachen kämpfte, so sagt man es über dich.«

»Es ist so.« Liothan warf einen Blick über die Kreaturen, die ihm jeglichen Weg versperrten, der nicht in den Untergrund führte. Die Neugier brannte lichterloh in ihm. *Was können sie mir bieten?* Zwar hatten sie ihn überrumpelt, doch sie ahnten nicht, dass er die Gedankensprache beherrschte und ihre heimlichen Unterhaltungen mithören würde. *Das Treffen wird sicher interessant.*

Liothan folgte Slink in die senkrechte Röhre hinab.

»Bist du schon öfter unten gewesen?«, erkundigte sich Slink.

»Nein«, gestand Liothan. »Zum ersten Mal, als ich …« Beinahe hätte er den Namen der Werwolfkreatur genannt, den er aber gar nicht wissen durfte. »Ihm begegnet bin.« Er zeigte auf die Bestie, die neben ihm kletterte. »Oder was immer es ist.«

»Dann hast du die alte Enaïssef-Ruine noch gar nicht gesehen! Das musst du nachholen«, schwärmte Slink. »Dort ist der Ursprung des Smaragdnen Wassers. Wie herrlich muss der Palast ausgesehen haben, als die T'Kashrâ noch das Sagen hatten. Die Kaufleute ließen das Heiligtum verfallen.«

Unten angekommen, zwängten sie sich durch den Schacht, trabten am unterirdischen See vorbei, schlüpften in den Zellentrakt, in dem die Keijo untergebracht waren. Hinter den Türen blieb es ruhig, die Wesen wollten keine Aufmerksamkeit wecken, welche die Wärter auf den Plan riefe.

»Die Wächter kommen einmal in einer Sonne und sehen in unserem Block nach dem Rechten«, erklärte Slink. »Sie halten sich an die vorgegebenen Zeiten, was es für uns einfach macht.« Er zeigte auf den Stuhl, auf dem normalerweise die Gardisten saßen und Einträge ins aufgeschlagene Wachbuch machten. »Warte hier.«

Liothan kam der Aufforderung nach und blickte auf die Aufzeichnungen. Laut letzter Niederschrift blieben ihnen fünf volle Sanduhren, bis die Leute des Dârèmo erschienen.

Slink unterhielt sich leise mit den anderen Wesen. Narako, der Werwolfartige, blickte mehrmals zu Liothan. Er schien ihn weiterhin als seine Beute zu betrachten.

Liothan nahm an, dass sie Vorbereitungen trafen, um sich zu befreien und zu rächen. *Das wird ihnen niemals gelingen.* Die Garde und das Heer waren nach dem organisierten Übernahmeversuch hochgradig aufmerksam.

»Es ist so weit.« Slink kehrte zu ihm zurück. »Ich werde als Übersetzer dienen. Wundere dich nicht, dass du unseren Anführer nicht sehen kannst. Er ist unsichtbar.«

Liothan musste grinsen und nutzte seine Ziin-Mondkräfte, um heimlich den Zauber der Gedankensprache zu weben. Die letzten Energien von Ipoton und Raat sparte er sich auf. »Sicherlich. Ihr Keijo vermögt viel, wie man hört.«

Slink nickte. »Es geht los.«

Liothan konzentrierte sich – und vernahm erneut die tiefe, tönende Stimme, wie er sie auch in der Wüste gehört hatte. Slink und der Anführer unterhielten sich. *Es sind die Angitila. Ganz sicher.*

»Wir brauchen keinen Übersetzer«, fuhr er in die Unterhaltung. »Ich verstehe dich und ihn.«

»Bei den ...!« Slink fuhr erschrocken zusammen.

»Wir haben ihn unterschätzt«, sprach die dunkle Stimme. »Er ist ein besserer Razhiv, als ich angenommen hatte. Es könnte was mit ihm werden.«

»Ich bin ein Saldûn, und du bist nicht unsichtbar«, sagte Liothan. »Du bist eine der Angitila. Keine von euch ist dumm. In Wahrheit späht ihr die Stadt aus, seit vielen Siderim, und habt jeden Schwachpunkt ausgemacht.«

»Wir haben ihn mehr als unterschätzt«, korrigierte die dunkle Stimme mit Aufregung im Tonfall.

»Töten wir ihn!« Narako machte einen drohenden Schritt auf Liothan zu, die kräftigen Klauen öffneten sich.

»Ich habe nichts unternommen, um euer Geheimnis vor dem Dârèmo auszubreiten«, ergänzte Liothan hastig. *Ich muss sie übertölpeln. Es darf nicht sein, dass sie der Stadt und den Unschuldigen Schaden zufügen.* »Ich will lediglich verhindern, dass ihr bei euren Plänen einen Fehler macht.«

»Welcher Fehler sollte das sein?«

»Der gleiche, den der verrückte Sohn des Kèhán beging.« Er zeigte mit einer Hand zur Decke und wandte sich an alle umstehenden Bestien. »Thoulikon versuchte, Wédōra einzunehmen. Mit mehr als eintausend Mann hinter den Mauern und etlichen Tausenden davor. Es scheiterte, trotz des Schutzes durch die Ausläufer des Kara Buran.«

»Weil du und deine Freundin sie habt auffliegen lassen«, sprach der Angitila.

»Weil es Wahnsinn ist. Sie wären spätestens am Turm gescheitert.« Liothan legte all seine Überzeugungskraft in seine Stimme. »Ihr werdet die Stadt nicht vernichten können. Bedenkt, welche Feuerkraft buchstäblich im Turm des Herrschers sitzt.«

»Das ist eine Legende. Zudem: Wir sind vorbereitet.«

»Ihr wart im Turm? Ihr kennt dort jeden Winkel? Seine Maschinen, seine Waffen? Die Zauberkräfte des Dârèmo?«

»Er kann uns nicht aufhalten«, hielt der Angitila bockig dagegen. »Wir reißen die Wände ein, bevor er aus seinem verfluchten Turm fliehen oder seine Geschütze einsetzen kann.«

»Und wenn du dich irrst?«

Die Haltung von Slink, Narako und der übrigen Kreaturen im Gang wurde unsicherer. Die Ohren klappten nach hinten, andere machten ratlose Gesichter, sofern es was auf den Zügen abzulesen gab; aus den Zellen erklangen besorgte, leise Rufe und Töne.

Der Angitila hingegen schwieg.

»Ja. Was ist, wenn du dich irrst?«, hakte Slink unvermittelt nach, und die drei Augen flackerten.

»Dann werdet ihr alle sterben. Die Keijo, die Angitila.« Liothan erhob sich langsam und drehte sich behutsam im Kreis, um seine Blicke über die Versammelten wandern zu lassen. *Gleich habe ich sie auf meiner Seite, und die Gefahr für die Stadt ist gebannt.* »Der Dârèmo mag danach keine Keijo mehr haben, die ihm die T'Kashrâ aufspüren, aber er wird neue Methoden finden, um sich vor ihnen zu schützen. Und die Lasten wird man ohne die Angitila auch bewegen. Niemand ist unersetzlich.«

Die Kreaturen auf dem Korridor und in den Verliesen unterhielten sich mit leisen Lauten und gedämpftem Jaulen. Die Verunsicherung griff auf sie über und brachte die Zuversicht ins Wanken.

»Du klingst, als hättest du einen ähnlichen Plan«, erklang die dunkle Angitila-Stimme zögernd. Das Zaudern hatte die Riesenechse nicht weniger erfasst.

»Keinen, der die Stadt in Schutt und Asche legen wird. Aber einen, der euch zu den heimlichen Herrschern macht.« Liothan wusste, dass es das kühnste Vorhaben in seinem Dasein als Halunke sein würde. Doch er musste die Angitila beschäftigen, damit er sich in Ruhe Gedanken machen konnte, wie er ihre Vorhaben durchkreuzte, ohne die Keijo oder die Angitila ans Messer zu liefern. Außerdem stimmte es, was Slink sagte: Wie man die Keijo behandelte, war ein großes Unrecht. Und Liothan hasste das Unrecht.

»Ihr kennt jeden Winkel, ihr kennt jede Ware, die ein- und ausgeht«, hob er an. »Seht ihr die Möglichkeiten denn nicht? Mit euren angeborenen Kräften und Fähigkeiten könntet ihr Einfluss nehmen und die kriminellen Banden in Wédōra zwingen, mit euch zusammenzuarbeiten. Wenn ihr sie davon überzeugt, haben die Garde, das Heer und der Dârèmo kaum mehr etwas zu melden – und bemerken es nicht einmal. Ihr werdet zu den wahren Herrschern in Wédōra! Ist das nicht viel besser?«

»Das ist nicht die Rache, wie wir sie haben wollen!«, dröhnte es in Liothans Kopf. »Die Siderim der Schläge, der Folter, der Experimente und der Versklavung verlangen nach Blut und einer brennenden Stadt! Tod den Menschen!«

»Selbstverständlich ist mein Vorschlag etwas vollkommen anderes als die Zerstörung. Doch auch das ließe sich bewerkstelligen. Mit der Zeit. Noch dazu viel effektiver als eine Attacke, bei der etliche von euch sterben würden.«

»Wie das?« Der Angitila klang plötzlich interessiert.

»Wédōras Macht ruht auf dem Handel, der in ihren schützenden Mauern stattfindet. Aber wenn der Handel nicht mehr reibungslos läuft, wenn die Waren ausbleiben und keine Münzen mehr ankommen, der Hunger in den Straßen herrscht – was werden die Bewohner wohl tun?«

»Ein Aufstand«, platzte Slink begeistert heraus. »In allen neun Vierteln. Wir hätten eine Million Soldaten, die den Dârèmo töten wollen!«

»Genau das! Er ist derjenige, der euch das angetan hat. Seinem Befehl folgt jeder Mann, jede Frau. Das Heer und die Garde werden sich anschließen, weil sie wissen, dass auch sie essen und trinken müssen«, zeigte Liothan die Möglichkeit auf. »Lasst die Menschen, die ihr so sehr hasst, eure Arbeit machen.

Sie werden den Turm für euch erobern oder bei dem Versuch sterben. Oder vielleicht gehen sie auch einfach. Sie verlassen die Stadt und geben sie auf.«

Sein Spruch der Gedankenkraft verlor ankündigungslos an Stärke. Ziins Kraft war volatil und sprunghaft, entzog sich ihm immer wieder. Ausgerechnet nun näherte sich die Unterredung der entscheidenden Phase: seiner Beteiligung.

»Ihr braucht jemanden wie mich, der mit den Banden spricht, der sie vereinnahmt und so tut, als ginge es um mehr Geld«, sagte Liothan schnell. »Nicht um Wédōras Ende.«

»Wir brauchen einen Saldûn. Das ist richtig«, stimmte die Echse zu. »Und du bist schlau. Listig. Aber sag, was hast *du* davon, dass die Stadt untergeht und die Wüste ihren Sand ausschüttet, auf dass nichts davon bleibe?«

»Ich plane für mich und meine Freundin eine Reise auf magischem Weg«, sagte Liothan. »Es gibt viele Planáomai, die ich sehen möchte. Nachdem ich hier fertig bin, verschwinde ich. Mit größter Genugtuung.« Er setzte sich wieder. »Ihr seht: Mir liegt nichts am Fortbestand von Wédōra. Die Stadt hat zu viel Tod und Leid gebracht.«

»Mit *diesem* Lohn gibst du dich zufrieden?«

»In meiner Heimat nahm ich es den Reichen und gab es den Ärmeren, um den Reichtum gerechter zu verteilen«, erwiderte er mit einem Lächeln. »Diese Tradition führe ich gerne fort. Gegen die Ungerechtigkeit wird heutzutage zu wenig vorgegangen. Jemand muss es tun.«

»Du bist noch nicht in der Lage zu reisen«, stellte unerwartet eine zweite Echsenstimme in seinem Kopf fest. Sie klang finster und grausam. »Aber *wir* können dir dabei helfen. Das wäre ein größerer Anreiz. Nicht wahr?«

»Ich höre.« Liothan ahnte, mit dem wahren Anführer der Kreaturen zu verhandeln. *Ich habe sie bei meinem ersten Ausflug in den Untergrund vernommen. Ihr Name ist Daitya!*

»Wir wissen, wo sie die Aufzeichnungen der alten Saldûn aufbewahren. Es gibt einen Zirkel in der Stadt, der darauf wartet, sie mit dir zu teilen. Natürlich nur, wenn du dich ihnen anschließt und ihren Regeln unterwirfst. Aber das musst du nicht«, sprach die grollende Stimme lockend. »Die größten Formeln, Sprüche und Beschwörungen könnten dir gehören, Liothan. Solange du auf unserer Seite stehst. Hilf uns dabei, die Stadt in die Knie zu zwingen und zu Fall zu bringen, auf deine Weise, und wir gewähren dir Zugang zum gewaltigsten magischen Wissen.«

»Es sei.« Liothan überlegte. »Kann ich einen Vorgeschmack haben? Damit ich weiß, dass du keine falschen Versprechungen machst.«

»Den sollst du bekommen.« Der dämonische Daitya übernahm weiterhin das Verhandeln, keiner unterbrach ihn. »Der Schacht wird unsere Verbindung sein. Am Fuß hinterlegen wir dir stets neue Seiten, die wir beschaffen werden. Dafür knüpfst du die Verbindungen zu den Bruder- und Schwesternschaften, zu den Gilden von Räubern, Dieben und Mördern, um sie zu täuschen und für unsere Zwecke einzuspannen. Wir bringen dich auf unseren Wegen zu ihnen. Der Sturm wird dich nicht aufhalten. Deine magischen Kräfte werden dir bei den Verhandlungen nützlich sein.«

Das sah Liothan nicht ganz so optimistisch. »Ausgezeichnet. Sobald ich erste Aufzeichnungen bekommen und sie studiert habe, beginne ich.«

Daitya lachte unheimlich. »Vertrauen alleine wird uns nichts bringen. Schon gar nicht, wenn wir aus dir einen wahren Saldûn machen. Du könntest uns irgendwann mit deiner Macht ausschalten. Verrückt werden. Wédōra für dich haben wollen.«

Liothan ahnte, dass der Teil des Geschäfts nahte, der ihm nicht behagte. »Mein Wort wird dir nicht ausreichen, schätze ich?«

»Nein.«

»Wie lösen wir es?«

»Ich gebe dir jemanden mit. Einen unsichtbaren Freund. Er beschützt dich. Vor Feinden. Vor dir selbst. Vor dem Bruch unserer Abmachung.« Daitya kicherte maliziös.

»Das wäre mir nicht recht, wenn ich stets jemanden um mich

hätte, der –« Er spürte einen heftigen Schmerz im Nacken. »Was … was ist das?«, keuchte er entsetzt und sprang auf, tastete sich ins Genick.

Das Brennen fraß sich die Wirbelsäule nach oben und unten, schoss in seinen Kopf und verebbte, ging in ein Pochen über, das sich wie ein zweiter Herzschlag anfühlte, der nicht im Einklang mit seinem eigenen lief. Dann fühlte er Wärme, die seinen Hals vollständig umschloss.

Liothans Fingerkuppen berührten die Windungen einer Schlange, die sich um seine Kehle und den Nacken geschlungen hatte. Sie war dünn wie ein Strick und warm.

»Das ist eine Sandschleiche«, erklärte Daitya ruhig. »Ihr Schwanzende hat sich mit deinem Rückgrat verbunden. Ein feiner Stachel wird dir Gift verabreichen, sobald du gegen unsere Abmachung verstößt. Sie ernährt sich über dein Blut.«

»Eine Schlange? Das wird doch jeder sehen und –«

»Sie tarnt sich als Silberreif«, unterbrach ihn Slink und streichelte sie. »Steht dir gut. Du kannst es tragen.«

Die Keijo lachten.

»Und wenn sie mir jemand stehlen will?«

»Verteidigt sie sich. Niemand rechnet damit, von einem Reif gebissen zu werden«, beruhigte ihn Daityas bösartige Stimme. »Damit ist unser Geschäft gültig. Wie es sich in einer Stadt der Kaufleute gebührt.«

Liothans gute Laune war vergangen, und nach Abenteuer stand ihm der Sinn nun nicht mehr.

Er hatte sich in seiner üblichen halunkischen Unbesonnenheit in eine Sache manövriert, die übertraf, was Thoulikon jemals hätte planen können. Die Verantwortung, die auf ihm lastete, über die Geschicke von Wédōra zu entscheiden, hatte er niemals haben wollen.

Ich kann nicht mal mit Tomeija darüber sprechen.

»Dann halte dein Wort, und ich fühle mich an meines gebunden.« Er erhob sich und wandte sich dem Ausgang zu. *Ich muss diese Schlange loswerden.*

»Ich bringe dich zum Durchgang«, bot Slink an. »Du siehst mir zu blass aus. Wenn du in die Kaverne fällst, ist nichts gewonnen.«

Seite an Seite gingen sie den schmalen Pfad entlang.

»Das Wasser«, fiel es ihm unterwegs ein. »Wieso habt ihr die Quelle nicht einfach vergiftet, wenn ihr die Menschen töten wollt?«

»Wir versuchten es. Aber es gelang nicht.« Slink klang nicht nach Bedauern. »Ich fürchte, das Smaragdene Wasser ist nicht mit herkömmlichen Mitteln zu vergiften.«

Den Gedanken fand Liothan tröstlich. Sonst nichts. Auch nicht, dass ihm Slink am Boden des Schachts erste Seiten aus den Aufzeichnungen eines Saldûn aushändigte.

Das Wissen um die tödliche, spionierende Sandschleiche um seinen Hals lähmte sein Denken. Gerade das benötigte Liothan in den kommenden Wochen mehr als alles andere.

* * *

Festung Sandwacht

Irian Ettras kämpfte sich durch den Gang, in dem der Wind heulend pfiff, dann sah er den Schatten und warf sich flach auf den Boden.

Knapp über ihn hinweg schoss ein wirbelndes, schweres Stahlblech, das sich aus seiner Halterung gerissen hatte und zu einem Spielzeug des Kara Buran geworden war, wie vieles, was sich innerhalb von Sandwacht befand. Ketten peitschten klirrend hinterher, denen Irian durch eine rasche Drehung entging.

Krachend fuhren die dünnen Metallenden in die Mauer über ihm und blieben klingengleich stecken, Funken sprühten und wehten davon. Schon drückten die einströmenden Winde das Eisen aufwärts, verbogen es und brachen es schließlich ab.

Scheppernd schoss das lose Stück in den Gang davon, Irian hörte es rumorend weitere Schäden anrichten. Er kroch in eine Ecke, hinter einen verkeilten Schrank, und sortierte seine Gedanken. Er musste Tomeija finden.

In diesem himmelhohen Gebäude mit seinen Stockwerken und Gängen und Kammern grenzte es an Unmöglichkeit, die Frau auszumachen, trotz seiner genauen Kenntnis der Festung.

Alles ist aus den Fugen. Auf die Geister konnte er nicht zählen. Sie ließen ihn in Ruhe, und sie fielen nach Gutdünken über die Lebenden her, töteten sie oder brachten die Besatzung dazu, sich gegenseitig abzuschlachten.

Noch hatte Irian den Grund für den abrupten Aufruhr der Gespenster nicht herausgefunden.

Der Kara Buran versetzte die Seelen der Toten nicht in diesen Zustand von Hass und Blutrausch, obwohl er ein Teil von ihnen war. Die Menschen mochten in dem Sturm nichts anderes als Wind und eine Laune der Natur sehen oder gar ein Zeichen der Götter – Irian wusste es besser: Der Kara Buran lebte. Er war Energie und Kraft, bestand aus den Seelen der Verstorbenen und dem puren Willen der Wüste, aus dem ein neues Lebewesen erstanden war, eine eigene Gottheit, die jeden Siderim kam, um sich ihre Opfergaben zu holen.

Wie kann das keiner sehen außer mir?

Irian zog den Kopf ein. Die heranfliegende Lampe zerbarst über ihm an der Wand, und der Wind riss die Einzelteile mit, bevor sie auf dem Mann landen konnten. Spritzer des Petroleums zierten die Wand.

Ich verstehe es nicht. Dieser Ausbruch, diese Wut. Zuvor hatten die Geister in der Zelle mit ihm gesprochen, wie er es von ihnen gewohnt war, aus seinen langen Nächten und Wachdiensten in Sandwacht.

Sie hatten sich gefreut, dass er sie besuchte. Und sie warnten ihn vor dem, was er im Herzen trug, denn sie hatten die Gefühle für *die Fremde* erkannt. *Todesdienerin. Driochorliebchen.* Diese und andere spöttische Worte wisperten sie ihm ein. *Sie gehört gleich zwei anderen*, warnten die Phantome. *Das Zeichen im Nacken, das sie zu dem Siegel des Todes erhalten hat, ist das eines mächtigen Keel-Èru. Niemand sonst darf sie als seine Frau bezeichnen. Und Driochor ist sie bereits lange verfallen. Du bist zu spät!*

Irian sah es anders, aber er hatte nicht widersprochen.

Ich muss sie finden. Und nur ich kann sie finden. Kein Keel-Èru und kein Driochor. Eine Frau wie Tomeija war nicht auf Rettung angewiesen, doch bei der Menge an Verrückten, denen die Geister den Verstand raubten, mussten sie ihre Kräfte bündeln.

Auch Irian benötigte Beistand. Das Heer des Dârèmo hatte eine sehr gute Ausbildung genossen, die sich nun gegen die eigenen Kollegen richtete, mit den Arsenalen der Vernichtung, die auf den Stockwerken zur Verfügung standen.

Vorsichtig hob Irian den Kopf und suchte mit zusammengekniffenen Augen nach einem ungefährlicheren Weg durch die Windgänge und -kammern, in denen es kein Halten gab.

Er vermutete Tomeija bei dem Nakib-Dho, denn vor Zenarus' Kammer hatte er sie nicht mehr angetroffen. Die Untersuchung von Qadims Unterkunft hatte keine Beweise für den Handel mit Artefakten zutage gebracht, aber eine stattliche Summe Münzen, die keinesfalls mit dem kargen Lohn eines Soldaten zu erklären war. Auch wenn er hundertmal beim Kartenspiel oder Würfeln gewonnen hätte. Das Geld hatte Irian mitgenommen. Doch diese Erkenntnisse wurden durch die dramatische Entwicklung in der Festung zweitrangig.

Irian legte sich einen Plan zurecht und robbte unter dem Schrank heraus und auf die Nische zu, in der eine Notwendeltreppe steil und eng aufwärts- und abwärtsführte.

Sie befanden sich in regelmäßigen Abständen in den Verbindungskorridoren und dienten dazu, bei versperrten Hauptwegen und defekten Aufzügen von Stockwerk zu Stockwerk zu gelangen. Da sie eng wie Kamine waren und einen nadelöhrhaften Zugang hatten, entwickelte der Kara Buran darin nicht seine fürchterliche Wucht. Die Nutzung war unbedenklicher als die breiten Flure und Fahrstuhlschächte.

Irian erreichte den Eingang und zog sich in die Höhe.

Vor ihm schob sich unvermittelt der schwarzgekleidete Keel-Èru aus dem Treppenabstieg und schien nicht minder überrascht von der Begegnung, wie sein bemaltes Gesicht verriet. »Hakhua!« Er riss ein erbeutetes Kurzschwert hoch und reckte es gegen Irian. »Suchst du dir in dem Durcheinander leichte Opfer, um Herzen zu verschlingen?«

Irian sah keine Blutflecke oder -spritzer auf den Händen oder den Zügen seines Gegners. »Und was machst du noch in Sandwacht? Du könntest längst verschwunden sein.«

»Im Kara Buran, ja.«

»Dein Volk kennt Wege, ihm zu entkommen.«

Der Keel-Èru wich langsam zur Seite aus. »Ich habe Dinge zu erledigen.«

»Du suchst die Artefakte.«

»Möglich.«

Tomeija ist damit auch sein Ziel. Irian zog sein gekrümmtes Kurzschwert und einen Dolch. »Du wirst ihr nichts tun.«

Der Keel-Èru grinste. »Ah! Ich verstehe. Aber sie ist mit einem Mar'Dheon verbunden. Das weißt du.«

»Mir gleich, was du annimmst. Du wirst ihr nichts tun.«

»Versuche, mich aufzuhalten.« Der T'Kashrâ-Krieger führte einen spielerischen Stich gegen ihn, mit dem er prüfen wollte, wie es um die Reaktionsschnelle seines Gegners bestellt war.

Irian wehrte die Spitze mit überkreuzten Klingen ab und verkeilte den Stahl geschickt, drehte sich etwas zur Seite und trat dem Mann vor die Brust, so dass er rückwärts gegen die Wand geschleudert wurde; sein Schwert fiel zu Boden. »Du bist niemals ein Keel-Èru«, rief er. »Ich wäre längst tot.«

»Ich versuche, zwischen unseren Völkern zu vermitteln«, gab er zurück und hob seine Waffe behutsam auf.

Irian ließ es zu, weil er dem Krieger nicht die Möglichkeit rauben wollte, sich gegen echte Gegner zu verteidigen. »Jeder

Soldat des Dârèmo vermag es mit dir aufzunehmen.« Er zeigte auf das reine Untergewand. »Ich rieche und bemerke kein Blut. Ist das der Grund, warum du das Zusammentreffen mit ihnen meidest und sie nicht umbringst?«

Der Keel-Èru sah den Gang hinab, die Bemalung verlieh ihm Dämonisches. »Ich gehe nun. Und es macht den Eindruck, als würdest du nichts dagegen haben.«

»Meine Warnung kennst du.« Irian steckte Kurzschwert und Dolch weg. »Solltest du –« Etwas warf sich von hinten auf ihn, umschlang ihn eng und drückte ihn vorwärts. Irian hatte den heranrauschenden Teppich nicht bemerkt und hob nun zusammen mit ihm ab, flog kreiselnd wie ein leichtes Blatt durch den Gang – geradewegs auf das herausstehende, abgebrochene Stahlblech in der Mauer zu.

Etwas Schweres sprang ihn an und umklammerte ihn.

Seine Flugbahn veränderte sich, leise ratschend schnitt sich das Metall durch die losen Enden des Teppichs.

Der Sturm kegelte Irian zusammen mit dem Keel-Èru die lange Flucht entlang, eine ganze Reihe Stufen hinab, bis es ihnen schließlich gelang, sich dem Teppich zu entwinden und mit vereinten Kräften hinter einem Mauervorsprung Schutz zu finden.

Keuchend blickten sie sich an.

»Spare dir deine Worte, Hakhua. Du verschontest mich, ich rettete dich«, erklärte der T'Kashrâ und begutachtete seine oberflächlichen Schürfwunden. »Damit stehe ich nicht mehr in deiner Schuld.«

Die Keel-Èru brachten bei keinem, der nicht zu ihnen gehörte, diese Art von Gefallen zur Anwendung. Es bedeutete eine große Ehre. »Ich danke dir dennoch von ganzem Herzen.«

»Es geht um die Aussöhnung, Hakhua.« Der Keel-Èru sah zum höher liegenden Treppenabsatz. »Auch, wenn ich denke, dass nicht wenige sich in Wédōra sehr darüber gefreut hätten, von deinem Tod zu erfahren.« Er nickte ihm zu und kroch geschickt auf allen vieren hinter der Balustrade entlang. »Ich wünsche dir viel Glück.« Dann war er verschwunden.

Er ist kein Keel-Èru, dachte Irian. *Eher ein ausgestoßener Agham oder Murzbha, der sich durch die Maskerade gefährlicher erscheinen lässt, als er es ist.*

Das Kreischen und Heulen des Windes im Treppenhaus, der sich an den unzähligen Kanten rieb, schmerzte in Irians Ohren. Die Schreibstube des Nakib-Dho lag im Stockwerk unter ihm.

Ich gehe abwärts. Er band sich den dünnen Schal auch vor die Augen, um sie vor den schwarzen Körnern zu schützen, die im Freien einem lebendigen Wesen mitleidslos das Fleisch von den Knochen schälen konnten.

Das laute Sturmrauschen schwoll zu einem Dröhnen an, der Untergrund erzitterte, als wäre ein Berg auf die Festung gefallen. Sämtliche Läden wurden aus den Verankerungen gerissen, die Fenster barsten und rissen die schweren Vorhänge mit.

Fasziniert sah Irian dabei zu, wie die Stoffbahnen tanzten, als steckte Leben in ihnen. Sie verbanden sich, wanden und verknoteten sich, um im nächsten flüchtigen Moment zu reißen oder in der schwarzen Flut aus zischenden, reibenden Sandkörnern zu verschwinden.

Die Fackeln knickten ab, Lampen erloschen und wurden Opfer des Kara Buran, der sich im runden Treppenhaus zu einem steten Wirbel mit unvergleichlicher Zerstörungsgewalt formte, den die Erbauer unmöglich hatten berechnen können. Der brüllende Sturm schickte den Sand gegen den Mörtel zwischen den Quadern, und die Fugen vergrößerten sich.

Irian schaute zu, wie der peitschende, sich aufwärtsschraubende Wind die Granitsteine unterhöhlte. *Das Treppenhaus wird einstürzen!*

Sollte das geschehen, durfte er sich nicht mehr an diesem Ort befinden.

Aber der Kara Buran hielt ihn hinter der Balustrade gefangen. Jeder Schritt aus der Deckung würde Irian davonreißen und zu einer roten Wolke zerstäuben.

Die Steine werden nicht mehr lange halten. Ihr Geister und heiliger Kara Buran, gebt mir eine Gelegenheit. Nur eine!

Irian sah plötzlich eine dicke Tischplatte dicht an der Balustrade senkrecht emporschießen – und er packte zu, um sich in die Höhe tragen zu lassen.

Er hoffte inständig, dass es die Gelegenheit war, um die er gebeten hatte.

* * *

Ein D'Sook-Chai muss heiß sein wie die Küsse einer jungen Frau.
Süß wie die Nächte in ihren Armen.
Und schwarz wie die Flüche ihrer Mutter, wenn sie von dir erfährt.

Sprichwort der Agham

Kapitel VIII

Königreich Telonia, Baronie Walfor

Atha stellte sich in den Steigbügeln auf und warf einen Blick nach hinten. Sie sah nach dem Tross, der sich hinter der Vorhut, zu der sie mit zehn weiteren Gerüsteten gehörte, durch den Wald zog. Edocius hatte ein kleines Heer von hundert Männern und Frauen, zwei gepanzerte Wagen mit Verpflegung, Zelten und schweren Schleudern aufgeboten, die gegen die Bestien zum Einsatz kommen konnten.

Mehr Krieger werden hoffentlich helfen. Atha blickte zum Mèstre. Er ritt in der Hauptgruppe und unterhielt sich mit zwei Gelehrten, die er zur Unterstützung aus Tersith mitgenommen hatte. Soweit sie es verstanden hatte, finanzierte er das Unterfangen aus eigener Kasse. *Er muss recht reich sein, und doch zieht er ins Ungewisse, anstatt in Sicherheit zu bleiben. Er ist besessen von der Erkundung der fremden Magie.*

»Wohin jetzt?«, verlangte der Kundschafter neben ihr zu wissen.

Atha drehte sich wieder nach vorne und orientierte sich. Der Himmel über ihnen verfinsterte sich, Regen zog auf. Er würde die Wüste nicht wegschwemmen können. »Da, an der großen Eiche nach links und dann rüber zu dem Tannenhain«, gab sie Anweisung. »Dort sollten wir das Lager aufschlagen. Den Eichenwald gibt es anscheinend nicht mehr, das sah ich vom Hügel aus. Morgen Nachmittag erreichen wir die Wüste.«

»Ich lasse es mit Edocius klären.« Der Hauptmann der bewaffneten Truppe sandte einen Mann zum Mèstre, um ihn über den Fortschritt zu unterrichten.

Prompt kam Edocius angaloppiert und machte dabei eine unglückliche Figur. Er ritt sonst entweder gar nicht oder höchstens einmal im Jahr. »Nein«, rief er schon von weitem. »Auf keinen Fall! Wir halten nicht an!«

»Es wäre unvernünftig, neben der Wüste zu lagern«, erwiderte Atha. »Ich schwöre, ringsherum leben Kreaturen, wie Ihr sie noch nie gesehen habt! Wenn sie uns nachts überfallen, haben Eure hundert Schwerter keine Aussicht auf Erfolg.«

»Wir haben Hexerei.«

»Die hatten die Sieben Krähen auch, Mèstre.«

»Söldnermagie!«, gab Edocius schroff zurück und lachte. »Du wirst deinen Hexhüttenzauber nicht mit den Kenntnissen meines Verstandes und den meiner studierten Freunde vergleichen wollen.«

»Vimith war ein guter Witgo. Vielleicht so gut wie Ihr. Es brachte ihm nichts.« Atha zuckte mit den Achseln, die Eisensegmente an ihrer Lederrüstung klirrten leise. »Mehr als warnen kann ich Euch nicht.« Sie warf den Spähern vielsagende Blicke zu. »Kann ich vorher meinen Freispruch erhalten, Mèstre? Falls wir im Gefecht getrennt werden oder Ihr dabei umkommt.«

»Unverschämtes Weib!«, herrschte Edocius sie an und hatte Mühe, sein unruhiges Pferd mit den Zügeln zu lenken. Wie ein Anfänger ritt er um die Gruppe herum, ohne dass er das Tier zum Stehen bekam. »Ich sage, wir setzen unsere Reise fort.« Er wendete das scheuende Pferd mit Gewalt, nicht mit Können, und kehrte zum Haupttross zurück.

»Ja, reite, du eingebildeter Fatzke.« Atha verzog den Mund und spuckte aus. *Das Gute ist,* dachte sie, *dass wir uns in Walfor befinden.* Sie würde den Freispruch nicht benötigen, solange sie keinen Fuß nach Burgonn setzte. Doch das Land lag zwischen Walfor und Sibenien, ihrer Heimat. Die Trennung von ihren Freunden und ihrer Familie wäre schmerzhaft. Atha beschloss, eine andere Lösung zu finden. *Und wenn ich den Schrieb aus Edocius' kalten Fingern reißen muss.*

»Du hast recht. Es *ist* eine beschissene Idee«, stimmte ihr der Hauptmann zu und zog sich die Kapuze über den Helm, weil die ersten Tropfen aus dem Himmel fielen.

»Du hast wenig Vertrauen in die Mèstres.«

»Ich kenne die Berichte aus dieser verfluchten Gegend, und deine Erzählungen sorgen nicht dafür, dass ich mich sicherer fühle.« Er gab Befehl, den Marsch fortzusetzen. »Du wirst es nicht wissen, aber ich kannte einen von den Sieben Krähen. Listhan. Wir dienten zusammen in Burgonns Heer, bevor er beschloss, sein eigenes Geld zu verdienen.« Er lachte bitter. »Es brachte ihm den Tod. Und ich bewege mich nun auf dem gleichen Pfad wie er. Die Götter haben grausamen Humor.«

Atha dachte an den Söldner und wie er gestorben und Stück um Stück Teil des grausamen Fleischgolems geworden war. »Wir überleben«, gab sie zurück und versuchte, zuversichtlich zu klingen. »Der Fatzke und seine Fatzkefreunde werden vorbereitet sein.« Sie zog den Mantel aus der Satteltasche und warf ihn sich um, zog die Kapuze über die langen, dunklen Haare. Der kalte Regen fiel dichter, kleiner Graupel mischte sich darunter.

»Ich bete zu Hastus, Timera und Onsuld. Das ist sicherer.« Der Hauptmann führte den Tross nach den Anweisungen der Witga durch die dichten Tannen, bis sie mit dem Einbruch der Dunkelheit am Rand der Wüste angelangten, die sich unaufhörlich ausbreitete und die Umgebung lautlos vereinnahmte. Der Regen verdampfte auf dem unnatürlich warmen Sand, der sich ganz ohne Sonnenstrahlen erhitzte. Die Gespinste rochen widerlich und verdrängten den angenehmen Nadelduft. Scheuen Wesen gleich umschmeichelten die Schwaden alles und jeden, krochen unter die Rüstungen, in die Wagen und ließen sich willig einatmen.

Das ist verrückt. Atha begann zu zittern, obgleich ihr unter dem Mantel warm war. *Absolut irrsinnig.* Ihr Innerstes fürchtete sich vor dem Sand und dem, was darin lebte. Sie empfand eine große Erleichterung, dass sie den vermaledeiten Ring nicht mehr trug. In ihrer Vorstellung lockte er das Böse ganz besonders an. Wenn die Bestien angriffen, würden sie sich hoffentlich zuerst auf Edocius werfen.

»Da drüben schlagen wir unser Lager auf!«, rief der Hauptmann durch die anbrechende Nacht. »Ich will alle zwei Schritte ein Feuer, und es ist mir gleich, dass es regnet.« Er ritt los und ordnete den Pulk, wies Plätze für die Wagen und Zelte zu.

Der Mèstre und seine beiden Begleiter ritten auf Atha zu. Leise und aufgeregt, nahezu ekstatisch berieten sie dabei über die Wüste; die Runenkacheln trugen sie an Ketten offen vor der Brust.

»Kann ich nun meinen Freibrief haben?«, fragte Atha, als die Männer nah heran waren.

»Sobald der Morgen angebrochen ist«, wiegelte Edocius ab. »In der Nacht kannst du nichts damit anfangen.«

Atha biss die Zähne fest zusammen, um die Beschimpfungen zurückzuhalten, und nickte grimmig. »Da ist die Stelle«, sagte sie und streckte den Arm aus. »Ungefähr dort kam ich aus dem Sandmeer. Zusammen mit dem Ring, nachdem ich mich aus den Fängen des Wesens befreit hatte.«

»Mein Dank ist dir sicher. Ich werde noch einige Münzen drauflegen.« Edocius stieg ab und ging unerschrocken bis an den Sandrand. »Kommt! Lasst uns nachschauen, was uns erwartet.«

Seine zwei Begleiter schwangen sich aus den Sätteln und streiften die Runenkacheln ab, deren Zeichen schwach wie zur Warnung glommen, um sie in den Fingern zu halten. Sie eilten neben den Mèstre. *Die Euphorie nimmt ihnen die Angst. Sie lassen sich nicht mal durch Soldaten sichern!*

Edocius legte die Hand auf die trockene Sandoberfläche und stieß ein erfreutes, aufgeregtes Lachen aus. »Pure Energie! Ich spüre pure Energie, wie es in den Schriften geschrieben steht.« Er senkte die Kachel langsam in die Wüste, und das Strahlen des Artefakts nahm zu. »Wir haben Fremdmagie, Herrschaften! Eine Macht, die nicht von unserer Welt stammt.«

Atha ließ ihr Pferd einige Schritte rückwärtsgehen. Sie rechnete damit, dass das Scheusal unter der Oberfläche hervorsprang und den Mann zu sich zog, weil es den gestohlenen Ring fühlte. Zur Angst gesellte sich die Neugier, wie die unbekannte Bestie aussehen mochte.

Edocius murmelte Formel um Formel. Seine Runenkachel flammte auf und sandte Signale unter den Sand, der bei jedem Spruch flirrte und schimmerte, als würden kleine Lichterfische umherhuschen.

Währenddessen errichteten die Kämpfer das Lager. Mehr und mehr Feuer brannten und trotzten dem Regen, alchemistische Pülverchen sorgten für ein Entzünden des feuchten Holzes. Lautes Rufen und Wiehern, das Rattern von Rädern und Spannvorrichtungen hallte durch den Wald. Die Anwesenheit der Menschen und Pferde vertrieb die unheimliche Stille.

Auf Atha wirkten der helle Flammenschein und die spürbare Wärme in ihrem Rücken beruhigend. Aber die Furcht wollte nicht weichen. Sie starrte auf die drei Mèstres, die am Rande der Wüste ausharrten und Zauber in den Sand pumpten. Sie wusste nicht, was Edocius mit seiner Hexerei bezwecken wollte, aber es hatte anscheinend keine Auswirkungen.

Unvermittelt erklang ein langes Brüllen aus der Tiefe des Waldes, wie es Atha noch nie vernommen hatte.

Im Lager wurde es schlagartig still. Die Leute griffen zu den Waffen und machten die Schleudern bereit. Die Feuer wurden geschürt, mehr alchemistisches Pulver ließ die Flammen hoch in die Dunkelheit vorstoßen. Der Wald wurde heller.

Athas Pferd stieg schnaubend auf die Hinterhand und wollte flüchten. Am liebsten hätte sie sich am Sattel festgeklammert und die Zügel losgelassen, um dem Tier seinen Willen zu lassen und sich in Sicherheit zu bringen.

Aber auf diesem Stück Land gab es keine Sicherheit.

Und ob Atha einen Ritt durch die Dunkelheit mit den Scheusalen schaffte, stand in den wolkenverhangenen Sternen. Ein tiefhängender Ast würde im Galopp ausreichen, um sie zu töten.

»Von links!«, gellte ein warnender Ruf. »Sie kommen von links!«

Atha redete beruhigend auf das Pferd ein, das in ein unruhiges Seitwärtstänzeln übergegangen war. Sie hörte das Krachen der berstenden Stämme, als sich etwas Gottgroßes schnell und brachial auf das Lager zubewegte.

Bogenschützen sandten dem Angreifer Brandpfeile entgegen, die beim Auftreffen brennbare Flüssigkeit auf ihrem Ziel verbreiteten und sie entflammten. Es verschaffte den Schützen an den Katapulten mehr Helligkeit, um die Angreifer auszumachen.

Niemals werden sie bestehen. Atha sprang vom Pferd und erklomm eine abseitsstehende Fichte, kletterte Schritt um Schritt nach oben. Zum einen würde sie von oben ihre Zauber besser einsetzen können, zum anderen befände sie sich außerhalb der unmittelbaren Reichweite der Kreatur.

Das Licht riss ein schauriges Monstrum aus der Dunkelheit, auf dessen Kopf drei verwachsene Hörner saßen. Dort, wo sie die Haut durchstießen, quollen Blut und Eiter hervor. Der lange dreckige Pelz schimmerte metallisch, Schmutz und dunkle Wundflüssigkeit sickerten herab. Der Kopf der Bestie, auf dem Pusteln und Geschwüre saßen, schwebte zwischen den Wipfeln, und sobald es seine langen Arme hob, würde es die Witga vom Ast pflücken und fressen können. Die Bestie bahnte sich ihren Weg, und wo das lange Fell Äste, Zweige und Blätter berührte, fielen die Pflanzen durchtrennt zu Boden. Atha stockte der Atem. *Das Fell besteht … aus Metall!* Aus dem Rücken wuchsen lange Stacheln, die raschelnd aneinanderrieben und die Haut der Bestie dehnten und aufrissen.

»Schießt!«, befahl der Hauptmann, und die Katapulte ließen Speere gegen den Angreifer hageln.

Die Geschosse trafen auf das Fell, es klirrte stählern. Der eiserne Pelz wirkte besser als eine Rüstung und raubte den Geschossen die Wucht. Die Schäfte zerbrachen oder wurden von den silbernen Haaren zerschnitten.

Erneut erklang das Brüllen der Kreatur. Aus dem weit geöffneten Maul schossen gelbliche Schwaden, die Blätter und Zweige verätzten. Sie griff auf ihren Rücken und riss sich ein Bündel blutiger, verkrusteter Stacheln aus, die sie gegen das Lager schleuderte.

Atha rutschte hurtig um den Stamm herum, um den Geschossen auszuweichen. *Wir werden alle zugrunde gehen!*

Ein lanzenlanger Stachel bohrte sich unter ihren Stiefeln bis zur Hälfte durch den Baum, die Fichte erbebte und schwankte. Der Rest der tödlichen Wolke fächerte auseinander und schwirrte auf die Verteidiger zu, die sich hinter den Tannen verbargen.

Timera! Hilf uns! Atha saß hilflos auf ihrem Ast und schrie erschrocken auf, als die Geschosse in der Luft anhielten, eingehüllt von einem magentafarbenen Strahl, der die Stacheln zu Asche verbrannte. Harmlos wehten die Flöckchen über das Lager.

Brüllend fuhr das Monstrum herum und stieß einen Giftbrodem gegen einen der Mèstres, der sich vom Ufer abgewandt hatte und dem Tross zu Hilfe gekommen war.

Auch dagegen half die blassrot leuchtende Kraft aus der rechten Hand des Mannes, während er die Runenkachel emporreckte, als würde er den Gegner auf seine spektakuläre Hexerei aufmerksam machen wollen.

Atha verfolgte gebannt, wie die Bestie sich auf alle viere niederließ und mit gesenktem Kopf auf den Witgo zustürmte, um ihn auf ihre Hörner zu spießen, die abrupt rot aufglühten und Feuerbahnen hinter sich herzogen. Der Schädel der Bestie fing Feuer und brannte lichterloh, das schmerzerfüllte Brüllen war das Lauteste, was Atha jemals gehört hatte. Fleisch und Haut verkohlten, der Knochen kam zum Vorschein.

Die Bogenschützen und Katapulte deckten es mit Pfeilen und Speeren ein.

Die Kreatur ließ sich davon nicht beeindrucken, der eherne Pelz fing die Geschosse ab. Sie hatte den gefährlicheren Gegner ausgemacht und hielt unverwandt auf ihn zu.

Der Mèstre stellte sich breitbeinig hin und umfasste die Runenkachel mit beiden Händen, seine Lippen bewegten sich lautlos. Die Zeichen erstrahlten zuerst und verloren gleich danach ihr Licht, verloschen bis auf ein dünnes Glimmen, als fürchteten sie sich vor dem Feind.

Was hat er vor? Atha biss sich vor Anspannung die Lippe blutig. Sollte der Mann angesichts der heranstürmenden Bestie die Konzentration verloren haben, wäre er tot. *Vermutlich nicht nur er.*

Nur eine halbe Bogenschussweite trennte die beiden ungleichen Widersacher. Die lodernden Hörner rammten die Bäume aus dem Weg, und die Erde flog unter den Pranken der brennenden Bestie hoch auf, Soldaten wurden zerstampft. Das Feuer wanderte an ihr entlang, die Pusteln platzten auf und sandten giftige Lohen umher. Der Brand breitete sich im Wald aus.

Atha fühlte kein Mitleid mit dem Monstrum, das seine Schmerzen hinausschrie. Geballte, feurige Wut, die nach Vernichtung trachtete. *Sie muss rasch erlöst werden.*

Unvermittelt erschien ein Leuchten in den Wolken über ihnen, dann brachen silbrige Strahlen durch den Dunst und berührten die Runenkachel, ehe sie nach einem Herzschlag erloschen.

Darauf hatte der Mèstre gewartet.

Sogleich senkte er das Artefakt, und die eingefangene Kraft aus den Gestirnen entlud sich auf einen Schlag knisternd gegen das Scheusal.

Zuerst dachte Atha, dass die gezackte, voranspringende Bahn aus Licht den Gegner verfehlte, doch im allerletzten Augenblick schien es sich die Energie anders zu überlegen und durchstieß die Flanke der Bestie. Der Strahl trat auf der anderen Seite mit einem Schwall Blut und schwarzer Flüssigkeit aus, die den Boden und die Pflanzen ringsum auflöste. Erneut stiegen gelbe Schwaden auf.

Das riesige Wesen verlor im Rennen die Spannung und brach zusammen, überschlug sich aus vollem Lauf und pflügte eine brennende Schneise in die Tannen. Zwei Speerlängen von dem Witgo entfernt blieb es qualmend und lodernd liegen.

»Erledigt, Mèstre«, rief er abgebrüht, als würde er das in der Hochschule täglich noch vor dem Frühstück machen. Seine weiteren Worte gingen in dem erleichterten Jubel des Trosses unter. Bei den Männern und Frauen brach sich die Erleichterung Bahn.

Das muss ich mir ansehen! Atha kletterte von der Fichte herab und ging vorsichtig auf das tote, in Flammen stehende Wesen zu, einige Soldaten folgten ihr. »Gebt auf das Zeug acht, das aus ihr herausfließt. Und atmet nicht die Dämpfe ein«, warnte sie. »Es würde euch die Lunge verätzen.«

Staunend umrundete Atha das Geschöpf. Das Feuer vernichtete das magisch erschaffene Wesen unerbittlich. Die Haut verging mit grässlichem Gestank; Hörner, Stacheln und Eisenpelz fielen auf den Boden oder blieben wie Speere im Untergrund stecken. Alsbald waren von dem Scheusal nur das Gerippe und zerfallende, kokelnde Knochen übrig.

Keine Magie aus dieser Welt, so hatte es Edocius gesagt. Sie zweifelte nicht daran. Aber ihr Gefühl sagte Atha, dass es besser wäre, wenn diese unbekannte Art von Zauber dahin zurückkehrte, von wo sie gekommen war.

Der Regen löschte allmählich die Brände im Wald.

Atha wandte den Kopf zum Ufer der Wüste, wo Edocius unbeeindruckt mit seinen zwei Begleitern zugange war. Was immer sie beabsichtigten, es führte zu nichts Gutem. Anstatt gegen die unbekannte Macht vorzugehen, suchten die Gelehrten begeistert nach den Ursprüngen und Nutzungsformen.

Sie sind nicht mächtig genug, um es aufzuhalten. Dieser eine Sieg belegt gar nichts. Das müssen sie einfach erkennen. Atha ging entschlossen zu dem Trio hin, bekam jedoch von weitem signalisiert, dass sie nicht stören sollte. Das hielt sie nicht ab. *Ich muss sie zur Vernunft bringen.*

»Mèstres, auf ein Wort!«, rief sie.

»Da ist etwas«, stieß Edocius freudig aus und griff furchtlos in den trockenen Sand. »Ich habe es!« Er warf sich nach hinten und zerrte seinen Fund auf den Waldboden.

Die Wüste gab eine teils mumifizierte Leiche frei, an manchen Stellen haftete noch Fleisch am Knochen. Die Augenhöhlen waren leer, die Haut um den Schädel pergamenthaft und ausgetrocknet, voller Falten. Sand perlte davon ab wie Quecksilber. Um den Leib lagen fetzenhafte Gewandreste, die das Geschlecht verdeckten.

»Ein Mann«, sagte Edocius in größter Begeisterung. »Seine Kleidung hat Symbole, wie sie in den Schriften aus Nelethion beschrieben sind. Das ist Dûrus! Wir haben den Urheber dieses Wunders gefunden!«

Atha sah, dass dem Leichnam ein Ringfinger fehlte. *Ich habe ihn damals abgerissen.*

Ihr Staunen über die unselige Freude der Mèstres steigerte sich, als Edocius dem Toten den Skorpionsiegelring an die unversehrte Hand steckte und ihn aufklappte. Den echten Ring.

Die drei Mèstres fassten sich an den Händen und stellten sich um den Leichnam auf, sprachen gemeinsam magische Sprüche.

Der rote Stein unter dem Siegelring glomm als Antwort wie vergessene Glut.

Atha begriff viel zu spät, was die drei beabsichtigten. *Sie machen einen Untoten aus dem fremden Hexer. Um ihn befragen zu können!*

»Was tut Ihr da?«, rief sie ihnen entsetzt zu. »Mèstres, das dürft Ihr nicht! Davon war nie die Rede, hört Ihr?«

Keiner scherte sich um ihren Einwand.

Die Beschwörung wurde fortgesetzt, um aus dem Verstorbenen einen Wiedergänger zu machen, der ihnen gehorchen sollte. Die Besessenheit, neues Wissen zu erlangen und die fremde Magie zu ergründen, machte die Gelehrten blind für die Gefahren.

Diese gebildeten Idioten! Atha nahm nicht an, dass jemand aus dem Tross ihre Bedenken teilte. Die Machtdemonstration des Witgos gegen das Scheusal hatte ihre Wirkung auf die Männer und Frauen nicht verfehlt. Nicht einer würde an den Zauberern zweifeln oder gar den Befehl verweigern. Atha wandte sich um und ging zu ihrem Pferd zurück, nahm die Zügel. *Ich tue das einzig Richtige.*

Niemand achtete auf die Söldnerin, die ihr Tier aus dem Schein der Feuer führte und sich in den Sattel schwang.

Sie musste das Wagnis eingehen, das Lager bei Nacht zu verlassen. Sollte es Edocius und seinen Brüdern im Geiste gelingen, einen Wiedergänger zu erschaffen, wollte Atha nicht in der Nähe sein.

* * *

Festung Sandwacht

Driochor, wahrlich, ich brauche deinen Beistand! Tomeija kauerte in einer Nische und wartete, dass die Schreie in ihrer Nähe endeten. *Sonst musst du dir eine neue Hohepriesterin suchen.*

Nichts, was sie in ihrem alten Leben gesehen und erlebt hatte, kam an das heran, was sich in den Gängen und Kammern der Festung abspielte. Die teils verängstigten, teils teilnahmslosen Soldatinnen und Soldaten wurden vom Kara Buran zu den Fenstern hinausgerissen. Andere hetzten von Sinnen umher und machten Jagd auf die Menschen, streckten sie nieder, mit allem, was sie fanden, und zerstückelten sie grausamst.

Die Geister steckten hinter dem Treiben. Sie entluden ihre Wut, ihren Hass in die Menschen und ergötzten sich an dem, was in Sandwacht geschah.

Tomeijas türkisfarbene Augen richteten sich auf die gravierte Klinge ihres Schwertes, auf der reichlich Blut klebte. Sie hatte sich verteidigen müssen und ein halbes Dutzend Leben genommen, um nicht selbst zu sterben. Und sie beabsichtigte, nicht als Einzige zu überleben. Zwei galt es zu retten: die unschuldige Fhila und ihr ungeborenes Kind sowie Irian Ettras.

Dass sie Gefühle für den ungewöhnlichen Mann empfand, wollte sie sich nicht eingestehen. Sie hatten sich kaum gesehen. Was sollte bei solchen Zusammentreffen großartig entstehen? *Allerhöchstens eine Schwärmerei, mehr nicht.*

Zudem hatte sie größere Sorgen. Fhilas Kammer lag einen Quergang entfernt. Ob sich die Pajarota-Lenkerin noch darin befand, ob es die zwei Wächter noch gab, die ihr Leben beschützten, und wo sich Calán, der Vater des Kindes, befand, wusste sie nicht.

Tomeija hörte nichts mehr außer dem Fauchen des allgegenwärtigen Kara Buran, welcher der Festung heftig zusetzte. Das Krachen, das sie zwischendurch vernommen hatte, stammte von Gebäudeteilen, die ab- oder zusammenbrachen. Wind und Geister schienen alles daranzusetzen, das Bollwerk bis auf die Grundfeste einzureißen.

Als hätten sie damit auf mich gewartet. Tomeija hob ihr Schwert schlagbereit und pirschte vorwärts durch den verlassenen Gang, in dem lose Blätter und Federn umherflogen und brennende Fackelstücke über den Boden rollten.

In einigen Unterkünften, an denen sie vorbeikam, brannte oder schwelte es. Der Wind riss den Qualm davon und blies die Asche gegen Tomeija.

Seit geraumer Zeit befand sie sich in einem Bereich, in dem sich die Metallabdeckungen wie vorgesehen vor die Fenster gelegt hatten. Der Sturm wütete weniger spürbar und verkam zu kräftiger Zugluft, die Lampen zum Verlöschen und Fackelflammen zum Zucken brachte. Dafür erklangen die Geräusche des Abschlachtens und die Schreie umso lauter und durchdringender.

Noch eine Biegung, und ich bin da. Tomeija spähte um die Ecke.

Sie hatte die Unterkunft der Schwangeren gefunden. Mehrere Tote lagen vor der Tür, ein gerüsteter Soldat lehnte mit einer Schnittwunde im Bein an der Wand. Speer und Schild hatten ihn vor dem Ansturm der Irrsinnigen weitgehend bewahrt.

Tomeija zeigte sich und ging langsam auf ihn zu. »Ruhig«, sprach sie. »Ich bin es.«

Durch den Mann ging ein Ruck, er schwenkte die langschäftige Waffe auf sie. »Zurück! Ich habe den Befehl, Fhila zu verteidigen.«

»*Ich* gab dir den Befehl!«

»Du bist ein Trugbild. Die ganze Festung wimmelt davon«, stammelte der Mann. »Aber darauf falle ich nicht rein.« Er hob den Schild. »Ich töte dich! Wie die anderen Illusionen, und ich habe meine Aufgabe erfüllt.«

»Besinne dich!«

»Nie war ich mehr bei Sinnen, während Wahn um sich greift«, erwiderte er und reckte die Klinge gegen sie. »Bleib dort, oder du endest wie die anderen.« Er stellte einen Fuß auf den Leichenberg.

»Sag mir, wie es Fhila geht.«

»Sie wird wohlbehalten sein.«

»Du weißt es nicht?«

»Ich halte Wache vor der Tür, wie es mir aufgetragen wurde. Ich kann nicht an zwei Orten gleichzeitig sein.« Er duckte sich hinter den Schild, als ein entfernter, gequälter Schrei durch den Gang zu ihnen rollte. »Niemand kommt an mir vorbei.«

Das hatte auch Tomeija verstanden, deren Nackenhärchen sich beim Kreischen aufrichteten. An einem Mann mit Schild und Speer, der sich auf den Umgang damit verstand, gab es kein einfaches Vorbeikommen. Sie war nicht gerüstet und wollte ihn nicht umbringen. Er konnte nichts dafür, dass das Grauen seinen Verstand lähmte.

»Dann gib weiterhin gut auf sie acht.« Sie grüßte und durchstreifte in aller Eile die nahen Unterkünfte.

In einem Waffenschrank wurde sie fündig. Wurfkugeln, je drei waren über dicken Draht miteinander verbunden. Man schleuderte sie, und die dünnen Leinen wickelten sich um das Opfer, machten es bewegungslos. Tomeija nahm gleich vier davon mit. Sie würde auf die Beine und den Hals der Wache zielen, um ihn anschließend im Nahkampf auszuschalten. Zudem fand sie einen leichten Lederharnisch in ihrer Größe, den sie über ihrem rot-schwarzen Kleid anlegte.

Nachdem sie gelauscht und um sich geschaut hatte, kehrte sie in den Gang zurück, aus dem sie gekommen war.

Nach einigen Schritten roch sie das alchemistische Feuer.

Driochor, nein! Tomeija rannte los.

Vor dem offenstehenden Eingang lagen die verkohlten Überreste der Wache. Ihr Tod war das Werk einer Bolidschleuder, die flackernden Fehlschüsse in der Wand belegten es.

Calán ist bei ihr. Tomeija schob sich lautlos in den kargen Raum.

Der kurzhaarige, blonde Mann stand mit dem Rücken zu ihr, die tödliche Waffe mit den vielen Läufen in Griffweite auf einer Kommode abgelegt. Seine Plattenrüstung zeigte Kampfspuren und Blutspritzer.

Auf dem Tisch lag Fhila, ihre Uniform aufgeschnitten, den flachen Bauch freigelegt. Arme und Beine der Soldatin hingen kraftlos herab. Entweder hatte er sie ohnmächtig geschlagen oder bereits umgebracht.

Tomeija ging auf ihn zu. *Du wirst gleich nichts mehr tun können.* Dabei trat sie auf Scherben, die knackend brachen.

Calán sprang sogleich auf die andere Seite des Tisches. In einer Hand hielt er eine dünne Klinge, wie sie von den Iatroi benutzt wurden, mit der anderen schnappte er die Bolidschleuder, streifte sich geschickt den Schulterriemen um. Die zehn Mündungen richteten sich auf Tomeija. »Bleib, wo du bist!«

»Ich wollte nur nach Fhila sehen«, gab sie gefasst zurück. »Was hast du vor?«

»Ich … ich … habe mir überlegt, dass ich das Kind aus ihr schneide«, erklärte er mit glasigem Blick. Ein blutiger Handabdruck prangte in seinem Gesicht. »Dann nähe ich sie wieder zu, und … alles ist wie vorher.«

»Du bist kein Iatros.«

»So schwer kann es nicht sein. Ich suche ein bisschen. Zeit

genug ist ja.« Er streichelte Filas Gesicht mit seinem Handrücken zärtlich und verliebt. »Wie hübsch sie ist. Sie wird nach ihrem Erwachen ihr Leben weiterleben können und ich meins.« Er gluckste. »Ohne dieses Balg.«

»Was hast du gegen das Kind?« Tomeija redete mit ihm, um ihn abzulenken. Fieberhaft durchdachte sie ihre Möglichkeiten, um ihn aufzuhalten, ohne dass die Ohnmächtige Schaden nahm. Kam sie nahe genug heran, würde eine Nadel genügen, um den Mann zu lähmen.

»Es darf nicht sein!«

»Wegen deiner Familie?«

»Ich würde meinen Nakib-Rang verlieren. Ich würde von meiner Familie verstoßen werden. Und meine Verlobte würde die Verbindung auflösen«, schleuderte Calán ihr aufgebracht entgegen. »Wegen dieses dummen Kindes in ihr!«

»Ich verstehe dich. Aber lass uns überlegen, wie wir diesen Eingriff besser angehen.«

»Ich schneide mich durch den Bauch und suche. Es ist doch ganz einfach!« Calán lachte irre.

»Dabei wird sie sterben, und du bist wegen Mordes dran.«

»Nein. Sie wird nicht sterben. Frauen halten das aus.« Er senkte die Bolidschleuder nicht einen halben Atemzug. »Verschwinde.«

Tomeija sah die Knöpfe, mit denen die Läufe einzeln gezündet wurden. Ein Druck erzeugte einen Funken im Innern, der die alchemistische Reaktion in Gang setzte. Enden würde der Beschuss erst, wenn es keine Ladungen mehr im jeweiligen Lauf gab. Ein Knopf war bereits eingedrückt. Die brennenden Geschosse hatten der Wache gegolten.

»Ich könnte dir helfen.«

Der Nakib lachte sie aus. »Ich habe nicht vergessen, dass du Sarāshs Vertreterin bist.« Sein Blick veränderte sich schlagartig. »Aber natürlich! Du bist gekommen, um mich aufzuhalten. Ohne dabei an mich oder an Filas Zukunft zu denken!«

»Sie hat keine, wenn du sie aufschneidest.«

»Selbstverständlich! Sie kann ohne Kind ihre Laufbahn fortsetzen. Sie wird nicht unehrenhaft entlassen.« Calán legte die Klinge neben den Kopf der Ohnmächtigen und packte die Bolidschleuder mit beiden Händen. »Es wird besser sein, wenn ich dich zuerst erledige. Du kennst die Wahrheit.«

»Fhila auch.«

»Aber ohne Kind wird sie davon nicht mehr sprechen. Weil es ihr lieber sein wird. Ich weiß es.« Calán legte auf sie an, sein rechter Daumen rückte an einen Auslöser heran. »Ich weiß es ganz sicher.«

»Du bist nicht du selbst! Die Geister –«

»Die Geister haben damit nichts zu tun!«, fuhr er sie an. »Ihre Einflüsterungen interessieren mich nicht. Ich habe meinen eigenen Plan, und das –«

Tomeija schleuderte die Wurfkugeln mehr zur Ablenkung. Ohne entsprechenden Schwung entfalteten sie ihre Wirkung nicht. Gleichzeitig sprang sie vorwärts und ließ sich fallen, rutschte unter dem Tisch durch, auf dem die Bewusstlose lag. Das anhaltende Fauchen und grelle Blitzen hinter ihr verriet, dass Calán die Schleuder ausgelöst hatte.

Mit den Füßen voraus glitt sie voran und trat ihm die Beine nach hinten weg, dann rollte sie sich nach rechts, damit er nicht auf sie fiel.

Calán knallte neben ihr auf den Steinboden und ächzte auf. Der Waffenlauf schoss seine Ladungen unter dem Tisch durch gegen die Wand auf der anderen Seite. »Das wirst du nicht überleben!«, versprach er stöhnend und richtete die glühende Schleudermündung gegen Tomeija.

Sie schlug mit dem Schwert dagegen. Zwei Ladungen gingen fehl und trafen das Bett, das sogleich Feuer fing.

Tomeija zögerte nicht und stach Calán mit Zeige- und Mittelfinger tief in die Augen, was ihn zum Aufkreischen brachte. Blut schoss aus den verletzten Augenhöhlen.

»Elende Kutu!« Geblendet zuckte er zurück und verlor die Waffe, trat um sich – und erwischte sämtliche Knöpfe.

Es klickte und zischte leise, der Zündprozess ließ sich nicht aufhalten.

Verflucht! Tomeija ließ ihr Schwert fallen und packte die Schleuder, rammte sie dem Nakib in den Bauch. »Männer halten das aus.« Dann packte sie Fhila, warf sie sich über die Schulter und schnappte sich ihr Schwert.

Die Bolidschleuder verrichtete knallend ihren Dienst und jagte Ladung um Ladung in Calán, dessen Schreie Tomeija anfangs durch den Gang verfolgten. Nach einer dumpfen Detonation verstummte der Mann. Die überhitzte Waffe war explodiert.

Wohin jetzt? Ihr Atem ging schwer. Fhila war eine zusätzliche Last, die enorme Kraft von den Beinen forderte. Sie würde in einer sicheren Unterkunft anhalten, die Soldatin wecken und fragen, wo es einen sicheren Ort gäbe, um sich einzuschließen.

Tomeija kam ein rettender Gedanke.

Der Aufbewahrungsort der Schleudern. Sie hatte etwas von einer Stahlkammer in Erinnerung. *Doch wo genau finde ich die?* Sie brauchte das Wissen der Schwangeren.

Tomeija huschte in die nächste verlassene Kammer, in der Verwüstung herrschte, und legte Fhila auf das Bett. Sie wühlte in den verstreuten Kleidern nach Gewändern und breitete den Fund über der Ohnmächtigen aus.

Dann versetzte sie Fhila leichte Schläge gegen die Wangen und rief unentwegt ihren Namen, bis die Lider flatterten und das Bewusstsein zurückkehrte. »Calán ist tot«, sagte Tomeija. »Er wird dir nichts mehr tun können. Driochor stand uns bei.«

Fhila blickte sich um und begann hastig, die Kleidung anzulegen. »Dann …« Sie horchte. »Der Irrsinn tobt noch immer.«

»Ja. Wir brauchen einen sicheren Ort. Ich dachte an die Stahlkammer. Wo die Bolidschleudern lagern.«

»Das ist ein guter Einfall. Waffen und ein sicheres Refugium.« Fhila erhob sich und richtete Hemd und Hose, schnallte sich einen Brustpanzer um und packte ein umherliegendes Schwert. »Ich führe uns.«

Tomeija und Fhila hasteten vorwärts.

Sobald ihnen jemand entgegenkam, wichen sie in eine Unterkunft oder einen leeren Raum aus. Sie wollten kein Gefecht wagen und Menschen töten müssen, die nicht Herr ihrer Sinne waren. Die erzwungenen Unterbrechungen nutzten die Frauen, um nach Vorräten zu suchen und sie einzupacken. Der Kara Buran konnte lange andauern.

»Denkst du, wir sind die Einzigen, die auf diese Idee kamen?«, fragte Fhila leise und verfolgte mit wachsamen Blicken eine grölende Soldatengruppe, die durch den Korridor streifte.

»Im besten Fall finden wir Mitstreiter vor, die ihren Verstand behalten haben. Wie wir.« Tomeija fragte sich, warum sie nicht von den Geistern befallen wurden. Lag es an Driochors Macht? An den Sitan-Diamanten? Fhila mochte durch ihr Kind geschützt sein. *Vielleicht verschonen die Phantome sie deswegen.* »Ist es noch weit?«

»Bis zum Notabstieg nach unten sind es keine zwanzig Schritte mehr.« Fhila blickte auf den Gang. »Frei. Los!«

Sie spurteten über Leichen und Trümmer hinweg, bogen ab – und standen vor einer Barrikade, die aus Betten, Schränken und Tischen errichtet worden war. Speere ragten heraus, dicht an dicht, so dass es kein Durchkommen für sie gab.

»Verflucht.« Fhila wandte sich um und schwenkte in den Gang zurück, aus dem sie gekommen waren. »Der nächste Notabstieg ist in fünfzig Schritten.« Sie blieb nach einer weiteren Biegung vor einem Schott stehen, das mit Eisenriegeln verschlossen war. »Jetzt wird es ganz übel.«

»Was ist das?« Tomeija betrachtete die massiven Tore und spürte die Hitze, die davon ausging. »Es brennt auf der anderen Seite!«

»Das sind die Brandverriegelungen, falls in der Festung ein Feuer ausbricht«, erklärte Fhila niedergeschlagen. »Ich kann es zwar öffnen, aber bei der Hitze, die im Gang dahinter herrscht, würde es uns zu Asche verwandeln.«

Tomeija kehrte um. »Dann zur Barrikade.«

Sie erreichten die Blockade und zerschlugen die herausstehenden Schäfte, um die Klingen zu beseitigen. Anschließend bearbeiteten sie das Hindernis mit Hieben. Die Frauen schwitzten und fluchten, Späne und Splitter flogen umher.

Tomeija war froh, ihre Handschuhe zu tragen. Fhila bekam von der schweren Arbeit mit dem falschen Werkzeug Blasen an ihren Fingern, die aufplatzten und Blut fließen ließen. Aber es entstand mit Hebeln und Treten endlich ein Loch, durch das sie sich fast zwängen konnten.

»Da! Da sind welche!«, schallte der plötzliche Ruf zu ihnen.

Tomeija wandte sich um.

Die Gruppe Soldatinnen und Soldaten, die sie vorhin noch umgangen hatten, schloss zu ihnen auf. Sie lachten leise, fuchtelten mit ihren Waffen und stießen Treiberlaute wie bei der Jagd auf Wild aus. Ihre Kleider und Rüstungen troffen vor fremdem Blut.

»Mach weiter, Fhila«, befahl Tomeija. »Ich kümmere mich um sie.«

Sie sammelte dic abgeschlagenen Speerspitzen ein und hielt sie wurfbereit. »Verpisst euch!«, rief sie der Meute zu. »Ich schwöre, dass ich jeden von euch zu Driochor sende, solltet ihr uns angreifen.«

»Driochor?«, echote einer von ihnen, der sich mit Blut eingerieben hatte, und kam provozierend näher. »Ist das nicht der Gott der Liebe? Wolltest du es mit uns allen treiben?« Die Bande lachte widerlich.

»Ich habe genug Speere, die ich in euch rammen kann, wenn du es darauf anlegen möchtest.« Tomeija hob eine Klinge zum Wurf. »Soll ich dich durchbohren?«

»Driochor ist der falsche Gott in dieser Festung. Wir sind von allen Gottheiten verlassen worden.« Der Irre hob die Arme und spreizte sie seitlich vom Körper weg, zeigte seine rotverkrusteten Schwerter. »Sieh doch! Niemand kommt, um mich aufzuhalten. Und die Stimmen loben mich dafür. Sie versprechen mir reichen Lohn am Ende des Tages. Für jedes Leben, das ich auslösche.«

»Wie wäre es, wenn du mit deinen Leuten anfängst?«

»Ich bin gleich so weit«, stieß Fhila laut aus. »Jetzt! Ich passe durch.«

»Dann verschwinde auf die andere Seite. Ich komme nach.« Tomeija ließ ihren Widersacher nicht aus den Augen, der seine Meute mit rudernden Armbewegungen zu sich rief. »Es könnte länger dauern.«

»Ist gut.« Den Geräuschen nach kroch Fhila davon.

»Du wirst bleiben!«, schrie der besudelte Anführer. »Wir haben Hunger. Du halbe Portion wirst uns als Zwischenmahlzeit dienen.«

»Wir könnten sie vorher füllen«, rief ein anderer und packte sich dabei ins Gemächt. Sie waren auf fünf Schritte herangekommen und fächerten zu einem Halbkreis auf.

»Wer soll das danach noch essen?«, erwiderte der Rädelsführer. »Oder möchtest du vielleicht bei uns mitmachen, Driochorliebchen?«

Tomeija sah an seinem Gesicht, dass das Angebot lediglich dazu dienen sollte, sie leichter zu überwältigen. »Gewiss nicht.«

Zwar traute sich die Bande nicht näher heran, aus Angst vor den Speerspitzen, aber Tomeija müsste sich bücken, um durch das Loch zu verschwinden. Das wäre der beste Zeitpunkt für den Angriff, auf den sie in aller Ruhe warteten.

Ansatzlos flog ein Speer aus der Barrikade und traf einen der Marodeure in die Seite. Er sackte schreiend zu Boden.

»Fresst ihn an meiner Stelle«, empfahl Tomeija und wirbelte herum, warf sich kopfüber durch das Loch in der Barrikade.

Kaum hatte sie sich durch das Dickicht aus Tischbeinen, Platten und Speerschäften gewunden, sprang sie auf und brachte das geschaffene Loch mit einem kräftigen Tritt zum Einsturz.

Fhila stand auf den Trümmern und drosch mit einer Latte gegen die Speerenden, katapultierte sie auf diese Art gegen die Angreifer. »Hat es geholfen?«

»Ja, hat es.« Tomeija schenkte ihr ein dankbares Lächeln. »Weiter! Zur Stahlkammer.«

Die Frauen hetzten den Gang entlang bis zum Notabstieg und kletterten die Stufen Stockwerk um Stockwerk abwärts. Immer wieder verkeilten sich die Schwerter in den engen Windungen. Blut tünchte die Stufen an manchen Stellen und machte sie glitschig. Das sinnlose Morden hatte auch in diesen Abschnitten stattgefunden.

Schließlich erreichten sie den Keller tief unter der Oberfläche.

»Das gehörte zu den alten Grundmauern«, erklärte Fhila und führte sie durch den Korridor, in dem es durchdringend nach Schwefel und alchemistischen Ingredienzen roch, die in Augen und Nase brannten.

Tomeija sah ihre Sitan-Diamanten glühen. Die Geister schienen sich zu bemühen, Kontrolle über ihren Verstand zu erlangen, doch das Geschenk des Keel-Èru verhinderte es offenbar.

»Nach rechts«, lotste Fhila und blieb geduckt.

»Niemand zu sehen.« Tomeija erlaubte sich trotzdem keinerlei Erleichterung.

Vor ihnen erschien der Eingang in die rettende Stahlkammer. Davor wartete eine Reihe aus zehn Wachen, die hinter aufgestellten Schilden kauerten und ihnen Bolidschleudern entgegenreckten. Dahinter stand ein Nakib, der die Neuankömmlinge musterte. »Kehrt um, ihr Verstandlosen«, sprach er eindringlich. »Wir erschießen –«

»Das ist Fhila«, rief einer der Soldaten. »Ich kenne sie.«

»Wir sind nicht vom Irrsinn befallen.« Sie zeigte auf Tomeija. »Das ist Tomeija und die Stellvertreterin der ehrenwerten Sarāsh, welche den Mord an meiner Schwester untersuchte. Lasst uns rein und gewährt uns Unterschlupf, bis der Kara Buran sich legt.«

Tomeija hob den Sack mit dem Proviant. »Wir bringen Vorräte.«

Der Nakib nickte zögerlich. »Solltet ihr den winzigsten Hauch von Wahn in eurem Verhalten zeigen, fliegt ihr raus.« Er bedeutete ihnen, näher zu kommen. Die Phalanx öffnete eine Lücke, um sie durchzulassen.

Tomeija und Fhila traten durch die angelehnte Stahltür in den gewaltigen Raum, in dem kaum mehr Bolidschleudern in den Halterungen hingen. Die Wände waren mit Blech verkleidet, alles bestand aus Metall, damit das Feuer im Falle einer spontanen Entladung der gefährlichen Waffen keine neue Nahrung fand.

Im Inneren harrten etwa zweihundert Männer und Frauen aus, teils verletzt, teils erschöpft. Einige von ihnen schliefen, andere kümmerten sich um die Wunden. Es roch nach Schweiß und Blut. In der Ecke stapelten sich Proviant und Wasserfässer, die gerettet worden waren.

Das letzte Aufgebot gegen den Wahn. Tomeija nickte in die Runde und ließ sich mit Fhila in einer freien Ecke nieder.

Driochor, ich lobe dich. Eine Unschuldige und ihr ungeborenes Kind sind gerettet. Sie schloss müde die Augen und atmete durch. Muskeln und Knochen schmerzten, ihr Rücken brannte von der Anstrengung, und das Kriechen durch die Barrikade hatte ihr Kratzer beschert. *Schlaf wäre gut.*

Aber Tomeija musste erneut hinaus, um Irian zu suchen.

Ich darf ihn nicht im Stich lassen. Nur ein wenig verschnaufen, und ich kehre in die Festung zurück, dachte sie und verlor sich in ihren nachfolgenden Gedanken.

Der Schlummer bezwang sie schleichend und bescherte ihr unruhige Träume, aus denen sie alsbald aufschreckte.

Tomeija konnte nicht sagen, wie viel Zeit verstrichen war, aber spürte unverzüglich, dass etwas nicht stimmte. Die Leute murmelten und tuschelten untereinander, die Blicke waren auf sie gerichtet.

Dann sah Tomeija einen unbekannten Soldaten vom Rang eines Kib neben sich knien, der ihr Halstuch in der Rechten hielt. *Verflucht!*

»Sagte ich es nicht? Sie hat das Zeichen der Keel-Èru im Nacken! Und eine Brandmarke!«, rief er triumphierend. »Sie ist eine überführte Verbrecherin! Sie hat den T'Kashrâ freigelassen, der durch unsere Festung schleicht und uns massakriert. Sie macht mit diesem Mörder gemeinsame Sache!«

Mehr und mehr Soldaten erhoben sich, einige hielten ihre Waffen bereits in der Hand. Noch schienen sie unschlüssig zu sein, ob sie den Anschuldigungen glauben sollten.

Tomeija riss dem Mann ihren Schal aus der Hand und legte ihn an. »Unfug.«

Der Kib, der die Übrigen gegen Tomeija aufwiegelte, grinste sie an. »Du hast mein Artefakt«, wisperte er. »Das kann ich nicht zulassen.« Er stand auf und machte hastige Schritte weg von ihr. »Und sie war es, die unsere Schutzmechanik gegen den Kara Buran sabotierte! Sie ist eine getarnte T'Kashrâ! Ich sage: Töten wir sie für das, was sie getan hat!«

Tomeija stand ganz langsam auf.

Das wird hart.

* * *

Die wenigsten wissen, dass es im Siderim 19 zu einem überraschenden Angriff und beinahe zur kompletten Zerstörung der Stadt durch die Thahdrarthi kam.
Viele Händler starben, nicht wenige flüchteten, ohne nachzudenken, in die Wüste und kamen dort um.
Es ist also ein Märchen, dass die Stadt seit 250 Siderim besteht, aber an dieser Legende soll nicht gerüttelt werden.

Exzerpt aus dem anonymen Werk
Die große Lüge (vom Dârèmo verboten)

Kapitel IX

Wédōra, Prachtviertel

Liothan hatte eine lange Nacht hinter sich.

In den Schlaf hatte er nur mit starkem Wein gefunden. Zu viele Gedanken gingen ihm durch den Kopf, angefangen bei den Erlebnissen mit den Keijo über die Neuigkeiten zu den organisierten Banden, von denen er noch in der gleichen Nacht am Fuße des Schachtes einen ganzen Stapel gefunden hatte.

Doch als sich sein Verstand endlich beruhigte, dröhnte der Kara Buran. Der Sturm machte einen Lärm, als wehte er mitten durch das Anwesen. Die Pfropfen aus Wachs in den Ohren nützten nichts. Erst in Verbindung mit dem Starkwein gelang ihm das Eindösen. Sein Körper nahm sich viel Zeit, um sich auszuruhen.

Liothan erwachte zum Klang des gleichen Surrens und Tosens, bei dem er eingeschlafen war.

Er richtete sich auf und warf die langen braunen Haare zurück, betrachtete die Stapel aus Büchern und Blattsammlungen. »Ich kann machen, was ich will. Ich komme um das Lesen und Studieren nicht herum«, murmelte er und sprang nackt aus dem Bett. *Das Leben als Räuber war einfacher.*

Nach einer raschen Dusche im luxuriösen Bad unter heißem Wasser und einem bescheidenen Frühstück begann er im grünsamtenen Morgenmantel mit der Planung dessen, was er den Keijo versprochen hatte. Die Sandschleiche lag wie Geschmeide um seinen Hals und erinnerte ihn fatal an die Zwingtorque, die er als Sklave tragen musste.

Liothan versuchte, die Windungen um die Kehle zu lockern, aber das Reptil gab nicht nach. *Ich muss es loswerden. Rasch.*

Für seine Vorbereitungen und Aufzeichnungen benötigte er viel Platz und einen Ort, den er vor Tomeija verbergen konnte.

Sie durfte keinesfalls Wind davon bekommen. Sie hatten sich zwar getrennte Gemächer in den verschiedenen Stockwerken ausgesucht, aber Liothan wollte sicher sein, dass seine Freundin die Unterlagen keinesfalls durch einen Zufall entdeckte.

Kurzerhand nutzte er den aufklappbaren, drei mal drei Schritt großen und vier Schritt hohen Umkleideschrank, den man von innen zweifach absperren konnte. Der Schrank war leer, die alten Kleider von Eàkina hatten sie im Armenviertel verteilt. Liothan befestigte die Blätter, die ihm die Keijo gebracht hatten, mit Nähnadeln an den Innenwänden, die Auskünfte streng nach Vierteln aufgeteilt. Es war mitreißend, was er über die Gesetzlosen las.

Vor etwas mehr als hundertfünfzig Siderim hatten sie die leeren Häuser in Wédōra in Beschlag genommen, nachdem viele Bewohner geflohen waren. Der Dârèmo hinderte sie nicht daran. Entlaufene Sklaven und Verbrecher aus sämtlichen umliegenden Landen suchten ihre Zuflucht in der Handelsstadt; es war die Geburtsstunde vieler Bruder- und Schwesternschaften, von denen sich manche rasch auflösten oder in anderen aufgingen und andere sich in Kämpfen um Straßenzüge gegenseitig zerfleischten.

Wédōra wurde bald nach dem Zuzug reich und reicher, aber die nachströmenden Kaufleute fürchteten sich vor den Sklaven und Verbrechern, die maßgeblich zum Erhalt der Stadt beigetragen hatten. Der Dârèmo löste dies auf seine Weise. Er siedelte die Gesetzlosen in zwei Viertel um, damit er sie besser kontrollieren konnte. Einige wenige Persönlichkeiten, die sich besonders verdient gemacht hatten, durften im Prachtviertel bleiben.

Im Siderim 125 wurden die Bruder- und Schwesternschaften wichtig, denn sie verhinderten maßgeblich den Untergang der Stadt. In den nachfolgenden Siderim folgte die Herrschaft der einflussreichsten Organisationen, und der Dârèmo blieb verschwunden.

Es schmerzt sie immer noch, dass sie entmachtet wurden. Liothan drehte sich langsam um die eigene Achse und staunte. *Es gibt mehr Schwestern- und Bruderschaften, als ich annahm. Sie sitzen in sämtlichen Vierteln.*

Die Namen der Organisationen klangen mal malerisch, mal schnöde und unspektakulär und mal zweckdienlich: Flinke Hände, Beutelklauer, Eselschubser, die Herrschaften der Edlen Gesinnung und der unrechten Tat, die Gnadenlosen, Grünsäckler und, und, und. Jene Viertel, in denen die Zugezogenen lebten und in denen unentwegte Fluktuation herrschte, waren von allen Banden durchdrungen, weil sie sich Zuwachs und frische Leute versprachen.

Wer macht den Anfang?

Bevor sich Liothan an die Rede setzte, mit der er die Banden zu vereinnahmen gedachte, musste er entscheiden, wen er als Erste einlud. Dies war von entscheidender Bedeutung für den weiteren Verlauf. Eine falsche Entscheidung, und die Animositäten wären geschaffen. Die Dielen des diplomatischen Bodens waren glatt geschliffen und mit schlüpfrigem Öl begossen. Für jemanden wie ihn, der sein Herz auf der Zunge trug und Meinungsverschiedenheiten gerne mit einer zünftigen Prügelei regelte, war dies doppelt anstrengend und gefährlich.

Liothan ging an den behängten Innenwänden entlang, die Schöße des Morgenmantels flogen. Er suchte im Wust der Berichte nach den Kleinigkeiten, welche den Ausschlag geben konnten. Nach einigen Runden entschied er sich für die Samtklingen. Zum einen aus pragmatischen Gründen, denn ihre Anführerin Louthara saß laut den Keijo im Prachtviertel. Zum anderen gehörten sie zu den ältesten Schwesternschaften, da sich dieser Teil der Stadt am beständigsten gehalten hatte. Die Samtklingen galten als Institution.

Liothan kreuzte die Arme vor der Brust. *Die Samtklingen werden Wert auf Manieren und Etikette legen.* Das hatte er als Holzfäller und Halunke aus einer kleinen Baronie, der die Adligen vom Plündern, aber nicht vom gemeinsamen Speisen oder Plaudern kannte, kaum zu bieten. *Schwerer Auftakt.* Er wollte die Samtklingen dermaßen beeindrucken und für sich einnehmen, dass die Anführerin die anderen Oberhäupter der Banden zusammenrief – zumindest jene, die sich untereinander grün waren.

Dazu benötigte er einen spektakulären Auftritt, eine Zurschaustellung seiner Macht, die den Samtklingen vor Ehrfurcht den Atem verschlug.

Gewaltig darf es keinesfalls sein. Es muss … Er knetete die Unterlippe. *… es muss künstlerisch sein. Etwas mit Geschmack und Stil und zugleich eine Drohgebärde, der sie sich nicht entziehen können.*

Sinnierend lief er im weiträumigen Schrank Kreise und Vierecke.

Es würde sich im Viertel herumgesprochen haben, wer er und Tomeija waren, die im Haus der verstorbenen Adligen lebten. Und bestimmt hatten die Samtklingen versucht, Erkundigungen über die Gestrandeten einzuholen, was vergebliche Liebesmüh war.

Ich kann ihnen über mich auftischen, was ich will. Liothan schaute zum Schrank hinaus auf die Stapel mit Büchern über Zauberkunde. *Warum nicht zugeben, dass ich ein Saldûn bin?*

Ein Hexer, ein Magier, ein Razhiv mit der Macht der drei Monde musste als Gegner gefürchtet und als Verbündeter begehrt sein. Die Schwestern würden ihn genauso für sich gewinnen wollen wie die Keijo.

Dumm war nur, dass Liothan nicht genug Zauber beherrschte und der Kara Buran die Strahlen der zwei Nachtgestirne von ihm fernhielt. Seine Kraft wollte genau eingeteilt sein. Eine triumphale Zurschaustellung seiner angeblich unerschöpflichen und umfassenden Macht konnte er nicht vorführen.

Aber ich habe die Keijo! Slink hatte gesagt, dass sie über verschlungene, unterirdische Wege in jedes Viertel und nahezu jeden Winkel gelangten. *Sie werden meine Ersatzmagie sein.*

Liothan langte nach Wachstäfelchen und Stift und schrieb sich Gedankenstützen auf.

Er musste den Eindruck erwecken, dass er jeden Menschen,

ganz gleich, wo er sich befand, mit seiner Hexerei treffen konnte. Sollte ihm diese grandiose Täuschung gelingen, durfte er sich bei den Unterredungen mit den Banden alles erlauben.

Liothan streckte sich und dehnte seine Glieder. *Mehr Bewegung wäre gut. Dann gelingt auch das Nachdenken besser.*

Er verließ den Schrank und klappte die Türen zu, um danach ein leichtes Untergewand anzulegen und die Treppenstufen der sechs Stockwerke auf und ab zu rennen, bis er aus allen Poren schwitzte. Er legte Übungen für die Muskeln ein, machte Liegestütze und Klimmzüge, arbeitete mit Gewichten und strengte seinen Körper bis aufs äußerste an.

Keuchend und zufrieden ging er zum zweiten Mal an diesem Tag ins Bad und ließ das warme Wasser über seinen nackten Körper rinnen, wusch sich mit duftenden Essenzen.

Dabei fiel sein Blick im Spiegel aus poliertem Silberglas auf die Sandschleiche. *Wasser. Kann sie unter Wasser atmen? Oder wird sie mich zwingen aufzutauchen?*

An seiner Brust war ein Rest der duftenden Seife hängengeblieben und hatte einen grünlichen Punkt hinterlassen, der ins Auge sprang.

Liothan grinste. *Genau das werde ich machen!*

Es wäre ebenso bedrohlich wie künstlerisch und verschwenderisch: Die Samtklingen würden von ihm Edelsteine aus Eàkinas Beständen bekommen. In einer Nacht kurz vor seinem Treffen würde er die Keijo aussenden und sie die Steine in aller Heimlichkeit auf die Nasenwurzel der wichtigsten Frauen der Schwesternschaft kleben lassen, damit sie den Schmuck beim Aufwachen an ihren Körpern fanden.

Es wird ihnen gefallen. Er würde behaupten, dass seine Saldûnkräfte die Steine angebracht hätten. Und dass es beim nächsten Mal lange Nägel sein könnten, welche die Schlafenden ans Bett nageln würden. Mit mehr Stil konnte man eine Morddrohung nicht überbringen.

Pfeifend trocknete sich Liothan ab und warf sich den Morgenmantel über.

Das wird ein Spaß! Noch bevor er die Aufzeichnungen über die Formeln eines Saldûn lesen würde, wollte er das Treffen über die Bühne bringen. *Das ist ähnlich wie in den alten Zeiten. Als ich …* Er hielt beim Zusammenknoten des Gürtels inne. *Die alten Zeiten! Das ist es! So kriege ich sie alle.*

Hurtig fertigte er eine entsprechende Nachricht an die Keijo und warf sie den Schacht hinab. Anschließend eilte er in die Bibliotheken und suchte nach dem Kompendium über die Historie der Kaufmannsstadt, die einst andere Herren als den Dârèmo hatte.

Ich sage nie wieder etwas Schlechtes über die Lektüre von Büchern.

* * *

Wédōra, Prachtviertel

In aller Frühe des neuen Tages schob Liothan die Bodenplatte im Keller von Loutharas Anwesen zur Seite und kletterte hinauf, verschloss den geheimen Gang, den ihm Slink gezeigt hatte. Die Besitzer ahnten nicht, wie leicht es war, in ihre vermeintlich gut gesicherte Bleibe zu gelangen.

Den Trick mit den Edelsteinen hatten die Keijo noch in der gleichen Nacht ausgeführt, wobei das ganze Ausmaß für die Schwesternschaft erst zum Tragen käme, wenn sich der Kara Buran legte und man sich traf. *Eine jede wird einen Smaragd bei sich tragen.*

Liothan nahm seine Tragetasche und stahl sich die Treppen hinauf. Er knackte das Sicherungsschloss auf bewährte Weise mit seinen Dietrichen, um Energie aufzusparen. Leise begab er sich in die Vorhalle, wo er gedachte, auf sich aufmerksam zu machen.

Zu einem Auftritt gehörte eine passende Erscheinung, wie

sein Freund, der Bühnen-Razhiv Kardīr, einst sagte. Deshalb hatte sich Liothan eine teure Robe aus hellem Brokat angezogen, deren Gewicht auf die Schultern drückte; am Gürtel baumelte seine langstielige Axt mit der schwarz gemaserten Klinge. Die langen, braunen Haare ließ er offen herabfallen. Er hatte sich rasiert und mit Duftwasser behandelt.

In seiner Tasche trug Liothan gemahlenen Schwefel und zerriebene Räucherstäbchen. Als Brennmaterial dienten ihm in Petroleum getränkte Sägespäne, die er auf dem Marmorboden mit Feuerstahl entzündete.

Das Flämmchen flackerte und verbrannte die Substanzen, eine duftende Rauchwolke rollte wie ein gelbblauer Pilz empor und verteilte sich unter der hohen Decke. Der durchdringende Geruch würde dank der unsteten Luft überall im Haus zu riechen sein.

Die Darbietung kann beginnen. Liothan verwischte die Brandspuren und holte tief Luft. »Louthara!«, rief er. »Louthara, ich suche dich.« Seine laute Stimme rollte als Echo zurück und eilte aus der Halle die Gänge entlang, um die Bewohner aus den Zimmern zu locken.

Es dauerte nicht lange, und die ersten verwunderten Menschen zeigten sich. Die Gesichter wirkten verschlafen, die Haare standen entweder ab, oder es lagen Hauben darüber. Niemand trug eine Waffe, da sie nicht damit rechneten, einen Fremden im Gebäude vorzufinden.

»Ihr sucht die Macht, die euch im Schlaf wertvolle Geschenke zukommen ließ? Hier bin ich«, sagte Liothan und verbeugte sich. »Ich möchte mit Louthara sprechen.«

»Was ist das für ein Geruch? Als wären Dämonen in mein Haus gefahren!« Eine ältere Dame um die sechzig Siderim erschien auf einer balkonähnlichen Auskragung in der Balustrade. Liothan konnte sich vorstellen, dass sie von dort Ansprachen an das Personal oder bei Feierlichkeiten hielt.

Auf ihrer Glatze waren Tätowierungen zu sehen, ohne dass Liothan aus der Entfernung Feinheiten erkannte. Sie trug einen

Überwurf, der vor verschiedenen teuren Edelpelzstücken strotzte und von einer doppelten Schärpe aus schwarzem Samt gehalten wurde.

»Oh. Besuch«, stellte sie fest. »Und noch dazu machte er vor seinem Auftauchen fürstliche Geschenke. Solche Menschen sind mir willkommen. Bemühe Er sich doch das nächste Mal, einen Zauber zu verwenden, der weniger durchdringend stinkt.«

Liothan verbeugte sich erneut. »Es ist mir eine Ehre, dass Ihr mich empfangt, Louthara.« Er wusste durch eine Zeichnung in seinen Berichten, dass er die Richtige vor sich hatte. *Hastus, ich vertraue, dass du mir die rechten Worte auf die Zunge legst.*

»Wie könnte ich auch anders?« Louthara deutete mit der Haltung einer Fürstin auf eine Sklavin, die eine Zwingtorque um den Hals trug. »Wiu, bring den Mann ins Spielzimmer und serviere, was immer Er möchte. Ich beeile mich, alsbald zu Ihm zu stoßen. Er hat mich neugierig gemacht. Und das gefällt mir.« Sie wandte sich um und verschwand vom Balkon.

»Vielen Dank.« Liothan folgte der Sklavin und richtete seine Kleidung. *Spielzimmer. Was meint sie damit?*

Hatte er bisher sein eigenes Haus mit den sechs Stockwerken für groß gehalten, wirkte es angesichts der Opulenz von Loutharas Heim geradezu ärmlich. Eàkinas Reichtum verkam im Vergleich zu einem netten kleinen Vermögen. Es gab Teppiche, gewoben aus Blattgold und Silberfäden, die an den Wänden funkelten und leuchteten; Bilder aus allen edlen Metallen und Federn, abstrakte Skulpturen aus Gebein, Büsten, Statuetten und Statuen aus Marmor und Alabaster, aus Gold, mit Edelsteinen besetzt, sogar das Schaugeschirr in den Fluren und Schränken bestand aus feinsten, teuersten Materialien.

»Du bist sicher, dass du mich nicht im Kreis führst?«, erkundigte sich Liothan irgendwann.

»Ich bin mir sicher, Herr.« Wiu hielt vor einer mit rotem Lack bemalten Tür, auf der sich unterschiedliche Ziernieten zu Ornamenten fügten. »Habt Ihr einen Wunsch?«

»Etwas zu trinken genügt.« Liothan räusperte über die Zweideutigkeit in der Frage hinweg. »Wasser wäre gut.«

»Sehr wohl.« Wiu nickte und öffnete die Türen, verneigte sich tief.

Liothan ging an ihr vorbei und fand sich in einer hohen Halle wieder, in der es nichts gab außer einem quer gespannten Netz auf Hüfthöhe, das den Raum teilte.

An den Wänden, auf dem Boden und der Decke waren gelbe Linien zur Markierung angebracht. Auf beiden Seiten stand ein Schrank aus Eisen mit tiefen Dellen in den Türen. Weiter oben waren Ziergitter in die Wände eingelassen, dahinter sah er die Umrisse von Menschen, die sich nach und nach einfanden. Von dort konnte man in den Saal schauen.

Was ist das?

Durch die Tür kam Louthara, die ihren Morgenmantel gegen eine knielange, weißkarierte Seidentoga getauscht hatte, die von einem breiten Gürtel gehalten wurde, was im Vergleich zu ihrem Morgenmantel mehr als schlicht wirkte. Sie hatte starke Schminke aufgelegt, um Augen und Mund zu betonen. Ihre Perücke bestand aus feinen weißen und schwarzen Haaren, die zu einem Zopf geflochten waren, der bis zur Hüfte reichte. Ihr Körper war schlank, unter der gebräunten Haut sah man jeden Muskelstrang.

»Da ist der Mann, der großzügige Geschenke im Schlaf macht«, begrüßte sie ihn erneut. »Dabei wäre es Ihm ein Leichtes gewesen, den Tod zu senden.« Liothan öffnete den Mund, aber sie hielt ihn mit einer Geste auf. »Ich habe Seine Botschaft verstanden.« Sie hielt ihm die Hand hin und forderte einen Kuss darauf. »Wenn Er gedacht hat, ich würde mich vor Ihm fürchten, da muss ich Ihn enttäuschen. Ich kenne solche vergifteten Grüße, auch wenn ich zugeben muss, dass die geheimnisvolle Art der Zustellung schwerlich zu übertreffen sein wird.«

Liothan deutete einen Kuss an, und sie ging sogleich an ihm vorbei zum Schrank. »Ich freute mich darauf, mit Euch zu sprechen und meine …«

»Hat Er schon einmal Takeza gespielt?«

»Nein.«

»Gut. Ich bringe es Ihm bei. Und währenddessen reden wir.« Louthara öffnete den Blechschrank, in dem mehrere seltsam gebogene Wurf-Fang-Handschuhe aus Schilf, Leder und Holz auf Ständern hingen. Darunter lagen gewickelte Bälle sowie mehrere Helme und leichte gepolsterte Schutzwesten in verschiedenen Größen. »Man lernt einen Menschen am besten im Spiel kennen.« Sie reichte ihm einen der länglichen, gebogenen Handschuhe. »Aufgepasst: Damit wirft und fängt man den Ball. Bevor er über das Netz in meine Hälfte geht, muss er Seinen Bereich einmal berührt haben. Decke, Boden, Wände. In meiner Hälfte darf er einmal auf den Boden prallen, bevor ich ihn fange und zurückwerfe. Bei einem Fehler bekommt der Gegner einen Punkt.«

»Einfache Regeln.« Liothan legte seine Tragetasche ab. Die Brokatrobe erwies sich nun als Fehlgriff, denn sie eignete sich keinesfalls für das bevorstehende Duell.

Er wog den Handschuh und sah zu, wie Louthara ihn überstreifte, um es nachzumachen. Der krumme Korb lief an einem Ende flach aus und ähnelte einer Rinne. Damit wurde gefangen und geworfen. Das andere Ende war in Form eines starren Handschuhs, den er mit etlichen breiten Lederriemen an seiner rechten Hand und dem Unterarm festband.

»Einfache Regeln. Aber kein einfaches Spiel.« Louthara sah ihn berechnend an. »Und schon gar nicht mit mir.« Die Handgriffe, mit denen sie das Spielgerät anlegte, waren traumwandlerisch sicher. »Er sollte die Bänder fester ziehen. Wenn Er den Handschuh verliert, hat Er das Spiel verloren.«

Liothan nickte und vollführte Probeschwünge mit der künstlichen Verlängerung seines Arms. »Weniger schwer als erwartet.«

»Der Ball macht es wieder wett.« Louthara nahm einen und warf ihn Liothan zu. »Will Er die Robe ausziehen? Sie sieht schwer aus.«

»Es käme mir nicht schicklich vor. Ich lasse sie an.«

»Mache Er nicht den Fehler und unterschätze, was kommt.«

»Was ist mit Helm und Weste?« Er schätzte das Ballgewicht auf das eines kleinen Dolches.

»Ich spiele nicht so hart. Er wird von mir geschont. Aber bei der zweiten Partie will ich sehen, was Er vermag.« Louthara begab sich auf ihre Seite des Feldes. »Er darf anfangen.«

Liothan hatte sich auf ein Gespräch bei Getränken, auf Geplänkel und Etikette, vielleicht sogar mit einem Dolch an der Kehle vorbereitet. Dass er in unpassendem Aufzug einem Bällchen nachhetzen und dabei über Pläne zur Neuordnung der Machtverteilung in Wédōra reden sollte, war nicht vorherzusehen gewesen.

Es würde ihm bei Rennen, Keuchen und Schwitzen schwerfallen, seine Gedanken zu ordnen. Mit dieser Herausforderung zeigte ihm Louthara unmissverständlich, dass sie sich keineswegs ins Bockshorn jagen ließ, auch nicht von einem Saldûn. *Sie ist schlau. Sie weiß genau, was sie tut.*

»Kennt Er die Regeln noch?«, rief sie herausfordernd.

»Ja.« Liothan legte den Ball in den Handschuh und zielte nach Ermessen und Empfinden. Es fühlte sich an wie ein Fremdkörper an seinem Arm. »Es geht los.« Er schleuderte das Geschoss gegen die rechte Wand, weil ihm das am einfachsten erschien.

Aber das Bällchen löste sich zu spät aus dem Handschuh und jagte ins Netz, hüpfte auf den Boden.

»Das zählen wir nicht«, sagte Louthara gutgelaunt. »Er muss sich einspielen. Am Anfang geht es allen so.« Sie schwang ihren Handschuh vor und zurück. »Drei Versuche gebe ich Ihm.«

Liothan trabte zum Ball und hob ihn auf, legte ihn in die Kuhle, nahm Maß. Der Brokat drückte auf die gespannten Muskeln. »Ich würde gerne mit Euch über die Samtklingen –«

»Erst, wenn Er es geschafft hat, ins Spiel zu kommen, werde ich mit Ihm über Sein Anliegen sprechen.« Louthara ging in Position und wartete ab. »Es liegt an Ihm.«

Liothan schleuderte den Ball.

Dieses Mal verließ das Geschoss den Handschuh und traf die Wand, allerdings auf der falschen Seite. So blieb ihm ein letzter Versuch.

Louthara sammelte das Bällchen auf und warf es herüber. »Er wird besser.«

Liothan fing ihn ungeschickt. *Hastus, ich brauche deinen Beistand.* Ging der Wurf daneben, würde die Vorarbeit mit den Smaragden und sein vermeintlich magisch erzeugter Besuch nicht fruchten. Loutharas Augen verrieten, dass sie an ihren Prinzipien festhielt. Es würde bei einem neuerlichen Versagen ein nettes Plaudern und Gerenne werden, ohne ein Ergebnis, mit dem er vor die Keijo treten konnte.

Konzentriere dich. Liothan führte den Arm jetzt seitlich im Halbkreis, wobei ihn der Stoff weniger hinderte.

Der Ball schoss aus der Rinne und prallte mit einem leisen Knall gegen die Wand.

»Sehr gut!« Louthara fing das Geschoss ohne Mühe, bevor es überhaupt mit dem Boden auf ihrer Seite in Berührung kam. »Dann kann unser Spiel beginnen. Und die Unterredung.« Sie holte aus. »Wohlan: Was ist Sein Begehr?«

Liothan war noch beeindruckt von der Geschwindigkeit des Balls. *Schneller als ein Pfeil!*

Helm und Schutzweste ergaben plötzlich Sinn. Ein Treffer auf den ungeschützten Körper konnte schwere Verletzungen verursachen. Er blickte zu den Metallgittern, hinter denen die Zuschauer standen. *Eine vorausschauende Maßnahme zum Schutz des Publikums.*

Das Knallen, das vom Auftreffen des Bällchens gegen die Wand rührte, warnte Liothan nicht schnell genug. Sein viel zu hastig in die Höhe gerissener Handschuh ging fehl, der Schlag gegen seine Brust schmerzte und brachte seinen Herzschlag für einen Moment außer Takt. Er sog mit einem Husten die Luft ein und wankte ein wenig. Der kratzige Brokat hatte den Aufprall kaum gemildert.

»Oh, verzeihe Er mir«, sagte Louthara, nicht im mindesten zerknirscht. Sie hatte genau auf ihn gezielt. »Eine kleine Warnung für kommende Takeza-Partien, mein Lieber. Höre ich, was Ihn zu mir treibt und Geschenke wie Drohungen verteilen lässt?«

Liothan hob den Ball auf und legte ihn in den Handschuh. Die Stelle schmerzte und pochte, es würde einen Bluterguss geben. »Ihr wisst, wer ich bin?«

»Nur das, was man über Ihn in Wédōra weiß. Da Er keine Hausangestellten hat, die man bestechen kann, um an geheime Neuigkeiten zu kommen, ist das nicht viel.«

Erfrischend ehrlich. »Mit Absicht.«

»Das ist mir bewusst. Aber ich hielt Ihn nicht für jemanden, der die Nähe zu mir und meinesgleichen sucht.«

»Seht es als Dreingabe: Ich habe eine Vergangenheit, die uns beide sehr ähnlich macht. Es ging mir stets darum, dass die reichen Menschen etwas an die ärmeren abgeben.« Liothan schleuderte den Ball fast senkrecht gegen die Decke, von wo er auf Loutharas Seite flog, einmal aufschlug und von der Frau gefangen wurde. Der Brokat scheuerte auf der Haut.

»Er weiß schon, dass Er im Hause eines reichen Menschen ist?«

»Es ist nicht zu übersehen.«

»Dann möchte Er mir meinen Reichtum nehmen?« Louthara holte aus und feuerte das Bällchen schräg nach vorne gegen den Boden, so dass es in hohem Bogen vor dem Netz aufstieg, gegen die Decke prallte und hinter Liothan aufsprang.

Ich kriege ihn! Er warf sich herum und hechtete, den Arm mit dem Handschuh lang ausgestreckt, um den Ball zu erwischen.

Es misslang um Haaresbreite.

Hart prallte er auf den Steinboden und rutschte in der Brokatrobe darüber. *Verdammte Echsenscheiße!* Liothan sah dem Rund nach, das geradezu hämisch davonhüpfte; dann drehte er sich im Liegen um und blickte zu Louthara. »Nein. Ich möchte

Euch sowie den Schwestern- und Bruderschaften dabei helfen, der Stadt ihr altes Gesicht zurückzugeben. Ihr werdet reicher und vermögt Wohltaten zu tun. Die Menschen werden euch lieben. Wie damals.«

»Welch entzückende, großspurige Andeutung. Was versteht Er genau darunter?«

»Frauen wie Ihr, Menschen Eures Schlags haben Wédōra einst vor dem Untergang bewahrt. Durch Eure Tapferkeit und Eure Entschlossenheit«, sprach Liothan.

»Er spielt auf die Zeiten an, die um das Ende der achtziger Siderim stattfanden. Als sich unsere Schwesternschaft der Samtklingen gründete.«

»Es waren die besten Siderim, von den Neunzigern bis zu den Hundertzwanzigern«, erwiderte Liothan. »Es waren die Gesetzlosen, die nach Wédōra gingen, als alle anderen die Flucht ergriffen. Ohne Euch gäbe es keine Stadt und keinen Dârèmo. Aber hat er es Euch jemals gedankt?« Er erhob sich und klaubte den Ball auf. *Nie wieder Brokat.* »Und Ihr wart es, die im Siderim 122 den Großangriff der Thahdrarthi zurückgeschlagen habt, nicht der Dârèmo oder die Handvoll Soldaten.« Liothan schleuderte den Ball überraschend gegen die rechte Seite.

Louthara lachte auf und musste sich sputen, um ihn nach dem Aufprallen zu fassen zu bekommen. »Er lernt! Das macht Er gut.« Sie trabte auf dem Feld vor und zurück, ließ den Wurfarm kreisen. Sie wirkte nicht ansatzweise erschöpft oder angestrengt. »Da Er an die großen Zeiten der Banden erinnert: Hat Er einen Plan, wie Er sie zurückbringen möchte? Magie alleine bringt nichts, wie Er weiß. Und mit Gewalt richtet man gegen Garde und Heer nichts aus.«

»Den habe ich.« Liothan schwitzte arg unter dem schweren Stoff, und das trotz seiner körperlichen Ertüchtigung. Er vernahm an Loutharas Stimme, dass sie nicht abgeneigt war. »Dreißig Siderim stand Wédōra einst unter der Regierung des Rates der Bruder- und Schwesternschaften. Das Gremium übernahm die Leitung der Truppen bis zum Wiederaufbau, weil sich der

Dârèmo nicht mehr zeigte und nichts mehr tat. Alles lief hervorragend, auch wenn die Kaufleute kräftig von Euch zur Kasse gebeten wurden. Und da viele Razhiv unter Euch waren, wagte keiner einen Widerspruch gegen Eure Herrschaft«, erinnerte er an die guten alten Zeiten. »Wédōra erholte sich von den Folgen der vorherigen Siderim. Aber dann kehrte der Dârèmo zurück und riss die Macht an sich, indem er mordete und die eingeschworenen Gemeinschaften ihres Einflusses beraubte. Er, der nichts gegen die Thahdrarthi unternommen hatte!«

»Das ist sehr interessant«, befand Louthara und schleuderte den Ball. »Dabei spreche ich mit dem Mann, der verhinderte, dass der Dârèmo von den Aufständischen vertrieben wurde. Der gleiche Mann unterbreitet mir nun genau *das:* das Ende des Dârèmo.«

Das Bällchen jagte schräg von unten gegen die Seitenwand, sprang an die Decke und kehrte in einem spitzen Winkel zur Erde zurück.

Liothan machte einen Ausfallschritt und fing es. Der Aufprall im Handschuh sandte einen heftigen Schmerz aus den Fingern den Arm hinauf, er ließ sich aber nichts anmerken. »Nicht das Ende. Die Umgehung.«

»Niemand kann ihn seit seiner Rückkehr mehr umgehen.«

»Wir breiten uns aus, reißen den Handel an uns, diktieren die Preise, verhindern Lieferungen oder beschleunigen andere. Kaufleute sämtlicher Reiche werden Schutzgeld an Euch entrichten.«

»Sie werden zu den Statthaltern gehen und sich beschweren.«

»Das werden sie nicht.« Liothan warf den Ball, den sie ohne Mühe fing. »Denn Ihr habt *mich*. Einen Saldûn, wie ihn die Stadt seit Dekaden nicht mehr gesehen hat. Ich werde den Krämern vor Augen führen, was es bedeutet, gegen uns zu sein.«

»Er redet von Mord?«

»Ein Mord bringt nichts. Ich rede von Einschüchterung.«

Louthara lachte. »Wie Smaragde als Geschenke?« Sie ging langsam zum Netz und wollte die Partie beenden.

»In etwa.« Liothan kam auf sie zu. »Das biete ich Euch an. Ihr, Louthara, müsst für mich eine Versammlung möglichst vieler Bruder- und Schwesternschaften einberufen. Euer Wort hat Gewicht, und Euch werden sie folgen.«

»Nicht alle. Aber die wichtigen.« Louthara blieb vier Schritte von ihm entfernt stehen und holte aus. »Was hat Er von diesem Machtwechsel?«

»Eine gehobene Stellung innerhalb der Organisation. Und das gute Gefühl, die Verhältnisse zugunsten der Schwächeren verändert zu haben. Das ist mir immer ein Anliegen.« Liothan lächelte einnehmend. »Und danach reise ich womöglich in die nächste Planáoma, um die Unterdrücker zu stürzen. Wie es mir beliebt.«

»Er ist auf Seine Weise reisendes Chaosium. Mag sein, dass ich diese Gelegenheit nutzen sollte.« Louthara warf den Ball mit dem Handschuh hoch und fing ihn auf. »Wer sagt mir, dass Ihn der Dârèmo nicht schickte, um herauszufinden, wie es mit meiner Loyalität bestellt ist?«

Liothan hätte diese Frage an ihrer Stelle auch gestellt. »Ich kann es Euch schwören. Mit meinem Leben.«

»Das reicht leider nicht aus. Ich habe viel mehr zu verlieren als Er. Der Umstand, dass ich Ihn anhöre, könnte mir bereits zu meinen Lasten ausgelegt werden.« Sie hob den Arm. »Es sei denn, Er verlässt mein Haus nicht mehr. Oder man findet seinen toten Körper mit dem Abebben des Kara Buran. Zerbrochen und zerschlagen vom Wind in der Gosse. Unfälle geschehen.«

Der schwierige Teil der Unterredung rückte heran.

Liothan vermochte nicht abzuschätzen, ob Louthara auf seinen Vorschlag eingehen würde. *Ich war nicht beredt genug.* Und er verstand, dass die Frau auf ihn zielte. Egal an welcher Stelle sie ihn mit dem gewickelten Ball traf, es wäre sehr, sehr schmerzhaft. »Wenn Ihr nun erwartet, dass ich Euch eine Kostprobe meines Könnens gebe, muss ich ablehnen. Ich mache nicht Männchen und Kunststücke wie ein Hündchen.«

»Natürlich nicht. Das hat Er nicht nötig.« Louthara betrachtete ihn abschätzend. »Es wäre für den Dârèmo die perfekte Gelegenheit, die Bruder- und Schwesternschaften auszuschalten, wenn wir uns an einem Ort einfänden. Das werden mir die anderen sagen. Und sie werden von Ihm verlangen, Beweise für Seine Worte zu liefern.«

»Wie kann ich sie überzeugen?«

»Das wird Er noch gesagt bekommen.« Louthara senkte den Arm. Ihre Entscheidung war gefallen. »Die Windseher sagen, dass der Kara Buran noch einige Sonnen andauern wird. Er ist im zweihundertfünfzigsten Siderim unbeständig und unberechenbar, als wollte er mehr Schäden anrichten als gewöhnlich. Sobald man einen Fuß … sobald wir normale Menschen einen Fuß vor die Tür setzen können, sende ich Ihm eine Nachricht, wie es um Sein Anliegen bestellt ist. Und was die Samtklingen beschlossen haben.«

»Dann nehmt meinen Dank.«

»Wir werden sehen, was ich mir damit einhandle.« Louthara flankte übers Netz und legte den Handschuh ab. »Es würde mich freuen, wenn Er öfter mit mir Takeza spielt. Dann gerne mit einer Mannschaft. Bringe Er mit, wen immer Er nicht mehr in Seinem Freundeskreis braucht.« Sie rief einen Befehl in einem einverständlichen Dialekt, und zwei Frauen erschienen durch die große Tür. »Wie will Er uns verlassen? Ich nehme an, er wird sich aus der Halle hexen?«

Das war die andere Sache, über die sich Liothan den Kopf zerbrochen hatte. Er wollte einen Eindruck hinterlassen, den niemand im Hause von Louthara vergessen würde. »Durch die Vordertür.«

»Durch den Sturm?« Sie deutete Applaus an. »Das nenne ich einen furchtlosen Abgang.«

Er zwang sich zu einem Lächeln und nahm seine abgestellte Tragetasche. »Wer weiß, welche magischen Kräfte ich einsetze?«

Louthara wirkte beeindruckt. »Er wird von mir hören.«

Wieder ließ sie sich die Hand zum Abschied von ihm küssen. »Reist mit dem Kara Buran, Saldûn!«

Liothan deutete die Ehrbezeugung an und wurde von den Sklavinnen aus dem Spielzimmer und durch das weitläufige Haus zum Ausgang geleitet. »Was meinte eure Herrin damit, ich solle zum Takeza Mitspieler bringen, die ich nicht mehr brauche?«, erkundigte er sich.

»Es gibt verschiedene Varianten«, erklärte Wiu schüchtern und ließ den Blick gesenkt. »In einer schießt man die gegnerischen Figuren ab, um zusätzliche Punkte zu gewinnen.«

»Figuren …?«

Wius Gesicht zeigte keine Regung. »Kopftreffer zählen doppelt, Herr.«

Spontan zweifelte Liothan an seinem Vorhaben, die Bruder- und Schwesternschaften zu unterstützen. Grausamkeiten beherrschte man in diesen Kreisen anscheinend gut.

Sie erreichten die Tür, die über eine kleine Personenschleuse verfügte, und er wurde hinausgelassen.

Liothan stand mit pochendem Herzen in der Kammer. Sobald sich die schweren Eisentüren öffneten, würde er von den rauschenden Böen erfasst werden. Er zog den Helm aus der Tasche und schnallte ihn um.

Hastus, ich brauche dich. Das Brüllen des Kara Buran auf der anderen Seite erinnerte an eine Bestie. *Lass den Plan gelingen und Louthara ihr Wort halten.*

Der Eingang schwang auf, und der Sturm griff nach ihm.

* * *

Tomeija ließ ihre Blicke über die geschätzt fünfzig Soldatinnen und Soldaten schweifen, die sich erhoben hatten und ihre Waffen in den Händen hielten. Schwerter, Dolche, Streitkolben, Messer. *Das sind viel zu viele.*

Der aufwieglerische Kib leistete weiterhin ganze Arbeit und deutete auf ihre Kette aus schwarzen Sitan-Diamanten. »Seht doch! Sie macht mit den T'Kashrâ gemeinsame Sache!«

Tomeija nahm an, dass sich die Artefaktschmuggler wegen des Rufers in Elljas Zimmer zerstritten hatten und es zum Mord gekommen war. *Er muss von hohem Wert sein. Höher als die Funde vorher.*

»Das ist Unsinn«, rief sie. »Hört ihr? Die Geister sind in ihn eingefahren und lenken seine Worte, damit wir uns gegenseitig an die Gurgel gehen. Er ist vom Irrsinn erfasst!«

Der Einwand wirkte. Die Männer und Frauen senkten die Waffen. Einige zückten Handfesseln und Leintücher, um den Kib zu knebeln und zum Schweigen zu bringen. Das Durcheinander war zu groß, um einen Querulanten in den eigenen Reihen zu erdulden.

»Nein!«, schrie der Kib und wich zurück. »Das ist eine List! Los, zwingt sie dazu, ihren Nacken zu zeigen, und ihr werdet sehen, dass ich recht habe. Und seht doch, die Steine leuchten durch ihre Kleidung durch. Sie kann sie nicht verstecken! Sie ist eine T'Kashrâ!«

»Sehen wir nach, und dann ist die Sache erledigt«, entschied eine rothaarige Nakib und kam mit gezogenem Schwert auf Tomeija zu.

»Es tut mir leid, aber ich bestehe darauf. Ich kann keine Unruhe zulassen«, sagte sie leise zu Tomeija. »Auch wenn Ihr eine Shudiya seid.«

»Ich habe das Zeichen«, flüsterte sie zurück. »Ich schwöre bei meinem Leben und Driochor, dass ich keine Spionin bin.« Tomeija setzte auf den Verstand der Offizierin. »Ein Angriff auf mich ist ein Angriff auf die ehrenwerte Sarāsh. Du solltest wissen, dass ich mein Leben verteidigen werde. Bis zum letzten Atemzug.«

Die Nakib öffnete den Mund – und ihre Augen nahmen plötzlich einen abwesenden Ausdruck an. Sie stand stocksteif.

Tomeija ahnte, dass eines der Phantome sie benutzen wollte. Die Befehle der Nakib würden befolgt werden. Schlug sie jedoch die rothaarige Frau nieder, würden die Soldatinnen und Soldaten sie angreifen.

Doch zu ihrer Überraschung sprach die Nakib zu ihr. »Der Geist sagt, er wäre so gerne in deinen Verstand gefahren«, wisperte sie mit starrem Puppenblick. »Hätte dich wüten und töten lassen. Für Driochor, das hätten alle in der Festung gedacht. Für die T'Kashrâ! Aber diese verdammten Diamanten!«

»Lasst ab von eurem Tun«, beschwor Tomeija den Geist. »Ihr habt nichts davon.«

»Wie könnten sie? Sie sagen, *du* machst sie verrückt! *Du* trägst die Schuld. Was hast du dir dabei gedacht, sie derart herauszufordern?«

»Driochor will euch nichts Böses. Ihr …«

»Sie geben nichts auf die Gottheiten der Menschen«, fauchte die Nakib. »Sie taugen nichts. Sie sind erfunden. Sie dienen als Vorwand. Aber die Geister sind wahr, sind echt, sind Wirklichkeit. Und sie verlangen, dass es aufhört.« Die Frau wandte sich zu den Versammelten. »Sie ist eine Spionin! Ergreift sie und tötet sie!«

Mir bleibt nur eines. Tomeija sprang zu den verbliebenen Bolidschleudern, riss eine aus der Halterung und legte den Daumen auf den ersten Auslöser. »Zurück!«

»Sie sind nicht geladen«, sagte die rothaarige Nakib lachend.

»Das glaube ich nicht.« Tomeija schwenkte die Läufe hin und her, versperrte den Zugang zu den Feuerwaffen in ihrem Rücken. »Wäre ich eine Verräterin, wärt ihr jetzt alle tot und verbrannt.«

Tomeija legte sich den Schulterriemen um, und zog sich mit

einer Hand den Tragesack auf den Rücken. Dann nahm sie sich eine zweite Schleuder und richtete sie ebenfalls in den Raum. Die Waffen waren schwer, und der Rückstoß wäre mit einer Hand vermutlich kaum zu bändigen, aber die Drohung reichte aus.

»Ich tue euch den Gefallen und verlasse euch.« Tomeija ging langsam los. »Sobald der Kara Buran schweigt, begebe ich mich zum Dârèmo und berichte ihm von eurem Verhalten.« Sie richtete ihre türkisfarbenen Augen auf den Schmuggler. »Denke nicht, dass du ungeschoren davonkommst. Nichts ist vergessen. Du wirst deine Strafe erhalten.«

»Mach noch einen Schritt«, sagte die besessene Nakib, »einen *einzigen* – und du wirst es bereuen!«

»Da gibt es andere Dinge in meinem Leben, die ich bereue.« Tomeija hängte eine der Schleudern an ihren Gürtel und bewegte sich weiter rückwärts auf den Ausgang zu.

»Fasst sie!«, schrie der Schmuggler und rannte los. Er hob das Schwert zu einem geraden Stoß, der durch ihre Brust gehen sollte.

Tomeija blieb stehen und wehrte den ungestümen Stich mit den Metallläufen der Bolidschleuder ab, schlug dem Mann ihren Ellbogen seitlich gegen das Gesicht und stieß ihm die Waffe aus der Drehung heraus frontal gegen den Oberkörper, so dass er nach hinten umfiel. »Ich hätte die Schleuder auslösen können«, rief sie. »Das habe ich nicht getan, um eure Leben zu schonen.«

Der Kib sprang mit einem wütenden Schrei vom Boden auf und bekam sogleich einen Fußtritt von ihr ins Gemächt. Er knickte wimmernd ein. »Lasst sie nicht entkommen!«, nährte er den Zwist. »Sie wagt es nicht zu feuern!«

Die besessene Rothaarige ergriff unvermittelt die Gurte, die vom ausgepackten Proviant und Verbandszeug umherlagen, und schlug nach Tomeija.

Sie wich aus und entging der Attacke. »Lasst mich gehen. Mehr will ich nicht.«

Aber ein breiter Riemen wickelte sich teils um die Läufe und wand sich daran sirrend aufwärts, wurde dabei immer schneller. Er traf mit seinem Eisenhakenverschluss schmerzhaft auf Tomeijas Daumen – und die Auslöser.

Auf sämtliche.

* * *

Die Wüste ist der Garten der unsichtbaren Flammen.

Sprichwort der Agham

Kapitel X

Wédōra, Vergnügungsviertel

Hey! Hey, meine schönste Nachtblume! Noch eine Runde«, rief Liothan durch den Lärm im überfüllten Schankraum des *Stachelbusch*. Eine Bedienung nickte ihm mit einem strahlenden Lachen zu.

»Geht auf mich«, sagte er zu Kardīr und starrte die dünne Fellperücke des Razhiv an, die an eine gefleckte Raubkatze erinnerte, einschließlich aufrecht stehender Ohren. Der Mode des falschen Haarschmucks frönten nicht wenige in der Stadt, aber für Liothan käme es niemals in Frage, seine langen Haare abzuschneiden.

»Sehr großzügig.«

»Ich *bin* großzügig.« Liothan war angetrunken und fühlte sich gut. Die Sorgen wogen leichter, die Pläne erschienen machbarer. Er fühlte sich sogar in der Lage, die nächste Takeza-Partie gegen Louthara zu gewinnen. In einem doppelt schweren Brokatgewand mit Schleppe. *Das scheiß Bällchen hätte ich mitten durch ihren haarlosen Schädel gejagt.* »Beschissenes Spiel.«

»Welches Spiel?«

»Tuk… Tik… nein: Takeza.«

»Woher kennst *du* es denn?«

»Hab's gespielt, zum Spaß.« Er bewegte die Hand, die Finger kribbelten noch vom Einschlag des Balls.

Es mochte auch von den Stürzen und Nachwirkungen seines halsbrecherischen Flugs mit dem Sturm stammen. Wie abgesprochen hatten zwei der Keijo Wache gehalten und ein Fangnetz vor Loutharas Haus gespannt, das ihm das Leben rettete. Durch einen Tunnel in der Nähe waren sie dem Sturm anschließend entronnen. Sein Körper war zum Lohn ein einziger blauer Fleck. Die Wirkung des Henket half dagegen.

Kardīr, der gegen seine Bleiche großzügig braune Schminke aufgetragen hatte, machte große Augen; sein Kaftan in grellem Gelb leuchtete regelrecht. »Wer spielt *das* denn noch zum Spaß?«

»Die reichen Verrückten in meinem Viertel.« Liothan seufzte und trank das Henket aus, einige Tropfen landeten auf Obergewand und Lederhose.

Er hatte sich mit Slinks Hilfe und einem ihrer Geheimgänge durch die Kavernen unter das Vergnügungsviertel begeben. Nach dem Aufstieg durch einen Gang hatte er sich im zugerümpelten Abstellraum eines Alteisensammlers wiedergefunden. So wie es unmöglich war, ohne Passierschein durch die Mauern zwischen den Stadtteilen zu gelangen, war es hingegen ein Leichtes, von Wirtschaft zu Schenke, von Bordell zu Arena, von Gasthaus zu Drogenhöhle zu wechseln. Die Durchbrüche im dichtesten, wildesten Viertel ermöglichten es.

Eine städtische Weisheit besagte, dass der schlaue Mensch sich *vor* dem Ausbruch des Kara Buran zum Trinken begab, um die beste Zeit des Siderim zu haben. Der Anzahl der Gäste nach hatten sich nicht wenige Bewohner dies zu Herzen genommen.

»Und stell dir vor: Sie spielen es, um Leute abzuschießen.« Liothan erkannte in seinem angesäuselten Zustand, wer unter den Besuchern zu den Reichen, zu den Einfachen und zu den Dieben gehörte. Im Sturm gefangen, existierten keine Unterschiede mehr. Man gab sich dem leichten Leben hin und hatte die beste Ausrede, die man sich wünschen konnte.

»Ich weiß. Einmal im Siderim findet ein Turnier in der Echsenarena statt. Ohne Panzerung, nur mit Helm, Unterleibswickel und Stiefel.« Kardīr schüttelte den Kopf, die Katzenohren wippten. »Wie bist du durch den Sturm gekommen?«

»Magie! Ich werde besser.« Liothan lachte laut und klatschte, als die Schankmaid die Getränke brachte: starkes Henket mit einem Schuss lieblichen Likörs, der nach Kirsche und Orange schmeckte. »Hier, für dich.« Er warf ihr eine Silbermünze zu. »Behalte den Rest.«

»Du bist der beste, nein, allerbeste Gast, den ich jemals hatte!«, sagte sie und warf sich auf seinen Schoß, drückte ihm einen Kuss auf die Lippen. »Wenn du noch ein Bett suchen solltest, ich habe eins frei.«

Liothan grinste. »Freigiebig.«

»Sehr«, erwiderte sie und hüpfte herab, um an den nächsten Tisch zu eilen.

»Das erzählt sie jedem, oder?«, erkundigte sich Liothan bei Kardīr.

»Jedem, der ihr eine Silbermünze gibt. Und sie verlangt noch eine, sobald man ihr Bett in Anspruch nimmt.« Der Razhiv hob seinen Humpen und prostete ihm zu. »Möge der Kara Buran uns verschonen!«

»So sei es!« Liothan stieß mit ihm an und nahm einen langen Schluck vom kühlen Getränk. Es erfrischte außerordentlich. »Uns und alle, die uns am Herzen liegen.« Der Wirt musste die Fässer auf Eis von den Hochplateaus lagern, was den horrenden Preis für ein Henket erklärte. »Hast du Tomeija gesehen?«

»Nein. Wollte sie im Vergnügungsviertel sein?« Kardīr, dem man die Anzahl der Humpen gleichermaßen anmerkte, grinste dümmlich, und sein Kopf wackelte leicht, als säße er lose auf dem Hals. »Das passt nicht zu ihr. Ich sah sie vor mir, wie sie in euren Bibliotheken sitzt und liest.« Er zeigte mit schwankendem Finger auf ihn. »Wo ich übrigens auch *dich* vermutete, bis du hereingefegt bist. Du solltest doch lernen! Du musst doch ein Saldûn werden. Drei Monde, mein Freund! Drei!« Kardīr hob vier Finger und korrigierte auf fünf.

»Pscht«, machte Liothan viel zu laut. »Das darf doch keiner wissen.«

Kardīr gluckste. »Oh, stimmt. Sonst macht der Zirkel Jagd auf dich. Um dich für sie zu gewinnen. Und aus ist's mit der Freiheit.« Er rieb sich den Mund ab und verwischte dabei die Schminke.

Liothan sah der Schankmaid nach, die keine Ausgeburt an Schönheit war. Doch sie hatte einen gewissen Reiz. Eine Frau an seiner Seite wäre nicht schlecht. Aber das passte nicht in seine Pläne. Zu viele Geheimnisse, zu viele Fragen, die er ihr beantworten müsste. Bisher hatte Liothan keine echte Gelegenheit bekommen, nähere Bekanntschaften zu machen. Nach dem Kampf gegen die Verschwörer aus Thoulikon und dem Gefecht in der Stadt hatte ihn der Sturm in seinem Kleinpalast festgesetzt.

»Weißt du was?« Liothan schwenkte den Humpen und betrachtete den schwappenden Schaum. Er kratzte sich die Stelle, wo der Brokat gescheuert hatte. »Das ist das erste Mal nach langer Zeit, dass ich einfach herumsitze.«

»Wie alle«, erwiderte Kardīr. »Der Kara Buran sorgt dafür, dass man alleine mit seinen Gedanken ist. Falls man nicht das Glück hat, im Vergnügungsviertel zu sein.«

»Welch ein Glück.« Liothan bemerkte den bitteren Unterton in seinen eigenen Worten. Nach dem Höhenflug durch das Henket schlich sich verhaltene Melancholie ins Lachen, in die Musik und in das übermütige Rufen. Pläne waren schön und gut, doch er fühlte sich einsam. *Wie macht Tomeija das? Ich muss sie fragen.*

»Ah, ich sehe da eine gewisse Niedergeschlagenheit«, hörte er Kardīr sagen. »Die müssen wir bekämpfen!« Er schob die Raubfellperücke zurecht, ein Ohr knickte dabei um.

»Nicht noch mehr Henket! Sonst kotze ich wie ein Putu-Kamel!«

»Nein. Ich lenke dich ab.« Der Razhiv lehnte sich nach vorne und senkte die Stimme. »Wie hast du dich eigentlich ins Vergnügungsviertel gezaubert?«

»Mit letzter Kraft«, gab Liothan ausweichend zurück. »Eis- und Feuermond stecken hinter dem beschissenen Schleier aus Sand und Staub. Und Ziin ist launisch.«

»Nun sitzt du ja gut bei uns und musst nicht mehr weg von hier.« Kardīr überlegte. »Du meinst, dir geht die Energie aus, weil du die Kraft der Monde nicht einfangen kannst? Mir ergeht es ja ähnlich, auch wenn ich nur einen davon anzapfe.«

Liothan nickte abwesend. »Das beschäftigt mich schon die ganze Zeit. Ich habe einige Bücher, die ich von dir bekam, gelesen. Aber darüber stand nichts drin.«

»Das ist der Nachteil deiner mächtigen Magie. Es soll einen Ausgleich darstellen, sonst wärst du viel zu gefährlich, werden sich die Götter gedacht haben.« Kardīr nahm noch einen langen Zug und stellte das leere Gefäß auf den fleckigen Tisch. »Also war es dir nicht möglich, magische Formeln auszuprobieren.«

»Siehst du! Ich habe allen Grund, an diesem Tisch zu sitzen. Deswegen begab ich mich auch in das Viertel: Zerstreuung und die Hoffnung, dass du mir weiterhelfen kannst.« Liothans Blicke gingen an dem Razhiv vorbei und folgten der Schankmaid, die Krüge und Humpen schleppte, frisches Henket aus dem Fass zapfte und verkaufte, was die Geldbeutel der Besucher ermöglichten.

Beim Beobachten ihres Tuns schweiften Liothans Gedanken, während Kardīr mit ihm sprach, ohne dass er die Worte vernahm. Noch vermochte er nicht zu fassen, was sich in seinem benebelten Kopf abspielte, doch die fehlende Mondenergie …

Wie in Trance sah er der jungen Frau dabei zu, wie ihre Hände den Zapfhahn betätigten, abfüllten, die Becher verteilte und wie die Gäste es sich schmecken ließen.

Die Bäuche der Menschen müssen zum Platzen voll mit Henket sein.

Liothan richtete sich langsam auf. »Kardīr, ich habe eine Eingebung.«

»Noch eine Runde?«

»Nein, nicht so eine.« Liothan blickte seinen Freund an. »Schau zum Fass!«

»Also doch!«

»Nein, verdammt.« Er packte Kardīr am Kaftan und zerrte ihn auf seine Seite der Bank. »Was siehst du?«

»Ich komme nicht drauf. So betrunken bin ich nicht, um deinen Geistesblitzen folgen zu können.«

»Nehmen wir an, das Fass ist der Mond. Und das Henket ist

seine Kraft.« Liothan zeigte auf die verteilten Humpen. »Seine Energie verlässt ihn wie das Henket. Ein bisschen verrinnt oder geht verloren, aber der andere Teil wandert in die Menschen.«

Kardīr machte ein verwirrtes Gesicht. »Tut mir leid. Erklär's mir.«

»Mondschein! Er trifft die Leute in Wédōra, und sie nehmen die Energie vielleicht in sich auf. Sie tragen die Kraft mit sich herum, ohne es zu wissen«, sprach Liothan hastig und voller Begeisterung. »Ich muss einen Weg finden, an diese Energie zu kommen. Sie aus den Leibern zu saugen, wenn ich den Mond nicht sehe.«

»Das ... ist genial!« Kardīr schlug ihm auf die Schultern. »Das ist eine Theorie, die man in den kommenden Siderim überprüfen sollte. Ich habe dir von meiner ...«

»Prüfen? Siderim?«, unterbrach ihn Liothan. »Dafür ist keine Zeit.«

»Das verstehe ich. Aber wie willst du es angehen?« Kardīr sah ihn mit herabhängenden Lidern an, der Rausch wirkte sich aus. »Erinnerst du dich noch an unser erstes Zusammentreffen? Als ...« Er stockte mitten im Satz.

»Du wirst meine Antwort doch gar nicht mehr hören, weil du eingeschlafen bist.« Liothan trank seinen Humpen leer, innerlich wach und aufgeladen. Auf der Stelle wollte er wissen, ob und wie er an die gespeicherte Mondkraft in einem Menschen gelangte.

»Wenn man den Gedanken weiterführt«, lallte Kardīr mit schwerer Zunge, »wären Razhiv, welche die Sonne nutzen, in der gleichen Lage wie du. Und ... und ... und. Da kommen mir gleich unendlich viele Eingebungen, wenn es stimmt, was du annimmst. Es erklärt mir so manches von dem, was ich so treibe.« Er legte den Kopf gegen die Wand und schloss die Augen, die Perücke rutschte in seine Stirn, die Raubtierohren klappten traurig nach vorne. »Oh, du bist sooo schlau. So schlau, mein Freund. Wie konnten das die anderen vorher nicht sehen?«, nuschelte er. »Du wirst es weit bringen in Wédōra.«

Liothan lachte lauthals und schlug auf den Tisch, dass es krachte. »Die ganzen Razhiv sind vermutlich niemals trunken in einer überfüllten, stinkenden Spelunke und sitzen immer in ihren Buchhorten, wo es nichts gibt, was ihren Verstand anregt.« Er hob den Humpen und schwenkte ihn. »Ho, Nachtblume!« Die Schankmaid machte durch den Wald aus grölenden, singenden und feiernden Gestalten eine bestätigende Geste, dass sie gleich mit Nachschub auftauchte. »Und schlau bin ich nicht. Nur gewitzt. Was hast du vorhin gemeint? Als du von deinen Sachen gesprochen hast, die du treibst?«

Kardīr schlief bereits, als die beiden Henkethumpen gebracht wurden.

»Dein Freund ist erschöpft«, sagte die Bedienung und nahm die Silbermünze aus Liothans Hand, versenkte sie zwischen ihren halb blanken Brüsten im geschnürten Mieder.

»Mehr für mich.« Ein Teil von Liothans Verstand wusste, dass es unsinnig war, das Trinken fortzusetzen. Aber ein anderer flüsterte, dass ihm im Rausch noch mehr brillante Gedanken kommen würden. »Bring mir doch bitte ein gutes Mahl. Deftig. Viel!« Er streckte die Arme weit aus. »Ich könnte ein ganzes Angitila-Ei fressen!«

»Kommt sofort, mein Hübscher.« Sie verschwand im Getümmel.

Liothan seufzte glücklich. Seine Stimmung hatte sich schlagartig gebessert.

Er blickte sich um und genoss die Lebensfreude, die um ihn herrschte. Die Menschen drängten sich in der Kaschemme, es gab kein Durchkommen mehr.

Wie viel Mondenergie ist an diesem Ort versammelt, die ich nutzen könnte? Er trank vom Henket und hielt Kardīr fest, der seitlich vom Stuhl zu kippen drohte. »Hey, nicht umfallen!«

Der dünne Stoff riss jedoch, und der betrunkene Razhiv plumpste auf den Boden, in die Kniekehlen einer blonden Besucherin.

Die unerwartete Attacke raubte der Frau das Gleichgewicht.

Sie strauchelte und stürzte rücklings über Kardīr und landete auf dem frei gewordenen Stuhl neben Liothan; dabei kippte sie sich ihren Wein über das graue Hemd und die schwarze Lederhose, einige Spritzer landeten auch auf Liothans Obergewand.

Ihre Begleiter drehten sich verblüfft um und lachten über das glimpflich verlaufene Missgeschick. Bis auf einen, der deutlich jünger als die Übrigen war.

»Ist der Wein zu stark? Du solltest …« Liothan verschlug es die Sprache. Und das lag nicht am Henket.

Er sah in ein Frauengesicht, dessen rechte Hälfte mit filigranen, dunkelbraunen Ornamenten bemalt war. Die Augen waren durch weiße Schminke betont, sogar an den Wimpern und dezenter am Kinn haftete das Weiß. Er schätzte die Unbekannte auf zehn Siderim älter als sich selbst. Ihre Augen hatten eine Farbe, die es gar nicht gab, eine Mischung aus Blut und Asche, die Pupillen hingegen waren weiß und klein wie Stecknadelköpfe.

In Liothans Brust breitete sich Wärme aus, die hinab in seinen Magen wanderte, wo sie kribbelte. Nicht wie von Mondenergie. Er atmete den Duft der Unbekannten ein, der an Wald erinnerte, an Tannennadeln und feuchtes Moos. *Wie Walfor.*

Die Frau nahm ihren Blick nicht von ihm und schwieg, die hellen Pupillen wurden größer. Auf ihren Zügen gab es eine unbestimmbare Regung zwischen Verwunderung und Freude. Sie schien mit dem unverhofften Zusammentreffen so überfordert zu sein wie er.

»Ich … hoffe, die Flecken lassen sich auswaschen«, sprach sie und rührte sich nicht.

»Mein Freund wird das bezahlen. Er hat dich zu Fall gebracht«, antwortete Liothan starr. Er wollte nicht, dass sie aufstand und ging. Ihrem Zögern nach erging es ihr ähnlich. »Darf ich dich zu einem Henket einladen? Kardīr wird es sowieso nicht mehr trinken.«

»Ich mag kein Henket, aber danke.« Sie machte keine Anstalten, sich zu erheben und zur Gruppe zurückzukehren. »Das ist sehr freundlich. Dafür, dass ich deine Kleidung beschmutzt habe.«

»Dann was anderes?« Liothan sah die Schankmaid nicht mehr. *Verflucht! Sie wird gehen, wenn ich keinen Wein beschaffe.* »War der Tropfen gut, den du getrunken hast? Ich lasse neuen bringen.« Er erhob sich und wankte leicht. *Hastus, hilf! Ich bin viel zu besoffen!* »Nein, ich gehe welchen holen. Nicht weggehen. Bitte!« Umständlich hob er den schnarchenden Kardīr auf und lehnte ihn an den freien Stuhl.

Sie lächelte.

Sie bleibt! Hastus, ich danke dir! Als er an dem Grüppchen vorbeiwollte, mit dem sie in die Kaschemme gekommen war, packte ihn der Jüngste am Arm, dessen Garderobe man ansah, dass er Geld besaß. »Auf ein Wort.«

»Nein, auf einen Wein. Das ist gerade wichtiger. Aber nicht mit dir, mein Freund, nicht mit dir.« Liothan klopfte ihm gegen die Brust und wollte weiter.

Doch die Finger lösten sich nicht. »Du wirst jetzt deinen besoffenen Kumpel einsammeln und dich verpissen«, raunte ihm der junge Mann ins Ohr. »Dann vergesse ich, was geschehen ist.«

»Was ist denn geschehen?«

»Er hat sie umgerissen, das trunkene Schwein! Ich würde ihm gerne Manieren einprügeln.« Wut stand auf seinem Gesicht.

Liothan legte ihm eine Hand auf die Schulter. »Nicht so stürmisch wie der Kara Buran, Jungspund«, sagte er heiter. »Es ist ein Missgeschick, wie es in einer überfüllten Schenke vorkommen kann. Jetzt lass mich los, und ich hole Wein.«

Der Griff löste sich immer noch nicht. »Du hast mich gehört?«

»Ja.«

»Dann schaff dich mit dem Idioten zusammen raus!«

»Warum? Was habe ich mit dir zu tun?«, gab Liothan zurück. Er fürchtete sich nicht vor dem Kerlchen und befand sich in

Hochstimmung, ausgelöst durch das Henket, seine Eingebung zur Mondkraft und der Begegnung mit der Unbekannten.

Die Umstehenden hatten seinen Scherz schneller verstanden als der junge Mann und lachten, prosteten sich zu.

»Du nennst mich einen Idioten?« Der Jüngling langte mit der anderen Hand an seinen Gürtel, wo er einen teuren Dolch trug, dessen Griff aus Silber getrieben war. »Du Hundsfott!«

Damit überschritt er für Liothan eine Grenze, die eine Meinungsverschiedenheit mit Wortgeplänkel deutlich hinter sich ließ.

Da es keinen Platz gab, um zu einem harten Fausthieb auszuholen, versetzte er dem Widersacher einen Kopfstoß genau auf die Nase, riss das Knie hoch und traf das Gemächt. Schnell setzte er seinen Fuß hinter die Ferse des Mannes und zog sie nach vorne weg. Stöhnend ging der junge Mann zu Boden, der Silberdolch klirrte auf die henketnassen Dielen der Kaschemme.

»Wenn du schlau bist«, rief Liothan durch das Lachen und den Lärm, »bleibst du unten, Kleiner.« Er wandte sich um und ging auf den Tresen zu, schob sich durch die Menge, um einen Wein zu ordern.

Als er nach einer gefühlten Ewigkeit an den Tisch zurückkehrte, war die Unbekannte verschwunden.

Kardīr lehnte noch an dem Stuhl, die Perücke gänzlich im Gesicht. Der Platz daneben wurde von einem fremden Gast besetzt. Auch der Jungspund hatte das Weite gesucht. Doch ein schwarzbärtiger Mann aus dem Grüppchen hatte auf ihn gewartet. Seiner schrankähnlichen Figur nach konnte er Eisenstäbe verbiegen, sein weiß-schwarzes Gewand bestand aus gutem Stoff.

»Ich habe eine Nachricht für dich«, sagte er und beugte sich herab. »Die Herrin möchte dich wiedersehen. Sie will wissen, wo sie dich findet.«

Liothan hatte beinahe die Wahrheit gesagt, aber das letzte bisschen Verstand meldete sich. »Im Turm des Dârèmo.«

Der Mann grinste und zeigte bemalte, kräftige Zähne, die einem Wolf alle Ehre machten. »Ich verstehe.«

»Ich auch. Richte dem kleinen Kläffer aus, er soll nicht damit anfangen, mir das Leben schwerzumachen«, sprach er zu ihm.

»Dann hättest du ihn nicht –«

»Schlagen sollen?«

»Am Leben lassen sollen«, korrigierte der bärtige Hüne ruhig und reichte ihm den Silberdolch. »Wenn du ihn das nächste Mal triffst, gib ihm den zurück. Am besten von hinten durch die Rippen.« Er deutete eine Verbeugung an. »Irtho sei mit dir.« Er drängte sich durch die Besucher zum Durchgang und wurde von der Menge verschlungen.

Seltsame Sippe, die sich da zusammengefunden hat. Liothan blickte auf den schweren, massiven Dolch, auf dessen Griff und Klinge verschnörkelte Gravuren und ein Wappen eingebracht waren. Sie erinnerten ihn an die halbseitige Gesichtsbemalung der Unbekannten. *Ein Anhaltspunkt.*

Liothan steckte die Waffe ein und trank den Wein in großen Schlucken leer. Dann wuchtete er sich den schnarchenden Kardīr wie ein Schaf über die Schultern und schob sich mit ihm voran. Er würde seinen Freund die Leitern bis nach oben in dessen Wohnung schleppen. *Betrunkenen geschieht nichts. Ich kann es wagen.*

Mit dem neuen Tag wollte er sich auf die Suche nach dem Wappen machen. Er würde die Frau ausfindig machen, denn er musste sie wiedersehen. Nüchtern.

Mit einem Lied auf den Lippen stapfte Liothan durch die Durchbrüche von Haus zu Haus. Unterwegs erstand er eine Flasche Wein, die er nach und nach in sich hineinschüttete. *Um eine weitere Erleuchtung zu erhalten*, dachte er sich und bekam einen Schluckauf.

* * *

Der Rückschlag, den die zehn Läufe der Bolidschleuder erzeugten, warf Tomeija nach hinten.

Die brennenden Kügelchen jagten fauchend und qualmend in die umstehenden Soldaten und verwandelten sie in menschliche Fackeln, die schreiend in die Knie brachen oder stumm umfielen. Auch die besessene Nakib wurde davon getroffen, ihr Kopf zerplatzte, Hirn mischte sich mit dem lodernden Gemisch.

Die Besatzung sprang in Deckung, so gut es der Raum zuließ. Dolche und Speere flogen in Tomeijas Richtung, doch der dichte Rauch raubte den Angreifern die Sicht. Die Klingen gingen fehl.

»Wie halte ich es auf?«, schrie Tomeija verzweifelt. Die Waffe bockte im Herzschlagtakt in ihren Händen und befreite sich, der Trageriemen riss.

Die Bolidschleuder fiel und flog – unentwegt aus allen Rohren feuernd – durch die Stahlkammer, die sich mit weißem und schwarzem Dunst füllte, dick wie Nebel. Die Schleuder blitzte auf, unkontrolliert und dumpf knallend verteilte sie den Tod, Männer und Frauen schrien in Angst, Wut und im Todeskampf auf. Noch während sie den Schmuggler verfluchte, gab es eine gewaltige Explosion, die mit einer rotgelben Verpuffung einherging.

Die übrigen Bolidschleudern! Sie werden hochgehen! Heiße Luft fegte Tomeija von den Füßen und drückte sie nieder, schob sie durch den Rauch. Über ihr wälzte eine breite Lohe gegen die Decke, dann ertönte ein Donnerschlag.

Eine weitere Detonation pustete Tomeija wie einen Wattebausch aus dem Raum. Sie kegelte die Soldaten, die vor dem Eingang Stellung bezogen hatten, von den Beinen.

Trotz ihrer Schmerzen befreite sie sich aus dem Knäuel der Leiber und richtete den Oberkörper auf. *Hat Fhila es geschafft?*

Um sie herum lagen verbrannte Leichen, die mit aus der

Kammer geschleudert worden waren. Knisternde Flammen stachen fauchend aus dem Eingang, das Innere war zu einem Backofen geworden. Der Rauch drang heraus und zog durch das Treppenhaus ab, so dass den Überlebenden vor der Stahlkammer der Erstickungstod erspart blieb.

Tomeija war als Einzige der Stahlkammer lebend entkommen. *Driochor! Du weißt, ich wollte das nicht.* Sie sah auf ihre verkohlten Handschuhe. Das Leder hatte sie vor schweren Verbrennungen bewahrt. Sie zog sie aus und betastete ihr Gesicht. Es fühlte sich heiß an, an einigen Stellen waren die grauen Haupthaare versengt, aber sie hatte das Inferno überstanden. *Wäre ich noch drin, gäbe es mich als Häufchen Asche.*

»Was ist geschehen?«, rief der Nakib, der sie durchgelassen hatte, entsetzt. »Bei den Göttern! Sie … meine Leute! Sie verbrennen!«

Eine Wache half Tomeija beim Aufstehen. »Eine der Bolidschleudern setzte sich von selbst in Gang«, log sie.

»Diese verdammten Dinger! Ich sagte so oft, dass sie unberechenbar sind.« Der Nakib zog den Helm ab, die Augen auf das Inferno gerichtet. »Über zweihundert Mann!«

Und Fhila. Die ganze Mühe, sie und ihr Kind zu retten, war vergebens gewesen. Tomeija spürte grenzenlose Wut auf die Phantome, die in ihrem Hass auf die Lebenden vor nichts zurückschreckten. *Gäbe es eine Methode, sie zu vernichten, ich täte es!*

»Oder der Keel-Èru war es«, fügte eine Soldatin hinzu. »Kaum bringen wir ihn, fliegt die Kammer in die Luft. Das kann kein Zufall sein.«

Tomeija drehte den Kopf und sah den gefangenen T'Kashrâ, die Hände in Eisen und mit blutig geschlagenem Gesicht, das Rot lief über seine blauen Bemalungen. »Ihr habt ihn gefasst!«

»Hätte ich gewusst, was seine wahre Absicht ist, wäre er im Gang gestorben«, sprach die Soldatin düster. »Der Tod meiner Kameradinnen und Kameraden kann die Erkenntnisse aus einem Verhör kaum wettmachen!«

»Das entscheidet der Dârèmo.« Tomeija blickte sich um. Es war ein kleines Häuflein von einem Dutzend Bewaffneter geblieben, das unschlüssig vor der Kammer herumstand. Der Plan, in dem gesicherten Raum auszuharren, bis sich der Sturm und die Geister beruhigt hatten, verging in der Feuersbrunst.

Immer mehr Augenpaare richteten sich auf den Gefangenen. Der hilflose Zorn suchte sich einen Schuldigen, der für den Tod büßen sollte.

»Der Dârèmo kann mich mal«, gab die Soldatin zurück und zückte ihren Dolch. »Er schickt uns auf Wache in dieses Loch und überlässt uns den Gespenstern! Dann soll ich ihm den Keel-Èru bringen?«

»Du bringst nicht ihm den Gefangenen, sondern den Einwohnern von Wédōra«, stellte Tomeija richtig. »Mit dem Wissen, das der T'Kashrâ hat, kann Schlimmeres für die Stadt verhindert werden.«

»Wenn er denn spricht«, fügte die Soldatin hinzu und setzte dem Keel-Èru die Spitze gegen die Kehle, ritzte die Haut. »Wirst du denn sprechen?«

»Genug jetzt«, herrschte sie der Nakib an. »Weg mit dem Dolch. Die ehrenwerte Tomeija hat recht.«

»Aber Nakib! Der Scheißkerl hat unsere Freunde auf dem Gewissen!«

»Es war ein Unfall«, erinnerte Tomeija. »Ich sah, wie die Bolidschleuder aus der Halterung fiel und sich in Gang setzte. Niemand fasste die Waffe an. Außer vielleicht eines der Phantome.«

Schweigen breitete sich über der Gruppe der Übriggebliebenen aus.

Das Knacken und Knistern des Feuers ließ nach, den Lohen fehlte die Nahrung in der Kammer. Der Gestank von verbranntem Fleisch hing intensiv in der Luft und erinnerte an Gebratenes und Gegrilltes.

Unvermittelt erklang ein lauter Schrei aus dem Gang. Zahllose Klingen wurden laut gegen Schilde und Wände geschlagen, das Scheppern näherte sich der Kammer.

»Die nächsten Wahnsinnigen rücken an«, sagte der Nakib resignierend und gab Anweisungen an seine Leute. Er zeigte auf Tomeijas Gürtel. »Wie es aussieht, habt Ihr die letzte verbliebene Bolidschleuder. Sie wird zum Einsatz kommen müssen. Wir haben gegen eine Welle von Verrückten sonst keine Aussicht auf ein Überleben.«

Erst jetzt erinnerte sich Tomeija an die Waffe an ihrer Seite.

Sie löste sie und nahm sie mit beiden Händen. »Der Keel-Èru kommt zu mir. Und die Schlüssel zu seinen Eisen«, befahl sie. »Ihm darf nichts geschehen.«

Die Soldatin, die das Leben des T'Kashrâ verlangt hatte, versetzte dem Gefangenen einen Stoß in den Rücken, so dass er auf Tomeija zutaumelte. »Los. Und ich wünsche mir, dass dich ein verirrter Pfeil oder eine Klinge trifft«, murmelte sie laut genug, dass es jeder hörte. Sie warf den Schlüssel, den Tomeija geschickt fing. »Du hast den Tod verdient, du Bastard.«

Der Keel-Èru trat neben sie und lehnte sich an die Wand. »Du hast mir das Leben gerettet«, stellte er fest.

»Und das tue ich gleich noch mal.« Tomeija zeigte nach vorne. »Ich sehe es als meine Pflicht.«

Das Geschrei aus dem Gang flog heran, zum Waffengeschepper mischte sich das Trampeln unzähliger Stiefelsohlen.

»Bereitmachen!«, befahl der Nakib und schaute über die Schulter zu Tomeija. »Ihr auch.«

»Gibt es eine Möglichkeit, wie ich das Abfeuern aufhalte, wenn es einmal in Gang gesetzt ist?«

»Nein. Jeder Lauf verschießt zehn Geschosse. Ihr … am besten gebt Ihr sie einem von uns«, sagte er, als die ersten Gegner laut schreiend auf die Verteidiger zustürmten. Sie trugen Bemalungen am bloßen Leib, hatten sich die Kleidung heruntergerissen. Die gereckten Speere schreckten sie nicht, anscheinend hielten sie sich für unverwundbar.

»Achtet auf mein Zeichen. Erst dann setzt Ihr die Schleuder ein.« Der Nakib wandte sich seinen Leuten zu und gab weitere Order, was zu tun sei.

Ein Pulk aus Wurfmessern und -pfeilen flog den Angreifern entgegen, die sich jedoch kaum an den Treffern störten.

Der Keel-Èru senkte seine Stimme. »Die Phantome verhalten sich nicht ohne Grund so.«

Tomeija hielt die Bolidschleuder, der Daumen lag neben dem Auslöseknopf des ersten Laufs. Angespannt wartete sie auf das Signal, das sie feuern sollte. Sie erinnerte sich an die Worte der Besessenen, die Tomeija für das Chaos verantwortlich gemacht hatte.

»Der Grund lagert hoffentlich in deiner Tasche«, sprach der Gefangene weiter.

Der Rufer! »Was soll das Artefakt damit zu tun haben?«

»Ich habe darüber nachgedacht. Es mag sein, dass sein Wirken, seine Ausstrahlung für die Unruhe unter den Geistern sorgt.«

»Sagtest du nicht, dass es gemacht wurde, um Vipern zu rufen?«

»Mit einem Dolch kann ich eine Kehle aufschlitzen, Zwiebeln schneiden oder ihn unter eine Tür schieben und ihn als Keil benutzen. Die wenigsten Dinge taugen nur für einen Zweck«, erwiderte er. »Der Rufer sendet sein Locksignal ununterbrochen. Bis man ihn ausschaltet.«

Tomeija überlegte, ob es eine List des Keel-Èru war, um die Hände freizubekommen und entweder die Flucht oder sogar einen Angriff zu versuchen. »Wie schaltet man ihn aus?«

»Das kann ich nicht beschreiben. Ich muss es machen.«

»Schleudert die Speere!«, rief der Nakib mit Widerwillen. »Mögen die Götter uns vergeben.«

Die Geschosse durchbohrten die Körper der Heranstürmenden. Schreiend gingen die verrückt gewordenen Männer und Frauen nieder und rutschten in dem Blut ihrer Vorgänger über den Steinboden. Fünf von ihnen kamen bis zu den Verteidigern durch und fielen unter den Schwertschlägen binnen Wimpernschlägen.

»Sammelt die Speere wieder ein«, befahl der Nakib. »Es ist noch nicht vorbei.«

Tomeija hörte das neuerliche Trampeln von Füßen, dann brandete eine wahre Flut aus Bewaffneten aus dem Gang und füllte ihn vollständig aus. Sobald sie die Soldaten sahen, brüllten sie ihren Hass hinaus und beschleunigten nochmals.

»Gib mir den Rufer, ich kann es beenden«, beschwor sie der Keel-Èru.

»Feuert!«, schrie der Offizier zu Tomeija. »Bei Irtho! Feuert ohne Unterlass!«

Sie richtete die Bolidschleuder über die Köpfe der knienden Soldaten, die hinter den Schilden Deckung suchten, und drückte den ersten Auslöser.

Knallend zündeten die Treibladungen, die flammenden Geschosse fuhren unter die Angreifer und setzten Dutzende in Brand. Aus dem Stürmen wurde ein langsamer werdendes Rennen, das Feuer schreckte ab.

Dann waren zehn Schuss getan, der Lauf rauchte und glühte rot vor Hitze.

»Noch mal!«, befahl der Nakib. »Weiterschießen!«

»Es wird nicht enden, solange der Rufer tönt«, betonte der Keel-Èru leise. »Ich rette unser aller Leben.«

»Damit hätte ich das deinige zum dritten Mal bewahrt.« Tomeija löste erneut aus und drängte die Meute ein wenig zurück.

Ihre Verluste waren hoch, brennende Kadaver und abgesprengte Leichenstücke lagen im Gang. Doch die Angreifer machten nicht kehrt.

Sie wissen, dass eine Bolidschleuder irgendwann leer ist. Tomeija senkte die Waffe. »Umdrehen«, befahl sie dem Keel-Èru und öffnete die Eisen mit dem Schlüssel. »Ich habe die Keel-Èru als ehrenhafte Krieger kennengelernt. Sorge dafür, dass sich mein Eindruck nicht ändert.«

Er wandte sich um und deutete auf ihre Sitan-Kette. »Ich würde es niemals wagen, dir etwas anzutun oder dich zu hintergehen.«

»Feuert!«, befahl ihr der Nakib ein drittes Mal. »Worauf wartet Ihr?«

Die Soldatin, die den T'Kashrâ vorhin hatte töten wollen, sah in Tomeijas Richtung. »Sie lässt den Bastard frei! Es stimmt also: Sie machen gemeinsame Sache und wollen uns in den Rücken fallen«, rief sie und spurtete geduckt auf sie los. »Nakib, ich kümmere mich darum. Ich kann sowieso besser mit der Schleuder umgehen.«

Die Meute im Gang setzte sich wieder in Bewegung und warf zwanzig Schritte von den Verteidigern entfernt Speere, Lanzen, Schwerter, Beile und jede Art von Klingenwaffen, die sie mit sich trugen.

Der stählerne Regen prasselte auf den tapferen Haufen nieder, die Schilde halfen nur bedingt gegen die Einschläge. Die Reihe lichtete sich, bald kauerten gerade einmal fünf Soldaten, um sich in den aussichtslosen Nahkampf zu werfen.

Tomeija warf dem Keel-Èru den Rufer zu und hob die Bolidschleuder.

Doch die Soldatin versperrte ihr das Schussfeld. »Her damit, Verräterin!« Sie reckte die Hände danach.

Plötzlich sprang ein Schatten aus der Wand und riss sie nieder. Irian war wie von der Festung selbst ausgespien worden, er und die Kriegerin gingen zu Boden.

»In Deckung«, rief Tomeija und löste in ihrer Aufregung zwei Läufe aus. *Das werde ich nicht halten können.*

Die ersten Geschosse flogen mit Feuerschweif gegen die Wahnsinnigen und entzündeten sie, die Umstehenden setzten sie mit in Brand.

Gerade als die Läufe der knallenden Bolidschleuder durch den Rückstoß aufwärtszuwandern drohte, stand Irian an Tomeijas Seite und packte mit an. Gemeinsam hielten sie die Mündungen auf die Gegner gerichtet, die sich bereits auf die fünf Soldaten geworfen hatten.

»Festhalten!« Irian betätigte die Auslöser für die verbliebenen Ladungen. »Wir kommen lebend aus dieser Festung.«

Röhrend spie die Waffe den Feuertod gegen die Feinde und trieb sie zurück. Der Qualm zog durch den Gang und erschwerte den Nachfolgenden die Sicht, überraschte Rufe wurden laut, und Verwirrung griff um sich.

Schließlich schoss die Bolidschleuder zum letzten Mal.

»Was nun?« Tomeija ließ die vor Hitze glühende Waffe fallen und duckte sich zusammen mit Irian, um ein kleineres Ziel zu bieten. Sie zog ihr Schwert und lauschte.

Durch das Knacken und leise Fauchen der Flammen erklangen Wimmern und Schmerzenslaute, Männer riefen nach ihrer Mutter, und eine Frauenstimme lachte hysterisch, was in schrilles Gekreische überging.

»Es hat aufgehört.« Tomeija wandte sich dem Keel-Èru zu.

Der T'Kashrâ hielt den Rufer in den Händen, die Steine leuchteten nicht mehr. »Wie versprochen«, sagte er und reichte das Artefakt an sie zurück.

»Stimmt das?« Tomeija blickte misstrauisch zu Irian. »Was sagen die Geister?«

Er blieb in der Hocke, schaute sich um, als würde er andere Dinge sehen als sie und der Keel-Èru. »Sie haben sich zurückgezogen und von den Menschen abgelassen«, antwortete er und stand auf. »Das, was sie peinigte, sei verstummt.«

Tomeija wollte nicht darüber nachdenken, dass sie es womöglich gewesen war, die das Artefakt in Gang gesetzt hatte. Sie konnte es nicht mehr ändern. Nachdenklich betrachtete sie die Steine, die harmlos in ihrem Glaskern eingeschlossen lagen, als vermochten sie nichts, als gut auszusehen.

In einem ersten Impuls wollte Tomeija den Rufer vernichten.

Aber sie besann sich und verwahrte ihn in ihrem Tragesack. *Nachdem er für Leid sorgte, soll er einem höheren Ziel dienen.* Wenn er zurück zu den T'Kashrâ gelangte, könnte man dies als Zeichen der Annäherung betrachten, die bitter nötig war.

Tomeija wandte sich an den Keel-Èru. »Danke.«

»Es ging auch um mein Leben. Ich ärgere mich, dass ich spät auf die Lösung kam«, erwiderte er.

»Wenn du es aus der Festung schaffst, was dir ein Leichtes sein sollte, bist du frei«, sagte sie. »Ich werde dich nicht aufhalten.«

Irian verfolgte die Unterredung schweigend. Er schien mit seinen Sinnen halb in der Geisterwelt zu weilen.

»Das ist großzügig von dir. Aber du hast mir das Leben gerettet. Zweimal. Damit stehe ich zweifach in deiner Schuld. Wohin du gehst, werde auch ich gehen.«

Tomeija dachte nach. *Er könnte meiner Truppe nutzen, die ich aufstellen soll.*

Aber wie erklärte sie dem Dârèmo, dass sie einen T'Kashrâ aufnahm?

Wie loyal konnte ein Todfeind sein, und was geschah, wenn seine Schuld ihr gegenüber erlosch?

Tomeija war hin- und hergerissen zwischen den Möglichkeiten und der Unmöglichkeit.

»Bringen wir uns in Sicherheit. Der Kara Buran wird an Kraft zulegen, bevor er in einigen Sonnen weichen wird«, schlug Irian unvermittelt vor. Er nahm eine Fackel aus der Halterung, ging auf eine Stelle der Wand zu und fuhr mit seinem Dolch in einen Spalt in der Fuge. Klickend schwang ein schmaler Durchlass für sie auf. »Die Geister verrieten mir früher schon Geheimnisse. Gelegentlich sind sie nützlich.«

Tomeija folgte ihm, ohne zu zögern, hinter ihr ging der Keel-Èru. Sie gelangten in einen grob geschlagenen Gang, der zu den alten Fundamenten gehörte. »Die Gerüchte über geheime Durchlässe stimmen demnach.«

»Nicht nur die.« Irian übernahm die Führung. »Nicht nur die.«

* * *

Sand kann sehr vielseitig sein. Gerade in der Sprache.

- *Sand in die Augen streuen*
- *Auf Sand bauen*
- *Etwas in den Sand setzen*
- *Auf Sand sitzen*
- *Auf den Sand geraten*
- *Auf einer Sandbank festsitzen*
- *Sand im Getriebe*
- *Wie Sand am Meer*
- *Sand über etwas streuen*
- *In den Sand säen*
- *Sand zusammenknüpfen*
- *Sand in die Wüste tragen*
- *Wie ein Sandkorn in der Wüste*
- *Mit Sand in den Schuhen*
- *Wie ein Sandsack*
- *Im Sande verlaufen*
- *Den Kopf in den Sand stecken*

Und ich habe gesehen, wie jemandem Sand in den Kopf gesteckt wurde. Unangenehm.

Thidion Kulsan,
Sprachgelehrter aus Nelethion

Kapitel XI

Wédōra, Prachtviertel

Liothan, nach gewohnter Manier in seinem grünseidenen Morgenmantel, stand in der Gesindeküche, weil sie kleiner und überschaubarer war und sich besser darin kochen ließ. Er rührte in seinem brodelnden Essen und las den Brief, den man unter der Tür des Anwesens durchgeschoben hatte, kaum dass der Kara Buran die meiste Wucht nach den Sonnen des Wartens verloren hatte und man sich mit viel Mut und Kraft durch die Stadt bewegen konnte.

Louthara verschwendete keine Zeit. *Ich habe ihre Aufmerksamkeit.*

Saldûn!

Zuerst überbringe ich Ihm den Dank von allen Beschenkten, da Seine Tat eindrucksvoll gewesen ist. Es zeigt, wozu Er fähig ist. Das ist von großem Nutzen für das, was uns allen vorschwebt, und weckte allgemeine Neugier.
Wie ich es mir dachte, ergaben sich vor unserem geschäftlichen Treffen Zweifel bei den Beteiligten, was Seine Ernsthaftigkeit anbelangt.
Von daher herrscht die einhellige Meinung, dass Er sich zunächst beweisen muss.
Sich.
Seine Fertigkeiten.
Seinen Willen, das zu tun, was Er mir gegenüber versprach.
Anbei findet Er drei Aufgaben, die Er lösen muss, bevor wir neuerlichen Kontakt zu Ihm suchen, um Angelegenheiten zu besprechen. Nehme Er sich die Zeit dafür, die Er benötigt. Aber ich glaube, dass ein überragender Saldûn

wie Er mich schon bald aufsuchen wird, um die Beweise abzuliefern.
Sollte Ihm darüber hinaus nach einem Takeza-Spiel sein, ist Er herzlich willkommen. Ich gebe Ihm gerne Unterricht, auf dass wir vielleicht eines Mâne in der Arena für unser Viertel antreten könnten. Von den anderen ist keiner Manns genug. Nicht einmal die Frauen.
Ich sende Ihm die besten Grüße und freue mich auf die kommenden Zeiten.

Hochachtungsvoll
Louthara

Liothan wendete das Rührei und gab Kräuter darauf, gefolgt von einer Scheibe Käse, die unter der Hitze zerlief. Die Vorräte hatten gereicht, um den Kara Buran zu überstehen.

Allerdings machte er sich Sorgen, wo seine Freundin abgeblieben war.

Tomeija konnte sich besser als er gegen Angriffe verteidigen. Aber Wédōra blieb eine Stadt, in der Überraschungen an jeder Ecke warteten. Und nicht immer waren es gute. Liothan hatte sich gelegentlich ins Vergnügungsviertel begeben, aber sie dort nicht angetroffen. Auch Kardīr war er nicht mehr begegnet. *Sie sollte allmählich nach Hause kommen.* Zwei Monde waren eine lange Zeit, um nichts voneinander zu hören.

Seine Sorgen überschatteten die Planungen rund um die Banden, sein Studium der Zauberkunde und die Nachforschungen, wie er an die Mondenergie von Lebewesen gelangen könnte.

Sie ist die einzige Person, der ich vertraue. Liothan nahm sein zubereitetes Ei und aß es aus der heißen Pfanne, trank dazu Wasser. *Ich muss mich auf die Suche machen. Die drei Aufgaben kann ich danach angehen.*

Die Tür schwang auf.

Herein kam Tomeija, mit etlichen kleinen Wunden und Kratzern versehen. Die Kleidung war nicht ihre, sondern die Uniform eines Soldaten aus Sandwacht. Wortlos ging sie auf Liothan zu und umarmte ihn lange, fest.

Er spürte ihr Herz schlagen und erwiderte die Umarmung, froh, sie nach dem Kara Buran wiederzusehen. Zu spät fiel ihm ein, dass der Brief von Louthara noch auf dem Tisch lag. »Da ist die Ausreißerin ja wieder!«, brachte er heraus und wurde von ihr losgelassen. »Was trägst du da? Du hast doch nicht etwa beim Heer unterschrieben? Haben sie dich betrunken gemacht?«

»Ich habe ein Abenteuer erlebt.« Tomeija grinste ihn an und klopfte ihm auf die Schulter. Ohne Handschuhe. »Schickes Geschmeide um deinen Hals. Es passt zum Seidenmorgenmantel.«

»Danke.« Er deutete eine adlige Verbeugung an. »Ich versuche, ein bisschen ins Viertel zu passen. Die Nachbarn dürfen uns ruhig mögen.«

»Gehörst du neuerdings einem Schlangenkult an?«

»Es … gefiel mir.« Liothan legte eine Hand auf die Sandschleiche.

»Ein wenig protzig für meinen Geschmack, aber nun gut. Du kannst es tragen.« Sie lachte. »Kann ich von dem Essen was abhaben?«

»Sicher.« Liothan hörte weitere Schritte, die sich der kleinen Küche näherten. Wie beiläufig zog er die Nachricht zu sich und steckte sie ein. *Glück gehabt.* »Du hast jemanden mitgebracht. Oder werden wir ausgeraubt?«

Ein zweites Mal öffnete sich der Eingang.

Herein kamen ein Mann mit Dreitagebart und in sandfarbener Kleidung sowie ein Gefangener in Ketten, der ein einfaches Leinenuntergewand sowie einen Sack über dem Kopf trug.

»Welch Überraschung! Mein Zellenfreund Irian Ettras! Und du hast die Haare heller, kürzer.« Liothan schob seiner Freundin die Pfanne hin. »Das Mitbringsel auf zwei Beinen ist sein Proviant? Frischherz in bester Verpackung?«

»Der Mann neben ihm ist ein Spion, den wir in der Wüste fingen«, erklärte Tomeija und bedeutete den beiden, sich zu setzen. Ettras positionierte den Gefesselten auf dem Stuhl, ehe er sich ungefragt vom Brot, dem Käse und dem Schinken abschnitt. Auch Obst packte er auf einen Teller und setzte sich zu ihnen an den Tisch.

»Hätte ich gewusst, dass du ihn mitbringst, hätte ich ein frisches Schweineherz gekauft. Als Ersatz.« Liothan grinste.

Ettras warf ihm einen herablassenden Blick zu. »Schönes Kleid, das du trägst. Hast du es von Eàkina behalten?«

»Zu schade, dass wir ihre alten Herzen wegwarfen. Du hättest gewiss ein wenig darauf herumkauen können.« Liothan deutete zu dem Vermummten. »Ihr habt den Spion im Kara Buran gefangen. Wie das?«

»Nein. Erst als er an Stärke verlor.« Tomeija schob die Pfanne zu Ettras und ließ einen Löffel zu ihm schlittern.

»Ich dachte, du wärst im Vergnügungsviertel!«

»War ich auch. Bis wir den Spion entdeckten und ihm nachgingen. Ich erkannte sein Konterfei von einem der angeschlagenen Plakate des Dârèmo. Ein gesuchter Kerl aus Thoulikon, der in Verbindung mit den Aufständischen stand.« Tomeija lachte entschuldigend. »Das muss noch aus den Zeiten als Scīrgerēfa stammen.«

»Immer auf Verbrecherjagd.« Liothan grinste. *Ich hoffe, dass sie sich das nicht wieder zur Gewohnheit macht.* »Und wie kommst du in diese Uniform?«

»Sagen wir, es wurde bei der Jagd turbulent. Das lag nicht nur am Sturm. Wir suchten Schutz in Sandwacht.« Tomeija wischte sich den Mund ab und trank Liothans Wasser aus. »Den Rest später am Abend, bei einem Glas Wein.« Sie nickte Ettras zu. »Erst will ich den Spion abliefern.«

»Und der Sack *weil?*«, hakte Liothan ein.

»Das Kopfgeld«, erinnerte ihn Ettras. »Obendrauf gab es noch einen Knebel gegen sein Geschrei. Wir hatten keine Lust, von jedem Halsabschneider aufgehalten zu werden, weil er die Münzen einstreichen will. Ich kann sie nämlich besser gebrauchen.« Er hatte das Obst aufgegessen und packte sich die restlichen Nahrungsmittel ein, als gäbe es keine Geschäfte, in denen man sie erstehen könnte. »Bis denn.« Er zerrte den Gefangenen vom Stuhl hoch.

»Wenn ich es recht bedenke«, entschied sich Tomeija um, »gehen wir anders vor. Ihr zwei wartet hier, und ich fühle bei der Vertrauten des Dârèmo vor. Es kann sein, dass ich besser verhandle, wenn ich mit ihr alleine rede.«

»Nur zu.« Liothan deutete einladend umher. »Das Haus ist groß genug, und ich habe ein großzügiges Herz, das bleibt, wo es ist.« Er pochte sich gegen die Brust. »Am rechten Fleck, sozusagen.«

»Links«, warf Ettras ein.

»Was?«

»Das Herz sitzt etwas mehr links.« Er bleckte die Zähne. »Vertrau mir.«

»Besser als jeder Iatros.« Liothan lächelte. »Macht es euch bequem, wo immer ihr wollt. Und man könnte dem armen Kerl den Sack abnehmen.«

»Damit er sieht, wo er ist? Nein. Sicher nicht«, widersprach Tomeija. »Der bleibt darunter.« Sie warf Ettras einen Blick zu, und ihr Gesicht verlor für einen Moment die Härte, bekam eine Weichheit, wie Liothan sie bei seiner Jugendfreundin selten gesehen hatte.

Als sie gegangen war, lehnte sich Liothan zurück, breit grinsend. »Also du und Tomeija.«

»Nein«, lautete Ettras' knappe Antwort, in der die Aufforderung steckte, nicht weiter in diese Richtung zu spekulieren.

»Doch.« Liothan verspürte Lust auf ein kühles Henket, aber seit seiner letzten Sauferei mit Kardīr ließ er die Finger vom Alkohol. »Ich sehe das.«

»Ich nicht.«

»Dann bist du ein Trottel.« Liothans Erleichterung über Tomeijas wohlbehaltene Rückkehr verschaffte ihm einen Höhenflug, den er nutzen wollte. »Habt ihr unterwegs zufällig Kardīr getroffen oder von ihm gehört?«

»Nein. Wir sind eben erst aus der Wüste zurückgekehrt, schon vergessen?« Ettras führte den Gefangenen aus der Küche. »Ich denke, wir machen es uns in einer ruhigeren Ecke gemütlich.«

Ihre Schritte verhallten.

Keine Lust auf Reden. Ich verstehe. Liothan erhob sich und ging die Stufen hinauf in die Bibliothek. Er wollte ein wenig aufräumen. Die Bücher und Notizen der letzten Sonnen lagen umher und würden Tomeija Aufschluss darüber erlauben, worüber er gebrütet hatte. *Gut, dass sie gleich wieder weiter ist.*

Die Nachschlagewerke über Magie und Historie von Wédōra hätten ihr noch gefallen, aber die Abhandlungen über die Verbrecherbanden in den Vierteln, ihre Geschichte und wer die berühmtesten Persönlichkeiten waren, hätten Fragen ausgelöst, denen er sich nicht stellen wollte. Und auch einer anderen Merkwürdigkeit wollte er sich kaum stellen: Als er nach seiner Saufnacht mit Kardīr allein in dessen Bleibe erwacht war, ohne zu wissen, wie er nach der zusätzlichen Flasche Wein die steilen Leitern überwunden hatte, fühlte er magische Energie in sich. Mondenergie. Von Ipoton und Raat. *Woher habe ich sie? Und wo steckt Kardīr?*

Statt einer Erinnerung fand er eine ramponierte Zettelsammlung mit seiner eigenen und Kardīrs Handschrift, aber er wurde nicht schlau daraus. Anscheinend hatten sie gemeinsam an Formeln gearbeitet und Theorien verfasst, wie man die Kraft aus menschlichen Behältnissen herausziehen und ableiten konnte. Aber waren sie auch zu einem Ergebnis gekommen?

Liothan hatte mit der neuen Kraft geübt. Kleinigkeiten, mit denen er Louthara und die Versammlung beeindrucken wollte. Die Keijo hatten ihn mit den Formeln versorgt, die kein anderer Razhiv zu nutzen verstand, da ihnen die Kraft der dreifaltigen Monde fehlte.

Liothan räumte die Bücher in die Regale zurück und begab sich nach einigem Lauschen, ob er etwas von Ettras oder Tomeija hörte, in seinen Ankleideschrank, dessen Wände mit Blättern vollgepinnt waren. Gedächtnisstützen zu seinem Vorhaben, Namen und Bezeichnungen der Banden aus der Vergangenheit, ihre besondere Sprache, Dialekte und geheime Gesten.

Liothan sammelte auch Namen und Ränge der Keijo, die sich nach dem Prinzip eines Rudels organisierten. Sie hatten ihm nicht verraten, wie viele von ihnen unterirdisch in den Zellentrakten gefangen gehalten wurden, aber ihre Zahl belief sich auf mehr als einhundert. Teils waren sie in den Verliesen geboren, teils in der Wüste gefangen und verschleppt worden, Gestrandete wie Liothan. Über ihnen standen die Angitila.

Ich muss herausfinden, über welche Entfernung ihre Gedankensprache reicht. Liothan zog den im *Stachelbusch* erbeuteten Silberdolch, den er als Trophäe und Glücksbringer mit sich führte, aus dem Gürtel und rieb sinnierend über die Gravuren.

Er kannte jeden Schwung auswendig, so oft nahm er die Waffe zur Hand. Aber in den Nachschlagewerken zu den Siegeln und Wappen der bedeutsamen Familien hatte er nichts gefunden.

Seine Gedanken wurden von der Erinnerung an die unbekannte Schöne angezogen. Wie so oft.

Seufzend nahm Liothan das Schreiben von Louthara und befestigte es mit einer Nadel in dem Bereich, den er für die Bruder- und Schwesternschaften nutzte.

Ein schwacher Geruch ging vom Papier aus – und er stammte nicht von der Tinte.

Es ist eine Botschaft darauf verborgen! Er hielt das Blatt gegen die Lampe. *Nichts.* Er schwenkte es vorsichtig über dem Flämmchen und wartete, ob sich etwas zeigte. *Auch nichts.*

Doch die Oberseite war klebrig geworden.

Schnell nahm er den Kohlestift, schabte mit dem Dolch feines Pulver auf den Brief, bis er ganz bedeckt war, und schüttelte ihn dann aus.

Rings um Loutharas Unterschrift kamen verschiedene Siegel zum Vorschein, die zu den Schwestern- und Bruderschaften gehörten. Ein verborgener Gruß. *Und … kann es sein?* Liothans

Herz pochte rasch und pumpte das Blut in seinen Kopf, dass es in seinen Ohren rauschte. Um sicherzugehen, hob er den Dolch und hielt ihn neben den Brief. *Es ist das Wappen auf dem Griff!*

Liothan konnte es nun nicht mehr erwarten, alle Aufgaben erfüllt zu haben. Dann würde er die Frau wiedersehen, die er seit dem Abend in der Kaschemme nicht mehr vergessen konnte. *Sie muss bei den Verhandlungen dabei sein! Hastus, sie muss, hörst du?*

Nur langsam sickerte die Erkenntnis in ihn ein, dass seine Angebetete offenbar einer kriminellen Familie angehörte. Und mindestens einer aus deren Reihen konnte Liothan nicht ausstehen.

* * *

Wédōra, Nordvorstadt

Zu einem späteren Zeitpunkt, als es in der Festung sicherer wurde, untersuchte ich die verbrannten Leichen, die zusammen mit mir durch die Explosion aus der Stahlkammer geschleudert wurden«, näherte sich Tomeija dem Ende ihres Berichts.

Sie und Sarāsh saßen im Nebenraum des Driochor-Tempels, in dem sie sich ungestört besprechen konnten. Berizsa hatte ihr eine Nachricht hinterlassen, dass sie ernsthaft erkrankt sei und sich einen Mâne lang in die Obhut einer Iatra begeben müsse. Es sei das übliche Leiden, das die Menschen aus Doravo quäle und das nach starken Schmerzmitteln verlange.

»Der Oberkörper des toten Schmugglers, der die anderen vorher aufwiegelte, um mich zu töten, war einigermaßen von der Hitze verschont. Er trug eine Tätowierung. Auf der Innenseite der rechten Wange.«

Sarāsh lauschte aufmerksam und schrieb gelegentlich auf das

Blatt vor sich. Ob es Fragen oder Gedächtnisstützen waren, ließ sie offen. Um in der Vorstadt nicht aufzufallen, hatte sie die Rüstung gegen ein einfaches Gewand mit Kapuze getauscht sowie auf ihre Leibwachen verzichtet. »Wie kamt Ihr darauf, an der Stelle nachzusehen, Shudiya-Lha?«

Tomeija lächelte. Seit der Rückkehr aus Sandwacht sprach die Vertraute des Herrschers sie mit dem neuen Titel und der höflichen Anrede an. *Aus Respekt vor dem Geleisteten.* »Ich kenne die Gepflogenheiten der Verbrecher meiner alten Heimat. Nicht alle sind dämlich, eingebildet oder selbstbewusst genug und zeigen ihre Zugehörigkeitszeichen unverhohlen.« Sie nahm einen Zettel, auf den sie das Symbol gezeichnet hatte, und schob ihn zu Sarāsh. »Sagt Euch das etwas?«

»Sicherlich. Das ist das Symbol der Ghominàs. Begnadete Schmuggler, von denen ich annahm, es gäbe sie nicht mehr. Die Familie galt nach dem Mord an ihrem Oberhaupt vor vierzig Siderim als ausgestorben. Niemand weiß, was aus den Kindern wurde. Sie gehörten zu den Flinken Händen, ein Zusammenschluss verschiedener Banden, der sich auflöste.« Sarāsh schob das Papier zurück. »Ich täuschte mich. Und Ihr habt es aufgedeckt. Und den Mord an Ellja aufgeklärt. Meine Hochachtung.«

»Vielen Dank.« Die Anspannung fiel allmählich von Tomeija ab. Sie hatte sich bei ihrem Bericht ununterbrochen konzentriert, um ihre Zunge im Zaum zu halten. Jede kleine Lüge musste wohldurchdacht sein, damit sie glaubwürdig blieb. Die Kühle des Tempels verhinderte, dass ihr unter der dunkelgrau-weißen Priesterinnenrobe der Schweiß ausbrach.

»Erste Berichte über die Greueltaten, die sich in der Festung abspielten, gelangen in die Stadt.« Sarāsh hob den Kopf. »Meine Späher kehrten mit Schilderungen von Massakern in den Gängen und Räumen zurück, dass es ein Wunder ist, Euch lebendig vor mir zu sehen. Driochor liebt Euch.«

»Das kann ich nicht verleugnen. Es war ... harte Arbeit, mein Leben zu bewahren.« Tomeija verdrängte die Bilder, die sie in den ruhigen Momenten eines Tages überfielen und sich vor allem nachts anschlichen. Sie würde sie ein Leben lang mit sich herumtragen. »Den Nakib-Dho riss es in den Kara Buran hinaus. Ich schätze, es sind Hunderte von Toten.«

»Ja. Das sagte man mir auch. Die Beschädigungen an der Festung sind noch längst nicht erfasst, aber ich muss davon ausgehen, dass wir sie abreißen und neu errichten müssen. Das wird lange dauern und Opfer fordern. Und es bedeutet eine Schwächung von Wédōras Kampfkraft. Unsere Handvoll Gleiter hätten nur die Stadt als Startpunkt. Die Gebäude sind jedoch zu niedrig, um ohne heiße, aufsteigende Luft weit genug in die Wüste zu fliegen und zurückzukehren.« Sarāsh überlegte eine Weile.

»Was ist mit dem Turm des Dârèmo?«

»Nein. Das wird der Herrscher niemals erlauben.«

»Ich habe nicht viel von der Festung gesehen, als ich mich zurückzog. Es mag sein, dass die Grundmauer noch intakt ist.«

»Die Baukundigen werden es mir bald berichten.« Sarāsh erhob sich und wanderte durch den Raum, die Hände auf den Rücken gelegt. Es war ungewohnt, sie ohne Rüstung zu sehen. »Weswegen fielen die Phantome über die Besatzung her und brachten sie dazu, sich gegen ihre Freunde zu wenden?«

»Irian Ettras sagte, es hinge mit dem Kara Buran zusammen. Er hätte sich anders benommen als sonst. Das stachelte sie auf.« Tomeija wickelte ihre langen grauen Haare zusammen und steckte sie mit einer Spange am Hinterkopf fest.

»Der Hakhua? Er war auch dort?«

»Ja.«

»Was wollte er?«

»Alte Freunde besuchen.« Tomeija ging noch eine Andeutung weiter, um von sich abzulenken. »Es könnte sein, dass der Keel-Èru, den man fing, auch etwas damit zu tun hatte. Er entkam jedoch mit dem Artefakt, das Ellja den T'Kashrâ raubte. Er sagte mir im Verhör, dass es sich dabei um einen F'Shasiik, einen Rufer handelte, mit dem man für Menschen unhörbare Signale sendet. Wie eine Hundepfeife. Für die Kreaturen im Sandmeer. Auch das könnte die Phantome aufgebracht haben.«

Sarāsh blieb stehen und legte ihren ergründenden Blick auf die Shudiya-Lha. »Und dass Ihr etwas damit zu tun haben könntet, kam Euch nicht in den Sinn?«

»Weil ich Driochor diene?«

»Vielleicht.«

Tomeija schüttelte den Kopf. »Die Geister kümmern sich nicht um unsere Gottheiten. Sie halten sie für von Menschen erdacht und betrachten sich selbst als höchste Wesen.«

»Ihr sprecht zu viel mit dem Hakhua. Ihr klingt bereits ein wenig wie er.« Die Vertraute des Dârèmo nahm das Umherlaufen erneut auf. »Ob wir jemals erfahren werden, was sich in Sandwacht zugetragen hat, wage ich nicht vorherzusagen. Der Sturm klingt ab, und ich werde auf dem Berg aufräumen lassen. Der Verwesungsturm wird voll wie nie sein.«

Tomeija sagte zu den laut geäußerten Gedanken nichts. Sie fürchtete, mit den Ausführungen zum Keel-Èru und Irian Ettras zu viel Aufmerksamkeit geweckt zu haben. »Wo wir gerade vom Verwesungsturm sprechen: Es gibt Menschen, die darin darben. Die Vergessenen. Die Weggeworfenen. Das ist kein Umgang mit den Schwächsten«, wagte sie den Vorstoß.

Aber Sarāsh ging nicht weiter darauf ein. »Wir hätten die Festung benötigt.«

Dann zu einem besseren Moment. Der Tonfall machte Tomeija stutzig. »Droht ein Angriff?«

»Es geht mir und dem Dârèmo mehr um das, was sich zwischen Thoulikon und Sungàm Tasai zusammenbraut«, antwortete sie bedächtig. »Nach dem Überfall auf die Delegation in der Wüste und dem Abschlachten zahlreicher Familienmitglieder wurde mir zugetragen, dass der Kèhán des Großreiches Rache will.«

»Krieg.«

Sarāsh machte eine bestätigende Handbewegung. »Damit wird Wédōra zur Drehscheibe des Aufmarsches für Thoulikon.

Der Dârèmo wird das Heer nicht hereinlassen, doch die Stadt ist in Gefahr, in die Kämpfe verwickelt zu werden.«

»Falls die Sungàm Tasai einen Ausfall über mehr als dreihundert Meilen wagen«, warf Tomeija ein.

»Ihr seid nicht nur eine Gesetzeshüterin, sondern auch eine Strategin?«

»Nein. Nicht, was Kriege angeht. Das überlasse ich jenen, denen es danach gelüstet.« Sie korrigierte den Sitz der neuen weißen Lederhandschuhe. »Während ich in der Festung darauf wartete, dass der Kara Buran nachlässt, machte ich mir lieber Gedanken darüber, wie ich meine Einheit aufbauen möchte.«

Sarāsh lachte leise. »Ihr seid ein Phänomen. Inmitten des Durcheinanders bereitet Ihr vor, wie Ihr gegen die Verbrecherbanden vorgehen wollt.«

»Es bewahrte mich davor, meinen Verstand zu verlieren.« Tomeija musste nicht einmal lügen. Mit zitternden Fingern hatte sie aufgeschrieben, was sie brauchte und was sie vom Dârèmo haben wollte. »Ich rechne damit, dass ich einen halben Siderim lang die passenden Leute auswähle. Unter den Gestrandeten und unter den Neuzugezogenen, sofern sie Gesetzlose sind.«

»Gesetzlose?«

»Feuer bekämpft man auch mit einem Gegenfeuer.« Tomeija zog ihre Aufzeichnungen heraus. »Meine Vorgehensweise basiert auf zwei Säulen: zum einen Zwietracht und das Schüren von Kriegen zwischen den Bruder- und Schwesternschaften, damit sie sich gegenseitig schwächen, und zum anderen das Trockenlegen der Stätten, an denen sie wirken.«

»Das Vergnügungsviertel müsste niedergebrannt werden, um das zu erreichen.«

»Zu drastisch. Aber die übrigen Viertel werden nach und nach an den Dârèmo zurückfallen. Wenn wir die Banden ausgedünnt haben, ist auch das Vergnügungsviertel unter unserer Kontrolle. Alles steht und fällt mit den richtigen Leuten für das Unterfangen.«

»Das sehe ich genauso.« Sarāshs Gesicht zeigte, dass sie beeindruckt war. »Ihr fürchtet Euch kein bisschen vor dem, was auf Euch zukommt.«

»Nein. Ich hatte in der Baronie auch mit Abschaum zu tun.«

»Das hier ist keine beschauliche Baronie. Dies ist Wédōra. Unser Abschaum kämpft mit anderen Waffen.« Die Vertraute des Dârèmo nickte leicht. »Ihr habt den Biss, der nötig ist. Euren Vorgängern mangelte es daran.«

»Das dachte ich mir.« Tomeija machte sich keine Illusionen darüber, wie die vorherigen Shudiya-Lhi den Dienst quittiert hatten. »Driochor wird mich leiten. Mein baldiges Amt der Hohepriesterin wird auch als Tarnung dienen. Ich erwarte, dass der Dârèmo mir keine Knüppel zwischen die Beine wirft. Der Tempel wird mein Hauptquartier, sobald ich Amt und Würde von Berizsa übernommen habe. Meine Leute werden für besonders gläubig gehalten werden.«

Sarāsh kehrte an den Tisch zurück und setzte sich. »Sehr gut. Der Dârèmo gewährt jedem Mann und jeder Frau, die Euch folgen, eine Summe von eintausend Silbermünzen je Siderim als Lohn sowie alles an Vermögen, was wir dem Abschaum abnehmen. Ausrüstung, Waffen und derlei werden Euch gestellt. Ich muss nur wissen, was Ihr benötigt.«

»Ausgezeichnet. Ich langweile Euch nicht mit näheren Ausführungen zu meinen Vorhaben, werde Euch jedoch auf dem Laufenden halten.« Tomeija war der kommende Punkt besonders wichtig. »Ich brauche Begleitschreiben für mich und meine Leute. Mit dem Siegel des Dârèmo, falls wir in eine Lage geraten, in der uns die Garde oder die Soldaten festsetzen oder mit dem Tod bedrohen.«

»Ich verstehe. Aber damit wäre die Tarnung der Person aufgehoben. Und man könnte Rückschlüsse aus der besonderen Frömmigkeit Eures Mitglieds und seiner Tätigkeit ziehen«, gab Sarāsh zu bedenken.

»Das wird sich verhindern lassen«, erwiderte Tomeija. »Für den Anfang werden fünf solcher Schreiben genügen. In einem Siderim habe ich die Anzahl aufgestockt.«

»Fünf.« Die Vertraute wirkte amüsiert. »Fünf gegen Hunderte.«

»Aber die Hunderte wissen nichts von uns fünf«, gab Tomeija zurück. »Auch Ihr werdet die Namen nicht erfahren. Zum Schutz meiner Truppe.«

Sarāsh machte ein zufriedenes Gesicht. »Der Dârèmo hat sich die Richtige für die Aufgabe ausgesucht.«

»Das hat er.«

»Neben dem Anwerben von geeigneten Männern und Frauen werdet Ihr Eure Tätigkeit umgehend aufnehmen.« Sarāsh schob den Zettel mit dem Symbol näher zu Tomeija. »Macht die Ghominàs ausfindig und nehmt sie hoch. Diese Artefaktdiebe tragen eine Mitschuld daran, dass Sandwacht in diesem Zustand ist und so viele Soldatinnen und Soldaten gestorben sind.«

»Sobald ich die Beweise zusammengetragen habe, erhaltet Ihr sie.«

»Das könnt Ihr tun. Oder aber« – Sarāsh wies auf das Hinrichtungsschwert – »Ihr erledigt das selbst. Das Amt gibt Euch und Euren Leuten die gleiche Befugnis wie einem Shudiya.«

Tomeija hatte nicht vor, die Verbrecher selbst zu exekutieren. *Diese Zeiten sind Geschichte.* »Das überlasse ich den Gerichten. Ich verteidige mein Leben, mehr nicht.« Sie nahm das Stück Papier an sich. »Die Familie Ghominàs bringe ich Euch. Noch im Verlauf dieses Siderim.«

»Ich rechne mit nichts anderem.« Sarāsh erhob sich, richtete das unauffällige Gewand und streifte die verhüllende Kapuze über den Kopf; ein weißer Spitzenschleier legte sich vor das Gesicht, der gegen Blicke und Sonne gleichermaßen half. »Ich lasse Euch das Wissen über die Bruder- und Schwesternschaften unauffällig in den Tempel bringen. Erwartet nicht zu viel: Es ist kaum der Rede wert.«

»Sonst brauchte mich der Dârèmo auch nicht.« Tomeija stand auf. Die Frauen reichten sich die Hände.

»Ach ja: Werdet Ihr Euren Freund, den Helden, auch in Eure Truppe stecken? Wie war noch gleich sein Name …«

»Liothan?«
»Ja.«
Tomeija lachte schallend.

* * *

Wédōra, Krankenviertel

Tomeija durchstreifte die Straßen des Krankenviertels am späten Nachmittag mit einem gemischten Gefühl. In ihrer Tasche trug sie Naschzeug, das sie auf einem der vielen Märkte gekauft hatte: eine raffiniert gefüllte Ika-Frucht, deren Hülle man zerlutschte und die daraufhin eine weich-flüssige Creme aus Datteln und gerösteten Nüssen freigab.

Sie freute sich, Berizsa zu besuchen und ihr von den Erlebnissen in Sandwacht zu berichten. Die Doravo litt an den Nebenwirkungen ihrer körpereigenen Gabe, metallische Gegenstände manipulieren und bewegen zu können. Die Schaustellerin und Hohepriesterin kannte diese Anfälle bereits seit dem Erwachen ihrer Kraft und wusste, was dagegen zu tun war.

Zugleich erinnerten die Gassen und Gebäude Tomeija an ihre erste Zeit in Wédōra, als sie durch eine Fügung in diesem Stadtteil gelandet war. Es hatte sie einigen Einfallsreichtum gekostet, daraus zu entkommen. Die Erinnerung an den Izozath, dessen Tochter sie von einem Wundbrand befreite, und das indirekte Zusammentreffen mit dem Statthalter Dyar-Corron waren nicht vergessen.

Noch weniger vergessen konnte sie, dass der Oberste Iatros sie in den Verwesungsturm hatte werfen lassen. Den Grund dafür bekam sie nie heraus. *Vielleicht heute.*

Das Krankenviertel war das sauberste sämtlicher Stadtteile.

Keinerlei Unrat verdreckte das Pflaster. Es roch nach starker Minze, welche die Atemwege befreite. Reinigungstrüppchen liefen mit Handwagen umher und versprühten reinigende Flüssigkeiten, die in den Laboratorien von Dyar-Corron entwickelt wurden, auf Straßen, Hauswände und Türgriffe, um Erreger auszulöschen und dem Ausbruch von Krankheiten vorzubeugen. Obwohl die Iatroi und die Pflegebediensteten ausgezeichnete Arbeit leisteten, waren die Spitznamen für das Viertel wenig schmeichelhaft: Siechenpflaster, Sterbegassen und Todeshäuser.

Ich habe die Weggeworfenen im Verwesungsturm nicht abgeschrieben. Die gängige Grausamkeit, Todkranke ohne Aussicht auf Heilung einfach zum Sterben ins Knochenmeer zu werfen, wollte sie beenden. Und auch Dyar-Corron, der heimlich mit den Armen der Stadt Experimente anstellte, würde sie nicht tatenlos hantieren lassen. *Eines nach dem anderen.*

Tomeija erreichte das Haus, in dem die Frau aus Doravo behandelt wurde, und betätigte den Klingelzug.

Ein in Weiß gekleideter Mann öffnete. Da er keine Abzeichen an dem langen Kittel trug, gehörte er zu den einfachen Pflegern, nicht zu den Iatroi, die für die eigentliche Behandlung der Gebrechen zuständig waren.

»Driochors Segen«, grüßte sie, ohne Scheu, den Namen des Gottes zu verwenden. »Ich möchte zu Berizsa. Mein Name ist Tomeija.«

»Sie hat mit Euch gerechnet.« Der Mann öffnete die Tür. »Kommt herein. Ich führe Euch.«

Tomeija betrat das kühle Innere des Gebäudes, in dem es nach Minze und Weihrauch roch.

Das Anwesen diente zum Auskurieren und Ausruhen, die Behandlung schwerer Leiden wurde hier nicht vorgenommen. Entsprechend geringe Vorsichtsmaßnahmen gegen eine Ansteckung waren getroffen worden, die an der Wand gegenüber dem Eingang in verschiedenen Sprachen geschrieben und mit Piktogrammen verdeutlicht wurden: Finger nicht ablecken, so wenig wie möglich anfassen, nicht in den Augen reiben.

Der Pfleger führte Tomeija durch hohe, schmale Gänge, in die das Licht durch die riesigen Fenster fiel. Im Innenhof war ein kleiner Garten mit Brunnen, um den Männer und Frauen auf Liegen ruhten. Auf den Tischen standen Karaffen mit Wasser und Fläschchen mit Arzneien in flüssiger oder pulvriger Form. Musiker spielten leise Melodien auf Harfe und Vielfachflöte, die für Entspannung des Geistes sorgen sollten.

Die Ruhe griff auf Tomeija über. *Berizsa ist hier gut aufgehoben.*

Es gab verschiedene Geschichten über das Krankenviertel und seinen blinden Statthalter Dyar-Corron. Eine Tatsache war, dass er jede Krankheit ertastete, ohne sich mit einer davon anzustecken. Pest, Keuchhusten, Blutschweiß, nichts bezwang ihn. Ein weiteres Gerücht trug einen sehr wahren Kern in sich: Der Mann konnte menschliche Herzen austauschen. Die adelige Eàkina war eine seiner Patientinnen gewesen und hatte gleich mehrere Verpflanzungen durch den Obersten Iatros vornehmen lassen. Die alten Organe waren als Andenken hinter einer geheimen Wand in ihrem Haus verborgen gewesen. Und sie hatten geschlagen, bis Liothan sie dem Feuer übergeben hatte. Dyar-Corron und seinen Heilern wurde zudem nachgesagt, Versuche mit Lebenden und Toten anzustellen. Auch hieß es, er sei komplett wahnsinnig und alleinstehend, da kein menschliches Wesen seine Nähe länger als eine Sonne lang ertrug und er sich des Nachts in eine Bestie verwandelte. Und das Gerücht, er könne künstliche Lebewesen aus Leichenteilen zusammensetzen, rief Tomeija als baldige Hohepriesterin von Driochor auf den Plan.

Die Türen zogen an ihr vorbei, die meisten von ihnen geschlossen. Durch gelegentliche Spalte zwischen Rahmen und Blatt sah sie die Einrichtung, die einerseits einfach, andererseits warm und freundlich gehalten wurde. Die Kranken sollten sich wohl fühlen und genesen.

Der Pfleger blieb vor der Kammer stehen. »Hier liegt sie.« Er öffnete, ohne anzuklopfen.

Auf dem Bett und unter einem dünnen, durchsichtigen Laken, das über das Gesicht gezogen war, lag Berizsa. Die Brust hob und senkte sich nicht, das Tuch vor ihrer Nase lag still.

»Sagt mir Bescheid, wenn ich sie in den Verwesungsturm bringen lassen kann.« Der Pfleger drehte sich um und wollte zum Bänkchen im Gang gehen.

Tomeija hielt ihn am Arm fest. »Wann ist sie gestorben?«

»Gestern, bei Einbruch der Nacht.«

»Hat sie …«

»Gelitten? Nein. Ihr findet einen Brief, der an Euch adressiert ist, bei ihren Habseligkeiten.«

Tomeija ließ ihn los, nickte betroffen. Sie scheute vor der Toten nicht zurück, aber dass es die Hohepriesterin so bald ereilt hatte, war eine Überraschung. Berizsa war überzeugt gewesen, noch mindestens drei, vier Mânen zu leben und sich dann Driochor zu übergeben.

Tomeija setzte sich neben das Bett und zog das Laken weg. Sie betrachtete das Gesicht der Frau. Der Ausdruck war entspannt, ohne Schmerzen, ohne Freude. »Du hättest mir noch viel beibringen müssen«, sprach sie leise. »Aber ich verspreche, ich lerne aus den alten Aufzeichnungen, was du mir nicht mehr weisen durftest.«

Tomeija nahm den gefalteten Brief heraus und öffnete ihn.

Mehr als ein paar Zeilen hatte Berizsa nicht zustande gebracht. Die Handschrift war krakelig, kaum leserlich, und die Nachricht brach mitten im Satz ab. Abschiedsworte, teils schon in geistiger Umnachtung verfasst, in denen von Bestien die Rede war, welche der Hohepriesterin vor der Tür auflauerten, um an ihr besonderes Blut zu gelangen. *Lieber töte ich mich selbst, und so*

Hier endete der Brief, Tomeija steckte das Papier ein.

Hätte sie nicht eben über die Gerüchte nachgedacht und damals selbst eine denkwürdige Begegnung im Krankenviertel gehabt, würde sie nicht über Berizsas Nachricht grübeln. Delirium verursachte die absonderlichsten Visionen.

Bestien. Tomeija zog das Laken behutsam über den Hals abwärts, um nach Verletzungsspuren zu sehen, die bewiesen, was die Doravo geschrieben hatte.

Kratzer, Bisse und herausgerissenes Fleisch gab es nicht, dafür aber einen perfekt vernähten Y-Schnitt. Jemand hatte die Tote nach ihrem Sterben examiniert.

Oder … Tomeija erhob sich und zog ihren Dolch, trennte das Garn auf und klappte die Hautlappen auseinander.

Vor ihr lag ein ausgeräumter Brustkorb und eine leere Bauchhöhle. Die inneren Organe waren entnommen worden und durch eine Lage polsterndes Stroh ersetzt worden. Es roch nicht nach Verwesung, der Iatros hatte duftendes Puder für die Trocknung zum Einsatz gebracht.

Seitdem Tomeija unfreiwillig im Verwesungsturm gelandet war und von den Vergessenen mehr über die Praktiken von Dyar-Corron wusste, zweifelte sie nicht einen Herzschlag daran, dass der Diebstahl auf den Obersten Iatros zurückging. *Das wird er mir erklären müssen. Das und vieles mehr.*

Sie verließ die Kammer und holte den Pfleger heran. »Ich will zu Dyar-Corron.«

»Das wird nicht möglich sein.«

»Doch. Ist es. Meine Freundin wurde nach ihrem Tode bestohlen.«

»Wir haben die Habseligkeiten nicht angefasst!«

»Ihre Organe sind entnommen worden.«

»Ah. Das ist eine übliche Vorgehensweise, wenn es keine Angehörigen gibt.«

»Sie hatte mich! Der Brief, der –«

»Ihr wart nicht eingetragen, um in ihrem Namen zu entscheiden.« Der Pfleger machte ein mitleidiges Gesicht. »Es ist eine übliche Vorgehensweise«, betonte er. »Niemand stiehlt hier Organe.«

»Was geschah damit?«

»Ich nehme an, die Iatroi nutzen die Innereien, um ihre Forschungen zu betreiben und mehr über den menschlichen Körper zu lernen.« Er zeigte hinein. »Kann ich die Tote wegbringen lassen?«

»Dass sie eine Doravo war, spielte eine besondere Rolle.«

»Wie meint Ihr das?« Der Pfleger schauspielerte entweder wie nie ein Mime zuvor oder hatte keinerlei Ahnung, welche Besonderheit die Menschen aus dieser Region in sich trugen.

Tomeija konnte sich das Nachhaken jedenfalls ersparen. »Ich brauche Nadel und Faden. Die Naht muss geschlossen werden.«

»Das mache ich schon.«

»Nein. Keine Sorge. Ich beherrsche das Handwerk.«

Der Pfleger ging an einen der im Gang aufgestellten Schränke, öffnete ihn und suchte aus dem gut sortierten Vorrat an Verbandsmaterialien Garn und Nadel, um es an Tomeija zu reichen.

Sogleich kehrte sie in die Kammer zurück und machte sich an die Arbeit. Dabei sandte sie Gebete zu Driochor, dass er sich um seine einstige Hohepriesterin kümmern solle und ihr einen Thron bereitstelle, um die Seelen der Gläubigen zu leiten.

Versunken in ihr Tun, bemerkte sie die Person erst, als sie in den Raum trat. Das leise Scharren stammte von dem rutengleichen Taststock, der über die Fliesen glitt.

Dyar-Corron. Tomeija wandte sich leicht um.

Er trug einen weißen Kittel, der bis zu den Knien reichte, unter dem ein schwarzes Untergewand lag. Die Hände steckten in schwarzen Lederhandschuhen, welche die Unterarme mit bedeckten. Die Stoffschuhe waren mit Stulpen geschützt.

»Ich hörte, Ihr wollt mit mir sprechen?«, sagte er mit leiser Stimme und blieb auf der anderen Seite des Bettes stehen. Äußerlich erschien er wie ein Mann von zwanzig Siderim, dabei musste er mindestens siebzig sein. Die schwarzgrünen Haare lagen bis zum Nacken um seinen länglichen Kopf, die Augen hielt er geschlossen.

Tomeija war von seinem Erscheinen überrascht. »Ich habe gesehen, dass Ihr die Innereien meiner Mentorin Berizsa habt entnehmen lassen«, sagte sie und legte die Hände auf das Bett, um sich zu nichts hinreißen zu lassen. Dieser Mann hatte sie von einem Schergen über die Brüstung in die Leichenberge werfen lassen. »Weswegen?«

»Um sie zu untersuchen«, lautete die freundliche Antwort.

»Weil sie eine Doravo ist?«

»Weil sie eine Doravo ist, weil ich wissen muss, ob sie unerkannte Krankheiten hatte, welche der Stadt gefährlich werden könnten, und aus vielen weiteren Gründen mehr, die ich mit Euch nicht besprechen werde.«

»Oder, weil Ihr die Organe in einen anderen Menschen habt einsetzen lassen? Herzen könnt Ihr versetzen – warum dann nicht andere?«

Dyar-Corron hüstelte. »Ich erklärte es Euch.«

»Ihr wisst nicht, wer ich bin.«

»Ihr seid Tomeija, soweit ich weiß. Eine Gestrandete, der es gelungen ist, die Stadt … sagen wir, Ihr habt Kammerjägerin gespielt und die Ratten erschlagen. Das wäre auch anderen gelungen.« Er blieb gelassen und zeigte keine Spur von Reue. »Ihr fragt Euch, warum ein Totenwächter Euch in meinem Namen ins Gebeinmeer warf?«

»Sehr sogar.«

»Ich bin offen zu Euch.« Dyar-Corron hob seinen Taststock, die Spitze zielte über den Leichnam hinweg auf Tomeijas Brustbein. »Die Menschen mögen zu den Göttern beten, aber sie erfahren Linderung von ihren Gebrechen durch mich. Niemanden sonst.« Die Spitze wanderte aufwärts. »Ich hörte von Euch und Eurem Freund, und ich erfuhr, wie sehr Driochor zu Euch sprach. Wie stark Ihr mit ihm verbunden seid. Stärker als Berizsa oder ein anderer Priester in Wédōra. Bevor ich mir anhören musste, dass die kommende Hohepriesterin die Toten zurückholt, handelte ich.« Surrend schoss der Stock zur Seite und kehrte mit dem Ende auf den Boden zurück, es klickte peitschend. »Danach dachte ich, Ihr würdet in dem Durcheinander umkommen. Aber ich unterschätzte Euch.«

»Und nun?«

»Seid Ihr am Leben geblieben. Und neue Hohepriesterin. Ich lege mich nicht ohne Grund mit dem Dârèmo an, der wohl zu Euren Freunden zählt«, sagte Dyar-Corron ehrlich. »Aber versucht Ihr, Wunder an Verstorbenen zu vollbringen, werdet Ihr rasch feststellen, dass ich es nicht dulde.« Er wandte sich um und ging zur Tür, als würde er genau sehen, wohin er schritt. »Dann wird Euch auch der Dârèmo nicht vor meinen Häschern bewahren.« Er drückte die Klinke herab. »Aber mit etwas Glück bringt Euch jemand aus der übrigen Priesterschaft um. Die Gottheiten mögen sich untereinander tolerieren; ihre Anhänger tun dies nicht.« Dyar-Corron verschwand hinaus.

Tomeija hob langsam die Hände von der Bettkante. *Ich habe einen erklärten Feind. Wenigstens macht er kein Geheimnis daraus* .

Damit würde der Oberste Iatros auf ihre Liste wandern, auch ohne ein offizieller Krimineller zu sein.

* * *

WÉDŌRA, SÜDVORSTADT

Irian Ettras bewegte sich in den letzten Ausläufern des Kara Buran durch die Straßen, vorbei an den Kontoren der Kaufleute, und begab sich zum vereinbarten Treffpunkt. Niemand bemerkte ihn in seiner sandfarbenen Kleidung, und das Säuseln des Windes schluckte das Rascheln seiner Schritte.

Bevor er sich in den Dienst von Tomeijas Sache begab, denn die Aussicht auf einen Freibrief des Dârèmo war sehr verlockend, wollte er sich das Angebot bezüglich eines rasch zu erledigenden Auftrags in der Wüste anhören.

Angesprochen worden war er von einem Händler auf dem Markt, für den er mehrere Karawanen durch das Sandmeer geführt hatte. Der Krämer tat geheimnisvoll, was den eigentlichen Auftraggeber anging, und betonte, dass nur Irian dafür in Frage käme.

Irians Gedanken schweiften zu seinen Erlebnissen in Sandwacht. *Die Phantome. So erlebte ich sie nie.* Die Wut der Geister hätte durchaus auch ihn das Leben kosten können. Wie bei einem wilden Tier, mit dem man sich verbunden fühlte, und doch konnte es jederzeit seine Fänge in einen bohren.

Nichtsdestoweniger hatte er die Zeit in der Festung genossen, und das nicht nur wegen der Soldatenherzen, mit denen er sich den Bauch vollgeschlagen hatte. *Die Nähe zu Tomeija.* Sie war der Hauptgrund, weswegen er zugestimmt hatte, bei der abenteuerlichen Truppe mitzumachen, die unter ihrer Leitung gegen die Banden vorging.

Die Warnung des Keel-Èru, dass Tomeija an einen Mar'Dheon gebunden war, unwiderruflich und bis zu ihrem Tod, schreckte ihn nicht. *Ich bin in Wédōra, der andere nicht.*

Irian ging auf den Eingang des gehobenen Gasthauses *Sandperle* zu, in dem sich die Händler aus Aibylos, Orrigal und Volūga trafen, um die neusten Geschichten auszutauschen. Einfache Packer und Arbeiter trieben sich in billigeren Kaschemmen herum.

Irian bewunderte Tomeijas Mut und Abgebrühtheit, wie sie den Gefangenen durch die Tore der Stadt geführt hatte, mit dem Segen der Garde und dank des Papiers des Dârèmo sowie einigen Notlügen. Inzwischen würde der T'Kashrâ zusammen mit ihr im Driochor-Tempel und damit in Sicherheit sein.

Ein gefährliches Spiel. Irian ahnte, warum Tomeija den Krieger mitgenommen hatte. Niemand erwartete einen wie ihn in der Stadt, ausgestattet mit tödlichen, unbekannten Kräften. Das bedeutete einen großen taktischen Vorteil gegenüber den Bruder- und Schwesternschaften, die allenfalls schlechte bis mittelmäßige Razhiv in ihren Reihen hatten. Außerdem erfuhr sie aus erster Hand mehr über den Mar'Dheon, der sie mit seinem Zeichen versehen hatte, und über die Wüstenvölker. Blieb ein Problem: *Er ist kein Keel-Èru.* Dem Geheimnis des verkleideten T'Kashrâ würde Irian nachgehen. Sobald er sich mit dem Unbekannten getroffen hatte.

Er betrat die *Sandperle*.

Kaum hatte er zwei Schritte hineingetan, trat ein Gerüsteter an ihn heran, der dem Geruch und dem Staub auf seinem Harnisch nach eine längere Reise hinter sich hatte.

»Hier entlang«, sagte er lediglich und ging voraus, um Irian an einen versteckt stehenden Tisch zu führen, an dem zwei Männer und eine Frau saßen. Sie trugen keine allzu teuren Roben, doch der Schmuck verriet, dass sie es gewohnt waren, prächtigere Gewänder zu tragen.

»Willkommen.« Der rechte Mann, dessen Augen gelb wie Windgras waren, übernahm das Sprechen. »Wir haben gehört, es gäbe keinen Besseren als dich, wenn es darum geht, die Geheimnisse im Sandmeer zu erkunden und lebend damit zurückzukehren.«

»Das schmeichelt mir.«

»Ist es nicht so?«

»Ich sitze lebend vor dir.« Irian hörte an dem Zungenschlag, dass der Mann aus Thoulikon stammte, auch wenn er sich Mühe gab, durch unauffällige Kleidung keinen Aufschluss über die Herkunft zu geben. »Und wenn du mich ins Meer aus Sand und Tod schickst, was sollte ich wohl für dich finden? Um eine Eskorte oder das Anführen einer Karawane geht es dir nicht.«

»Stimmt.« Der namenlose Mann ließ sich von der Frau eine kleine Landkarte geben, die grob Wédōras Umgebung zeigte. Etliche Markierungen und Anmerkungen waren rund um das Reich der Sungàm Tasai vorgenommen worden. »Wenn du meinen Auftrag annimmst, mache ich dich reich.«

»Bin ich schon.«

Die Antwort brachte den Mann zum verblüfften Schweigen.

Irian feixte. »Und nun?«

Die Frau warf ihm ein Beutelchen zu, das er auffing. »Bist du reich genug, um *diesen* Stein abzulehnen?«

Irian öffnete die Kordel und blickte hinein. *Ein Feuerdiamant.* Diese Sorte gehörte zu den seltensten Edelsteinen, die man in Thoulikon finden konnte, und sie zeichneten sich nicht alleine durch ihre Brillanz aus, sondern durch ihre besonderen

Eigenschaften. Gelangten sie in die Nähe von Edelmetallen, schimmerten sie auf.

»Davon bekommst du vier Paar. Jemandem, der viel in der Wüste herumkriecht, können sie gute Dienste leisten. Stell dir vor, was du damit aus dem Boden ziehen kannst«, lockte die Frau ihn.

Irians Neugier steigerte sich, was nicht an der fürstlichen Belohnung lag. »Du musst verzweifelt sein, wenn du mit Diamanten um dich wirfst.« Er betrachtete die Karte. »Ihr seid aus Thoulikon. Wie ich den Gerüchten entnommen habe, trachtet man nach einem Krieg gegen die Sungàm Tasai.« Er beugte sich über die Zeichnung. »Da sind Fehler von deinen Kartographen eingebaut worden. Der Kanal reicht nicht so weit.«

»Seit neustem tut er das. In der Nähe, etwa zweihundertfünfzig Meilen südwestlich, fanden unsere Abgesandten einen sinnlosen Tod«, sprach die Frau und verlangte den Diamanten nicht zurück. Sie verstand sein Verhalten wohl als Annahme ihres Auftrags. »Es gibt Grabungsschiffe, die sich durch den Sand fressen. Angeblich haben die Fischficker schwere Befestigungen entlang der Strecke errichtet.«

»Du willst, dass ich sie ausspioniere. Für einen Angriff.«

Die Frau nickte.

»Dafür ist es viel zu früh. Thoulikon braucht einen Siderim oder mehr, bis das Heer auch nur in die Nähe gelangt ist. Meine Erkenntnisse sind bis dahin veraltet und werden dir nichts nützen.« Irian spielte mit dem Seidensäckchen und legte es mitten auf den Plan. »Nichts gegen Feuerdiamanten in meiner Tasche oder als Ring an meinem Finger. Aber das Unterfangen ist Unfug.«

»Ist es nicht! Fürs Erste werden wir Söldner anheuern, die den Schiffen durch unentwegte Überfälle lästige Nadelstiche versetzen, bis unsere Streitkräfte einsatzbereit sind und Wédōra erreicht haben«, preschte der rotbraunhaarige Mann vor. Er fühlte sich offenbar von Irian herausgefordert. »Die Planken sollen brennen! Und das ist erst der Anfang von –«

Die Frau brachte ihn mit einem Wink zum Schweigen. »Zerbrich dir nicht den Kopf, Hakhua. Du sollst nur dorthin reisen, aufschreiben und zeichnen, was du siehst, und uns deine Erkenntnisse bringen. Danach wissen wir, was damit zu tun ist. In einem Siderim kommen wir erneut auf dich zu. Falls es noch nötig sein sollte.«

Es handelte sich um eine lange Strecke, die zurückzulegen war, gefährlich nahe an einer Oase der T'Kashrâ vorbei. Eine Herausforderung. »Wie viele habt ihr sonst noch gefragt?«

»Niemanden. Es gibt sonst keinen, der verrückt genug ist.« Die Frau sagte es auf wertschätzende Weise. »Du wirst mit Echsen reisen müssen. Die zweite Möglichkeit steht uns leider nicht zur Verfügung.«

»Die zweite Möglichkeit? Fliegen?«

»Es ist nicht mehr von Belang.«

Irian hakte nicht nach. *Zweihundertfünfzig Meilen. Dann noch das Spähen. Dafür brauche ich viele Sonnen.* Irian überschlug die Dauer seiner Abwesenheit. Seine Zusage für Tomeijas Bande konnte warten. Sie musste sich ohnehin erst in die Aufzeichnungen einlesen und Erkundigungen einholen, bevor die Jagd auf die Familie der Ghominàs begann.

Außerdem wollte er mit eigenen Augen sehen, was die Sungàm Tasai zu dem größenwahnsinnigen Vorhaben getrieben hatte, ihr Wasserreich durch einen künstlichen Fluss zu erweitern.

»Gut.« Irian nahm das Beutelchen wieder an sich. »Ich bin euer Mann.«

»Perfekt. Den Diamanten kannst du behalten. Ein Vertrauensvorschuss.«

»In einen Verrückten«, sagte der Mann mit den Kastanienhaaren.

»Und doch habt ihr keinen anderen«, erwiderte Irian ruhig. »Bekomme ich eine zusätzliche Belohnung? Möchte mir einer von euch vielleicht sogar sein Herz schenken?«

Unwillkürlich zogen die drei ihre Oberkörper nach hinten.

Irian lachte dunkel und erhob sich. »Ich mache mich auf den Weg. Wohin gehe ich, wenn ich mit Neuigkeiten zurückkehre?«

»Das gemeinsame Kontor von Orrigal und Thoulikon. Dort wird einer meiner Leute warten«, sagte der dunkelhaarige Mann.

Irian pochte einmal zur Verabschiedung auf den Tisch und verließ die *Sandperle*.

Er zog die Kapuze über und richtete den Blick hinauf, wo die Sonne durch die lichten Staubschleier schien. Sie war nun seine ständige Begleiterin. Furcht verspürte er nicht. Die Geister waren wieder da, freundlich wie stets, und redeten ihm gut zu.

Irian setzte sich in Bewegung, um Tomeija über seinen Verbleib zu informieren. *Ich werde ihr etwas Schönes mitbringen. Etwas, was zu einer Hohepriesterin des Driochor passt.* Er zog das Säckchen heraus und lächelte.

Gutgelaunt lief er durch die Vorstadt auf das Durchlasstor in den Kern zu. Er hätte ein zartes Herz aus der Brust eines Menschen aus Thoulikon verlangen sollen, warm und noch leicht pochend. Es gab kaum einen schöneren Anblick, wenn das Rot aus den Kammern pumpte, als würde es sich gegen den Verzehr wehren wollen.

Welch herrliche Vorstellung! Ihm entwich ein sehnsuchtsvoller Seufzer. *Mit ein bisschen Glück bekomme ich eines aus Sungàm Tasai*, tröstete er sich. Das fehlte bislang noch auf seiner persönlichen Speisekarte.

* * *

Das beste Wissen ist jenes, das du nutzen kannst, solltest du es brauchen.

Sprichwort der Keel-Èru

Kapitel XII

Königreich Telonia, Baronie Grenzgart

Arcurias Kelean der Vierte, König von Telonia und Herrscher über acht Baronien, sah auf Atha herab, die vor ihm im Gras kniete. »Du hast mir den Hirsch vertrieben. Ich sollte dich an seiner Stelle durchs Unterholz hetzen.« Er wirkte in dem braunen Ledergewand jünger, als er war. Sein Alter musste bei mehr als fünfzig Jahren liegen, aber das glattrasierte Gesicht und das volle, gelockte Haar trogen.

Die versammelte Jagdgesellschaft lachte leise. Sie hatten sich am Waldrand des Schwarztannenhains versammelt. Die Herbstsonne hatte den Nebel verdrängt und brachte im direkten Schein ein wenig Wärme, während es im Schatten empfindlich kühl wurde. Die Jagdhunde winselten und bellten, zerrten an ihren Leinen. Sie wollten den Hirsch verfolgen.

»Hoheit, ich bin mir darüber bewusst, dass es Euch nicht behagt, die Stelle in der königlichen Halle frei zu sehen, wo das Geweih hätte hängen sollen …«

»Ein Zwölfender.«

»Aber –«

»Ein mehr als kapitaler Bursche.«

»Es ist derart dringend, dass –«

»Ich werde ihn niemals mehr wiedersehen, fürchte ich.« Arcurias warf einem Diener den Bogen zu und schnallte den Hüftköcher ab, reichte auch ihn weiter. »Da ich aber dich wiedersehe, noch dazu ohne die Sieben Krähen und Vimith, nehme ich an: Ihr hattet keinen Erfolg?«

»Hoheit, es … es ist viel schlimmer, fürchte ich.« Atha, die schicklich in ihrem Kleid vor den König getreten war, blickte sich um und streifte eine störrische dunkle Strähne aus dem Gesicht. Der Mantel half nicht viel gegen Kälte, sie fröstelte leicht. »Ich bin nicht sicher, ob es für jedermanns Ohren geeignet ist.«

Nach ihrer Flucht aus dem Wald hatte sie das schlechte Gewissen gepackt. Wiedergänger gehörten nicht unter die Lebenden. Daher hatte sie den Mittelsmann aufgesucht, der den Sieben Krähen den Auftrag verschafft hatte, und aus ihm den Namen des Lohngebers herausgepresst. Es verwunderte Atha, als sie erfuhr, dass der König sie ausgesandt hatte. Sie hatte sich schnellstens an den Hof begeben, um ihm und seiner Jagdgesellschaft zu folgen.

»So traurig der Umstand ist, von Toten sprechen zu müssen, doch seit einem Jahr ist es keine neue Sache. Ich gedachte, dies mit Hilfe der Sieben Krähen zu beenden. Mein Gold war schlecht angelegt.« Arcurias ging vor ihr in die Hocke, anstatt ihr zu erlauben, sich zu erheben. »Nun bist du im Gegensatz zu allen anderen Getreuen auf Augenhöhe mit einem Regenten.« Er rupfte einen Grashalm aus und spielte damit. »Du kannst reden.«

Die Umstehenden lachten, aber Atha stand nicht der Sinn nach Scherzen.

»Hoheit, es steht wirklich schlimm um die Baronie. Und es wird nicht aufhören.« Sie schluckte. »Es breitet sich aus.«

»*Was* breitet sich aus?«

»Die Wüste. Sie wandert unter der Krume. Die Pflanzen saugen sich über die Wurzeln damit voll und sterben ab.«

Das Lachen um sie herum verklang mit Misstönen, die Heiterkeit schlug in Verwunderung um.

Arcurias zeigte auf das große, scharlachfarbene Zelt, das im lichten Wald aufgebaut worden war. »Lass uns mit meinen Beratern dort drüben sprechen. Mir ist nach Wasser.«

»Und mir nach Wein, Hoheit«, entschlüpfte es Atha. »Gerne auch ein Branntwein.« Sie stand auf und ließ Arcurias den Vortritt in seine üppig ausgestattete Unterkunft.

Angenehme Wärme empfing die Gesellschaft. Das Zelt war in mehrere Kammern unterteilt, die zum Aufenthalt, zum Schlafen, für Bedienstete sowie zur Verrichtung der Notdurft ausgestaltet waren. Die Ausmaße machten einem Gasthaus alle Ehre, der Boden war mit Holzplanken ausgelegt, auf denen Teppiche ruhten. Überall von den Gestängen hingen Lampen, die nachts die Dunkelheit vertreiben würden. Sogar mehrere Halleröfen machte Atha aus, die Schlote führten aus dem Zeltdach hinaus.

Arcurias setzte sich an den langen Tisch, Teile seiner Gefolgschaft ließen sich hernach nieder. Die Stimmung hatte sich geändert. Keiner bedachte sie mehr mit herablassenden oder amüsierten Blicken. »Ohne Flachs und einen heiteren Spruch: Berichte mir, was in Walfor geschah. Bitte.«

Atha bekam den Mantel von der Dienerschaft abgenommen, setzte sich ebenfalls und erzählte ausführlich, was den Sieben Krähen zugestoßen war. Unterbrochen wurde sie von gelegentlichen leisen Flüchen der Berater.

Arcurias hingegen lauschte und merkte sich anscheinend jede Kleinigkeit. Doch als sie berichtete, wie sie nach Burgonn gereist war, um Edocius und die beiden Mèstres nach Telonia zu bringen, wirkte er alarmiert.

»Ich kenne Mèstre Edocius. Meine Witga sprach von ihm«, eröffnete Arcurias, als Atha ihren Bericht beendet hatte. »Ich war einst bei einem Besuch in der Hochschule Zeuge eines seiner Experimente mit Hexerei. Es gefiel mir nicht sonderlich. Du hättest zuerst zu mir kommen müssen, anstatt nach Tersith zu reiten.«

»Ihr müsst mich verstehen, Hoheit. Eure Witga ist tot«, wagte sie vorsichtig Widerspruch. »Weshalb hätte ich den viel längeren Weg an Euren Hof auf mich nehmen sollen? Vimiths Worte ließen mich glauben, dass wir mit Edocius jemanden haben, der es mit der dämonischen Magie aufnehmen kann, die nicht aus unserer Welt stammt.«

»Das könnte Edocius vielleicht. Aber will er auch?«

»Sie wollen an die Geheimnisse desjenigen, der die Zauberformeln nach Telonia brachte«, antwortete ihm Atha. »Sie könnten damit ganze Länder erobern.«

»Edocius handelt nicht aus Machtgier, sondern weil er in seiner Begeisterung für die Wissenschaft und Zauberkunde besessen von der Aussicht ist, Neuartiges und nie Dagewesenes zu erlernen.« Arcurias atmete tief ein und blickte in die ernsten Mienen seiner Beraterinnen und Berater. »Wir haben es mit drei Mèstres zu tun, die danach trachten, einen Wiedergänger zu erschaffen«, fasste er zusammen. »Und die sich auf die Hexerei verstehen, die bei uns nicht heimisch ist. Vorschläge, warum sie das tun?«

»Wir wollen nicht vergessen, dass auch ein Dûrus trotz seiner andersartigen Hexerei bezwungen wurde«, sagte eine Beraterin.

»*Bezwungen* ist das falsche Wort. Er hinterließ ein vernichtendes Erbe.« Arcurias stützte die Ellbogen auf die Tischplatte, faltete die Hände unter dem Kinn zusammen. »Wen könnten wir aus den Nachbarreichen dafür gewinnen, uns gegen Edocius und die Seinen zu unterstützen?«

»Hoheit, Ihr meint, er würde so weit gehen, sich Eurem Befehl zu widersetzen und Telonia nicht zu verlassen?«

»Über die Gründe, warum Edocius nicht weichen wird, ließe sich trefflich rätseln, doch erst einmal nehme ich an, dass er es nicht tun wird.« Arcurias blickte zu Atha. »Wenn du dich erholt hast, wirst du mit mir und meinen Soldaten zu ihm reiten. Eine mäßige Witga ist besser als keine.«

»Vielen Dank, Hoheit«, sprach sie beleidigt.

»Wie ist es mit Hilkena zu Falkbaum?«, schlug eine Beraterin vor.

»Sie starb doch bei einem Gelage«, warf ihr Nachbar sogleich ein. »Aber Jotund weilt noch unter den Lebenden.«

»Wie wäre es mit der Hochschule, an der Edocius unterrichtete? Da sollten noch genug Mèstres zur Verfügung stehen?«, riet ein anderer.

Dieses Mal zerstörte Atha die Hoffnungen. »Die Begleiter, die er aussuchte, sind bereits die Besten. Ich habe Euch geschildert, welche Kraft sie besitzen.«

»Dann bleiben uns bloß Schwerter und Geschwindigkeit.« Arcurias erntete keinen Widerspruch. »Die Jagd auf das Wild ist hiermit aufgehoben. Eine neue Hatz steht an, und sie führt uns ohne Umschweife nach Walfor. Ich brauche zweihundert Mann, die besten Bogenschützen und meine leisesten Späher. Ein Tross wird gepanzert sein und genug Lärm veranstalten, um die Bestien auf sich zu ziehen, der zweite hingegen wird leicht und schnell durch die Wälder huschen.« Arcurias stand auf und winkte Atha zu sich. »Vergib mir meine harschen Worte vorhin. Ich wollte nicht respektlos dir gegenüber erscheinen.«

»Vergeben und vergessen, Hoheit.«

»Du wirst mit den leichten Truppen reisen. Zusammen mit mir.« Arcurias hörte das gemeinsame Aufbegehren einiger Berater und machte eine beschwichtigende Geste. »Ich muss versuchen, auf Edocius einzuwirken, damit er von seinem Vorhaben ablässt. Das Wort eines Königs hat mehr Gewicht als das eines Unterhändlers. Ich will ihm dabei in die Augen sehen.« Die zu Dutzenden eingeworfenen Gegenargumente fegte er mit einer neuerlichen Handbewegung zur Seite. »Schluss! Die Entscheidung ist gefallen. Das Reich ist in sicheren Händen. Die Königin führt die Geschäfte, wenn ich auf der Jagd bin. Welches Wild ich hetze, spielt dabei keine Rolle.« Er deutete eine Verbeugung an, die von der Versammlung viel tiefer erwidert wurde, und eilte hinaus zu den Pferden.

Atha nahm sich von den Gerichten, die mit Verspätung hereingebracht wurden. Jagden machten hungrig. *Wer weiß, wann ich jemals wieder so gut speise?*

Arcurias, Atha und die kleine Einheit von fünfzig Leichtbewaffneten flogen förmlich auf ihren Pferden durch die Wälder von Walfor. Während der schwere Tross absichtlich Tumult erzeugte, um die Aufmerksamkeit der Bestien auf sich zu ziehen, kamen der König und seine Begleiter ohne Feindberührung vorwärts.

Dass es derart reibungslos verlief, machte Arcurias misstrauisch. Doch seine Späher berichteten nichts und meldeten keinerlei Geschöpfe, die ihnen ernsthaft gefährlich werden konnten. Ein Dutzend veränderte Wildtiere hatten sie erlegt. Die fremde Magie ließ sie wachsen und gab ihren Körpern groteske Formen. Atha hatte die Annahme geäußert, dass dies von der veränderten Nahrung herrührte.

»Noch eine halbe Meile.« Arcurias hoffte sehr, Mèstre Edocius zur Vernunft bringen zu können. »Ist das richtig?«

Atha, die ihr Kleid gegen eine Lederrüstung getauscht hatte, bestätigte seine Vermutung. »Hinter der Kuppe. Wir haben einen Bogen in den Tannenhain geschlagen. Die Wüste liegt rechts von uns.«

»Hoheit!« Ein Kundschafter war zurückgekehrt. »Leichen, etwa zweihundert Schritte zu unserer Linken. Es sind Soldaten ohne Wappen und Rangabzeichen. Sie sind von großen Waffen erschlagen worden.«

»Die Söldner, die Edocius anheuerte«, vermutete Atha. »Die Mèstres können nicht überall sein, um sie vor den Scheusalen zu beschützen.«

»Oder sie verloren ihre Leben aus einem anderen Grund.« Arcurias gab Anweisungen, die Kurzbögen und Armbrüste bereitzuhalten, die Geschwindigkeit wurde gedrosselt. »Langsam vorrücken. Keiner schießt auf Edocius oder die Witgos.«

Der Tross legte die verbliebene Strecke bedächtig zurück. Die Hufe der Pferde trampelten über Gebeine und verstreute Rüstungsteile auf dem Forstboden, die Tiere schnaubten ängstlich und scheuten vor den Hindernissen zurück.

»Wir lassen die Pferde hier. Zwei Mann bleiben als Wache zurück.« Arcurias ließ absitzen und die restlichen hundert Schritt zu Fuß gehen.

Der vielfache Lichtschein des verwaisten Lagers, der durch die Stämme schien, leitete sie. Edocius und seine Verbündeten fürchteten offenbar nicht, dass die Helligkeit Bestien anzog.

Die Späher brachten die Kunde, dass aus einem der großen

Beratungszelte mehrere Stimmen drangen. Behutsam rückte die Truppe weiter vor.

Das Zelt grenzte unmittelbar an die Wüste.

»Langsam weitergehen«, befahl Arcurias.

»Wir sollten das Überraschungsmoment nutzen, Hoheit«, schlug Atha vor.

»Ich habe noch keinen Grund, einen Angriff zu befehlen.« Er schritt durch das Unterholz in den Lichtschein des Lagers. Wie die Kundschafter gesagt hatten, gab es keine Wächter, die an den hoch brennenden Feuern achtgaben. »Wir brauchen Edocius«, erinnerte er Atha und seine Soldaten. »Niemand tut den Mèstres etwas, bis ich es befehle.«

»Und wenn Ihr nicht mehr dazu kommt, etwas zu befehlen, Hoheit?« Atha schien fest überzeugt davon zu sein, dass sie angegriffen werden würden.

»Dann ist mein Schweigen der lauteste Befehl. Und du bleibst dicht neben mir, Witga.« Arcurias ließ seine Leute ausschwärmen, die daraufhin mit den Waffen in den Händen durch das Lager streiften.

Vom gepanzerten Tross sah und hörte man nichts. Am Horizont gab es gelegentlich eine Art Wetterleuchten, das seinen Ursprung jedoch auf dem Boden hatte. Die Blitze flogen von unten nach oben. Gut möglich, dass die Männer und Frauen in ein schweres Gefecht verwickelt waren und Brandgeschosse einsetzten.

»Das Zelt dort drüben, Hoheit.« Ein Späher ging voraus. »Daraus drangen die Stimmen.«

Arcurias pirschte mit zehn Mann und Atha auf die Unterkunft zu.

Und wirklich erklang eine hitzige Unterredung durch die dünnen Segeltuchwände, auf denen der Nachttau hinabrollte. Drei Personen stritten sich über den Ablauf von magischen Beschwörungen. Die Wärme aus dem Inneren ließ die Feuchtigkeit auf dem Dach als Dampf vergehen.

Arcurias sah nach rechts und links. »Nicht schießen«, mahnte er ein letztes Mal und trat durch den geschlitzten Stoff ins Innere, gefolgt von Atha und den Bewaffneten. »Guten Abend«, grüßte er die drei Menschen, die mit dem Rücken zu ihm um einen Tisch standen, auf dem wiederum ein Toter lag. Er erkannte mumifizierte Füße, die über die Kante ragten. Die Luft war heiß und stickig, es roch nach vergammelndem Fleisch. »Ich denke, wir haben etwas zu bereden, Mèstre Edocius.«

Die Männer, die ihre Gelehrtentalare trugen, wandten sich zu den Neuankömmlingen um. Sie hielten seitenweise Papiere in den Händen, über deren Deutung sie offenbar gezankt hatten. Das Auftauchen des Königs und seinen Begleitern focht sie anscheinend nicht weiter an. Sie wirkten weder erschrocken noch empört.

»Oh, eine Ehre!« Edocius verbeugte sich. »Mit Euch haben wir nicht gerechnet, König Arcurias Kelean der Vierte. Das sind meine Freunde, die Mèstres Tescûl und Boydin. Kommt Ihr, um Euch zu vergewissern, dass wir pfleglich mit Eurem Land umgehen, Hoheit?«

»Das ist die Leiche, die sie aus dem Sand gezogen haben«, sagte Atha.

»Ich bin hier, um mit dir zu sprechen, Mèstre.« Arcurias ging näher, die Söldnerin neben sich und seine Wachen im Halbkreis aufgefächert um ihn herum. »Erkläre mir, was du mit dem Leichnam machen möchtest, den du und deine Freunde vor mir zu verbergen suchen.«

Edocius lachte. »Das ist ein Missverständnis, Hoheit.« Er wandte sich zur Seite und gab den Blick auf die Mumie frei. »Da. Da seht Ihr, was wir im Sand fanden.«

»Das ist Dûrus, nehme ich an?«

»Ich nehme es auch an.«

»Er hat ihm den Ring an den Finger gesteckt«, wisperte Atha. »Diesen Skorpionring mit dem leuchtend roten Stein und den schwarzen Einschlüssen, die das Licht verschlingen.«

»Du musst wissen, Edocius, dass ich den Sieben Krähen Gold zahlte, damit sie den Fluch brechen, den Dûrus über meine Baronie warf und der Verderben über meine Untertanen brachte. Die Natur und die Tiere leiden unter den Folgen seiner fremdartigen Hexerei.« Arcurias achtete auf die Hände des Trios. Bei der kleinsten Geste würde er seinen Schützen befehlen, die Bolzen auf den Weg zu senden. »Ich war bass erstaunt, als mir Atha berichtete, dass du mit hundert Mann in mein Königreich kamst, ohne mich zu unterrichten. Wegen dieser fremden Magie, die du nicht besiegen, sondern erforschen möchtest. Höre ich dazu Erklärungen?«

»Ich bitte um Nachsicht für mein Versäumnis, Hoheit«, entschuldigte sich Edocius unterwürfig und legte die Linke auf den vertrockneten Brustkorb des Toten. »Ihr kennt doch meine Begeisterung für jegliche Form der Hexerei und Zauberkunde. Ich musste es mit eigenen Augen sehen! Und ergründen. Zusammen mit meinen vertrauten Mèstres aus der Hochschule.«

»Das ist löblich. Dann wirst du Formeln finden, um den Bann zu brechen?«

»Das wird dauern, fürchte ich, Hoheit.« Edocius machte ein untröstliches Gesicht. »Seht, die Magie aus dieser und einer fremden Welt verbanden sich und verschmolzen zu einer neuen Form, deren Gesetze ich erst verstehen muss. Sonst prallen die Fluchbrecher ab und verursachen letztlich noch mehr Schaden.«

»Gut mitgedacht.« Arcurias ließ sich von den in sanftem Ton vorgetragenen Erklärungen nicht einlullen. »Dann sollte ich noch mehr Männer schicken, um euch drei zu beschützen, damit ihr in Ruhe forschen könnt.«

»Das wäre in der Tat sehr freundlich von Euch, Hoheit. Die Bestien sind … gefährlich.«

Die zwei Mèstres hielten sich zurück und warteten offenbar ab, wie die Unterredung verlaufen würde. *Solange sie Blätter in ihren Fingern haben, zücken sie keine Runenkacheln*, dachte Arcurias.

»Und wo sind deine Söldner abgeblieben?«, fragte er Edocius.

»Auf der Jagd. Sie säubern die Umgebung des Lagers, Hoheit.«

Arcurias schaute sich im Zelt um. In den schrankgroßen, aufgeklappten Reisekoffern standen magische Nachschlagewerke griffbereit. Er sah, dass zwei Bücher zum Thema Wiederbelebung offen obenauf lagen. »Du hast nicht etwa die Absicht, dieser Mumie Leben einzuhauchen?«

»Doch, Hoheit«, gab Edocius unumwunden zu. »Es muss sein.«

»Darf ich erfahren, warum?«

»Diese Art der Hexerei ist wesentlich komplexer, als ich zunächst annahm.« Der Mèstre reichte ihm freimütig seine Blattsammlung. »Das stammt aus einem Reich namens Nelethion und wurde einem Zauberer aus einer Stadt namens Wédōra gestohlen, aus der gleichen Welt, aus der Dûrus stammte. Ich habe es in den Archiven der Hochschule gefunden. Doch sosehr ich mich auch bemühe, ich bringe sie nicht in Einklang mit unserer Zauberei.«

Arcurias glaubte ihm, doch war das nicht die ganze Wahrheit. »Du denkst, dass ein Witgo wie Dûrus nach seiner Wiedererweckung dir freundlich erklärt, wie seine Formeln funktionieren? Obgleich wir es waren, die ihn getötet haben?«

»Nicht *wir*, Hoheit.« Edocius blieb gelassen. »Eure Witga. Eure Soldaten. Ich habe damit nichts zu schaffen.« Die Hand ruhte nach wie vor auf dem eingetrockneten Brustkorb des Leichnams. »Wir können es drehen und wenden, wie wir wollen, Hoheit. Ohne die Erläuterungen dieses Mannes –«

»Des Toten.«

»Meinetwegen auch des toten Mannes, erlange ich keine Klarheit über die Vorgänge, die zu dem führten, was mit Eurem Land geschieht, Hoheit.« Edocius verneigte sich. »Ich muss es tun. In Eurem Interesse und dem Eurer Untertanen.«

»Und wenn ich es dir verbiete?« Arcurias lächelte nicht.

»Hoheit, Ihr brächtet mich in eine Lage, die …« Dem Mèstre gingen die verschleiernden Worte aus.

»Ich hörte keine Zustimmung.« Arcurias richtete sich auf. »Du würdest es wagen, dich dem Befehl eines Königs zu widersetzen?«

»Ihr … Ihr seid nicht *mein* König«, rettete sich Edocius in die schmalste Ausrede, die man sich ausdenken konnte.

»Beenden wir das Geplänkel. Ihr drei werdet die Magie erforschen und sie aufhalten. Die Mumie landet im Feuer.« Arcurias gab seinen Kriegern den Befehl, die vertrocknete Leiche zu packen. »Wir werden sehen, ob sich nicht der Fluch in dem Moment von selbst löst, in dem die Asche gen Himmel steigt. Damit wäre uns allen gedient.«

»Nein!«, schrie Edocius wütend auf. »Nein, das dürft Ihr nicht, Hoheit!« Er stellte sich mit ausgebreiteten Armen schützend vor die Mumie. »Zurück! Ihr dürft mir nicht die Gelegenheit nehmen, fremde Hexerei zu ergründen! Im Namen der Wissenschaft! Ihr ruiniert eine Einmaligkeit, von der Generationen nach uns zehren!«

Die Krieger blieben stehen und sahen fragend zu ihrem König.

»Ein Fluch ruiniert mein Land, die Menschen, Pflanzen und Tiere. Und diese Einmaligkeit auf dem Tisch hat es ausgelöst. Aus Bosheit.« Arcurias hatte geahnt, dass sich Edocius nicht einsichtig zeigte. Seine beiden Vertrauten verhielten sich ungebrochen abwartend.

»Hoheit«, sprach plötzlich der Soldat, der am nächsten bei den Witgos stand. »Ich glaube, ich habe noch eine Leiche gefunden.« Er zeigte in den dunkleren Winkel des Zeltes.

Arcurias machte einige Schritte zur Seite und sah hinüber.

Auf einem weiteren Tisch hoben sich die Konturen einer Frau unter dem ausgebreiteten Tuch ab, auf dem sich rosafarbene Flecken abzeichneten. Die schwarzen Haare, die lang darunter herabhingen, wiesen eine rote Strähne auf.

»Ist das … Fenia von Ibenberg?«, kam es stockend über Arcurias' Lippen. »Ihr habt meine tote Witga aus dem Sand geborgen!«

»Ihre Leiche ist noch gut erhalten. Die Wüste konserviert Haut, Fleisch und Knochen. Es mag auch an der Magie gelegen haben.« Edocius senkte die Arme. »Da Ihr sie entdeckt habt, Hoheit, stelle ich Euch eine einfache Frage: Würdet Ihr wollen, dass ich sie wiederbelebe? Mit der fremden Magie?«

»Du hättest mich gerne in Versuchung geführt«, flüsterte Arcurias. »Aber das erlaube ich nicht. Tritt weg von der Mumie! Sie soll brennen.« Er gab den Kriegern ein unmissverständliches Zeichen, die drei Mèstres zur Seite zu drängen und die vertrocknete Leiche hinauszutragen. »Atha, achte darauf, dass Hexerei meine Leute nicht von ihrer Pflicht abhält.«

»Wie Ihr wünscht.« Die Söldnerin hob die Hände, um jederzeit einen Hexspruch zur Verteidigung weben zu können.

Edocius riss die Arme wieder hoch. »Niemals!« Er sprach eine finster klingende Silbe, die eine Sturmbö durch das Zelt schickte und die Gerüsteten von den Füßen fegte. Papier flog seitenweise umher und behinderte die Sicht.

Die beiden Mèstres hielten unvermittelt ihre Runenkacheln in den Händen und reckten sie, während sie unablässig Formeln murmelten.

»Zurück!« Atha schleuderte einen Gegenzauber auf das Dreigestirn, der an einer unsichtbaren Wand zerschellte. Glitzernde Funken zuckten durch das Zelt, dessen hölzernes Gerüst unter dem Angriff ächzte und knirschte.

»Für die Wissenschaft!«, rief Edocius aufgebracht und beschwor einen feurigen Ring um die Mèstres, von dem Flammen auf die Soldaten, die Söldnerin und Arcurias zurasten, um sie zu verbrennen. »Ich lasse mich nicht aufhalten!«

Atha versuchte sich an einem Abwehrzauber, doch das Feuer sprang an ihr wie an den Kriegern unaufhaltsam empor.

Bevor die Menschen in den magischen Lohen vergehen konnten, ballte Arcurias die Hände zu Fäusten. Zugleich erloschen die herbeigerufenen Flämmchen.

»Ich habe gehofft, dieser Tag käme nie«, sprach er. »Doch ich muss meinen Schwur brechen.«

Edocius erholte sich als Erster von seiner Überraschung und warf einen neuen Zauber gegen den König.

Arcurias reagierte, wie er es von Fenia in aller Heimlichkeit erlernt hatte.

* * *

Wüste, zweihundertfünfzig Meilen südwestlich von Wédōra

Irian Ettras hatte sich eine Ljang-Echse beschafft und das Tier sicher durch die Wüste geführt, vorbei an bizarren Felsen, durch tiefe Schluchten, abgestorbene Wälder, in denen ein Funke genügte und die Bäume brannten lichterloh, vorbei an der Oase der T'Kashrâ, ohne entdeckt zu werden.

Irian verließ sich auf sein Gespür und die Verbindung zum Boden unter seinen Füßen. Mehrmals am Tag und in der Nacht stieg er ab, legte eine Hand auf Sand, Fels, Staub oder Geröll und lauschte in ihn hinein, wartete auf die Einschätzung der Geister.

Schließlich erreichte er die Stelle, die ihm auf der groben Karte eingezeichnet worden war und wo die Sungàm Tasai der Wüste Land abgetrotzt hatten.

Noch bevor er den künstlichen Fluss sehen konnte, roch er das verdunstende Wasser, das die Luft feuchter, frischer machte als im übrigen Sandmeer.

Und Irian entdeckte die Leichenreste.

Die Menschen hatten zu Lebzeiten der Delegation aus Thoulikon angehört, Blutsverwandte des Kèhán, und sie lagen überwiegend skelettiert, halb von Sand begraben und von Tieren zerfetzt zu seinen Stiefelspitzen.

Für Irian ergab das Verhalten der Mörder keinerlei Sinn. Für die hochrangigen Gefangenen hätte der Kaiser des Wasserreichs sehr viel Münzen und Waren herausschlagen können. *Wieso haben sie die Geiseln umgebracht und die Toten liegen gelassen? Wozu sie vorher entführen? Das hätten sie im Lager beim Überfall bewerkstelligen können.*

Irian hatte sich vor seinem Aufbruch umgehört, was man sich über die Gründe für die Attacke erzählte. Die Überlebenden hatten berichtet, dass die Soldaten der Sungàm Tasai Rache geübt hätten für den Versuch Thoulikons, Wédōra an sich zu reißen.

Und dann lassen sie die Toten achtlos liegen, unmittelbar neben dem gegrabenen Wasserlauf? Als wären sie stolz auf ihre Taten.

Irian sammelte die Gebeine und Überreste ein, um sie auf einen Haufen zu schichten und anschließend Steine daraufzulegen. »Findet Ruhe, ihr verschleppten Seelen«, sagte er dabei. »Gebt nicht den Lebenden die Schuld und sucht sie nicht heim. Euch wurde Unrecht getan, das sich durch nichts umkehren lässt. Lasst ab von Rache und Wut. Dann wird euch die Wüste erlösen und ein gutes Grab sein.«

Erst im Anschluss an die Bestattung überwand Irian die Anhöhe aus Schutt und Sand. Er kroch zur Kuppe hinauf und zog sein Fernrohr aus der Tasche.

Der Blick durch die geschliffenen Gläser zeigte ihm ein Dutzend Schiffe mit Schwenkarmen, Kränen, großen Bohrern, vertäuten Frachtwannen, die abgeschleppt wurden, sobald die Bordkante durch die Ladung zu nahe an die Wasserkante reichte.

Die Schar an Besatzung und Arbeitern schätzte er auf mindestens eintausend. Dazu kamen die Soldaten auf dem Wall, der oberhalb des Kanals aufgeschüttet und befestigt worden war. Irian sah Hütten und Steinbauten in regelmäßigen Abständen, fahrbare Schleudern und Katapulte, Signaltürme mit Spiegeln und Feuerstellen, damit sich die Wachen untereinander verständigen konnten.

Beachtliche Leistung.

Irians Blick schwenkte zurück auf den Kanal, der vierzig Schritte breit war, so dass ein Schiff ohne Mühe darauf wenden konnte.

Beim Anblick der Wellen schauderte er. Er mochte das Element nicht, und schon gar nicht wollte er darin schwimmen. Seine Heimat war die Wüste, Erde und Wind und Sonne. Sturm. Wasser war ihm unheimlich, unergründlich. Auch den Seen der Oasen näherte er sich stets mit Vorsicht und größter Acht. Allein, dass Irian nicht ermessen konnte, wie tief der Kanal war, obwohl er sich mehr als eine Meile entfernt befand, bereitete ihm Unwohlsein. In seiner Vorstellungskraft lauerten unter der Oberfläche Bestien, die dem Befehl der Sungàm Tasai gehorchten und aus den Abgründen stiegen, um sich auf ihn zu werfen. *Mit Tentakeln und riesigen Mäulern.*

Ausgerechnet dorthin musste er gehen, um zu spionieren und seine Erkenntnisse nach Wédōra zu bringen. Im thoulikonischen Kontor warteten sie mit Ungeduld.

Was habe ich mir dabei gedacht?, fragte Irian die Geister und hörte, wie sie ihn auslachten. Zugleich zeigten sie sich nicht erfreut, dass dieser künstliche Fluss mit seinem fremden Element Schritt für Schritt in die Wüste vordrang, in sie einsickerte, die Macht des Sandes bedrohte. Das hatten sie ihm auf seiner Reise mehrmals gesagt.

Was Irian Ettras zudem beschäftigte, war der Umstand, dass es sich bei den Schiffen um Holzbauten handelte. *Ich hatte sie mir ungewöhnlicher vorgestellt. Mit Verkleidungen aus besonderen Blechen oder Rümpfen aus Glas.*

Die Könige und der Kaiser von Sungàm Tasai scheffelten Reichtum, indem sie den drei Nachbarreichen die Fahrten über den Fluss verkauften. Abschnitt für Abschnitt bat man die Krämer aus Aibylos, Nelethion und Iratha zur Kasse. Dabei wurden die Könige nicht müde zu betonen, dass die Schifffahrt gefährlich und kostspielig sei, weil sich der Strom Meile für Meile wandelte, giftiger wurde und schließlich aus purer Säure bestünde. Dafür brauchte man spezielle Schiffe und Ausrüstung. Da die Sungàm Tasai mit dem Wasser aufwüchsen, seien sie selbst gegen die Wirkung immun, hieß es.

Aber Irian sah weder eine besondere Ausrüstung noch andere Vorkehrungen, die gegen Giftigkeit und Säure getroffen worden waren. Er hätte die Behauptung von einem unsichtbaren Lack oder ausgesuchten Hölzern vielleicht noch glauben können, wären die Wellen nicht friedlich gegen das Gestein geschwappt. *Säure verhält sich anders.*

Irian hielt es für eine geschickte Täuschung von Sungàm Tasai, um eine Eroberung durch die umliegenden Reiche im Keim zu ersticken. Wer wollte ein Reich haben, in dem der Tod überall lauerte?

Sollte ich mich irren und ins Wasser stürzen, zeigt sich, ob es mich auflöst oder erfrischt. Er vergrub eine Hand im Sand und ließ die Erde auf sich wirken, spürte den Energien darin nach, die Razhiv mit entsprechender Prägung zu nutzen verstanden. Er sog daraus Kenntnisse über seine Umgebung, über das Leben um sich herum.

Abgesehen von dem Aufruhr, den die Schiffe und das viele Wasser verursachten, wurde er auf eine Sache aufmerksam, die ihren Ursprung unweit von ihm hatte.

Irian korrigierte die Richtung des Fernrohrs und richtete die Linse auf einen Felsenhügel, etwa eine halbe Meile von der Baustelle entfernt. *Es kommt von dort.*

Er kroch die Düne hinab und ließ die Ljang-Echse zurück, um sich zu Fuß zum Felsenhügel zu begeben. Dabei vertraute Irian auf seine Kleidung, die ihn so gut wie unsichtbar machte. Er hatte gelernt, seine Füße so zu setzen, dass sie keine tiefen Abdrücke hinterließen, um nicht von den T'Kashrâ oder wilden Tieren und anderen Gefahren aufgespürt zu werden.

Irian näherte sich der Gesteinsformation.

Der Wind drehte und wehte ihm den Geruch nach Schweiß, getrockneten Früchten und Salzfleisch zu. Menschen hatten sich in dem Felsen eine Bleibe gebaut.

Ein Spähposten der Sungàm Tasai? Der Platz war gut gewählt, es gab beste Aussicht, und man erreichte die Spitze nicht ohne Aufwand. Jemand, der nicht Irian Ettras war, würde kaum unbemerkt in die Höhe gelangen.

Mühelos erklomm er die Brocken, die von der Wüste oder einem Gott zum Spaß aufeinandergetürmt worden waren.

Je weiter er kam, desto deutlicher roch er das Essen und die Leute, die sich an diesem Fleck aufhielten. Bald darauf hörte er ihre Unterhaltung: Es ging darum, dass keiner mehr das Salzfleisch essen wollte.

Seitlich im Gestein lagen Kuhlen, die ihnen als Nachtlager oder zum Schutz vor der Sonne dienten. Es gab weiterhin eine Einbuchtung für Proviant, der sich kastenweise darin stapelte, sowie eine mit weißen Kisten, aus der es nach Vogelkot roch.

Warum horten sie hier Vorräte? Sie können sich jederzeit Dinge von den Schiffen holen. Irian ließ sich auf den Bauch herab und kroch schlangengleich auf die Menschen zu.

Er schob den Kopf vorsichtig um die Kante.

Zwei Frauen und ein Mann saßen um ein rauchloses Feuer, brieten getrocknete Zuckerfrüchte in der Hitze, so dass die weißen Kristalle karamellisierten und sich zu einer braunen Kruste wandelten. Sie trugen wie Irian sandfarbene Kleidung und hellbraune Kopfbedeckungen, die dünnen Schals hingen seitlich herab. Die langen Schwerter lagen an der Wand, an ihren Gürteln steckten Dolche.

Aus einer kleinen Truhe, deren Deckel geöffnet war, ragten mehrere zusammengerollte Karten heraus, an deren oberen Enden das Datum zu sehen war, von wann sie stammten.

Das sind keine Späher. Irian versuchte, sich einen Reim auf seine Entdeckung zu machen.

»Genug mit dem Gejammer über Salzfleisch. Wir haben was Besseres«, sagte der Mann und kostete von seiner karamellisierten Frucht. »Welch Genuss!«, rief er übertrieben, und die Frauen lachten. »Wer geht als Nächster?«

»Ich.« Die Frau mit den grünsten Augen, die Irian jemals gesehen hatte, hob leicht ihren Spieß. »Aber wir sind fast schon zu dicht an ihnen dran. Sie haben nach dem Vorfall die Geschwindigkeit der Grabungen beschleunigt und den Vortrieb erhöht. Bin gespannt, was ich heute Nacht auf dem Tisch des Ingenius zu lesen bekomme. Die neuen Maschinen und Vorrichtungen aus der Hauptstadt sollten bald eingetroffen sein.«

»Das glaube ich auch. Noch drei Sonnen, und wir können einen Stein in den Kanal werfen«, stimmte die andere zu. »Deswegen ziehen wir morgen Nacht um.«

»Einverstanden.« Der Mann aß pustend und Luft ansaugend die Süßigkeit und ließ sich von der Wärme des Zuckers nicht abschrecken. »Dann schicken wir vorher noch eine Blauschwinge, damit Sarāsh Bescheid weiß.«

Irian glaubte, sich verhört zu haben. *Das sind Leute des Dârèmo!*

Nicht einen Ton hatte man über die Grabungen der Sungàm Tasai in Wédōra gehört, bis die Delegation aus Thoulikon getötet worden war. Die Karten in der Truhe wurden hingegen seit mehreren Mânen angefertigt. *Der Herrscher hat es die ganze Zeit gewusst und lässt die Sungàm Tasai beobachten.*

Plötzlich trat von der anderen Seite des kleinen Plateaus ein verschwitzter Mann zu ihnen. »Ihr Echsenlecker! Was tut ihr da? Diesen Zucker riecht man hundert Meilen gegen den Wind«, tadelte er sie und nahm einen Schluck aus seiner Wasserflasche. »Macht das Feuer aus und esst den Kram.«

Irian ärgerte sich, dass der Späher ihm entgangen war. Nicht einmal mehr auf die Geister konnte er sich verlassen. *Ihr hättet mich warnen können.*

»Dich riecht man auch gegen den Wind«, kommentierte die Frau mit den grünen Augen, und die zwei am Feuer lachten.

»Schleichen ist anstrengend.« Er grinste versöhnlich. »Ein Bad im Fluss ist leider nicht möglich, so gut das Wasser auch schmeckt. Wenn nur der aufgewirbelte Dreck darin nicht wäre. Das Abreiben mit Waschsand muss genügen.«

So viel zur Säure. Die Kundschafter deckten ihren Wasserbedarf unbemerkt im Kanal. *Sie sehen sehr lebendig aus.*

»Noch was.« Der Zurückgekehrte zeigte mit der rechten Hand dorthin, wo Irians Ljang-Echse stand. »Sie haben jemanden hochgeschickt und die Leichen bestattet.«

»Jetzt erst?«, staunte der andere Mann.

»Kommt mir auch merkwürdig vor.« Die grünäugige Frau biss von ihrer Frucht ab und wischte sich den tropfenden Zucker vom Kinn. »Hast du jemanden gesehen?«

»Nur seine Echse. Deswegen kam ich zurück, um Bescheid zu sagen.«

»Die Sungàm Tasai haben keine Ljang-Echsen«, warf die andere Frau misstrauisch ein. »Es gibt wenige, die sich auf den Rücken der Biester wagen.«

Die vier Kundschafter sahen sich an, und Irian konnte an ihren Gesichtern ablesen, dass sie alle dasselbe dachten.

»Suchen wir ihn und schalten ihn aus, bevor er uns entdeckt«, befahl die Grünäugige, während sie die Flämmchen mit raschen Tritten löschte. »Ich möchte nicht, dass die Kunde nach Wédōra gelangt, eine Truppe des Dârèmo hielte sich unweit des Ortes auf, an dem die Würdenträger aus Thoulikon umgebracht wurden, ohne dass sie eingriff.«

»Am Ende würde das Gerücht entstehen, dass wir etwas damit zu tun hätten«, führte die zweite Frau fort, und das Trio lachte leise und böse. »Die sollen sich mal schön die Köpfe einschlagen, die Fischficker und die Kuhreiter.«

Sie nahmen ihre Schwerter und befestigten sie auf dem Rücken.

»Was machen wir, wenn wir das Kerlchen entdeckt haben?«, fragte der Zurückgekehrte.

»Wer sagt, dass es ein Kerlchen ist?« Die Grünäugige tippte sich gegen die Kehle. »Weg damit. Das ist die einfachste Sache.«

»Wer schickt jemanden zweihundertfünfzig Meilen durch das Sandmeer, um die Toten zu begraben?«, fragte die andere Frau, während sie an das gegenüberliegende Ende ihres Hochsitzes aus Stein gingen.

Irian schlich ihnen nach, um sie im Blick zu behalten.

»Thoulikon wohl nicht. Die wären mit einer ganzen Horde angetrabt«, antwortete der Mann, der sich das längere Schwert auf den Rücken hängte. Sie standen vor einem aufgewickelten und auf einer Seite im Fels verankerten Tau, das er mit einem Tritt den Felsen hinabsandte. Der rasche Auf- und Abgang.

»Oder ebenfalls ein Späher.« Die Grünäugige traf ins Schwarze. »Thoulikon wird wissen wollen, was die Schiffe treiben, und nach weiteren Beweisen bei den Sungàm Tasai suchen, ehe der Kèhán in den Krieg zieht.«

»Ich wette zehn zu eins, dass sie welche finden«, gluckste der Zurückgekehrte, während die Übrigen hintereinander am dicken Seil abwärtsstiegen.

Irian erhob sich lautlos und zückte seinen Dolch. Die Geister hatten ihn überzeugt, vor dem Besuch der Schiffe ein Mahl zu sich zu nehmen. Ein opulentes.

Ohne dass der verschwitzte Kundschafter mitbekam, wer ihm den Tod brachte, schnitt ihm Irian hinterrücks die Kehle auf, so dass das Blut durch die Luft sprühte und über die Kante regnete. Er packte den zuckenden Sterbenden, damit er rückwärts auf den Stein und nicht in die Tiefe fiel.

Röchelnd starb der Mann, die Sohlen scharrten über den Felsen.

Irian hörte die überraschten Rufe der drei, die am Tau hingen. Rote Tropfen hatten sie getroffen.

Er beugte sich nach vorne über die Kante und blickte zu den Spähern hinab. Es ging geschätzte dreißig Schritte abwärts. Einen Sturz würde keiner von ihnen überleben.

Und die Herzen bleiben dabei intakt. Irian grüßte sie mit einer Handbewegung. »Ich habe gehört, ihr sucht nach mir.«

»Scheiße«, fluchte die Grünäugige.

»Kann man mit dir verhandeln?«, fragte der Mann, der am Ende hing und versuchte, an den zwei Frauen vorbeizuschauen.

»Was hast du anzubieten? Und sage nicht Gold, Edelsteine oder derlei. Davon habe ich genug.«

»Das ist der Hakhua«, sagte die andere Frau. »Bei Irtho! Das ist der verrückte Menschenverzehrer!«

»Da es keine Offerten gibt, mit denen ihr mich beschwichtigen könntet, steht es schlecht um euch. Aber versucht doch, zu mir zu gelangen und mich zu töten, bevor ich das Tau durchtrennen kann. Ihr wolltet mich doch sowieso umbringen.« Irian setzte die Schneide des blutigen Dolches an und trennte die verflochtenen Fasern eine nach der anderen auf.

»Runter!«, befahl die Grünäugige dem Mann. »Los, runtergleiten lassen! Nach oben schaffen wir es nicht mehr.«

»Nein! Ich schneide dem Hakhua die Eingeweide raus«, gab er zurück. »Hoch, Iwezsa! Du musst schnell sein.«

Irian sah amüsiert zu, wie die drei versuchten, auf die Plattform zurückzugelangen. »Übrigens: Ich esse keine Menschen.« Der letzte Strick riss unter dem Gewicht der Kundschafter mit einem leisen Knall, gleich darauf erklang das Rumpeln des Aufschlags. *Nur die Herzen.*

Gut gelaunt machte sich Irian an den Abstieg.

* * *

Von denen Gottheiten: IOROS (I)

Ioros, der Erste Gott des Windes, ist mager, vertrocknet, hat ein dunkles Antlitz und ein altes, zerfurchtes Gesicht, von dem einzelne Hautfetzen herabhängen. Unzählige Sandstürme haben ihn gezeichnet. Um ihn herum flimmert die heiße Luft, und spricht er, so klingen klagende Windgeräusche in verschiedenen Tonlagen übereinander. Er stinkt bestialisch, und Fliegenschwärme kreisen in seiner Nähe.

Kapitel XIII

Wédōra, Nordvorstadt

Tomeija saß in dem Nebenraum des Driochor-Tempels, der sich in ihr Hauptquartier und den Ausgangspunkt für den Kampf gegen jene verwandelt hatte, die sich als über dem Gesetz stehend betrachteten.

Sie hatte die Unterlagen zu den Bruder- und Schwesternschaften gelesen und verstanden, dass es dem Dârèmo weniger um Kriminelle ging, die im Vergnügungsviertel ihre kleinen Geschäfte mit männlichen und weiblichen Huren, gepanschtem Wein und Drogen machten, sondern um die Hinterleute. Die wahrlich Gefährlichen.

Fangen wir mit den Ghominàs an. Tomeija nippte an dem heißen Gewürztee und hob den Blick, sah zu dem braunhaarigen Keel-Èru, dessen Namen sie immer noch nicht kannte. *Er wird ihn schon noch nennen.*

Er hatte sein Gesicht bereits nach dem Betreten der Stadt von der dunkelblauen und schwarzen Farbe befreit. Muster und Zeichen waren verschwunden, um weniger in Wédōra aufzufallen. Die vier Diamanten auf der Stirn glitzerten im Licht der zahllosen Lampen. Äußerlich war er nicht mehr von den Einwohnern zu unterscheiden. Er trug ein frisches, unauffällig weißliches Gewand, das sie ihm gegeben hatte, und blätterte in den Unterlagen. Seine markanten Züge zeigten die Aufmerksamkeit, mit der er las.

Er sieht kein bisschen mehr nach T'Kashrâ aus. Geschweige denn nach einem Keel-Èru. Nach wie vor glaubte Tomeija ihm nicht, was seine Herkunft anging, und das machte ihn noch interessanter. Er hatte sich sofort bereit erklärt, sie bei ihrem Kampf gegen die Banden zu unterstützen, solange sein heiliger Schwur galt, ihr zweimal das Leben zu bewahren.

»Sag: Wie nützlich wirst du mir bei der Verbrecherjagd sein?«, fragte Tomeija provozierend.

»Sehr.«

»Wie sehr?«

»So sehr, dass ich dir zweimal das Leben retten werde.« Er zeigte auf seine Lektüre. »Gelegenheiten werde ich genug bekommen. Die Banden sind sehr mächtig, doch was der Dârèmo dazu aufschreiben ließ, verliert sich in Annahmen und Spekulationen. Damit kommen wir nicht weit.«

»Du siehst deinen Vorteil daher nicht im Kampf?«

Seine Lider verengten sich. »Weswegen greifst du mich mit Worten an?«

»Du sagtest, dass du eine Annäherung zwischen Wédōra und den Stämmen erreichen willst. Du alleine? Oder gibt es noch mehr T'Kashrâ, die denken wie du?«

»Es ist eine Minderheit. Und es gibt bereits welche von uns, die mit euch zusammenarbeiten, sofern der Lohn stimmt. Die Murzbha heiraten euch sogar und werden unter Auflagen in die Vorstädte gelassen. So hörte ich.«

Ob er einer von ihnen ist? Ein wichtigtuerischer Murzbha? Tomeija trank erneut und genoss die Würze und die Süße ihres Getränks. Es belebte ihre Sinne und erleichterte das Nachdenken.

»Aller Anfang ist schwer, bis man einen Weg fand.« Er legte die Aufzeichnungen zur Seite, in denen er gelesen hatte. »Du hast den F'Shasiik noch.«

Tomeija ließ sich nicht anmerken, ob es stimmte oder nicht. »Das Artefakt bringt uns gegen die Banden nichts.«

»Das ist richtig. Du könntest ihn verkaufen. Es brächte dir ein kleines Vermögen.«

»Das ist illegal. Und ich habe bereits ein großes Vermögen.«

Er lachte leise. »Du hast einen T'Kashrâ, der keine Erlaubnis zum Betreten der Stadt besitzt, nach Wédōra gebracht. Das ist sicherlich noch weniger erlaubt und wird hart bestraft.«

»Ich brachte dich zum Verhör. Wie es in einem solchen Fall

vorgesehen ist.« Tomeija pochte gegen den Handschuhumschlag, unter dem das rettende Schreiben des Dârèmo lag. »Ich kann beweisen, dass ich alles zum Wohl von Wédōra tue.« Sie hatte ihm ebenso einen Wisch und einen Passierschein überlassen wie Irian Ettras, der sich in die Wüste begeben hatte. Er würde rechtzeitig zurück sein, hatte er betont. »Zudem habe ich dich offiziell für tot erklären lassen. Du bist unterwegs absichtlich an deiner eigenen Zunge erstickt, und ich habe dich in den Verwesungsturm geworfen. Niemand wird nach einem toten T'Kashrâ fragen. Falls doch, sollen sie den Turm auf den Kopf stellen. Ich werde sagen, dass der Yhadòk dich fraß.«

Er lachte leise. »Du bist schlau und gewitzt genug, es mit den Verbrechern aufzunehmen.« Dann sah er auf den Becher mit smaragdfarbenem Wasser. Er nahm ihn behutsam, murmelte leise Worte in seiner Sprache und trank einen Schluck mit geschlossenen Augen. Das tat er bei jedem Zug. »Es ist verrückt«, sagte er nach einer Weile und schaute Tomeija an. »Ich bin der erste … Keel-Èru nach Hunderten Siderim, dem es gelingt, Wasser unmittelbar aus der Smaragdnen Grotte zu trinken.«

»Und? Wie fühlt es sich für dich an?«

»Anders.« Er suchte nach Worten. »Die Karawanen führen Wasser aus Wédōra in großen Fässern oder Schläuchen mit, wenn sie die Stadt verlassen. Doch diese … spirituelle Wirkung, die bei dem Genuss durch mich strömt, fühlte ich nie.«

»Es ist abgestanden?«

Er wackelte halb zustimmend mit dem Kopf. »Das kommt ungefähr hin. Die Kraft geht verloren. Verfliegt durch das Holz und die Häute hindurch.« Nochmals setzte er das Gefäß an. »Wie einmalig. Wie wunderbar!«, raunte er glücklich. »Du kannst es nicht nachvollziehen, ich weiß.«

»Gab es einen Tempel in der Grotte?«

»Es sind mehrere Kavernen, sagen die alten Schriften. In einer davon gab es einen Palast zu Ehren der Quellen, in dem die Priester lebten, die sich um die Reinheit der Stätte kümmerten.

An einem Steinaltar wurden Opfer dargeboten. Und nein, keine Menschenopfer.«

»Das Wasser *ist* sehr rein.«

»Innerlich rein. Unbefleckt. Ich kann es schwer beschreiben. Es … geht um Rituale, um Gebete. Damit es heiliges Wasser bleibt.« Er pochte gegen die Wand. »Wie in diesem Tempel.«

»Seht ihr die Grotten als Gottheit?«

»Das Wasser ist etwas Göttliches und Spender allen Lebens in der Wüste. Nichts gelingt ohne einen Tropfen davon.« Er redete sich in Begeisterung. »Es war den T'Kashrâ möglich, mit diesem Göttlichen in Verbindung zu treten – durch einen einfachen Schluck von *dem*.« Er hob den Becher. »So verbanden sie sich mit dem Ort und dem Leben.«

»Bis die Kaufleute kamen.«

»Und uns betrogen, ja.« Er stellte das Gefäß ab. »Die wenigen Oasen, die uns geblieben sind, tragen einen Bruchteil von der Kraft, die man in diesem Wasser spüren kann. Es hält uns am Leben, aber uns fehlt die Nahrung für …« Erneut gingen ihm die Umschreibungen aus. »Ein Teil von unserem Dasein bleibt unerfüllt. Ausgetrocknet. Damit sind wir unvollständig.«

Tomeija hörte aufmerksam zu. Sie bekam eine Ahnung, warum die T'Kashrâ die Stadt niederwerfen wollten. *Unvollständig*. Der Drang musste unbändig sein und dauerte bereits zweihundertfünfzig Siderim. »Würde es dir und deinesgleichen genügen, Zugang zur Quelle zu erhalten?«

»Das wird unter dem Dârèmo niemals geschehen.« Ein Schatten legte sich auf sein Gesicht. »Und nicht, solange die Mauern stehen. Das denken die T'Kashrâ.« Er strich über den Einband mit den Beschreibungen der Bruder- und Schwesternschaften. »Die Verbrecher verhielten sich nicht freundlicher, als sie die Macht in Wédōra hatten. Die Menschen begreifen nicht. Sehen die Tragweite nicht.«

»Ihr hättet versuchen sollen, es zu erklären, anstatt Angriff auf Angriff folgen zu lassen.«

»Ein einfacher Rat.«

»Mich hast du mit deinen Ausführungen überzeugt.«

»Den Dârèmo kann man nicht überzeugen. Dir geht es nicht um Geld oder Macht. Ihm schon. Er lässt nicht einmal seine eigenen Bewohner in die Grotten steigen, damit sie das Wunder mit eigenen Augen sehen und erfahren können. Noch dazu ist er ein Spuk.« Seine eben noch getragene Stimmung kippte. »Aber ich muss es versuchen.«

»In die Grotten zu gelangen?«

»Nein. Ich muss Bewohner wie dich finden, Tomeija. Menschen, die zuhören und nichts Schlechtes darin sehen, wenn es mehr gegenseitiges Verständnis gäbe.«

»Wir werden sehen.« Sie stellte den Tee ab. »Aber ich begreife nun, warum dich die Soldaten zu fassen bekamen, als du um Sandwacht geschlichen bist: Du hast dich absichtlich gefangen nehmen lassen.«

»Ja.«

»Weil du mit dem Dârèmo sprechen wolltest.« Tomeija bewunderte seinen Mut. »Du hättest von ihnen ebenso gut einfach umgebracht werden können. Das Leben eines T'Kashrâ ist nicht viel wert.«

»Das Wagnis musste ich eingehen. Wir wissen, dass wir zum Verhör in die Stadt gebracht werden.«

»Das hättest du noch viel weniger überstanden. Sie hätten dich gefoltert, um an die Geheimnisse in deinem Verstand zu gelangen.«

»Es gibt nichts zu verraten. Ich hätte meine Folterknechte angeschrien, dass ich kam, um die Aussöhnung zu beginnen. Wieder und wieder.« Er leerte seinen Becher mit andächtig kleinen Schlucken.

Tomeijas Bewunderung stieg, wenn auch Zweifel blieben, was seinen Eid ihr gegenüber anging. *Ohne Vertrauen komme ich nicht weit.* Sie wollte mehr über die T'Kashrâ erfahren. »Noch eine Sache, die mich beschäftigt«, setzte sie an.

»Das Zeichen. In deinem Nacken. Nicht das Brandzeichen,

sondern das meines Volkes.« Er lachte. »Du hast einen sehr mächtigen Gemahl.«

»Gemahl?« Von einer Heirat hatten weder Irian noch Berizsa gesprochen. »Nein, das hast du falsch gesehen.«

»Es gibt daran nichts zu deuten.« Er nahm einen Stift und zeichnete das Symbol. »Er hat dich damit markiert. Keiner, der das Zeichen sieht, wird es wagen, dir ein Leid anzutun. Die Keel-Èru sind verpflichtet, ihn sofort zu rufen, wenn sie dich aufgreifen und gefangen nehmen.«

»Markiert. Wie Vieh.«

»Nein. Mit einem Hinweis versehen. Du bist eine sehr kostbare Frau, der nichts zustoßen soll. Das meine ich nicht im Sinne von *Ware*. Die Wüste ist für Menschen auch wegen der T'Kashrâ tödlich.« Er schien sie besänftigen zu wollen. »Die Thahdrarthi werden sich nicht daran halten. Das als Warnung. Alle anderen schon. Aus Angst vor *ihm*.«

»Zu freundlich von *ihm*. Dann werde ich *ihm* beim Wiedersehen mein Zeichen einschnitzen. Als seine Gemahlin.« In Tomeija flammte die Wut auf. »Wer ist der Kerl?«

»Sein Hauptname ist Uccran. Die weiteren kannst du nicht aussprechen. Jeder der T'Kashrâ weiß, dass er ein alter, erfahrener Mar'Dheon ist. Ein … Kriegerfürst, würdet ihr ihn nennen, der dieses Zeichen nicht ohne weiteres vergibt.«

»Er bekommt dennoch mein Monogramm, sollten wir uns begegnen. Zum Ausgleich.« Tomeija gefiel die ganze Sache gar nicht. »Was gibt es noch über ihn zu sagen?«

»Uccran führt eigene Kriegstrupps an. Die letzte Niederlage in einem Gefecht liegt so lange zurück, dass sich keiner daran erinnern kann.«

»Wie alt werden solche Mar'Dheon?«

»So alt, wie uns die Wüste und das Wasser werden lässt.« Er zuckte mit den Schultern. »Es gibt welche von uns, die doppelt oder halb so alt wie Wédōra sind, andere sterben nach dreißig, vierzig Siderim. Es gibt keine Anzeichen, an denen man es ablesen könnte.«

»Jeder Sonnenaufgang kann für euch der letzte sein! Wie grässlich.«

»Ist das nicht jeder Sonnenaufgang für jeden?«, hielt er lachend dagegen. »Es genügt, wenn du stürzt, die Treppe hinabfällst, dich schneidest und dein Blut sich vergiftet. Wir entgehen dem Tod jeden Tag, mit jedem Atemzug. Als Priesterin des Driochor solltest du das verinnerlichen.«

Tomeija fühlte sich von dem Keel-Èru vorgeführt. »So habe ich es nicht gemeint.«

»Ich weiß, wie du es gemeint hast. Das eint doch euch und uns: Die Stunde des Todes ist sicher. Der Zeitpunkt ist stets ungewiss.«

»Sehr philosophisch.«

»Nicht wahr? Leider ist es nicht von mir. Es stand in einem Buch, das ich in der Wüste fand. Den Verfasser traf das Sterben zumindest früher als mich. Ich habe viele eurer Bücher gelesen, um mich auf meine Aufgabe vorzubereiten. Die geplünderten Karawanen brauchten sie nicht mehr.« Er lächelte. »Ich muss dir danken. Dass du mich mitgenommen hast, anstatt mich dem Dârèmo zu übergeben.«

»Ich hatte meine Gründe. Und letztlich nützt du ihm in Freiheit mehr als schreiend in seinem Verlies.« Sie grinste. »Du wolltest ja nichts anderes als *Aussöhnung* schreien.«

Er lächelte zurück. »Mein Name ist Sotháno.«

»Freut mich sehr. Meinen Namen kennst du.«

»Und deinen Keel-Èru-Namen.«

Tomeija betastete verwundert das Zeichen. »Es ist mehr als eine Markierung? Warum hast du das nicht gleich gesagt?«

»Ich sagte, es ist ein Hinweis, unter welchen Umständen ihr zusammengetroffen seid und du es dir verdient hast.« Sotháno suchte erneut nach Worten. »Es ist nicht leicht, einen passenden Ausdruck in deiner Sprache zu finden.«

»Ich kann warten.« Tomeija hoffte, es mochte nichts Despektierliches sein.

»Wenn es mir gelungen erscheint, lasse ich es dich wissen.«

Sotháno blickte sie fest an. »Wisse: Ich werde dich fortan niemals hintergehen, niemals verraten und deine Großmut niemals geringschätzen.« Er kniete vor ihr nieder. »Sollte meine zweifache Schuld eines Morgens abgetragen und erloschen sein, werde ich dieses Wort halten, das ich dir gegeben habe.«

»Ich … danke. Mit Driochors Beistand können wir für eine Annäherung sorgen.« Sie räusperte sich verlegen. »Bleiben wir bei dem, was konkreter ist: die Banden. Die Ghominàs.«

»Ich werde mich umhören.« Sotháno stand auf.

»Du kennst dich nicht in Wédōra aus und –«

»Ich sagte doch, ich habe alles gelesen, was wir an Schriftstücken bei den vernichteten Karawanen fanden«, unterbrach er sie begeistert. »Ich weiß mehr über die Stadt als du! Mehr als die meisten ihrer Bewohner!«

Tomeija grinste. »Du überlebst nicht eine Sonne im Vergnügungsviertel, ohne dass ich dir sage, wo die gefährlichen Ecken sind.«

Sotháno streckte ihr die Hand hin.

»Was soll das?«

»Eine Wette. Ihr Städter wettet gerne.«

»Ich nicht. Liothan schon, aber …« Tomeija warf ihre Bedenken über den Haufen und schlug ein. »Um ein Henket. Bleib am Leben und vergeude den Freibrief des Dârèmo nicht.«

»Habe ich nicht vor.« Er schüttelte die Hand einmal und eilte zum Ausgang. »Du wirst staunen, was ich alles über die Ghominàs herausfinde.« Schon hatte er sich ins Freie begeben, und für wenige Herzschläge schien die Sonne in den finsteren Tempel.

Geblendet kniff Tomeija die Augen zu und hielt eine Hand in den gleißenden Strahl, um ihn abzuschwächen. *Vertrauen*, sagte sie sich. Ganz vertrauen würde sie Sotháno niemals, fürchtete sie. *Aber ich werde mich auf ihn verlassen.*

Tomeija nahm die Nachricht hervor, die ihr Irian zusammen mit dem Feuerdiamanten hinterlassen hatte.

Beim Anblick seiner geschwungenen Handschrift pochte ihr Herz etwas rascher. *Albern. Außerdem scheine ich ja bereits ei-*

nen Gemahl zu haben. Sie las die beiden Namen, die er ihr aufgeschrieben hatte.

Ihr Weg würde sie in die Viertel der Zugezogenen führen, einmal zu den Reichen und einmal zu den Armen. Irian hatte ihr Anwärter empfohlen, die zu ihrer kleinen Einheit passen könnten. Das hatten ihm die Geister gesagt.

Die Geister. Tomeija schauderte bei dem Gedanken an Sandwacht.

Sie verließ den Tempel und trat ins Sonnenlicht. Nichts wies von außen auf die Kunstfertigkeit hin, mit welcher der Innenraum des schlichten, steinernen Anbaus neben einem Kontor gestaltet worden war. Tomeija blickte zur aufgemalten Driochor-Darstellung, ausgeschmückt mit leuchtendem Blattgold und glitzernden Edelsteinen. Sie sperrte den Zugang mit drei Schlössern ab und schritt aus.

Ein Hakhua, der mit Phantomen spricht, und ein Keel-Èru, der versucht, mein Vertrauen zu bekommen, ohne seine Geheimnisse vor mir offenzulegen. Sie ging aus der schattigen Gasse und auf das Tor zur Innenstadt zu. *Welche Absonderlichkeiten sich hinter den zwei Namen verbergen, finde ich raus, ehe die Sonne versunken ist.*

Tomeija fühlte sich mehr denn je in Wédōra angekommen.

* * *

Wédōra, III. Viertel

Liothan hatte sich gut auf seinen Einsatz vorbereitet, um die erste Aufgabe zu lösen, die ihm von Louthara im Namen der Bruder- und Schwesternschaften auferlegt worden war. Mit einem kleinen Tragesack auf dem Rücken, in dem er einige Utensilien mit sich führte, die er benötigen könnte, schlenderte er durch die Straßen des Viertels mit der Ordnungszahl III.

Einfachgassen oder auch *Schlichtpflaster* wurde es genannt, weil hier in erster Linie Bewohner lebten, die sich ihren Lebensunterhalt mit Handwerkstätigkeiten und wenig anspruchsvollen Arbeiten in den Vorstädten verdienten. Ein paar Künstler hatten sich noch hinein verirrt, die ihren Schwerpunkt auf Bildhauerei, Schnitzen und sonstige Werke legten, die mit den Händen gestaltet wurden.

Liothan schritt an schnörkellos gehaltenen Fassaden vorbei, hinter denen es um das tägliche Leben in Wédōra ging und weniger um politische Ziele oder große Geschäfte.

Aus den meist ebenerdigen Werkstätten drangen laute Geräusche, wenn gehämmert, geschmiedet oder geschnitzt wurde. Die Auswahl an Zunftberufen, die stolz ihre Schilder über den Türen trugen, war unvergleichlich hoch. Vom Fassmacher über den Kunstziegelbrenner, von Fein- bis Grobschmiederei, hin zu Schneidern, Schustern, Glasbläsern, Juwelieren und Färbereien gab es alles. Entsprechend roch es von Straße zu Straße und Gasse zu Gasse unterschiedlich. Die überwiegende Mehrheit der Bewohner waren Alteingesessene, die sich ein Unternehmen aufgebaut hatten und es ihren Kindern vermachen wollten. Liothan sah große Häuser, in denen Werkstätten verschiedener Zünfte übereinander angeordnet waren, so dass eine Art Herstellungskette entstand, vom Tuchweber und Ledermacher bis hinauf zum Schneider.

Wie praktisch. Man geht unten rein, und kommt man oben an, ist man fertig eingekleidet. Liothan erstand bei seinem Erkundungsgang verschiedene Kleinigkeiten, um Einkäufe vorweisen zu können, sollte die Garde auf die Idee kommen, ihn zu kontrollieren. Vor derlei schützte auch seine teure Gewandung nicht.

Seine Aufgabe, die ihm Louthara vorgegeben hatte, bestand in dem Einbruch in eine Werkstatt. Aber nicht in irgendeine Werkstatt, sondern in eine verbotene, die sich mit der Herstellung von Kunst aus den Artefakten der T'Kashrâ beschäftigte.

Sobald er in die Räumlichkeiten eingedrungen war, sollte er

die Werkzeuge zerstören und möglichst viele Objekte mitnehmen sowie einen versiegelten Brief hinterlassen. Ein Gruß der Schwesternschaft. Es ging vermutlich um Schutzgeld, das nicht bezahlt worden war.

Liothan missfiel, dass ihn Louthara als Handlanger nutzte, weil sich die Banden die Finger nicht schmutzig machen wollten. Noch wusste er nicht, wie weit er dieses Spiel mitmachen würde.

Der Himmel über der Gasse, durch die er lief, war blau, klar, und nicht ein Wölkchen gab es dort zu sehen. Es schien, als hätte es den Kara Buran niemals gegeben. Ein leichter, kühlender Wind strich durch die Stadt.

Damit hatte Liothan endlich ungehinderten Zugang zu den drei Monden und deren Energie. Sogleich hatte er Zeit mit Zauberkunde und dem Ausprobieren von Formeln verbracht, die ihm die Keijo aus verborgenen Winkeln der Stadt besorgt hatten. Die Aufzeichnungen eines längst verstorbenen Saldûn hatten Liothans Verständnis für die Hexerei geschärft. Das Weben der Zauber gelang noch nicht von selbst, aber er machte Fortschritte und konnte sich beispielsweise für seinen heißen Tee kleine Eiswürfel erschaffen. Eine kindliche Spielerei, über die sich Liothan freute.

Die Keijo zeigten große Geduld mit ihm, da sie wussten, dass der Plan mindestens einen Siderim Vorlaufzeit benötigte. Slink hatte ihn bei einem seiner unterirdischen Besuche durch die Kavernen geführt und ihm den halb zerfallenen Palast der T'Kashrâ präsentiert, der an der Quelle erbaut worden war. Der Dârèmo überließ das prächtige Gebäude der Zeit und der Feuchtigkeit. Slink träumte davon, darin zu leben, wenn sich die Machtverhältnisse in der Stadt geändert hatten.

Seit dem Ende des Kara Buran lag allgegenwärtig ein Geräusch über Wédōra: ein leises Pochen und Klicken. Es stammte von den unzähligen Ausbesserungsarbeiten in sämtlichen neun Vierteln und den Vorstädten. Schäden an den Fassaden und Gebäuden wurden behoben, was zur Folge hatte, dass es kaum mehr Steinmetze, Zimmerleute, Verputzer oder Gärtner in

Schlichtpflaster gab. So setzte Liothan seinen Weg durch die kaum belebten Straßen und Gassen fort. Je weniger mögliche Zeugen es gab, desto besser.

Er fühlte sich in seinem Element, wie damals in Walfor, in seinem Dasein als Halunke und Dieb, das ein ganzes Leben zurücklag. *Das Wissen von einst kommt mir nun zugute.*

Zwei Straßen trennten ihn noch von seinem Ziel. Für die genaue Vorgehensweise würde er sich vor Ort entscheiden.

Tomeija würde die Hände über dem Kopf zusammenschlagen, wenn sie wüsste, was ich tue. Liothan lachte in sich hinein. *Wenigstens kommt sie mir nicht mehr in die Quere.*

In der Baronie waren sie Gegenspieler gewesen. Er als Verbrecher, sie als Scīrgerēfa des Barons. Doch nach dem Tod von Berizsa kümmerte sie sich um den Driochor-Tempel und schien von einer neu entdeckten Gläubigkeit beseelt zu sein, die Liothan befremdlich fand. *Hätte ich niemals bei ihr vermutet. Sie verbringt mehr Zeit im Heiligtum als in unserem Haus.*

Liothan passierte das Gebäude, in dem sich die auserkorene Werkstatt befand: vier Stockwerke mit vielen Fenstern und herabhängenden Schlingpflanzen, die der Kara Buran halb vom Dach geweht hatte.

In welcher Etage sich der gesuchte Raum befand, wusste er nicht. Daher würde er sich durch die Stockwerke arbeiten müssen.

Nach einem kurzen Blick entschied er sich, zunächst das Dach zu betrachten. Gegenüber warb eine Teestube damit, dass man von ihrer Terrasse aus die beste Aussicht des Viertels habe.

Liothan ging die Außentreppe hinauf und stand bei seinem Ankommen gute drei Schritte höher als das fragliche Haus.

Und: Er war der einzige Gast. Die Handwerker schufteten um diese Zeit noch. *Perfekt.*

In der Mitte der Terrasse befand sich ein viereckiger Tresen mit Geschirr, hinter dem ein Mann in blauer Tunika irdene Becher gravierte und kurz von seiner Arbeit aufschaute. »Setz dich. Ich komme gleich zu dir.«

»Danke.« Liothan ging unter den gespannten Segeltuchbahnen durch, die ihn vor der sengenden Sonne schützten, und machte es sich auf einem Lager aus Teppichen und Kissen gemütlich.

Der Mann servierte ungefragt eine kleine Schale mit süßen Köstlichkeiten. »Der erste Gast seit dem Ende des Kara Buran. Das muss gefeiert werden«, sagte er freundlich. »Nach welchem Tee steht dir der Sinn?«

»Einen mit leichten Gewürzen, nicht zu schwer.«

»Darf es Blaukorn, Traumsamen und Rotmohn sein?«

»Ist das berauschend?«

»Für deinen Geschmackssinn, ja. Aber sonst harmlos.«

»Dann koste ich ihn gerne.«

»Das freut mich. Sollte er dir munden, ich verkaufe ihn auch lose. Damit du ihn trinken kannst, wenn meine Teestube geschlossen hat.« Er kehrte hinter den Tresen zurück und hantierte mit einem Kessel, Sieb, Becher und Zubehör.

Liothan richtete den Blick zum Dach des Gebäudes gegenüber.

Wie auf den meisten Häusern in Wédōra befanden sich dort schließbare Windschlote, die jede noch so kleine Brise einfingen und sie durch die Schächte abwärtsführten und durch die Räume leiteten. Es war die ideale Methode, die Hitze in den Mauern zu senken. Im Zusammenspiel mit den angelegten Gärten spürte man in den Zimmern selten, dass man sich in der Wüste befand.

Durch den Schacht käme ich rein. Die Röhren waren recht eng, Gitter und Alarmdrähte sollten gegen böse Menschen wie ihn schützen. *Da hätten sie sich was Besseres ausdenken müssen.*

Er betrachtete die Gebäude um sein Ziel herum, die sich kaum voneinander unterschieden. Bis auf die Flagge, die über einem der Häuser zur Rechten wehte: eine Standarte mit dem Wappen der Stadt, ein schwarzer Turm mit neun Wassertropfen drum herum, und dem Siegel des Viertels. Das zusätzliche Zeichen drunter sagte ihm nichts.

Liothan fluchte. *Der Sitz des Statthalters.* Er lehnte sich nach vorne, um das Gebäude besser zu sehen. Jetzt sprangen ihm die vier Gardisten ins Auge, die auf der Balustrade des ersten Stocks Wache hielten. *Unschön. Äußerst unschön.*

Der Tee wurde neben ihm abgestellt, dazu reichte der Mann gemahlenes Würzpulver. »Du suchst Handwerker, um dein Haus flicken zu lassen«, vermutete er.

»Ja. Wie die meisten. Aber ich komme zu spät. Sie sind alle ausgeflogen.«

Der Teehändler deutete auf das Haus des Statthalters. »Frag ihn. Er weiß, wer noch verfügbar ist.«

»Ach, der Statthalter wird Besseres zu tun haben.«

»Bagivo ist Gildenoberhaupt auf Lebenszeit der Gesamtzünfte in Wédōra. Er kennt jeden Mann und jede Frau, die ihren Unterhalt mit ihrer Hände Arbeit bestreiten. Er mag geistig schlicht sein, doch er weiß anzupacken und zu helfen.« Der Händler stellte die Schale mit den Gewürzen neben den kochend heißen Tee. »Bitte sehr. Es möge dir schmecken und deinen Geist erhellen.«

»Vielen Dank.« Liothan überlegte, was der Sitz des Statthalters für sein Vorhaben bedeutete. Vier Gardisten in unmittelbarer Nähe sorgten für einen Kitzel, den er nicht gebraucht hätte. *Ein Ruf, ein ungewohntes Geräusch, und sie werden nachschauen.* Er streute die Zutaten in den mit Milch gekochten Tee und atmete den Duft ein, ließ ihn auf sich wirken. *Hastus, du wirst mich leiten.*

Er band die langen, braunen Haare zu einem Knoten und suchte nach schwer einsehbaren Bereichen zwischen den Gebäuden. Schließlich zahlte er und nahm eine Tüte des Tees und des Gewürzes mit. Er hatte ihm wirklich zugesagt, wie er den Mann wissen ließ. Nach einer Runde durch die Straße begab er sich in eine Gasse, die weder von den Gardisten noch von dem Teeverkäufer einsehbar war.

Das Fenster im Erdgeschoss war nicht vergittert, die Läden allerdings zugeklappt.

Liothan nutzte seine Mondmagie, um die Verriegelung zu knacken, öffnete einen Flügel und drückte das Fenster mit dem dicken Butzenglas auf, hinter dem Dunkelheit herrschte.

Schnell glitt er in den Raum und schloss den Laden sowie das Fenster, um keine Aufmerksamkeit zu erregen.

Das Obergewand zog er aus, drehte es auf links und damit auf die unauffällige weiße Stoffseite. Als Nächstes zog er eine Maske über, die er im Tragesack mit sich führte. Falls sich Bewohner im Haus aufhielten, durfte er bei einer Begegnung keinesfalls erkannt werden. Die auffällige Sandschleiche verschwand unter einem Halstuch. So vorbereitet, schlich sich Liothan durch den dunklen Raum, tastete sich mit Händen und Zehenspitzen voran, bis er den Ausgang fand. Er spähte durch das Schlüsselloch.

Jenseits der Tür erwartete ihn ein Gang, auf einer Seite mit einer langen Fensterfront, auf der anderen lagen mehrere Zimmer.

Dann arbeite ich mich mal von unten nach oben. Behutsam öffnete er den Mechanismus mit seinen Dietrichen. Er hatte keine Eile. Anschließend trat er in den Flur, lauschte.

Jemand sang leise ein Lied, die Holzdielen knackten, sonst blieb es still.

Beginne ich mit der Suche. Liothan zog einen Strumpf hervor, den er mit Sand gefüllt hatte, um Menschen bewusstlos schlagen zu können. Keinesfalls würde er jemanden bei der Unternehmung umbringen. Das sollten die Banden ruhig selbst tun.

Tür um Tür kontrollierte er, lauschte und schaute durch die Schlüssellöcher, ohne dass er ein Räumchen fand, das ansatzweise nach Werkstatt aussah. Stockwerk um Stockwerk stieg er aufwärts. Anhand der Aufteilung und der Einrichtung nahm er an, dass in dem Haus fünf verschiedene Familien wohnten. Die Bewohner waren überwiegend bei ihrem Tagwerk; zurückgelassen hatten sie ihre kleinsten Kinder und die Großeltern, die Liothan beim Schläfchen oder bei vorbereitenden Arbeiten in den Küchen sah, ohne dass man ihn bemerkte.

Als er das vierte Geschoss erkundete, kamen ihm Zweifel.

Ich hätte im Keller nachschauen sollen, dachte er verärgert. *Wer verlegt denn seine unerlaubte Werkstatt ganz nach oben?* Liothan spähte durch einen weiteren Vorhang. *Man kann nicht entkommen, wenn die Garde …* Er hielt den Stoff mit zwei Fingern zur Seite und betrachtete den Raum. *Hastus sei Dank: Da ist es!*

Schritte näherten sich aus dem anderen Zimmer.

Daher huschte Liothan in die Kammer vor sich, die er durchsuchen und verwüsten sollte. Solange sich jemand im gleichen Stockwerk aufhielt, würde es ihm nicht gelingen, ohne erwischt zu werden.

Dann werde ich diesen Jemand eben ausschalten. Er stellte sich neben den Vorhang und hob den Arm mit der Sandsocke.

Die Frau, die mit einer Flasche Wasser und einem Glas in den Händen in das Räumchen trat, hätte er unter Hunderttausenden erkannt.

Sie! Die Unbekannte aus dem Stachelbusch! Er rührte sich nicht und ließ sie an seinem Versteck vorbeigehen.

Gedankenversunken stellte sie die Sachen ab, band sich eine Lederschürze um und setzte sich auf den Stuhl. Sie griff zu dünnen Werkzeugen, die zum einen aus Metall, zum anderen aus Gebein bestanden, und nahm ihre Tätigkeit an dem Objekt auf.

Liothan senkte den Arm und starrte sie an. *Sie? Hastus, was habe ich dir getan?* Er konnte die Aufgabe nicht abbrechen, ohne seinen großen Plan zu verwerfen. Doch noch viel weniger konnte er diese Frau niederschlagen und verletzen.

Sein Hadern endete nicht. Er benötigte Zugang zu den Banden, und dazu musste er die Verbrecher von sich überzeugen.

Liothan stand in der Ecke und hörte sein Herz in der Brust schlagen.

Die Zeit verstrich.

Er sah ihr bei den akkuraten Handgriffen zu, mit denen sie das Artefakt bearbeitete und ein neues Dekorationsstück entwarf, das für viel Geld einen Besitzer finden würde.

Ich kann sie weglocken. Sie muss aus dem Raum und … ruhig sein. Liothan schaute auf den Totschläger. *Ohne dass ich ihr etwas tue.*

Der liebevolle Umgang mit dem Werkzeug und wie stolz, innig sie ihre Arbeit betrachtete, schmerzte Liothan. Der Überfall und die Zerstörung ihrer Kunst würden ihr zusetzen.

Vorsichtig bückte er sich und nahm einen unbearbeiteten Stein, duckte sich hinter den Schrank und warf den Brocken durch den Vorhang in den Flur.

Die Frau hielt inne. »Abouc?« Sie legte die Werkzeuge in die vorgesehenen Halterungen, dann erhob sie sich mit einem Fluch und ging hinaus, um nach dem Rechten zu sehen.

Liothan verbat sich einen Blick auf ihr Gesicht, um es sich selbst nicht noch schwerer zu machen, und sprang aus seinem Versteck.

Er raffte Objekte an sich, die er spontan zu greifen bekam, und stopfte sie in den Tragesack. Dann deponierte er Loutharas Brief auf dem Schreibtisch, verbog und zerbrach die Werkzeuge, um anschließend ein Regal, auf dem Korbflaschen mit verschiedenen Flüssigkeiten standen, mit viel Kraft umzuwerfen. Danach öffnete er ein Fenster, um eine falsche Fluchtfährte zu legen, sprang neben den Schrank und duckte sich.

Das laute Rumpeln und Klirren, das Bersten von Glas und das Platschen der Flüssigkeiten ließen die Frau zurückkehren. Ihre Aufregung und ihr auf das Chaos gerichteter, fassungsloser Blick verhinderten, dass sie Liothan entdeckte.

»Nein!«, rief die Frau entsetzt. »Nein, das ist unmöglich!« Sie kletterte über die zerbrochenen Regale und über die Scherben, um zu ihrem Werktisch zu gelangen. »Bei Irtho!«

Dämpfe stiegen auf. Die Flüssigkeiten reagierten untereinander und mit dem Boden, dem Holz und den Sachen, die sie benetzten.

Säure. Nicht gut, dachte Liothan.

Er beobachtete, wie sie den Brief mit bebenden Fingern aufhob und das Siegel brach, um das Schreiben auseinanderzufalten. Es tat ihm unendlich leid. Er hasste Louthara dafür, dass sie ihm das eingebrockt hatte.

Die aufsteigenden Schwaden brachten die Frau zum Husten.

Gerade als er sich durch den Vorhang schieben wollte, eilten Schritte herbei, und ein älterer Mann kam in die Werkstatt. »Was ist geschehen, Nanthena?«

Sie hielt Loutharas Brief in die Höhe. »Wir hatten Besuch. Von den Samtklingen.«

»Diese verfluchte Schlange! Sie hat ihre Leute geschickt, um es dir heimzuzahlen.« Er ging behutsam durch das Trümmerfeld. »Komm da raus. Es verätzt dir sonst die Lunge. Wir müssen Kalk und Sand suchen, um es zu binden.«

»Ich hätte dir glauben und deinem Rat folgen sollen.« Nanthena warf den Brief in eine Pfütze. »Niemals hätte ich für sie arbeiten dürfen.«

»Komm da raus, sonst wirst du niemals mehr für irgendjemanden arbeiten«, rief er besorgt und winkte ihr zu. »Wir denken uns etwas aus, um uns zu revanchieren.«

»Nein«, sagte sie und stand inmitten des Chaos, als würde sie es ungeschehen machen können, wenn sie nur lange genug ausharrte. »Es ist keine Sache der Ghominàs. Es ist eine Angelegenheit zwischen mir und ihr.«

»Aber sie hat dir ihre Leute geschickt.«

»Was soll es bringen, wenn du die Ghominàs zusammentrommelst? Wir kommen nicht mal ins Goldene Viereck.« Nanthena ging in die Knie und hob ein gesplittertes Kunstwerk auf. »Das war mir eine Lehre, Abouc.« Sie weinte stumme Tränen und bewegte sich nicht von der Stelle. »Sie hat meine Arbeit von zehn Siderim vernichtet. Auch meine Sachen, die ich für den Markt anfertigte. Bestellungen. Nichts mehr heil.« Sie wankte. »Zehn Siderim vergebens gearbeitet. Und mein Werkzeug … mein Werkzeug ist …«

Abouc sprang zu ihr und stützte sie, um sie aus der Kammer zu führen. »Du musst hier raus. Die Dämpfe bringen dich sonst um.«

»Na und? Louthara hat mich schon umgebracht. Einen Teil von mir hat sie getötet«, sagte sie leise und ließ die Statuette fallen.

»Wenn wir Louthara nicht bekommen, finden wir den, der das getan hat«, sprach Abouc tröstend. »Er wird diesen Einbruch bereuen. Ich schwöre, er wird Künstlern niemals mehr schaden.«

»Die Haut werde ich ihm abziehen und sein Herz rausschneiden«, erwiderte Nanthena finster. »Damit er weiß, wie es sich anfühlt.«

Der Dunst bewahrte Liothan vor einer Entdeckung, als die zwei am Schrank vorbei hinausgingen. Ihre Schritte verklangen auf dem Gang, dafür schluchzte Nanthena und schrie einmal vor ohnmächtiger Wut auf.

Was habe ich angerichtet? Er hangelte die weggeworfene Nachricht aus der Pfütze und steckte sie ein, um sie später zu lesen. Hustend verließ er die zerstörte Werkstatt.

Auf dem Gang blickte er sich um und entschied, über das Dach zu flüchten. Da das Haus in Aufruhr war, konnte er bei seinem Weg abwärts durch die vielen Stockwerke leicht entdeckt werden.

In Liothan schlugen die Gefühle hoch. Er hatte sie gefunden, Nanthena, die Frau, die ihm die Sprache verschlagen hatte – und er hatte sie aufs tiefste verletzt.

Sollte sie jemals erfahren, dass er hinter der Tat steckte, gäbe es keine Aussicht darauf, mit ihr zusammenzukommen oder zusammenzubleiben. Schuld, Verzweiflung, Scham über seine Tat und grenzenlose Wut auf Louthara, die ihn in diese fürchterliche Lage gebracht hatte, tobten in ihm.

Liothan schlich um die Ecke und fand eine schlichte Holztreppe, die steil nach oben führte. *Das Dach.*

Aus der Tür rechts von ihm trat plötzlich Nanthena, begleitet von Abouc; sie trugen Eimer mit Kalk und Sand, um die Wirkung der Säure zu stoppen.

Für die Dauer eines Herzschlages starrten sich die drei an.

Liothan lagen Hunderte Worte der Entschuldigung auf der Zunge. Doch sie würden Nanthena weder besänftigen noch überzeugen. Die Maske schützte ihn vor dem Erkennen, und so trat er ansatzlos die Flucht nach oben an.

Abouc ließ die Eimer fallen und machte sich an die Verfolgung, Nanthena hingegen schrie ihm Verwünschungen nach.

Das ist schrecklich! Liothan stieß die Luke auf und stand auf dem begrünten Flachdach, vor sich sah er den Belüftungsschlot. *Alles furchtbar schrecklich!*

Er rannte quer durch den frisch angelegten Garten, zwängte sich durch Büsche und Sträucher. Mit einem Sprung hechtete er zur Kante und ließ sich herab, bevor die Gardisten auf der Balustrade des Statthaltersitzes seine Kletterei bemerkten. Die enge Gasse erlaubte es ihm, mit gespreizten Armen und Beinen zwischen den Wänden abwärtszusteigen.

Unten angekommen, streifte Liothan im Schutz eines kleinen überstehenden Balkons die Maske ab. Er wendete das Obergewand und wurde zu dem besser betuchten Besucher des Handwerksviertels, der scheinbar nichts mit den Vorgängen im Haus zu tun hatte.

Liothan öffnete die langen Haare, atmete durch und kehrte aus dem Schutz des Gässchens mit ausladenden Schritten auf die breite Straße zurück; den Tragesack trug er so, dass man ihn beim Blick vom Dach nicht sah.

Erleichterung darüber, dass seine Flucht gelungen war, kam erst auf, als Liothan das Tor ins Prachtviertel passierte. Doch Triumph über das Lösen der ersten Aufgabe wollte sich nicht einstellen. Es fühlte sich nach Niederlage an.

* * *

Wenn deine beste Milch-Echse krank ist,
schicke nicht nach dem Nachtschakal,
sie zu untersuchen.

Sprichwort der Keel-Èru

Kapitel XIV

Wüste, zweihundertfünfzig Meilen südwestlich von Wédōra

Als die Nacht sich auf die Wüste senkte und Eiseskälte gegen die heißen Dünen sandte, nahm Irian Ettras den Weg abwärts zum künstlichen Fluss und den Schiffen.

Dichter Nebel bildete sich in der wassergefüllten Schlucht. Die Monde strahlten rotes und eisig weißes Licht, erleuchteten den Einschnitt und die Wüste.

Der malerische Anblick trog. Stille gab es an diesem Ort nicht mehr. Die Ungetüme von Bohrern und Grabschaufeln erschufen ein metallisches Gewittergrollen, ununterbrochen ratterten die Transportbänder und trugen den Dreck davon.

Kurzerhand stahl Irian sich an den Wachen vorbei und seilte sich an der Stelle ab, an welcher die Arbeiten am Gestein vorangetrieben wurden. Die zahllosen Lichtkegel der aufgestellten großen Blendlaternen wurden von gespinstigen Schwaden verschlungen.

Die Geister warnten ihn stets rechtzeitig, sobald ein Aufpasser erschien. So gelangte Irian ungesehen hinab, kletterte unter den laufenden, lärmenden Maschinen entlang, nutzte Streben und Ketten, um von den Auslegern und Bohraufsätzen bis an Bord des ersten Kahns zu springen.

Irian roch das Öl, das erhitzte Metall und drückte sich in den Schatten der Aufbauten.

Überall gingen Arbeiter umher, justierten Messapparate, korrigierten die Winkel der Drillarme und riefen Anweisungen an die Besatzung, um die Lage der Schiffe zu verändern. Über die gespannten Seile und Verankerungen in den Wänden konnten die Gefährte präzise verlagert werden. Unaufhörlich klapperten die Laufräder und stampften irgendwelche Apparate, die Mechaniken antrieben. Es staubte, überall lag ein Film aus Gesteinsmehl.

Es wird schwer, unbemerkt über die taghell ausgeleuchteten Decks zu schleichen, trotz des schützenden Nebels.

Irian sah Bewaffnete und Schleudern, um die Schiffe zu verteidigen, falls es die T'Kashrâ bis hierher schafften. Er zweifelte nicht daran, dass die Wüstenvölker genau wussten, was im Sandmeer vorging. *Sie lassen die Sungàm Tasai gewähren. Aus welchem Grund?*

Einige Arbeiter trugen Reste der Kleidung, die einst der Delegation aus Thoulikon gehört haben musste. Nach dem Tod der Menschen hatten teure Hosen, Jacken, Schärpen, Überwürfe und Kopfbedeckungen neue Besitzer gefunden. Die neuen Bedingungen hatten den Stoffen zugesetzt und sie unansehnlich werden lassen. Eine Verhöhnung von Thoulikon, dass die Kleidung derer Hochrangiger an den Leibern von einfachen Tagelöhnern und Sklaven lagen.

»… schon zweimal gesagt, dass es schneller vorangehen muss. Wir sind nicht im Zeitplan, verflucht noch eins!« Ein Mann trat in Irians Sichtfeld, dessen Robe sich deutlich von dem Aufzug der Übrigen abhob. Ein weites blaues Gewand, das mit einer Korsage von der Hüfte bis zur Brust zusammengehalten wurde, lag um seinen Körper.

»Das haben wir bald aufgeholt«, entgegnete eine Frauenstimme. »Frische Arbeiter, ausgeruht und ohne Verschleiß, stoßen zu uns. Der Kaiser weiß, wie entscheidend Zeit bei der Unternehmung ist.« Eine dunkelhäutige Kriegerin trat neben den Blaugewandeten. Sie hielt wie er mehrere lange zusammengedrehte Papierrollen in der Hand. Die leichte Lederpanzerung würde sie beim Sturz ins Wasser nicht auf den Grund ziehen. »Wollen wir besprechen, welche Neuerungen der Baustelle bevorstehen?«

»Was meinst du damit?« Der Mann fuhr sich aufgebracht durch das kurze gelbgefärbte Haar, in das Muster rasiert worden waren. »Ich kann keine Veränderungen brauchen! Das frisst mir wertvolle Tage!«

»Damit wirst du viel mehr gewinnen. Es sind Antriebsmaschinen der Izozath, die wir für unsere Zwecke umbauen ließen. Die Schiffe treffen zusammen mit den frischen Arbeitern ein.« Die Kriegerin deutete auf einen Verschlag, in dem Licht brannte. »Ich erkläre es dir. Wir brauchen eine Fahrrinne, damit der Kahn bis nach vorne schippern kann.«

»Die Schiffe umstellen! Das kostet noch mehr Zeit.« Er war nicht zufriedenzustellen. »Aber gut. Der Kaiser will, der Kaiser bekommt.«

Zusammen gingen sie über das Deck in die Baracke.

Das lasse ich mir nicht entgehen. Irian nahm sich einen Stapel leerer Säcke und warf ihn sich auf die Schulter, obenauf eine Kiste mit Schrauben und Splinten. Dann erhob er sich und folgte dem ungleichen Paar. Er kam ohne Schwierigkeiten bis zum Verschlag und stellte die Kiste daneben ab, tat so, als sortierte er die Splinte, und blieb geduckt, während er durch die Bretter lauschte, die genug Lücken und Astlöcher aufwiesen, um der Unterhaltung zu folgen.

Im Innern sah er vier weitere Männer und Frauen in der gleichen Aufmachung wie der Aufgebrachte: mit blauem Gewand und Korsage. Die Wände hingen voller Pläne, Listen und Zeichnungen des Kanals.

Er hatte die verantwortlichen Ingenio gefunden.

»… der Kaiser. Und er wird noch mehr Sklaven schicken«, sprach die Kriegerin eben. »Zudem hat uns die Nachricht erreicht, dass die Festung Sandwacht durch den Kara Buran aufs schwerste beschädigt wurde.« Sie lachte. »Derart schwer, dass sie keinen Startpunkt für ihre Gleiter haben.«

»Das bringt uns nichts. Der Dârèmo wird Plattformen aus Holz errichten lassen. Er kann es sich nicht erlauben, die Pajarota nicht zu Erkundungen einzusetzen«, erwiderte einer der Männer.

»Und der Berg ist hoch genug«, fügte eine der Frauen hinzu.

»Wir werden sehen, wie schlimm es um die Festung steht. Aber ich betrachtete es als aufmunternde Nachricht.« Die Kriegerin ging um den Tisch. »Der Kaiser hat eure Bitte erhalten und sendet mehr Hände und neue Maschinen. Der Vortrieb wird zügiger. Das heißt, in einem Siderim sind wir an Wédōras Mauern heran.«

»Ist das nicht zu weit?«, warf einer der Ingenio ein.

»Zu weit im Sinn von zu dicht«, sprang ihm ein zweiter bei. »Wir wissen nicht, wo genau sich die Kavernen und die Grotte mit der heiligen Quelle befinden. Nicht, dass es zu einem Durchbruch kommt.«

Oder einem Einbruch, fügte Irian angespannt hinzu.

»Wir brauchen alte Aufzeichnungen von Wédōra. Jemand muss die Kavernen kartographiert haben, oder?«, sagte eine Frau in die Runde und meinte es wohl als Frage an die Gesandte des Kaisers.

»Wir haben noch kein Glück gehabt. Die T'Kashrâ, die wir fingen, weigerten sich, mit uns zu sprechen. Sie wissen ohnehin nichts, weil sie zu jung sind. Keiner von ihnen hat Kenntnisse aus der Zeit vor der Eroberung durch die Krämer.« Die Kriegerin legte ein Lineal auf den Plan, zeichnete und ritzte Markierungen ein. »Bis *dahin* werden wir mit ganzer Kraft bohren. Wer weiß, was dem Kaiser bis dahin Neues in den Sinn gekommen ist?«

»Wie … wie meinst du das, Gesandte?«

»Bei den Greisen von Ilnji! Er will Wédōra doch nicht angreifen?« Eine der Ingeniae klang erschrocken. »Wir dachten, wir sollen einen Kanal treiben, der die Waren bis auf zehn Meilen an die Stadtmauern bringen kann, und nicht –«

»Von einem Angriff kann nicht die Rede sein«, unterbrach sie die Kriegerin scharf. »Was hätte der Kaiser davon, wenn wir zu dicht graben und zuerst die Grotten und damit auch Wédōra einstürzen?«

Eine Million Tote. Irian hielt in seinen Handgriffen inne. *Sie könnten die Stadt durch den künstlichen Fluss niederreißen.*

Das erklärte, weshalb der Dârèmo die Arbeiten heimlich überwachen ließ. Er wollte wissen, was sich auf der Baustelle tat und wie schnell die Sungàm Tasai vorankamen.

Im Inneren der Baracke wurde über technische Details gesprochen, die Irian nicht verstand. Er war weder Ingenius noch Maschinenkundiger, aber er würde bleiben und im Anschluss an die Besprechung versuchen, einen der Pläne abzugreifen, um ihn zu Tomeija zu bringen. Der Dârèmo würde sich bei ihr erkenntlich zeigen.

Um nicht aufzufallen, verlagerte Irian seinen Standort auf die andere Seite des Kabuffs und kramte weiter in seiner Kiste, sortierte und ordnete. Noch erschien das niemandem an Bord merkwürdig.

Die Tür schwang auf, und die Kriegerin kam mit einem der Ingenio heraus. Sie entfernten sich einige Schritte weg vom Verschlag, um ungehört von den anderen zu sprechen, wie es den Anschein hatte.

Was haben die beiden für Geheimnisse? Irian huschte in einem unbeobachteten Moment in den Schutz einer mannsgroßen Umlenkrolle eines Flaschenzugs.

»… keinen Fall den Eindruck entstehen lassen, der Kaiser wäre an der Zerstörung interessiert«, sagte die Gesandte leise. »Du musst diesen Gedanken sofort aus der Welt schaffen, sollte er erneut aufkeimen. Ich brauche keine Skrupel auf der Baustelle, die sich schädlich auf das Vorhaben auswirken.«

»Das habe ich verstanden, und ich teile deine Einschätzung«, stimmte der Mann zu. »Wir sollten Meisterin Sankai besser austauschen.«

»Wir sollten Meisterin Sankai besser verschwinden lassen. Bei ihrem nächsten Gedanken in dieser Richtung. Baustellen und Unfälle gehen oft einher.« Die Gesandte drückte ihm einen Beutel in die Hand. »Für deine Mühen.«

»Ich danke.« Er wog den Lohn in der Hand, reichte ihr eine Mappe mit vielen Blättern darin. »Ich habe neue Berechnungen angestellt. Der Zufluss könnte ausreichen. Dazu müssten wir die Staustufen steigern und den Teil, in dem wir gerade bohren, ausgraben, um das Gefälle zu erhöhen.«

»Ich richte es dem Kaiser aus.«

»Es basiert jedoch auf Annahmen, solange wir die Ausmaße der Grotten nicht kennen«, schränkte der Ingenius sogleich ein. »Ich musste mich dabei auf Schätzungen, die Größe der Stadtgrenzen sowie die Gesteinsproben aus den Vierteln verlassen.«

»Es mag uns vielleicht gelingen, einen Murzbha zum Sprechen zu bringen. Falls es Wissen über die Kavernen gibt, bekommen wir es.«

»Damit wäre alles einfacher. Das Gestein unter Wédōra ist äußerst hart. Dagegen ist das, was wir gerade abtragen, fast noch Kreide.« Er verbeugte sich. »Richte dem Kaiser meinen untertänigsten Gruß und Dank aus.«

»Das tue ich.« Sie steckte die Mappe in ihre Umhängetasche. »Denkst du, es gibt Fische in den Kavernen?«

»Das möchte ich nicht ausschließen. Warum?«

»Stell dir vor, wir wären die Ersten, die auf dem See angeln. Und einen dieser Fische fangen und verspeisen.« Sie lachte.

»Das werden wir auf alle Fälle tun.« Der Ingenius kehrte nach einem knappen Winken in die Baracke zurück.

Die kaiserliche Gesandte eilte über das Deck zu dem nächsten Lastenaufzug, um die Schlucht zu verlassen.

Irian gratulierte sich dazu, den Abstieg gewagt zu haben. Die Neuigkeiten würden in Wédōra willkommen sein und wertvoller als sämtliche Notizen, welche die Leute des Dârèmo angefertigt hatten. *Der Kaiser plant nichts weniger als die Eroberung der Stadt.*

Er tat so, als kümmerte er sich um die Rollen und prüfte die Seile; von seiner Position aus hatte er den Ausgang des Verschlags bestens im Blick.

Es dauerte nicht lange, bis das Licht darin gelöscht wurde und die Ingenio herauskamen, sich die Hände reichten und sich auf die verschiedenen Schiffe begaben. Die Aufgaben waren verteilt.

Darauf hatte Irian gewartet.

Er löste sich mit der Kiste auf der Schulter aus dem Schatten der Umlenkrolle und betrat die Baracke ganz selbstverständlich, ohne Licht darin zu machen.

Im Dunkeln pflückte er Pläne von der Wand, ohne zu wissen, was er an sich nahm. Mochten die Sungàm Tasai über das Fehlen denken, was sie wollten. Der Vorteil, die Zeichnungen an sich zu bringen, machte wett, dass die Ingenio danach wussten, dass ein Spion in das Lager eingedrungen war.

Als Irian nichts mehr ertastete, faltete er das Papier mehrmals, bis es klein und dick war, und schob es unter sein Gewand. Er verließ den Verschlag zusammen mit der Kiste, die er wieder wie die übergeworfenen leeren Säcke zur Täuschung trug, und beschloss, auf dem Hinausweg einen Abstecher in die Unterkünfte der Wachen zu unternehmen. *Neuigkeiten kann es nie genug geben. Es geht um Wédōra.*

Er wechselte mehrmals den Kahn über verbindende Planken zusammen mit einer Gruppe von Arbeitern, die ihm keinerlei Beachtung schenkten. Sie waren meliert, von oben bis unten gepudert, da sie nahe dem Bohrer gearbeitet hatten. Sie spuckten blutigen Schleim auf die Planken; hellrötlicher Rotz rann aus den Nasen. Der Staub griff die Gesundheit der Menschen an.

Irian schwenkte auf dem vierten Schiff aus dem Pulk und bestieg einen kleineren Aufzug, mit dem Geröll und Bruchsteine nach oben gehievt wurden. *Es gelingt. Ist man erst ein Rädchen im Apparatus, stellt keiner eine Frage.*

Zusammen mit dem Schutt fuhr er in die Höhe und landete auf dem Sammelplatz, wo Männer unverzüglich mit dem Abladen begannen, damit die wartenden Steinmetze die Befestigungen errichten konnten.

Da drüben. Eine Wachunterkunft. Irian stellte die Kiste ab und packte beim Entladen mit an. Mehrmals legte er den Weg mit Steinen zurück, bis er die Gelegenheit nutzte und in die Wüste abbog. Er wollte sich der Unterkunft unbemerkt von hinten annähern.

»Hey! Was denkst du, wo du hingehst?«, rief ein Mann ihm nach. Sein Tun war von einem Aufpasser entdeckt worden.

»Pissen«, erwiderte Irian, ohne sich umzudrehen. Sein Plan geriet ins Wanken.

»Bleib in Blickweite!«

»Damit du auf mein Ding schaust und vor Neid erblasst?« Irian trabte durch den weichen Sand und erreichte die erste kleine Kuppe.

»Komm zurück!«

Die Geister rieten ihm, sich abzusetzen. *Vertraue uns,* wisperten sie.

Irian sprang auf den nächsten Abhang, rutschte geschickt auf dem Kies abwärts, ohne das Gleichgewicht zu verlieren. Dann duckte er sich und folgte dem vom Wind geformten Tal.

»Ich sehe dich! Du wirst nicht abhauen, du Schwein!«, erklang die Drohung.

Irian wusste, ohne hinzuschauen, dass ein Pfeil auf seinen Rücken gerichtet war. Er schloss die Augen und lauschte in den Wind, auf das Sirren – und drehte sich zur Seite.

Das Geschoss verfehlte ihn und schlug in den Sand ein.

Irian rannte über den nächsten Hügel aus Kies und Felsbrocken. Niemand würde ihn verfolgen können, wäre er erst weit genug entfernt vom künstlichen Fluss. Die Sungàm Tasai waren ein Wasservolk, keine Wüstenbewohner.

»So nicht!« Der Soldat tauchte überraschend vor ihm auf und stach ohne Warnung mit dem Dolch zu. »Wir werden deine Leiche am Kran hochziehen. Als Mahnung für alle Deserteure!«

Sogar die Geister hatten die Attacke nicht vorhergesehen. Irian versuchte auszuweichen, aber die lange Dolchklinge schnitt in Bauchhöhe durch sein Gewand.

»Du Stück unredliche Scheiße!« Mit der Schulter rammte ihn der Mann zu Boden und holte mit dem Fuß zu einem Stampfschritt ins Gesicht aus. »Erkennen muss man dich ja nicht, wenn du baumelst.«

Greif nach links, sagten die Geister. *Und wirf.*

Irian bekam einen davonkriechenden Skorpion zu fassen, der vor der Störung flüchten wollte, und warf ihn unter Schmerzen gegen den Sungàm Tasai.

* * *

Wédōra, Ostvorstadt

Und da ist er. Tomeija sah Fradarick Ghominàs in die Spielhalle kommen, umgeben von seiner Entourage. Sie kontrollierte den Sitz der Maske, die ihre Augenpartie verdeckte. Über ihr Gesicht hatte sie einen Schleier gelegt, um sich unkenntlich zu machen. Solche Aufmachungen waren in Wédōra üblich, sie fiel nicht weiter auf. Um die Ablenkung perfekt zu machen, hatte sie sich einen falschen Schwangerschaftsbauch aus Stoff und Leder umgebunden. Die langen grauen Haare lagen unter dem Turban versteckt. Sogar ihre Markenzeichen, Schwert und die weißen Handschuhe, hatte sie abgelegt; die Nadeln befanden sich verborgen im Lederarmband.

Es war keine besonders große Herausforderung gewesen, Näheres über die Ghominàs herauszufinden. Tomeija hatte ihre Verbindungen aus der Zeit genutzt, als sie noch im Vergnügungsviertel für einen Hurenwirt namens Chucus gearbeitet hatte. Mit Münzen, noch mehr Münzen und dem Versprechen, einen guten Wein aus Nolares obendrauf zu legen, erhielt Tomeija den Namen mehrerer Kneipen, Gasthäuser, Spielhallen, Theater und Freudenhäuser, in denen das Oberhaupt der Ghominàs des Öfteren gesehen wurde.

Sotháno und sie überwachten die Orte und notierten, wann Fradarick Ghominàs welches Etablissement besuchte.

Daraus entstand die Idee, ihn bei einem seiner Ausflüge ins Vergnügungsviertel abzupassen und anzusprechen. Fradarick

Ghominàs schien immer in Bewegung zu sein, als fürchtete er, Attentätern ein festes Ziel zu bieten. Dass er das durch seine Vorhersehbarkeit längst war, schien er nicht zu bemerken.

Der junge Mann trat niemals alleine auf. Er schleppte meistens einen schrankgroßen Leibwächter namens Wasēm und Nanthena, eine reifere Frau mit auffälliger, halbseitiger Gesichtsbemalung aus Henna, mit sich. Sie waren alle miteinander verwandt, den Grad hatte Tomeija jedoch nicht bestimmen können. Ab und zu lief noch ein knabenhaftes Mädchen mit ihnen herum, die Fradarick als Gespielin diente. Sie wurde von ihm Kutuli gerufen – Schlämpchen.

Heute verzichtet er auf die Bemalte. Tomeija hatte in ihren Gedächtnisstützen vermerkt, dass man Fradarick im Gegensatz zu Nanthena keinen Respekt zollte. So verhielt es sich an diesem Tag nicht minder. Er grüßte einen umherstehenden Mann und eine Frau, gesellte sich an einen Tisch mit Kartenspielern, ohne dass man ihn beachtete. Seine hingeworfenen, einfachen Münzen landeten auf dem Stapel mit den Einsätzen, und er bekam drei Karten.

Fradarick Ghominàs schien auf der untersten Stufe der Banden und Gesetzlosen zu stehen, was vermutlich an der Art seiner Einkünfte lag, die mit der halben Zerstörung von Sandwacht zum Erliegen gekommen sein durften. Ohne seine Lieferanten gab es keine neue Ware und damit keinen Verkauf und keinen Profit.

Aus dem Grund fand man ihn in den billiger gehaltenen Vergnügungsstätten. Diese Spielhalle in der Vorstadt war für die Packer und Mietschlepper gedacht, die es sich nicht leisten konnten, einen Passierschein fürs Vergnügungsviertel zu erstehen.

Es ging das Gerücht um, jemand habe die Vorräte und die Werkstätten, in denen die T'Kashrâ-Artefakte heimlich umgearbeitet worden waren, sabotiert und zerstört.

Das kam Tomeijas Plan entgegen, als neue Beschafferin aufzutreten. Angeblich hatte Fradarick Verbindlichkeiten bei Leuten, die weitaus gefährlicher, mächtiger und ungeduldiger als er selbst waren.

Sie sah Sotháno, der sich bei den Klingilōn-Apparaten im hinteren Teil der Halle aufhielt und unauffällig spähte. Während das Ablegen und Aufnehmen von Karten ohne nennenswerte Geräusche stattfand, tönte aus der Klingilōn-Abteilung das Klackern und Rasseln der senkrecht aufgestellten Spielmaschinen. Fradaricks Gespielin hüpfte eben hinüber und kaufte sich am Tresen eine Schale Steinkügelchen, um damit zu einer freien Maschine zu tänzeln.

Tomeija hatte die sehr junge Frau noch nie normal laufen sehen. Wie ein Fohlen im Frühjahr sprang und drehte sie sich unentwegt. *Ich hätte ihr längst Gewichte umgebunden, damit sie aufhört zu zappeln. Oder sie mit der richtigen Nadel langsamer werden lassen.*

Kutuli kippte die Schale oben in die Einfüllöffnung und legte ihre linke Hand an die Hebelvorrichtung.

Mit jedem Drücken wurde der Schieber geöffnet und Steinkügelchen ins Spielfeld freigesetzt.

Die Flut schoss ratternd und klingelnd durch einen Irrgarten aus Stiften und Kanälen abwärts. Durch die meisten Klappen wurden sie verschlungen; manche besaßen eine Markierung. Schaffte man es, eine Steinkugel in markierte Öffnungen zu manövrieren, gab es verschiedene Belohnungen. Entweder spuckte der Auslass noch mehr Steinkugeln aus, mit denen man erneut sein Glück versuchen konnte, oder das Labyrinth änderte die Stellung der Wände: Stifte verschwanden, neue Kanäle entstanden und lockten für kurze Zeit mit höheren Gewinnwahrscheinlichkeiten. Ausgezahlt wurde nach dem Gewicht der erspielten Steinkugeln.

Tomeija hatte die Spielerinnen und Spieler längere Zeit beobachtet. Manche versuchten, möglichst geschickt vorzugehen, um die Stellung der Hindernisse zu ändern und mit genug Kugeln den in der Mitte des Klingilōn eingebauten Mechanismus auszulösen. Gelang es, wurden farbige Kugeln ausgeschüttet, die am Tresen gegen besonders hochwertige Gewinne getauscht wurden. Tomeija hatte selbst gesehen, wie ein Glücklicher die Spielhalle mit einem kleinen Goldbarren verlassen hatte.

Die Klingilōn-Maschinen gab es in verschiedenen Größen, mal klein wie ein Fenster, mal hoch und breit wie eine Tür, manche gar wie ein Tor, an denen man mit mehreren Leuten spielen musste, um höhere Gewinne einzustreichen. Mit verschiebbaren Leitern gelangte man an die Einfüllöffnungen.

Kutuli drosch lachend auf den Hebel für den Schiebemechanismus ein, ließ die Kügelchen abwärtsschießen.

Fradarick warf seine Karten weg, er hatte verloren. Der hünenhafte Begleiter mit dem dichten Vollbart kreuzte die Arme unter der Brust und sagte ohne Worte, dass er das vorhergesehen hatte. Nach vier weiteren Durchgängen, die ihm keinen neuerlichen Reichtum brachten, stand Fradarick auf und bewegte sich auf den Ausschank zu, um von dort aus Kutuli beim ausgelassenen Klingilōn zuzuschauen und grimmig von seinem Henket zu trinken.

Dann bringe ich mich mal ins Spiel. Tomeija löste sich von der Wand, an der sie gelehnt hatte, und bewegte sich auf Fradarick zu. Sie machte keinen Bogen oder gab sich Mühe, ihre Absichten zu verbergen; dabei watschelte sie leicht, wie sie es bei Schwangeren gesehen hatte.

Da sie als werdende Mutter keine Gefahr darstellte, reagierte Wasēm nur mit abschätzenden Blicken auf ihr Nahen, ohne sich ihr in den Weg zu schieben.

Tomeija fand sein nachlässiges Verhalten sträflich. Wäre sie eine Attentäterin, würde Fradarick schon tot auf dem Boden liegen.

»Ich grüße dich. Man sagte mir, dass du ein Mann bist, der mir helfen kann.«

Fradarick zeigte auf ihren dicken Bauch. »Dir wurde schon von einem Mann geholfen. Du brauchst meine Hilfe nicht.« Er trank hastig von seinem Stark-Henket. Der Verlust im Spiel hatte seine Laune auf einen Tiefstpunkt sinken lassen.

Tomeija ließ sich davon nicht abschrecken. »Ich habe Dinge zu veräußern.«

»Ich kaufe keine Neugeborenen.«

»Das würdest du auch nicht bekommen.« Sie hatte einen falschen Moment abgepasst, doch ein Zurück gab es nicht mehr. Zudem wollte sie nach dem zähen, aufwendigen Ausspähen Erfolge einfahren. »Ich war in der Festung.«

»Welche Festung?«

»Sandwacht. Und ich sprach mit ein paar Leuten, die eigentümliche Dinge beschafften. Für dich.«

Nun hatte sie Fradaricks Aufmerksamkeit.

Er sah sie an und versuchte, durch Maske und Schleier hindurch zu ergründen, mit wem er es zu tun hatte. »Ich verstehe nicht, was du meinst, Weib.«

»Ich gehörte zur Besatzung und habe mich nach dem Wahnsinn … sagen wir, ich quittierte den Dienst, ohne mich abzumelden. Deswegen die Maskerade.« Tomeija lachte und klang bewusst überdreht. »Ich unterhielt mich vor einiger Zeit mit deinen Freunden. Die dir und den Ghominàs die Artefakte aus der Wüste beschafften. Ich half Ellja und ihren Kumpanen dabei, neue Stücke zu besorgen. Kenne da Orte, wo es leicht ist, die T'Kashrâ abzufangen und zu plündern.«

Fradarick wägte ab, was er davon halten sollte. »Ich höre dir zu.«

»Deine Freunde sind tot, und du sitzt damit auf dem Trockenen. Passend in einer Wüste.« Tomeija lachte wieder irre und hohl. Der breit gebaute Leibwächter regte sich nicht.

Fradarick winkte zu seiner Gespielin, die erste Gewinne einfuhr und damit erfolgreicher war als er. »Wie kommst du darauf, dass ich mit dir handele? Ich kenne dich nicht und weiß nicht einmal, wie du aussiehst.«

»Das wirst du auch nie herausfinden. Die Truppen des Dârèmo werden nach mir suchen. Sie verlieren ungern eine exzellente Pajarota-Lenkerin. Wenn du mich nicht beschreiben kannst, droht mir keine Gefahr durch dich.« Tomeija merkte, dass Fradarick seine Vorbehalte zugunsten des aufziehenden Gewinns mehr und mehr abbaute. »Und in aller Deutlichkeit: Ich muss das Geschäft nicht mit dir machen. Wenn du nicht willst, finde ich jemand anderen, der mir die Artefakte abnimmt. Der Bedarf ist da, der Markt ebenso. Das haben mir Ellja, Qadim und Zenarus gesagt.«

Fradarick bestellte sich mit einer Geste ein frisches Henket. »Ich werde dir nicht mehr als den anderen zahlen.«

»Das solltest du. Sonst beliefere ich einen deiner Konkurrenten.« Tomeija zog ihren größten Trumpf aus der Tasche, den sie mit einem Tuch eingeschlagen hatte. Vorsichtig, damit es niemand sonst in der Spielhalle sah, zeigte sie ihm den T'Kashrâ-Rufer. »Unter anderem damit. Ein F'Shasiik, wie er in deren Sprache genannt wird.« Als er danach greifen wollte, zog sie das Artefakt weg und wickelte es ein. »Nicht so hastig. Wir sind uns noch nicht einig.«

Fradarick überlegte, die Kiefermuskeln zuckten. »Wie schnell kannst du neues Zeug besorgen?«

»Das wird eine Weile dauern. Doch je mehr du mir bietest, desto schneller geht es.«

»Ich weiß nicht einmal, was das ist.«

»Wusstest du das denn sonst?«, erwiderte Tomeija und hörte seinen Begleiter hämisch auflachen. Freunde schienen Wasēm und er nicht zu sein, trotz ihrer Blutsverwandtschaft.

»Es macht nichts, dass es länger dauert. Meine Werkstatt ist gerade nicht einsatzbereit«, überlegte er laut vor sich hin. »Solange du nicht versuchst, mir Schrott anzudrehen.«

»Was hätte ich davon, dich zu betrügen? Zufriedene Kunden kommen wieder, die anderen nicht.« Tomeija legte eine Hand auf ihren falschen Schwangerschaftsbauch. »Zwanzig Shikar. Die Lieferung ist frei Haus.«

Fradarick lachte auf. »Vergiss es.«

»Einverstanden. Ich vergesse dich.« Sie wandte sich um, und schon packte er sie am Ellbogen. »Hast du es dir doch anders überlegt?«

»Zehn Shikar.«

»Achtzehn.«

»Fünfzehn.«

»Einverstanden – und Zugang zu deiner Werkstatt.«

Fradarick runzelte die Stirn. »Habe ich das richtig verstanden?«

»Hast du.« Tomeija hatte sich den nächsten Schritt genau überlegt. »Ich bin im Besitz einiger Funde, die von Ellja stammen, und muss sie nachbehandeln. Ohne Werkzeug wird mir das nicht gelingen.«

»Was meinst du mit *nachbehandeln?*«

»Einige Teile sind lose, und die Farben haben durch den Brand in der Festung gelitten. Es sieht einfach nicht gut genug aus, um beste Preise zu erzielen.«

»Ich verstehe. Abgesehen davon, dass die Räumlichkeiten nicht zur Verfügung stehen, würde ich das niemals zulassen.« Fradarick klang misstrauisch. »Ich habe jemanden an der Hand, der sich darauf wesentlich besser versteht. Verkauf sie mir und –«

»Nein. Erst wenn ich sehe, dass du zuverlässig zahlst.«

»Das wird spannend für dich«, warf der der schwarzbärtige Wasēm ein und ließ sich vom Angestellten hinter dem Tresen ein Wasser mit einem Schuss herbem Fregi-Saft geben. »Mit Geld kann er nämlich nicht umgehen.«

Fradarick setzte das Bier an und spülte die Worte, die ihm sonst über die Lippen gekommen wären, gleich mit die Kehle hinab.

»Gut. Wenn du es dir anders überlegen solltest, lass es mich wissen. Es könnte sein, dass du mein exklusiver Kunde wirst. Als Entgegenkommen für die Nutzung der Werkstatt.« Tomeija blickte zu seiner Gespielin, die vor der Klingilōn-Maschine auf und ab hüpfte und wildfremde Männer und Frauen umarmte, während die Auffangschale unter dem Apparat vor neuen Kugeln überzulaufen drohte. »Sie hat gewonnen.«

»Sie kann auch nicht mit Geld umgehen«, lautete Wasēms wüstentrockener Kommentar.

Jetzt ist Sotháno an der Reihe. Tomeija wandte sich um und verließ watschelnd die Spielhalle. Abgemacht war mit ihm, dass er im Gebäude blieb und Fradarick samt Gefolge beobachtete.

Sie ging ein paar Straßen weiter, legte in einer Nische die Verkleidung ab, unter der sie ihre herkömmliche Garderobe trug. Aus dem Schwangerschaftsbauch wurde eine Tasche zum Umhängen. Ohne das Schwert, das zu auffällig gewesen wäre, fehlte ihr etwas. Aber mit Nadeln und Dolchen könnte sie jedwede Angreifer ausschalten.

Tomeija betrat das Vergnügungsviertel und besuchte das *Spaß und Blut,* das Theater ihres einstigen Arbeitgebers, und grüßte die Bediensteten. Sie setzte sich in eine dunklere Ecke und ließ sich ein Kaktuswasser bringen. Das Warten auf Sotháno fiel ihr schwer, doch es wäre töricht gewesen, in der Nähe der Spielhalle zu bleiben.

Es dauerte länger als gedacht.

Gerade als sich Tomeija sorgen wollte, betrat der Keel-Èru den Laden und fand sie nach unauffälligem Umschauen.

Er setzte sich mit einem Lächeln zu ihr. »Ich weiß, wo die Werkstatt ist.«

Tomeija war beeindruckt. »Wie das?«

»Gute Ohren. Und die plappernde Kutuli.« Sotháno orderte ein Henket. »Nachdem du gegangen bist, disputierten Fradarick und Wasēm. Ich habe noch nicht verstanden, was die Rolle dieses bärenhaften Mannes ist, aber sie können sich nicht leiden. Dann kam sein Mädchen zu ihnen und hatte ihren Gewinn gegen eine halbe Goldmünze eingetauscht und schenkte sie ihm. Damit er die Werkstatt aufbauen könnte, sagte sie. Niemand in Schlichtpflaster würde das merken, weil alle mit den Sturmschäden beschäftigt wären.«

»Das ist ein Ansatz. Aber Schlichtpflaster ist groß. Ohne die genaue Lage …«

Sotháno grinste. »Kutuli sagte: Nicht mal die Wachen des Statthalters werden es herausfinden, obwohl er doch gleich nebenan ist und sie fast ins Fenster glotzen könnten, um Nanthena bei ihrer Arbeit zuzuschauen.«

Tomeija entwich ein unterdrückter Triumphruf. »Ausgezeichnet!«

»Danke.« Er stieß mit ihr an. »Was machen wir?«

Tomeija lehnte sich zurück und blickte zur Bühne, wo ein Fakir mit brennenden Messern und Spießen hantierte, sie sich durch die Wangen und die Nase schob, um die Flammen dabei zu löschen, ohne sich dabei zu verbrennen. Die Zuschauer applaudierten begeistert. »Noch abwarten. Und dann zuschlagen.«

Fradarick würde ihr nicht davonlaufen, er hatte angebissen. Daher konnte sie die beiden Männer aufsuchen, die Irian für ihre Truppe aus Gestrandeten und Zugezogenen empfohlen hatte.

Tomeija fiel ein, wie sie die beiden dazu bringen konnte, für einen höheren Anreiz als Gold in ihre Dienste zu treten. Sie würde ihnen in Aussicht stellen, dass sie mit Hilfe von Liothans Magie in ihre Heimat zurückkehren konnten, sofern ihr Freund mit seinen Versuchen und dem Lernen vorankam.

Wenn das kein Anreiz ist? Tomeija genoss den nächsten Schluck. Es schmeckte nach weiteren Siegen.

* * *

Wédōra, Prachtviertel

Liothan hob den Takeza-Handschuh, das gewickelte Bällchen lag darin in Wurfposition. Statt einer Brokatrobe trug er Hemd und Hose aus luftigem, weitem Leinen, die größte Bewegungsfreiheit erlaubten. »Ihr habt mich nicht losgeschickt, um Aufgaben für die Samtklingen zu erledigen.« Er sah Louthara provozierend an, die auf ihrer Seite des Feldes wartete. Als sie seine Herausforderung für eine neuerliche Partie angenommen hatte, hatte sie nicht ahnen können, was seine wahren Absichten waren. »Ich habe Euren Brief gelesen, den ich in Nanthenas Werkstatt deponierte.«

Bevor Louthara etwas erwidern konnte, schleuderte Liothan das Bällchen.

Es surrte mit hoher Geschwindigkeit gegen die Seitenwand, prallte ab und kam in gleichem Winkel auf die Frau zugeschossen. Gleichzeitig erfasste Liothan den Ball mit seinen magischen Fähigkeiten und beschleunigte ihn zusätzlich. Die zahlreichen Übungen mit den neuen Saldûn-Formeln hatten sich gelohnt, die Kraft der drei Monde ermöglichte es.

Louthara griff mit dem Handschuh am Ball vorbei und wurde mitten auf die Brust getroffen. Sie schrie auf und hielt sich die Stelle, warf Liothan erstaunte Blicke zu. »Punkt für Ihn.«

»Ich weiß.« Er nahm einen neuen Ball. »In dem Schreiben an Nanthena steht, dass Ihr nicht zufrieden mit der Arbeit gewesen seid. Dass Ihr aber nicht das Geld zurückfordert, sondern dass Ihr der Künstlerin eine Abreibung erteilen wollt.« Wieder warf Liothan.

Dieses Mal sirrte das Geschoss in steilem Winkel aufwärts und hielt unmittelbar auf Louthara zu. Erneut kam Magie ins Spiel, und erneut gelang es ihr nicht, das Bällchen zu fangen. Es landete an ihrer nackten rechten Schulter, an der sich sogleich ein Bluterguss bildete.

»Punkt für Ihn«, sagte sie mit Angst und Staunen.

Liothan nahm den nächsten Ball und legte ihn in den Handschuh. »Ich lasse mich nicht von Euch zu Eurem Schläger machen. Ihr kennt meinen Anspruch, meine Vorhaben und welche Vorteile sich für die Banden ergeben würden.« Er holte aus. »Ich will das Treffen.«

»Aber Er hat die anderen Aufgaben …«

Liothan zielte auf die andere Seitenwand und warf.

Louthara machte keine Anstalten, das Bällchen zu fangen, sondern duckte sich unter ihm weg und legte die Hände zum Schutz über den Kopf.

Dabei streifte der Ball den vorderen Teil ihres Handschuhs, und die Schiene zerstob in einer Splitterwolke. Wie Schrapnelle flogen die zerrissenen Ranken und das zerstörte Holz umher. Louthara schrie auf.

Ungerührt nahm Liothan den letzten Ball und machte ihn wurfbereit. »Diese zwei Prüfungen werden mir erlassen. Ihr habt versucht, mich für Eure persönlichen Belange einzusetzen. Einmal tat ich Euch den Gefallen. Aus Unwissenheit.«

Louthara blieb in der gehockten Haltung und blickte durch das Netz zu ihm. »Ich werde es nicht noch einmal versuchen, Saldûn!«

»Das rate ich Euch. Dieses Kunststück verrät nicht mal ansatzweise, was ich mit Euch tun werde, wenn Ihr mich erneut für niedere Zwecke einspannen wollt. Ich habe große Pläne mit Euch und den Samtklingen, Louthara. Und ich möchte nicht den Eindruck bekommen, Ihr nehmt mich nicht ernst.« Liothan setzte mit einem Sprung über das Netz und blieb vor der Frau stehen.

»Ich nehme Ihn ernst! Sehr ernst!« Sie sah ihn von unten herauf an und wagte es, sich ganz langsam zu erheben. »Ich berufe die Versammlung ein.«

»So schnell es geht.«

»Natürlich.« Sie blickte auf den zerstörten Handschuh. »Aber Er hat betrogen. Der Ball wurde durch Seine Magie schnell wie ein Geschoss.«

»Das ist richtig. Ich habe betrogen. Wie Ihr mich.« Er reichte ihr die Linke. »Geben wir uns die Hand darauf, uns niemals wieder hinters Licht führen zu wollen. Folgt mir, und ich mache Euch zur Königin des Verbrechens, zur Herrscherin über alle Banden dieser Stadt.« Sie legte zögerlich ihre Finger in seine. »Aber versucht Ihr, mich zu verraten, oder fallt mir in den Rücken, trifft Euch mein Zorn.«

Louthara nickte und wirkte nachhaltig beeindruckt. »Wie anders Er plötzlich ist, Saldûn.«

»Weil Ihr mich hereinlegen wolltet.« Liothan schüttelte ihre Hand einmal und ließ sie los. »Das ist vergeben und vergessen.«

»Darauf sollten wir trinken.« Sie legte den Rest des Handschuhs ab und hakte sich bei ihm ein. Gemeinsam gingen sie zu einem Tischchen, das in einer geschützten Nische stand, mit Karaffen, in denen sich Wasser, Wein und Henket befanden. »Was ist Seine Wahl?«

»Wir trinken das Gleiche, wir tun das Gleiche.« Das Verlangen, Louthara für ihre Anmaßung zu schlagen, um sie Schmerzen spüren zu lassen, wie sie Nanthena beim Anblick ihrer zerstörten Kunstwerke gefühlt haben musste, brodelte in ihm. Er wählte das Wasser.

»So soll es sein.« Sie goss ihnen ein, und sie stießen an. Sie tranken jeder einen Schluck. »Woher hat Er dieses Schlangengeschmeide? Es sieht täuschend echt aus.«

Liothan setzte den Kelch sogleich wieder ab. »Es gefiel mir.«

»Mir auch. Sandschleichen sind ausgestorben.«

Ich wünschte, dem wäre so. »Entschuldigt mich. Es sind Dinge zu erledigen, bevor wir uns bei der Zusammenkunft der Schwestern- und Bruderschaften sehen. Sendet mir eine Nachricht, wann das Treffen stattfinden wird.« Er nahm die Tragetasche, in der er seine teure Garderobe verstaut hatte, und verließ die Takeza-Halle.

Fluchtartig verließ er das Gebäude und war erleichtert, als er im Freien stand. Louthara konnte nicht wissen, dass er nur den einen Spruch sicher beherrschte, abgesehen vom Gedankenlesen und Schlösserknacken. Er hatte ihn in den vergangenen Tagen eigens gelernt, um sie bei ihrem Spiel, in dem sie gewiss jeden schlug, nicht nur zu bezwingen, sondern in Gefahr zu bringen. *Mit meinen gehexten Eiswürfeln hätte ich sie weniger beeindruckt.*

Kardīr wäre ihm bei einigen Zaubern von großem Nutzen gewesen, aber der Razhiv blieb verschwunden. Niemand im Vergnügungsviertel hatte ihn gesehen oder etwas von ihm gehört.

Ich hoffe, es geht Kardīr gut. Mit Tomeija konnte Liothan über seine Vorhaben nicht sprechen. Sie verbrachte ohnehin die meiste Zeit im Tempel.

Liothan schulterte die Tasche und ging die breite Straße entlang, von den Seidenbahnen über sich vor der Sonne geschützt, und versuchte, seinen anhaltenden Ärger auf die Anführerin der Samtklingen zu verdrängen.

In der Nacht stand eine Unterredung mit den Keijo in den unterirdischen Ruinen des T'Kashrâ-Heiligtums an, um sie darüber zu unterrichten, dass es voranging. Er erstand auf dem Markt eine Tüte mit Weindatteln und mildem Käse. Er würde sie essen, während er in seinem Planungsschrank die beim Raub beschädigten Kunstwerke von Nanthena Stückchen für Stückchen verleimte.

Ich werde sie ihr zurückgeben, sobald mir eine plausible Geschichte eingefallen ist, wie ich darangekommen bin. Damit ließe sich vielleicht ein Lächeln auf ihr Gesicht zaubern. Ohne Magie und ohne faulen Zauber.

* * *

Von denen Gottheiten: IOROS (II)

Ioros möchte gerne böse, feige und gemein sein, um die anderen zu beeindrucken und für voll genommen zu werden. (…) Ioros ist freundlich zu allen anderen Gottheiten, kriecht um sie herum, kocht aber im stillen Kämmerlein sein eigenes Süppchen. (…) Ioros ist ein Kriegsgewinnler und bringt Dinge zu Ende, die andere Gottheiten angefangen haben, damit er die Lorbeeren für wenig Aufwand erntet.

Kapitel XV

Wédōra, Prachtviertel

Auf dem großen Tisch in der Bibliothek breitete Tomeija die Skizzen aus, die sie in aller Eile angefertigt hatte. »Dazu brauche ich deine Meinung, Liothan.« Sie stemmte die Hände in die Hüften, hakte die Daumen unter den Waffengurt, der über dem grauschwarzen Priesterinnengewand lag. Die Driochorsymbole waren mit Goldfäden gewirkt, Edelsteine blitzten rund um den Halsausschnitt.

Die Pläne waren hastige Duplikate der ein Dutzend großen und kleinen Zeichnungen, deren Vorlage Irian Ettras aus der Wüste mitgebracht hatte. Er war schon wieder verschwunden, um die Originale den Thoulikonern zu bringen, in deren Auftrag er ins Sandmeer gereist war. In aller Kürze hatte er Tomeija von seinen Beobachtungen berichtet. Liothan, gekleidet wie ein vornehmer Bewohner des Prachtviertels, umrundete die Pläne, machte »hm« und »aha« und »soso«, während er seinen Wein im hohen Glas schwenkte, als befände er sich auf einer Ausstellung angesehener Künstler. »Woher sind die?«

»Von den Schiffen der Sungàm Tasai.« Tomeija stellte sich neben ihn und betrachtete die Duplikate.

»Der Bhlyat?«

»Sein Name ist Irian Ettras«, sagte Tomeija. »Nicht Herzverzehrer.«

»Raubte er dir etwa dein Herz?« Liothan grinste und trank vom Wein, sah über den Rand des Glases. »Ohne einen Schnitt?«

»Würdest du dich bitte auf das konzentrieren, was auf dem Tisch liegt?« Sie zeigte ostentativ zu den Blättern.

»Habe ich schon.«

»Und?«

»Ich bin kein Baumeister.« Liothan schlürfte genüsslich.

»Doch ich würde sagen: Es geht um Pläne rund um den künstlichen Fluss der Sungàm Tasai.« Er neigte den Kopf über eine Darstellung des vorgesehenen Verlaufs und hielt die offenen, braunen Haare zurück. »Der Maßstab ist aufschlussreich. Damit … würden die Schiffe sich bis auf zwanzig Meilen an die Stadt graben.«

»Zehn. Rechnen konntest du nie gut. Mit den Schiffen bringen die Kaufleute aus Nelethion, Aibylos und Iratha ihre Waren schneller als jeder sonst nach Wédōra.« Tomeija rieb mit der Fingerspitze behutsam über das Papier. »Es gab noch eine zweite Markierung, wobei ich nicht sicher war, ob sie galt oder korrigiert wurde.«

»Von?«

»Dem Verlauf.« Sie fuhr die Linien entlang bis zur Stadtmauer zwischen der westlichen und südlichen Vorstadt. »Dahin.«

Liothan lachte auf. »Dann glaube ich, dass es sich um eine Korrektur handelt. Die Ingenio hätten den Verstand verloren, sollten sie eine Anlegestelle so nahe an Wédōra führen. Zudem erlaubt das der Dârèmo niemals.«

»Irian hat belauscht, dass die Ingenio darüber spekulierten, ob und wie weit die unterirdischen Kavernen unter der Stadt hinausragen. Und wie tief sie darunterliegen.« Tomeija suchte den Plan heraus, auf dem Irian den Standort des Spähpostens vermerkt hatte. »Es gab Kundschafter des Dârèmo, keine Meile von der vordersten Grabungslinie entfernt. Deren Verhalten und Vorräten nach ließ der Herrscher die Baustelle seit geraumer Zeit ausspionieren.«

Liothan zog die Brauen zusammen. »Davon hat man in der Stadt nichts gehört. Wie seltsam.«

»*Sehr* seltsam. Jede kleine Neuigkeit macht in den Gassen, auf den Straßen, Plätzen und Märkten die Runde. Aber vom größten Vorhaben seit der Errichtung von Wédōra soll nicht gesprochen werden.«

»Oder die Späher haben zu den Vorgängen geschwiegen, die sich in ihrer Sichtweite abgespielt haben. Gerade ihre Aussagen würden Licht in den Vorfall bringen«, überlegte Liothan und setzte sich. »Da spielt der unheimliche, unsichtbare Herrscher sein eigenes Spiel.«

»Zu welchem Zweck?« Tomeija schob die Karten hin und her, prüfte die Berechnungen des Vortriebs; ihre grauen Haare hingen als geflochtener Zopf auf den Rücken hinab und verdeckten die Male im Nacken. »In einem Siderim haben sie die alte Markierung erreicht.«

»Und sie werden sich beeilen, sobald sie bemerken, dass sie bestohlen wurden.«

»Es ist nicht verboten, was sie tun. In der Wüste gibt es keine Reiche, die ihnen den Krieg erklären könnten, weil eine Grenze verletzt wurde.«

»Die T'Kashrâ werden es anders sehen.«

»Denen gehört die Wüste auch nicht. Sie leben bloß darin, werden die Sungàm Tasai sagen. Die Krämer finden stets Ausreden, um sich zu nehmen, was sie möchten. Wie sie es auch mit dem Heiligtum taten.« Tomeija legte Weihrauchharzstückchen auf die glimmenden Kohlen in einer Sandschale und setzte sich Liothan gegenüber. Sie hoffte, dass der würzige Geruch ihr Denken beflügelte. »Was glaubst du?«

»Dass der Dârèmo genau weiß, was rund um den Kanal vor sich geht, und er sein Wissen geheim hält. Über den Grund müssen wir spekulieren.« Er genoss den nächsten Schluck Wein und sah zu den aufsteigenden Qualmschlieren, die tanzten und wogten.

»Denkst du, wir sollten Sarāsh die Pläne übergeben?«

»Sicherlich. Wir leben in der Stadt, und mir gefällt es inzwischen sehr gut hier. Da ist es von Vorteil, wenn der Dârèmo von uns ein paar Details erfährt und sich überlegen kann, ob er die Sungàm Tasai gewähren …« Er stockte.

Tomeija durchfuhr es eisig. »*Er* hat die Delegation angreifen lassen und die ganze Welt glauben lassen, dass es das Werk des Kaisers war!«

»Um einen Krieg zwischen Thoulikon und Sungàm Tasai heraufzubeschwören!«, vollendete Liothan die Erkenntnis. »Weswegen?«

»Um den Bau des Kanals abzubrechen.« Sie atmete den Duft tief ein, der sich als wirksam erwies.

»Das wäre sicher *eine* Folge. Überlegen wir: Was hätte der Herrscher gegen den künstlichen Fluss einzuwenden?«

»Ich wüsste nichts. Schnellerer Warenfluss bedeutet mehr Abgaben und größerer Wohlstand in Wédōra.« Tomeija dachte nach. »Oder geht es darum, durch einen Krieg oder Scharmützel Sungàm Tasai genug zu schwächen, damit die Nachbarreiche einfallen und die Könige samt Kaiser stürzen?«

»Das könnte auch im Sinne des Dârèmo sein. Der Handel würde unter diesen Umständen auch schneller fließen.« Liothan stellte das leere Glas ab und machte ein ernstes Gesicht. »Wir sind da einer großen Sache auf der Spur. Sehr groß. Sehr politisch. Sehr gefährlich. Wir halten einen Hinweis dafür in der Hand, dass die Mächtigen rund um die Wüste den Dârèmo gehörig unterschätzen.«

»Weil er sich in die Ränkespiele einmischt. Unsichtbar.« Tomeija kam zum gleichen Schluss wie er. »Er sichert den Fortbestand seiner Stadt und seiner Macht.«

»Und doch: Wir spekulieren nur.« Liothan stand auf und warf einen weiteren Blick auf die Pläne. »Rücken wir sie dennoch raus? Damit wüsste der Dârèmo, was wir wissen. Und er wird Schlüsse ziehen, sobald sich seine Kundschafter nicht mehr melden.«

»Ja. Wie du schon sagtest: Wir leben in dieser Stadt.« Tomeija sah ihn lange an. »Das habe ich vermisst.«

»Was denn?«

»Die Unterhaltungen mit dir.«

»Wir redeten lediglich über Pläne und die Stadt.«

»Noch sind wir ja nicht fertig. Ich hole mir einen Wein, und dann möchte ich hören, was deine Fortschritte in der Zauberkunde machen.« Sie setzte sich in Bewegung.

»Schade, das geht leider nicht«, sagte er bedauernd. »Ich muss los.«

»Ach?« Tomeija blieb enttäuscht stehen und lehnte sich an

den Türrahmen. »Ich hätte mich wirklich gefreut. Wir leben im gleichen Haus und sehen uns kaum.«

»Wer sitzt denn die ganze Zeit im Tempel des Driochor und frönt dem Todesgott?«, witzelte Liothan. »Machst du so weiter, wird der Dârèmo das Heiligtum schließen. Du weißt, dass er das nicht gerne sieht.«

Tomeija lächelte. »Du machst dir Sorgen.«

»Ein bisschen.«

»Und *wohin* verschlägt es *dich?*«

»Willst du dir auch Sorgen machen?«

»Das tue ich ohnehin.« Sie lächelte und legte viel Wärme in ihren Blick. »Schläfst du dich durch die Betten der besten Huren und Lustweiber? Willst du deswegen nichts sagen?«

»Ich? Oh, nein. Dafür habe ich keine Zeit. Ich bin auf der Jagd nach Aufzeichnungen der alten Razhiv und Saldûn. Damit ich die volle Macht der drei Monde nutzen kann«, erklärte er großspurig. »Ich will nämlich reisen.«

»Ist das nicht gefährlich? Ich erinnere mich, dass die Leute den Verstand dabei verlieren können.«

»Ja. Ich werde das natürlich bedenken. Aber stell dir vor, wie die Leute in Walfor schauten, wenn ich da auftauche, hundert Jahre nach meinem Tod. Als Geist!«

Tomeija ließ sich nichts anmerken. *Das habe ich nicht bedacht.*

Kardīr hatte einst einen Täuschungszauber gewoben, um Liothan glauben zu machen, er hätte ein ganzes Leben in Walfor mit seiner Familie verbracht. Tomeija war dagegen immun gewesen und hatte bei dem Schwindel mitgemacht, damit Liothans Herz vor Sehnsucht nach Frau und Kindern nicht brach. Denn es gab keine Aussicht auf eine Rückkehr. Hatte sie gedacht.

»Das ist doch viel zu lange her. Es wird keiner wissen, wer du bist. Hundert Jahre! Die haben längst andere Sorgen und andere Halunken mit Herz.«

»Du hast recht. Aber dann könnte ich unbehelligt umhergehen und die Leute grüßen und mich in Ruhe umschauen. Erfahren, was meine Kindeskindeskinder machen.« Liothan stand auf und pochte zum Zeichen seines Aufbruchs und Abschieds auf den Tisch.

»Was sagt denn Kardīr zu deinem Vorhaben?«

Liothan zuckte mit den Achseln. »Er ist verschwunden. Ich habe ihn nach dem Ende des Kara Buran nicht mehr gesehen. Wird sich nach neuen Anstellungen umhören, denke ich.« Er verwedelte den Weihrauch. »Wir sehen uns später.«

Ich werde es ihm ausreden müssen, sollte er es tatsächlich schaffen, die richtigen Formeln herauszufinden. »Ja. Und mich würde es freuen, wenn wir die Zeit für ein gemeinsames Glas finden.«

Er lachte ihr zu, und für wenige Momente hatte sie ihren alten Liothan zurück. Dann war er zur Tür hinaus.

Tomeija entschied, ihren Tempel aufzusuchen. Auch für sie gab es keine Zeit zu verschwenden. Sie rollte die Skizzen zusammen, verpackte sie in einer Lederröhre und verließ das Haus.

Nach einem raschen Gang in die Nordvorstadt betrat sie das Driochor-Heiligtum und verbeugte sich vor dem Standbild, das die Gläubigen bei ihren Besuchen als Gabe an den Gott mit Blattgold verzierten.

Kaum hatte sie das Portal aufgesperrt und die Kerzen und Lampen sowie das Opferfeuer entzündet, vernahm sie Schritte, die von der Straße in das Gebäude kamen.

Besuch? Erstaunt wandte sie sich um.

Auf der Schwelle standen drei Lastenträger, wie ihre einfache Aufmachung und ihre kräftige Statur verrieten. Einer hatte sich die Haut auf alchemistische Weise dunkelgrün gefärbt, ein anderer war mit schwarzer Haut geboren, wie der natürliche Farbton verriet. Sie hielten kleine Beutel in den Händen und traten zögerlich näher an den Altar heran.

»Driochor sei mit euch«, sprach Tomeija.

»Wir grüßen dich«, erwiderte der Mittlere freundlich, den sie offenbar als ihren Sprecher auserkoren hatten. »Die Hoffnung führte uns zu dir. Dir und Driochor«, verbesserte er sich hastig. Er rempelte die Begleiter an, und sie reichten die mitgebrachten Beutel nacheinander an Tomeija. »Wir haben eine Gabe für den Gott. Kannst du es ihm in unserem Namen übergeben?«

Zum ersten Mal kam ihr die Aufgabe der Hohepriesterin zu. Bislang hatte sich ihr Dienst auf das Herrichten des Tempels beschränkt. »Sicherlich.« Sie nahm die Säckchen von geringem Gewicht entgegen. *Blattgold.* »Nennt mir eure Namen, damit Driochor erfährt, wer ihm huldigt.« Die Männer nannten sie. Tomeija nahm das Weihrauchgefäß und schwenkte es, damit der würzige Geruch zu ihnen zog. »Kennt ihr Gebete, die ihr zu ihm sprechen könnt, außerhalb des Tempels?«

Die Männer schüttelten die Köpfe.

»Dann hört mir zu:

Gott des Reichtums und des Todes,
gewähre mir Gnade,
so dass stets genug ich von allem habe.
Will nicht arm und krank verenden,
Zeit, Geld und Gebet dir spenden.
Driochor, Herr, so bitt ich dich,
richte deine Augen milde auf mich.«

Tomeija warf die Beutel nacheinander unter dem Rezitieren der zugehörigen Gebetsformeln in das heiße Opferfeuer. Leder und Blattgold verbrannten und schmolzen. Der Qualm änderte seine Farbe, und die Bilder an den Wänden flirrten. Driochor hatte die Gabe empfangen.

Tomeija starrte auf die schimmernden Reliefs, welche die Düsternis des Tempels mystisch erhellten und ergänzten. *Wie schön es ist!*

Leise stießen die Männer Töne der Ehrfurcht und des Staunens aus. Solche Wunder kannte man in Wédōra nicht aus den Heiligtümern.

Tomeija riss sich von dem Anblick los, das Glühen der Symbole und Darstellungen erlosch. »Eure Gaben haben Driochor erreicht.« Sie langte in eine kleine Kiste und zog Abschriften des Gebets heraus, reichte jedem von ihnen einen Zettel. »Lernt es und betet, wenn euch danach ist. Versteckt euch nicht und schweigt nicht über ihn. Verbreitet sein Wort.«

Der Mann mit der dunkelgrün gefärbten Haut, der sich als Ebailsu vorgestellt hatte, warf ihr einen entschuldigenden Blick zu. »Darf ich dir eine Frage stellen? Zu Driochor.«

»Nur zu.«

»Er … er ist doch der Gott des Todes. Kann er … kann er die Toten lebendig machen?«

Tomeija überlegte. »In seinen Schriften gibt es Belege von Wundern, die er geschehen ließ. Die Gläubigsten, die ihm dienten, sandte er aus dem Jenseits zurück, auf dass sie viele Siderim bei ihren Liebsten verbringen durften. Wenn du das nächste Mal im Tempel erscheinst, lese ich dir die Geschichte vor.«

»Ich wusste es! Danke! Danke, Hohepriesterin! Dann will ich der Gläubigste seiner Anhänger werden!« Ebailsu verneigte sich tief vor ihr.

»Ich wünsche euch einen gelungenen Tag und segne eure Wege. Möge Reichtum euch folgen und das Siechtum eure Feinde treffen.« Tomeija entließ sie.

Sie verbeugten sich tief wie vor einer Königin und traten den Rückzug an.

Ich habe Eindruck hinterlassen. Driochor, sie werden dich lobpreisen! Sie sah ihnen nach und freute sich, dass sie keinen Fehler begangen hatte. *Nun verzeih. Meine zweite Pflicht erwartet mich.*

Sie schritt zum Eingang der kleinen Kammer und trat nach dem Öffnen der fünf Schlösser mit komplizierten Mechaniken ein. Sie hatte die verschiedenen Sicherungen eigenhändig eingebaut.

Das Umsehen im Räumchen sorgte für ein wohliges Zufriedenheitsgefühl.

Die Stapel und Ablagen mit Aufzeichnungen, Erkenntnissen und Gesichterskizzen zu den Personen rund um die Verbrecherbanden waren in den letzten Monden rasch gewachsen. Seitdem sie die beiden von Irian empfohlenen Männer Kendec und Doligart zur Probe angeheuert hatte – Gestrandete aus Ländern, deren Namen sie nicht kannte –, delegierte sie Aufgaben: Ausspähen, Verfolgen, Gerüchte einsammeln, quer durch die neun Viertel und Vorstädte.

Dabei wussten Kendec und Doligart nicht, worauf sie vorbereitet wurden. Noch dachten sie, es ginge um einfache Ermittlertätigkeiten, um die Garde zu unterstützen. Sie bewährten sich anständig und zeigten pfiffige Eigenständigkeit. Zudem hatten sie sich Driochor anvertraut. Tomeija besuchte sie ab und an zu Hause und sammelte die Berichte ein. Noch durften sie nicht wissen, dass der Tempel mehr als ein Driochor-Heiligtum darstellte. *Noch einige Mânen, und ich kann ihnen eröffnen, um was es wirklich geht.*

Sie setzte sich und nahm die letzten Aufzeichnungen zur Hand. Es war eine Suche nach Überschneidungen und Übereinstimmungen, die sie mit ihren eigenen Erkenntnissen kombinieren konnte.

Es ist Bewegung bei den Banden im IV. und VI. Viertel und im Prachtviertel. Die Flinken Hände scheinen sich unter der Leitung der Samtklingen auf ein Treffen vorzubereiten. Warum sich die Vertreter der Bruder- und Schwesternschaften zusammenfanden, vermochte sie aus den Neuigkeiten nicht abzuleiten. Sie nahm nicht an, dass es etwas mit ihren Unternehmungen zu tun hatte.

Außer den Flinken Händen gab es als größere Verbrechervereinigungen die Langdolche und die Windläufer, die einzelne Gauner ebenso aufnahmen wie geschlossene Banden. Tomeija hatte von Tribunalen gehört, mit denen die Gesetzlosen ihr eigenes Recht bei Verstößen gegen die Codices sprachen. *Ohne Regeln kommt keiner aus, auch nicht die Verbrecher.*

Sie vermutete, dass die Flinken Hände einberufen wurden,

um entweder innere Streitigkeiten beizulegen oder Händel mit den Langdolchen oder Windläufern zu beginnen. Einen konkreten Auslöser gab es jedoch nicht. Es hatte seit Mânen keine auffällig hohe Anzahl von Toten durch Messerstechereien oder ein gewaltsames Ableben besonderer Persönlichkeiten aus dem Verbrechertum gegeben.

Was habt ihr vor? Tomeija nahm die Aufzeichnungen zur Familie Ghominàs und blätterte sie durch. Sie gehörte einst zu den Reichen und hatte im IV. Viertel ihren Stammsitz gehabt, bis zum Tod des alten Oberhauptes. Danach galten die Ghominàs als getilgt, bis plötzlich Fradarick und die Seinen zurückgekehrt waren. Gut möglich, dass sie ihren alten Platz bei den Flinken Händen einnehmen wollten.

Gewiss ist er eingeladen. Ich folge ihm eine Weile. Vielleicht erfahre ich mehr, wenn ich dicht an ihm dranbleibe. Tomeija erhob sich und wechselte ihr Priestergewand gegen eine schlichte Garderobe, dann verließ sie den Nebenraum. Sie schloss ihn ab, um sich danach vor das Standbild zu begeben und ihre Gebete an Driochor zu senden. *Ich bitte dich, Herr des Todes: Gib mir einen Anhaltspunkt. Das genaue Datum der Zusammenkunft wäre ein guter Anfang. Der Ort ohnehin.*

Danach verließ Tomeija den Tempel. Fünf neue Schlösser schmückten die Tür, um einen Einbruch zu verhindern. Durch die prunkvolle Ausstattung und die Reichtümer blieb das Heiligtum ein Ziel für Diebe, die nicht die Rache des Gottes fürchteten.

Oder meine. Tomeija sperrte ab und wandte sich um. *Ich mache mir schon noch einen Namen.*

Am Ende der schmalen Sackgasse, gleich neben dem Portal, wartete eine Frau im Ornat von Hintscha, wie das flammenrote Kleid und das Abzeichen der gleißenden Lohe auf dem Amulett um ihren Hals verrieten.

»Du bist die neue Driochor-Hure.« Sie ging langsam auf Tomeija zu. Hintscha war die erste Göttin des Feuers, sie stand für Leidenschaft, Trieb, die hemmungslose Liebe – und den Kampf. »Lass mich dich warnen.«

»Vor deinen schlechten Manieren?« Gehört hatte sie schon mehrfach, dass unter den Tempeln und Schreinen ein Wettbewerb tobte, da in einer Stadt mit wenig Gläubigen jeder zählte, der einen Fuß in ein Heiligtum setzte. Man musste furchtlos sein, um ein Amt offen zu bekleiden, denn der Dârèmo sah es nicht gerne. »Du könntest zuvor deinen Namen nennen.«

Der Ausdruck im Gesicht der Frau war an Feindseligkeit kaum zu überbieten. »Hör auf damit, mir meine Anhänger wegzunehmen.«

»Das tue ich nicht. Ich öffne das Portal und biete den Menschen nur an, Driochor zu huldigen.«

»Man redet schon über deine neue Macht.« Die Priesterin steckte eine Hand in ihre Umhängetasche. »Es wird gesagt, dass Driochor viele Anliegen der Besucher erhörte und Schicksale zum Guten wandte.«

Das war Tomeija neu. Es konnte eine einfache Behauptung der Frau sein, um Streit zu entfachen. Als Hohepriesterin von Hintscha verstand sie sich aufs Kämpfen, ihre Figur sah muskulös aus, sie bewegte sich geschmeidig wie eine Kriegerin.

»Was willst du?«

»Benimm dich wie wir anderen. Wir sitzen alle am gleichen mickrigen Wasserloch, das vom Dârèmo trockengelegt wird, sollte diese Oase wachsen und mehr Menschen anziehen, als es vernünftig ist.«

»Sei unbesorgt: Es kümmert den Herrscher nicht, solange wir Abgaben zahlen.« Tomeija wollte weiter, um in die Klingilōn-Halle zu gelangen. Ein wertloser Schwatz mit leeren Drohungen stahl ihr Zeit.

»Ich bin aber nicht unbesorgt.« Die Frau folgte Tomeijas Bewegung und versperrte ihr den Weg. »Hintscha wird es sich nicht bieten lassen, an Einfluss zu verlieren. Und die anderen denken ebenso.«

»Die anderen?«

»Priesterinnen und Priester.« Sie zog ein Schreiben heraus, das mehrere Unterschriften und Siegel trug. »Ein gutgemeinter Ratschlag: Halte dich zurück. Oder unser gemeinsamer Fluch zerschmettert dich, Driochor-Hure. Das gelang uns mehr als einmal.« Die Frau drückte den Wisch kraftvoll gegen Tomeijas Brust. »Deine Vorgängerin ist nicht umsonst so früh verstorben.«

Sie fasste den Zettel nicht an. Er glitt an ihr hinab und landete im Staub. »Eine glatte Lüge. Du weißt, an welchem Leiden Berizsa starb. Aber ich muss dir lassen, das du die Einzige bist, die mutig genug ist, mir das zu sagen. Von Angesicht zu Angesicht.« Tomeija deutete auf den Driochor-Tempel. »Ich vertraue dem Herrn des Todes. Er wird jeden eurer Flüche tausendfach verstärkt auf euch zurückwerfen. Denn er ist der Herr des Siechtums, des qualvollen Sterbens, des Leidens und des Schmerzes. Bedenkt dies.« Tomeija umrundete sie und schritt die Gasse entlang. »Ich wünsche dir einen guten Tag.«

Wie Berizsa sagte: Die Götter werden sich einig, dachte sie und schnaubte. *Eifersüchteleien gibt es zwischen ihren Anhängern.*

Tomeija kehrte durch das große Tor in die Stadt zurück und besuchte über Umwege das Vergnügungsviertel, in dem Fradarick Ghominàs gegen Abend zu finden sein würde. Vorher sah er sich gerne auf dem Markt um. Süßigkeiten waren seine größte Schwäche, abgesehen von seinem schlechten Charakter.

Tomeija prüfte, ob ihr jemand folgte, und fand sich auf dem Zuckerbasar ein, wo es Leckereien aus Wédōra und aus den umliegenden Reichen gab. Dazu zählte Gebäck ebenso wie mit Honig verfeinerte Biere und Weine sowie die süßesten Liköre.

Fradarick Ghominàs belagerte den Süßapfelhändler, der ein gewürztes Mus aus Früchten feilbot. Er probierte sich durch die Tiegelchen, schaufelte, soviel es ging, auf den kleinen Löffel. Neben ihm stand Nanthena, die bereits um ein Glas Weinbeerenmus feilschte und es erstand. Dann gingen die beiden weiter.

Fradarick redete ununterbrochen auf die ältere, blonde Frau mit der auffälligen hälftigen Gesichtsbemalung in Dunkelbraun ein.

Kutuli fehlt, der Leibwächter auch. Oder die Kleine springt von Stand zu Stand und heimst Geschenke ein. Augenaufschlag und Brüste sollten genügen. Tomeija folgte Nanthena und Fradarick und wagte sich nahe genug, um zu lauschen.

»… mitkommen! Du weißt, wie sie denken und was man bei ihnen sagen muss«, beschwor er sie.

»Nein.« Resolut schmetterte sie sein Ansinnen ab, nicht zum ersten Mal, wie es klang.

»Es ist wichtig!«

»Für wen?«

»Uns! Die Ghominàs! Wir sind seit sechs Mânen zurück im Geschäft, und das sollen die anderen sehen.«

»*Sehen*. Das ist mein Problem.«

»Was meinst du damit?«

»Ich müsste Louthara sehen. Ich müsste in ihr Haus. Die Frau, die ihren Schläger schickte, um mich zutiefst zu demütigen.«

»Ich habe die Werkstatt doch wieder herrichten lassen.«

»Die Kunstwerke sind verloren. Das kann ich ihr einfach nicht verzeihen«, beharrte Nanthena. »Wenn ich sie erblicke, springe ich sie an und ziehe ihr das Fleisch vom Gesicht. Du musst alleine zur Zusammenkunft.«

»Es dauert noch, bis wir uns treffen. In den drei Monden kannst du dich abkühlen. Innerlich.«

»Diese verdammte Schlange!« Nanthena wirkte mit jedem Wort aufgebrachter. »Umbringen sollte ich sie dafür.«

Fradarick seufzte und stahl ein Stückchen Konfekt im Vorbeigehen. »Dann ist es wirklich besser, ich lasse dich zu Hause.«

Nanthena blieb stehen. Tomeija wandte sich nach rechts, um Interesse für gegarte, zuckerglasierte Steinelchfüße vorzutäuschen. »Was willst du bei der Zusammenkunft? Wir sind klein und unbedeutend, und deine Leute in Sandwacht hat es erwischt. Meine Objekte hat Louthara zerstören lassen. Wir sind aus dem Geschäft.«

»Nein. Du wirst sehen, ich habe einen neuen Lieferanten aufgetan.« Fradarick senkte die Lautstärke, so dass er im Trubel des Basars fast nicht zu hören war. »Wir bekommen einen F'Shasiik. Einen Rufer für Schattensandvipern!«

Die Freude bei Nanthena ließ auf sich warten, die Muster auf ihrer Gesichtshälfte blieben regungslos. »Aber … das ist gefährlich. Ich habe so ein mächtiges Artefakt noch nie umgearbeitet.«

»Du wirst es schaffen. Und dann sind wir reich und angesehen, wenn es die Runde macht.« Fradarick legte einen Arm jovial um ihre Schulter. »Überlege es dir noch mal.«

»Bei Chitans Dämonen, ja, ich überlege es mir!« Nanthena machte sich los und schob ihn von sich. »Und jetzt geh in irgendeine Spielhalle.«

Er küsste sie auf die Stirn und lachte übermütig. »Wir werden groß und mächtig wie einst! Das habe ich meinen Ahnen und meinem Großvater geschworen.« Abrupt bog er in das Gewirr der angrenzenden Nusskernröster ab, in denen jegliche Form von Nüssen angeboten wurde. Die Röster verstanden sich darauf, aus den bitteren Kernen von Aprikosen, Äpfeln und ähnlichen Früchten besten Geschmack herauszuholen. Sie waren selten anzutreffen, und entsprechend voll war es zwischen den Buden und Ständen. Fradarick verschwand in der Menge, bevor sich Tomeija an ihn hängen konnte.

Nicht schlimm. Ich weiß, wo ich ihn später finde. Der Ausflug auf den Markt erwies sich als Volltreffer. Sie wusste nun, wann und wo sich die Banden trafen. *Wie kann ich dabei Mäuschen spielen?* Tomeija wandte sich zu den süßen Aufstrichen und Füllungen, mit denen Gebäcke behandelt wurden.

Auf der anderen Seite der Auslage erkannte sie aus dem Augenwinkel eine bekannte Gestalt.

Tomeija hob den Kopf und sah Liothan, der wie angewurzelt in der schiebenden, drängenden Menge ausharrte.

Aber er schaute nicht zu ihr.

Was hat er entdeckt? Tomeija folgte seinen Blicken – und sah Nanthena, die sich von einem Likörhändler beraten ließ. Als sie zu einem Probeschluck ansetzte, bemerkte sie Liothan und hielt inne. Und lächelte freudig. *Sie … kennen sich? Oh, Driochor! Das kann ich nicht gebrauchen. Wahrlich nicht!*

Sie beobachtete, wie auf Liothans Gesicht ein unsicheres Lachen entstand.

Die ältere Frau füllte ein zweites Glas und hielt es anbietend in seine Richtung. Diese Aufforderung ließ er sich nicht entgehen und wühlte sich durch die Besucher auf Nanthena zu.

Verflucht. Sie kennen sich nicht nur. Das Strahlen in den Gesichtern ließ lediglich einen Schluss zu. *Sie mögen sich.*

* * *

Liothan sah Nanthena am Stand mit dem Likör stehen.

Er war ihr gefolgt, hatte sie ansprechen wollen, aber solange sich der aufbrausende junge Mann bei ihr befand, hatte er davon abgesehen.

Nun war sie alleine, und in ihm ging es drunter und drüber. Seine Beine wollten davonrennen, sein Herz sich an die Frau ergeben, und sein Gewissen machte ihm schwerste Vorwürfe wegen der zerstörten Kunstgegenstände. Und dann gab es noch die unbändige Freude in jeder Faser seines Körpers, gefolgt von äußerster Unsicherheit.

Hastus, was tue ich? Was lasse ich?

Nanthena musste ihn bemerkt haben, denn auch sie sah, nein, starrte zu ihm. Und lächelte ihn an. Zwei Statuen in einem Meer aus wogenden, schiebenden Menschen, die sich zueinander hingezogen fühlten und nicht weichen wollten.

Dann füllte Nanthena ein Glas und bot ihm die Kostprobe an, als befänden sie sich in einem Gasthaus, in einem Raum für sich ganz alleine, ohne Störungen und Zuschauer.

Liothan ging, ohne zu zögern, hinüber. Er nahm das Glas und stieß mit Nanthena an.

Sie tranken schweigend, ohne die Blicke voneinander zu nehmen, als würde sonst etwas Schreckliches geschehen und sie trennen, wo sie sich doch eben erst gefunden hatten.

»Nanthena«, stellte sie sich vor. Eine warme, tiefe Stimme,

die zu den rätselhaften Augen in der Farbe von Blut und Asche passte. In den kleinen weißen Pupillen lagen Geheimnisse verborgen. Die Zeichnungen im Gesicht, die Art, wie sie sich schminkte und bewegte, unterstützten den Eindruck.

»Liothan.« Er konnte nicht anders, als zu lächeln. In seinem Hinterkopf mahnte die Vorsicht, dass er sich nicht durch unbedachte Äußerungen verraten durfte. Offiziell trafen sie sich zum zweiten Mal. »Ich freue mich sehr, dass unsere Wege sich … kreuzten. Ohne deine Aufpasser.« So gefühlt hatte er sich das letzte Mal, als er seine Frau Cattra kennengelernt hatte. Vor einem ganzen Leben.

Nanthena lachte und wirkte wie ein kleines Mädchen, obwohl sie eine gestandene reife Frau war. »Meine Aufpasser. Ich bin froh, dass wir uns ohne sie begegnet sind.«

Liothan gab dem Händler ein Zeichen, zwei Gläser neu zu befüllen. Ihn störte der Trubel des Marktes nicht. Und wenn ein leibhaftiger Dämon erschienen wäre, er hätte ihn ignoriert. Oder getötet. Je nachdem, was leichter zu bewerkstelligen gewesen wäre.

»Ich … du bist mir nicht mehr aus den Gedanken gewichen«, fiel er mit der Tür ins Haus; ein Teil seines Verstandes verfolgte seine ungeschickte Annäherung mit Unglaube. »Und ich bat Hastus jeden Tag, dass –«

»Wer ist Hastus?«

»Mein Gott. Ein Gott aus meiner Heimat.«

»Du bist aus den anderen Reichen oder ein Gestrandeter?«

»Ein Gestrandeter.« Liothan fiel zu spät ein, dass er seinen wahren Namen vielleicht nicht hätte nennen sollen. Manche kannten ihn im Zusammenhang mit der Rettung Wédōras, und er wollte nicht als Held und Angeber vor ihr dastehen.

»Das ist spannend.« Sie blickte ihm tief in die Augen. »Vermisst du deine Heimat?«

Er schüttelte den Kopf. »Ich lebte ein Leben dort, nun gehöre ich an diesen Ort. Der mich dich finden ließ.«

Nanthena lächelte breiter. Er hatte ihr offenkundig die Sorge genommen, er könnte vergeben sein. »Was tust du, um deinen Lebensunterhalt zu verdienen?«

»Ein bisschen Handel. Über Beteiligungen«, log er. Was hätte er sonst sagen sollen, ohne seine Rolle im Kampf um Wédōra zu offenbaren? *Sie wird die Wahrheit noch früh genug herausfinden. Dass ich zu ihrer Zunft gehöre. Zu ihrer Seite. Zu den Gesetzlosen.* »Und du?«

»Ich versuche mich an Wahrsagerei«, erwiderte sie zu seiner Verblüffung. »Ich habe das Zweite Gesicht, sagen sie.«

»Oh.« Wahrsagerei kam bei Liothan der Scharlatanerie gleich. In Walfor und Telonia zogen Männer und Frauen mit den Behauptungen über die Dörfer und Jahrmärkte, verlangten ein paar Münzen für nichtssagendes Zeug. »Aha.«

Nanthena konnte ihm seine Gedanken offenbar vom Gesicht ablesen. Aber sie verlor ihre gute Laune nicht. »Ich weiß, ich weiß. Die meisten Gestrandeten sind darauf nicht gut zu sprechen. Und sie glauben mir auch nicht, was sie meistens bereuen. Sofern ich sie vor etwas warne.«

Liothan vernahm das versteckte Angebot, er solle ihre Kräfte auf die Probe stellen. Das kam nicht in Frage. Am Ende vermochte sie tatsächlich Geheimnisse zu sehen und deckte auf, dass er ein Saldûn war; dass er sie heimgesucht hatte; dass er ihre Objekte gestohlen und beschädigt hatte. »Danke, aber ich verlasse mich auf Hastus und meine eigenen Kräfte.«

»Das ist wirklich in Ordnung. Jeder Mensch so, wie er es möchte.« Nanthena atmete tief ein und leerte den Likör nach dem Zuprosten in einem Zug. »Dass wir uns über den Weg laufen, wusste ich übrigens.«

»Ist das so?« Liothan ließ sich nichts anmerken. »Dann hast du auf mich gewartet.«

»Nein. Ich dachte, wir sähen uns unter … anderen Umständen wieder«, erwiderte sie vage. »Ich täuschte mich in meiner Vorhersage. Aber wo wir uns endlich getroffen haben …«

»Dann hast du mich wohl auch nicht vergessen?«, neckte er sie.

»Nein. Habe ich nicht.« Nanthena musterte ihn. »Was tun wir jetzt?«

»Wie … meinst du das?«

»Wir haben uns einmal verloren, und ein großer Teil von mir drängt darauf, dass es sich niemals mehr wiederholt. Wir sollten einen Ort ausmachen, der unser Anlaufpunkt sein wird. Von heute an bis … bis …«

»Ein guter Gedanke! Wie wäre es mit dem *Spaß und Blut?*«, rettete er sie aus ihrer Ratlosigkeit. »Die Stücke dort sind unterhaltsam, das Essen ist gut, und kein Bediensteter rotzt in die Getränke.«

»Igitt!«

»Wusstest du nicht, dass sie das im *Stachelbusch* machen?« Liothan lachte. »Oje. Jetzt habe ich dir deine Kneipe verdorben.«

»Der *Stachelbusch* ist nicht meine Kneipe. Es ist die … meiner Begleiter. Gelegentlich.« Nanthena reichte ihm die Hand. »Alle sieben Sonnen? Zum Tee oder nach was uns immer der Sinn steht?«

»Abgemacht. Und wenn der andere nicht kommt, bleibt es bei dem Turnus.« Liothan wollte mehr als alle sieben Sonnen bei ihr sein, doch es war ein Anfang. *Der Anfang für mehr.*

Als sich ihre Haut berührte, die Wärme von einem Menschen auf den anderen sprang, gab es einen kleinen Schlag, der durch Liothans Hand in den Kopf und bis ins Herz zuckte. Als habe sich eine Verbindung gebildet. *Eine für die Ewigkeit.*

Sie ließen einander nicht los.

»Ich muss weiter«, sagte Nanthena, ihre Stimme war belegt. »In sieben Sonnen?«

»Oder du schaust zuvor mit deinen Kräften, wo ich bin, und tust so, als träfen wir uns zufällig.«

Zur Verabschiedung umarmten sie sich. Nicht kurz, wie es sich für Bekannte geziemte; nicht lange, wie es bei guten Freunden der Fall wäre; sondern lange genug, um den anderen zu fühlen, zu riechen, seine Atemzüge und seinen Herzschlag zu spüren.

Erst, als sie sich aneinander betrunken hatten, ließen sie im sanften Rausch voneinander ab, gingen getrennter Wege.

Liothan drehte sich immer wieder um und sah nach Nanthena, winkte ihr und lachte. Dass er das große Glück ein zweites Mal fand, hatte er stets gehofft. *Und nun ist es so!*

Dann fiel Liothan ein, dass sie ihn hassen würde, sobald sie die Wahrheit über ihn und den Einbruch erführe. *Das darf nie geschehen.*

* * *

WÉDŌRA, SÜDVORSTADT

Irian begab sich nach dem Abstecher in den Tempel des Driochor, wo er Tomeija die Pläne gezeigt und sie Duplikate davon angefertigt hatte, zum Gemeinschaftskontor von Orrigal und Thoulikon in die Südvorstadt, wie es ihm aufgetragen worden war.

Er hatte auf den Straßen gehört, dass sich eine geheime Abordnung aus Sungàm Tasai in Wédōra aufhielt. Sie mussten nach seiner Abreise zum Kanal eingetroffen sein. Somit konnten sie von seinem Diebstahl der Pläne nichts wissen.

Was die Fischficker in der Stadt wollten, wusste wiederum niemand. Auch nicht die Geister.

Sie werden verhandeln wollen. Irian betrat nach einmaligem Klopfen den Handelsposten, der als größte Niederlassung von Orrigal und Thoulikon galt. Mehrere Kaufleute aus den Reichen hatten sich zu einem Konsortium zusammengeschlossen und die benachbarten Kontore mit mehreren Durchbrüchen zu einem größeren gemacht, um vor allem den Handel mit Bergwolfpelzen, Büffelhäuten, Rauhgras und Kostbarkeiten aus dem Steppenland zu beherrschen. Die weniger einträglichen Produkte überließen sie den Mitbewerbern.

Das Kontor war schlicht und zweckmäßig. Überwiegend aus Halbmarmorquadern und robustem Holz gebaut, mit Steinen im Gebälk und auf dem Metallblechdach beschwert, damit es gegen den Kara Buran bestand, und mit Stauraum für die Lagerhaltung, mehrstöckig und Kammer für Kammer abteilbar sowie absperrbar.

Irian hörte die Zimmerleute, die in den Außenbalken und in den Dachsparren saßen und Beschädigungen ausbesserten. Die schweren Brocken hatten das gewalzte Dach gehalten und verhindert, dass die Latten mit dem Sturm wanderten, aber die Fassade und einige Außenwände wiesen etliche gerissene und gebrochene Stücke auf.

»Ja?« Ein Kaufmann, der sich im Gespräch mit anderen Krämern befand, die aus Thoulikon stammten, wie Gewänder und Pelzbesatz verrieten, wandte sich ihm zu. Er hielt eine Liste in der Hand, die er mit den Männern und Frauen abarbeitete. »Was kann ich für dich tun?«

Irian ging weiter bis zum Tresen, hinter dem ein improvisiertes Schreibzimmer eingerichtet stand, und legte die Ledertasche auf den Tisch. »Mein Name ist Irian Ettras.«

»Ah, *du* bist das! Mein Name ist Lestolei. Du wurdest angekündigt.« Der Kaufmann sagte ein paar leise Worte zur Gruppe, drückte einem von ihnen die Liste in die Hand und eilte zu ihm. »Ich hoffe, du hast neben deinen Beobachtungen Beweise für die Beteiligung von Sungàm Tasai an dem Mord meiner Landsleute.«

»Nein. Lediglich Baupläne.« Irian hielt die Hand auf. »Meine vereinbarte Bezahlung.«

»Welche Pläne?« Lestolei öffnete den Verschluss der Ledertasche und zog die Papiere heraus, faltete sie auseinander und breitete sie über den Tresen aus. »Da sind Schnitte drin. Und Blut!«, entfuhr es ihm.

»Mein Blut. Ich war unachtsam. Aber das soll dich nicht weiter kümmern.« Irian hatte Tomeija gegenüber behauptet, es sei das Blut einer Wache gewesen. Er wollte nicht, dass sie sich sorgte. »Das sind Baupläne des künstlichen Flusses, den die Sungàm graben.«

Lestolei rief die übrigen Händler zu sich. Gemeinsam studierten sie die detaillierten, genauen Zeichnungen. Leise äußerten sie dabei ihre Vermutungen und staunten über die Größe des Vorhabens.

Irian wollte nicht länger warten. Die Geister waren aus irgendeinem Grund unruhig, und er musste dringend etwas essen und trinken. »Meine Bezahlung.«

Lestolei machte eine scheuchende Bewegung, das Parlieren über die Pläne ging weiter.

»*Jetzt*. Wie es abgemacht war. Die Feuerdiamanten.«

»Abgemacht war, dass du Beweise gegen die Sungàm Tasai beschaffst«, erwiderte der Kaufmann und blickte verstimmt zu ihm. »Was nützen uns diese Pläne? Das sagt nichts über die Vorgänge des Überfalls aus.«

»Das war nicht die Abmachung. Ich sollte beobachten und aufschreiben, was ich sehe. Wenn ich meinen Lohn bekomme, erzähle ich euch, was ich erlebt habe. Ihr mögt eure eigenen Schlüsse ziehen.« Irian sah sich um. Den Beschriftungen an den Buchten nach gab es im hinteren Bereich Gold-Henket aus Nolares. »Das habe ich schon immer kosten wollen.«

Lestolei zeigte in die Richtung. »Das, was du verzehrst, wird angerechnet. Danach reden wir.«

»Nur mit meinem Lohn. Mit meinem *vollen* Lohn.« Irian ging durch das Kontor und folgte den Beschriftungen, bis er die Amphoren mit dem teuren Henket gefunden hatte. Er schulterte eine kleine und nahm sie mit nach vorne.

Lestolei hatte in weiser Voraussicht einige Becher auf dem Tresen verteilt. »Die geht auf uns. Wir haben uns anders entschieden.«

»Wie schön.« Irian öffnete die Lackversiegelung, danach durchtrennte er die dicke Umwicklung, welche den Pfropfen schützte und am Platz hielt. Mit einem deutlichen Knall entkorkte er das Gefäß und goss den schäumenden Trunk aus.

Im Nu war die Amphore leer.

Er stellte sie ab und hob den Becher, grüßte in die Runde. »Auf die großzügigen Kaufleute aus Thoulikon«, rief er spöttisch und genoss den ungewöhnlichen, leichten Geschmack. Das Knirschen zwischen seinen Zähnen stammte vom Blattgold, das dem Trunk traditionell zugesetzt wurde.

Erst als ein Beutel mit den versprochenen Diamanten vor ihm lag, begann Irian mit seiner Erzählung, von den Spähposten des Dârèmo bis zu den Kleidungsstücken der Getöteten, welche an den Körpern der Arbeiter saßen. »Danach entkam ich, weil ich einen Skorpion ins Gesicht der Wache warf. Ich konnte mir im Anschluss jeden Versuch sparen, in das Lager eindringen zu wollen.« Er sog das letzte Tröpfchen Henket aus dem Behältnis und wischte ein Goldplättchen von der Unterlippe.

Lestolei und die Kaufleute hatten zugehört und regten sich nach Irians letzten Worten fürchterlich auf. Es wurde laut durcheinandergeredet, auf den Plan geklopft und auf den »Hakhua« gezeigt. Enttäuschung und Ärger machten sich breit.

»Ruhig!«, sprach Lestolei. »Mir gefällt es auch nicht, dass wir keinerlei Beweise bekommen haben. Auch wenn ich nicht wüsste, wer sonst für die Verschleppung und das Abschlachten in Frage käme.«

»Dann sendet doch einen Mann zum Dârèmo«, warf Irian ein und dachte daran, noch eine Amphore zu öffnen. Die Geister mochten den Geruch und das Ploppen beim Öffnen des Henket. Das Gold glitzerte wunderschön in den aufsteigenden Bläschen. »Ich habe kein Wachbuch gefunden. Das bedeutet, dass sie ihre Botschaften mit den Vögeln in die Stadt schicken.«

»Guter Hinweis!«, lobte Lestolei. »Die Berichte der Spähposten sollten bei der Garde oder dem Heer zu finden sein.«

»Es muss eine offizielle Anfrage sein. So dass die ganze Stadt davon weiß«, warf eine Händlerin ein. »Sonst wimmelt uns der Dârèmo ab.«

»Es stimmt etwas nicht. An der ganzen Sache stimmt was

nicht«, sinnierte ein Krämer bedeutungsschwer in die Runde. »Das Verhalten der Sungàm Tasai ergibt keinen Sinn. *Gar* keinen.«

»Rache ergibt nie Sinn.« Irian grinste den Mann an. »Sie macht höchstens Spaß.«

»Wir verlangen eine Offenlegung der Vorkommnisse an der Baustelle«, schlug die Händlerin in die Runde vor. »Das geht Wédōras gesamte Einwohnerschaft etwas an. Wenn es alle wissen, steigt der Druck auf die Statthalter und den Herrscher. Wir verlangen eine Erklärung. Aufklärung. Was des Dârèmo Schweigen zu bedeuten hat, sowohl zu den Morden an unseren Leuten als auch über die Arbeiten in der Wüste.«

Sie erntete zustimmendes Gemurmel.

Irian wühlte eine goldene Münze, die aus der Beute von Sandwacht stammte, aus der Tasche und legte sie auf den Tresen. Die Geister drängelten.

»Wofür ist das?« Lestolei schaute verwirrt auf das Geld.

»Für das Henket. Reicht das für zwei Amphoren?« Das zustimmende Nicken des Mannes ließ Irian zu jener Lagerbucht zurückkehren, wo die Gefäße lagerten. Er wuchtete sich zwei davon auf die Schultern und kehrte durch die geraden Gänge zurück.

Bevor Irian den Vorraum betrat, öffnete sich der Eingang.

Ein Dutzend Männer und Frauen betrat das Kontor. Sie waren bis an die Zähne bewaffnet und trugen das Abzeichen von Sungàm Tasai.

Die Geister rieten ihm, die Amphoren ganz behutsam abzusetzen und hinter dem Regal auszuharren. Es sei nicht sein Kampf.

Irian sah das genauso.

* * *

Der Sinn für Spaß und große Geduld sind
wie zwei Beek-Echsen, mit denen du gewiss
durch die Wüste kommst.

Sprichwort der Murzbha

Kapitel XVI

Königreich Telonia, Baronie Walfor

Arcurias Kelean schleuderte den nächsten Zauber gegen Edocius, um ihn davon abzuhalten, die Mumie zurück ins Leben zu holen. Zu einer kopfgroßen Kugel geformte Energie entstand zwischen seinen Händen, die er auf seinen Widersacher feuerte.

Aber der Mèstre wehrte den knisternden Ball ab, so dass der sich senkrecht nach oben durch die Leinwand brannte. »Boydin! Verschaff mir Zeit!«

Atha warf sich derweil auf Tescûl, den dritten Magier. Sie hatte ihre Konturen mit einem Spruch unscharf und oszillierend werden lassen, um kein einfaches Ziel zu bieten, und so schienen sich fünf Söldnerinnen gleichzeitig in den Kampf zu werfen. Sie versuchte, Tescûl mit Blitzen zu blenden und mit der Klinge zu treffen.

»Noch kannst du dich uns anschließen.« Boydin riss die Arme nach oben und hob den Boden samt Teppichen unter dem König empor. »Du magst dann deinen Thron behalten.«

Der Stoff und die aufspritzende Erde raubten Arcurias die Sicht, und er verlor den Halt, derweil sich der Teppich um ihn schmiegte und schlangengleich zudrückte. Ohne die Bewegungsfreiheit seiner Arme war das Hexen wesentlich schwieriger.

Mit einer Silbe und einer Geste erschuf Arcurias Flammen um sich herum, welche die Stoffe erfassten und zu Asche verbrannten. Ihm selbst taten die beschworenen Lohen nichts. Er stürzte und drehte sich dabei so, dass er auf den Füßen landete.

Boydin stieß eine Verwünschung aus und setzte zu einem neuerlichen Schlag an. »Du hast gewählt. Daher nehme *ich* mir dein Amt.«

Hinter dem Tisch kniete Edocius neben Dûrus' Mumie. In der Linken hielt er ein aufgeschlagenes Buch, aus dem er Formeln zitierte, den Blick fest auf den Toten gerichtet.

Verblendeter Narr! Dûrus wird ihn niemals in die Geheimnisse seiner Witgo-Kräfte einweihen. Arcurias sprach einen raschen Zauber und reckte die Handfläche gegen Boydin. »Du wirst mir mein Amt rauben müssen!« Aus dem Mittelpunkt schoss leise fauchend eine stahlblaue, ästchendicke Flamme, die so heiß brannte, dass ihr kein Metall standhielt.

Sie traf Boydin am rechten Arm und trennte ihn glatt ab. Die Hitze verschloss die Wunde, es blutete nicht.

Der verstümmelte Mèstre schrie vor Schmerz und stampfte mit dem linken Fuß auf, brüllte unbekannte Silben.

Arcurias konnte die fremde Zauberei nicht kontern. Eine unsichtbare Woge erfasste ihn, nahm ihm den Atem, als befände er sich unter Wasser, und spülte ihn von den Beinen. Die Phantomwoge riss ihn zum Zelt hinaus und mitten unter seine leichtgepanzerten Soldaten, die über ihn stürzten und unter ihn fielen.

Arcurias vollführte einen Bannzauber, der die Wirkung von Boydins Hexspruch aufhob, und rang nach Luft. Seine Männer halfen ihm auf. Sie hatten Stellung um das Zelt bezogen. »Ihr lasst keinen von ihnen hinaus«, befahl er hastig. »Nur Atha darf das Zelt verlassen.«

Schon sprang Boydin durch den Ausgang. Um seinen Hals hing die Runenkachel an der schweren Silberkette. In der linken Hand hielt er ein Kurzschwert und schleuderte es so, dass es um die eigene Achse kreiselnd heranschoss. »Ich mache dich zu Geschichte, die bald vergessen sein wird!«

Die Klinge flog, vom Willen des Mèstres gelenkt, durch die Reihen der Soldaten. Sie kappte die Sehnen der Bögen, schnitt sirrend durch Rüstungen, Fleisch und Knochen und schickte die Männer und Frauen verletzt oder tot nieder. Dass das fliegende Schwert dabei Scharten erhielt und sich verbog, der Griff absprang, kümmerte Boydin nicht. Die magisch geführte Waffe brachte genügend Vernichtung.

Arcurias versuchte nicht, die gleitende Klinge aufzuhalten. Er hob die zerbrochenen Pfeile und ließ alle Spitzen gleichzeitig gegen den Mèstre fliegen, zielte dabei auf verschiedene Körperstellen. »Halt sie auf, wenn du kannst!«

»Lächerlich!« Boydin ließ eine flimmernde Wand vor sich aufleuchten, in der sich die Geschosse verfingen. »Das ist alles, was du kannst?« Das Schwert, das ihm gehorcht hatte, verlor die Führung und bohrte sich in die Erde.

Arcurias sprach seinen zweiten Spruch.

Zeltschnüre wickelten sich blitzartig um Boydins Hals und zogen sich mit solcher Kraft zu, dass die Kehle auf die Dicke einer Kerze schrumpfte.

Der Mèstre spuckte Blut, röchelte und griff nach den groben Stricken. Er versuchte zu sprechen und eine Formel hervorzupressen, doch es gelang nicht. Mit rot anlaufendem Gesicht wankte er rückwärts.

Die schützende Energiewand löste sich auf, die Pfeilspitzen klimperten nieder – und Arcurias sandte sie erneut gegen ihn, schickte das verbogene, schartige Schwert hinterdrein.

Noch ehe der taumelnde Mèstre durch den Zelteingang verschwinden konnte, schlugen die Geschosse in seinen Leib ein. Sie durchbohrten die Augen, den Mund, und die krumme Klinge fuhr bis zum Heft in sein Herz.

Kraftlos fiel Boydin rücklings nieder und verschwand durch die lose Plane ins Zelt. Sein Blut benetzte die Klappe mit roten Flecken und Spritzern.

»Keiner darf lebend heraus, außer Atha und mir«, rief Arcurias dem Hauptmann zu und stürmte dem Sterbenden hinterher.

Im Inneren tobte ungebrochen der Kampf zwischen der Söldnerin und Tescûl, im schnellen Wechsel folgten Hexsprüche auf das Kreuzen ihrer Waffen. Der Mèstre setzte seine Runenkachel wie einen Dolch ein, aber Atha wusste zu parieren. Sie sprangen über Tische und Bänke hinweg, Kommoden gingen unter Hieben zu Bruch oder explodierten durch magische Einschläge.

Wo steckt Edocius? Arcurias blickte sich um und sah den Mann neben der Mumie kauern, wie er ihn verlassen hatte.

Doch Dûrus' Leiche hatte sich verändert. Die sandfarbenen Augen waren geöffnet und mit Leben gefüllt. Die kalt blickenden Pupillen richteten sich auf Arcurias. Die rissigen Lippen, kaum mehr Fetzen und spröde, öffneten sich zu einem Wort, das nicht aus der zersetzten Kehle dringen wollte.

Arcurias zweifelte nicht daran, dass es ein tödlicher Zauber war. *Er hat seine Kraft noch nicht vollständig zurück.*

Er zog sein Schwert und sammelte seine Gedanken, um Edocius mit allem an seinem Tun zu hindern, dessen es bedurfte. Verächtlich schritt er über den toten Boydin hinweg und richtete die Klingenspitze auf den Mèstre. »Lass ab. Lass davon ab, und ich gewähre dir ein Leben.«

Edocius sprach ungebrochen seine Formel. Über ihm und der Leiche lag ein Leuchten. Der Mann übermittelte dem Wiedergänger einen Teil seiner Lebenskraft, um ihn auferstehen zu lassen. Die Drohung hielt ihn nicht davon ab.

Arcurias legte das Schwert in den Nacken des Mèstres. »Ich biete es dir ein letztes Mal an. Die Wissenschaft darf nicht so weit gehen und Tote aus dem Jenseits zurückholen. Dûrus ist ein Scheusal.«

Unvermittelt packte der mumienhafte Witgo Edocius mit seiner verdorrten Krallenhand und zerrte ihn zu sich, drückte ihm einen Kuss auf den Mund. Hell und golden leuchteten die beiden auf, der rote Stein im Skorpionring erstrahlte wie eine winzige Blutsonne.

Er nimmt sich die Energie, die er braucht! Arcurias stieß mit aller Kraft zu.

Das Schwert ging durch Edocius' Rücken, zerteilte das Herz und bohrte sich durch die vertrocknete Brust der Mumie, die noch im vermeintlichen Kuss mit dem Mèstre verbunden war.

Abrupt schleuderte Dûrus Edocius von sich und gegen Arcurias.

Der tödlich Verletzte und der König stürzten gemeinsam gegen einen Mittelpfosten des Zelts. »Ich ... ich habe ihn zu einem Wǽrloga gemacht«, sprach der Mèstre stolz und blickte erstaunt auf die Klinge, die aus seiner Brust ragte. Er suchte mit zitternden Fingern ein dickbauchiges Amulett heraus und wollte es aufschrauben, um an das Innere zu gelangen. »Die Wissenschaft ... braucht Mut, König. Und ich habe Mut. Mut, der Grenzen überschreitet, um ...«

»Du Wahnsinniger! Die Götter sollen deine Seele auslöschen!« Arcurias schlug ihm den Anhänger aus der Hand und schob Edocius von sich, um sich zu erheben und auf Dûrus zu stürzen. *Ein Wǽrloga!* Ein untoter Witgo, so besagten die Lehrbücher, dessen Grausamkeit kein Ende fand und der Landstriche verwüstete und mit seiner Aura das Leben um ihn herum vergiftete.

Dûrus erhob sich von seinem Lager, die aufgelösten Kleider baumelten um den ausgemergelten getrockneten Körper. Er richtete den rot leuchtenden Stein mit den schwarzen Einschlüssen auf den König. »Erst dachte ich, es sei alles verloren«, hauchte er, und es klang wie raschelnde Blätter, sein Atem stank nach Krankheit und Eiter. »Dachte, deine Witga hätte mich besiegt. Doch mein vergossenes Elixier veränderte alles. Unsere Magie wurde eins, erschuf Neues, Unkontrolliertes, ohne dass es mir nutzte. Ich lag verfaulend im Sand, bis diese Trottel kamen.« Dûrus zeigte auf Atha, die Tescûl umkreiste. Beide bluteten aus vielen Schnitten, sie wankten entkräftet, aber keiner gab auf. »Im letztem Moment vor meiner Auflösung. Meine ganze Macht, mir das Land zu unterjochen und es zur Wüste zu machen, stand vor dem Ende.«

Und es wurde schlimmer, als Edocius und seine Mèstres auftauchten. Arcurias konnte nicht ermessen, mit welchen Sprüchen Dûrus ihn angreifen würde. *Wenn es Fenia gelang, ihn niederzuwerfen, finde auch ich einen Weg.*

»In meiner Welt war ich ein Saldûn, der mächtigste von allen Razhiv, die ihr hier Witgos nennt«, fuhr Dûrus fort. »In deiner Welt bin ich es wieder. Und sogar mehr. Ich nahm mir Edocius'

Wissen, seine Zauber, seine Kraft, einfach alles.« Er hob eine skelettiert-mumifizierte Hand und betrachtete sie anklagend. »Aber es ist nicht so, wie ich es mir vorstellte.«

Von draußen erklangen überraschte Schreie von Soldaten, in das sich ein vielfaches, wütendes Kreischen und Schnauben von riesigen Wesen mischte. Der Boden bebte unter ihren Schritten, dann krachten Bäume nieder. Die Rufe der Truppe wandelten sich unter Entsetzen und Schmerzen.

»Das Land gehorcht mir, ist meins«, sagte Dûrus und lachte raschelnd. »Und auch die Kreaturen darauf. Die Magie hat sie erschaffen, nach Gutdünken. Und ich *leite* sie.« Die sandfarbenen Augen, in denen die Pupillen rot wie der Rubin leuchteten, richteten sich auf den König. »Ich mache mir eine neue Wüste!«

Ich muss das Töten aufhalten. Arcurias nahm eine Angriffsposition ein, um abzuschätzen, womit er bei dem Wǽrloga zu rechnen hatte.

Schon bei der ersten Bewegung stieß Dûrus ein schlangenhaftes Fauchen aus, und der Rubin sandte einen roten Blitz gegen den König.

Arcurias hatte damit gerechnet und beschwor einen rundschildgroßen Abwehrzauber, der vor seiner ausgestreckten Linken entstand und den Angriff absorbierte.

Doch die magische Deckung erhielt unter dem Einschlag rötlich glühende Risse, die breiter wurden und schließlich den Zauber sprengten.

»Ich müsste Edocius dankbar sein und würde ihm ein Amt antragen«, sagte Dûrus zufrieden. »Wenn er nicht schon tot wäre. Aber er starb für die Wissenschaft. Waren das nicht seine Worte?«

Arcurias bewegte sich rückwärts bis zu Boydin und nahm dem Toten die Runenkachel ab. Er spürte die magische Kraft, die darin gespeichert war. Die Energie aus Edocius' Artefakt steckte nun vermutlich in dem leuchtenden Rubin des Wǽrloga.

Ein langgezogener Männerschrei erklang und erstarb.

Arcurias sah hinüber zu Atha, die auf dem liegenden Tescûl

kniete und ihr vor Hitze weißglühendes Schwert in den Witgo gerammt hatte. Verdampfendes Blut stieg als stinkender Nebel aus der Wunde, das Gewebe um das Metall verbrannte, umliegende Haut und das Fleisch kochten, schlugen Blasen.

Die Söldnerin versuchte sich an einem Lächeln und fiel dabei zur Seite um, regte sich nicht mehr.

Dûrus senkte langsam die Hand mit dem Ring. »Du wirst verstanden haben, dass du gegen mich nicht –«

»Du wirst vergehen!« Arcurias hob die erbeutete Runenkachel, murmelte eine Formel und drückte sich ab, katapultierte sich quer durch das Zelt und sprang gegen den überrumpelten Wærloga.

Dûrus ließ sich durch den Zusammenprall nicht umreißen, hielt sich mit magischer Kraft aufrecht und versetzte dem König eine Ohrfeige mit der Krallenhand, die fünf lange rote Schnitte auf seinem Gesicht hinterließ und ihn von sich schleuderte.

Arcurias landete neben Atha. Die Wunden brannten feuergleich. Die Söldnerin hatte die Augen geöffnet, ihre Atmung ging flach. Sie starrte ihn an, ohne ihn zu erkennen.

»Nichts bist du gegen mich!«, raschelte Dûrus hochmütig und leckte das Blut von seinen Fingernägeln und Knochen. Er hob den Rubinring und zielte damit auf den König. »Ich mache mir eine Wüste, ich mache mir noch mehr Kreaturen, und ich mache mir diese ganze verfluchte Welt untertan! Telonia ist erst der Anfang. Alles wird im Sand versinken. Die Menschen werden mir –«

»Sie werden *nicht!*« Arcurias warf die abgebrochene Runenkachel vor die mumifizierten Füße des Wærloga. Das andere Stück hatte er dem Gegner unbemerkt zwischen die vertrockneten Rippen gestoßen. Er rollte sich schützend über die verletzte Atha und betete zu Hastus.

Die Runenstücke vergingen in dicht aufeinanderfolgenden Detonationen, welche die Zeltplanen in Brand setzten und in die Nacht schickten wie einen ausgefransten, langsamen Kometen, der zurück an den Himmel wollte. Durch die Druckwelle hob Arcurias zusammen mit der Söldnerin ab, und sie flogen weit durch die Luft, bevor sie in ein dämpfendes Gebüsch fielen. In seinen Ohren fiepte es, die Geräusche vernahm er wie durch Watte.

Er reckte den Kopf und benötigte mehrere Versuche, seinen Oberkörper aufzurichten.

Seine Truppen und die gewaltigen Bestien, die dem Wǽrloga gehorcht hatten, lagen regungslos umher. Die Luft knisterte, es roch nach Hitze.

In Arcurias' Mund haftete ein eigenartig metallischer, alchemistischer Geschmack. Unsicher stemmte er sich auf die Füße, entdeckte sein Schwert nur wenige Schritte entfernt und schleifte es hinter sich her zu der Stelle, wo Dûrus gestanden hatte. *Habe ich dich bezwungen, Scheusal.*

Der Wǽrloga hatte offenbar nichts von der explosiven Kraft beschädigter Runenkacheln gewusst. Doch dass die Detonation so stark ausfallen würde, war auch für Arcurias eine Überraschung. Boydin musste viel Energie darin gespeichert haben.

Arcurias betrachtete den verwüsteten Platz und entdeckte dann die zerfetzten Reste der Mumie. Die Kachel hatte den unteren Teil seines Körpers pulverisiert, doch der Oberkörper des Witgos war heil geblieben. *Bei Timera! Er ist noch immer lebendig!* Dûrus hatte sich über den Boden bis neben Fenias Überbleibsel gezogen – und steckte ihr eben seinen Skorpionring an.

»Nein!« Arcurias torkelte vorwärts, das Schwert in seiner Hand erschien ihm schwer wie ein Gebirge. »Geh weg! Lass sie in Frieden!«

»Es ist nicht vorbei«, rief Dûrus mit schwacher Sandstimme. »Ich bekomme meinen Willen. So mache ich aus ihr eben eine Wǽrloga, meine Erbin, meine Willenserfüllerin. Mit meinem *und* Edocius' magischem Wissen. Sie kannst du nicht besiegen!«

Arcurias verlor das Gleichgewicht und brach zusammen. Seine Sicht verschwamm, er sah doppelt und dreifach. Ihm fielen die Formeln im Kopf durcheinander, nichts würde ihm gelingen, um Dûrus aufzuhalten. *Nicht Fenia!*

»Ich bringe dir deine Witga zurück. Als Wærloga. Sie wird vollenden, was ich begann.« Kraftlos sackte die Mumie zusammen.

Der Rubin erstrahlte an Fenias Finger in Düsterrot.

Die Witga riss die Augen auf, hustete verrottete Lungenstücke aus, und schwarzes Blut sickerte aus ihren Mundwinkeln über die fleckige Totenhaut. Aus ihrer Kehle entstieg ein Grollen, das zu einem dämonischen Lachen wurde. Sie legte eine bleiche Hand auf den Waldboden – und verwandelte ihn rings um sich zu schwarzem Sand mit hellen Streifen.

Fenia erhob sich langsam. Ihre Bewegungen waren unkontrolliert, als müsste sie erst verstehen, was sie geworden war.

Der Blick! Das ist nicht mehr die Witga, die mich unterrichtete. Arcurias rutschte von ihr weg. In seinem Zustand würde ihm nichts gegen die Wærloga gelingen. Ihm blieb nur die ruhmlose Flucht.

Arcurias stemmte sich hoch, konzentrierte sich auf seine Schritte, packte im Vorbeigehen die verletzte Atha und wuchtete sie auf seinen Rücken. Dann eilte er mit seinen letzten verbliebenen Kräften los, um dem Wald und seiner einstigen Lehrerin zu entkommen.

Noch während er durch die Nacht stolperte und die stöhnende Söldnerin schleppte, wurde die moosige, feste Erde unter seinen Sohlen zu Sand. Um sie herum zerfielen die Pflanzen zu feinen Sandkörnchen und bildeten Hügel, die Bäume knackten und zerbrachen unter ihrer eigenen Last, zerstoben beim Einschlag zu feinen weißen Körnchen. Bald kämpfte sich der König über Dünen.

Auf einer Erhebung musste Arcurias innehalten, um Luft zu schöpfen.

Der Anblick im Schein der Gestirne ließ ihm vor Verzweiflung die Tränen in die Augen steigen. So weit sein Auge reichte, gab es nichts mehr, was ihn an das waldreiche Walfor erinnerte.

Nur Sand, Sand und nochmals Sand.

* * *

WÉDŌRA, SÜDVORSTADT

Irian saß geduckt neben einer großen Truhe, aus der es nach trockenem Büffelfell roch, und verfolgte aus dem Schutz des dunklen Kontorbereichs heraus, was sich abspielte. Die zwölf Sungàm Tasai sahen ihn ebenso wenig wie die Kaufleute aus Thoulikon. Er und die Schatten bildeten eine Einheit, wenn Irian es wollte und die Geister ihm beistanden.

Er erwog, eine Amphore zu öffnen. Gegen den Durst und zur Begleitung der Unterhaltung. *Ob es Herzen zu holen geben wird?* Allerdings passte das leichte Gold-Henket nicht dazu. Es war zu seicht für den Geschmack von Blut.

»Keine unüberlegten Handlungen, darum bitte ich Euch«, sagte der vordere Sungàm Tasai, der von zwei Schwerbewaffneten flankiert wurde, mit gesenkter Stimme. »Mein Name ist Pitháklos. Das sind gute Freunde, und wir sind geschickt vom Kaiser. Bevor sich unsere Reiche die Köpfe einschlagen aufgrund eines Missverständnisses oder gar einer Falle, die für unsere Länder gelegt wurde, hält es Seine kaiserliche Durchlaucht für angemessen, ein klärendes Gespräch zu führen.«

Das ist der Bruder des Kaisers, sagten die Geister zu Irian. *Er soll ein großes Herz haben.* Dann lachten sie in seinem Verstand.

»Vielleicht dürfen wir es kosten«, flüsterte er ihnen zu.

Lestolei und die Kaufleute rührten sich nicht, hatten die Hände aber an ihren Dolchgriffen. »Die Wachmannschaft ist im Kontor. Es braucht nur ein gerufenes Wort, und sie fällt über euch her«, drohte er.

Das war eine Lüge. Irian grinste. *Ob sie helfen wird?*

»Das musst du nicht. Wir tragen unsere Rüstungen und Klingen zum Schutz, um uns notfalls verteidigen zu können, aber nicht, um euch zu überfallen.«

»Wie ihr es mit Kehana, der Tochter von Thoulik dem Dreizehnten, meinem Kèhán von Thoulikon, und unseren Leuten in der Wüste tatet!«

»Mitnichten.« Pitháklos verneigte sich ein wenig. »Mein Kaiser beteuert und schwört auf den Fluss, der unser strömendes Land ist, dass er keine Attentäter gegen Eure Delegation sandte. Wir fanden die Toten in der Nähe des Kanals, den wir errichten. Unsere Arbeiter und Sklaven plünderten sie, bevor wir einschreiten konnten.«

»Sie lagen in der Wüste! Und Ihr ließet sie liegen!«

»Wir wussten nicht, wer sie waren.« Pitháklos machte eine entschuldigende Geste. »Wir hielten sie für Kaufleute, die von T'Kashrâ getötet wurden. Das ist nichts Ungewöhnliches in der Wüste. Hätten wir geahnt, wer dort von wilden Tieren zerrissen wird, wäre es uns eine Pflicht gewesen, die Toten zu bergen und sie zu Euch zu senden. Als der Kaiser vernahm, welche Anschuldigungen es gegen ihn gibt, entsandte er mich. Seinen Bruder. Damit Ihr seht, wie wichtig es ihm ist, dass kein Zwist und schon gar kein Krieg zwischen Thoulikon und Sungàm Tasai erwächst.« Er ging auf den Tresen zu, wo die Pläne aufgefaltet lagen. Sein Erstaunen beim Anblick der Zeichnungen erkannte Irian selbst auf die Entfernung am Zucken auf seinen Zügen. »Das ist von unserer Baustelle«, sagte Pitháklos verblüfft. »Woher habt Ihr sie?«

Die Kaufleute tauschten Blicke aus.

Lestolei stellte sich knapp vor und hob zu einer Erklärung an, die Irian erstaunlich ehrlich fand. »Stehlen lassen. Und der Dieb entdeckte Kundschafter, die Euch im Auftrag des Dârèmo bespitzelten. Sie könnten Aufschluss über die wahren Vorgänge geben.«

»Der Kanal hat nichts mit dem Angriff auf die Thoulikoner zu tun. Wir haben niemals ein Geheimnis aus unserem Vorhaben gemacht. Mit Verlaub, ich nehme das Eigentum des Kaisers an mich, und wir vergessen den Raub.« Pitháklos sammelte die Papiere ein und reichte sie an einen der Krieger, der sie verwahrte. »Für die Wasserstraße sterben höchstens Arbeiter, weil sie nicht auf sich achten. Aber nicht Eure Delegation.« Er breitete die Arme aus. »So stehe ich vor Euch, im Namen des Kaisers, und betone: Sungàm Tasai hat weder mit der Attacke noch mit der Verschleppung oder der Ermordung Eurer Landsleute etwas zu tun. Und ich bin hier, um die Wahrheit zu ergründen, um einen Krieg zwischen unseren Reichen zu verhindern, der nicht sein muss. Ihr könnt mir dabei helfen, Lestolei, oder es lassen. Aber der Kaiser will vor aller Augen zeigen, dass es ihm damit ernst ist und er genauso betrogen und verraten wurde wie Ihr und Euer Kèhán. Lasst uns gemeinsam überlegen, wem die Auseinandersetzung am meisten brächte. Dann finden wir die *wahren* Schuldigen.«

Irian klatschte lautlos. Das war eine ganz ausgezeichnete Rede, die ihre Wirkung auf Lestolei und die Krämer nicht verfehlte.

»Die Kriegsvorbereitungen laufen schon an, Pitháklos. Die Überlebenden reisten bereits zurück zum Kèhán. Ein verletztes Herz, vereint mit einer wütenden Seele, lässt Dämonen von der Kette«, sprach Lestolei. »Wir müssten in wenigen Mânen zu einem Resultat gelangen, das den Krieg verhindert.«

»Worauf noch warten? Lasst uns alles daransetzen, Tausende Leben zu retten, die sonst im Sand vergehen.«

Irian haderte, ob er enttäuscht oder erleichtert über den Ausgang des Zusammentreffens sein sollte. Ein paar kräftige Herzen wären ihm recht gekommen. Er erhob sich, um zu den Kaufleuten zurückzukehren und aus den Schatten zu treten.

»Was beabsichtigt Ihr mit Euren Erkenntnissen zu tun?«, fragte Pitháklos.

»Wir wollten den Dârèmo bitten, die Aufzeichnungen des Spähpostens einsehen zu dürfen«, erklärte Lestolei. »Seine Kundschafter könnten etwas notiert haben.«

»Es wäre ein Versuch, auf den …«

Irian sah einen Schatten aus den Dachbalken herabfallen, der lautlos hinter den Kriegern aus Sungàm Tasai landete.

Bleib!, riefen die Geister aufgeregt. *Bleib, wo du bist! Bleib in der Dunkelheit. Kein Wort, keinen Laut.*

Irian kehrte in die sitzende Position neben die Kiste zurück, als das erste Waffenklirren begann, das vom Hämmern der Zimmersleute verschlungen wurde.

Weitere Schatten fielen aus den Dachbalken. Sie attackierten die Sungàm Tasai und die Kaufleute gleichermaßen, die nicht einmal zum Schreien kamen. Das Blut spritzte und verteilte sich auf den Stützpfeilern, auf dem Boden und den Wänden der Warenbuchten.

Leichenstücke und Tote stürzten nieder, abgeschlagene Gliedmaßen schlitterten über den Boden. Der Tresen war gesprenkelt, die roten Striche und Pünktchen stammten von den rotnassen Klingen, die mit jedem Schwung Blut verteilten. Der Geruch von frischem Tod wallte durch das Kontor.

Irian erkannte, dass es keine Schatten und keine übernatürlichen Wesen waren. *Dârèmoi!*

Groß und in schwarzes Leder gerüstet, Maskenhelme mit unschuldigen Puppengesichtern, mit kurzen, geraden Schwertern, die so scharf waren, dass ihnen keine Panzerung standhielt. Sie metzelten jedes Leben nieder, auch Pitháklos fiel unter den Hieben – bis auf Lestolei.

Der Kaufmann krallte sich am Tresen fest und rang mit seiner Furcht, die ihm die Kehle zuschnürte.

Fünf Dârèmoi umgaben ihn wie grausame Statuen, die triefenden Waffen in den Händen.

Dann löste sich aus der Dunkelheit eine kleinere Gestalt, die Schritt für Schritt in den Schein der Lampen trat. Auch sie trug die Rüstung, verzichtete aber auf einen Helm.

Sarāsh! Irian dankte den Geistern, die ihn dazu gebracht hatten, in der Finsternis zu verweilen.

»Lestolei. Du weiser Mann. Du hast nicht die Nerven verloren und um Hilfe geschrien«, sagte sie und blieb eine Armlänge entfernt vor ihm stehen. »Dafür lasse ich dich am Leben.«

»Was … habt Ihr getan?« Lestolei würgte. Der Geruch des Blutes und der Anblick der zerstückelten Leichen verursachten ihm Übelkeit.

»Das war ich nicht. Denn meine Dârèmoi und ich befanden

uns niemals hier.« Sarāsh langte in die Tasche und zog ein Medaillon hervor. Sie drehte es und setzte einen Mechanismus in Gang. Edelsteine leuchteten in rascher Folge auf der Vorderseite, die sie dem Mann vor die Augen hielt. »Schau auf das Funkeln. Versuche, dir zu merken, in welcher Reihenfolge sie leuchten. Es mag dein Leben davon abhängen.«

Lestolei richtete den Blick darauf, und schon nach wenigen Herzschlägen erschlafften seine Gesichtsmuskeln, die Züge wurden leer.

Sarāsh hielt das Medaillon weiter vor den Mann. »Höre mir genau zu, Lestolei. Du sollst wissen, was geschehen ist«, sprach sie wie zu einem Kind. »Kaiserbruder Pitháklos und seine Männer kamen herein. Sie griffen dich und deine Freunde an, ihr habt euch gewehrt. Hast du das verstanden?«

»Ja«, erwiderte er hohl.

Irian kannte solche Tricks von Fakiren, die in den Theatern auftraten und Zuschauer dazu brachten, sich für Ziegen oder sonstige Tiere zu halten. Es hatte nichts mit Magie zu tun, sondern griff unmittelbar in den Verstand der Menschen ein. Suggestio nannten sie es.

»Pitháklos sagte vor dem Angriff, dass sie sich das Verhalten von Thoulikon nicht gefallen lassen wollen. Der Kèhán habe durch den Eroberungsversuch von Wédōra das Recht verloren, die Stadt betreten zu dürfen. Und er forderte dein Kontor für den Kaiser. Verstanden?«

»Ja.«

»Und als ihr euch geweigert habt, attackierten sie euch.« Sarāsh zog seinen Dolch und drückte ihn in Lestoleis Hand. »Wenn ich schnippe, erwachst du, gehst und schneidest Pitháklos den Kopf ab. Wenn du damit fertig bist, nimmst du den Schädel an den Haaren und trittst hinaus und rufst die Leute zusammen. Die Stadt muss wissen, was die Sungàm Tasai euch antun wollten. Auf Geheiß des Kaisers. Und es wird dir nichts dabei seltsam vorkommen.«

»Ja. Das werde ich.«

»Nun schließe die Augen und warte auf mein Zeichen.« Sarāsh senkte das Medaillon und verstaute es in der Tasche. Sie suchte einen Brief heraus, den sie unter Pitháklos' Kleidung schob.

Die Dârèmoi zogen unterdessen die Waffen der Toten aus den Hüllen und tränkten sie mit Blut, bevor sie die Griffe in die kraftlosen Finger drückten. Es sah nach genau dem Gemetzel aus, das Sarāsh umrissen hatte. Erste Fliegen surrten durch das Kontor und ließen sich auf den Leichen nieder.

Irian hörte das ununterbrochene Hämmern der Zimmersleute, die offenbar nicht bemerkt hatten, was unter ihnen vorfiel. *Sie werden bezeugen, dass die Sungàm Tasai das Kontor betraten. Gerüstet.*

Es wurde Zeit, den heimlichen Rückzug anzutreten.

Irian warf zum Abschied einen Blick auf die Toten. So viele Herzen, die er nicht verzehren durfte. Sarāsh wüsste, wer sie gestohlen hatte und dass er zur falschen Zeit an diesem Ort gewesen war, und würde ihn jagen. So sahen es auch die Geister.

Leise schlich er mit den beiden Amphoren durch das Kontor zum hinteren Fenster.

Das Schloss für die Gitter brach er auf, als Lestolei schreiend aus dem Haupteingang hinaus auf die Straße rannte. Er war die perfekte Ablenkung. Irian konnte sich lebhaft vorstellen, wie er blutbesudelt Pitháklos' Kopf schwenkte und die Sungàm Tasai beschuldigte.

Er entriegelte die schwenkbaren Eisenstäbe und schob sie zur Seite, drückte die Außenläden auf und stieg aus dem Fenster. Dann stand er in einem engen Hinterhof, der durch die Bebauung kein Sonnenlicht hineinließ und ihm Schutz vor Entdeckung gewährte. Die Schatten waren ihm gnädig.

Mit den geschulterten Amphoren suchte er sich einen Platz, von dem aus er einen guten Blick auf das Gemeinschaftskontor von Orrigal und Thoulikon hatte, und verfolgte das Geschehen.

Lestolei schwenkte den tropfenden Kopf und schrie, deutete mit dem blutigen Dolch ins Innere des Gebäudes. Gardisten rannten herbei, es wurde nach der Statthalterin gerufen.

Wie es Sarāsh gewollt hat. Irian öffnete das erste Behältnis und trank vom Gold-Henket.

Er würde seine Beobachtungen nicht nur seiner Sicherheit wegen für sich behalten. *Ein Wort darüber zu Tomeija, und es wird ihr Tod sein. Sie neigt dazu, übergerecht zu sein.*

Manchmal musste man sich den unausgesprochenen Gesetzen der Stadt beugen, um sein Leben zu behalten.

Auch wenn es unrecht war.

* * *

Aus dem anonymen Werk *Die große Lüge* (vom Dârèmo verboten):

Im Siderim 81 und 82 kroch die Pest durch die Straßen. Aber es wird erzählt, es habe eine rätselhafte Heilung gegeben.
Unfug. Ich habe Belege gefunden, die anderes besagen. Nachdem es keine Besserung bei der Pest zu geben schien, wurden die betroffenen Viertel und Vorstädte niedergebrannt. Mit allem, was sich darin befand. Tausende Menschen und Tiere kamen dabei um, Häuser stürzten ein.

Kapitel XVII

Wédōra, Prachtviertel

Liothan musste Louthara zugestehen, dass sie die Zusammenkunft der Flinken Hände penibel geplant und bravourös umgesetzt hatte. Sie bildeten einen der drei großen Bandenblöcke, die sich Wédōra untereinander aufteilten.

Einzig das Krankenviertel gehörte Dyar-Corron. Niemand machte dem Obersten Iatros sein Terrain streitig, denn man brauchte seine Dienste in Fällen von Verletzungen und Krankheiten. Wer die Iatroi in Wédōra befehligte, mit dem verspielte man es sich nicht.

Liothan saß in einem saldûnwürdigen Gewand in der umgestalteten Takeza-Halle, die sich in einen Saal der Gastlichkeit verwandelt hatte. Pastellfarbene Stoffbahnen hingen von den Wänden und kaschierten die Dellen und Flecken, Lüster warfen funkelndes Licht, auf der bogenförmig gestellten Tafel gab es genug zu essen und zu trinken, um die Laune während der Besprechung hochzuhalten. Den Boden hatte Louthara mit Teppichen auslegen lassen. Hätte Liothan nicht selbst vor kurzem noch Takeza hier gespielt, er würde nicht glauben, zu welchem Zweck die Halle an anderen Tagen diente.

Knapp hundert Gäste verteilten sich auf den Plätzen, manche hielten erkennbaren Sicherheitsabstand zueinander. Man war sich nicht grundsätzlich einig, nur weil man der gleichen Profession nachging. Liothan kannte mittlerweile die schwelenden Konflikte innerhalb der Familien und zwischen den Organisationen.

»Es sind alle da«, raunte Louthara ihm zu, die mit ihm am Scheitelpunkt des Bogens saß. »Wir sollten anfangen.«

Liothan verdrängte seine Aufregung und sammelte sich. Ihm mussten gleich die ungewöhnlichsten Formeln flüssig über die

Lippen kommen, um die Banden von sich zu überzeugen. Die letzten Monde hatte er mit Üben, Üben und nochmals Üben verbracht. Absichtlich verzichtete er auf Kunststücke, wie sie gewöhnliche Razhiv beherrschten und die jedes Kind in der Stadt kannte.

Das machte es schwieriger, aber er fühlte sich gut vorbereitet.

Im Geheimen warteten einige Keijo, die bei seiner Vorstellung eine wichtige Rolle spielen sollten.

Auf sein Zeichen hin würden Slink, Narako und andere ausgesuchte Bestien in Erscheinung treten, um seinen Nimbus als Saldûn zu stärken. Der Rundgang der Garde in ihrem Zellenblock war bereits vorüber, ihr Fehlen würde nicht auffallen. Durch die Kavernen waren sie unbemerkt unter Loutharas Haus gelangt und eingestiegen.

Liothan blickte sich um und versuchte, in den Mienen der Versammelten zu lesen.

Überwiegend fand er dort Neugier, Skepsis und Misstrauen. In einem Gesicht las er offene Verachtung. Es war der aufgebrachte Mann aus dem *Stachelbusch*. Neben ihm hockte der breit gebaute, schwarzbärtige Begleiter und blätterte in einem Buch mit philosophischen Abhandlungen, während die Gespielin dem Schlechtgelaunten etwas ins Ohr hauchte und kicherte. Sie trug einen Hauch von Nichts, das Kleid sah neu aus. *Hastus, lass mich ihn überzeugt bekommen.*

»Ich begrüße die Bruder- und Schwesternschaften der Flinken Hände«, hob Louthara als Gastgeberin an. »Und wie ich sehe, haben sich alle daran gehalten, ohne Waffen zu erscheinen.« Auf ihren Scherz erfolgte zahlreiches Gelächter. Liothan sah deutlich die Messer, Dolche und Schwerter in den Wehrgehängen der Männer und Frauen. »Wir, der Zusammenschluss der Flinken Hände, sollten uns auf etwas freuen, was dieser junge Mann an meiner Seite zu verkünden hat. Mich überzeugte er bereits. Hört ihn an, und dann entscheiden wir gemeinsam, ob wir seinem Weg folgen und zur einzigen, zur mächtigsten Organisation in Wédōra werden wollen, um den Handel an uns zu reißen. Heimlich. Ohne dass es der Dârèmo erfahren wird. Die Zünfte spielen dann keine Rolle mehr, höchstens als unsere Geldeintreiber.« Louthara legte mit einer dramatischen Geste eine Hand auf Liothans Schulter. »Haltet mich nicht für verrückt. Ich bin es nicht. Nicht mehr als ihr auch.« Erneut lachte die Versammlung. »Begrüßt mit mir: Liothan, den neuen Saldûn unserer Stadt.«

Sie drückte leicht mit den Fingern zu, so dass er sich in das plötzliche Schweigen hinein erhob. Die Nennung seines Titels hatte die Banden überrascht.

Louthara setzte sich und wartete ab, nahm einen Schluck von dem dunkelgelben Gewürzwein. »Beweise dich, Saldûn«, raunte sie ihm zu.

Liothan hatte seine beste Garderobe angelegt, Schnitt und Stoff lagen zwischen Protz und Prunk, ohne dass es zu eingebildet daherkam. Um zu zeigen, dass er sich nicht fürchtete, hatte er auf Waffen verzichtet. »Ich danke, dass Ihr mich anhört. Mit meiner Hilfe werden die Flinken Hände binnen eines Siderim der einzige Block sein. Die Langdolche und Windläufer werden freiwillig zu Euch überlaufen. Wir –«

»Du willst ein Saldûn sein?«, fuhr ihm ein Mann in die Rede. »Das hat es schon lange nicht mehr gegeben.«

»Ich kenne genug Razhiv, aber keiner berichtete mir von dir. Nicht einmal der Zirkel, der aus den höchsten Razhiv besteht und seit Siderim auf einen wie dich wartet«, warf eine Frau aus einer anderen Ecke ein. »Wer bist du, dass du sagen kannst, deine Macht sei dermaßen unermesslich?«

»Ich bin ein Gestrandeter«, begann Liothan. »Mit dem Wechsel in Eure Welt erhielt ich meine Kräfte. Das Wasser der Grotte und die drei Monde« – unverzüglich setzte lautes Gemurmel ein – »versorgen mich mit Energie. Seitdem studiere ich die Zauberei.«

»*Du* siehst den Mond der Bosheit?«, konstatierte ein Jüngling und lachte wiehernd. »Du bist ein Geschichtenerzähler, will ich meinen!«

»Wie ist es dir gelungen, Louthara von dir zu überzeugen?«, schickte eine ältere Frau argwöhnisch hinterher. »Oder ist es ihr Versuch, sich selbst mehr Einfluss bei den Flinken Händen zu sichern?« Sie sah die Gastgeberin herausfordernd an.

Liothan nahm einen Schluck Wein, sein Mund wurde trocken. Es mochte nicht der beste Gedanke sein, den Durst mit Alkohol zu löschen. *Einerlei.* »Natürlich wusste ich, dass Ihr an meinen Worten zweifelt. Ein Saldûn, der die drei Monde sieht – so lange ist es her.« Er hob einen Arm und begann mit Fingerbewegungen. »Dann lasst mich Euch durch mein Können überzeugen.«

Der Spruch fegte das Besteck von den Tischen, die Gabeln und Messer bohrten sich in die Lehnen und verfehlten Hälse und Köpfe absichtlich knapp.

Erschrockene Rufe erklangen, die Ersten sprangen von ihren Plätzen auf.

Liothan ließ die nächste Überraschung folgen.

Ein lauter Knall und ein Blitz ertönten, Rauchwolken entstanden an unterschiedlichen Stellen des Saales. Wie aus dem Nichts traten Slink, Narako und die ausgesuchten Keijo aus dem Qualm, machten einen Schritt nach vorne und ließen sich wie abgesprochen auf ein Knie herab. Für die Banden musste es aussehen, als habe Liothan die Bestien heraufbeschworen, die in Wahrheit in ihren Verstecken ausgeharrt hatten. Die Explosionen und der Rauch waren alchemistisch.

»Das sind meine Diener«, verkündete er huldvoll. »Wesen aus der Zwischenwelt. Dämonen. Ich kann sie rufen oder überall in der Stadt erscheinen lassen. Bei unseren Feinden und jenen, die den Flinken Händen im Weg stehen.«

Die Demonstration zeigte Wirkung. Die Männer und Frauen starrten die Wesen an, die noch kein Bewohner in Wédōra zuvor erblickt hatte.

»Und das ist erst der Anfang«, fuhr Liothan fort. Der Erfolg festigte sein Selbstvertrauen. »Nun setzt Euch wieder und vernehmt, was ich mit Eurer Hilfe beabsichtige.«

Die Keijo harrten in der devoten Haltung aus. Sie bildeten einen Rahmen um die Tafel, Schutz und Drohung zugleich. Immer wieder schauten Augenpaare zu ihnen, konnten sich von den Scheusalen nicht losreißen.

Nun habe ich euch. Liothan öffnete den Mund, um seine Rede zu beginnen.

Unerwartet schwang die doppelflügelige Tür auf.

Nanthena trat herein. Nach einem erstaunten Blick auf die Keijo und einem noch erstaunteren auf Liothan fing sie sich schnell, lächelte ihm knapp zu, um sich nicht zu verraten, und begab sich neben ihre Verwandten.

Der muskulöse Begleiter räumte sofort seinen Stuhl, während die Versammlung sich geschlossen erhob und sich vor ihr verbeugte. Bis auf den schlechtgelaunten Mann neben ihr und Louthara. Es war eine größere Ehrbezeugung als vor der Gastgeberin oder dem Saldûn.

Da kam Liothan zum ersten Mal der verwirrende Gedanke, dass seine Liebste mehr war als eine Künstlerin und Wahrsagerin.

* * *

Dieser hirnverbrannte Tor! Ein Angitila hat mehr Verstand als er! Tomeija gingen die lautlosen Verwünschungen und Flüche aus angesichts dessen, was sie in ihrem Versteck hinter der Takeza-Gitterwand miterleben musste.

Liothan schwang eine Rede, um die Bruder- und Schwesternschaften der Flinken Hände hinter sich zu vereinen. Fassungslos hatte sie gelauscht, und als er noch seine Zauberkräfte nutzte, um Bestien heraufzubeschwören, war es mit ihrem Verständnis für ihn vollkommen vorbei gewesen.

Was ihr Freund plante, ging weit über die kleinen Räubereien hinaus, die er in Walfor begangen hatte. Er wollte die Verbrecher zu den neuen Herrschern machen, an den Bewohnern, Gesetzen und dem Dârèmo vorbei.

So missbrauchst du deine Macht als Saldûn. Tomeija schob die aufsteigende Enttäuschung zur Seite. Ein Teil von ihr glaubte an das Gute in ihrem alten Freund und verteidigte ihn. *Es muss einen guten Grund geben. Oder ist es der Mond der Bosheit, der ihn verändert?*

Liothan geriet ins Stocken, als Nanthena Ghominàs eintrat und sich die Versammlung zur Begrüßung geschlossen erhob, abgesehen von Fradarick und Louthara. Die Anführerin der Samtklingen vereiste, und das war in der Wüste ein rechtes Kunststück. *Welches Geheimnis umgibt die beiden Frauen?*

Während Tomeija zuhörte und mitschrieb, was sich ereignete, wer von den Banden erschienen war und was gesagt wurde, sicherte Irian ihren Rücken. Der Keel-Èru hatte Position auf der anderen Seite des Raumes bezogen, schlich umher und warf gelegentlich einen Blick in den Vorraum und vor das Gebäude, um Überraschungen vorzubeugen. Die schwarze Kleidung und die Masken sicherten sie vor Entdeckung.

Die größte steht vor mir. Tomeija schüttelte vorwurfsvoll den Kopf, als könnte Liothan sie sehen. *Was tue ich mit dir, elender Narr?*

»Das sind Keijo«, sagte Irian unvermittelt leise neben ihr. »Keine Dämonen.«

»Woher weißt du das?«

Er tippte sich gegen die Stirn. »Die Geister sagten es mir.«

»Wie sollte …« Tomeija zog ein Kleinfernrohr aus der Tasche und betrachtete die knienden Wesen. Sie schwenkte es durch die sich lichtenden Rauchwolken auf die Bodenplatten, wo sie erschienen waren. Der Qualm waberte aus den feinen Fugen empor. *Seltsam.* Sie prüfte die übrigen großen Fliesen. Eine von ihnen stand leicht über, als sei sie sehr hastig eingesetzt worden. Zudem waren einige Vorhänge verrutscht, was erst mit dem Hokuspokus geschehen war.

»Die Geister haben recht. Er hat sie nicht beschworen«, raunte Tomeija. »Sie kamen aus den Verstecken. Es muss Zugänge geben.«

»Dann machen die Keijo und dein Freund gemeinsame Sache, wenn sie freiwillig auftauchen«, schloss Irian. »Weswegen? Was haben sie davon?«

Das wusste Tomeija aus dem Stegreif nicht zu beantworten. *Eine ungewöhnliche Allianz.* Sie schrieb sich die neusten Erkenntnisse auf. Liothan versuchte, die Flinken Hände an sich zu binden, und hatte sich dafür mit den Keijo verbündet, wie immer er das angestellt hatte.

Es gibt noch einen Plan hinter dem, den er den Banden verkaufen will. Eine zweite Ebene, von der sie nichts wissen sollen. Ihre türkisfarbenen Augen betrachteten die Wesen, die sich demütig gaben. *Was haben sie davon?*

Irian berührte sie an der Schulter. »Wir werden nicht mehr lange bleiben können.«

»Weil?«

»Erinnere dich, was der Auftrag der Keijo ist und worauf sie abgerichtet wurden.«

Sie sollen die T'Kashrâ an den Toren der Vorstädte aufspüren. Sie hatte den Keel-Èru mit einem Kniff nach Wédōra gebracht und die Kontrollen offiziell passiert. Doch sein Geruch hatte sich nicht verändert. Im Saal befanden sich sechs Scheusale mit feinen Nasen, die ihn bald wahrnehmen mussten. »Ich riskiere es. Geh zu Sotháno und sage ihm, er soll sich zurückziehen, solange sie ihn nicht bemerkt haben.« Eine bessere Gelegenheit, an Wissen über die Banden zu gelangen, gäbe es so rasch nicht wieder.

Irian nickte und schlich davon.

Tomeija richtete ihre Aufmerksamkeit auf die Vorgänge in der Halle.

* * *

Liothans Herz schlug bei Nanthenas Anblick freudig schneller. Seine Gefühle wollten seine Gedanken in eine unpassende Richtung lenken. Im Anschluss an die Zusammenkunft bliebe

Zeit genug, mit ihr zu sprechen, auch wenn Fradarick dabei sein würde.

Die Flinken Hände nahmen wieder Platz, es konnte weitergehen.

Wie furchtlos sie an den Keijo vorbeiging. Liothan beließ es bei einem Nicken in ihre Richtung, räusperte sich und nahm noch einen Schluck Wein. »Mein Vorhaben wird dazu führen, dass wir die Kaufleute einschüchtern. Mit meinen Kräften als Saldûn und Eurem Wissen um die Beute, die Routen, die Vorgänge in den Vorstädten. Ihr seid meine Augen und Ohren, um mir zu sagen, wo ich mit meinen magisch beschworenen Wesen eingreifen soll. Keine Fracht geht rein oder raus ohne unser Einverständnis.«

»Unfug! Sie werden zum Dârèmo rennen und sich beschweren«, warf eine Frau ein. »Das haben wir schon mehr als einmal versucht, glaubt mir. Und wir haben es bitter bereut.«

»Ach? Ihr hattet bereits einen Saldûn an Eurer Seite?«

»Nein. Das nicht, aber –«

Liothan schnippte mit den Fingern und deutete auf sie.

Sogleich sprang Narako grollend los und hetzte fauchend auf die Frau zu. Er wich den Stichen aus, die sie schreiend mit einem gezückten Dolch führte, fing die Klinge mit den Zähnen – und zerbiss das Eisen, als bestünde es aus sprödem Holz.

Verächtlich spuckte Narako die Stücke vor der Frau auf den Boden und kehrte knurrend an seinen Platz zurück.

»Habt Ihr es gesehen? Sie hätte nichts gegen meinen Diener tun können«, sagte Liothan zufrieden. »Stellt Euch vor, diese Bestie erscheint nachts an Eurem Bett und hält Euer schlafendes Kind zwischen den Fängen. Oder es begegnet Euch in einer dunklen Gasse.« Er zeigte auf die Keijo. »Niemand in Wédōra ist sicher. Vor *uns!* Und deswegen wird es keiner wagen, sein Leben aufs Spiel zu setzen.«

»Warum hetzt du deine Kreaturen nicht auf den Dârèmo?«, erkundigte sich ein Mann neunmalklug. »Wenn wir ihn los sind, müssten wir keine Heimlichtuerei betreiben.«

»Der Turm mag in ein, zwei Siderim gegen mich fallen. Noch ist es besser, den Herrscher nicht aufzuschrecken. Wenn ich zuschlage, muss es vernichtend sein. Ihm ist es zuzutrauen, dass er sein Arsenal der Vernichtung aus den Luken feuern lässt und eher die Stadt in den Untergang sendet, als seine Macht an uns abzugeben.« Liothan übertrieb, um den Einwand abzuschmettern.

Doch das Gegenteil war der Fall. Immer mehr Männer und Frauen erhoben ihre Stimmen mit überschlauen Einfällen.

»Einfacher wäre es, wir hetzen deine Dämonen auf die Langdolche und die Windläufer. Dann wären wir unsere Nebenbuhler los!«, wetterte einer los.

»Und auf Dyar-Corron, diese Ausgeburt an Bosheit!«, schallte die nächste Forderung.

»Und die Vertreter der Königreiche und Länder in der Stadt. Niemand würde es wagen, uns anzufassen.«

Liothan ließ sie reden und sich gegenseitig überbieten.

»Wenn wir das Gute im Geschwätz sehen«, raunte Louthara zu ihm, »bedeutet das Palaver, dass sie Euch und Euren Fertigkeiten vertrauen. Damit dürftet Ihr die Flinken Hände überzeugt haben. Es gilt nun, sie in die gleiche Richtung zu lenken.«

Liothan pochte mit dem Messer gegen sein Glas, und das helle Klingen brachte die Redner und Rufer allmählich zum Verstummen. »In aller Deutlichkeit sage ich: Wir machen es so, wie *ich* es sage«, sprach er mit der Bestimmtheit eines Herrschers. »Ihr seid auf meine Künste angewiesen, und ich brauche Eure Kenntnisse. Aber ohne mich bleibt ihr Gauner und Verbrecher, die ein paar Münzen am Reichtum der anderen verdienen. Ich hingegen suche mir ein einträgliches Geschäft.« Er schnippte mit dem Finger, und Narako, Slink sowie die anderen Keijo grollten wie abgesprochen. »Steht mir dabei im Weg, und es endet schlecht für euch.«

Das beredte Schweigen der Bruder- und Schwesternschaften zeigte Liothan, dass er sich auf dem richtigen Weg befand.

Er formte eine Faust. »Gemeinsam hingegen werden wir reicher als die Krämer! Die wahren Herrscher über Wédōra. Ohne dass wir Krieg gegen andere Bruder- oder Schwesternschaften führen müssen.«

»Und wenn *sie* uns angreifen?«, sagte die Frau, die von Narako attackiert worden war.

»Habt ihr mich. Aber vertraut mir: Ich sorge dafür, dass sie verstehen, wie töricht eine Attacke wäre. Wie gesagt.« Liothan lächelte siegessicher. »Sie werden in Scharen darum betteln, bei einem von euch mitmachen zu dürfen.«

»Das schmälert unsere Gewinne«, brummte einer der Männer. »Lasst sie uns beseitigen.«

Liothan sah ihn an. »Wie viel verdient Ihr? In einem Siderim?«

»Das sage ich nicht.«

»Nehmen wir an, es sind eintausend Shikar. Und wenn es plötzlich das Hundertfache ist? Wie könntest du es einsammeln, wie ausgeben, wie verwalten?«, schoss Liothan eine Begründungsbreitseite gegen ihn. »Wir werden bald jeden Halunken und jede Halunkin benötigen, um das Geld zu schleppen.« Er lachte, und die Versammlung fiel ein.

»Ihr habt es geschafft. Nicht nur der Titel Saldûn gebührt Euch. Ihr seid dabei, ein zweiter Dârèmo zu werden.« Louthara lächelte. »Ein Schatten-Dârèmo.«

Liothan spürte, wie ihm Schweißtropfen auf der Stirn standen. Es war anstrengend, auf seine Worte zu achten und Menschen in seinen Bann zu schlagen. *Geschafft. Jetzt noch der gemeinsame Schwur.* »Um unseren Bund zu besiegeln, verlange ich Blut. Nur einen Tropfen, von jedem. Darauf werde ich einen Zauber legen, der uns vor Verrat schützen soll.«

Liothan konnte von den Mienen ablesen, dass dies einigen der Bandenführer nicht recht war. Sie fühlten sich ausgeliefert und fürchteten, über ihren Lebenssaft unter den Bann des Saldûn zu fallen. Liothan langte nach dem feinen Messer, wie es die Iatroi bei Behandlungen einsetzten, und einer Silberschale. Darin würde er das Blut sammeln. »Beginnt.« *Sollen sie ruhig denken, ich hätte sie damit in meiner Gewalt. Gut für meinen Nimbus.*

Unvermittelt erhob sich der mies gelaunte Mann neben Nanthena. »Für jene, die mich nicht kennen: Mein Name ist Fradarick. Und ich stimme dem Vorhaben zu, Saldûn. Doch bevor die Familie Ghominàs ein Teil der Unternehmung wird, verlange ich zwei Dinge.«

Die Köpfe und Augen richteten sich auf den Mann, dem es nichts ausmachte, mit seiner Art jedem auf den Geist zu gehen.

»In das Haus von Nanthena Ghominàs wurde eingebrochen, ihre Werkstatt verwüstet und sämtliche Werke gestohlen«, setzte Fradarick an. »Auf einem Zettel, den der Täter hinterließ, stand die Botschaft unserer Gastgeberin an meine Großvetterin. Ihre Handschrift, ihre Unterschrift. Sie gestand, dass es sich um eine Auftragstat handelte, aus Rache für verletzte Eitelkeit.« Anklagend richtete er den Finger auf Louthara. »Daher verlange ich eine Bestrafung im Namen der Flinken Hände und darüber hinaus mehr Stimmrecht als bislang. Die Zeiten der Schmach sind abgesessen. Wie sehr ihr Nanthena schätzt, habe ich bei ihrem Eintreten gesehen.«

Liothan suchte Nanthenas Blick, und sie schlug die Augen nieder. Sie kam, um Genugtuung für ihre Kränkung, ihre Verletzung zu verlangen.

»Habt Ihr einen Beweis?«, würgte er heraus und kannte die Antwort.

Fradaricks Selbstsicherheit schwand. »Nein.«

»Ihr spracht von einem Zettel.«

»Er … verschwand.«

»Ihr habt nichts.«

»Unser Freund Abouc sah den Brief auch«, sagte der bärenhafte Leibwächter und blickte voller Wut auf Louthara. »Die Flinken Hände kennen –«

»Aber Ihr habt den Brief nicht«, fuhr Louthara dazwischen. »Es sind Behauptungen, abgesprochene Aussagen. Die Werkstatt kann von euch selbst verwüstet worden sein!«

»Ihr seid unehrenhaft, falsch und die Niedertracht in Gestalt«, erwiderte der Hüne eiskalt. »Ist es nicht genug, was Ihr angerichtet habt?«

Liothan horchte auf. *Ich muss mehr über den Zwist herausfinden.* »Werte Familie Ghominàs. Ihr kommt zur Zusammenkunft der Flinken Hände, tragt eine Anschuldigung von enormer Tragweite vor und habt nichts als Eure Behauptung?« Liothan schmerzte seine Erwiderung. Zu gerne hätte er die Wahrheit herausgerufen, aber damit wäre alles verloren, was er bis zu diesem Moment aufgebaut hatte. »Das ist … sehr dünn. Das wisst Ihr.«

»Nichts, was eine Anklage rechtfertigen würde.« Louthara sah triumphierend in die schweigende Runde. »Setzt Euch wieder, Fradarick Ghominàs. Und seid froh, dass wir die Ghominàs nicht ausschließen, sondern dass wir Euch weiterhin an unserem Vorhaben teilhaben lassen.«

»Wer glaubt mir und ist für eine Bestrafung?«, rief Nanthena aufgebracht. »Los, wagt es!«

Die Männer und Frauen schwiegen, niemand hob die Hand als Zustimmung.

»Damit ist die Angelegenheit vorerst vertagt.« Liothan mühte sich um eine diplomatische Formulierung, um Nanthena zu zeigen, was er davon hielt.

Sie schenkte ihm einen dankbaren Blick, die Knöchel ihrer Fäuste waren weiß.

Liothan nahm Schale und Messer erneut zur Hand.

»Das Stimmrecht«, beharrte Fradarick, der noch erhoben an seinem Platz stand. »Die Familie Ghominàs verlangt fünf.«

»Mein bester, sehr junger und unerfahrener Fradarick. Wir haben keine Zeit für Eure Kindereien«, sagte Louthara. »Die ganze Stadt weiß, dass Ihr kein Einkommen habt, weil Eure Artefaktdiebe keine Beute mehr machen. Sie starben in den Trümmern von Sandwacht. Deswegen nervt Ihr uns mit Forderungen und wollt auf Biegen und Brechen zu einer Größe gelangen, die Euch sicherlich nicht zusteht«, vernichtete sie ihn mit sanften Worten. »Ihr seid unbedeutend und könnt froh sein, *zwei* Stimmen zu haben.«

Fradarick riss seinen Becher in die Höhe und schleuderte ihn nach ihr.

Liothan reagierte und hielt das Behältnis nach einem Schritt im Flug magisch fest. Der Wein erstarrte in der Luft zu großen Pfützen und Tröpfchen.

»Ihr seid eine Speikobra!« Fradarick beruhigte sich nicht. »Ihr habt mehr Gift als sämtliche Schlangen der Wüste. Wegen Euch hat meine Familie –«

Liothan schlug mit der flachen Hand auf den Tisch, dass es knallte. Der Wein klatschte nieder, verteilte sich auf Tisch und Teppich; der Pokal landete scheppernd vor dem jungen Ghominàs. »Dies ist nicht der Ort und nicht die Zeit, diese Fehde auszutragen. Die Zusammenkunft hat Pläne, und die lasse ich nicht durch Euren Auftritt gefährden!«

Fradarick machte eine auffordernde Geste zu seinen Begleitern. »Dann nehmt zur Kenntnis, dass sich die Familie Ghominàs nicht anschließt. Ihr werdet auf unser Blut in der Schale verzichten müssen. Wenn es keine Ehre mehr bei den Flinken Händen gibt, wieso sollte ich länger Teil dieser Organisation sein?« Die Gespielin und Nanthena erhoben sich von den Stühlen, der muskulöse Bärtige nahm seinen Überwurf. »Ich denke, dass wir bei den Windläufern besser aufgehoben sein werden.« Er wandte sich zum Gehen. »Und ich bin gespannt, was sie zu Euren Plänen sagen.«

War es bis eben erleichtert still gewesen, den Querulanten loszuwerden, brandete bei seiner Ankündigung Protest auf. Man wollte Fradarick packen, machte Vorhaltungen und schimpfte, verfluchte ihn.

»Damit hat er sein Leben verwirkt«, sagte Louthara neben Liothan und legte die Hände vor den Mund, um ihr Lächeln vor den anderen zu verbergen. »Ihr Götter! Welch herrlicher Tag! Darauf habe ich lange gewartet. Nanthena war klug genug, sich ruhig zu verhalten, aber Fradarick ist der ideale Grund, um die Familie auszulöschen. Ihr habt mir mit dem Einbruch einen großen Gefallen getan, Saldûn. Mir und den Flinken Händen.«

Liothan blickte sehnsuchtsvoll zu Nanthena. Sie schaute bedauernd zurück, während sie mit Fradarick und den beiden anderen zur Doppeltür hinausging. *Ich brauche einen Ausweg!*

* * *

Tomeija kam mit dem Schreiben nicht nach. Die Neuigkeiten prasselten durch die vergitterte Wand auf sie ein. Sie bekam Einblicke in die Flinken Hände, für die eine Heerschar Spione notwendig gewesen wäre, frei Haus geliefert.

Nach dem theatralischen Abmarsch von Fradarick Ghominàs und seinem Gefolge wogten die Gefühle hoch. Angst griff unter den Banden um sich, dass die abtrünnige Familie nach dem Wechsel zu den Windläufern Verrat an ihnen übte, aus Rachsucht und verletztem Stolz.

Es herrschte laute Einigkeit darüber, dem jungen Wildfang sein Verhalten nicht durchgehen zu lassen. Rasch kam die Forderung auf, man solle Fradarick, wenn nicht sogar sämtliche lebenden Mitglieder der Ghominàs ausmerzen.

Tomeija sah Liothan an, dass er in einer Zwickmühle hing. *Er hat sich in Nanthena verliebt.*

Zwar hatte sie ihm eine neue Liebe stets gewünscht, aber nun hatte er sich ausgerechnet eine Frau ausgesucht, die Ärger bedeutete. Großen Ärger.

Das Todesurteil seitens der Flinken Hände war rasch gefällt, und Louthara verkündete, dass man sich darum kümmern werde.

Es verwunderte Tomeija nicht, dass Liothan sogleich einhakte und das Recht forderte, die Ghominàs eigenhändig durch die Macht seiner Dämonen tilgen zu lassen.

Clever. Er wird sie in Sicherheit bringen und die anderen glauben machen, er habe die Familie ausgelöscht.

Sie schrieb weiter und überlegte, was sie gegen das Vorhaben ihres Freundes unternehmen konnte. *Ich werde ihn unterlaufen und den Banden einen Strich durch die Rechnung machen.* Das bedeutete auch, dass sie Liothan bespitzeln musste. *Mit der Durchsuchung seiner Räume beginne ich gleich morgen.*

Hinter ihr erklang unvermittelt leises Schnauben und Schnüffeln.

Verflucht! Tomeija kroch unter einen Tisch, machte sich kleiner und blickte sich um.

Ein kalbgroßer Keijo mit schwarzem Pelzleib und dünnen Beinchen krabbelte spinnenhaft auf allen vieren voran. Der insektenartige Kopf saß unmittelbar am Rumpf, schillernde Facettenaugen erkundeten die Gegend. Durch die sechs Atemöffnungen witterte es angestrengt und krauchte auf den Tisch zu. Vier große Mandibeln knirschten übereinander, zwei Beißdorne klackerten aufgeregt. Die Bestie spürte die nahe Beute.

Tomeija zog ihr Schwert. *Was immer das ist, ich muss es töten.* Sie nahm Maß für einen genauen Stich zwischen die handtellergroßen Augen. *Sonst verrät es mich.*

Als das Wesen zu nahe kam, griff Tomeija an und bohrte ihre Klinge in den Kopf des Keijo.

Das Vieh gab einen leisen, hohen Pfiff von sich und zog die Beinchen unter dem Leib zusammen, kippte seitlich auf den Boden.

Tomeija zog das Schwert aus dem Leib und sah die grünliche Flüssigkeit darauf, die sich an der Luft blau färbte und entsetzlich stank, wie faules Gemüse in praller Sonne. *Das wird nicht lange unbemerkt bleiben.* Sie wischte das Blut am Vorhang ab und schaute in die Halle.

Die Unterredung ging weiter. Es wurde besprochen, vorerst auf Einschüchterungen der Kaufleute zu verzichten, bis Fradarick Ghominàs und die Seinen ausgeschaltet waren. Die Flinken Hände betrachteten die Familie als größte Gefährdung.

Tomeija nahm das Schreiben erneut auf, hatte aber die Ruhe verloren. Die Abwesenheit des getöteten Keijo konnte bereits bemerkt sein. Zudem kehrte Irian nicht zurück.

Ich verschwinde lieber. Sie verstaute die Aufzeichnungen unter ihrer leichten schwarzen Lederrüstung. Auf dem gleichen Weg, wie sie hereingekommen war, stahl sie sich durch die Räumlichkeiten und gelangte in das halbdunkle Zimmer im vierten Stockwerk, wo der Kletterhaken befestigt war.

Dort roch es nach: Blut.

»Nicht bewegen«, hörte sie Irian behutsam sagen. »Erst, wenn ich es sage.«

Tomeija stellte keine Fragen und befolgte seine Anweisung.

»Wir sind nicht alleine, und die Geister sehen ihn gerade nicht. Aber wenn wir –«

Ein blendend blaues Licht flammte von der Decke auf und blendete Tomeija. Als Irian »Runter!« schrie, ließ sie sich fallen.

Surrend flog etwas über ihren Kopf hinweg, krachend fuhr das Geschoss in die Kommode hinter ihr und zerschmetterte sie den Geräuschen nach in Einzelteile.

Noch ein Keijo. Tomeija rollte sich zur Seite über die Schulter und riss ihr Schwert aus der Hülle, entkam dabei dem hellen Schein.

Ein menschenähnliches, zwei Schritt hohes Wesen mit sechs Armen und einem deformierten Schädel war ihr Gegner. Unter einer münzgroßen Öffnung, aus der das Licht brandete, saßen fünf Augen, die der Bestie eine Rundumsicht ermöglichten.

Der Kopf zuckte herum, der Strahl erfasste Tomeija erneut. Dieses Mal ließ sie sich gleich fallen.

Das Sirren erklang erneut. Das fehlgegangene Geschoss zerstörte einen Schrank voller Geschirr, das scheppernd barst. Die Geräusche mussten von Loutharas Bediensteten längst gehört worden sein.

Wohin der blaue Strahl zielt, folgt der Schuss. Tomeija sprang erneut aus dem Lichtkegel und schlug nach dem Keijo, der ihre Schneide mit bloßen Fingern abwehrte.

Irian erschien neben der Bestie aus der Dunkelheit und stach ihr sein gebogenes Kurzschwert in den Hals, mit dem zweiten schlitzte er ihr den Wanst auf, aus dem Darmschlingen, Blut und Innereien fielen.

Tomeija und Irian duckten sich unter den schlagenden Armen weg. Die Krallen droschen Löcher in die Wand und brachten den Stein zum Abplatzen.

Der blaue Strahl erstarb flackernd, das Scheusal brach zusammen. Nur das Licht der Nachtgestirne sorgte für silbrige Helligkeit im Raum. Leises, beständiges Zischen erklang. Säure fraß sich durch etwas, die austretende Magenflüssigkeit schien verheerend zu sein.

Irian nickte Tomeija zu. »Schnell weg.«

»Gab es noch mehr?« Sie schwang sich aus dem Fenster, packte das Seil.

»Zwei, die dem Keel-Èru folgten. Eins ist tot, das andere flüchtete.« Irian folgte ihr, sie glitten am Tau abwärts.

Ohne gesehen zu werden, hasteten sie die Straße entlang, weg von dem prunkvollen, hell erleuchteten Gebäude.

»Zum Tempel«, sagte Tomeija. »Wir haben viel zu besprechen.« Zudem wollte sie Driochor ein Opfer bringen und ihm danken.

Die Nacht hatte Erkenntnisse gebracht, mit denen Tomeija arbeiten konnte. Die Flinken Hände würden bald einen Finger nach dem anderen verlieren, und das würde ihr Saldûn nicht verhindern können. Die Ghominàs bekam sie obendrein geliefert. Von Liothan.

Er wird Nanthena nichts antun. Es würde Tomeija nicht einmal wundern, wenn er die verfolgte Frau kurzerhand bei ihnen im Haus unterbrachte und ihr eine Lügengeschichte dazu servierte. *Nein, das würde mich nicht im Geringsten wundern.*

* * *

Später saß Liothan in Wédōras Unterwelt in der Ruine des T'Kashrâ-Palastes bei den Vertretern der Keijo, die vor Wut tobten. Das Dröhnen der wütenden Stimmen in seinem Verstand raubte ihm den Blick für die Schönheit und Mystik des Ortes, der es zu seiner Blütezeit mit jedem königlichen Schloss aufgenommen und übertroffen hätte. Die teils eingefallenen Mauern, die umherliegenden Pfeiler, die von Ranken und Efeu überwachsenen Treppen, Statuen und Bildnisse gaben dem Ort etwas Märchenhaftes, Zauberhaftes. Manche Saldûn-Lektionen hatte er zwischen den Ruinen erprobt und sich an der Quelle gelabt, die ihn stets erfrischte.

Doch nicht heute.

Liothan hatte Mühe, das Gebrüll in seinem Kopf zu ordnen. Seine Verbündeten verlangten den Tod des Mörders, der drei ihresgleichen in Loutharas Haus gemeuchelt hatte. Geduld und Verständnis zu zeigen, fiel ihm nicht leicht, doch er ließ sie gewähren, bevor er sein Anliegen vortragen würde, das keinen Aufschub duldete. Um Nanthena zu retten.

Nur eines der verborgenen Wesen im oberen Stockwerk, die zur Sicherung eingesetzt worden waren, hatte den Angriff überlebt. Es konnte den Mann oder die Frau jedoch nicht beschreiben. »Ich weiß, was ich gerochen habe«, jaulte es und hielt anklagend seine Wunde in die Runde. »Es war ein T'Kashrâ do Sarqia!«

Liothan mochte es nicht glauben. »Wie sollte das angehen? Ihr sichert die Eingänge Wédōras und würdet Spione der Wüstenstämme erkennen.«

»Ich weiß«, gab es zurück. »Aber auf meinen Spürsinn kann ich mich verlassen. Es war ein T'Kashrâ«, wiederholte er.

»Welche Sorte von ihnen?«, fragte Slink und richtete die drei leuchtenden Augen auf seinen Artgenossen.

»Ich … bin mir nicht sicher. Ich roch die Witterung zum ersten Mal.«

Liothan beugte sich gespannt vor. »Woher wisst ihr, wie T'Kashrâ riechen, wenn ihr sie nie zu Gesicht bekommen habt?«

»Es ist die Wüste. Sie haben sie in sich aufgenommen«, erklärte Narako und stellte seine Hyänenohren aufrecht, bleckte die Zähne. »Du kannst es nicht verstehen, weil dir die Sinne dazu fehlen. Dafür müsstest du einer von uns sein. Und das wird dir nie gelingen, kleiner Saldûn.«

Die Wesen lachten.

»Aber warum ist er dann unsicher?« Liothan ließ den freundlichen Spott der Keijo über sich ergehen.

Die Bestie leckte sich die Wunden. Slink gab seinen Speichel hinzu, der Schnitt schloss sich. »Es war mehr als die Wüste. Aber kein Keel-Èru, kein Thahdrarthi, kein Agham und kein Murzbha.«

Liothan kannte namentlich nur drei davon, wusste aber, dass es fünf Wüstenvölker gab. »Was bleibt dann noch?«

»Die Enaïssef«, half Slink. »Aber das kann nicht sein. Er wäre verrückt, sich nach Wédōra zu begeben.«

»Ich merke, dass dir der Begriff nichts sagt«, vernahm Liothan die düstere Stimme von Daitya, des Anführers der Keijo, in seinem Kopf. »Die wenigsten Gestrandeten hören ihre Geschichte, da sie schon lange keine Bedeutung mehr haben. Also vernimm: Die Enaïssef stellten einst die Priesterkaste der Grotten der Smaragdnen Wasser. Sie wurden gleich am Anfang des Krieges von den Kaufleuten ausgerottet, weil sie sich vor deren Macht fürchteten. Lange, bevor der Dârèmo sein Amt antrat.«

Das war neu für Liothan. »Sie sind Razhiv?«

»Oh, sie sind *mehr* als das. Sie könnten es mit einem Saldûn aufnehmen. Jeder Einzelne von ihnen. Deswegen mussten sie sterben«, erläuterte Daitya. »Es geht das Gerücht, dass sich sogar der Dârèmo vor ihnen fürchtet.«

Liothan schauderte und blickte den verletzten Keijo an. »Du bist dir sicher, dass es keiner der anderen Völker war?«

»So sicher, wie ich dich rieche«, gab er beleidigt zurück. »Ich werde mich auf die Suche begeben nach dem, der versucht hat, mich zu töten.«

Daitya grollte leise und drohend. »Das wirst du *nicht*. Es ist zu gefährlich. Du könntest gesehen werden.«

»Wie viele gibt es noch von den Enaïssef?«, fragte Liothan.

»Die Legende besagt, dass es nicht mehr als ein Dutzend sind, die unerkannt unter den anderen T'Kashrâ do Sarqia leben«, sagte Narako.

»Weswegen tun sie das?«

»Ihnen wird die Schuld am Verlust des Heiligtums gegeben, da sie sich für die Zusammenarbeit mit den Fremden ausgesprochen hatten«, führte Daitya aus. »Sobald die T'Kashrâ wüssten, dass ein Enaïssef unter ihnen lebt, würden sie ihn ergreifen und grausam hinrichten.«

»Und einen solchen haben wir nun in Wédōra.« Liothan rieb sich über die Oberlippe. Das weiche Gefühl irritierte ihn. Für die Versammlung hatte er sich rasiert und parfümiert. »Und er war in Loutharas Haus. Aus welchem Grund? Was will er überhaupt in der Stadt? Den Dârèmo umbringen? Spionieren?« Er wartete auf Vorschläge, die nicht kamen.

»Ich bringe ihn um. Mir entkommt er nicht«, knurrte der Verletzte und besah sich die Wunde. Außer einer hellen Linie und dem Riss im Fell sah man nichts mehr vom Schnitt. »Ich kenne seinen Geruch.«

»Verschieben wir das einstweilen.« Für Liothan hatte Nanthena Vorrang. »Ich habe Aufträge für euch. Bevor der Streit zwischen den Flinken Händen und den Ghominàs aus dem Ruder läuft, schlichten wir ihn.«

Die Keijo warteten gespannt.

»Es geht nicht darum, jemanden zu töten«, fügte er hinzu.

»Schade«, bellte Narako und ließ die lange, schwarze Schnauze zuklappen. Er erntete Heulen, Kichern und dunkles Lachen.

»Noch nicht.« Liothan grinste. »Ihr werdet noch genug Blut zu trinken bekommen. Aber bis dahin entführt ihr mir Fradarick Ghominàs. Ihn, seine Großvetterin, den bärtigen Mann und die Gespielin.«

»Wohin bringen wir sie?«

»In eine der Kavernen. Fesselt sie, knebelt sie, verbindet ihnen die Augen. Steckt sie in einen der intakten Räume, bringt ihnen in regelmäßigen Abständen Essen und Trinken«, forderte er. »Wir lassen die Flinken Hände glauben, ich hätte sie getötet. Mit meinen Saldûn-Kräften.«

»Warum töten wir sie nicht?« Narako sah unverständig drein, die Ohren spielten. »Es macht weniger Umstände.«

»Wir könnten sie noch brauchen. Je nachdem, wie sich die Dinge entwickeln«, wich Liothan aus.

»Du bist unser Anführer. Dann tun wir das für dich. Wir bringen sie hierher, in den alten verfallenen T'Kashrâ-Palast, wo die Quelle ist. Dort wagt sich die Garde nicht hin«, schlug Slink vor. »Niemand wird sie finden. Und sie haben es bequemer. Sollten wir sie noch brauchen, ist es gut, wenn sie nicht ganz so wütend sind.«

»Gut.« Liothan stand auf. Er war müde und aufgewühlt, und er sehnte sich nach seinem Bett. »Wir sehen uns bald wieder.«

»Erhole dich, Saldûn. Du hast viel in die Wege geleitet. Unsere Rache rückt näher«, grollte Daitya und klang dabei wie ein Meister, der seinen Schüler mit herablassender Anerkennung bedachte.

Erschöpft verließ Liothan die Katakomben und stieg den Schacht hinauf. Eine Last fiel von seiner Seele: Nanthena war gerettet.

* * *

WÉDŌRA, NORDVORSTADT

Irian Ettras betrachtete die zwei Bolidschleudern, die er vor sich auf den Altar des Driochor gelegt hatte.

Die Geister hatten ihm nach der Schlacht in Sandwacht, während sie auf das Abklingen des Sturms warteten, gesagt, dass er sie aus der Werkstatt mitnehmen sollte, wo sie in einer Proviantkiste versteckt worden waren. Und tatsächlich entdeckte er im ebenso mit Eisenblech ausgekleideten und verwüsteten Fertigungsraum weitere Exemplare. Zwei davon waren geladen gewesen. Die Verrückten hatten sich nicht dafür interessiert.

Irian traute den Phantomen in seinem Kopf, auch wenn er die Waffen nicht ausstehen konnte.

»Opfert man dem Gott neuerdings diese Art von Gaben?« Sotháno kam aus dem Nebenraum, in dem er Tomeijas Aufzeichnungen zur Zusammenkunft gesichtet hatte.

Mehrere Mondsiebtel waren vergangen, an denen sie die Kritzeleien ins Leserliche transkribiert hatten. Dabei sortierten sie die Neuigkeiten nach Personen, Bruder- und Schwesternschaften, nach Orten und anderen Kategorien, die ihnen Aufschlüsse über die Quartiere der Banden gaben.

»Driochor würde sich nicht dafür interessieren, und ich interessiere mich nicht für ihn. Ich folge meinem Weg.«

»Dem der Geister.«

»Ich weiß, dass es sie gibt. Sie helfen mir bei Tag und Nacht. Driochor und seinesgleichen begegneten mir noch nie.« Irian legte eine Hand auf eine der Waffen. »Das ist menschenerschaffene Macht. Und sie ist tückisch.«

»Erfunden, um mich und mein Volk zu vernichten.«

»Bilde dir nicht zu viel ein, weil du ein T'Kashrâ bist. Der Dârèmo lässt vernichten, was auch immer die Stadt angreift. Einer Bolidschleuder ist es gleich, wen oder was sie verbrennt.« Irian setzte sich auf den Altar. »Denkst du, der entkommene Keijo hat deine Witterung aufgenommen?«

»Ich kann es nicht ausschließen. Die Wunde, die ich ihm zufügte, erschien mir nicht tief genug, um ihn zu töten.« Sotháno machte ein besorgtes Gesicht, die Diamanten auf seiner Stirn glitzerten. »Du willst mir damit sagen, dass ich eine Gefährdung für unsere Einheit bin.«

»Ja.«

»Was sollte ich tun?«

»Gehen.«

»Sagen dir das die Geister?«

»Nein. Das sage ich.«

Sotháno schaute amüsiert drein. »Hast du Angst, dass ich ein Auge auf Tomeija werfe?«

Irian schnaubte. »Du bist nicht ihre Kragenweite.«

»Das sagt ausgerechnet der Bhlyat.« Sotháno lachte. »Ich wäre von Dämonen gepudert, etwas mit deiner Freundin anzufangen. Sie trägt das Zeichen des Mar'Dheon im Nacken. Nur Wahnsinnige ignorieren so ein Symbol.« Er tat, als müsste er nachdenken. »Einen Moment. *Du* bist wahnsinnig.«

»Versuche nicht, davon abzulenken, dass der Keijo deine Witterung aufgenommen hat. Du wirst ihn in den Tempel führen.«

»Die Stadt ist vier mal vier Meilen groß. Ich denke nicht, dass er meinen Geruch aufspüren wird. Bereits nach einer Meile wird er meine Spur verloren haben.« Sotháno nahm eine Bolidschleuder und fuhr vorsichtig über die zehn Knöpfe. »Ein Druck, und sie erwacht zum Leben. Die Schöpfungskraft der Kaufleute, um den Tod zu anderen zu bringen, ist so hoch wie ihr Wille, größten Verdienst zu machen.« Er legte die Waffe vorsichtig ab.

»Ich habe nachgedacht.« Irian ließ den T'Kashrâ nicht aus den Augen. »Da du kein Keel-Èru bist und ich die meisten anderen Sandvölker kenne, ist klar, zu wem du *nicht* gehörst.«

»Aha.« Sotháno machte ein abwartendes Gesicht.

»Das bringt mich zu dem Schluss, dass du ein Enaïssef sein musst. Die Geister sehen das übrigens ebenso.«

»Das ist albern. Ich sagte doch, dass ich ein Späher der –«

Irian packte ihn abrupt am Kragen, drehte sich dabei nach links und ließ sich auf ein Knie herab.

Durch die Hebelwirkung fiel Sotháno über das Bein und prallte rücklings auf den Tempelboden. Leicht benommen versuchte er, den Griff des Mannes zu sprengen, doch es gelang ihm nicht.

»Wärst du ein Späher der Keel-Èru oder auch nur das kleine Kind eines Keel-Èru, hättest du meine Attacke bei der ersten Muskelbewegung vorausgesehen«, sagte Irian, ließ ihn los und erhob sich. »Sie sind die besten Krieger. Du vermagst mit Waffen umzugehen, wie ich im Haus von Louthara sah, aber du bist weit davon entfernt, ein Meister zu sein. Sonst wäre der Keijo tot.«

Sotháno stützte sich auf die Ellbogen und blitzte ihn wütend an.

»Was ist hier los?«, erklang Tomeijas Stimme durch das Heiligtum. »Prügelt ihr zwei euch darum, wer mir die neusten Erkenntnisse darlegen darf? Oder hat das Schauspiel einen besseren Grund?«

»Es ist die alte Leier. Er glaubt mir nicht, dass ich ein Keel-Èru bin.«

»Das glaube ich dir auch nicht«, erwiderte Tomeija und reichte ihm die Hand, um ihm aufzuhelfen. »Was bist du also?«

»Ich denke, er ist ein Enaïssef«, sagte Irian und grinste, weil er das verblüffte Gesicht des T'Kashrâ genoss.

»Wie oft habe ich dir –«, setzte Sotháno an.

Tomeija hob die Hand. »Ich habe für mich beschlossen, dass ich dir trotz dieser Lüge um deine Herkunft vertrauen werde. Zweimal stehst du in meiner Schuld. Ich halte dich für einen T'Kashrâ mit genug Ehre im Leib, dass du mich nicht hintergehst.«

Sotháno verneigte sich vor ihr. »Du zeigst einmal mehr, weswegen sich Mar'Dheon Uccran für dich entschieden hat«, erwiderte er mit einem Seitenblick zu Irian. »Menschen wie du sind kaum zu finden. Erst recht nicht in einer Stadt wie Wédōra.«

»Die Bewohner sind weniger schlecht, als du sie machen möchtest. Sonst würde ich ihnen den Rücken kehren und sie dem Einfluss der Verbrecher überlassen.« Tomeija blickte zwischen den Männern hin und her. »Vorerst lassen wir deine Herkunft ruhen. Sie mag eines Tages von Bedeutung sein, aber für mich ist sie derzeit nicht von Belang.«

»Sehr wohl.« Sotháno verneigte sich. »Du musst mich niemals fürchten. Das schwöre ich dir wieder und wieder.«

Tomeija zeigte auf die Bolidschleudern. »Woher sind die?«

»Aus der Festung. Ich hatte sie damals heimlich in einer Proviantkiste mitgebracht, als wir nach Wédōra zurückkehrten«, antwortete Irian. »Dank deines Schreibens prüften die Wachen unser Gepäck nicht. Das musste ich nutzen. Die Geister sagten, wir könnten die Waffen noch brauchen.«

»Durchaus möglich.« Tomeija ging auf das Räumchen zu. »Kommt. Wir müssen reden. Ich habe Dinge über den bevorstehenden Krieg zwischen Sungàm Tasai und Thoulikon gehört. Es werden mehr Waren als sonst nach Wédōra kommen, das dem Kèhán als Proviantlager dienen soll. Die Flinken Hände werden ihre ersten größeren Unternehmungen beginnen, um sich ihren Anteil zu sichern. Sollten wir uns mit ihnen anlegen, bringen uns die Schleudern vielleicht wirklich den entscheidenden Vorteil.«

Irian ließ Sotháno den Vortritt und folgte ihm. *Das Herz eines Enaïssef*, dachte er, und das Wasser lief ihm im Mund zusammen. *Eine rare Köstlichkeit.*

* * *

Vertraue Si'Raati, De'Ipotionti und Tu'Ziinsá –
aber binde deine Echse an.

Sprichwort der Agham

Kapitel XVIII

Wédōra, Nordvorstadt

»Sehr gut! Sehr, sehr gut!« Tomeija klopfte Kendec und Doligart lobend auf die Schultern und reichte ihnen Lederbeutel mit Münzen als zusätzliche Prämie. »Danke. Das habt ihr euch redlich verdient.«

Die beiden Männer sahen sie zufrieden und stolz an. Sie freuten sich über das Geld, doch sie kamen ihren gefährlichen Aufgaben nicht allein wegen der Bezahlung nach. Ihre Kleidung verriet nicht, dass sie bereits ein kleines Vermögen durch ihre Tätigkeit verdient hatten.

Genau darauf achtete Tomeija bei der Auswahl ihrer Leute. Die Frauen und Männer gingen den Aufgaben mit größter Leidenschaft und höchstem Einsatz nach. Die Bezahlung wog das Wagnis nicht auf.

Kendec und Doligart bildeten zusammen mit drei weiteren das Rückgrat ihrer Einheit, die in den letzten zwei Mânen gewachsen war. Tomeija rekrutierte ihre Spione aus den Reihen der Zugezogenen, um sie möglichst rasch in die bestehenden Verbrecherbanden einzuschleusen. Sie saßen in den Reihen der Flinken Hände ebenso wie bei den Windläufern und den Langdolchen.

Während die etwa hundert Männer und Frauen nicht wussten, für wen genau sie die Spionage betrieben, und halfen, das Übel in den kommenden Siderim einzudämmen, bildeten Kendec und Doligart die Ausnahme. Sie kamen in den Tempel, um zum einen Driochors Beistand zu erbeten, zum anderen, um sich mit ihrer Vorgesetzten zu besprechen. Mehr als zehn Leute fasste der kleine Innenraum ohnehin nicht. *Ich sollte mich demnächst mit einer Erweiterung befassen.*

Tomeija legte die eben eingetroffenen Neuigkeiten auf den

Stapel. »Geht mit Driochors Segen und macht euch einen schönen Abend.«

»Danke, Shudiya-Lha.« Kendec und Doligart verbeugten sich vor ihr und traten den Rückzug an.

Tomeija setzte sich und atmete den schweren, betörenden Weihrauchduft ein, der aus dem Altarraum hereinzog, die Schwaden bildeten Wirbel und Figuren in der Luft.

Sie öffnete die beiden oberen Knöpfe ihrer dunkelgrau-weißen Robe, die Sitan-Kette kam zum Vorschein. *Der Schmuck passt zu einer Driochor-Hohepriesterin.*

Das Anwerben von Spionen lief reibungslos. Kendec und Doligart gaben ihr Hinweise auf geeignete Leute, und manche von ihnen suchte Tomeija nach längerem Beobachten in den Vierteln und heimlichen Erkundigungen aus. Keiner hatte sich ihrem Angebot bislang verschlossen.

Driochor, du hast mich stets die richtige Wahl treffen lassen.

Tomeija nahm die Notizen zur Hand und las sie durch, trug Erkenntnisse bei den entsprechenden Dossiers über die Banden, die großen Zusammenschlüsse, aber auch einzelne Personen ein.

Mehr und mehr bekam sie einen Eindruck davon, welches Geflecht sich durch die Stadt zog und wie weit die Verbindungen reichten.

Der Dârèmo hatte ganz recht daran getan, sie einzusetzen. Eine Gestrandete. Denn beinahe jeder Statthalter hatte mit einer Bruder- oder Schwesternschaft zu schaffen, direkt und indirekt. Mal erhielt einer von ihnen Bestechungsgelder, mal machte er Geschäfte, mal benutzte er die Verbrecher für seine eigenen Zwecke und entlohnte sie dafür.

Das wird Sarāsh nicht freuen. Den Dârèmo noch weniger. Tomeija vermutete, dass es mindestens vier neue Statthalter geben würde, sobald sie Beweise vorlegte. Aber schnelle Erfolge konnte sie nicht vorweisen, und das grämte sie.

Nach einer Weile und einigen Gläsern Tee hatte Tomeija den Stapel abgearbeitet.

Was sie in ihren Protokollen vermied, war ein Name: Liothan.

Solange sie ihren Freund nicht zur Rede gestellt hatte, welches Spiel er trieb und was er sich dabei dachte, zum Unterweltsfürsten von Wédōra aufsteigen zu wollen, führte sie ihn in den Aufzeichnungen als *Der Narr.*

Diese Bezeichnung erschien zu ihrem Verdruss sehr oft. Sarāsh gegenüber behauptete sie, dass es lediglich Mutmaßungen gebe, wer sich dahinter verberge, und sie ihm dicht auf den Fersen sei.

Liothan führte die Flinken Hände als Saldûn und Freund der Keijo an. Er hatte den Handel in drei der Vorstädte bereits an sich gezogen, durch seine scheinbare Allgegenwärtigkeit und den Ruf des Razhiv, mit dem es keiner aufnehmen sollte.

Tomeija hatte penibel aufgeführt, wie hoch der Mitgliedsschwund bei den Langdolchen und Windläufern war. Sie hatten jeweils zwei Drittel ihrer Leute verloren, die zu den Flinken Händen gewechselt waren. Das vergrößerte die Macht des Zusammenschlusses.

Wohin hat er die Ghominàs gebracht? Tomeija blätterte sich durch die dazugehörige Niederschrift. Von einer Nacht auf die nächste waren sie verschwunden gewesen.

Selbstverständlich galt es als magischer Anschlag von Liothan, dem schier allmächtigen Saldûn. Der Geheime Zirkel der Razhiv hatte ihm angeblich Gefolgschaft geschworen, unverlangt, ohne von ihm empfangen worden zu sein. Sie sahen ihn als lange erwarteten Auserkorenen.

Tomeija wusste es besser. *Nanthena hätte er niemals etwas angetan.* Doch sosehr sie auch suchte, sie fand keine Anhaltspunkte zum Verbleib der Ghominàs. Die Unterkunft, die sie im Schlichtpflaster bewohnt hatten, war schon wieder von neuen Mietern belegt. Auch der Vermerk, dass Nanthena eine Hellsichtige mit dem Zweiten Gesicht sei und sich auf das Zukunftsdeuten verstand, ließ sich nicht belegen. Tomeija vermutete, dass dies eine Schutzbehauptung war, um ihre Einkünfte aus dem illegalen Handel zu erklären.

Dummerweise stand die Ghominàs-Familie ganz oben auf ihrer Fahndungsliste. Sarãsh fragte bei jedem ihrer Besuche nach ihr.

Ich finde sie. Und sei es nur, um dem Narren eins auszuwischen. Nach der Zusammenkunft der Flinken Hände hatte sie sämtliche sechs Stockwerke ihres eigenen gemeinsamen Heims heimlich durchsucht. Dabei war sie auf den Ankleideschrank gestoßen, mit Plänen, Vermerken, Strategien rund um die Banden. Abgesehen von der Freude über das Wissen, das sie dadurch erlangte, war sie so wütend, dass sie Liothan am liebsten mit ihren Nadeln sämtliche Maìluone durchbohrt hätte.

Auch verbotene Kunstwerke fand sie, gefertigt aus T'Kashrâ-Artefakten und mit Nanthenas Zeichen versehen – gewissenhaft mit Leim an zersprungenen Stellen zusammengefügt. Man sah die Klebelinien, die ein feines, unregelmäßiges Muster über die Artefakte spannten.

Wenn Liothan nicht gerade bastelte, lernte er in jeder freien Zeit Formeln und Sprüche, um mit der Zauberkunst voranzukommen. Noch konnte er den allmächtigen Saldûn mit Hilfe der Keijo vortäuschen, doch der Sonnenaufgang rückte näher, an dem er es vor aller Augen beweisen musste.

Er tut gut daran. Tomeija zog den Einband heraus, in dem die neusten Aktivitäten der Banden geschrieben standen. *Die Zahl seiner Feinde wächst rasant.* Der harte Kern der Langdolche und Windläufer vereinte sich gegen ihn und die Flinken Hände.

Der letzte Vermerk machte ihr besonders Sorgen: Bei den Langdolchen erzählte man sich, Dyar-Corron hieße es nicht gut, dass sich eine neue Macht bildete. *Mit dem Statthalter des Krankenviertels sollte man sich nicht anlegen. Er versteht sich auf Dinge, die schrecklicher als Magie sind.*

Tomeija ärgerte sich, dass sie keine Gelegenheit fand, sich um das Schicksal der Weggeworfenen, der Vergessenen im Verwesungsturm zu kümmern. Ihre Aufgaben als Hohepriesterin und oberste Verbrechensjägerin nahmen sie vollends in Beschlag.

Ich werde es bei Sarāsh ansprechen. Diese Praktik, Todkranke wie verdorbenes Fleisch wegzuwerfen, muss aufhören.

Trotz ihrer Funktion als höchste Shudiya, die im Verborgenen agierte, kam sie ihrer Pflicht als Hohepriesterin diszipliniert nach. Das war sie sowohl Driochor als auch Berizsa schuldig. Die Gläubigen wagten sich inzwischen in kleinen Grüppchen in den Tempel, um Gaben zu bringen und ihre Gebete zu verrichten.

Tomeija hatte deswegen zwei weitere Zusammenstöße mit der Hintscha-Priesterin gehabt, doch mehr als Drohungen und Beschmierungen des Eingangs hatte sie nicht gewagt. Geduldig hatte Tomeija die Schrift entfernt. Sie ließ sich von dem kleinlichen Krieg nicht provozieren.

Ihr Blick richtete sich auf die Bücher, die ihr Berizsa hinterlassen hatte. *Die Weisheiten von Driochor.*

Die Werke sprachen davon, dass seine Hohepriesterinnen und -priester in der Lage seien, den Tod zu überwinden und Menschen vor dem Sterben zu bewahren, indem sie ihre Seelen aus dem Jenseits befehligten, um in den Körper zurückzukehren.

Das Studium war anstrengend, aber auch erleuchtend und aufregend. Bisweilen sprach Tomeija mit Gläubigen darüber. Ebailsu, der Packer, der mit seinen Freunden in den Tempel gekommen war, als Tomeija eben erst das Amt der Hohepriesterin übernommen hatte, verkündete nun überall diese Lehre und die Aussicht darauf, den eigenen Tod zu überstehen. Das führte zu steigender Beliebtheit des Driochor-Kults, denn wenn es gute Gelegenheiten gab, sein Leben zu verlieren, dann in Wédōra.

»Ist jemand da?«, erklang eine Männerstimme aus dem Heiligtum. »Hohepriesterin?«

Verdammt. Einer ihrer Leute musste beim Verlassen des Tempels den Eingang nicht geschlossen haben. »Einen Moment.« Tomeija packte die Unterlagen rasch zusammen und legte sie in den Stahlschrank, den sie mit besonderen Sicherungen versehen hatte, so dass nicht einmal Liothan an den Inhalt gelangte. Und falls doch, wurden Giftfallen ausgelöst, die ihn in tiefen Schlaf sinken ließen.

Ich hoffe, ich finde ihn eines Morgens davor. Dann ist es vorbei mit dem Versteckspiel. Sie legte ihr Schwert an, auf das sie Driochors Symbol hatte punzen lassen, richtete die Priestergarderobe und trat durch die Tür in den Altarraum.

Vor dem Standbild der Gottheit erhob sich eine einzelne Gestalt in dunkler Gewandung, eine Kapuze lag über dem Kopf. Durch den Duft von Weihrauch und Kräutern roch es plötzlich nach heißem Metall und gebrannten Mandeln.

Oh, ich weiß, wer du bist. Sie stellte sich unwissend. »Verzeih. Wie kann ich dir helfen?«

»Es geht weniger um den Beistand Driochors.« Er drehte sich um. Es war Kytain Dôol, der Izozath, dessen Kind sie vor längerer Zeit von einer schweren Infektion befreit und somit das Leben gerettet hatte. Der besondere Geruch, der ihn umgab, hatte ihn verraten.

»Sondern?«

»Ich dachte mehr an deinen Beistand.« Kytain Dôol drehte den langen Gehstab in der Hand, von dessen Besonderheit ihr Liothan erzählt hatte. Aus dem silbernen Knauf schoss Energie, die das Opfer lähmte. Für viele Sanduhren und ganz ohne Magie.

»Geht es erneut um deine Tochter?«

Kytain Dôol lächelte, und das eine Auge leuchtete blau wie ein heißes Flämmchen, während das andere rot glomm wie von einem Dämon. »Nein, sie ist wohlauf und schon fast eine junge Dame. Ihr werdet sie vielleicht bald kennenlernen. Sie ist erpicht darauf, Euch mit eigenen Worten zu danken. Und ein Geschenk zu überreichen. Aber sie bastelt noch daran.«

»Das freut mich sehr zu hören. Es ist allerdings nicht nötig.«

»Ich werde meiner Tochter nicht widersprechen.« Kytain Dôol sah zum Eingang. »Ich nehme an, der Tempel ist eigentlich geschlossen?«

»Das ist er. Habt Ihr die Tür zugezogen?«

»Ja. Und fünffach abgesperrt, wie ich sie vorfand. Verzeiht mein Eindringen, aber es duldet keinen Aufschub.«

»Ich hoffe, Ihr betäubt mich nicht wie Liothan, nachdem Ihr bei uns eingebrochen seid.« Tomeija bedeutete dem Izozath, sich auf das Bänkchen zu setzen, auf dem sich sonst die Gläubigen niederließen, um Standbild und Bilder zu bewundern, im Gebet und Sinnieren zu verweilen. Er blieb stehen. »Ich hörte, dass man in dem gemeinsamen Kontor von Thoulikon und Orrigal nicht nur die Toten gefunden hätte, sondern dass jemand Stein und Bein schwört, er habe Pläne von der Baustelle des Kanals gesehen.«

»Das mag sein.« Tomeija ließ sich nichts anmerken. »Was beunruhigt Euch daran?«

»Nichts. Ich hätte nur zu gerne einen Blick darauf geworfen.«

»Wieso kommt Ihr mit dem Ansinnen zu mir?«

»Weil ich nur *einen* Mann kenne, der in der Lage ist, sich unbemerkt durch die Wüste zu schleichen, den T'Kashrâ zu entgehen, Pläne von der Baustelle zu entwenden und zu verschwinden, ohne dass man ihn schnappt«, erklärte Kytain Dôol freundlich. »Und dieser besondere Mann wiederum wird oft im Zusammenhang mit Euch erwähnt.«

»Ich verstehe. Ihr hofft, ich frage Irian, ob ihm etwas dazu einfällt.«

»Das hoffe ich.«

»Darf ich erfahren, was ein Izozath mit den Bauplänen der Sungàm Tasai möchte?«

»Dann hat Euer Freund Liothan nicht über unseren gemeinsamen Ausflug gesprochen?«

»Liothan gibt nicht gerne damit an, von jemandem überrumpelt und in den Tiefschlaf versetzt worden zu sein. Umgekehrt kann er davon nie genug berichten, dass er sich am Kampf im Sturm beteiligte«, sagte sie mit einem Lächeln.

Kytain Dôol lachte. »Ich hatte keine Zeit, auf sein Einverständnis zu warten. Es eilte.« Er bewegte den Gehstab wie zur

Erklärung, ohne dass sich ein lähmender Blitz löste. »Bei unserem gemeinsamen Besuch stellte ich fest, dass die Sungàm Tasai auf ihren Schiffen große Apparate … Maschinen einsetzen, deren Grundbauweise von uns stammt.«

»Den Izozath.«

»Ganz genau.«

»Aber wenn sie die Apparate gekauft haben …«

»Oh, wir haben ihnen vor vielen Siderim Geräte geliefert, aber für einen gänzlich anderen Zweck. In unseren Verträgen wird festgehalten, wofür die Maschinen benutzt werden dürfen. *Ausschließlich* benutzt werden dürfen.«

Tomeija verstand. »Sie haben dagegen verstoßen.«

»Ebendas. Bei Verstößen behalten wir uns vor, die Apparate zurückzuverlangen und einen Restwert an den Kunden zu erstatten oder sie unbrauchbar zu machen. Gänzlich. Mit allem, was daraus gemacht wurde.«

»Daraus schließe ich, dass die Sungàm Tasai sich weigerten, die Bohrer und Antriebe abzubauen.« Tomeija steckte die Hände in die Taschen ihres Priesterinnengewandes. »Was haben die Pläne damit zu tun?«

»Ich hatte die Hoffnung, dass ich darauf erkenne, wie die Umbauten aussehen, um zu überlegen, wie ich sie ausschalten kann.« Kytain Dôol deutete mit dem runden Ende des Gehstabes auf sie. »Und ich brauche vertrauenswürdige Begleiter. Ihr, Irian Ettras, Liothan.«

»Um mit Euch die Schiffe zu sabotieren?«

»Genau. Den Transport bis zum Kanalende übernehme ich, danach seid Ihr an der Reihe. Ich kenne mich mit solchen Unternehmungen nicht aus«, erklärte er. »Ich vertraue Euch, Tomeija, da Ihr meine Tochter gerettet habt. Andere würde ich niemals bitten. Es soll auch sonst keiner in der Stadt davon wissen. Sonst macht es die Runde, woher die Sungàm Tasai ihre Errungenschaften haben, und das wiederum ist schlecht für unser Geschäft. Es soll … diskret verlaufen. Das ist das Geschäftsgebaren meines Standes.«

Tomeija fühlte sich geschmeichelt, dass Kytain Dôol sie derart schätzte. Sie verstand sein Ansinnen, nicht noch mehr Unruhe nach Wédōra zu bringen.

Liothan mit dem Herz eines Abenteurers würde sich die Gelegenheit nicht entgehen lassen, Irian auch nicht, da er noch eine Rechnung mit den Sungàm Tasai offenhatte.

Aber ich habe keine Zeit, durch die Wüste zu reisen und mich auf Schiffen herumzutreiben. Doch hatte sie Kytain Dôol nicht vergessen, dass er sich für ihr Leben eingesetzt hatte, als die Garde des Dârèmo sie um ein Haar ergriffen hätte. *Ohne ihn gäbe es mich vielleicht nicht mehr.*

»Da ist eine Spur von Abwägen auf Eurer Miene. Ich dachte, es wäre eine Abwechslung zu Euren Tätigkeiten im Tempel«, sagte der Izozath. »Nichts gegen Euer Dasein als Hohepriesterin, aber kommt Ihr vor Langweile nicht um?« Er ließ seinen Blick durch den dunklen, opulenten Innenraum schweifen. »So viel gibt es doch nicht zu tun.« Die blau und rot leuchtenden Augen richteten sich ergründend auf sie. »Ah, da ist noch *mehr*. Treibt Ihr etwas im Geheimen, von dem keiner erfahren darf?«

Tomeija fühlte sich ertappt und sagte sogleich: »Nein, natürlich nicht. Ihr habt recht, ich langweile mich. Ich bin dabei. Das wird ein gutes Abenteuer. Und wir können uns umsehen. Und …« Ihr wurde bewusst, dass sie plapperte. »Es wird eine Abwechslung sein«, schloss sie.

Kytain Dôol strahlte. Er schien sich mit ihrer Lüge zufriedenzugeben. »Ich weiß, ich verlange viel, aber: Könnten wir gleich zu Euch ins Prachtviertel gehen und Vorbereitungen für unseren Ausflug treffen? Dann ist es erledigt. Die Sungàm Tasai haben unser Vertrauen zu lange missbraucht.«

Tomeija konnte nicht mehr zurück. »Sicherlich. Liothan wird … da sein. Irian könnte kurz nach Sonnenuntergang von seinen Besorgungen zurück sein. Ich stelle noch rasch nebenan in meinem Refugium Ordnung her. Wenn Ihr mich entschuldigt?«

»Gewiss. Ich habe Euch überfallen. Kann ich Euch helfen?«

»Nein. Es geht schnell von der Hand.« Sie ging in das vollgestopfte Nebenräumchen zurück, aktivierte die Giftfallen und verschloss die gepanzerten Schränke, um anschließend in den Tempelraum zurückzukehren.

»Wir können los.« Tomeija schloss die schwere Tür hinter sich mehrmals ab, während sie leise betete, und verließ mit dem Izozath das Heiligtum. Beim Gang durch Vorstadt und Viertel blieben sie schweigsam. Tomeija versuchte, sich an den Gedanken zu gewöhnen, bald durch die Wüste zu schleichen und einem Mann, den sie kaum kannte, dabei zu helfen, die eigenen Maschinen zu sabotieren. *Ich habe mich in einem Anflug von Kopflosigkeit hinreißen lassen.* Nun blieb ihr nur, das Beste daraus zu machen und eine Gelegenheit abzupassen, mit Liothan fernab von Büchern und Plänen zu sprechen. Die kurzen Abende im Haus verliefen meist mit belanglosen Unterhaltungen, als wüssten beide, dass sie Geheimnisse voreinander hatten. Die Weite der Wüste konnte einen klärenden Effekt bewirken.

»Habt Ihr auch gehört, dass die Kriegsvorbereitungen von Thoulikon schneller als angenommen angelaufen sind? Nach den Morden im Kontor?«, begann Kytain Dôol.

»Das bekamen wohl alle mit«, erwiderte sie zerstreut und gedanklich bei Liothan.

»Wir werden am ersten großen Thoulikon-Lager vorbeikommen.«

»Ah. Der Dârèmo sagte ja, dass er die fremden Soldaten nicht in die Stadt lässt.« Tomeija zwang sich, auf seine Worte zu achten. »Er hat sich damit den Kèhán nicht zum Freund gemacht.«

»Weil er darauf nicht angewiesen ist.« Kytain Dôol ließ den Gehstab geschickt kreisen, es surrte leise. »Ich denke, der Dârèmo verfolgt einen Ansatz, der raffiniert und … sagen wir, berechnend ist.«

»Ihr sprecht sehr offen.«

»Was soll mir geschehen? Ich kann meine Meinung frei äußern.«

»Das ist wahr. Solange keine Garde umhersteht.«

»*Die* Garde will ich sehen, die mich mundtot macht.« Er polierte vielsagend den Knauf seines Stabs.

Nun war Tomeijas Neugier geweckt. »Also, was glaubt Ihr?«

»Wie wir wissen, sagte der Dârèmo von Anfang an, dass er keine Truppen in die Stadt lassen wird, ganz gleich von welchem Land und aus welchem Reich. Und er hat sogleich einen Bannkreis von zwanzig Meilen gezogen und verweigerte den thoulikonischen Truppen die Wasserversorgung.«

»Das ist nicht richtig. Er hat sie rationiert.«

»So nennt er es. Aber machen wir uns nichts vor. Er erlaubt einhundert Fass am Tag, und im Lager sind zurzeit nach meiner Schätzung fünftausend Späher mit verschiedenen Reittieren. Was sollen sie mit hundert Fass? Sie brauchten mindestens die vierfache Menge.«

»Er tut, als würde er sie ein wenig unterstützen, und macht aber deutlich, dass es nicht sein Krieg ist.« Tomeija hatte sich dank ihrer Verbrecherjagd noch keine Gedanken über die Vorgänge machen können, was sie nun im Zusammenspiel mit Kytain Dôol nachholte. »Das Geschäft soll darunter nicht leiden. Wédōra soll möglichst neutral erscheinen.«

»So sehe ich es auch. Das Lager der Vortruppen befindet sich an einem Berghang, was ihnen Schatten gibt. Aber eigenes Wasser haben sie nicht. Die Lieferungen erfolgen durch die Murzbha, denen die thoulikonischen Krieger wiederum nicht vertrauen. Man fürchtet, von den T'Kashrâ vergiftet zu werden. Sie haben eigens Vorkoster.«

»Ich weiß, auf was Ihr hinauswollt: Die Truppen des Kèhán werden die Schiffe früher angreifen müssen als geplant, um an den künstlichen Fluss mit Trinkwasser zu gelangen.« Tomeija durchschaute die Vorgehensweise des Dârèmo. »Aber mit fünftausend Soldaten kommt man sehr weit. Sie müssen lediglich auf die Schiffe schießen, und das Feuer erledigt den Rest. Das sind wahrlich keine kleinen Ziele.«

Kytain Dôol lachte leise. »Trinkwasser. Keine Säure. Der Kaiser hat sie all die Siderim an der Nase herumgeführt.«

Sie bogen in das Prachtviertel ein. Die Wachen ließen sie nach einem Blick auf die Passierscheine durch.

Einige Schritte weiter lag ein Zettel am Boden, der den Turm des Dârèmo als schmähende Zeichnung zeigte, quer darüber stand geschrieben: *LÜGNER*

»Was ist denn das?« Tomeija hob das Papier auf und drehte es um.

Dort prangte in großen Lettern:

Bürger von Wédōra!

Euer Herrscher ist ein LÜGNER!
Sungàm Tasai hat Thoulikon nicht angegriffen.
Der Dârèmo hat die Delegation des Kèhán unter falscher Flagge attackiert, und Thoulik der Dreizehnte ist auf diese List hereingefallen.
Er zwingt uns einen Krieg auf, den wir nicht wollen.

Vernehmt: Wir wehren uns gegen den Verleumder und Mörder!

Wir drohen nicht eurer Stadt mit dem Untergang, sondern allein dem Dârèmo.
Aber wenn er seine Schuld nicht *öffentlich eingesteht, fahren wir mit unseren Schiffen durch die Bresche der weggeschwemmten Mauer bis zu seinem Turm –*
und fluten ihn.
Den Turm und alles, was unserem Kanal im Wege steht.

Bürger von Wédōra!
Befreit euch von dem Gespenst, das euch beherrscht!
Wir wollen euch nichts Böses.
Befreit euch von dem Übel.

»Was ist das?«, wollte Kytain Dôol wissen.

»Ich würde sagen, der Kaiser von Sungàm Tasai hat Botschaften in die Stadt geschmuggelt und verteilen lassen, die dem Dârèmo nicht gefallen werden.« Tomeija schaute sich aufmerksam um. Ein nachlässig angeklebtes Plakat haftete an der Viertelwand, auf dem die gleiche Zeichnung auf größere Entfernung zu erkennen war. »Überhaupt nicht gefallen werden.«

»Das kann *keinem* gefallen. Sie rechtfertigen das Ende der Stadt mit fadenscheinigen Begründungen. Dass sie es als Wehren verkaufen, ist blanker Hohn.« Kytain Dôol nahm den Schrieb, zerknüllte ihn und warf ihn in die Rinne. »Den Plan hatten sie sicherlich von Anfang an. Mit unseren umgebauten Maschinen könnten sie es schaffen.«

»Ich würde es weniger hoch hängen, was auf dem Zettel geschrieben steht. Und: durch *diese* Mauern?« Die Wände um Wédōra ragten, von unten betrachtet, bis weit in den Himmel, sie waren so dick, dass darauf Streitwagen fuhren. »Eine Drohung, um die Unzufriedenen aufzubringen und feindliche Stimmung zu schüren.«

»Wasser.«

»Wie meint Ihr das?«

»Wasser ist eine Macht, gegen die Sand nicht besteht. Kein Stein, keine Mauer hält Wasser stand, es dauert nur länger, bis die Zerstörung einsetzt.« Kytain Dôol hörte sich aufrichtig beunruhigt an. »Ich würde sagen, es ist nicht der schlechteste Einfall, wenn wir die Apparate zerstören.«

Tomeija gefiel der Gedanke, etwas für Wédōra zu tun und nicht im Mittelpunkt zu stehen. *Heimliche Helden.*

Liothan hingegen würde sich zu gerne feiern lassen. Mit dieser neuen Entwicklung gab es für ihn kein Argument mehr, die Teilnahme an der Expedition zu verweigern.

Tomeija hob den zerknüllten Zettel auf und steckte ihn ein. »Damit bekommen wir Liothan auf jeden Fall dazu, uns hinaus zum Kanal zu begleiten.«

»So weit ist es ja nicht.«

»Es sind schon ein paar Meilen.«

Kytain Dôol sah sie unsicher an. »Ihr kennt die neusten Gerüchte nicht?«

Tomeija beschlich das Gefühl, dass sie vor lauter Jagd auf die Verbrecher innerhalb der Mauern die Gefahr vor den Toren übersehen hatte. »Nein.«

»Mit der letzten Wasserlieferung an die Truppen des Kèhán kam die Neuigkeit zurück, dass der künstliche Fluss rascher vorangetrieben wird. Wegen unserer Maschinen. Aber *das* darf *niemals* bekannt werden.« Er machte ein grimmiges Gesicht, das rote und das blaue Auge glommen auf. »Nach meinen Berechnungen sind sie keine achtzig Meilen mehr vor der Stadt. Und sie graben jeweils zehn weitere pro Sonne.«

»In acht Sonnen wären sie vor den Mauern.« Nun wollte Tomeija mit Kytain Dôol unbedingt in die Wüste. Die Flotte der Sungàm Tasai musste aufgehalten werden. Die Bewohner durften nicht in Gefahr gebracht werden.

Nicht einmal die Verbrecher.

* * *

Königreich Burgonn, Provinz Tersith

Ich, Arcurias Kelean der Vierte, König eines sterbenden Landes, brauche Beistand«, rief Arcurias in den halbrunden, nach oben treppenförmig ansteigenden Hörsaal.

Hunderte Augen blickten ihn an. Sowohl die Mèstres und Mèstras als auch die Studiosi der Zauberkunst an der renommierten Hochschule hatten sich zu dieser außergewöhnlich späten Stunde versammelt, um ihn anzuhören. Unterstützt von Atha, die neben ihm auf einem Stuhl ausharrte, weil ihre Erschöpfung anhielt, sprach er von den Erlebnissen im Lager, von

Dûrus, von Fenia, von Edocius und seinen zwei Vertrauten, die das Unheil heraufbeschworen hatten.

»Es geht schon lange nicht mehr darum, dass meine Untertanen nicht mehr sicher sind. Der Wǽrloga-Schrecken greift um sich, über alle Grenzen hinweg. Er wird aus freien Stücken nicht haltmachen.« Arcurias, gekleidet in eine weiße Robe mit schwarzen Samtmustern und Pelzbesatz an den Ärmeln, beugte sein gelocktes, helles Haupt leicht; auf das Tragen der Krone hatte er verzichtet. »Alleine, so fürchte ich, werde ich das Übel nicht aufhalten können. Ich brauche das geballte Wissen von euch, ganz gleich, welchen Grad ihr führt. Ob Mèstre, ob Studiosus – der kleinste Gedanke kann der entscheidende sein, um die Wǽrloga zu vernichten.«

Gemurmel setzte unter den Anwesenden ein, erste Annahmen wurden ausgetauscht.

Die Aufregung und die weitaus höhere Beunruhigung kamen nicht von ungefähr. Eine untote Witga hatte es bisher lediglich in Büchern gegeben, teils als Märchen, teils als Übertreibung abgetan und in seltensten Fällen für wahr erachtet. Daher gab es keine einfach zugänglichen Quellen, die Arcurias oder die Mèstres rasch zu Rate ziehen konnten, um der von schändlichster Magie wiederbelebten Fenia von Ibenberg Einhalt zu gebieten.

Die Archive der Hochschule füllten Gewölbe und Stockwerke. Es bedurfte eines Heeres, um die Register zu durchforschen.

Arcurias wartete ab, bis die leisen Unterredungen endeten und sich alle wieder ihm zuwandten. »Ich weiß, dass sich nicht wenige von euch darüber wundern, dass ich die Kunst eines Witgos beherrsche. Es entbehrt nicht einer bitteren Ironie, dass ausgerechnet jene Frau, die mich in ihrer Weitsicht ausbildete, durch den Einfluss dunkelster Mächte zu einem untoten Monstrum wurde, das wir besiegen müssen, bevor es mein Land, dieses Reich und die ganze bekannte Welt ins Verderben reißt«, sagte er. »Fenia von Ibenberg weihte mich in die Zauberkunst ein, heimlich, weil sie vom Schlimmsten ausging und der Ansicht war, dass ein König seine Untertanen verteidigen muss. Gegen jegliche Gefahren. Sie fürchtete den Gedanken, eines Tages zu sterben und dass sich bis dahin kein guter Witgo oder eine Witga gefunden hatte, um sie zu beerben. Ihr letzter Schüler hatte die Ausbildung abgebrochen, die Studiosa davor starb bei Experimenten.« Arcurias deutete auf sich. »Ich würde mein Leben geben, um die Wǽrloga zu töten. Die Wüste muss aufgehalten werden.«

Helcamus, ein in Würde gealterter Agitus der Bibliothek und Hochschule des Allumfassenden Wissens der bekannten Welt und Zauberkunde, erhob sich von seinem Platz und trat neben den König. »Wir schwören, Hoheit, dass wir Euch unterstützen. Wir kennen unsere Verantwortung, denn« – er wandte sich an die Versammlung im Auditorium, und seine Gelehrtenrobe schwang – »es waren welche von uns, die aus falsch verstandenem Geist der Wissenschaft den Schrecken zu dieser Größe mutieren ließen. Mèstre Edocius hat fremde Magie untersuchen wollen und ging, verblendet von seinem Streben, über jegliche Grenzen hinaus, die ein Wissenschaftler haben kann. Und er riss die Mèstres Boydin und Tescûl mit in diese fatale Irrung.«

Erneut setzten leise Gespräche ein.

»Doch um das Schrecklichste, was es geben kann, aufzuhalten, müssen wir erneut über Grenzen gehen. Mit aller Vorsicht und größter Geschwindigkeit«, plädierte Helcamus, dessen kurze graue Haare unter einer Kappe lagen. »Daher haben Königin Rinira von Burgonn und ich beschlossen, den Unterricht und die Seminare so lange einzustellen, bis die Wǽrloga aufgehalten und vernichtet ist. Denn unser Land kann schon bald das nächste sein, das von der Wüste verschlungen wird.«

Es blieb, abgesehen von dem Tuscheln und Wispern, erstaunlich leise.

»Hiermit gebe ich die Anweisung an die Mèstres und Mèstras, dass sie ihre Studiosi um sich versammeln und sich in den Archiven auf die Suche nach Hinweisen begeben«, sprach

Helcamus weiter. »Jede Seite muss umgeblättert werden, jeder Winkel der Katakomben, Magazine und Bibliotheken durchforstet sein. Mèstre Uphemis hat die Aufsicht über die Vorgehensweisen. Die Lehrkräfte werden sich bei ihm die Listen abholen und beginnen. Es gilt, keine Müdigkeit vorzutäuschen, und nur so wenig wie möglich zu schlafen. Im Anschluss erwarte ich den Hochschulrat bei mir zu einer weiteren Besprechung.« Er klatschte einmal in die Hände und löste die Versammlung auf.

Arcurias begab sich neben Atha, die vom Alter her seine Tochter hätte sein können, und legte ihr eine Hand auf die Schulter. »Danke für den Vortrag über deine Erlebnisse mit den Sieben Krähen und Edocius.«

»Selbstverständlich, Hoheit.« Sie schenkte ihm ein Lächeln und klemmte die dunklen Haare hinter die Ohren, um sie am Rutschen zu hindern.

Helcamus und der Rat gesellten sich zu ihnen, während die Studiosi, Mèstras und Mèstres aus dem Auditorium strömten, um sich auf die Suche nach Mitteln gegen die Wǽrloga zu machen.

»Da wir unter uns sind«, begann Agitus Helcamus, »kann ich offen sprechen?«

»Ich bitte darum.« Arcurias ließ die Finger auf der Schulter der Söldnerin ruhen, um zu zeigen, dass er ihr vertraute.

»Wohlan. Es steht schlechter um Telonia und uns, denn ich vor den versammelten Augen und Ohren zugeben würde. Bei meinen ersten Nachforschungen in den Verbotenen Regalen, auf die nur wenige Zugriff haben, stieß ich zwar auf Passagen, in denen etwas von einem Mittel gegen eine Wǽrloga geschrieben steht und wie sie zu besiegen ist, doch …« Helcamus überlegte und spielte mit der Runenkachel aus diamantbesetztem Weißgold, die an einer Kette vor seiner Brust hing.

»Sie beziehen sich auf Wiedergänger in *unserer* Welt«, nahm Arcurias an. »Oder aus unserer Welt.«

Helcamus stimmte mit einer Geste zu. »Es ist kaum vorherzusagen, wie die Zauber gegen Fenia wirken. Sie kann womöglich damit ihre Macht vergrößern oder sie in derartige Rage versetzen, dass sie ihre Bestrebungen zur Umwandlung des Landes rascher vorantreibt. Das Problem ist vor allem die Verbindung mit der Fremdmagie.«

Arcurias sah in die nachdenklichen Gesichter der Mèstras und Mèstres. »Fand sich in Edocius' Arbeitszimmer keinerlei Hinweis darauf, woher diese Hexerei stammt?«

»Wir fanden nur Hinweise darauf, was uns Atha bereits berichtete«, sagte Helcamus bedauernd. »Der Zauber kommt wohl aus einem Land, in dem es Wüste gibt, sowie der Stadt Wédōra. Von da muss Dûrus stammen.«

»Er sprach mit keinem von uns darüber«, fügte eine Mèstra entschuldigend hinzu. »Sonst hätten wir ihn vielleicht davon abbringen können.«

»Ich will mir die Aufzeichnungen zusammen mit Atha ansehen«, verlangte Arcurias. »Sie bekam die Unterredungen von Edocius und den Mèstres mit. Vielleicht springt ihr etwas ins Auge, das uns nicht auffällt.«

»Selbstverständlich, Hoheit. Ich lasse Euch in die Gemächer der drei führen.« Helcamus wirkte rat- und hilflos zugleich. »Das ist in den Jahrhunderten unseres Bestehens noch nie vorgekommen. Niemals! Dieser Frevel! Dieses unentschuldbare Vorgehen!«, regte er sich auf. »Edocius, o Edocius! Wie ein gieriges Kind, das nicht an die Folgen seines Tuns denkt. Ich lasse deinen Namen aus den Aufzeichnungen und Codices tilgen.«

»Es ist dennoch geschehen. Darüber zu hadern, bringt uns nicht voran«, sagte Arcurias höflich. Die Zeit drängte. In ihm drängte es noch mehr. »Können wir die Räume aufsuchen?«

»Sicherlich, Hoheit.« Helcamus rief zwei Bedienstete, die Atha beim Laufen stützen sollten, aber sie wehrte ab und ging leicht gekrümmt aus eigener Kraft.

Sie schritten durch das weitläufige Gebäude, vorbei an Bibliotheken, die nach Themengebieten geordnet waren, vorbei an Versuchsräumen für Alchemie und Spruchexperimente, an Aufenthalts- und Speisesälen, Schlafmöglichkeiten, Waschräumen und vielem mehr. Die Hochschule war eine kleine Stadt, losgelöst von den alltäglichen Abläufen. Hier drehte es sich einzig um Magie und Forschung.

»Sagt, Hoheit, warum hieltet Ihr an dem Verbot der Hexerei fest?« Helcamus führte sie in den Flügel, in dem die Mèstres und Mèstras untergebracht waren.

»Ihr kennt Telonias Geschichte, Agitus.«

»Aber es brachte Euch nichts, wie Ihr nun erleben müsst, Hoheit. Es schützte Euch nicht vor dem Missbrauch der Zauberkunst.«

Arcurias gab ihm insgeheim recht. »Ihr könnt Euch glücklich schätzen, dass keiner von Eurer Hochschule je auf den Einfall verfiel, seine Macht zu missbrauchen. Burgonn blieb von den Exzessen der Witgos verschont. Damit derlei nicht geschehen kann, ließ ich es für mein Land vollständig verbieten.«

»Es mag an den Menschen selbst gelegen haben. Die Magie, die Hexerei ist nichts weiter als ein Werkzeug, Hoheit«, mischte sich Atha von der Seite ein.

»Damit willst du sagen, dass meine Untertanen von Natur aus boshafter waren und sie das Werkzeug deshalb rücksichtsloser einsetzten?« Arcurias glaubte dies nicht. »Es gibt Untersuchungen, soweit ich weiß, von Eurer Hochschule, Helcamus, dass die Magie den Magier verändert. Korrigiert mich, Agitus, wenn ich es falsch wiedergebe.«

»Nein, das ist richtig, Hoheit. Wir mussten … manche Experimente unterbinden, weil sich die Mèstres ebenso wie ihre Studiosi zum Bösen wandelten. Schleichend. Ohne dass die Betroffenen selbst es merkten.« Helcamus blieb vor einer Tür stehen. »Meine Befürchtung ist, Hoheit, dass wir genau *diese* Sorte finsterer Hexerei benötigen werden, um die Wǽrloga zu vernichten. Wir brauchen ein Gegenfeuer. Eine schwarze Lohe, die das Licht verbrennt und mit dieser unseligen Kraft erst heiß genug werden kann, um Fenia von Ibenberg auszumerzen.«

»Wir werden sie nicht mehr mit ihrem alten Namen bedenken«, entschied Arcurias. »Dûrus hat sie zu einer Wǽrloga gemacht. Einer Dämonin. Von meiner alten Lehrerin ist nichts geblieben.«

Sie erreichten Edocius' Kammer.

»Wir haben das Zimmer unverändert gelassen, außer dass wir seine Aufzeichnungen bereits aus den Regalen und aus dem Stahlschrank nahmen«, erklärte Helcamus.

»Warum verwahrte er sie in einem Stahlschrank, Agitus?«

»Er fürchtete wohl, man könnte sie stehlen.« Helcamus schloss den Raum auf, aus dem stickige Luft entwich. »Für Edocius war jeder Hinweis auf eine neue Welt und fremde Magie kostbarer als Gold oder Diamanten.« Er machte eine einladende Geste. »Nur hinein.«

Atha betrat das kleine Zimmer und stützte sich an der Wand ab, sank auf eine schmale Pritsche neben einen Stapel Bücher, aus denen Dutzende Lesezeichen ragten.

»Wir haben viel zu tun.« Arcurias betrat das Räumchen, drehte sich einmal um die eigene Achse. »Habt Ihr eine erste Sichtung der Kammer selbst vorgenommen?«

»Habe ich, Hoheit, doch es ergab sich daraus nichts.«

»Geheimschriften?«, warf Atha ein. »Das wäre ein Weg, Erkenntnisse vor dem Blick Dritter zu verbergen. Sei es auf magische oder herkömmliche Weise.«

»Das … habe ich nicht geprüft«, räumte Helcamus ein. »Aber ich fühlte keine Abstrahlung von Hexerei, als ich die handschriftlichen Texte in Augenschein nahm. Das kann ich also ausschließen.«

»Dann weiß ich, was zu tun ist.« Atha stemmte sich von der Pritsche und ließ sich nach wenigen Schritten in den bequemen Sessel fallen, um den sich die Werke türmten.

»Lasst uns etwas zu essen und zu trinken bringen, Agitus«, erbat Arcurias. »Wir machen uns an die Arbeit.«

»Sehr wohl, Hoheit. Ein Zimmer wird für Euch und Meisterin Atha bis zum Abend vorbereitet sein, das standesgemäß genug sein wird.« Helcamus verneigte sich, der übrige Rat tat es ihm nach. »Und ich muss nochmals betonen, wie unangenehm es der Hochschule ist, dass unsere Besten die größte Schuld an der Tragödie tragen.«

Sie gingen hinaus.

»Standesgemäß, hat er gesagt.« Atha nahm die ersten Aufzeichnungen zur Hand. »Standesgemäß. Bei Euch, Hoheit, dürfte klar sein, was das bedeutet. Aber ich frage mich, wie das bei mir aussieht.« Sie grinste. »Sie werden mir ein Zelt im Garten aufstellen und mich auf Stroh schlafen lassen. Wie in einem Feldlager der Sieben Krähen.«

»Das wüsste ich zu verhindern.« Arcurias begann mit der Durchsicht des zweiten Stapels und warf die Seiten von rechts nach links.

Edocius' Handschrift machte es seinen Pupillen nicht leicht. Alsbald war der Mèstre zudem in Buchstabencodes und Zahlenfolgen verfallen, um Unbefugten das Deuten unmöglich zu machen.

Arcurias hielt Atha eine Seite vor die Nase. »Ich glaube nicht, dass Helcamus diese Unterlagen gesichtet hat.«

»Es sei denn, er kennt die Verschlüsselung«, sagte sie. »In meinem ist zwar Klarschrift benutzt worden, aber Edocius schreibt von Backrezepten und Naturbeobachtungen.«

»Noch ein Code.«

»Das denke ich auch, Hoheit.« Atha seufzte. »Ich hoffe, unsere Verpflegung kommt bald. Mir ist schon schummrig und flau im Magen.«

Arcurias erinnerte sich an die Warnung seiner Lehrerin, dass manche Witgos ihre Aufzeichnungen mit dünn aufgebrachtem, unsichtbarem Giftlack schützten, den Unwissende über die Fingerspitzen aufnahmen. »Wir sollten Handschuhe tragen«, empfahl er. »Falls Edocius an den Büchern etwas hinterlassen hat, was uns das Leben kosten könnte.«

»Danke für die Warnung, Hoheit. Ich bin es nicht gewohnt, diese Art von Nachforschungen zu betreiben.« Sie ließ das Papier fallen und pochte an ihren Dolch. »Das Feld. Der Kampf. Das ist mein Gebiet.«

Es klopfte. Zwei Bedienstete brachten Tabletts mit köstlichen Speisen in die Kammer. Der Geruch von Gebratenem verbreitete sich und drängte den Mief von altem Papier und ungelüfteter Bettwäsche hinaus.

»Das darf ich Euch noch übergeben, Hoheit«, sagte die Magd und machte einen Knicks vor Arcurias. »Es kam just von einem Boten.« Sie reichte ihm einen Schrieb. »Die neusten Beobachtungen aus Telonia.«

»Vielen Dank.« Er entließ sie mit einem Lächeln und öffnete den versiegelten Umschlag mit einem schlechten Gefühl in der Magengegend. *Hastus, hilf! Es wird nichts besser geworden sein.*

Arcurias las die niederschmetternden Worte, die ernüchternden Einschätzungen und erdrückenden Zahlen der Kundschafter. Atha betrachtete ihn, wie er deutlich spürte.

»Hastus ist nicht unbedingt mit uns«, sagte er und senkte die Blätter. »Die Wüste ist gewachsen und frisst das Leben. Jegliche Pflanze wird zu Sand, und alles, was aus der Ödnis wächst, ist fremd und feindlich.« Er setzte sich, hatte schlagartig sein bisschen Appetit verloren. »Meine Untertanen befinden sich auf der Flucht, sämtliche Baronien rund um Walfor verlieren ihre Bewohner. Ich kann es ihnen nicht verübeln. Es gibt kein Gras mehr für das Vieh, kein Wasser, keine Bäume.« Er warf das deprimierende Schreiben achtlos zu Boden. »Meine Handvoll Soldaten können nichts zur Verteidigung aufbringen. Die Bestien, die sich aus den Dünen erheben, sind das Ergebnis von fremder, mächtiger Magie. Was soll ein Schwert ausrichten, das sonst kaum zum Einsatz kam?« Er hob den Brief auf und reichte ihn der Söldnerin. »Mein Telonia zerfällt zu Staub und Sand. Und das ist erst der Anfang.«

Atha erwiderte nichts.

Arcurias nahm sich vom Wein, obwohl es eine dumme Idee war, ohne vorher gegessen zu haben. Er trank den ersten Kelch in einem Anfall von Niedergeschlagenheit und fühlte sich nicht besser. *Wie viel werde ich wohl saufen müssen?*

Beim Absetzen fiel sein Blick auf den geöffneten, leeren Stahlschrank. Die Decke erschien ihm plötzlich dicker und höher als der Boden.

Sieh einer an. Arcurias erhob sich und kniete sich vor den Tresor, klopfte ihn ab und vernahm einen leicht hohlen Klang an der Decke. *Da ist etwas verborgen.* Er zog den Dolch hervor und zwängte die Klingenspitze in den feinen Spalt, hebelte herum, bis er sich verbreiterte, auch wenn sich dabei die Waffe verbog.

»Hoheit?«

»Gleich«, gab Arcurias zurück und setzte beide Hände mit ganzer Kraft ein, um am Dolchgriff zu drücken.

Sirrend brach der Stahl entzwei, doch auch die obere Verkleidung löste sich.

Heraus purzelten mehrere dünne Mappen, die in Arcurias' Schoß rutschten.

»Hastus, ich nehme meine Worte zurück«, rief er überschwenglich und hielt sich den oberflächlichen Schnitt, den die zerspringende Klinge auf seinem Handrücken hinterlassen hatte. »Darin könnten Anhaltspunkte stecken, Atha!«

»Hoheit?«, sagte die junge Frau ein zweites Mal. Sie hatte den Blick starr an ihm vorbei auf das Fenster hinter ihnen gerichtet und tastete mit ihrer Rechten nach ihrer Waffe. »Lauft! Und haltet nicht inne. Ganz gleich, was Ihr vernehmt.«

* * *

Aus den Erzählungen von Kashka dem Lügner:

Ich schwöre, ich habe ihn gesehen, den Mondsichel-See! Er liegt westlich der Stadt, die genaue Lage verrate ich keinem. Ich bin der Einzige, der ihn sehen darf, denn er ist voller Wunder, wenn Raat und Ipoton auf ihn scheinen. Fabelwesen und Reichtümer erheben sich daraus! Aber wenn man etwas davon mitnimmt, zerfällt es nach einer Meile zu Meerschaum und löst sich auf. Deswegen kann ich euch nichts davon weisen.

Kapitel XIX

Wüste, achtzig Meilen südwestlich von Wédōra

Liothan stand neben Irian Ettras, Kytain Dôol und Tomeija auf dem oberen, flachen Stein eines hoch aufragenden natürlichen Felsenturms. Von hier aus hatte man einen guten Blick auf die nächtliche Wasserstraße, welche die Sungàm Tasai stetig vorantrieben und damit eine Schneise der Fruchtbarkeit in die ansonsten karge, lebensfeindliche Wüste frästen. Der ausgetrocknete Boden sog das Wasser über feine Verästelungen im Gestein und durch den Sand nach oben und brachte vergessene Samen zum Keimen.

Die Reise mit dem Vinciad war beengt gewesen, doch schneller als mit jeder Echse. Nur ein Gleiter hätte sie überholen können, doch da Sandwacht in Trümmern lag, gab es keine Pajarota. Nachts schon gar nicht.

Keine Meile trennte die kleine Gruppe von der hellerleuchteten Baustelle, aus der es dröhnte und rumpelte. Maschinen stampften, und Bohrer zerkleinerten erbarmungslos das Gestein. Platschend fielen die Trümmer in die Fahrtrinne, wurden von Greifern gepackt und auf die nachfolgenden Frachtboote abtransportiert. Steinmehl stand wie eine Wolke über dem Kanal, durch den die gebündelten Strahlen der großen Blendlampen stachen.

»So schlecht ist es nicht anzuschauen«, sprach Liothan und blickte mit dem vergrößerungsstarken Fernrohr über die grünende Umgebung. »Der Bau hat seine Vorteile.«

»Nur für die Sungàm Tasai. Es lebt sonst keiner hier«, warf Ettras ein, der seine fingerlangen, ausgebleichten Haare streng nach hinten gelegt hatte. »Die Geister sagen, dass es das falsche Wasser ist. Es hat hier nichts zu suchen. Das bringt die Dämonen unter dem Sand auf. Wenn sie sich erheben, ist es zu spät.«

Liothan fragte sich, wie Tomeija diese verschwurbelten, halb wahnsinnigen Aussagen ertrug. Ihm gefiel es, wie sich die Wüste entlang des Kanals in eine blühende Landschaft verwandelte.

Durch die Sehhilfe erblickte er Pumpstationen, die das Nass über tönerne Rohre ans Ufer saugten, um die Wachmannschaften mit Wasser zu versorgen. Über Auslässe in den errichteten Mauern floss das überschüssige Wasser in dicken Strömen hinab und benetzte die Wüste, die sich mit üppigem Gestrüpp, Büschen, Gras und wachsenden Keimlingen bedankte, aus denen in einigen Siderim Größeres erwachsen würde. In weiterer Entfernung erkannte Liothan angelegte Gärten mit Ähren und Obststräuchern. Die Mannschaften hatten offenbar Setzlinge und Saatgut mitgeführt. Die Versorgung mit frischem Obst und Getreide deckten sie aus dem Ertrag. »Die Wüste ist fruchtbar. Wer hätte das gedacht?«

»Es ist das falsche Wasser«, beharrte Ettras. »Das wird nicht gut ausgehen.«

»Sie heben den Kanal an und machen aus der Schlucht einen breiten Fluss. Noch eine halbe Meile, und sie sind ebenerdig«, stellte Tomeija fest. »Keine guten Karten für Wédōra.«

»Der Dârèmo wird sie abzuwehren wissen.« Kytain Dôol deutete abwärts. »Mit zerstörten Maschinen kommt das Graben zum Halten. Das verschafft Wédōra Zeit, um Gegenmaßnahmen einzuleiten.«

»Sie haben Stauwehre mit Schleusen gebaut.« Liothan sah die aufragenden schwarzen Wände etliche Meilen stromaufwärts. »So werden sie die Neigungsunterschiede ausgleichen. Sie könnten darüber hinaus eine Welle auslösen. Die Stadtmauern müssten dann dem Druck von Abertausenden Tonnen standhalten.«

»Wo sind die Maschinen, von denen Ihr gesprochen habt, Kytain Dôol?« Tomeija klang besorgt. »Ich sehe unfassbar viele Wachen, die patrouillieren. Die Sungàm Tasai rechnen anscheinend mit Anschlägen.«

Liothan senkte das Fernrohr. »Ich bin schon in besser gesicherte Kammern eingebrochen.«

»Nicht in *meinem* Walfor«, kommentierte Tomeija und lächelte ihn an.

»Nicht während *deiner* Amtszeit als Ordnungshüterin«, gab er zurück. »Aber ich gebe zu: Es sind wirklich viele Soldaten unterwegs.«

»Die Maschinen, die wir zerstören müssen, befinden sich auf den vorderen Schiffen«, erklärte der Izozath. »Die Antriebe für die Fräsen und den Bohrer. Ich erkläre euch, was zu machen ist, damit die Sungàm Tasai sie nicht mehr einsetzen können.«

»Dauert das lange?« Ettras wirkte besorgter als der Rest ihres Grüppchens.

»Es sind einige Handgriffe, die gleichzeitig zu tun sind. Es ist nicht innerhalb eines Wimpernschlages zu erledigen.« Kytain Dôol verteilte Gegenstände an sie, die wie klingenlose Waffengriffe aussahen. Jeder bekam fünf davon. »Oben sitzt eine Schutzkappe. Sobald die Bolzen von euch angebracht wurden, zieht ihr die Deckel ab und drückt den Stift nach unten. Dann verschwindet.«

»Warum?« Liothan wog das schwere Metallstück abschätzend in der Hand. »Was ist das Feines?«

»Nach wenigen Herzschlägen wird ein alchemistischer Prozess in Gang gesetzt, der härtesten Stahl zum Schmelzen bringt. Funkenflug, lautes Zischen und gleißendes Licht, das euch die Augen verbrennen wird, solltet ihr in die Flamme schauen«, antwortete Kytain Dôol. »Es ist ähnlich wie die Ladung einer Bolidschleuder.«

»Demnach werden es alle sehen, sobald wir den ersten Bolzen gezündet haben.« Tomeija ging in die Knie, zog ihren Dolch und ritzte eine grobe Zeichnung vom Kanal und den Schiffen auf den Stein. »Der Wechsel von Bord zu Bord wird kein Problem sein. Im vorderen Bereich sind die gebündelten Lampen zu hell.« Sie kreuzte eine eingemalte Wachstation durch, die zwei Meilen entfernt von ihnen war. »Die nehmen wir ein und besorgen uns Uniformen. Von dort gibt es einen Aufzug abwärts, unterhalb liegt ein Boot vertäut, mit dem wir uns hinterrücks nähern. Sofern ich es richtig gesehen habe.« Sie blickte zu den Männern. »Das erscheint mir am aussichtsreichsten.«

»Mir auch«, stimmte Ettras zu. »Ich bringe uns lautlos dorthin.«

»Dann machen wir es so. Ich sagte nicht, dass es einfach wird.« Kytain Dôol wandte sich um und sprang von Fels zu Fels abwärts. »Aber wir haben einen Saldûn unter uns. Er wird uns von Nutzen sein.«

Liothan sah zu Tomeija, die verwundert den Kopf schüttelte.

»Das ist übertrieben«, schwächte er ab.

»Ich hoffe nicht.« Kytain Dôol hatte den Boden erreicht.

Ettras lachte gehässig. »Ein Saldûn. Die Geister sind neugierig. Sie haben es bei unserem ersten Zusammentreffen nicht gesehen, als wir in der Zelle saßen.« Er setzte sich an die Spitze der Truppe und trabte leicht los, als ginge er nicht über kraftraubenden, weichen Untergrund.

Liothan hatte wie die Übrigen Schwierigkeiten, an seinen Fersen zu bleiben, wollte sich jedoch keine Blöße geben. Die kühle Nacht verhinderte, dass er stark schwitzte, die Anstrengung brachte ihn außer Puste.

Ettras führte sie durch die geschwungene Landschaft, über Geröll und festen Stein, bis er in einfaches Gehen verfiel. »Langsam atmen«, raunte er. »Wir sind bald in der Nähe der Mauer.« Dann duckte er sich hinter eine Düne und kroch sie hinauf wie eine Schlange. Es sah viel zu leicht aus.

Liothan kämpfte sich gegen den Sand hinauf und warf sich auf die Kuppe.

Die Befestigung, welche die Sungàm Tasai aus dem Grabungsmaterial gefertigt hatten, ragte acht Schritte in die Höhe und wies Fugen auf. *Immerhin kann ich klettern*, dachte er und wischte sich die Tropfen von der Stirn, fröstelte zugleich wegen des kalten Windes.

Auf dem schmalen Wehrgang liefen zwei Wachen hin und her. Bevor sie jeweils umdrehten, um in die andere Richtung zu laufen, gaben sie mit ihrer Blendlaterne Lichtzeichen an die nächsten Stationen, um zu zeigen, dass alles in Ordnung ist.

Nicht blöd. Sobald das Zeichen ausblieb, würde ein Alarm erklingen oder zumindest jemand losgeschickt werden, um nach dem Rechten zu sehen. Liothan fühlte die Macht der drei Monde, die auf ihn niederbrannten wie die Mittagssonne und ihn aufluden. *Wenn ich jetzt noch mehr Zauberformeln beherrschen würde …*

Er lernte stets, sobald ihm die Keijo und die Flinken Hände etwas Luft dafür ließen, aber es blieb schwer. Langsam machte er Fortschritte, auch mit der Reisemagie ging es voran. Seinen Plan, hundert Jahre nach seinem Tod in Walfor als Geist vorbeizuschauen, hatte er nicht aufgegeben.

»Wie lösen wir die Sache mit den Lichtsignalen?«, raunte er Tomeija zu. »Wenn sie falsch sind oder die Laternen erlöschen, schöpfen sie Verdacht.«

»Einer von uns wird zurückbleiben müssen.« Sie sah unglücklich aus. »Sonst gelingt die Täuschung nicht.«

»Ich schleiche vor. Wartet auf mein Signal.« Ettras huschte die Wüste hinab, ehe ihn jemand aufhalten konnte, und schlich sich durch die niedrigen Büsche. Schon erklomm er die Mauer und schwang sich über die Zinnen.

Dann tauchte er nicht mehr auf.

»Ich hätte gehen sollen«, murmelte Liothan. »Das ist eine Unternehmung für einen Räuber.«

»Weißt du noch, was das letzte Mal geschehen ist, als du eine Mauer erklommen hast?«, sagte Tomeija von der Seite.

»Du meinst Dûrus' Haus?«

»Ja.«

»Tja, ich würde sagen, mein Erklimmen der Mauer war der Auftakt für das größte Abenteuer unseres Lebens.« Liothan musste grinsen, als er an die Nacht dachte, in der er bei dem Kaufmann eingebrochen und erwischt worden war, sowohl von seiner Freundin als auch von Dûrus. Der Witgo hatte sie beide nach Wédōra gehext. »Was geschieht wohl, wenn ich *diese* Mauer erklimme?«

»Eine nächste Katastrophe«, erwiderte sie süffisant und zeigte nach rechts. »Da ist Irian.«

Er winkte ihnen zu. »Die Luft ist rein«, rief er laut. »Die Station gehört uns.«

Liothan, Kytain Dôol und Tomeija rannten zur Mauer und kletterten hinauf, wobei sich der Izozath unfassbar ungeschickt anstellte. Er schien solche Aufgaben selten bewältigen zu müssen.

Auf dem Wehrgang stand Ettras mit der Laterne und gab gerade das Zeichen nach rechts. »Die Leichen liegen drin. Ich habe ihnen die Hälse gebrochen, damit die Uniformen keine Blutspritzer haben.«

»Gut mitgedacht. Hast du ihnen die Herzen durch die Kehle rausgesogen oder aus dem Hintern, um …«, witzelte Liothan, wurde aber von Tomeija durch einen Rempler unterbrochen. »Ich schlage vor, Ettras bleibt hier. Er kann seine Geister einsetzen, um die Lämpchen zum Leuchten zu bringen.«

»Das wäre mir auch lieber«, gestand Kytain Dôol.

»Mir auch. Das Wasser ist nicht mein Element, und schon gar nicht *dieses* Wasser. Die Geister werden zu schnell aufgeregt. Ich wache von oben über euch.« Ettras zeigte auf die Speer- und Pfeilkatapulte, die einsatzbereit auf den Mauern standen. »Damit beginne ich eine Ablenkung, sobald ihr die ersten Brennbolzen zündet.«

»Solange du mich nicht triffst.« Liothan betrachtete das abgedeckte Katapult auf dem Dach des Wachhäuschens.

»Nicht absichtlich. Außerdem könnte so ein Geschoss dein Herz zerschmettern, und das wäre sehr schade.« Ettras leckte sich über die Lippen.

»Dann umziehen und runter zum Boot.« Tomeija übernahm die Führung, Kytain Dôol folgte ihr.

Als Liothan gehen wollte, packte ihn Ettras am Arm. »Achte auf sie.«

»Das werde ich.«

»Ich mache keine Scherze!«

»Ich auch nicht. Ich kenne sie von Kindesbeinen an und habe nicht vor, sie bei dieser Unternehmung zu verlieren.« Liothan betrachtete ihn. »Ich weiß, warum du mir das sagst.«

»Das weißt du nicht. Du denkst, du wüsstest es. Aber es verhält sich anders.« Ettras drückte ihm seine Bolzen in die Hand und deutete auf den Eingang zur Station.

Was ist das für eine Heimlichtuerei? Liothan ging hinein und legte die Uniform der Sungàm Tasai an, verteilte die Stäbe an Tomeija und den Izozath.

Schweigend fuhren sie mit dem Aufzug abwärts und sprangen in das bereitliegende Ruderboot. Liothan übernahm die Riemen, Tomeija begab sich an den Bug.

Zug um Zug steuerten sie an den leeren Lastkähnen vorbei, die auf ihren Einsatz warteten und in Schlange vertäut lagen.

Keiner kümmerte sich um das Trüppchen.

»Wir werden nach dem ersten Aufruhr nicht flüchten«, gab Tomeija Anweisung. »Wir tun so, als würden wir die Saboteure verfolgen. Irians Beschuss von der Wachstation wird sie im Glauben lassen, sie würden angegriffen.«

»Diese Uniformen sind Gold wert. Wirklich.« Liothan ruderte schwungvoll und bugsierte das Boot geschickt an den breiten Schiffen vorbei und unter den verlegten Planken hindurch.

»Nach rechts«, orderte Kytain Dôol. »Das erste Ziel kommt in Sicht.« Er erhob sich ungelenk und brachte die Nussschale zum Schwanken. »Wir legen am Baggerkahn an. Am Heck stehen keine Wachen.«

Liothan steuerte das Schiff an und bremste die Fahrt mit den Ruderblättern. Das Stampfen und Fauchen der installierten Antriebsmaschinen um sie herum dröhnte über das Wasser und übertönte jegliche Geräusche. Rauch und Flammen schossen gelegentlich in die Luft, die Lohen tauchten die Umgebung in unwirkliches grüngelbliches Licht.

Liothan hielt das Boot fest. Tomeija und Kytain Dôol schwangen sich über die Kante an Bord. Er folgte und vertäute ihr Gefährt an einer Strebe.

Arbeiter drängten und schoben sich an ihnen vorbei, beachteten und grüßten die vermeintlichen Soldaten nicht. Sie schleppten Eimer mit dunkelbraunem Öl, das in rauhen Mengen zum Schmieren der beweglichen Teile gebraucht wurde.

Liothan bestaunte das Treiben. »Es hat sich seit unserem letzten Besuch viel verändert«, sagte er zum Izozath. »Das ist alles neu.«

»Die Idioten haben unsere Apparate zerlegt und nach Gutdünken zusammengesetzt«, stellte Kytain Dôol entrüstet fest. »Ohne eine Ahnung zu haben, was sie tun.« Er ging los. »Los. Zuerst setzen wir den Antrieb für die Fräsen und Bohrer außer Betrieb.« Er erklärte ihnen, wo sie ihre Bolzen anzubringen hatten.

Liothan übernahm als bester Kletterer die Stelle auf der Maschine, zu der weder Leiter noch Trittstufen führten. Er musste dafür durch einen Wald aus sich drehenden und schwingenden Teilen, Rädern und Zahnkränzen. Jede Unachtsamkeit würde zum Verlust eines Körperteils führen. *Oder meines ganzen Leibs.*

»Sobald ich meine Bolzen angebracht und aktiviert habe, gehe ich auf das nächste Schiff«, sagte Kytain Dôol. »Die Stellen, an denen ich sie anbringe, sind für euch ungefährlich. Ihr kommt danach rüber zu mir.« Er deutete auf den Kahn mit den beiden Schaufelkränen. »Ich bereite alles vor. Sollte mir etwas zustoßen: Die Brennschneider müssen an den waagrechten Plattformen der Drehgelenke angebracht werden. Dort sitzen Mechanik und Antrieb. Danach nehmen wir uns den Rest vor.« Er zeigte auf ein Schiff, das hinter ihnen festgemacht war und so tief lag, dass es beinahe unterging, so schwer schien es unter Deck beladen zu sein. »Da lagern die Ersatzteile und die Schmierstoffe. Ein Feuer wird genügen, um es zu versenken.«

Sie reichten sich nacheinander die Hand und verteilten sich auf dem Deck. Liothan sah bald nichts mehr von seiner Freundin und dem Izozath.

Er machte ein grimmiges Gesicht und stapfte voran, gab gelegentlich militärisch knappe Anweisungen, dass die Arbeiter mehr achtgeben und schneller machen sollten. Dabei näherte er sich seinem Einsatzort.

Hastus, wie stets erbitte ich deinen Beistand. Liothan erklomm eine kurze Leiter, die ihn näher zu den beweglichen, schwingenden und pendelnden Teilen führte. Was sie genau antrieben, eintauchten, hoben und senkten, verstand er nicht. *Das vermag wohl nur ein Izozath.*

Er blieb auf der Leiter stehen.

Aus dem stählernen, beweglichen Dickicht schlug ihm Öldunst entgegen, der Boden sah schmierig aus.

Das wird alles andere als leicht.

Liothan schaute sich um und suchte Tomeija in dem Gewusel an Deck, machte sie neben dem Antrieb aus.

Sie sprach mit einem anderen Wachsoldaten, lachte und legte ihm dabei eine Hand auf die Schulter. Sofort sackte er zusammen. Sie fing ihn auf und ließ ihn in den Schatten gleiten.

Gegen ihre Nadeln hilft nichts.

Liothan wartete auf eine Lücke im kreiselnden, drehenden Gestänge und sprang hindurch.

Er landete, ohne getroffen zu werden, aber die Sohlen rutschten auf dem öligen Untergrund aus.

Rücklings prallte er auf den Vorsprung, glitt zur Seite und fand im letzten Moment mit den Fingern Halt. Schnell zog er die Beine an, ein auftauchender Kolben ging knapp an ihm vorbei.

Verdammte Scheiße!

Liothan blickte sich hastig um und entdeckte unter sich eine Überlaufwanne mit Öl, in die er sich fallen ließ. Zwar stand er nun bis zu den Waden in der lauwarmen Flüssigkeit, aber es gab nichts Mechanisches in der Nähe, was sein Leben bedrohte.

Der Lärm war eine Prüfung für seine Ohren, es zischte und rumpelte, kleine Flämmchen loderten und sorgten für unstetes Licht. *Ein Herz aus Eisen.*

Weit über ihm lag die Stelle, an der er seine Brennbolzen anbringen musste, damit die Maschine zum Erliegen kam. *Wie komme ich am einfachsten nach oben?*

Liothan beobachtete die Abläufe der drehenden und kreiselnden Teile, Kolben, Ketten und Zahnkränze. Er formte, darauf abgestimmt, in seinem Kopf sein Bewegungsmuster, wann er sich an welchen Teilen festhalten und aufwärtsziehen lassen wollte.

Ein Fehlgriff, und es ist vorbei. Liothan zweifelte weniger an seiner Geschicklichkeit denn an der tückischen Beschaffenheit der fettigen, öligen Segmente.

Unvermittelt bekam er eine andere Eingebung.

Wozu bin ich ein Saldûn?

Er hob die Hände. *Das ist doch leichter zu bewerkstelligen.*

* * *

Irian gab in regelmäßigen Abständen die Lichtzeichen, die er sich abgeschaut hatte, bevor er die Soldaten tötete, und hielt das Fernrohr der Wachstation auf die Baustelle gerichtet. Die Vergrößerung war enorm. Er konnte sogar Tomeijas Gesicht erkennen. *Meine Todesgöttin. Und doch ist sie nicht die Meine.*

Es ist besser so, wisperten die Geister. *Du magst der Bhlyat sein, doch ein Mar'Dheon ist mehr als du.*

Erst als er Tomeija nicht mehr ausmachen konnte, da sie sich in Position begab, um die Bolzen anzubringen, schwenkte Irian das Glas und schaute sich um.

Die Sungàm Tasai wussten, was sie taten. Nichts wurde dem Zufall überlassen, vom Graben und Bohren bis zum Abtransport und der Wiederverwertung des Gerölls als Mauermaterial.

Sie haben Großes vor. Der Kaiser will seine Macht zeigen.

Irian suchte nach dem tieferen Sinn dahinter. Die Wasserstraße konnte die Waren weiter an Wédōra herantransportieren, womit bei jeder Nutzung der Schiffe eine Gebühr anfiel. Der Mär vom säurehaltigen Wasser bedurfte es nicht mehr.

Der Bau verschlingt Unsummen. Das wird Sungàm Tasai niemals über die Gebühren für die Transporte hereinholen.

Irian suchte gedanklich weiter.

Mit den Flugzetteln und Plakaten sorgte der Kaiser für schlechte Stimmung in Wédōra und schürte den Willen, den Dârèmo zu stürzen. Aber dass sich die Million Bewohner gemeinsam erhoben, hielt Irian für Unsinn.

Erstens wusste jedermann, dass im Turm unter der sphärenhaften Glaskuppel Waffen lagerten, welche Wédōra einebneten, ehe der Herrscher die Stadt aufgab.

Zweitens wusste umgekehrt keiner, wie man in das Bauwerk hineingelangte.

Drittens gab es genügend Bewohner, die vom gegenwärtigen Stand der Dinge profitierten. Und sollten sich die Sungàm Tasai unerwartet zu den neuen Besitzern der Stadt aufschwingen, würde es unentwegte Kriege geben. Kein Regent der umliegenden Länder würde es dem Wasserreich gönnen, Wédōra in die Finger bekommen zu haben. Da die Sungàm Tasai nie zuvor im Ränkespiel der Reiche teilgenommen hatten, konnten sie auf keine Verbündeten hoffen. Vor dem geheimnisumwitterten Dârèmo hingegen fürchteten sich alle.

Irgendwas übersehen wir. Irian gab wieder Lichtzeichen an die Stationen und richtete das Fernrohr zur anderen Seite des Kanals.

Dank der starken Vergrößerung erkannte er die Fluttore und Staustufen, welche die Ingenio errichtet hatten. Als Wasserreich besaßen die Sungàm Tasai Erfahrung mit derlei Bauwerken wie niemand sonst. Dass sie derart schnell vorankamen, sprach für eine lange Planung des Vorhabens.

Irian verfolgte, wie sich ein großes Tor öffnete und neue Lastkähne ausspuckte, deren Dächer im Mondlicht silbrig schimmerten. Zwei Riemenreihen übereinander trieben die langgestreckten Schiffe an, die versetzt auf die Wasserstraße hinausglitten. Dahinter folgten zwei weitere der gleichen Bauart.

Gerade wollte er eine zusätzliche, stärkere Brennweite vorlegen, als ein Krachen von der Baustelle ertönte.

Irian schwenkte das Fernrohr herum. Rechtzeitig genug, um

die eine Detonation zu sehen, die durch die Nähe ebenso faszinierend wie schaurig wirkte. Ihm schien es, als stünde er mitten in den grünlich gelben Flammen, die aufblühten und große Wolken bildeten, welche mit schwarzem und grauem Rauch verpufften.

Das kann nicht geplant gewesen sein! Irian starrte an dem Okular vorbei, um die Ausmaße des Infernos zu erfassen.

Der Antrieb, den der Izozath als Erstes ausschalten wollte, verging in einer Explosion, die stählerne Trümmerteile über die Decks der Schiffe wie Geschosse jagte. Ganze Aufbauten wurden weggerissen und fielen zerschlagen ins Wasser, die Menschen flogen wie Strohpuppen durch die Luft.

Der vordere Kahn sank bereits blubbernd und Blasen schlagend, brennendes Öl trieb über die Oberfläche und kroch auf die vertäuten Gefährte, die eingekeilt am Steilufer lagen. Alarmglocken wurden geschlagen, die kaum durch die Laute der Zerstörung drangen, während der Untergang auf der Baustelle tobte.

Und Irian dachte nur: *Tomeija!*

* * *

Liothan machte sich in der Überlaufwanne kleiner als ein zusammengerollter Igel – so kam es ihm vor. Dass er sich dabei über und über mit warmem Öl beschmierte, war seine geringste Sorge.

Die Maschine, in der er steckte, zerbarst und zerstörte sich nach seinem Zauber selbst. Dabei hatte er lediglich mit seinen wenigen magischen Griffen Arretierungen gelöst, Halterungen geöffnet und Splinte gezogen, damit der Apparat zum Stehen kam, um ihn leichter erklimmen zu können. Sofort brach das Chaos aus, in dem er ausharren musste. Zu groß war die Gefahr, durch Detonationswolken, vorbeizischende Metalle und lose Gestänge verletzt zu werden.

Ich hätte die Brennbolzen setzen sollen, dachte Liothan unentwegt.

Der Kahn neigte sich nach vorne und sank über den Bug. Wasser drang in den Schiffskörper ein, traf auf heißes Eisen und sandte stinkenden Dampf empor. Öl entzündete sich tief unter ihm, schwarzer Qualm raubte ihm Atem und Sicht.

Ein heftiger Schlag traf die Wanne von unten, und um Liothans Hals zuckte es. *Die Sandschleiche!*

Er sah, dass ein Eisensplitter durch das Blech geschlagen war, seinen Hals knapp verfehlt und die Schlange getroffen hatte. Die Kraft wich aus dem filigranen Leib, und sie erschlaffte.

Gleichzeitig spürte Liothan ein Brennen im Nacken, wo ihr Stachel saß.

Sie setzt das Gift frei! Rasch riss sich Liothan das sterbende Tier vom Hals, die Spitze glitt aus seinem Genick.

Fauchend wand und ringelte sich die Schlange in seiner Faust, aus dem blutigen Stachel tropfte das tödliche Gift. Im Todeskampf schreckte das Tier nicht davor zurück, ihn zu vergiften. Aber er war sie endlich los.

Angewidert warf er sie in die Tiefe, wo sie im eindringenden Wasser versank. *Jetzt wird es Zeit.* Liothan sprang auf ein stillstehendes Zahnrad, hangelte sich empor und gelangte über zwei langsam laufende Hubkolben an das krängende Deck zurück.

Eilends hetzte er durch die Trümmer und die fliehenden Arbeiter zu den Planken, um auf das zweite Schiff zu gelangen, wo hoffentlich Kytain Dôol auf ihn wartete.

Das ganze Ausmaß seiner Tat wurde Liothan bewusst, als er sich bei seinem Lauf umblickte.

Es gab keinen Bohrer und keine Fräsen mehr, ein weiterer Kahn war durch die Detonationen stark beschädigt worden und ging rasend schnell unter; in seinem Rumpf klaffte ein großes Loch, durch das sich brennendes Wasser warf. Verwundete und Tote lagen herum, Feuer breitete sich auf einem halben Dutzend Schiffe aus.

»Du warst das, habe ich recht?« Tomeija kam an seine Seite. Sie blutete aus einem Schnitt in der Seite.

»Ja.«

»Ich bin mir noch nicht sicher, ob ich dich dafür loben oder schlagen soll.« Sie rannten über die Bretter und gelangten auf den Kahn mit den Senkbaggerschaufeln, die an Kranauslegern mit Ketten hin und her gefahren wurden. »Ich kam nicht einmal mehr dazu, die Bolzen anzubringen, als das Spektakel anfing.«

Liothan sah auf ihre Wunde und spürte ein schlechtes Gewissen. »Dafür wird mir Irian die Nase brechen.«

»Nein.«

»Nein?«

»Das mache ich schon selbst.« Tomeija musste dennoch grinsen. »Saldûn. Du kannst es wirklich.«

»Nicht viel. Aber wenn man weiß, was man damit anstellen kann, ist es recht … effektiv.«

Sie erreichten Kytain Dôol, der mit gezogenem Schwert vor dem Kran stand und tat, als würde er ihn beschützen. Die Maschine hatte weniger Trümmer abbekommen als die umliegenden Schiffe. »Das war ganze Arbeit«, sagte er beeindruckt. »Unmöglich, dass meine Brennbolzen die Urheber dieses Spektakels sind.«

»Saldûn-Magie«, sagte Liothan vieldeutig. »Aber ich bin geistig zu erschöpft, um es ein weiteres Mal einzusetzen.« Er legte den Kopf in den Nacken und blickte aufwärts. »Ihr beide sichert, ich gehe hoch und bringe die Ladungen an. Ich bin der beste Kletterer von uns dreien«, fügte er hinzu und sammelte die Bolzen der anderen ein.

Dann erklomm er den Kranunterbau.

* * *

Irian hatte Tomeija durch das Fernrohr am Kran entdeckt. *Gut. Sehr gut!* Sie sicherte ihn zusammen mit dem Izozath, während Liothan sich geschickt an den Streben emporschwang und gelegentlich Bolzen anbrachte, die er auf dem Weg nach unten zünden wollte. Sein eigentliches Ziel war die Drehmechanik mit dem Antrieb.

Irian erlaubte sich einen Blick über die brennende Baustelle. Sie hatten die Sungàm Tasai kalt erwischt.

Das Surren einer Waffe warnte Irian. Er duckte sich und wich zur Seite.

Die Axt hackte ins Fernrohr und zerstörte es, die Einzelteile fielen auf den Steinboden.

»Du bist keiner von uns!« Hätte die Soldatin, die vor ihm stand, zugestochen, statt auszuholen, wäre ihm die Klinge von hinten durch den Rücken gegangen. Sie griff ihn sogleich erneut an. »Verdammter Saboteur! Das da unten ist das Werk deiner Leute!«

Irian zog sein gekrümmtes Kurzschwert und warf einen raschen Blick rundum.

Die Soldatin war nicht alleine. Über den Wehrgang kamen zwei weitere Bewaffnete herbeigerannt.

»Was hat mich verraten?« Er parierte ihren Schlag mit der winkligen Klinge und trat ihr in den Bauch, so dass sie rückwärtsstolperte.

Falsche Lichtzeichen, raunten die Geister und kicherten.

Die Soldatin blieb stehen. »Du wirst mir Auskunft geben, wer euch schickte.« Sie rief die Männer zu sich; einer trug ein Netz, wie es gegen wilde Tiere und in den Kampfarenen benutzt wurde.

Ein vierter Soldat erschien, der mit seiner Fackel ein Leuchtfeuer auf dem Dach der Station entzündete. Spätestens nun wussten die übrigen Posten Bescheid.

Irian warf sein Kurzschwert und einen Dolch gegen die beiden Männer neben der Soldatin und traf sie tödlich. Mit dem Fuß fischte er das zerstörte Fernrohr vom Boden und schleuderte es hoch, fing es und unterlief die Attacke der Frau, um ihr die schwere, verbeulte Sehhilfe in den Nacken zu dreschen.

Aufkeuchend brach sie zusammen.

Im Vorbeigehen zog Irian das Schwert sowie den Dolch aus den Toten und drang auf den vierten Angreifer ein, der sich mit dreieckigem Schild und Säbel nach Leibeskräften verteidigte.

Der Stich durch den rechten Fuß brachte den Soldaten dazu, die Deckung mit einem Schrei zu öffnen. An Schildkante und Säbelklinge vorbei drang Irians Schwert in den Hals ein.

Nun schnell. Da er ohne das Fernrohr nicht mehr nach Tomeija sehen konnte, wollte er auf dem Wall für größtmögliche Ablenkung sorgen. Die Sungàm Tasai mussten glauben, dass sich die Saboteure auf dem Rückweg in der Wachstation festgefressen hatten.

Er warf brennende Fackeln in das Gebäude, dann richtete er die Speer- und Pfeilkatapulte auf die Posten nach rechts und links aus, um mit dem Beschuss zu beginnen. Es dauerte, bis er den richtigen Winkel gefunden hatte, dann ließ er brennende Geschosse auf die Bauten regnen. *Vom Kanal aus betrachtet, muss es malerisch aussehen. Wie winzige Kometen.* Irian hörte das ankündigende Pfeifen und duckte sich. Erste Pfeile flogen als Antwort zu ihm. *Das sollte genügen. Ich ziehe mich zurück.*

In der Hocke kroch er zur Außenseite der Mauer und wollte sich zwischen den Zinnen hinabgleiten lassen, um in der Wüste zu verschwinden. *Danach suche ich nach Tomeija.*

Plötzlich fiel taghellen Schein auf Irian, als wäre über dem Wasserlauf eine Sonne aufgegangen oder der rote Mond explodiert.

Er blickte über die Schulter, während die Geister vor Verwunderung aufschrien.

Ein rauschender, Funken schlagender Ball von der Größe eines Mühlrades zog am Nachthimmel mit langem Schweif auf und stürzte sich auf die brennende Wachstation.

Die Kugel platzte beim Aufprall und sandte stinkende, brennende Flüssigkeit über die Steine. Im Inneren befand sich ein massiver Kern, der die Wände des Gebäudes zerschmetterte, als bestünden sie aus porösem Holz. Zugleich erfolgte eine Verpuffung, die eine Druckwelle aussandte, die jegliches lose Teil davonschleuderte.

Die feurige Böe erfasste Irian und blies ihn weit in die dunkle Wüste hinaus. Steine trafen ihn im Flug am ganzen Körper.

Als ihn ein Brocken am Kopf streifte, verlor er das Bewusstsein.

* * *

Liothan verteilte die Brennbolzen beim Aufwärtsklettern am gesamten Kran, bis auf drei, die er in der Dreh- und Antriebsmechanik anbringen wollte.

Sein Rundumblick wurde mit jedem Schritt aufwärts besser. Die Sungàm Tasai würden die Arbeiten vorerst ruhen lassen müssen, ihre wichtigsten Kähne brannten oder versanken im Kanal. An Graben und Ausschachten wäre in den kommenden Monden nicht zu denken. *Ganze Arbeit.*

Er erreichte die Drehvorrichtung, der Antrieb war ausgeschaltet. Von den Bedienern und dem Ingenius, der das Ungetüm aus Holz und Eisen steuerte, sah er nichts. Rasch schob er die verbliebenen Bolzen in die Stellen, wie es ihm Kytain Dôol gesagt hatte.

Jetzt nur noch die Zünder drücken. Er entfernte die Kappen.

Aus den Augenwinkeln sah Liothan am oberen Ende des Kanals unvermittelt leuchtende Pünktchen fliegen. Er wandte den Blick zur Wachstation, von der sie aufgebrochen waren, und sah, dass sie in Flammen stand. Die Katapulte schossen Brandpfeile und -speere gegen die benachbarten Gebäude.

Ettras sorgt für genügend Ablenkung. Das muss ich ihm lassen. Liothan bemerkte aufgrund seiner hohen Position am Kran, die ihn weit über den Rand der Wasserstraße hinausschauen ließ, dass sich vier weitere Kähne von Südwesten näherten, angetrieben von je zwei Ruderreihen übereinander. Sie kamen rasch vorwärts, die metallverkleideten Dächer reflektierten das Licht der Monde.

Dann klappte am vordersten Schiff ein Teil der Abdeckung auf, und Feuer glomm im Rumpf. Mit dem nächsten Herzschlag erklang das gedämpfte Rumpeln eines Katapults.

Eine flammende Kugel stieg aus dem Bauch des Kahns beinahe senkrecht auf, ehe sie sich auf die Wachstation senkte, in der sich Ettras befand.

Mit offenem Mund verfolgte Liothan, wie aus dem Brand nach dem Einschlag des Geschosses ein dämonisches Inferno wurde. Die Mauern des Gebäudes zerstäubten zu loderndem Geröll, Flammentropfen flogen durch die Dunkelheit und trugen die Brunst auf die Wehrgänge und den Abhang. Die nachfolgende Verpuffung ließ eine zweihundert Schritt große, brennende Wolke auseinanderfächern und aufsteigen.

Hastus, steh Ettras bei! Liothan sah die vier Kähne herankommen, auf deren Decks mannsgroße Blendlaternen zum Leben erwachten. Die Ruder hoben und senkten sich zum Schlagen einer Trommel, die den Takt vorgab.

Die gebündelten Lichtstrahlen glitten über die Baustelle, beleuchteten die Überreste von Maschinen, Wassergefährten und Menschen.

Das sind Schlachtschiffe! Der Kaiser hatte sie vermutlich wegen des anstehenden Krieges Richtung Wédōra ausgesandt.

Verdammt noch eins! Liothan zog mit der freien Hand sein Fernrohr aus dem Gürtel und richtete es auf die Neuankömmlinge, schwenkte über sie hinweg. *Da sind vier weitere!*

Sie fuhren aus der Schleuse, die Riemen hoben und senkten sich rasch. Das Wasser am Bug schäumte und teilte die niedrigen Wellen.

Da erfasste ein heller Strahl Liothan, riss ihn aus dem Schutz von Rauch und Dunkelheit. Seine leise Hoffnung, dass das Licht über ihn hinwegstrich, erfüllte sich nicht. Sie hatten ihn entdeckt. Seine Uniform schützte ihn nicht, denn kein normaler Soldat hing am Kran herum.

Weg hier! Schnell drückte Liothan die Zündstifte tief ein und sprang die Streben abwärts.

Der gebündelte Schein folgte ihm, es klirrte. Bolzen und Geschosse verfehlten ihn einzig, weil er in seiner Not auf die Saldûn-Kräfte zurückgriff und sie zur Seite abfälschte.

Liothan kehrte nicht zu Kytain Dôol und Tomeija zurück,

um den tödlichen Hagel nicht auf sie zu ziehen, sondern sprang todesmutig vom Kran etliche Schritte abwärts durch die brennende Oberfläche in den Kanal und tauchte in den Schutz der gesunkenen Wracks.

Das Wasser war dreckig und aufgewühlt, Sicht gab es keine.

Gut für mich. Sie verlieren mich hoffentlich. Er schwamm einige Züge vorwärts, bevor er sich nach oben treiben ließ, wo keine Lohen tobten.

Liothan kam hinter einem dümpelnden Balken an die Oberfläche, nahe an den aufragenden Hängen. Dem Beschuss und den Lampenstrahlen war er entgangen. In seiner Uniform würde er sich in dem Durcheinander unbemerkt absetzen können.

Der Unterbau des Krans stand noch, aber das obere Stück hing abgeknickt herab, lag teils im künstlichen Fluss und teils auf dem Kahn. Die Sprengbolzen hatten ihren Zweck erfüllt.

Danke, Hastus! Ich hoffe, die anderen sind entkommen wie ich. Er paddelte zu einem halb gesunkenen Schiff und zog sich an einem herabhängenden Tau hinauf. Rasch schmierte er Ruß über sein Gesicht, damit die ramponierte Uniform das einzige Erkennungsmerkmal blieb.

Ein Offizier brüllte im Durcheinander herum. Die wenigen Soldaten eilten zu ihm, um seinem Befehl nachzukommen.

Das ist mein Weg hinaus. Liothan reihte sich ein und spielte den verwirrten Krieger. *Nicht die Nerven verlieren. Das ist das Wichtigste.*

»Ihr werdet zum Schutz der Ingenio das Heck sichern, bis die Kriegsschiffe bei uns sind«, lautete die Anweisung des Offiziers. »Keiner der Angreifer darf zu ihnen gelangen.«

Liothan rief: »Zu Befehl!«, wie die anderen und eilte los.

Am Heck gab es die rudimentären Überreste einer Kabine mit einer eisenblechbeschlagenen Tür und Sichtluke, die einen Spalt offen stand. Die Soldaten verteilten sich vor dem Eingang, zwei erklommen die Reste des Hecks und achteten auf die Rückseite.

Liothan konnte nicht anders: Er wandte sich zur Sichtluke und blickte hindurch.

»Was tust du da?«, wurde er von einem Soldaten angeherrscht.

»Nachschauen, wie es den Baumeistern geht. Falls sie Hilfe brauchen.« Liothan spähte durch die Luke ins Dunkel. »Ho, da drinnen! Jemand, der mich hören kann?«

Aus dem Inneren erklang kein Mucks.

»Ist da drin jemand?« Liothan gab nicht auf. Es bot sich unter dem Vorwand der Hilfsbereitschaft die Gelegenheit, Einblicke in die neusten Pläne der Sungàm Tasai zu erhaschen. Er wandte sich an die gespannt dreinblickenden Soldatinnen und Soldaten. »Gebt acht. Ich gehe rein und sehe nach, wie es um unsere Leute steht.«

Liothan warf sich gegen die Tür, die ruckartig zur Seite schwang und ihn in das Räumchen taumeln ließ, mitgerissen vom eigenen Schwung.

Um ihn herum lagen die Leichen der Ingenio, mit aufgeschlitzten Kehlen. Sämtliche Pläne an den Wänden waren abgerissen worden, Fetzen verkündeten, wo sich die Zeichnungen befunden hatten.

Das war niemals Tomeijas Werk. Liothan warf eine brennende Petroleumlampe gegen die Wand, bevor jemand von außen sehen konnte, welches Massaker in der Kabine stattgefunden hatte. *Sollte es Kytain Dôol gewesen sein?* Die Flammen breiteten sich blitzschnell mit der schwappenden Flüssigkeit auf dem Holz aus, krochen über die Leichen und fraßen den Boden.

»Es brennt! Alles brennt!«, schrie er und wich zurück, die Arme ausgebreitet, um die Soldaten zurückzuhalten und dem Feuer mehr Zeit zur Entfaltung zu geben. »Holt Wasser!« Liothan wandte sich um und tat, als suchte er nach einem Eimer. »Löscht es! Schnell!«

In der neuerlichen Aufregung um den Brand in der Ingenio-Kabine setzte Liothan sich zum Rumpf des Kahns ab und sprang von dort auf das angrenzende Schiff, um sich im Schutz weiterer Überlebender in einen vollbesetzten Aufzug zu drängeln. Damit ging es für ihn nach oben.

Die Freude über den großartigen kleinen Sieg wurde von den Sorgen um Tomeija aufgefressen.

Liothan blickte auf den Kanal, der unter ihm zurückblieb.

Über die Wasserstraße rückten weitere Schlachtschiffe heran.

* * *

Wenn die Mutter eines Mannes zu Hause ist,
gibt es stets genug frisches Brot.

Sprichwort der Murzbha

Kapitel XX

Wüste, achtzig Meilen südwestlich von Wédōra

Tomeija schlich nahe der vollkommen zerstörten Wachstation durch die Wüste. Sie hatte einen Umweg in Kauf nehmen müssen, um von der Baustelle zu verschwinden und aus dem Tal zu gelangen.

Mit dem Auftauchen der Schlachtschiffe kehrte Ordnung in das Durcheinander ein, die neuen Truppen mit Feuerkraft gaben den Verteidigern Selbstvertrauen zurück. Das Chaos verschwand, und damit war es zu gefährlich für Tomeija geworden.

Sie hielt Ausschau nach Irian, nach Spuren oder Zeichen, die er für sie zurückgelassen hatte. Seit das Gebäude in der Explosion vergangen war, wollten ihre Sorgen um ihn nicht enden. *Driochor, beschütze ihn. Auch wenn er dir keinen Respekt zollt.*

Tomeija kroch von Gestrüpp zu Gestrüpp, achtete dabei auf die Mannschaften auf der Mauer, die weniger als dreißig Schritt entfernt war. Vier Dutzend Leute schufteten im Schein von Lampen und der Gestirne, um die Bresche zu schließen, welche das Katapultgeschoss des Kriegsschiffs gerissen hatte.

Tomeija sah den runden, mit Ruß gezierten Eisenkern, der im Innern gesteckt haben musste. Nachdem die Hülle mit der hoch brennbaren Füllung beim Aufschlag gerissen und Feuer gebracht hatte, fungierte die Kugel als zusätzliches zerstörendes Element gegen feste Hindernisse. Die Sungàm Tasai verließen sich nicht nur auf die Wirkung der Flammen.

Die Mannschaften hievten die Kugel mit einer provisorischen Winde auf die Mauer zurück. Sie würde wiederverwendet werden.

Wo steckst du, Irian? Tomeija robbte in konzentrischen Kreisen um die Stelle, wo sie auf einen Hinweis des Mannes hoffte. Bislang hatte sie nur verbrannten Schutt und gebrochene Steine gefunden, die vom Wachhaus stammten.

Schließlich befand sie sich hundert Schritt von der Bresche entfernt, ohne etwas gefunden zu haben.

Tomeija verbat sich Hoffnungslosigkeit oder den Gedanken, dass er in den Lohen ums Leben gekommen sein konnte. »Nicht er«, murmelte sie. »Er hat doch die Geister, die ihn schützen.« Sie setzte sich auf einen Stein. *Er wartet gewiss in Wédōra auf mich. Ich … ich muss nach Hause.*

Die Vorstellung, dass er verletzt und hilflos irgendwo lag oder sich in der Gewalt der Sungàm Tasai befand, die ihn folterten, um ihm Geständnisse zu entlocken, peinigte sie. Wenn sie die Legitimation des Dârèmo bei ihm fanden, würden sie noch weniger Gnade zeigen. Sollte sie doch weiter nach ihm suchen? Oder in die Stadt zurückkehren? Bleiben und warten oder ins Lager der Angreifer eindringen … jede Entscheidung mochte die falsche sein. *Driochor! Was muss ich dir geben, damit du mir ein Zeichen sendest?*

An der beschädigten Mauer kam Bewegung auf. Gerüstete in dunkleren Uniformen marschierten mit Fackeln über den Wehrgang. Nach einer knappen Beratung mit den Arbeitern stieg die zwanzig Mann starke Truppe in die Wüste hinab, bildete eine schräg versetzte Doppellinie und schwärmte aus.

Sie suchen nach ihm! Tomeija fühlte mit Gewissheit, dass Irian sich nicht in den Klauen der Sungàm Tasai befand, aber sie von ihm wussten und seiner habhaft werden wollten. *Ich bleibe in ihrer Nähe und greife ein, falls sie ihn finden.* Sollte die Mannschaft ihre Fahndung ohne Ergebnis abbrechen, würde Tomeija nach Wédōra zurückkehren.

Erleichtert zog sie ihr Fernrohr und betrachtete das Treiben. Dass die Soldaten Fackeln trugen, machte es ihr einfach, sie im Blick zu behalten.

Es dauerte nicht lange, und einer von ihnen machte auf sich aufmerksam. Er zeigte in das Geröll und dann in gerader Linie dorthin, wo Tomeija saß. Die Sungàm Tasai hatten ihre Spuren gefunden.

So war das nicht gedacht. Angespannt beobachtete sie die Bewegungen des Trupps, der zielstrebig auf sie zukam. *Ach, verflucht!*

Tomeija kroch langsam rückwärts, um sich ihnen nicht zu zeigen, und verfiel in schnelles Laufen.

Dabei wägte sie ihre Möglichkeiten ab. Mit den Verfolgern an ihren Fersen, die sich aufs Spurenlesen verstanden, kam eine Rückkehr zum Kanal nicht in Frage.

Dann nach Wédōra.

Da achtzig Meilen zu Fuß niemals zu schaffen waren, wollte sie zum Felsenturm eilen, wo hoffentlich Kytain Dôol mit dem Vinciad wartete.

Vor ihr erschienen ansatzlos drei schwarze Umrisse von gepanzerten Soldaten, die gebogene Schwerter in den Händen hielten. »Da ist jemand!«, rief einer und griff an. »Schnappen wir ihn!«

Tomeija packte geistesgegenwärtig in den Schlagarm des Mannes, um ihm die Schulter gegen die Brust zu rammen. Dann schickte sie ihn mit einem Hieb des Ellbogens gegen die Nase in den Staub, wo er regungslos liegen blieb.

Der nächste Soldat stach nach ihr.

Tomeija drehte sich zur Seite, die Spitze verfehlte ihre Schulter. Mit der flachen Hand stieß sie gegen die Klinge und zwang den Arm des Mannes nach rechts, machte einen Schritt auf ihn zu und attackierte seine ungeschützten Augen mit Mittel- und Zeigefinger. Tief drang sie in die Höhlen ein. Schreiend brach er in die Knie und hielt sich das Gesicht.

»Du Hure!« Der dritte Angreifer hielt Dolch und Schwert in den Händen. »Wer hat dich geschickt?«

Sie antwortete nicht, griff zu ihrer eigenen Waffe – und langte ins Leere. Sie hatte das Henkersschwert in Wédōra gelassen, da die Klinge mit den Gravuren und Verzierungen unverkennbar war. Den erbeuteten Säbel aus der Wachstation hatte sie unterwegs verloren. Also zog sie den Dolch und eine Nadel.

Lichtschein in ihrem Rücken, der den Sand golden beleuchtete, warnte sie davor, sich Zeit mit dem Gegner zu lassen. Der Suchtrupp rückte an.

Der Sungàm Tasai öffnete den Mund zum Ruf, um auf sich aufmerksam zu machen. Tomeija warf den Dolch, den er mit dem Schwert im Reflex wegschlug, und sprang gleichzeitig mit den Füßen voran gegen den Mann.

Abgelenkt von dem Wurf, konnte er ihrem Angriff nicht ausweichen. Ihre Sohlen trafen ihn gegen die Brust, er stürzte rückwärts und rutschte über das Geröll.

Tomeija landete auf dem Boden und sprang auf den Mann, stach ihm die Nadel in den Nacken.

Sofort verlor der Krieger die Spannung, der blockierte Maìluon setzte ihn außer Gefecht.

Tomeija sah in die erstaunten Augen, weil der Mann nicht begriff, was ihm geschehen war, und wälzte sich von ihm herab. »Ich hätte dich töten können. Wie deine Freunde.« Sie nahm sein Schwert und den Dolch. »Sei gewarnt.«

Der Fackelschein umspielte sie heller. Das Rasseln und Klirren von Waffen und Rüstungen schloss zu ihr auf. Als Tomeija sich umdrehte, befanden sich die nächsten vier Gegner keine acht Schritte mehr von ihr entfernt. Laut rufend machten sie auf ihre Entdeckung aufmerksam und lockten den Rest der Einheit an.

Nun denn. Tomeija zog sich den Schal vors Gesicht. Sie versuchte keine Flucht, sondern würde sich auf die Gefechte einlassen. Solange sie nacheinander anrückten, standen ihre Chancen nicht schlecht.

Doch die Truppe schloss sich zusammen. Vier von ihnen zogen Kurzbögen von den Schultern und legten Pfeile locker auf die Sehnen.

»Du«, schallte es zu ihr. »Ergib dich!«

Tomeija ging langsam rückwärts die flache Düne hinauf. Ihre türkisfarbenen Augen blieben auf die Schützen gerichtet, um zur Seite hechten zu können, falls sie nach ihr schossen. Solange die Krieger Licht mit sich führten, würde sie der Schein selbst leicht blenden. Ein Vorteil für sie.

»Bleib stehen und wirf die Waffen weg!«, erklang die Forderung. »Es wird nur schlimmer für dich.«

Schlimmer kann es nicht werden. »Lasst mich gehen und behaltet eure Leben!« Tomeija täuschte einen Sprung über die Kuppe an, ließ sich fallen, und zwei Pfeile schwirrten an ihr vorbei. Sie rammte das Schwert sogleich unter dem Dünenkamm in den weichen Sand. Dort blieb sie und wartete mit pochendem Herzen. Die List musste gelingen.

Die Soldaten rannten fluchend los, sprangen wie erhofft über sie hinweg und sprinteten den Hang hinab.

Tomeija hingegen zog sich empor und schnitt den zwei Bogenschützen, die der Einheit von oben Deckung gaben, die Fußsehnen durch.

Der Mann und die Frau knickten mit Schmerzensschreien zusammen und wurden von Tomeija mit dem Dolchgriff ohnmächtig geschlagen.

»Ich habe euch gewarnt«, rief sie hinab und hob einen Bogen auf. Tomeija erlegte zuerst die feindlichen Schützen, um danach die restliche Truppe auszuschalten.

Sie begnügte sich damit, die Kriegerinnen und Krieger zu verletzen. Der Umgang mit Fernwaffen hatte ihr noch nie gelegen, sie bevorzugte den Nahkampf. Da es im Sandtal keinen Schutz gab und Tomeija genug Pfeile besaß, lagen die Männer und Frauen alsbald auf dem Boden und krümmten sich unter Schmerzen.

Von denen folgt mir keiner mehr. Unschlüssig blickte sie auf die bezwungenen Bogenschützen neben sich. *Sie werden mir verraten, wo ich eine Reitechse oder ein Pferd finde. Falls der Vinciad nicht mehr da ist.*

Tomeija nahm die Wasserflasche der besinnungslosen Frau, öffnete den Verschluss und goss das Nass über das Gesicht, wo sich an der Stirn ein Bluterguss bildete.

Prustend schlug die Soldatin die Augen auf und stöhnte sofort auf. »Du verdammte Kutu! Ich werde nie wieder laufen können!«

»Wirst du. Nur nicht mehr so schnell wie früher. Gib der Sehne genug Zeit, um verwachsen zu können, oder such dir einen guten Heiler.« Tomeija legt ihr die Dolchschneide an die Kehle. »Wenn du gar nicht mehr leben willst, sage mir Bescheid. Das ließe sich mit einem Schnitt bewerkstelligen.«

»Nein! Nein, bitte nicht!«

»Wo finde ich Reitechsen?«

»Wir sind mit Schiffen aus Sungàm gekommen. Woher soll ich das wissen?«

»Und die Wachen an der Baustelle? Sie unternehmen doch Patrouillen!«

»Wir legten vorhin an und wurden euch Saboteuren hinterhergeschickt. Ich kenne mich im Lager nicht aus«, gestand die Frau. »Ich kann dir nicht helfen.«

Ungünstig. Tomeija entschied, zum Felsenturm zu gehen. War der Vinciad verschwunden, würde sie sich dort auf die Lauer legen, bis sich eine Gelegenheit ergab, eine Echse oder ein Pferd abzugreifen. Aus der einfachen Unternehmung war ein schwieriges Unterfangen geworden, auch wenn sich die Erfolge sehen lassen konnten.

Tomeija zog eine Nadel aus der Halterung in ihrem Handschuhaufschlag und lähmte die Soldatin mit einem gezielten Stich in den Nackenmaìluon. Damit schwanden auch ihre Schmerzen. *Auf zum Felsenturm.*

Sie sah zur Sicherheit über die Sandkuppe in die Kuhle zu den Verwundeten, ob sich einer von ihnen die Erhebung hinaufzuschleppen versuchte.

Aber die Stelle war leer.

Bis auf schwarze Flecken im Sand, die vom vergossenen Blut rührten, gab es keine Hinweise auf die Männer und Frauen.

»Ich dachte zuerst, du brauchtest meine Hilfe«, sagte eine dunkle Stimme hinter ihr. »Aber du hast es gemeistert, meine Daoja Mahal. Wieder verblüffst du mich auf angenehmste Weise.«

Tomeija wandte sich um.

Vor ihr stand ein Keel-Èru in der berüchtigten schwarzen Rüstung der Jagd- und Kriegstrupps. Das Visier des Skorpionhelms mit den zwei Giftstacheln war geöffnet, das gebleichte und mit schwarzen Mustern bemalte Gesicht sichtbar. Die kunstvollen, unheimlichen Verzierungen verliehen ihm den Hauch eines Wesens aus der Geisterwelt. Tränenkleine Diamanten über der Nasenwurzel und an den Wangenknochen glitzerten im Mondschein.

»Du bist Uccran, ein Mar'Dheon der Keel-Èru.«

Er zog die Hakenklingen aus den getöteten Bogenschützen, die er erstochen hatte, während sie nach der Einheit geschaut hatte, und wischte das Blut an deren Kleidung ab, bevor er die Schwerter in den Halterungen an seiner Seite und auf dem Rücken verstaute.

»Es dauerte lange, bis wir uns wiedersehen. Du gehst selten vor die Tore.« Uccran trat dicht an sie heran. Er roch nach würzigem Tabak, Leder und Rauch. Unter dem Helm ragten schwarze Haare heraus. »Ich hätte mich gefreut, dir früher zu begegnen.«

Tomeija wich nicht eine Handbreit vor ihm zurück, auch wenn er einen einschüchternden Eindruck machte. Die martialische Bemalung verfehlte ihre Wirkung nicht. »Wolltest du mich zu einem gemeinsamen Tee einladen?«

Uccrans Augen verschmälerten sich. »Ich wollte mit dir reisen und dir die Wüste zeigen. Ihre Geheimnisse. Damit du sie nicht fürchtest, sondern liebst, wie ich es tue. Sie nimmt sich nur die Leben der Schwachen und Dummen.« Er versetzte den Leichen einen Tritt, so dass sie den Hügel hinabkullerten. Kaum erreichten die Körper den unteren Teil, erschien ein riesiger schwarzer Skorpion und schnappte sich die Toten. Er verschwand mit seiner Beute hinter einem Stein, das Krachen von Knochen erklang. »Du bist weder schwach noch dumm. Gegen deine Unwissenheit kann man was tun.«

Tomeija fühlte unerwartet Erleichterung, dass der T'Kashrâ aufgetaucht war. Er wäre der einfachste, sicherste Weg zurück nach Wédōra. Alles andere kam vorerst nicht in Frage, obwohl sich Neugier in ihr regte. Das Sandmeer mit anderen Augen zu sehen, beschützt von den gefährlichsten Wesen, die darin lebten – wer könnte das sonst? Aber tief in ihr schwelte die Wut auf ihn, dass er sie bei ihrem ersten Zusammentreffen gekennzeichnet hatte. *Nicht jetzt.* »Ich muss zurück zur Stadt.«

»Das ist nicht die Antwort, die ich hören wollte.« Er regte sich nicht.

»Und ich habe im Nacken ein Zeichen, das ich nicht haben wollte.«

Uccran lachte, die Linien aus Diamanten auf seinem Gesicht verzogen sich. »Ich ahnte, dass du es nicht richtig verstehen würdest.«

»Darüber reden wir ein anderes Mal.« Tomeija bewunderte seine Ruhe. Ihn störte es nicht, dass weitere Krieger der Sungàm Tasai jederzeit erscheinen könnten. »Du hast mich beobachtet?«

»Seit du aus Wédōra aufgebrochen bist. Es war ein Fest, dir zuzuschauen. Ich bin sehr stolz auf dich.«

»Dann weißt du, was mit meinen Freunden geschehen ist?«

»Der Saldûn ist zusammen mit dem Izozath gereist. Ich habe ihnen gesagt, dass ich über dich wache und dir nichts geschehen wird. Sie haben dir eine Nachricht am Felsenturm hinterlassen.«

»Und –«

»Der Bhlyat?« Uccran sagte es, als wüsste er, dass Irian und sie mehr füreinander empfanden. Das machte ihn zum Rivalen.

»Ja.«

»Ich fand ihn. Er sah nicht gut aus. Ein Loch im Kopf, gebrochene Knochen, Schnittwunden«, zählte er auf. »Fast hätte ich ihn an meinen Nachtskorpion verfüttert. Aber ich erkannte ihn. Der Bhlyat ist verrückt genug, dass man Ehrfurcht vor ihm haben muss. Wie vor dir.«

Tomeija verbarg ihre Freude über die Nachricht. »Sehr gut. Er ist Teil meiner Einheit in Wédōra.«

»Ihr unterrichtet die Soldaten des Dârèmo, wie man so wahnsinnig wird wie ihr beide? Das wäre schlecht. Dann müssten wir sie bald fürchten.« Uccran lächelte. »Ich habe ihn in eine geheime Höhle in der Nähe gebracht. Wenn du ihn mitnehmen willst, kann ich das veranlassen.«

»Danke!«

»Sofern …« Er sah sie abwartend an.

»Ja?«

»Sofern wir uns bald wiedersehen und du es mir schwörst.«

Die Erpressung schmeckte ihr nicht, doch sie musste ihren Stolz und ihre Wut überwinden. Für Irian.

Uccran bemerkte ihren Widerstand. »Was hat man dir über das Zeichen gesagt, das du im Nacken trägst?«

»Es war nicht leicht, jemanden zu finden, dem ich es überhaupt zeigen konnte, ohne dass er mich sofort umbringen wollte. Wie in Sandwacht.« Tomeija erinnerte sich an Sothános Worte. »Angeblich ist es eine Auszeichnung. Ich hätte eine große Bedeutung und sei ein sehr wertvolles Wesen für meinen Besitzer«, umschrieb sie es.

Uccran gab einen Ton von sich, den sie als Empörung interpretierte. »Wer sagte das?«

»Ein Keel-Èru.«

»Niemals! Jeder aus meinem Volk hätte dir die richtige Bedeutung verraten. Aus Ehrfurcht vor dir und vor mir.« Er umrundete sie und begab sich in ihren Rücken, zog den Schal zur Seite. Vorsichtig zog er seinen Handschuh aus und legte die warmen, trockenen Finger darauf. »Das Zeichen sagt, dass wir miteinander verbunden sind. Dass *ich* dir gehöre und nicht umgekehrt.«

Tomeija überspielte ihre Überraschung. »Geben die Keel-Èru ihr Herz derart rasch weg?«

»Ich wartete auf dich. Mein ganzes Dasein lang.«

Sie konnte nicht verhindern, dass die Worte sie berührten. »Auf eine Gestrandete?«

»Es hieß bei meiner Geburt, dass der Tod in mein Leben träte und ich mich in ihn verlieben müsse. Einst dachte ich, es ginge dabei um meine Bestimmung als Mar'Dheon. Als ich dich sah, wie du gekämpft hast, erst gegen die Thahdrarthi und danach gegen mich und meine Krieger, und dann dein Brandzeichen im Nacken entdeckte, erkannte ich die Wahrheit in den Worten.« Uccran legte ihren Schal zurück über die Haut und trat vor sie. »Du gehörst zu mir, und ich bin dein.«

Tomeija vernahm keinen Pathos in seiner Stimme. Uccran sprach ruhig und offen, mit aller Klarheit und Überzeugung. »Du hast keinen Anspruch auf mich.«

»Das sagte ich nicht.«

»Aber –«

»Meine Aufgabe ist, bis ans Ende meines Lebens oder dem deinen, dir zur Seite zu stehen.« Er beugte sein Haupt und nahm den Helm ab, strich die langen schwarzen Haare zur Seite und wies ihr seinen schutzlosen Nacken. Dort prangte *ihr* Brandzeichen, das Symbol, das sie als Henkerin bekommen hatte, damit es keinen Zweifel an ihrem Stand und ihrem Ausgestoßensein gab. »Ich verlange dafür nichts. Außer, mit dir öfter zu sprechen, mehr von dir zu erfahren.«

Tomeija fühlte sich überrumpelt. So viele Deutungen hatte sie zu dem Zeichen vernommen, aber eine solche niemals vermutet.

Auch wenn sie nach wie vor nicht rechtens fand, dass sie es ohne ihre Einwilligung bekommen hatte, dämpfte sich ihr Zorn. Dann entsann sie sich des schwerverletzten Irian, der in die Stadt musste, damit sie ihn pflegen konnte. Keinesfalls würde sie ihn ins Krankenviertel in die blutbesudelten, grausamen Hände von Dyar-Corron geben.

»Einverstanden«, erwiderte Tomeija und reichte ihm die Hand.

Uccran nahm sie und führte sie in seinen Nacken, auf ihr Zeichen, während er seine Finger in ihren Nacken legte. Ihre Stirnen berührten sich. »Damit machst du mir eine große Freude. Du wirst bald eine Kundige sein, die mehr Geheimnisse des Sandmeeres kennt als der Bhlyat«, versprach er flüsternd. Dann löste er sich von ihr und setzte den Helm auf. »Wir sollten los.«

Hinter Tomeija erschienen zuerst die metallverstärkten Scheren des schwarzen Riesenskorpions, dann dessen Kopf und Leib. Auf seinem Rücken trug er den ohnmächtigen Irian.

»Ich bringe euch nahe an Wédōra heran. Den Rest wirst du mit einer Karawane zurücklegen müssen, denn ich fürchte, die Garde des Dârèmo könnte bei meinem Anblick die Katapulte beladen.« Er kletterte über die Beine des Insekts hinauf und nahm Platz. »Hinauf mit dir, meine Daoja Mahal.«

Tomeija betrachtete den Skorpion, der jede Skornida mit seinen Scheren in Stückchen schneiden würde, der Giftstachel schwebte gleich einem gewaltigen Schwert über ihnen. Die Länge würde ausreichen, um zwei Menschen zu durchbohren. Es kostete sie Überwindung, hinaufzusteigen und sich zu Irian Ettras zu begeben.

Eine Sache beschäftigte sie. »Was bedeutet Da Mamal?«

»Daoja Mahal. In deiner Sprache: Todesfrau.« Uccran steuerte das ungewöhnliche Reittier in die nächtliche Wüste und ließ den künstlichen Fluss hinter ihnen.

Tomeija prüfte Irians Zustand. Der Keel-Èru hatte ihn verbunden und genäht, ohne Wert auf schöne Narben zu legen. *Das muss ich alles auftrennen und neu machen.* »Wieso greift ihr die Sungàm Tasai nicht an? Sie graben sich in euer Land.«

»Weswegen sollten wir? Der Kara Buran sagte uns, dass sich die Krämer gegenseitig umbringen werden, wenn wir sie gewähren lassen. Dann wird die Stadt endlich fallen.« Uccran klang zufrieden. »Daher haben wir nichts unternommen. Die Thahdrarthi versuchen es gelegentlich. Es liegt in ihrer Natur, und zudem sind die Sandfresser an dem Heiligtum der Smaragdnen Wasser nicht interessiert. Sie haben sich vor langer Zeit andere Götter gesucht.«

»Ich habe von den Enaïssef gehört.«

Uccran drehte sich kurz zu ihr um. »So? Woher?«

»Ich traf jemanden, der mir von ihnen berichtete.« Tomeija

nutzte die Gelegenheit. »Was wäre, wenn einer von den Zwölfen Zugang zu der Grotte bekäme?«

»Du sprichst von dem Gefangenen, der in Sandwacht einsaß. Der sich als Keel-Èru ausgab. Ah, natürlich! *Er* war es, der dir das Zeichen im Nacken falsch erklärte.« Er schien nachdenklich zu werden. »Ich hielt ihn für einen Murzbha, der sich wichtigmachen wollte, nachdem die Soldaten ihn erwischt hatten.« Er lachte böse. »Ein Enaïssef. Welch kluger Zug. Er wollte in die Stadt gelangen, um zur Quelle vorzudringen. Zum Heiligtum.«

»Was wäre, wenn es ihm gelänge?«, fragte Tomeija beunruhigt nach.

»Die Enaïssef waren die Hüter der Quelle und zogen all ihre Macht aus dem Wasser. Sollte er in die Grotten gelangen, von dem unverfälschten Wasser trinken und in der Quelle baden können, wird der Dârèmo vor einer großen Herausforderung stehen. Die Magie der Enaïssef ist legendär.« Uccran suchte Tomeijas Blick. »Es war sehr gut, dass wir uns getroffen haben, meine Daoja Mahal. Ich erfuhr Neues, Wichtiges von dir. Ich bin neugierig, wie weit der Enaïssef kommt. Dass sich einer der Feiglinge das traut!« Er lächelte kalt. »Womöglich ist der Krieg der Kaufleute das viel kleinere Übel, das diese verfluchte Stadt treffen wird.«

* * *

Wédōra, Prachtviertel

Liothan und Tomeija saßen in der Küche zusammen über den Plänen, die ihnen der Izozath überlassen hatte, bevor er aus Wédōra verschwunden war. Es roch nach dem Eintopf, den Liothan aufgesetzt hatte: Gemüse mit Ruli-Linsen und Fleischbeeren, was einen verlockenden Duft durch das ganze Haus sandte.

Doch Hunger verspürten weder er noch Tomeija.

Der Grund lag ausgebreitet vor ihnen.

Kytain Dôols Auftrag war erfüllt. Niemand aus der Stadt und schon gar nicht der Dârèmo würden erfahren, woher die ursprünglichen Maschinen stammten, mit denen die Sungàm Tasai die Wasserstraße bis achtzig Meilen vor die Tore durch die Wüste gegraben hatten.

Was Kytain Dôol den Freunden überlassen hatte, waren nicht etwa die Baupläne der Apparate, die er aus der Unterkunft der Ingenio gestohlen hatte, sondern die neusten Vermessungen und Streckenabschnitte.

»Es gibt keinen Zweifel.« Liothan deutete auf die Zeichnungen. »Der Kaiser des Wasserreichs hatte niemals vor, den Dârèmo zu stürzen. Reine Ablenkung, um die Bewohner aufzuhetzen.«

Tomeija trank von ihrem Wein, den sie sich beim Anblick der Pläne eingeschenkt hatte. »Das muss Sarāsh sehen.«

»Es sollten *alle* sehen.« Liothan schob die eingerissenen Blätter auseinander, so dass sie gemeinsam betrachtet werden konnten.

Die Baumeister hatten vorgesehen, den künstlichen Fluss bis an die Mauer zu treiben, um mit den Kriegsschiffen das Feuer auf die Stadt zu eröffnen, aber dabei außerhalb der Reichweite der vermuteten Turmgeschütze zu bleiben.

Währenddessen sollten Bohrschiffe an verschiedenen Stellen schräg nach unten graben, um den Durchstoß zu den Kavernen zu erreichen. Das Wasser würde eindringen, die Decke durch den entstehenden Druck zum Springen und Einbrechen bringen. Damit sackte Wédōra zusammen, mit all seinen Häusern, Kontoren und dem Turm des Herrschers. Der entstandene Krater würde sich gemäß dem Plan mit Wasser aus dem Fluss füllen und einen riesigen See von vier mal vier Meilen erschaffen.

»Verdammte Fischficker!« Liothan strich über die Skizze für die Zeit nach dem Fall der Stadt. »Das wollen sie also: den Untergang Wédōras.«

»Ein schöner Entwurf, würde er nicht auf die Vernichtung unserer Bleibe abzielen.« Tomeija trank nochmals. »Und den Tod von einer Million Menschen.«

Die Sungàm Tasai sahen anstelle von Wédōra eine schwimmende Stadt vor, die ihr Stützpunkt werden sollte. Die neue Handelsmacht im Mittelpunkt der Wüste, ausschließlich erreichbar über Schiffe und Fähren, umgeben von einer großen Festungsmauer an Land. Da das Wasserreich keine Niederlassungen besaß und sich bislang als Transporteur sein Geld verdiente, verloren sie durch den Untergang nicht eine kleine Münze.

»Der Kaiser muss verrückt geworden sein.« Liothan konnte nicht glauben, dass er den Tod von Menschen und Tieren sowie die Vernichtung von Kultur, Schätzen und Waren in Kauf nahm, um seine eigene Stadt zu erbauen.

»Die Sungàm Tasai werden überall verkünden, dass der Dârèmo Wédōra selbst versenkte, um sie nicht in die Hände der vermeintlichen Befreier fallen zu lassen«, vermutete Tomeija. »Die Sieger schreiben die Geschichte.«

»Es würde ein Restzweifel bleiben.«

»Das wäre ihnen gleich.« Sie legte eine Hand auf den Plan. »*Das* ist der Beweis, der die Niedertracht des Kaisers offenbart. Wir haben ihn.«

»Wir sollten Duplikate anfertigen und sie verteilen lassen.« Liothan war aufgebracht. »Die Streitmacht des Dârèmo wird der Flotte ein Ende machen und sie im Kanal versenken.« Er sah zu ihr und erwartet ihren Zuspruch.

Aber Tomeija wirkte skeptisch. »Sandwacht ist nicht einsatzfähig. Es wurden neue Gleiter gebaut, aber ob sie ausreichen, um diese Ungetüme von Schiffen zu versenken? Erinnere dich: Sie waren auch von oben gepanzert. In ihren Bäuchen tragen sie Katapulte und Schleudern, wie sie die Welt noch nicht gesehen hat.« Sie stellte den leeren Becher ab und ging zum Herd, um den Eintopf umzurühren. »Der Kaiser hat diese Unternehmung nicht aus einer Laune heraus begonnen. Ich denke, dass Sungàm

Tasai schon eine Generation im Verborgenen daran arbeitet. Solche Zerstörer baut man nicht in einem Monat.«

»Du verstehst dich auf Zimmerei?«

»Muss man das? Wir haben sie gesehen, Liothan. Acht Stück, und nur die Götter und Vögel wissen, ob nicht weitere dazugekommen sind.« Tomeija kostete die Suppe und zog den brodelnden Topf von der Flamme.

»Du unterschätzt das Heer und die Garde«, sagte Liothan. »Es sind mehrere tausend. Und sie sind vertraut mit der Wüste.«

»Sie sind damit vertraut, eine Stadt zu verteidigen, und würden die größte Übermacht abwehren. Aber hinausmarschieren?« Tomeija verteilte das Essen in bemalte Porzellanschüsseln, deren Dekor sich durch die Hitze des Mahls änderte, was hübsch anzuschauen war. Neue Linien und Ornamente wurden sichtbar. »Sie würden nicht siegen.«

»Und warten sie, bis der Kanal heranreicht, ist es zu spät. Wédōra wird versinken und ertränkt. Mit Mann und Maus«, führte er die Gedanken fort.

Sie brachte die Behältnisse mit dem Eintopf. Schweigend aßen sie und hingen ihren Gedanken nach.

»Ich vermisse die Zeiten, in denen wir nur zusammensaßen und redeten, lachten«, sagte Tomeija und seufzte. »Das alles hier begann in Walfor und … es will nicht enden.«

»Doch. Das wird es.« Liothan wusste, dass es eine halbe Lüge war. »Wir bezwingen die Fischficker, und dann ist Ruhe. Für lange Zeit.«

»*Wir*, ja?« Tomeija grinste. »Du führst ein eigenes Heer in die Schlacht?«

»Wer weiß?« Er grinste zurück und nahm einen Bissen. Auch das war eine halbe Lüge, denn wenn es auf jeden wehrfähigen Arm anging, mussten die Flinken Hände mitmachen. *Wie früher. Die Verbrecher ergreifen die Waffen und retten die Stadt.* »Warten wir ab, was der Dârèmo sagt.«

»Was Sarāsh sagt.«

»Du denkst, dass sie der Herrscher ist.« Liothan lachte. »Du bist nicht die Erste damit.«

»Es gab immer das Gerücht, dass die Boten die Macht weiterreichen. Ein eingeschworener Bund, der sich den Ruf des Dârèmo zunutze macht.« Tomeija löffelte das Essen. »Das ist vorerst ohne Belang für uns. Zunächst müssen wir verhindern, dass die Pläne des Kaisers in die Tat umgesetzt werden.«

»Und danach lüften wir die Rätsel um den Turm.« Liothan kratzte die Reste zusammen und aß sie. Ungeduld drängte sich in den Vordergrund. Er hatte noch andere Sorgen. Weitaus persönlichere. »Ich nehme an, du bringst die Pläne zu Sarāsh?«

»Das werde ich tun.«

»Und dann pflegst du mit Hingabe deinen Hakhua?«

Tomeija zwinkerte ihm zu.

»Nicht, dass Driochor plötzlich eifersüchtig wird.« Liothan beneidete sie ein wenig darum, ihre Gefühle nicht verbergen zu müssen, auch wenn es ihm vorkam, als würden weder seine Freundin noch Ettras sich offen dazu bekennen. *Sie werden ihre Gründe haben.* »Dann gehe ich noch eine Runde ins Vergnügungsviertel.«

»Ich werde berichten, was Sarāsh und der Dârèmo zu unseren Erkenntnissen sagen.« Sie grüßte ihn mit dem Löffel. »Wo ist dein Halsgeschmeide abgeblieben?«

»Das Schlangenband? Ich muss es verloren haben. Es kostete ein Vermögen.« *Und mich beinahe das Leben.* Liothan erhob sich und verließ die Küche. Absichtlich laut ging er durch die Eingangshalle zur Tür, öffnete sie und schlug sie krachend zu.

Dann machte er kehrt und schlich auf Zehenspitzen die Stockwerke hinauf zum Vasenraum und zum verborgenen Eingang in den Schacht, den er inzwischen über eine Vorrichtung von innen verschließen konnte.

Liothan kletterte die Stufen im Dunkeln abwärts. Er kannte den Weg auswendig. Jeden Schritt setzte er in der Schwärze sicher wie im hellen Tag, zog am Fuß des Schachts den Kopf ein und kroch bis zum Durchlass, der ihn in die Kaverne führte.

Dann lief er schnell auf dem Sims entlang, eilte durch Gänge, die einst vom Wasser gegraben worden waren, und befand sich bald in einem abgelegenen Teil, in den kein Gardist kam und er nicht achtgeben musste. Die Überreste des alten Palastes, der aus den Zeiten der Enaïssef stammte, dienten als Versteck und Gefängnis zugleich. *Die Unterbringung ist immerhin komfortabler als die Zellen des Dârèmo.*

Liothan betrat die Ruine und sah schwachen Lampenschein durch die Fenster dringen. Er suchte den Schlüssel heraus und öffnete damit den ersten Gitterdurchgang, gelangte zu einer Steintür und schloss sie auf.

Nach einem kurzen Klopfen öffnete er.

Dahinter saßen die Ghominàs beim Kartenspiel, Kutuli lehnte an ihrem Geliebten und verfolgte die Partie gelangweilt. Keiner blickte zu Liothan.

»Unser Kerkermeister«, kommentierte Fradarick spöttisch. »Und er hat nichts mitgebracht.«

»Ihr habt doch alles.« Liothan winkte Nanthena zu, die ihr Blatt kurzerhand Kutuli reichte, aufstand und sich ihm näherte. »Ich habe Neuigkeiten, die nicht gut sind.«

»Für uns?«

»Für Wédōra. Somit für uns alle.« Liothan führte sie ins Nachbarzimmer, wo sie sich auf die Liege setzten und sich bei den Händen hielten. Der innige, leidenschaftliche Kuss folgte unmittelbar, auf den sie vor den Augen der anderen verzichtet hatten. Die Verliebten blickten sich schweigend an, lächelten und genossen die Nähe.

»Du wolltest etwas erzählen«, erinnerte ihn Nanthena.

»Es weiß noch niemand. Die Stadt ist in größter Gefahr.« Liothan berichtete von seinem Ausflug zur Baustelle und den Plänen, die sie dabei erbeutet hatten. Um den Izozath, Ettras und Tomeija dabei nicht erwähnen zu müssen, behauptete er, er habe nach lukrativer Beute Ausschau gehalten.

Nanthena zeigte sich am Ende seiner Erzählung erschüttert. »Die Sungàm Tasai haben den Verstand verloren!«, brach es aus ihr heraus. »Sie geben uns dem Untergang preis! Für ihre eigene Wasserstadt! Das kann …« Sie drückte Liothans Finger fester. »Der Dârèmo muss es erfahren!«

»Ich kümmere mich darum. Denkst du, die Flinken Hände würden sich an einem Angriff beteiligen?«

»Wie früher? Um Wédōra zu retten? Schon.« Nanthena streichelte seine Wange, auf der sich wieder Stoppeln gebildet hatten. »Zudem werden sie dir folgen. Du bist ein Saldûn, der mit den Dämonen im Bunde ist. Louthara wird das Amt an dich abgeben, wenn du es verlangst.«

Liothan küsste ihre Fingerspitzen. »Wie lebt es sich vorübergehend in diesem Palast?«

»Es ist nicht schlecht. Aber sehr langweilig. Wie lange sollen wir versteckt bleiben?«

»Bis mir etwas eingefallen ist.« Liothan hatte sich schon den Kopf darüber zerbrochen. »Nach dem Angriff auf die Sungàm Tasai ist der richtige Moment gekommen. Die Euphorie des Sieges machen wir uns zunutze, und ich begnadige euch. Ich meine: Ich hole euch aus eurer magischen Verbannung zurück«, sagte er lachend. »Dagegen wird niemand seine Stimme erheben.«

»Du bist von dem Sieg überzeugt.«

»Alles andere wäre das Ende. Von allem, was mir wichtig ist.« Er küsste sie langsam. »Bevor die Schiffe der Fischficker zu nahe sind, verlege ich euch nach oben. In mein Haus. Nur für den Fall, dass es zu einem kleineren Wassereinbruch kommt.«

Nanthena nickte. »Kann ich nichts anderes tun?«

»Nein. Die Flinken Hände sollen unbedingt glauben, dass die Familie Ghominàs von meinen Kreaturen geholt und in die Geisterwelt verschleppt worden ist. Wenn man dich sähe, geriete mein Nimbus in Gefahr. *Nach* der Schlacht. Vorher nicht.«

»Schade. Es wäre eine gute Gelegenheit, Louthara heimlich aufzusuchen. Sie rechnet nicht mit mir.«

Liothan grinste. »Um sie zu erschrecken.«

»Nein.« Nanthena sah ihn plötzlich wütend an. »Um sie zu töten.«

»Weil sie deine Werkstatt hat zerstören lassen.«

»Und mich beraubte!« Nanthena sprang auf und wanderte aufgebracht auf und ab. »Niemals kann ich es ihr verzeihen! Sie hat meine Familie stets gehasst und Intrigen gesponnen, um uns zu vertreiben.«

Liothans Mund wurde trocken, dafür brach ihm der kalte Schweiß aus. »Sie wird ihre Strafe schon noch erhalten.«

»Wie bestraft man jemanden, der Kunst unwiederbringlich vernichtet hat? Das ist das Gleiche, wie einen Menschen zu ermorden: Das vernichtete Leben kommt nicht zurück. Welche Sühne kann es dafür geben?« Nanthena legte eine Hand auf ihren Bauch. »Sie hat mir mehr genommen als meine Kunstwerke. Sie hat einen Teil von mir weggenommen.« Tränen der Wut rannen über ihre Wangen.

Liothan erhob sich und umarmte sie, streichelte ihr Haar. Sie klammerte sich an ihn und weinte vor Zorn. »Lass mich mit in die Schlacht ziehen«, raunte sie in sein Ohr. »Ich verkleide mich, und wenn ich ihr im Kampf begegne, töte ich sie.«

»Das ist zu gefährlich«, erwiderte er und hielt sie fest. »Ich will nicht, dass dir etwas zustößt.«

Nanthena stieß einen unterdrückten Schrei aus, die Nägel schlugen sich durch die Kleidung in Liothans Rücken, dass es schmerzte. »Oh, verzeih!«, stieß sie erschrocken aus. »Ich wusste nicht, wohin mit meinem Hass und …« Sie bedachte ihn mit Küssen. »Ich habe dich verletzt!«

»Einen Saldûn bringt das nicht um.« Liothan ertrug das Brennen in seiner Haut. Sie konnte nicht wissen, dass ihr Hass den Täter getroffen hatte. *Ich brauche eine Lösung.*

Die einfachste wäre: *Louthara muss verschwinden. Sie ist die Einzige, die mich verraten kann.* Käme durch sie seine Beteiligung an dem Überfall auf die Werkstatt ans Licht, würde Nanthena sich von ihm lossagen.

Doch ohne sie wollte Liothan nicht mehr leben.

* * *

Aus *Überleben in der Wüste*, von Kauffrau Ilenaja zu Aela:

Wer in der Wüste verdurstet, dem geschieht es recht! Denn man muss sich lediglich kurz nach Sonnenaufgang an den Fuß einer großen Düne begeben und graben, graben, graben – und seht: Dort ist Wasser, das sich des Nachts als Tau oben absetzte, durch den Sand sickerte und sich bis zum Morgen sammelte.

Kapitel XXI

Königreich Burgonn, Provinz Tersith

Arcurias dachte nicht daran, die Flucht zu ergreifen, wie Atha es verlangte. Er sammelte seine magische Konzentration und bereitete einen Flammenspruch vor, dann wandte er sich um.

Vor dem Fenster pendelte eine übergroße menschliche Gestalt, die neben Armen und Beinen vier Spinnenbeine besaß, mit denen sie sich an der Außenwand festhielt. Ein Skorpionschwanz saß am Rücken der Monstrosität. Anstelle eines Mundes hatte sie gewaltige Kieferklauen, groß wie Heckenscheren.

Kaum hatte sich Arcurias umgedreht, sprang die Bestie gegen das geschlossene Fenster und hangelte sich mit den menschlichen und den Spinnenbeinen durch das zerborstene Glas in den Raum. Spielend leicht wechselte sie zwischen Boden, Decke und Wand. Die Kieferklauen klackerten laut, die Kreatur verlangte nach den Leben des Königs und der Söldnerin. Der menschliche Leib war von schwarzgrauem Chitin besetzt, der Kopf von einem borkenähnlichen Panzer geschützt.

»Hoheit«, sagte Atha beschwörend. »Ich halte dieses Ding auf. Ihr bringt –«

Arcurias schleuderte eine Flammenlanze gegen den Angreifer, der von der Wǽrloga geschickt worden sein musste. Ob das Wesen kam, um Edocius' Aufzeichnungen zu rauben oder um ihn zu töten, war ihm gleich. Beides nahm er nicht hin.

Das Monstrum wich aus, die Lohe sengte eines der Spinnenbeine weg. Ein unangenehmes Zischen erklang aus dem Maul des Wesens, das sich von Arcurias abwandte und auf die Söldnerin werfen wollte. Der Skorpionstachel hingegen zuckte peitschengleich herum und zielte auf den König.

Arcurias sprang zur Seite. Der degenlange Giftstachel fuhr an ihm vorbei in das Buchregal und spießte vier schwere Folianten auf.

Die trübschwarze Flüssigkeit färbte das Papier, das sich daraufhin entzündete. Das Gift wirkte wie ein alchemistischer Brandbeschleuniger.

Das Wesen schüttelte die brennenden Werke vom Dorn ab, die sich im Kämmerchen verteilten und das Feuer verbreiteten. Mit der Rückhand schlug es Atha aus dem Sessel, die ihren Hexspruch nicht mehr zu Ende sprechen konnte. Zischend drang die Bestie auf Arcurias ein.

Ich versuche etwas anderes. Er nahm die Karaffe mit Wasser und schüttete das Nass gegen den Angreifer. Mit einer gerufenen Formel und einer Geste wandelte er es zu spitzen Eiskristallen, die gegen das Scheusal prasselten und es zurück zum Fenster drängten.

Der Chitinpanzer erhielt Risse, grüne und blaue Flüssigkeiten sickerten heraus. Beinahe fiel die Bestie rücklings aus der Kammer, aber die drei verbliebenen Spinnenbeine spreizten sich und hakten sich in Wand und Regale. Kratzer und Spuren entstanden auf Holz und Stein, Splitter und Staub fielen zu Boden.

Das Feuer breitete sich aus.

Atha rollte sich ächzend auf den Rücken. »Lauft doch endlich, Hoheit«, rief sie mit brechender Stimme. »Holt Hilfe gegen dieses Ding!« Sie versuchte, einen Zauber zu formen.

Arcurias blieb. *Sonst ist sie verloren.*

Die angeschlagene Kreatur sprang vorwärts, an die rechte Wand und vorbei an den rauchenden Bränden, von dort an die Decke und mit Schwung herab gegen den König.

Arcurias wartete mit der Nervenstärke des erfahrenen Jägers, bis das Monstrum sein gesamtes Gesichtsfeld ausfüllte und die Kieferklauen weniger als eine halbe Armlänge entfernt waren. Dann spie er ihr einen Speichelklumpen entgegen, der sich auf dem Flug in hochkonzentrierte Säure verwandelte, und ließ sich fallen.

Klackend schlossen sich die scherenhaften Kiefer über ihm, das Wesen kreischte und flog über Arcurias hinweg. Zischend lösten sich Teile des Gesichts auf, die Panzerung schmolz. Darunter kamen Knochen zum Vorschein.

Aber es ließ von seinem Vorhaben nicht ab.

Während sich der Auflösungsprozess fortsetzte und der Knochen weggefressen wurde, bereitete es den nächsten Angriff vor.

»Feuer, Feuer!«, schallten die Rufe von draußen. Der Rauch war bemerkt worden.

Versuchen wir das! Arcurias bildete eine magische Schutzglocke um das Monstrum, die eigentlich dafür gedacht war, Angriffe abzuwehren. Mit eingeschlossen hatte er zwei flackernde, qualmende Stellen, welche das Innere mit Rauch und Hitze füllten. Er hielt den Zauber aufrecht, auch wenn er ihn viel Kraft kostete.

Atha zog sich in den Sessel zurück und trat ein brennendes Buch aus. »Ihr habt das Vieh, Hoheit!«

Studiosi rannten unterdessen herbei, ausgestattet mit Eimern voller Sand, Feuerpatschen und ihren Runenkacheln, aus denen nach einer einfachen Formel leichter Wassernebel sprühte, der keinen verheerenden Schaden am Papier anrichtete.

Arcurias sah durch den Rauch nicht mehr, was im Innern der Schutzglocke vorging. Das Feuer darin war erstickt, es gab für die Bestie keine Luft mehr zum Atmen. »Ich werde den Spruch gleich fallen lassen«, kündigte er an.

Atha nickte und machte sich bereit. Zugleich erschienen mehrere alarmierte Mèstres und Wachen, um dem König im Kampf beizustehen. Sie richteten ihre Runenkacheln und Piken auf die magische Glocke.

»Jetzt!« Arcurias hob den Zauber auf.

Der Rauch fiel schwer zu Boden und rollte davon.

Er gab den Blick auf das Scheusal frei, das durch den Qualm und die Hitze umgekommen war. An manchen Stellen war der Körperpanzer aufgeplatzt, da sich das Gewebe darunter ausgedehnt hatte. Die Spinnenbeine waren verbrannt und verkrümmt, der Kopf zu zwei Dritteln von der Säure aufgelöst.

»Gut«, sagte Arcurias erleichtert. »Schaffen wir es –«

»In den Sektionssaal«, befahl Helcamus, der im Türrahmen stand. »Das Wesen muss untersucht werden.«

»Was gibt es da zu untersuchen? Ihr seht, dass es von der Wærloga erschaffen und gesendet wurde, um *dieses*« – Arcurias hob einige der im Tresor gefundenen Unterlagen leicht an – »entweder zu beschaffen oder zu vernichten.«

»Was ist das?« Der Agitus kam neugierig näher. »Woher habt Ihr das, Hoheit? Wir untersuchten alles, aber –«

»Ein Geheimfach im Stahlschrank. Edocius wusste, dass es wertvoller war als seine übrigen Aufzeichnungen.« Arcurias legte fest seine Hand darauf. »Ich sichte es, und danach teile ich Euch mit, was ich entdeckt habe.«

»Bei allem Respekt, Hoheit. Ihr mögt zu einem Witgo ausgebildet worden sein, aber Fenia von Ibenberg hatte nicht das Wissen, das wir …«

Der Skorpionschwanz der Bestie zuckte abrupt herum und bohrte den degengleichen Giftdorn durch Helcamus, riss ihn in die Höhe und schleuderte ihn zum geborstenen Fenster hinaus. Seine Kappe fiel auf die Dielen, Arcurias stolperte gegen ein Buchregal.

Die Studiosi sprangen schreiend von dem schlangenhaft zustoßenden Schweif weg und behinderten so die Wachen mit ihren Piken. Die vergiftete, scharfe Spitze erwischte etliche von ihnen, bis Atha ihr Schwert schwang und den Schwanz in der Mitte durchschlug.

Ein Dutzend Männer und Frauen wanden sich auf dem Boden und hielten sich die Stichwunden. Die Haut um die dicken Löcher verfärbte sich.

»Schnell! Ruft Hilfe!« Arcurias ließ sich neben einem der Getroffenen nieder. Er griff auf Heilmagie zurück und versuchte, die Vergiftung aufzuhalten.

Aber das Toxikum war zu stark, es brachte das Blut der Unglückseligen zum Kochen. Zum Geruch von verbranntem Papier mischte sich der Gestank nach gebrühtem Fleisch. Der junge Studiosus starb unter den Händen des Königs.

»Ein Gruß der Wǽrloga.« Atha sackte leicht neben einer Studiosa zusammen, die sie nicht hatte retten können. »Der Anschlag galt Euch, Hoheit. Sie weiß, dass ihr einstiger Schüler der gefährlichste Gegner ist, um sie aufzuhalten.«

»Ich denke, es ging ihr um meinen Fund.« Arcurias erhob sich und half ihr beim Aufstehen; er schwitzte vor Anstrengung, die blonden Locken klebten auf der faltigen Stirn des Fünfzigjährigen. »Es wird nicht das letzte Scheusal gewesen sein, das sie aussendet.«

»Nein, gewiss nicht. Und sie werden in Scharen kommen, um Euch zu töten, Hoheit.« Atha blickte zum Fenster, dessen Rahmen rote Spritzer von Helcamus' Blut aufwies. »Oder die Wüste verschlingt uns vorher.«

»Wir suchen uns einen ruhigeren Platz, um die Schriften zu studieren.« Er sammelte die Unterlagen zusammen, stützte die junge Witga, und sie verließen Edocius' Unterkunft.

Auf dem Flur drängten sich die Hilfreichen und die Schaulustigen. Die Mèstres gaben Anweisungen, was zu tun sei, die Toten sollten wie die Bestie in den Sektionssaal gebracht werden, um sie zu examinieren. Das unbekannte Gift verlangte nach Erforschung.

Arcurias und Atha ließen sich in ein Studierzimmer geleiten, in das sie sich zurückzogen. Er schob ihr einen Teil der Unterlagen hin, er machte sich an die Sichtung der anderen. *Wir haben keine Zeit zu verlieren.*

Die erste Seite, die er in Augenschein nahm, stimmte Arcurias zuversichtlich. Da es sich um Blätter aus einer unbekannten Welt handelte, waren sie unverschlüsselt. Die Schrift ähnelte dem alten Porisisch, eine Sprache, die in manchen Teilen von Walfor als Mundart gesprochen und geschrieben wurde.

Arcurias las mit einigen Mühen von einer Wüste, in der es die eigenartigsten Kreaturen und Völker gab, deren magische Macht einst durch den Genuss von besonderem Wasser gesteigert worden war. »Die Smaragdnen Wassergrotten«, sagte er leise und fasziniert.

Nach einem Märchen über die Bräute des Dârèmo, die samt und sonders auf tragische Weisen ihre Leben verloren hatten und als Geister durch die Stadt namens Wédōra wandelten, kam er zu den unvollständigen Aufzeichnungen über die Zaubermacht eines Saldûn.

Nun verlor Arcurias die Zuversicht.

»Die Art der Magie unterscheidet sich vollkommen von unserer«, sagte er zu Atha und wies auf die Zeilen. »Sie nutzen die Komponenten, die es in einer Wüste gibt: Sand, Metalle, Wasser, die Kraft von Sonne und den Monden.« Er blätterte hastig weiter und kam zu den Formeln. »Nein!«

»Was, Hoheit?«

»Die Unterlagen sind … unvollständig. Ich sehe anhand des Aufbaus, dass diese Sprüche noch weitergehen, um …« Arcurias ließ sich in den Sessel fallen. »Es ist nicht vergleichbar, Atha.«

Die Witga ergriff die Aufzeichnungen und durchblätterte sie. »Die schlauen Mèstres der Hochschule werden dies zu ergänzen wissen.«

»Dann fehlen uns immer noch die Komponenten! Wir haben nicht die gleiche Sonne oder –«

»Den Sand, Hoheit. Doch, *den* haben wir.«

»Natürlich!« Arcurias hätte Atha für ihren Hinweis am liebsten geküsst. »Wir haben den gleichen Sand, ausgelöst durch die fremde Magie.« Vorausgesetzt, sie fänden die passenden Zauberformeln, könnten sie ihre Gegnerin mit ihren eigenen Mitteln schlagen. »Wir machen uns gleich an die Arbeit. Ich lasse die Besten der Hochschule … nein, die Besten der bekannten Welt zu uns rufen. Sie werden uns helfen, wenn sie verstehen, dass ihre Welt in Gefahr ist.«

»Nicht nur wir, auch die Wǽrloga verfügt über den Sand, Hoheit.« Atha legte die Blätter zurück. »Es ist spannend, was

Edocius aufgetan hat. Wédōra. Unbekannte Hexerei.« Sie stieß die Luft aus und hielt sich die verletzte Stelle. »Ich wünschte, sie wäre uns unbekannt geblieben.«

»Ich auch, Atha. Ich auch.« Arcurias sah zu ihr. »Du bleibst und ruhst dich aus. Ich suche den stellvertretenden Agitus der Hochschule und lasse Boten entsenden. Die Wüste wird sich nicht aufhalten lassen ohne die Sprüche aus Wédōra. Fenias Scheitern sollte uns Warnung genug sein. Die Magien sind zu verschieden.«

»Geht nur, Hoheit. Ich schlafe eine Runde. Damit ich bis zum Auftauchen der nächsten Bestie erholt bin und ihr mein Schwert in den Arsch rammen kann.« Atha schloss die Lider. »Nicht ohne mich anfangen, Hoheit.«

Arcurias lächelte und breitete eine Decke über sie aus.

Dann verließ er das Studierzimmer und machte sich auf die Suche nach Helcamus' Stellvertreter, während der alte Agitus neben der Bestie und den zehn Leichen im Seziersaal lag und der Wissenschaft diente.

Es wird eine Zeit des Gedenkens für ihn und die Opfer geben. Arcurias eilte durch die Hallen. *Nach unserem Sieg.*

* * *

Wédōra, VIII. Viertel

Liothan ging absichtlich in einem Viertel umher, in das er zuvor höchstens einmal einen Fuß gesetzt hatte. Neidenheim oder auch Flickenteppich wurde es genannt; überwiegend einfache Leute lebten hier, die ihr Geld mit Handwerk und Kleinhandel verdienten.

Im Gegensatz zu den anderen Vierteln hatten sich hier Blöcke nach den Herkunftsländern der Zugezogenen gebildet, die sich streng voneinander abschotteten.

Das ist sehr bunt und vielfältig und anders. War Liothan vorhin durch Straßenzüge geschlendert, in denen die Fahnen von Nelethion wehten, befand er sich nun in einem Abschnitt des Viertels, wo überwiegend Menschen aus dem Berbēk-Reich lebten. Entsprechend unterschiedlich sahen die Fassaden der Gebäude aus, es wurde Wert auf erkennbare Zugehörigkeit gelegt.

Liothan hatte gehört, dass Animositäten unter den Blöcken aufflackerten. Konflikte zwischen den Heimatländern fanden im Flickenteppich sehr viel deutlicher Niederschlag als anderswo. Aufruhr, Überfälle, Attacken, Pöbeleien konnten schnell geschehen, sofern man sich im falschen Abschnitt befand. Es gab überdurchschnittlich viele Gewalttaten zwischen den Blöcken, mehr als in den anderen Vierteln. Dafür herrschte innerhalb der Bereiche extreme Ruhe, Zusammenhalt und große Hilfsbereitschaft.

Was die Kriminellen anging, hatten einst die Windläufer die Vorherrschaft innegehabt. Mit dem Erstarken der Flinken Hände, aber auch mit dem neuerdings harten und effektiven Durchgreifen des Dârèmo gegen die Banden befanden sie sich nun auf dem Rückzug. Der Herrscher hatte bessere Spione als früher.

Liothan, unauffällig angezogen, um nicht erkannt zu werden, und mit einer hellen Kapuze über dem Kopf, betrat den Block, über dessen Gasse die Flagge von Burîkland wehte. Es roch aus einer Gaststätte verführerisch nach Fladenbrot mit geschmolzenem Käse und Schinken.

Er brauchte eine andere Umgebung, ohne den Lärm der Vergnügungen, ohne den Gestank der Keijo, ohne den unanständigen Protz der Überreichen. Seine Gedanken würden sich in den Gassen des Flickenteppichs hoffentlich besser ordnen lassen als in dem vertrauten Alltagseinerlei.

In Liothan hatte sich viel angestaut, und er wusste einfach nicht, wie er das alles bewältigen konnte. Die Banden, das doppelte Spiel mit Louthara, die Liebe und der Hass, die ihm Nanthena entgegenbrachte, das Täuschen von Tomeija. Die unentwegte Achtsamkeit, um sich bei keinem zu verraten, was seine Kartenhäuser zum Einstürzen bringen würde. Und das Brüten über den Büchern, um die Zaubersprüche zu erlernen und sich eines Saldûn würdig zu erweisen. Mit dem Wissen um die Pläne der Sungàm Tasai wären mehr Fähigkeiten bald von Vorteil.

Am meisten setzte ihm zu, dass er mit keinem darüber sprechen konnte. Er schlief schlecht, hatte Alpträume und erwachte kaum ausgeruht in der Nacht. Kardīr erschien ihm im Schlummer, machte ihm Vorwürfe, weil er ihn umgebracht habe, und dann stand plötzlich Cattra vor ihm und beschuldigte ihn, sie wegen Nanthena verlassen und vergessen zu haben.

Ich würde die Welt gerne anhalten. Liothan setzte sich an einen freien Tisch auf einen niedrigen Polsterhocker vor eine Schenke. *So lange anhalten, bis ich Lösungen für alles weiß.*

Es dämmerte. Ein beständiger Wind strich von der Wüste herein und trug Kühle mit sich, die sich bis auf Frostniveau absenkte, sobald die Monde aufzogen. Die Fähnchen und bunten Wimpel wippten an den Leinen und drehten sich.

Um Liothan herum saßen Männer und Frauen bei heißem Tee, maßen sich in Brettspielen, andere genossen Essen und Henket. Der Kleidung nach waren es einfache Leute, der Schmutz auf den Hemden und Hosen, unter den Nägeln und auf der Haut sprach für Handwerker.

Steinmetze.

Liothan ließ sich auch einen Tee bringen. Alkohol half ihm nicht bei seinen Überlegungen und führte allenfalls zu übergroßer Zuversicht. *Ich beneide sie. Brocken in Form schlagen, Fassaden ausbessern und kunstfertig verzieren und abends zufrieden ins Bett fallen. Keine Verschwörungen, keine komplizierten Verhältnisse.*

An den Nachbartischen wurde über den Krieg der Sungàm Tasai gegen Thoulikon gesprochen. Die Feierabendhenketstrategen tauschten ihre Ansichten über die kommenden Schlachten aus und wetteten, wie lange es die fünftausend Mann der Spähtruppe mit so wenig Wasser aushielten.

Sie ahnen nicht, wie nah das Verderben an ihnen dran ist.

Liothan hätte ihnen am liebsten von den Plänen und dem drohenden Ende berichtet. *Nein. Das ist Sache des Dârèmo.*

Liothan betrachtete die aufquellenden, treibenden Teeblätter in dem heißen Wasser, sein Blick verlor sich.

Er sah Nanthena vor seinem geistigen Auge, die Frau in seinem Leben. Was geschah, wenn er ihr das Geständnis machte? Was, wenn er es nicht tat und sie Louthara begegnete, die ihr aus Bosheit die Wahrheit über den Einbruch sagte, um ihren Triumph auszukosten?

Liothan hob den Blick und sah zum Firmament.

Der Mond der Bosheit redete ihm gut zu und machte ihm erneut den Einfall schmackhaft, Louthara aus dem Weg zu räumen. Mit ihr würde das Wissen sterben. Es sei, um die Liebe zu schützen.

Louthara hat mich benutzt. Und sie hat sicherlich viele Menschen auf dem Gewissen. Liothan tastete nach der Teetasse und nahm einen Schluck, die Augen auf den Mond gerichtet. *Ihr Tod würde Wédōra besser machen.*

Der Geschmack nach Minze und Früchten schob die düsteren Gedanken zur Seite.

Liothan atmete tief ein, roch die Gerüche des unaufgeregten Viertels, in dem Menschen nichts weiter wollten, als in Frieden zu leben. *Tomeija fehlt mir. Unsere Abende. Das Lachen und Reden. Die gemeinsamen Erinnerungen an Walfor.*

Der innere Druck steigerte sich und legte sich wie eine Stahlklammer um seine Brust, engte und zwängte ihn ein.

Liothan schloss die Lider. Er hielt das Gesicht in die Strahlen der Monde und sog ihre Kraft auf. Das Kribbeln gab ihm etwas Ruhe zurück, er fühlte sich sicherer.

Doch Lösungen ließen auf sich warten. *Wo steckt nur Kardīr? Ich habe mich in den letzten Mânen so viel umgehört, aber …*

»Du bist der Saldûn«, sagte eine junge Stimme vor ihm. »Stimmt das?«

Liothan hatte keinen Schimmer, wie lange er die Augen schon geschlossen hielt. Er öffnete sie, und die drei Monde hatten eine gehörige Strecke auf ihren Bahnen zurückgelegt. Dann senkte er den Blick.

An seinem Tisch stand ein Mädchen, das er auf etwa zehn Siderim schätzte. Es trug ein Kopftuch und ein knöchellanges, einfaches safrangelbes Kleid. Sie wirkte für eine Bewohnerin der Stadt sehr blass, was eine Nachwirkung des langen Aufenthalts im Haus während des Kara Buran sein durfte.

»Wer sagt so etwas?« Liothan lächelte sie an.

»Die Menschen sagen das.« Sie erwiderte die Freundlichkeit.

»Ich bin sehr müde, meine Kleine.« Er beugte sich nach vorne, strich seine langen braunen Haare zurück unter die Kapuze und flüsterte: »Sage denen, die behaupten, ich wäre der Saldûn, dass es zu spät ist, um mich mit ihnen zu unterhalten.« Dann drückte er ihr eine Silbermünze aus seinem Beutel in die Hand.

»Gut.« Sie nickte und rannte um die Ecke.

Liothan bestellte sich einen weiteren Tee. *Ich bin mit meinen Problemen nicht vorangekommen.*

Er liebäugelte mit der Idee, doch zu einem Henket zu greifen. Aber auf nahezu nüchternen Magen wollte er nicht trinken. Betrunken wollte er nicht vor Nanthena treten.

Unvermittelt stand die Kleine wieder vor ihm. »Sie haben gesagt, es wäre egal.«

Sie kommt sich noch eine Münze holen. Liothan nippte am Tee. »Ihnen ist egal, dass ich müde bin?«

Sie nickte eifrig.

»Und *wer* will mit dem Saldûn sprechen?«

»Ich habe nicht gesagt, dass sie mit dir sprechen wollen.« Das Mädchen betrachtete ihn. »Das hast du gesagt.«

»Das ist richtig.« Liothan kam das Kind zunehmend merkwürdiger vor. »Wer sind *sie* denn?«

»Ich.«

»Nur du?« Liothan blickte sich um. »Wo sind deine Eltern, Kleines?«

»Ich wollte nur wissen, ob du der Saldûn bist. Der, der die Flinken Hände anführt.«

»Das habe ich dir doch gesagt. Warum bist du denn weggelaufen?«

»Ich war mir nicht sicher. Da habe ich nachgefragt.« Sie lächelte. »Aber jetzt bin ich es.« Sie drückte sich ansatzlos vom Boden ab und sprang gegen Liothan, riss ihn vom Hocker. Gemeinsam fielen sie um.

Das Mädchen hockte auf seiner Brust und zog einen Dolch unter ihrem Gewand hervor, riss ihn aus der Hülle.

Liothan versetzte ihr einen Stoß, der sie von seinem Körper beförderte und auf dem Nachbartisch landen ließ. Klirrend fegte es die Gläser herab, die Leute sprangen rufend auf. *Ihr Leib ist eiskalt!*

Das Mädchen setzte zu einem neuerlichen Angriff an und sprang.

Liothan nutzte seine Magie, um es aufzuhalten und ihm die Waffe aus den Fingern zu zwingen. Das Kind stand im Flug in der Luft, musste den Dolch freigeben, der zu ihm schwebte.

»Was soll das?« Er behielt die Waffe in der Hand. »Welcher Feigling hat dich geschickt, um mich zu töten?« Er löste die Starre und erhob sich. »Hab keine Angst. Ich kann dich …«

Kaum, dass sich das Kind bewegen konnte, hetzte es mit einem gellenden, alarmierenden Schrei auf ihn zu und holte mit seiner kleinen Faust zum Schlag aus.

Schnell griff Liothan erneut auf die Formel zurück und ließ das Mädchen scheinbar erstarren. Die Augen stierten ihn voller Hass an.

»Haben dich die Windläufer gesandt? Wollen sie, dass ich …«

Um die Ecke kamen plötzlich noch mehr Kinder mit ruhigem Schritt, in ihren Händen Messer, Kurzbeile und Dolche. Auch sie trugen die gelbe Kleidung, als gehörten sie zu einer Familie.

Die Erwachsenen wichen vor ihnen zurück und machten ihnen Platz, jemand rief nach der Stadtwache.

Stumm marschierte das kleine Heer auf Liothan zu, der sich rückwärtsbewegte. *Was tue ich?* Gegen Mädchen und Knaben wollte er nicht kämpfen. Daher blieb nur die Flucht.

Liothan löste seinen Spruch und rannte los, die Straße entlang.

Das schnelle Trappeln hinter ihm verriet, dass die mörderische Schar an ihm dranblieb. Rechts und links in den Parallelgassen sah er brusthohe, gelbe Schatten huschen. Sie hatten sich aufgeteilt, um ihm den Weg abzuschneiden. An Hindernissen, egal ob Menschen, Tiere oder Gegenstände, schoben sie sich geschickt vorbei.

Nach oben! Liothan drückte sich ab und sprang auf ein Vordach. Er hangelte sich über die Simse und Fensterläden bis auf das begrünte Dach, wo er sich keuchend umblickte.

Rings um ihn herum erklommen die Kinder die Häuser, sprangen vorwärts und suchten nach Möglichkeiten, um zu ihm zu gelangen.

»Verflucht!« Liothan hatte sich in eine Falle manövriert. Er blickte in die Tiefe und erkannte nur noch safrangelbe Gewänder. *Eingekreist.*

Das Mädchen, das ihn angegriffen hatte, schwang sich über den Rand und hielt ein neues Messer in der Hand. »Der Saldûn muss sterben.« Sie hob die Klinge am gestreckten Arm nach vorne und ging auf ihn zu.

»Wer hat euch geschickt? Wer seid ihr?« Liothan wartete ab.

»Der Saldûn muss sterben«, wiederholte sie stur und kam gefährlich nahe. Weitere Kinder erklommen das flache Dach, bahnten sich den Weg durch die Obstbüsche und den dichten Farn. »Das ist alles.«

Liothan ließ Efeu an ihr hinaufranken und auch die übrigen Angreifer umschlingen. Er fesselte sie, ohne dass er ihnen Schaden zufügte. *Ist es Magie? Oder eine andere Macht, die sie zu willenlosen Werkzeugen macht?*

»Der Saldûn muss sterben!« Das Mädchen schnitt sich ungelenk mit dem Messer frei und fügte sich dabei Verletzungen zu, die jedoch nicht bluteten. Sie schien keine Schmerzen zu verspüren. Dann spurtete sie auf Liothan zu, die Eisenspitze zeigte auf sein Herz.

Was ist mit diesen Kindern? Er drehte sich um und stürmte durch die Reihen der halbhohen Angreiferschar, wich dabei Messer- und Dolchstößen sowie Beilhieben aus und wollte mit einem gewaltigen Satz auf das benachbarte Dach springen.

Dabei stieß er einen der Jungen um, der rücklings gegen ein Mädchen prallte und in ihre gereckte Klinge fiel.

Nein! Liothan blieb stehen, um zu helfen.

Aber der Knabe zog sich den Dolch aus dem Leib und gab ihn an das Mädchen zurück. Er eilte auf den Saldûn zu, als wäre nichts geschehen.

Sie … sind nicht zu töten! Liothan setzte seine Flucht fort. Er sprang ein Gebäude weiter und landete auf dem Balkon im dritten Stockwerk, hangelte sich an der Fassade nach unten.

Unverzüglich setzte das Trappeln der Kindersohlen ein. Rufe erklangen von unbeteiligten, erschrockenen Zuschauern, die nach den Wachen schrien.

Wie werde ich sie los? Liothan spurtete durch die Gassen und Sträßchen. *Die Garde! Am Tor kann ich den Haufen abschütteln.* Sollten sich die Leute des Dârèmo um die Kinder kümmern.

Aus der Seitenstraße kam ein Pulk größerer Jungen geschritten, gemütlich und gelb gewandet und waffenschwingend, um ihm ein Durchkommen zu verwehren.

Es geht nicht anders. Liothan hielt an und hob die Hand. Pflastersteine lösten sich unter seinen magischen Formeln aus dem Weg. Er beabsichtigte, sie als Geschosse einzusetzen.

Plötzlich warfen sich von oben mehrere Schatten auf ihn.

Hastus, beende das! Dreien konnte Liothan ausweichen. Die Mädchen schlugen auf dem Boden auf und brachen sich hörbar mehrere Knochen. Dennoch erhoben sie sich, mit deformierten Körpern und dem unzerstörten Willen, ihn zu töten.

Weitere Gegner fielen auf ihn und zwangen ihn durch ihre schiere Menge zu Boden, bevor er seinen Zauberspruch wirken konnte. Eine Schneide ritzte seinen Hals, an vielen Stellen seines Körpers brannte es von weiteren Schnitten.

Damit war das Ende seiner Rücksicht erreicht. »Weg von mir!«

Die Kinder hoben unter der Wirkung seiner Hexerei ab und landeten nach kurzem Flug auf dem Pflaster.

Liothan erhob sich und fühlte das Blut, das an mehreren Stellen über seinen Körper rann. Der Mond der Boshaftigkeit schien auf ihn hinab und verlangte, die Angriffe gebührend zu beantworten.

Liothan gab ihm recht.

Die tödlichen Kinder bildeten einen Kreis um ihn, den sie mit scharrenden Tippelschritten enger zogen. Auf den Dächern erschienen weitere und starrten herab, hielten sich für eine Attacke von oben bereit.

»Verschwindet!« Liothan löste die behauenen Steine aus dem Verbund und ließ sie in die Reihen der Angreifer schießen. Zielte er zuerst noch auf die Bäuche und Füße, galten seine Attacken bald den Köpfen, um die Gegner zu bezwingen. Mit hässlichen Geräuschen trafen die Steinstücke die Gegner.

Doch die Getroffenen rappelten sich auf, während die Umstehenden weitermarschierten.

Das gibt es nicht! Liothan ließ einen rotierenden Gürtel aus fliegenden Steinen um sich entstehen, den er vergrößerte und so ein Kind nach dem anderen zur Seite davonschleuderte. Entsetzt sah er, dass die Wunden nicht bluteten, ganz gleich, wie schrecklich sie ausfielen. Weder gebrochene Knochen noch klaffende Wunden hielten die Kinder auf, die unentwegt versuchten, durch den Steinwirbel zu stoßen.

Wiedergänger! Ich müsste sie verbrennen, damit … Schwindel breitete sich in seinem Kopf aus. Eine plötzliche Schwäche raubte ihm die Konzentration. Der massive, fortwährende Einsatz von Magie forderte ihn über die Maßen, die zahlreichen Verletzungen schwächten ihn zusätzlich.

Hastus! Ich … Liothan wankte und sank auf die Knie, mühte sich um die Aufrechterhaltung des Zaubers. Aber er entglitt ihm, die Steine fielen klappernd zu Boden. »Hilfe!«, rief er schwach. »Wache!«

Die Kinder drangen mit einem gemeinsamen Fauchen wie aus tausend Schlangenmäulern auf ihn ein.

Liothan zog kraftlos sein Schwert und vermochte es kaum mehr zu heben. *Das rührt nicht von der Verausgabung.* Die magischen Formeln tanzten in seinem Kopf, die Umgebung färbte sich überbunt. *Die Klingen sind vergiftet.* In seinem Mund schmeckte es nach Salz und Weihrauch.

Eine Gestalt mit einer langen Knochenschleppe erschien neben ihm, in der Hand ein langes Schwert mit glühenden Zeichen. Der große dürre Körper war aus schwarzem Marmor, in dem goldene, filigrane Adern saßen. Aus dem knochigen Schädel, an dem strohiges, schwarzes Haar herabhing, leuchtete ein Augenpaar violett auf Liothan nieder. »Zurück mit euch!«, sagte das Wesen mit sanfter, trockener Stimme und schlug mit der langen Klinge zu. Was sie damit traf, zerfiel zu leuchtendem Staub, der sich nach einem letzten Wallen auflöste. »Im Namen Driochors: Ihr dürft nicht leben!«

Liothans Bewusstsein driftete davon, sein Blick verschwamm. Mehr als Schemen sah er nicht mehr.

»Bleib wach«, herrschte ihn die raschelnde Stimme an. »Sonst kann ich nichts mehr für dich tun.«

Er nickte und stemmte sich mit den Händen gegen den drehenden Boden, suchte nach dem Gleichgewicht.

Das Geräusch der zuschlagenden summenden Klinge verstummte, dann wurde Liothan gepackt und in die Höhe gerissen.

»Lauf. Wir müssen verschwinden«, sagte das Wesen.

Liothan wehrte sich nicht. Es hatte ihn vor der Meute bewahrt, warum sollte er sich ihm widersetzen?

Obwohl er die Lider krampfhaft offen hielt, sah er nichts außer bunten Umrissen und tanzenden Schatten, die ihn aufforderten, in den Reigen einzufallen. Dann hatte er das Gefühl zu liegen. Statt der Schwäche befiel ihn Schmerz. Die Pein ließ nichts aus. Bis in die Zähne drang das Gleißen und Stechen wie von tausend glühenden Nägeln, die sich durch seinen Schädel in den Verstand trieben.

Liothan wollte schreien, vermochte aber den Mund nicht zu bewegen. Alles an ihm war gelähmt.

Dafür kehrte die Sicht langsam zurück, und die Qualen verebbten mit jedem erkämpften Atemzug. Er starrte schweißüberströmt in das Knochengesicht, das ihn gleichgültig anblickte.

»Danke«, flüsterte er und blinzelte die Tränen aus den Augen. Er hatte nicht mitbekommen, wann er zu weinen angefangen hatte.

»Driochor wird sich freuen, dass du ihm Dankbarkeit zeigst«, sagte Tomeija und trat näher. Sie trug einen weißen Kittel, der mit Blut und gelber Flüssigkeit besudelt war. Ihre grauen Haare hatte sie hochgesteckt. Neben ihr erhob sich die Driochor-Statue, in deren Antlitz er geschaut hatte. »Er hat sie sich verdient.«

»Du?« Liothan erlaubte sich Erleichterung und wusste nun, wo er sich befand. »Du hast mich in den Driochor-Tempel gebracht!«

»Hier hatte ich alles, was ich brauchte, um dein Leben zu retten.« Tomeija hob die Arme leicht an und zeigte ihm ihre blutigen Finger. »Gegengifte, Nähzeug, Verbandsmaterial. Driochor gewährt mir mit jedem Sonnenaufgang mehr Kräfte. Das Wissen aus den Tempelbüchern ist nützlich.«

»Du … Du hast die Kinder vernichtet, mit deinem Schwert, und sie zu …« Liothan war zu schwach, um weiterzureden. »Du hast ausgesehen wie dein Gott.«

»Erhole dich.« Tomeija setzte ihm eine Schale mit Wasser an den Mund, das nach bitterer Medizin roch. »Wehe, du fragst, warum ich dich nicht ins Krankenviertel brachte.«

Er schluckte gehorsam, etwas Flüssigkeit rann über sein Kinn. Es roch nach Minze, welche die bittere Note nicht überdecken konnte. »Was war mit diesen Mädchen und Jungen?«

»Sie wurden dir geschickt.« Tomeija tupfte sein Gesicht mit einem Tuch ab. »Von Dyar-Corron.«

»Woher weißt du das?«

»Es sind Kinder, die schon lange als tot und bestattet gelten.

Die Leute im Flickenteppich reden von einem schrecklichen Fluch, den die Sungàm Tasai über sie geworfen haben, und dass die Toten aus dem Verwesungsturm steigen, um sich an jenen zu rächen, die sie schlecht behandelten.«

»Dyar-Corron kann Leichen zu Wiedergängern machen.« Er fröstelte. »Ohne dich wäre ich gestorben.«

»Er kann mehr, als du ahnst. Ich bin mir nicht sicher, ob er ein Witgo oder noch Schlimmeres ist. Erinnerst du dich an Eàkina und ihre Herzsammlung?«

»Natürlich!«

»Er tauschte ihr fünf Herzen aus und verlängerte so ihr Leben. Ein solcher Mann wird auch die Verstorbenen dazu bringen können, in seinem Auftrag zu handeln.«

Liothan kämpfte dagegen an, dass sich seine Lider schlossen und er in den Schlaf sank. »Wie viele waren es?«

»Drei Dutzend.«

»Hast du sie ...«

»Sie flüchteten, nachdem ich die Ersten von ihnen enthauptete und zur ewigen Ruhe schickte.« Sie legte eine Hand auf den Griff des Hinrichtungsschwertes. »Driochor hat mehr Macht über die Toten als Dyar-Corron. Der Oberste Iatros wird es nicht noch einmal wagen, sich gegen den Gott des Todes zu stellen. Er hat mit mir nicht gerechnet.«

Liothan fühlte, dass die Schmerzen verschwanden. Sein Denken funktionierte wieder, die Müdigkeit schien sich zurückzuziehen. Die Arznei seiner Freundin half ihm. »Danke.«

»Das hast du schon gesagt.«

»Zu Driochor. Aber zu dir noch nicht.« Er hob seine verbundene Hand und ergriff ihre Finger. »Danke. Aus tiefster Seele.«

»Wir haben in den letzten Monden und Mânen nicht viel gesprochen. Aber wer bin ich, dass ich meinen ältesten Freund im Stich lassen könnte?«

Liothans Gedanken kamen in Schwung. »Wie hast du mich gefunden?« Ihr vielsagendes Lächeln kannte er. »Oh, ich verstehe: Du bist mir gefolgt!«

»Das bin ich.«

»Kann ich den Grund erfahren?«

»Sorgen. Um dich.« Tomeija deutete auf die Statue des Gottes. »Er sagte mir, dass ich mich um dich kümmern sollte, und das tat ich.«

»Seit wann?«

»Nicht erst seit gestern.«

Liothan atmete lange ein und fühlte die Beunruhigung in sich aufsteigen. »Was weißt du?«

Tomeija legte den Kopf schief, drückte seine Hand und ließ sie los. »Ich werde mich umziehen und waschen, und danach reden wir.« Sie trat von dem Altar weg, auf den sie ihn gelegt hatte. »Und nein, ich hatte niemals die Absicht, dich Driochor zu opfern.«

Sie weiß … alles? Aber wie hat sie das bewerkstelligt?

Als Scīrgerēfa war sie die Beste in Walfor gewesen, hatte sich den königlichen Gesetzen verpflichtet gefühlt und jeglichen Verbrecher für den Baron zur Strecke gebracht. Bis auf ihn.

»Du kannst nicht anders, habe ich recht?«, rief Liothan und setzte sich behutsam auf. Sein Körper sandte ihm Schmerzen, die er weitestgehend ignorierte. Er musste wissen, wie viel sie von seinen Unternehmungen in Erfahrung gebracht hatte. Und welche Folgen es für ihn hatte.

»Es scheint mir im Blut zu liegen«, antwortete sie aus dem Räumchen und kehrte in den Altarraum zurück. »Wie dir das Halunkentum.« Tomeija sah ihn vorwurfsvoll an. »Du setzt die Nähte aufs Spiel.«

»Ich gebe acht.« Liothan schaute an sich hinab. Bandagen umgaben Beine, Arme und seinen Rumpf. Bis auf den Unterleibswickel trug er nichts mehr. »Dann arbeitet Ettras für dich?«

»Er ist hilfreich.« Sie goss sich Wasser aus einer Flasche ein und setzte sich auf ein Gebetbänkchen. »Da sind wir wieder. Du auf der einen, ich auf der anderen Seite des Gesetzes. Wie in unserer Heimat.«

»Es scheint so.«

»Es *ist* so.« Tomeija trank. »Du bist neben Louthara das Oberhaupt der Flinken Hände und hast ihnen versprochen –«

»Ihr wart das! Bei der Besprechung in ihrem Anwesen! Einer von euch tötete die … meine Wesen!« Liothan sah die Zusammenhänge in neuem Licht. »Ich dachte, jemand aus den Reihen der Langdolche und Windläufer wäre verantwortlich.«

»Nein, das waren wir.« Tomeija stellte das Glas ab. »Ich weiß auch von deinen Verbindungen zu den Keijo. Ihr bewegt euch vermutlich unterirdisch und lasst die Verbrecher in dem Glauben, es seien Dämonen, die du beschwören kannst.«

Dann weiß sie doch nicht alles. Liothan beruhigte sich ein wenig. »Was wolltest du mit dem Wissen anstellen?«

»Weitermachen, wo ich in Walfor aufhörte.«

»Dann arbeitest du entweder für einen der Statthalter oder den Dârèmo.«

»Das habe ich nicht gesagt. Ich bin eine gesetzestreue Bürgerin, die nichts weiter will, als in Frieden und unbehelligt zu leben.« Sie lächelte vielsagend.

Liothan betrachtete sie und versuchte, schlau aus ihrem Verhalten zu werden. »Du hättest mich längst verraten können.«

»Um dich auf dem Richtblock enden zu sehen? Wegen Verschwörung gegen den Herrscher?« Tomeija stieß mit einem bösen Lachen die Luft aus. »Nein, danach steht mir der Sinn nicht.«

»Sondern?«

»Ich mache dir einen Vorschlag. Wir kümmern uns gemeinsam um die Windläufer und die Langdolche. Wir bringen sie zur Strecke, mit allen Verantwortlichen und ihren Verbindungen zu höchsten Offizieren und Ambiaktoi des Dârèmo. Danach haben die Flinken Hände die Kontrolle über alles.«

»*Das* ist in *deinem* Sinn?«

»Nein. Aber ich wiederum habe die Kontrolle über die Flinken Hände. Die *du* anführst.« Tomeija schien sich den Plan nicht eben erst überlegt zu haben. »Damit ist uns beiden gedient.«

»Ich muss darüber nachdenken.«

»Denke rasch. Bevor die anderen Banden neue Attentäter senden und ich oder Irian nicht im Verborgenen Ausschau nach dir halten. Dyar-Corron ist nicht der Einzige, der sich auf Gift versteht«, mahnte sie. »Dass ein Saldûn verwundbar ist, hat sich eben gezeigt. Trotz seiner Macht, Dämonen zu befehlen.« Tomeija nutzte den leicht spöttischen Tonfall. »Wie oft sagte ich dir, dass du mehr lernen und üben sollst?«

Liothan blieb nichts anderes übrig, als dem Vorschlag zuzustimmen. Nicht, weil sie ihn unter Druck setzte, sondern, weil sie die Wahrheit sagte. Weil ihr Vorhaben Sinn ergab. Weil es seine Macht festigte. Weil es die alten Freunde verband, obgleich sie in verschiedenen Lagern standen. »Es wird ein harter Kampf.«

»Ich weiß. Aber wir werden gewinnen. Niemand erfährt, woher du dein Wissen über die Feinde bekommst. Alle werden denken, du wärst ein allwissender Saldûn.« Tomeija reichte ihm die Hand. »Haben wir eine Vereinbarung?«

Liothan schlug ein, und eine riesige Last fiel von ihm ab. Er konnte mit seiner Freundin endlich über alles sprechen und ihren Rat erfragen. »Das wird ein Spaß!«

»Nicht für die anderen.« Dann beugte sie sich vor und umarmte ihn lange, wenn auch behutsam wegen seiner Wunden.

Glücklich erwiderte er das Festhalten. »Willst du einen gelungenen Scherz hören?«

»Nur zu.« Tomeija ließ ihn los und füllte einen Becher mit Wasser, prostete in seine Richtung. »Lass hören.« Sie trank davon.

»Der Eingang zu den Zellen der Keijo und zu den Grotten liegt unter unserem Haus. Und der Zugang war die ganze Zeit unmittelbar vor deiner Nase.«

Tomeija verschluckte sich prompt.

* * *

Stelle keine Forderungen an
einen großzügigen Mann.

Sprichwort der Keel-Èru

Kapitel XXII

Wédōra, Kavernen

Sothano kniete ergriffen im Licht von fluoreszierenden Farnen und Lianen vor den ruinenhaften Überbleibseln des Priesterpalastes. Zweihundertfünfzig Siderim hatte ein Enaïssef darauf warten müssen, an diesem Ort zu sein, dem Ursprung der Quelle und dem Mittelpunkt des Heiligtums.

Ich kann die Schuld begleichen, die wir auf uns geladen haben!

Sotháno hatte das Haus im Prachtviertel, in dem Tomeija und Liothan lebten, ohne Anstrengung gefunden. Der Einbruch fiel ihm leicht, und den Schacht, der ihn unter Wédōra führte, hatte er rasch freigelegt.

Danach war er vorbei an der Zisterne und tiefer in die Höhlen vorgedrungen, bis er auf den verschlungenen Pfaden die alte Wohnstatt der Enaïssef gefunden hatte.

Weder Liothan noch Tomeija hatten ihm verraten, wo sich der Eingang zum Schacht befand. Doch sie unterschätzten seine magischen Kräfte, die mit jedem Schluck Wasser in Wédōra stärker und stärker wurden. Mit wenig Aufwand hatte Sotháno die beiden magisch belauscht und ihre Gespräche zu sich geholt. Er hatte kaum mehr damit gerechnet, Wichtiges zu erfahren, da beide Freunde sich nicht viel zu sagen hatten.

Aber in jener Nacht des Angriffs der untoten Kinder hatte er endlich das sehnlichst Erwartete vernommen.

Es hat sich gelohnt. Sotháno formte die Hände zu einer Schale und schöpfte Wasser aus der Kaverne. *Hydor und Sarqia, ich preise euch. Helft mir, eine neue Zeitrechnung anbrechen zu lassen.* Ehrfürchtig trank er einen kleinen Schluck und lauschte in sich, fühlte die Wärme, die sich in seinem Innersten entfaltete. *Es wirkt! Ich spüre es!*

Wieder und wieder nahm Sotháno das Wasser in sich auf. Die dunkelblauen Ärmel seines Gewands sogen sich voll. Es gab ihm Kraft, wie er sie nie zuvor empfunden hatte. Er rieb sich mit den feuchten Fingern über sein Gesicht und weinte vor Glück, wollte zerspringen vor Energie.

Genau die brauchte er für das, was er tun musste.

Sotháno blieb auf den Fersen sitzen, versah sein Gesicht mit blauen Symbolen und breitete im Anschluss die Arme aus.

Silbe um Silbe verließ seinen Mund. Mit jedem geformten Wort legte sich ein Strahlen über die uralten Steine, die sich daran erinnerten, was sich früher an diesem Ort abgespielt hatte.

Die Magie des Enaïssef entfaltete sich.

Die Quelle vor ihm leuchtete auf und erhellte die Kaverne. Die Farne, Moose und Schlingpflanzen schimmerten klar wie Lampen, Blumen erwuchsen aus Steinspalten, auf dem Wasser entstanden Seerosen und verströmten einen betörenden Duft. Die abgeblätterten Farbstellen an der Fassade des Steinpalastes erhielten ihre Leuchtkraft zurück, vergessene Mosaiken und Malereien kamen zum Vorschein.

In der Schale der Erquickung, eingefasst in einem ornamentgezierten, aufrecht stehenden Steinring, bildete sich die Wasserkugel, aus der die Priesterinnen und Priester einst getrunken hatten. Sie wirkte wie ein Kristallball und ähnelte der Sphäre auf dem Turm des Dârèmo.

Es ist beinahe, wie es sein soll. Sotháno zitierte die Verse der Bidjani, die ihm sein Vater vor seinem Tod beigebracht hatte. Sie hauchten dem Ort neues Leben ein und weckten, was schlief und sich aus eigener Kraft nicht hatte erheben können.

Als Sotháno das letzte Wort sprach, war die Kaverne sonnenhell illuminiert und begrünt. Zufrieden und überglücklich betrachtete er dic Veränderung. *Es bleibt viel zu tun.*

Der Palast würde instand gesetzt, die Risse und Sprünge und Lücken geschlossen werden müssen. Zerstörte Quader, umgefallene Säulen und Pfeiler konnte der Zauber nicht beheben, doch alles andere hatte sich gewandelt.

»Hydor und Sarqia: Die Grotten der Smaragdnen Wasser haben ihre Heiligkeit zurück«, raunte Sotháno und verneigte sich vor der Quelle. »Den vier Stämmen der T'Kashrâ wird der Zutritt nicht länger verwehrt sein. Dafür sorge ich.« Er schloss die Augen und setzte zu seinem nächsten Bidjan an, das sein Vorhaben abschließen würde.

»Hey!«, schallte es durch die Kaverne. »Hey, du! Was hast du gemacht? Wieso leuchtet der ganze antike Kram?«

Sotháno hob überrumpelt den Kopf und öffnete die Lider.

Er sah mehrere Personen aus dem Palast kommen, zwei Männer und zwei Frauen, die ihn neugierig betrachteten. Sie trugen leichte Rüstungen über den langen, fließenden Gewändern.

»Der gehört niemals zu den Leuten des Dârèmo«, sagte die jüngere Frau und hüpfte um den schmaler gebauten Mann herum, berührte ihn dabei unentwegt. »Ob er sich verlaufen hat? Er könnte doch in einen Brunnen gefallen und bei uns gelandet sein!«

»Er hat uns gesehen«, erwiderte der Mann und zog seinen Dolch. »Was machen wir mit ihm?«

»Er ist uninteressant. Aber das Feuerwerk, das er entzündet hat, kann den Keijo nicht entgangen sein«, meinte der größere, bärtige Kerl und schaute sich um. »Los! Mach es aus, bevor wir Besuch bekommen!«

»Mach es aus?«, wiederholte Sotháno ungläubig. Die heilige Stätte diente den Menschen offensichtlich als Versteck. »Ich denke nicht, dass ich es *ausmachen* werde.« Er trank einen weiteren Schluck, um neue Kraft aufzunehmen, und wusch sich die Zeichen vom Gesicht. Der Bidjan und damit die letzte Stufe seines Vorhabens mussten warten. *Erst der Widerstand.* Es sah nicht danach aus, als ließe es sich friedlich regeln.

»Die Keijo tun uns nichts, hieß es.« Der jüngere Mann stellte sich vor ihn. »Und wer bist du?« Die jüngere Frau tänzelte in seinem Rücken hin und her. »Wie bist du hergekommen?«

Sotháno sah an ihm vorbei. Die ältere Frau mit der auffälligen Gesichtsbemalung schien jene von den vier zu sein, die wirklich das Sagen hatte. Der muskulöse, bärtige Begleiter blieb an ihrer Seite und legte prüfend die Hand gegen die leuchtenden Farben, als glaubte er es nicht. »Ihr gehört nicht an diesen Ort.«

»Du auch nicht.«

»Mehr als jeder und jede in der Stadt. Ich habe die Pflicht, an diesem Ort zu sein. Seit meiner Geburt.« Sotháno erhob sich langsam, um keinen Angriff heraufzubeschwören. Wassertropfen sickerten über das Kinn unter seine Kleidung, es kitzelte. »Meine Ahnen beteten die Quelle und das Leben an, das die Smaragdnen Wasser spenden.«

»Das mag verrückt klingen, aber ich glaube, er ist ein Enaïssef«, rief die Frau aus dem Hintergrund. »Wie sonst hätte er das Wunder vollbringen können, in dem wir stehen, Fradarick?« Sie hatte die Arme dicht an den Körper gezogen, um nichts anzufassen oder aus Versehen damit in Berührung zu kommen.

»Ein Enaïssef? Niemals. Er wäre nicht an den Keijo vorbeigekommen.« Der Mann namens Fradarick hielt den Dolch mit der Klinge nach unten. »Was willst du? Versteckst du dich? Oder hat dich Liothan gesandt?«

Sotháno nickte der Frau mit den merkwürdigen Augen zu. »Deine Annahme ist richtig. Ich bin ein Enaïssef. Durch mich erhalten wir zurück, was meinem Volk geraubt wurde.«

»Ich sage, er ist ein Bekloppter, der aus dem Asylum von Dyar-Corron ausgebrochen ist. Er hält sich für einen T'Kashrâ.« Fradarick spielte mit der Klinge und kam lauernd näher.

»An deiner Stelle würde ich es nicht tun«, empfahl der muskulöse Mann und verschränkte abwartend die Hände vor der Brust, unter dem langen schwarzen Bart.

»Hör lieber auf Nanthena«, stimmte die Gespielin zu. »Wirf ihn doch mit Steinen tot. Dann musst du nicht so nahe heran.«

»Meine Stärke ist Abstechen, nicht Abwerfen.« Fradarick nahm eine Angriffshaltung ein. »Was immer dich hierher verschlagen hat, du hättest eine bessere Wahl treffen sollen.«

Sotháno bereitete einen Wasserbidjan vor, um den Mann zu attackieren.

Ein lautes Heulen erklang, auf das ein Grollen und vielstimmiges Bellen ertönte. Die Echos schallten bis zu ihnen, vermochten der heiligen Aura aber nicht beizukommen.

»Die Keijo! Verdammte Scheiße! Ich habe es gesagt! Wir können diesen Biestern nicht trauen!« Der kräftige Bärtige schob Nanthena hinter sich und suchte mit raschen Blicken nach Feinden. »Zurück! Wir ziehen uns in die Zimmer zurück. Wer weiß, was in deren Bestienverstand vorgeht. Da haben wir –«

»Wenn du ein Enaïssef bist«, sprach Fradarick drohend und reckte ihm den Dolch entgegen, »dann mach was! Treib die Bestien in die Flucht! Nein, töte sie, bevor sie uns bei den Garden verraten!«

Sotháno hörte das Hecheln und Scharren von Pfoten und Klauen. *Mehr als ein Dutzend. Und sie kommen wegen mir.* Er machte einen Schritt in die Quelle und hob die Arme seitlich an, sprach einen Kurzbidjan.

Eine schützende Sphäre aus Wasser bildete sich um ihn, durch die er Menschen und Keijo leicht verzerrt wahrnahm.

»Oh, verflucht. Er *ist* ein Enaïssef!«, rief Fradarick und wich zurück.

»In den Palast!«, befahl Nanthena.

Sotháno sah die Keijo, die an unterschiedlichen Stellen der Kaverne auftauchten. Einige warfen sich auf die vier Eindringlinge, fünf näherten sich vorsichtig ihm und der Wasserkugel. »Ihr könnt verschwinden, und es wird euch nichts geschehen. Ihr seid geknechtete Kreaturen, unterworfen von der Willkür des Dârèmo.«

Die Bestien umringten die nasse Sphäre und schnupperten daran.

Zwei Mutige betasteten das fließende Wasser und versuchten mit sanftem Druck, durch die Barriere zu gelangen. Aber das Hindernis war hart und undurchdringlich wie dickes Eis. Umlagert von den Keijo, sah er nicht, wie es den vier Menschen erging. Ihre Rufe und das Brüllen verhießen nichts Gutes.

Ein bärenhaftes Monstrum schlug mit überlangen, kräftigen Armen gegen die Kugel. Es war der Auftakt zu einer Attackenserie mit Krallen, Pranken und Zähnen, die nichts ausrichteten. Eine weitere Bestie hob ein zerbrochenes Säulenstück auf und setzte unter dröhnendem Ruf zum Wurf an.

Sotháno war sich nicht sicher, ob seine Schutzhülle standhielt. Er hatte noch keine Erfahrungen mit den Bidjani gesammelt. Sein Wissen war bisher theoretischer Natur gewesen. Daher ließ er die Sphäre fallen, das Wasser platschte zurück in die Quelle.

Blut muss vergossen werden. Sein Vater hatte ihm einen Vers eingebleut, mit dem man Wasser zu einem Speer werden lassen konnte. Sotháno sprach ihn, riss die Arme hoch und spreizte die Finger, die Kuppen richteten sich auf die umgebenden Keijo, die zum Angriff ansetzten.

Das Wasser schoss von seinen Füßen in klingendünnen Strahlen aufwärts und zerschnitt die Körper der Gegner mit ohrenbetäubendem Zischen, ganz gleich, ob sie dick oder dünn, gepanzert oder schutzlos waren. Nasse Wolken aus Blut und Gischt standen in der Luft, bevor sich die Tröpfchen an den Wänden und der Ruine niederschlugen.

Die Keijo stürzten zu Boden, aus vielfachen Löchern rannen Blut und Körperflüssigkeiten.

Sotháno starrte auf die Leichen. *Es … es funktioniert!*

Das aufsteigende Hochgefühl verbat er sich. Töten war nicht im Sinne der Quelle. Wasser bedeutete stets Leben, nicht Tod. Er sandte ein um Verzeihung bittenden Bidjan und hielt Ausschau nach neuen Widersachern sowie den vier Menschen.

Fradaricks Gespielin lag vor dem Eingang des Palastes. Mehrere Bestien zerrten an ihren Gliedmaßen und rissen Fleischbrocken von den Knochen, von den drei Verbliebenen sah er nichts. Sie schienen sich ins Innere gerettet zu haben.

Ein lautes, wütendes Grollen machte Sotháno auf die nächste Welle Keijo aufmerksam.

Es waren titanische Gestalten mit langen Hörnern an den kuhartigen Köpfen, an den Armen und Beinen hingen zerrissene Eisenfesseln. Sie hatten sich offenbar befreit, als sie das Sterben ihrer Artgenossen mitbekamen. Ihr Anführer war eine hyänenartige Kreatur, die auf zwei Beinen lief. Sie schwang Schild und Schwert.

»Ich will euch nichts Böses!« Umgeben von den Leichen, schienen Sothános Worte mäßig glaubwürdig. »Der Ort gehört nicht euch! Lasst ihn mir, und ich tue euch nichts zuleide.«

Die büffelhaften Scheusale sprangen von Deckung zu Deckung, nutzten abgebrochene Fassadenstücke und Säulen. Unaufhörlich rückten sie vor.

»Du hast meine Freunde getötet. Wie nennst du das?«, heulte das Hyänenwesen. »Wer bist du?«

»Mein Name ist Sotháno. Im Namen der Enaïssef und sämtlicher T'Kashrâ nehme ich die Quelle in Besitz, die uns von den Kaufleuten und dem Dârèmo gestohlen wurde.« Er umgab sich erneut mit der schützenden Wassersphäre, damit sie verstanden, dass er keinen Unsinn sprach. »Dies sei der Beginn einer neuen Zeitrechnung.« Er zeigte auf den Anführer, der vor Überraschung stehen geblieben war. Die Ohren spielten, das Wesen überlegte. »Wählt weise, was ihr als Nächstes tun wollt. Ihr handelt nicht aus eigenem Antrieb, sondern weil euch der Dârèmo dazu zwingt.«

Der Hyänenmensch gab den Scheusalen ein Zeichen, hinter den Steinen zu bleiben. »Was soll ein Enaïssef sein?«

Sotháno wunderte die Frage nicht. *Woher soll ein Keijo die Geschichte von Wédōra kennen?* »Mein Volk lebte an dieser Stätte, bevor die Kaufleute kamen. Und wir wurden vertrieben. Die Enaïssef sind die Hüter des Wassers, die Verteidiger der Quelle und Bewahrer der Ehrfurcht.«

»Dann habt ihr damals versagt.«

»Wir wurden verraten.«

»Und habt versagt.« Die Bestie war unsicher. Sie witterte laut umher, anscheinend suchte sie nach weiteren T'Kashrâ. »Du bist alleine.« Da entdeckte sie die Leiche der jungen Frau, und ein wütendes Bellen erklang aus ihrer Kehle, das den Kreaturen galt, die sich um die Beute stritten.

Die Scheusale störten sich nicht an dem Gebrüll und labten sich an der Toten.

»Es scheint, auch du hast versagt.« Sotháno ließ sich hinreißen. »Es war nicht vorgesehen, dass es Tote gibt. Ihr hättet sie bewachen sollen, richtig? Im Auftrag von Liothan.«

Der Hyänenmensch grollte, lange Fänge kamen in der schwarzen Schnauze zum Vorschein. »Sie spielen keine Rolle. Ich lasse sie töten und werde dir die Schuld daran geben. Sie verpesten mit ihrem Gestank die Luft. Wie du.«

Sotháno entschuldigte sich mit einem Bidjan bei der Quelle für die weiteren Toten, die er zu verantworten hatte. Es galt, nicht nur sich vor den Keijo zu retten, sondern auch die verbliebenen drei Menschen, um Liothans Dankbarkeit zu erhalten.

Danach würde Sotháno das unterbrochene Ritual zu Ende führen, das sein Leben an den Zustand der Quelle band. Sollte ihm etwas zustoßen und er sterben, würde sich das Wasser in den Grotten verändern. Unwiderruflich.

Mein Volk wird Wédōra und das Heiligtum betreten dürfen. Oder diese Stadt wird verdursten. Trotz übervoller Kavernen.

Sotháno setzte zum tödlichen Bidjan gegen die Keijo an.

* * *

»Sie haben Kutuli gefressen!« Fradarick packte sein Schwert und wollte an Wasēm vorbei in die Korridore und Gangfluchten der Palastruine. »Ich bringe sie um! Diese beschissenen Bestien! Sie haben sie einfach gefressen!«

»Sie fressen auch dich, wenn du vor die Tür gehst.« Wasēm hielt ihn mit einer Hand gegen die Brust zurück.

»Liothan sagte, wir sind sicher! Aber ich wäre in der Stadt sicherer als in diesem Jenseits!« Fradarick beruhigte sich nicht. »Ich töte ihn für seinen Verrat!«

»Er hat uns nicht verraten. Die Keijo sind niedere Kreaturen. Sie hatten Hunger, und deine Gespielin hat sich falsch benommen«, machte Wasēm ihn aufmerksam. »Das hätte ihr mit jedem Wachhund auch geschehen können.«

»Sie hat einen Scherz gemacht!«, brüllte Fradarick.

»Das sah der Keijo anders. Er fühlte sich durch ihr affengleiches Getue herausgefordert. Was weiß ich, was in den hässlichen Schädeln vorgeht«, warf Wasēm ein. »Wir bleiben.«

»Ich denke nicht.« Nanthena erhob sich und sah die Männer nacheinander an. Beim ersten Flimmern an den Mauern hatten sie die Schlösser aufgebrochen und ihre Unterkunft verlassen, um nach dem Rechten zu sehen. Die Geschehnisse hatte keiner vorhersehen können. »Sie haben unser Blut und unser Fleisch gekostet. Sie werden auf den Geschmack gekommen sein. Und wir haben einen Enaïssef, der sein Heiligtum zurückverlangt. Irgendwann wird er uns umbringen. Wir sind Eindringlinge, sowohl für die einen als auch den anderen.«

Fradarick stieß einen Schrei aus. »Ich bringe sie alle um! Alle!« Er schluchzte und wischte sich mit dem Ärmel den Rotz unter der Nase weg. »Kutuli. Meine kleine Kutuli. Ist tot. Sie … sie hat mich glücklich gemacht und …«

»Dich und die Hälfte der Flinken Hände.« Wasēm lachte dunkel. »Sie wollte mich auch verführen.«

»Lüge!«

»Jedes Mal, wenn du aus dem Raum warst, zeige sie mir ihre Brüste und wollte mich.«

Fradarick versuchte wütend, ihn zu schlagen, doch Wasēm wich der Faust aus, die gegen die geschlossene Tür prallte.

»Die Wahrheit schmerzt schlimmer als der Verlust, was?«

»Wir verlassen die Ruine«, entschied Nanthena. »Wir gehen nach oben, wo auch immer wir rauskommen. Sollten wir in der Stadt an die Oberfläche gelangen, ist unser Treffpunkt Liothans Haus. Achtet darauf, dass man euch nicht erkennt. Wir sind tot, und das soll für die Flinken Hände so bleiben.« Sie sah zu Wasēm. »Was schlägst du vor?«

»Der alte Palast ist verwinkelt und groß. Die Keijo werden uns mit ihren Spürnasen zwar finden, aber wir haben noch einen kleinen Vorteil.« Er hob ein Stück Kreide. »Ich habe Markierungen gemacht, als sie uns entführt haben. Sobald wir es bis zum Ausgang der Kaverne geschafft haben, bringe ich uns raus.«

»Du bist schlauer, als du aussiehst«, bemerkte Fradarick.

»Ja, zum Glück. Bei dir ist es umgekehrt.«

»Schluss!«, befahl Nanthena und packte ihre Sachen zusammen. »Einräumen und dann nichts wie weg von hier. Ich kann spüren, wie die Bestien nach uns gieren.«

»Das Zeug mag verrotten. Ich will nur weg und …« Fradarick fuchtelte mit dem Schwert. »Ich hoffe, wir begegnen einem Keijo.«

»Einem, ja? Ist dein Hass auf sie wegen Kutulis Tod bereits abgekühlt, oder nimmst du es nur mit einem auf?« Wasēm genoss seine Bosheiten sichtlich. »Aber den Saldûn wirst du gewiss mit bloßen Händen erwürgen. Du großer Held.«

Fradarick zeigte Klugheit und schwieg dieses Mal.

Wasēm ging vorneweg und öffnete die hintere Tür, sicherte den Ausgang und winkte die anderen beiden zu sich.

So leise es ging, eilten sie durch die Überreste des Enaïssef-Palastes, der sich nach dem magischen Wirken des T'Kashrâ merklich veränderte und an altem Glanz gewann. Der Bau spürte, was er seit zweihundertfünfzig Siderim vermisst hatte.

Ein erwachender Gigant. Nanthena bildete den Abschluss der Gruppe und sah sich stets um, ob ihnen die Wächterbestien folgten. *Das kann niemals gut für Wédōra sein. Es wird Tribut entrichten müssen. Oder im Gefecht zwischen dem Enaïssef und dem Dârèmo untergehen.*

Wasēm führte sie durch die Anlage. Entweder wusste er tatsächlich, wohin sie sich wenden mussten, oder er wollte ihnen durch sein zauderloses Vordringen den Eindruck von Sicherheit vermitteln.

Sie näherten sich über den dritten Stock dem am meisten vom Einsturz und Zerfall betroffenen Bereich.

Der Eingang zur Kaverne befand sich nach einer kleinen Kletterpartie keine dreißig Schritte mehr entfernt – und davor saßen zwei raubkatzengroße Keijo, die ihre Köpfe aufmerksam nach rechts und links drehten, damit ihnen nichts entging. Die riesigen Augen sahen im schummrigen Licht hervorragend, ihr Geruchssinn und ihr Gehör machten es den drei Menschen unmöglich, sich an ihnen vorbeizustehlen.

»Da ist deine Gelegenheit, Fradarick«, raunte Wasēm ätzend. »Am besten greifst du sie an und bezwingst sie mit deiner Mannhaftigkeit. Los, voran! Für Kutuli! Räche sie! Wir warten so lange.«

Fradarick spie vor ihm auf den Boden und machte eine beleidigende Geste.

»Also nein. Der Held hat die Hosen voll. Hat jemand einen besseren Einfall?«, fragte Wasēm. »Sonst müssen wir uns durchschlagen.«

»Ich lenke sie ab und verwirre sie, ihr beide erledigt die Bestien. Seid schnell. Sollte eine von ihnen die übrigen Keijo rufen, kommen wir keine fünf Schritte weit.« Um jeglichen Protest zu unterbinden, kletterte Nanthena aus dem Fenster die gerissene Fassade abwärts auf den Felsenboden.

In einem Bogen pirschte sie sich im Schutz von zerbrochenen Statuen nahe an den Ausgang, spähte über den Rand zu den Keijo. Von Wasēm und Fradarick sah sie nichts. *Ich muss mich auf die beiden verlassen. Länger warten kann ich nicht, sonst riechen sie mich.*

Nanthena taumelte hinter der Deckung hervor und tat, als sei sie verletzt. »Dahinten!«, rief sie und zeigte zur Quelle. »Wir wurden angegriffen!« Ob die Bestien sie verstanden, war zweitrangig. Die Geste verstanden sie gewiss. »Ein Enaïssef! Er ist …« Sie ließ sich fallen und krümmte sich, behielt dabei die Keijo im Auge.

Die Ungetüme erhoben sich auf die Hinterbeine und wurden bärengroß, fauchten in ihre Richtung und entblößten die langen Fänge. Aber sie verließen ihren Posten nicht.

Plötzlich flog ein Stein aus dem Dunkel und landete auf der Schnauze des rechten Scheusals. Fauchend und maunzend zuckte der Kopf herum, es duckte sich auf alle vier Pranken und suchte nach dem Angreifer.

Der Dolch traf die Riesenkatze genau zwischen den Augen. Sie brach zusammen und blieb zuckend liegen.

Die andere setzte zu einem weithin hörbaren Grollen an, als Wasēm gegen sie sprang. Er umfasste ihren Hals mit beiden Armen und drückte zu. Der starke Mann zwang den Kopf des Wesens weit in den Nacken, schaffte es aber nicht, ihr das Genick zu brechen. Aus der Warnung der Bestie wurde ein heiseres Aufkeuchen.

»Sie haben uns bemerkt! Es kommen noch mehr von der Quelle. Lauf los! Immer den Markierungen nach.« Fradarick eilte herbei, das Schwert zum Stoß auf die entblößte Brust des kratzenden, um sich beißenden Wesens gerichtet. »Wir treffen uns bei Liothan!«

Nanthena stand auf und rannte.

* * *

Wasēm hatte den pelzigen Hals des Keijo fest umklammert und hielt ihn davon ab, ihn mit seinen Zähnen zu erwischen. Seine Muskeln schwollen zu nie gekannter Größe wegen der Anstrengung. »Nicht stehen bleiben. Wir kommen gleich!«

Nanthena lief an ihnen vorbei in den unbewachten Tunnel.

»Halte es so«, rief Fradarick und holte zum Herzstich gegen die Bestie aus.

»Achtung! Gleich neben dir!«, rief Wasēm warnend und riss die Augen weit auf.

Fradarick wandte sich erschrocken um und schlug mit der Klinge nach dem Angreifer – zerteilte jedoch nur Luft.

»Ich täuschte mich.« Wasēm ließ den Hals des Keijo unvermittelt frei und stieß das Scheusal gegen den Mann vor sich, auf den es sich mit Klauen und Zähnen warf. »Hier ist dein Gegner!«

Schreiend ging Fradarick zu Boden. Die Nägel des Keijo schnitten tief durch die Rüstung in seinen Leib. Unentwegt stach er mit dem Schwert in die Flanke der Bestie, die durch die Qualen zusätzlich angestachelt wurde.

Die Schnauze zerbiss Fradaricks zur Abwehr gereckten Arm und schleuderte das Stück fauchend weg. Die Reißzähne gruben sich zur Kehle durch und schnappten zu, um sie mit einem Ruck herauszureißen. Teile der Luftröhre baumelten zwischen den Kiefern hervor, das Blut sprudelte in Strömen aus dem klaffenden Loch.

Wasēm packte den Keijo am Schweif und riss ihn herum, schleuderte das schwerverwundete Scheusal mit dem Kopf gegen den Stein, so dass der Kopf knackte und die Wirbel brachen.

Mitleidslos blickte er auf den Toten nieder und spuckte langsam aus. »Du hattest deine Gelegenheit, die Familie zu führen. Ich habe dir viel nachgesehen. Genug ist genug.«

Wasēm hob das herrenlose Schwert auf und folgte Nanthena. Sie war die einzig Wahre, um die Familie Ghominàs zurück zur einstigen Stärke zu bringen. Fradarick war nur eine Phase, ein Umstand, der in den Katakomben ein Ende genommen hatte.

Gelegenheiten muss man nutzen. Wasēm beschleunigte seine Schritte, um zu Nanthena aufzuschließen.

Aber sie war verschwunden.

* * *

Aus den Erzählungen von Kashka dem Lügner:

Ihr wisst, dass es Flugsand gibt.
Aber ich, ich reiste auf Treibsand! Ein leeres Fass diente mir als Boot, und schon fuhr ich durch die Wüste. Plötzlich sackte ich nach unten, und ich setzte hurtig den Deckel darauf – schon ging es mit mir abwärts. Ein unterirdischer Treibsandfluss schob mich einmal quer durch die Wüste, von Aibylos nach Thoulikon.
Ihr werdet euch mein Staunen ausmalen können, als ich erkannte, wo mein Fass an die Oberfläche zurückkehrte und wohin ich Tausende und Abertausende von Meilen reiste.

Kapitel XXIII

Wédōra, Prachtviertel

Louthara hob den Pokal mit süffigem roten Wein, und das Prosten wurde von den Männern und Frauen an ihrer Tafel erwidert. »Ich bete zu den Göttern, dass die Spione des Dârèmo uns niemals auf die Schliche kommen, wie es ihnen bei den Windläufern und Langdolchen gelang.« Ihre Gäste lachten und pochten zustimmend auf die Tischplatte. »Wobei ich denke, dass unser Anführer mit seinen Kräften als Saldûn etwas nachhalf. Wie, das mag er uns bei Gelegenheit enthüllen.« Sie reckte das Behältnis weit hoch. »Damit sind die Flinken Hände die unangefochtenen heimlichen Herrscher des Verbrechens in Wédōra!« Unter Jubelrufen nahm sie einen Schluck, dann tranken die Besucherinnen und Besucher.

»Und bald des gesamten Handels!«, rief eine Frau fröhlich.

»So ist es. Wir haben erst angefangen.« Louthara setzte sich und gab das Zeichen, dass man zugreifen solle. Auf dem Tisch standen Köstlichkeiten, die sie für ihre engsten Freunde hatte aufbieten lassen. Ihr war nach Feiern zumute, denn einen solchen Triumph hatte es seit Denkzeiten nicht mehr gegeben.

Louthara, die sich für den Anlass ein neues Kleid aus roter, weißer und schwarzer Seide hatte schneidern lassen, betrieb Plauderei. Sie lehnte sich nach rechts und links, verteilte Komplimente und Aufmerksamkeit, um den Anwesenden zu schmeicheln.

Schließlich wagten sich die Ersten auf die freie Fläche neben den Tischen, es wurde zu den Klängen der Musikanten getanzt und gelacht.

Obciulus, einer ihrer Liebhaber und Oberhaupt der Houca-Familie, setzte sich neben Louthara und küsste ihren Handrücken. Als Parfumhändler duftete er stets allerbestens, sein Gewand musste Unsummen gekostet haben. »Es sind herrliche Zeiten für uns.«

»Das sind sie. Und sie werden noch herrlicher.« Sie neigte vor ihm leicht den Kopf. »Wirst du heute Nacht mein Bett teilen? Mir wäre danach.«

»Zu gerne.« Obciulus lächelte und blickte zu den Tanzenden. In seinem Bart glitzerte Blattgold. »Die Flinken Hände haben flinke Füße.«

»Willst du auch?«

»Ich spare mir meine Kraft. Für später.« Obciulus nahm sich von dem Konfekt aus Datteln und Pistazien. »Wer hat die Langdolche und Windläufer verraten? Waren wir das?«

»Nein. So niedrig sinken wir nicht. Außerdem kannte ich deren geheime Verstecke nicht. Ich war sehr überrascht, dass sie welche in Neidenheim, im dritten und im Prachtviertel hatten. Vor unseren Augen.« Louthara spendete laut Beifall, als die Musik endete. »Falls unser geschätzter Saldûn seine Finger nicht im Spiel hatte, fürchte ich, dass der Dârèmo eine neue Truppe aufgestellt hat, die gezielt Jagd auf unsere Banden und Strukturen macht. Wir werden achtsam sein müssen.«

»Wo wir doch gerade unangefochten an der Spitze stehen?«

»Umso einfacher wird es sein. Ich nehme an, dass wir bereits einige Spione in unseren Reihen haben, entweder Überläufer der Langdolche und Windläufer oder Neuzugänge. Zugezogene.« Louthara hatte sich Gedanken gemacht. »Erinnere dich an die Spione in meinem Haus während unserer Besprechung.«

»Was ist mit den Statthaltern aus dem zweiten und vierten Viertel? Glaubst du die Geschichte?«

»Die sind niemals ermordet worden, wie es die Garde überall verlauten lässt. Sie hatten mit den Windläufern gemeinsame Sache gemacht und wurden … abgesetzt. Für alle Zeiten. Von dem Dârèmo persönlich.« Louthara wollte morgen mit Liothan über die weiteren Unternehmungen sprechen. Der leere Raum, der durch das Ausmerzen der Gegner entstand, musste sogleich besetzt werden, bevor sich krimineller Nachwuchs berufen fühlte, die Lücke zu füllen.

»Ich würde gerne meine jüngste Tochter vorschlagen, um die Schwarzbrennerei in der Gardstraße zu übernehmen. Unterstützt du mich dabei?«, fühlte Obciulus vor.

»Das hängt davon ab, wie glücklich du mich später machst.«

»Du wirst nichts auszusetzen haben.«

»Dann steht es gut für deine Tochter, bald Ogda-Schnaps und Steinfruchtlikör für uns brennen und herstellen zu dürfen.« Louthara reichte ihm die Hand, und er küsste sie erneut. »Liothan wird nichts dagegen einzuwenden haben. Er überlässt mir das Steuern der Geschäfte und verlangt lediglich genaue Berichte und Aufstellungen.«

»Ich bin dir sehr dankbar.«

»Das will ich später sehen. Und fühlen.« Louthara lächelte ihn an und blickte zu den Musikanten, klappte den Fächer auf und wedelte sich damit kühlende Luft zu. »Wollen wir eine Pavotte tanzen?«

»Oh, sehr gerne!«

Louthara stand auf, Obciulus bot ihr den Arm an. Sie gab den Musikern Anweisung, was als Nächstes zu spielen sei, und schon begann der Reigen.

Schneller und schneller wurde die Melodie und trennte die schlechten von den guten Tanzpaaren, die ersten Wetten wurden getätigt, wer zuerst aus dem Takt geriete oder aufgeben müsse. Sosehr sich Obciulus und Louthara anstrengten – das letzte Paar zeigte sich durchhaltefreudiger und wurde von den Gästen nach ihrem Sieg mit anhaltendem Beifall bedacht.

»Ich gebe mich geschlagen!« Louthara versetzte ihrem Galan einen spielerischen Hieb mit dem geschlossenen Fächer. Die leichte Perücke mit den beiden kleinen Hörnchen hatte den Fliehkräften standgehalten und war auf ihrem Kopf geblieben. »Aber *er* trägt natürlich die Schuld daran, der Tanzschuft!«

Sie gingen durch das Gelächter die Treppen hinauf auf die Dachterrasse, auf der die Nachtblumen ihre Kelche geöffnet hatten, um Düfte freizugeben und die Luft damit zu schwängern. Der Kara Buran hatte eine neue Bepflanzung notwendig gemacht, die Büsche und Sträucher gediehen aufs herrlichste.

Mitten durch die betörende Pracht der Natur flanierten Obciulus und Louthara. Sie spannen Pläne, was die Flinken Hände in den kommenden Mânen in Beschlag nehmen mussten. Die zwei Monde hingen über Wédōra und beleuchteten die Stadt mit ihrem roten und silbernen Schein. Gelegentlich blitzte die Korona um Ipoton und sorgte für weithin sichtbares Firmamentfeuerwerk.

Louthara blieb stehen und betrachtete die umstehenden Gebäude. »Die Angelegenheiten der Flinken Hände sind besprochen. Mich würden deine Gedanken zum bevorstehenden Krieg von Thoulikon und den Sungàm Tasai interessieren.«

»Wegen der Beeinträchtigung der Geschäfte mit Aibylos, Iratha und Nelethion?«

»Nein. Wegen der Gerüchte, dass der Dârèmo eine Bewaffnung der Stadtteilheere in Betracht zieht.«

Obciulus blickte sie überrascht an. »Woher hast du das?«

»Ich hörte, dass man in der Amtsstube des ermordeten Statthalters eine Auflistung mit wehrtauglichen Personen aus dem Viertel gefunden habe«, berichtete Louthara. »Ich weiß, dass gelegentlich Verteidigungsübungen angesetzt werden, aber das halte ich für unwahrscheinlich.«

Obciulus nickte langsam. »Der Dârèmo wird Wédōra nicht in den Krieg führen. Was hätte er davon? Nur Verluste.«

»Einen Pakt mit dem Kèhán schließe ich aus. Das würde die Neutralität beenden.«

»Der einzige Grund dafür, die Bewohner zu den Waffen zu rufen, wäre ein befürchteter Angriff auf Wédōra«, folgerte Obciulus. »Hast du aus den anderen Vierteln etwas erfahren können?«

»Nein. Noch nicht.«

»Dann wollen wir es dabei bewenden lassen, dass der Dârèmo in seinem Misstrauen damit rechnet, der Kèhán könnte sich gegen ihn wenden.«

»Mit fünftausend Mann. Damit käme er nicht einmal bis ans Tor einer Vorstadt!«, sagte Louthara lachend. »Die Katapulte würden sie zusammenschießen.«

»Lassen wir uns überraschen.« Obciulus gingen die Erklärungsansätze aus. »Aber danke, dass du mir davon berichtet hast.«

»Der Nebel wird sich bald lüften. Ich mag es nicht, darauf warten zu müssen, was darunter verborgen liegt.«

Er blickte sich um. »Mir wäre nach noch einem Schluck Wein.«

»Ich habe dort neben der Irtho-Palme eindecken lassen. Wein, ein paar Naschereien.« Louthara lächelte verführerisch.

»Du hast gewusst, dass wir auf dem Dach sein werden.«

»Der Abend sollte genau so ablaufen.« Sie ließ seinen Arm los. »Warte hier. Ich gehe und entzünde die Kerzen. Es soll festlich aussehen.«

Louthara trat durch das lichte Grün und ging auf die Nische zu, die von den übrigen Dächern aus nicht einzusehen war.

Eine Petroleumlampe brannte mit kleinster Flamme hinter einem Glasschutz, damit ihr der Wind nichts antun konnte. Sie drehte den Docht höher und entfernte die Haube, nahm einen Span und trug das Feuer auf diese Weise zu den Kerzen, danach waren die Räucherstäbchen an der Reihe.

»Für eine Trauerfeier ist es recht fröhlich«, sagte ein Schatten, der neben ihr aus dem Dickicht trat. Es war die Gestalt einer Frau, die einen schwarzen Schal vor Mund und Nase trug, die Haare wurden von einer Kapuze verdeckt.

Louthara erkannte die Stimme beim ersten Wort. »Nanthena! Du … du bist …«

»Gekommen, um mich für deine Niedertracht zu bedanken.« Sie stach ihr den Stoßdolch in den Bauch und zog die Klinge aufwärts, damit die Verletzungen zu schwer wurden, um sie heilen zu können. Die dünne Seide bot keinen Widerstand. Mit der anderen Hand hielt sie Louthara den Mund zu. »Ich bin nicht tot. Und kein Geist. Ich werde zu den Lebenden zurückkehren. Aber du nicht.«

Louthara fühlte einen heißen Schmerz; ihr lauter Schrei scheiterte an den Fingern vor ihren Lippen. Dann wurde ihr kalt, und die Qual schien sich in Wärme zu wandeln.

»Deine Intrigen gegen meine Familie enden hier und jetzt. Ich habe Rache geübt.« Nanthena drückte Louthara auf den eingedeckten Tisch. Die Karaffe mit dem Wein und die Kristallkelche fielen auf den Boden und zerschellten. »Du wirst meine Kunst nie wieder beschädigen und mir rauben«, flüsterte sie und nahm die Hand weg. »*Jetzt* darfst du schreien. Es wird dir nichts mehr helfen.«

»Ich war es nicht alleine«, sagte Louthara und hustete Blut. »Ich will mein Gewissen erleichtern und … verrate dir, wer dich hinterging.«

* * *

Wédōra, Prachtviertel

Es macht hinter vorgehaltener Hand die Runde, dass man im Schreibzimmer eines ermordeten Statthalters eine Liste mit Hunderten Namen fand, nach welcher der Dârèmo verlangt hatte. Und bevor ich es in der Stadt verkünden lasse« – Sarāsh legte Liothan ein versiegeltes Schreiben auf seinen Teller –, »komme ich zuerst zu Euch, Saldûn.«

Er betrachtete das Zeichen im Wachs: der Glaskuppelturm mit neun Tropfen drum herum. »Der Dârèmo sendet mir einen Erlass.«

»Eine Anfrage. Mit einer Bitte, die Ihr nicht abschlagen könnt, da Ihr Bewohner von Wédōra seid.«

Tomeija sah zur Vertrauten des Herrschers, die am frühen Abend überraschend eine Botschaft gesandt hatte, dass sie beabsichtigte, mit ihnen zu sprechen. Nicht einmal zwei Sanduhren später stand sie vor der Tür. Das Essen war nicht mal halb fertig zubereitet, der auf die Schnelle gemietete Küchenmeister briet und garte noch die besten Zutaten.

»Dann ist es wahr, dass die Stadtteilheere zu den Waffen gerufen werden?«, fragte sie.

»Ja.« Sarāsh, die ihre aufwendige Rüstung trug, wartete darauf, dass Liothan das Siegel öffnete, und schien vorher nicht weitersprechen zu wollen.

Die vier Dârèmoi, die sie begleiteten, hatten sich in den vier Ecken des mit Säulen und mannsgroßen Vasen dekorierten Gesellschafts- und Festivitätensaals positioniert, wo sie regungslos ausharrten, starr wie die Puppengesichtvisiere ihrer Helme.

Liothan nahm das gerollte Papier, zerbrach den dicken Wachsverschluss und breitete das Schreiben auf dem Tisch aus.

Saldûn,

ich hörte von Eurer steigenden Macht über Zauberei und Menschen.
Mein Turm mag hoch sein, und ich scheine weit weg von den Geschehnissen und den Bewohnern, aber der Wind trägt jedes Wort zu mir herauf. Nichts entgeht mir.
Lange war ich unschlüssig, was ich mit Euch anstellen soll, und beobachtete Euch. Einmal hattet ihr einen Umsturz verhindert, aber was käme Euch mit steigender Macht in den Sinn?
Werdet Ihr zu einer Gefahr für mich?

Wie Ihr seht, spreche ich offen zu Euch. Damit Ihr wisst, woran Ihr seid.
Wédōra ist die Stadt, die ich leite und beschütze, in der ich für Ordnung sorge und die ich am Leben erhalte. Genau das, was in der Wüste das Wichtigste zum Überleben ist, gerät nun zu einer tödlichen Gefahr: Wasser.
Die Pläne, die Ihr von den Sungàm Tasai zu mir brachtet, habe ich untersuchen und berechnen lassen. Es handelt sich

dabei keineswegs um ein Vorhaben, sondern um eine feste Absicht. Man will die Stadt vernichten, die Kavernen anbohren, Wédōra mit den Wassermassen aus dem Kanal und künstlichen Wellen zum Einbrechen bringen. Auf dem See wollen sie eine schwimmende Stadt errichten.
Euer Einsatz hat die Grabungsschiffe aufgehalten. Zunächst.
Aber meine Späher berichten mir, dass die Sungàm Tasai neue Werkzeuge haben herbeischaffen lassen, die wesentlich primitiver als die alten sind, doch die ihren Zweck erfüllen werden.
Es bleibt uns nicht mehr viel Zeit.
Darüber hinaus befindet sich ein Dutzend Fremde auf den Schiffen, die von jenseits des Meeres stammen müssen. Wie Ihr wisst, landen in Ephurivé gelegentlich Boote und Kähne an, mit denen die Sungàm Tasai Handel treiben.
Meine Kundschafter haben berichtet, wie diese Fremden aussehen, was sie tun und wie sie sich benehmen.
Nach gründlicher Überlegung kam ich zu dem Entschluss, dass es sich dabei um Razhiv, um Witgos, um Hexer und Zauberer aus anderen Reichen handeln muss. Nennt sie, wie Ihr wollt. Sie wurden von den Sungàm Tasai nicht gerufen, um sich auf den Kriegsschiffen eine angenehme Zeit zu machen. Ich fürchte, dass sie in der Lage sind, ihre Künste in der Wüste gegen uns einzusetzen.
Ich brauche daher jeden Mann und jede Frau, die sich auf magische Formeln verstehen.
Ihr, Saldûn, werdet sie anführen.
Denn ich überwache die Sicherheit der Stadt und bilde das letzte Aufgebot.

Ihr habt mich einst vor dem Umsturz bewahrt – nun rettet die Hunderttausende, die sonst dem Tod in die Arme sinken.
Und ich verspreche: Ihr werdet Euren Einsatz nicht bereu-

en. Die Entlohnung wird kaiserlich. Und mein Misstrauen Euch gegenüber wird enden. Für alle Zeit.
Alles Weitere erfahrt Ihr von Sarāsh.

»Ihr wisst, was darin steht?« Liothan sah zur Vertrauten des Dârèmo und gab den Brief an Tomeija weiter.

»Ich bin eingeweiht. Ihr sollt die Razhiv anführen, sobald wir unseren Ausfall unternehmen.« Sarāsh nickte Tomeija zu, die mit Lesen beschäftigt war. »Ihr seid selbstverständlich ebenfalls eingeteilt.« Sie nutzte die höhere Anrede nun auch für Liothan, um zu zeigen, dass sie beide wichtig für die Stadt geworden waren.

»Ich habe nicht gelernt, Truppen in die Schlacht zu führen«, gab sie zurück und legte das Papier auf den Tisch. »Kämpfen kann ich, aber eine militärische Unterweisung bekam ich nie.«

»Ihr werdet als Figur wichtig für die Leute sein. Ihr seid eine Heldin, die wie Euer Freund Wédōra schon einmal vor Übel bewahrt hat. Ihr hattet die Verschwörung aufgedeckt«, erklärte Sarāsh. »Der Dârèmo wird Euch an einem Abschnitt einsetzen, wo Ihr die Moral hochhaltet und die Truppen zu übermenschlichen Leistungen antreibt.«

»Also weit vorne«, übersetzte Tomeija und lächelte böse. »Ich lasse mich nicht zu einer toten Heldin machen.«

»Das verlangt keiner.« Sarāsh nahm von dem hellen Henket und trank davon. »Die Nakib-Dho und Strategen des Dârèmo werden sich einfallen lassen, wie das vereinte Heer …«

Liothan hob die Hand. »Einen Moment. Ihr meint mit *vereint* mehr als die Einwohner und die Streitkräfte der Stadt.«

»Thoulikons fünftausend Soldaten sind mit dabei«, eröffnete die Vertraute. »Darüber hinaus sämtliche inhaftierte Verbrecher in den Gefängnissen. Wer lebend zurückkehrt, ist ein freier Mann. Auch die Keijo kommen zum Einsatz. Wir werden alles gegen die Sungàm Tasai werfen, was wir haben.«

»Was ist mit den Gleitern?«

»Neue Pajarota sind schnell gebaut, und wir könnten sie von

den Hängen des Berges starten lassen. Aber wir haben nicht genug erfahrene Piloten, um die waghalsigen Angriffsmanöver zu fliegen.« Sarāsh hob eine Gabel und simulierte einen misslungenen Flug. »Die Bewaffnung nutzt nichts, wenn sie damit vorher abstürzen.«

»Ich verstehe.« Liothan sah vor seinem geistigen Auge das größte Heer, das er sich jemals hätte vorstellen können, durch die Wüste und auf den Fluss zumarschieren. »Was haben wir von der Gegenseite zu erwarten? Außer den Razhiv?«

»Die Kundschafter mussten sich zurückziehen. Wir haben keinerlei Einblicke mehr in die Vorbereitungen der Sungàm Tasai«, gestand Sarāsh. »Die letzten Beobachtungen ließen den Schluss zu, dass sie die Kriegsschiffe an Land ziehen. Ich nehme an, sie laden die Katapulte aus.«

»Vermutlich. Um über den Sand zu gleiten, sind die Rümpfe zu flach und die Ladungen zu schwer. Nur der Kara Buran könnte sie anschieben«, überlegte Tomeija.

Liothan legte einen Teller auf fingerdünne Gebäckstangen aus Brotteig und schob ihn an. »Aber wenn sie Walzen an den Rümpfen anbringen? Oder Stämme unter den fast ebenen Kiel legen? Damit schafften sie es doch die wenigen Meilen vorwärts.«

Verdutzt schaute Sarāsh auf seinen Versuchsaufbau. »Ihr meint, sie graben gar nicht mehr am Kanal weiter, sondern –«

»Greifen an! Bald schon. Weil sie damit rechnen, dass der Dârèmo einen Ausfall machen *muss*. Sie wissen, dass wir deren Pläne kennen.«

»Das ist reine Spekulation. Und das Graben werden sie deswegen nicht aufgeben. Das ist der entscheidende Punkt in ihrem Plan. Aber sie werden vielleicht nur noch nach unten schaufeln, um zu den Grotten zu gelangen«, gab er zurück.

Tomeija schlug ihm auf die Schulter. »Nicht schlecht.« Sie blickte verwundert auf das versiegelte Schriftstück, das ihr Sarāsh unvermittelt auf den Teller legte. »Das brauche ich nicht. Ich habe verstanden, was meine Rolle dabei sein wird.«

»Eure Rolle: ja. Die Bitte, die Ihr nicht ablehnen könnt, steht darin.«

»Gleiches Recht für alle.« Liothan grinste. »Dachtest du, du kämst so leicht davon?«

»Leicht? An vorderster Front stehen und sich Pfeile und magische Flüche einfangen? Na, ich weiß nicht, wer von uns beiden glücklicher dran ist.« Tomeija brach das Siegel auf und entrollte die Mitteilung; ihr Freund sah ihr dabei über die Schulter.

Tomeija,

Ihr tragt einen Makel, zumindest in den Augen mancher. Er sitzt Euch im Nacken.
Ich halte es nicht für einen Makel, sondern für einen unschätzbaren Vorteil, den Ihr für Wédōra einsetzen müsst.
Der Wind trug mir zu, dass Euch ein Keel-Èru zeichnete und Ihr mit ihm verbunden seid.
Und so wird aus einer Gegebenheit, die Euch zu einer Verdächtigen und halben Verräterin gemacht hat, ein Segen für die Bewohnerinnen und Bewohner Wédōras.
Ich möchte, dass Ihr den Mar'Dheon aufsucht und ihm darlegt, wie es um die Stadt steht.
Ich kann mir vorstellen, dass er und sein Volk mit Genugtuung zuschauten, was vor sich ging. Aber sobald Ihr ihnen begreiflich macht, dass es mit ihrem Heiligtum vorbei sein wird, sollten die Sungàm Tasai ihren Plan vollenden, setze ich darauf, dass sie kommen. Und zuschlagen.
Ich erwarte nicht, dass sie sich unter mein Banner scharen. Aber ich garantiere jedem T'Kashrâ, der sich gegen die Angreifer wirft, dass nicht ein Schuss und nicht ein Schlag in seine Richtung geführt wird. Es ist an der Zeit, jede Feindschaft für diese eine Schlacht zu vergessen.
Ihr Eingreifen wird für die Sungàm Tasai überraschend erfolgen. Sie werden die T'Kashrâ nicht bei ihren Überle-

gungen mit einbezogen haben, da sie sich bisher abwartend verhalten.
Macht ihnen deutlich, wie es um uns und die Smaragdnen Wasser steht.
Sollten die T'Kashrâ in die Schlacht ziehen, werdet Ihr von mir eine Belohnung erhalten, wie sie die Welt noch nicht gesehen hat.

»Wir werden als die reichsten Menschen vom Schlachtfeld gehen«, befand Liothan. »Der Vorschlag ist gut.«

»Ich versuche, Uccran zu erreichen und mich mit ihm zu treffen, um zu schildern, was die Sungàm Tasai beabsichtigen. Aber ich kann nicht versprechen, dass er oder einer der Keel-Èru erscheint«, sagte Tomeija zur Vertrauten des Dârèmo. »Oder andere T'Kashrâ.«

»Das weiß ich.«

»Und sie könnten eine Gegenleistung fordern«, setzte sie nach.

»Es geht um ihr Heiligtum. Welch größeren Ansporn kann es geben?«

»Das Heiligtum endlich wieder betreten zu dürfen«, kam es unverzüglich über Tomeijas Lippen. »Wir brauchen die Zusage und einen verpflichtenden Vertrag mit dem Dârèmo und mit der Stadt Wédōra, dass die T'Kashrâ in die Grotten dürfen.«

Sarāsh wirkte plötzlich nachdenklich. Damit hatte sie nicht gerechnet. »Ich muss es dem Herrscher vorschlagen.«

»Würden sie überhaupt etwas auf die Abmachung geben?«, warf Liothan vorsichtig ein. »Sie wurden bereits einmal betrogen.«

»*Nicht* vom Dârèmo«, entgegnete Sarāsh sogleich. »Er führte fort, was die ersten Siedler festlegten.«

»Sagen wir: Er hat das Unrecht an den T'Kashrâ nicht ungeschehen gemacht.« Tomeija deutete auf das Schreiben an sie. »Fragt den Dârèmo. Ich brauche seine Zusage. Die T'Kashrâ sollen, sofern sie erscheinen und kämpfen, mindestens einmal im Siderim Zutritt bekommen. Für einen vollen Mond.«

»Einen Tag. Unter schwerster Bewachung.«

»Das wird nicht ausreichen. Sagen wir, vier Mondsiebtel.«

»Betrachten wir die Besuchserlaubnis des Heiligtums als Verhandlungsbasis. Das Betreten wird gewährt«, feilschte Sarāsh, als wäre sie der Dârèmo selbst. »Ohne Waffen und unter schwerster Bewachung.«

»Dann fragt den Dârèmo, ob er sich das vorstellen kann.« Tomeija zuckte mit den Schultern. »Sonst wird nichts daraus.«

»Ihr klingt wie eine T'Kashrâ.«

»Mich hat ein Keel-Èru berührt. Was denkt Ihr? Hat er vielleicht Gift auf mich übertragen?« Tomeija rieb über die Diamantenkette. »Oder liegt es an ihnen?«

Sarāsh lachte herzhaft. »Ihr denkt wahrlich wie sie und seht mit Eurer Schminke beinahe täuschend echt aus.«

»Ich stelle eine weitere … Bitte«, setzte Tomeija nach. »Es muss ein Erlass her, der jedem verbietet, die Todkranken in den Verwesungsturm zu werfen, um sie dort zum Sterben zu lassen. Auch Dyar-Corron muss es untersagt werden. Ich war mitten unter ihnen und versprach den Unglückseligen, ihnen beizustehen.«

Sarāshs Lippen wurden schmal. »Übertreibt es nicht, Driochor-Priesterin. Ihr könnt nicht alle retten.«

Es klopfte laut gegen die Tür.

Nach einer Aufforderung traten Irian Ettras, der angeheuerte Koch und seine Untergebenen herein.

Der Küchenmeister präsentierte voller Stolz die Speisen, die er zubereitet hatte. Geschmorte Sla-Echsenbäckchen und Kaktusfrüchte, dazu eine Soße aus hundert Gewürzen, garniert mit Pia-Apfelscheiben und, und, und. Vor lauter Aufzählung verloren die Gäste den Überblick.

Irian, der ausnahmsweise ein knielanges schwarzes Gewand und weiße Hosen trug, setzte sich neben Tomeija und nickte in die Runde. »Was habe ich verpasst?«, erkundigte er sich und zeigte auf die zwei Briefe des Dârèmo. »Seid ihr zu Statthaltern befördert worden?«

»Verdammt!«, sagte Liothan und schlug sich gegen die Stirn. »*Das* wäre ein Lohn gewesen, von dem viele träumen!«

»Ich hörte, die Todesrate ist recht hoch«, warf Sarāsh ein. »Ich würde es an Eurer Stelle seinlassen. Ihr lebt sehr gut im Goldenen Viereck.« Sie blickte zu Tomeija. »Darf ich Euch noch unter vier Augen sprechen, bevor wir mit dem Essen beginnen? Liothan mag den Hakhua über das Gesagte aufklären. Er wird eine Meinung dazu haben, die ich mir gleich anhören möchte.« Sie erhob sich und ging auf die Tür zum Nebenzimmer zu.

»Es geht um eine Frauenangelegenheit«, sprach sie zur geschrumpften Runde. »Es ist delikat.«

»Aber … mein Essen wird kalt!«, protestierte der Küchenmeister.

»Wir fangen schon mal an«, schlug Liothan vor. »Habt Ihr an eine Auswahl roher Herzen für meinen Freund gedacht? Männer, Frauen, Kinder? Es stand auf der Liste.«

»Ich … ich dachte, es sei ein Scherz von Euch, Herr.«

»Sieht *der* so aus, als dürfte ich Scherze über ihn machen?«

Irian bleckte die makellos kräftigen, weißen Zähne – und schnappte andeutend zu.

Der Koch und seine Bediensteten erschraken und zuckten vor dem Mann zurück. Liothan brach in lautes Gelächter aus, in das Irian düster einstimmte.

Tomeija und Sarāsh verschwanden im angrenzenden Saal.

* * *

Tomeija stellte sich neben das Fenster. »Frauenangelegenheiten, ja?«

»Zwei Frauen sprechen über Verbrecherbanden. Das Thema ist besser als ein Gespräch über die Wahl der Schminke und woher man sie beziehen kann.« Sarāsh lächelte. »Ich darf Euch das ausdrückliche Lob des Dârèmo sowie seine Anerkennung überbringen. Ihr und Eure Leute haben unter den Gesetzlosen aufgeräumt, wie er es in der knappen Zeit nicht erwartet hatte. Mit

Beweisen für deren Taten. Keine Unschuldigen kamen zu Schaden, niemand wurde auf Verdacht eliminiert. Und es sind zwei verrottete Statthalter weniger, die ihren Aufgaben nicht nachkamen. Der Dârèmo ist stolz auf Euch.«

»Ich bedanke mich. Richtet ihm das gerne aus.«

»Daher wird Eure Einheit weitermachen und zum einen den Anfängen Einhalt gebieten und zum anderen die verbliebenen Halsabschneider und Überläufer aus den alten Banden erledigen, die sich unter den Flinken Händen zusammengeschlossen haben«, redete Sarāsh weiter.

»Daran arbeite ich bereits.«

»Das dachte ich mir. Ich wollte lediglich offiziell verkünden, was Euer künftiges Wirken angeht. Zeigt weiterhin weder Rücksicht noch Mitleid noch Gnade. Ihr seid des Dârèmo strafende Hand. Es mag sein, dass er Eurer Bitte nachkommt und den Erlass unterzeichnen wird. Wegen der Todkranken und der Entsorgung im Verwesungsturm.« Sarāsh nahm ein Beutelchen aus ihrer Tasche und reichte es an sie. »Das ist Eure einstweilige Belobigung. Neben Gold befindet sich darin ein Ring. Er hat zwei Kammern. In der größeren ist ein Hohlraum, in dem Ihr lagern könnt, was Euch richtig erscheint.« Sie vollführte dazu erklärende Bewegungen. »Wenn Ihr die zweite Abdeckung aufdreht, erscheint das Siegel des Dârèmo und das höchste militärische Rangzeichen, das es in Wédōra gibt: das der Nakib-Dhoa. Solltet Ihr in eine gefährliche Situation mit dem Heer und der Garde geraten, wird es Euch jegliche Diskussion ersparen. Manche haben nicht die Nerven, einen Schrieb zu lesen, den Ihr erst vorzeigen müsstet.« Sarāsh machte ein feierliches Gesicht. »Auch die Dârèmoi gehorchen Euch von nun an aufs Wort. Höher kann man in dieser Stadt nicht aufsteigen. Missbraucht Ihr diese Macht, tragt Ihr die Folgen.«

Tomeija nahm das Geschenk entgegen. Sie war überrascht von der außergewöhnlichen Ehre. Damit stand sie beinahe auf der gleichen Stufe wie die Vertraute des Dârèmo. »Ich werde sie stets zum Wohle der Menschen einsetzen.«

»Sehr gut. Ich zweifle nicht an Euch. Aber bitte, legt ihn nicht sofort an. Erfindet eine Geschichte dazu und tragt ihn ab morgen.« Sarāsh legte eine Hand auf den Bauch. »Ich bin hungrig. Das sollte als Gespräch unter Frauen ausreichen. Jetzt lasst uns prüfen, wie gut dieser Küchenmeister ist, bevor uns die Männer alles weggegessen haben.«

»Liothan isst sehr schnell. Holzfäller haben immer Hunger, auch wenn sie zum Saldûn aufgestiegen sind.« Tomeija verstaute das Beutelchen in ihrer Tasche.

Innerlich fiel eine große Anspannung von ihr ab.

Sie hatte damit gerechnet, dass sie Anweisung bekam, Liothan bei passender Gelegenheit auszuschalten, weil der Dârèmo herausgefunden hatte, wer der wahre Anführer der Flinken Hände war.

Der Wind trägt ihm offenkundig nicht alles zu, was in der Stadt vor sich geht. Der Narr darf noch leben. Tomeija ging erleichtert voraus und freute sich wirklich auf das Essen.

* * *

Liothan kostete von der Tausend-Gewürze-Soße, und die Aromen versetzten ihn in ungläubiges Staunen. Zwar redete der Küchenmeister ununterbrochen über seine Vorgehensweise und wie was zubereitet worden war, doch die vielen Eindrücke, die seine Zunge und der Gaumen an seinen Verstand und seine Seele gleichermaßen sendeten, löschten die Worte des Mannes aus. Es gab nur noch Sinneseindrücke, die einem Rausch sehr nahekamen.

Liothan schrak zusammen, als die Türklingel schellte.

»Noch mehr Köche?« Irian hatte ein blutiges Stück Fleisch vor sich, das er genüsslich verzehrte, jede Schneidbewegung führte er vorfreudig aus und aß mit großem Genuss. »Oder doch endlich die Lieferung frischer Herzen? Ich löse sie auch selbst aus.«

Liothan wischte sich den Mund ab und erhob sich. »Ich

schaue rasch nach.« Er verließ den Speisesaal und eilte die Treppen abwärts, während er seine langen braunen Haare mit einem Band fixierte, ging durch die Eingangshalle, um durch das Guckfenster zu blicken.

Nanthena! Der Anblick versetzte ihn gleichermaßen in Sorge und Freude. Hastig entriegelte er die Tür und ließ sie herein.

Wasēm folgte ihr. Er musste außerhalb von Liothans Sichtfeld gestanden haben. *Ich habe ihn übersehen. Vor Aufregung.*

»Was tut ihr hier?«, raunte er und bugsierte sie durch die Halle in die Garderobe. Keinesfalls durften sie von Sarāsh oder den Dârèmoi gesehen werden. »Ist etwas geschehen? Seid ihr in Ordnung?«

»Jetzt schon.« Nanthena hatte Blutspuren auf dem Kleid, auch auf dem Griff des Stoßdolches haftete das Rot.

»Was ist geschehen?«, fragte Liothan aufgeregt.

»Es kam ein Enaïssef, der die Keijo anlockte«, erklärte der bärtige Wasēm. »Die Bestien drehten durch und griffen Kutuli an, die glaubte, es wären kleine Kuscheltierchen, mit denen sie Späßchen treiben könnte. Danach entschieden wir, dass Flucht das Beste wäre.«

»Ein Enaïssef. Ist das euer Ernst?« Liothan dachte sogleich an die Nacht, in der die Keijo in Loutharas Haus einige Freunde gegen einen unbekannten Gegner verloren hatten. *Ich dachte, es sei Tomeija gewesen und dass sich die Bestien mit der Witterung getäuscht hatten. Oder Ettras meinten.* Aber anscheinend hatten die feinfühligen Nasen der Keijo sich nicht geirrt. Kein Keel-Èru, kein Thahdrarthi, kein Agham und kein Murzbha, das hatten sie gesagt.

Nanthena machte eine ratlose Geste. »Ich weiß nicht, wie er hinter die Mauern gelangen konnte.«

Eine heiße Woge rollte durch Liothans Körper. Der unbekannte T'Kashrâ könnte sämtliche Pläne, die er für die Flinken Hände und die Stadt hatte, zunichtemachen. »Was hat er in der Grotte gewollt?«

»Wir wissen es nicht. Fradarick ist übrigens so tot wie sein

Liebchen. In seiner Rachsucht hat er sich auf die Keijo gestürzt, anstatt mit uns zusammen zu flüchten«, schilderte Wasēm kurz. »Um ihn ist es nicht schade.« Er legte die Hand auf Nanthenas Rücken. »Damit hat die Familie wieder ein Oberhaupt, das die Geschicke hundertfach besser leiten wird.«

Liothan versuchte, seine Gedanken zu ordnen.

Solange sich Sarāsh im Haus aufhielt, würde er nicht einfach verschwinden können. Jeder Vorwand konnte zu Misstrauen führen. Er musste nach dem Aufbruch der Vertrauten unverzüglich durch den Schacht steigen, um nach Slink, Narako und den anderen zu sehen. »Ich führe euch heimlich in meine Gemächer. Wir haben einen Gast, der euch keinesfalls zu Gesicht bekommen darf. Ihr seid *noch* tot.«

»Auf dieses Spiel können wir verzichten.« Nanthena umarmte Liothan. »Ich habe Louthara getötet.«

»Du … warst bei ihr?«

»Sie hat ein Fest gegeben, für ihre Freunde. Und als sie auf der Dachterrasse alleine war, habe ich sie erledigt.« Sie blickte ihn freudig an. »Das ist ihre Strafe dafür, was sie meinen Werken und meiner Familie angetan hat. Was sie mir damit antat.«

»Und dass sie dir das Amt abspenstig machte«, warf Wasēm ein. »Wenn du jetzt erscheinst, werden sie dich zur Anführerin der Flinken Hände machen. Ihr wärt das perfekte Paar dafür.«

Liothan schluckte. Eine Überraschung folgte auf die nächste. »Ich bringe euch erst mal in Sicherheit.« Er schaute durch einen Spalt hinaus in die leere Halle. »Los. Und leise.«

»Wer ist denn der Besuch?«, fragte Nanthena neugierig.

»Die Vertraute des Dârèmo. Mit vier ihrer Leibwächter.«

»Was? Sarāsh ist hier? Was will sie von dir?«

»Es steht eine militärische Unternehmung an, und dabei wollen sie mich als Saldûn, der die Razhiv in die Schlacht führt.« Er huschte die Treppen hinauf, die zwei folgten ihm. »Das erkläre ich euch später genauer. Bleibt in den Zimmern. Dann wird keiner auf euch aufmerksam.«

Er geleitete sie in seinen Aufenthaltsraum, wo verstreut Bücher zur Magie herumlagen. Dann küsste er Nanthena lange und innig. »Ich danke Hastus, dass dir nichts geschehen ist«, sagte er leise und strich durch ihr blondes Haar. Jede kleine Einzelheit ihrer Gesichtsbemalung kannte er und würde sie nachzeichnen können.

Sie lächelte. »Die Götter waren mit uns. Und sie haben mich meine Rache bekommen lassen. Auch wenn es noch einen gibt, der an dem Überfall beteiligt war. Louthara hat es mir sterbend gestanden.«

Liothan konnte sein Erstarren nicht verbergen. »Dann wirst du noch einen Mord begehen?«

Nanthena schüttelte den Kopf. »Sie murmelte einen Namen, den ich nicht genau verstand. Er klang ein wenig wie deiner. Aber das kann nicht sein.«

Er lachte laut auf. »Ich? Nein. Ich hätte das mit meinen magischen Kräften erledigt und hätte deine Werkstatt nicht zerschlagen müssen.« Louthara hatte im Sterben versucht, das Glück zu zerstören. *Es scheint ihr misslungen zu sein.*

Nanthena küsste ihn behutsam. »Ich habe jene zur Strecke gebracht, die es anordnete. Das wiegt viel mehr. Und sollte ich eines Sonnenaufgangs durch eine Fügung herausfinden, wen sie auf mich hetzte, werde ich nicht zögern.«

»Tu das.« Liothan löste sich von ihr und ging zur Tür. »Sobald Sarāsh verschwunden ist, gehe ich und sehe nach den Keijo. Und dem Enaïssef.«

»Sei vorsichtig! Sie galten einst als gefährliche Razhiv, die mächtiger gewesen sein sollen, als der Dârèmo oder du es je sein können«, warnte ihn Wasēm. »Die Kaufleute wussten das und trennten sie von der Grotte, aus der sie ihre Macht zogen. Damit waren sie besiegt.«

»Jetzt kehrte einer zurück.« Liothan grüßte und warf Nanthena einen Handkuss zu. »Wisst ihr was? Ich stelle ihn. Der macht mir keine Sorgen.« Er schloss die Tür, und die gute Laune fiel aus seinem Gesicht.

Natürlich machte er sich große Sorgen. Vielleicht musste er

Sarāsh und den Dârèmo in Kenntnis setzen. *Ein Enaïssef. Wie bei allen Dämonen ist er an den Keijo vorbeigelangt?*

Seine Gedanken drehten sich, sein Verstand war auf der Suche nach Erklärungen.

Wenn sich der T'Kashrâ in der Nacht des Überfalls im Haus von Louthara aufgehalten hatte, war es entweder großer Zufall, oder er gehörte zu Tomeijas Truppe.

Liothan musste an den Gefangenen denken. Mit dem Sack über dem Gesicht. Angeblich, weil er ein gesuchter Spion war, auf den ein Kopfgeld ausgesetzt worden sei.

Sie sagte, sie hätte ihn in der Wüste gefangen, erinnerte er sich. *Ich Trottel. Er saß in diesem Haus, vor meinen Augen!* Ob Tomeija darüber Bescheid wusste? *Oder hat sie ihn absichtlich in die Grotte geschickt, um die Keijo auszuschalten? Aber ergäbe das Sinn?* Liothan beschloss, zunächst alleine hinabzusteigen.

Sollte der Enaïssef auf eigene Faust gehandelt haben, bliebe alles gut.

Dann fielen Liothan die mühsam geleimten Kunstwerke in der Kammer ein. Sie waren ein Beweis gegen ihn, der fortmusste. Aus dem Haus. Aus der Stadt.

Ich zerschlage sie und lege die Artefakte der T'Kashrâ frei. Tomeija kann sie den Wüstenvölkern zurückgeben, was ihre Verhandlungen hoffentlich einfacher macht. Damit wären die Belege für seine Tat gründlich beseitigt.

Nichts würde ihn und Nanthena auseinanderbringen.

Liothan stand vor der Tür zum Saal und riss sich zusammen. Weder Ettras noch Sarāsh noch Tomeija durften von seinem inneren Rumoren etwas erahnen.

Hastus, lass mich überzeugend sein. Er stieß den Eingang auf und betrat lachend den Raum, um eine erdachte Geschichte über den abgewimmelten Besuch an der Tür zum Besten zu geben.

* * *

Liothan eilte den Gang entlang, vorbei an der Kaverne und zum Durchgang, der zu den Ruinen der alten Palastanlage führte.

Er hatte es kaum mehr beim Essen ausgehalten und die anderen beinahe zum Schlingen angetrieben. Ihm kam es wie Dekaden von Siderim vor, ehe sich Sarāsh endlich verabschiedet und nochmals beteuert hatte, wie wichtig er und Tomeija bei dem entscheidenden Gefecht gegen die Sungàm Tasai seien.

Danach hatte Liothan sich scheinbar ins Bett verabschiedet.

In seinen Gemächern ließ er sich ausführlich von Nanthena und Wasēm berichten, was genau am Heiligtum vorgefallen war. Danach war er aufgebrochen, bewaffnet, gerüstet und von Mondenergie durchdrungen. Einige Sprüche beherrschte er inzwischen sicherer – aber ob sie gegen einen Enaïssef ausreichten?

Ich habe nicht vor, gegen ihn zu kämpfen. Liothan betrat vorsichtig die Grotte und blickte zum Palast. *Nur wenn er mich dazu zwingt.*

Über dem halb zerfallenen Gebäude lag ein stolzer Schimmer, als wären die Steine aus tiefstem Schlummer erwacht und hätten sich besonnen, welche Macht einst an diesem Ort geherrscht hatte. Wie von Nanthena geschildert, leuchteten Fresken, Mosaiken und Malereien auf den Wänden in aufgefrischter Schönheit und mit betörenden Farben. Die Natur war aufgeblüht und schmückte die Umgebung mit Blüten, die Wohlgeruch verströmten.

Das vermochte nicht über die alte Zerstörung hinwegtäuschen. Die umgestürzten Pfeiler und Säulen, die Risse in der Fassade und den Wänden, die Sprünge in den Treppen existierten nach wie vor. Dafür bedurfte es Handwerker statt Magie.

Liothan betrachtete die Leichen der Keijo. Dutzendfach lagen sie umher, auf den Stufen, auf den Marmorplatten, über Säulen und aus geborstenen Fenstern heraus, sie dümpelten im Wasser und zuckten gelegentlich, wenn Fische Fleisch aus ihnen rupften.

Damit hatte sich die Zahl seiner Verbündeten drastisch vermindert.

Liothan ging vorsichtig vorwärts, blickte sich dabei unentwegt um.

Er überschlug im Kopf, wie viele Keijo ihm noch blieben. Sollte es im Palast nicht noch mehr Tote geben, hätte er noch fünfzehn aus dem bekannten Zellentrakt und die Angitila zur Verfügung. *Der Enaïssef hat gehörig gehaust.*

Slink und Narako gehörten nicht zu den Toten. Nach wie vor ließen sie ihn im Unklaren, wie viele Keijo in den Verliesen des Dârèmo eingesperrt waren. *Ich hoffe, es sind Hunderte, wie ich einst las.*

Da trat ein braunhaariger Mann aus dem Eingang des Palastes; er trug eine dunkelblaue Robe und hatte das Gesicht mit hellblauen und schwarzen Zeichen bemalt. Zu seinen Füßen folgten ihm zwei armdicke Wasserströme wie Schlangen, die miteinander spielten. »Ich hatte mit dem Dârèmo gerechnet oder eine Abordnung der Garde«, sprach er zur Begrüßung. »Aber nicht mit einem Einzelnen. Haben sie dich geschickt, um mit mir zu verhandeln?«

»Ich bin Liothan.«

»Oh, natürlich! Entschuldige, dass ich dich nicht erkannte.« Der Enaïssef kam die schiefen Stufen herab, das Wasser folgte ihm wie zwei Quecksilberstränge. »Du sollst ein Saldûn sein. Jetzt ergibt dein Erscheinen einen Sinn. Du bist aufgefordert, mich zu vertreiben.«

»Nein. Es gibt nur drei Menschen, die von deinem Aufenthalt hier wissen. Nicht einmal der Dârèmo hat Kenntnis von dir.« Liothan war beruhigt, dass der Priester keinerlei Anstalten machte, ihn mit magischen Angriffen einzudecken. Das lebendig wirkende Wasser flößte ihm Respekt ein. Es schien ihn auf einen Befehl hin jederzeit attackieren zu können. »Du hast die Keijo getötet.«

»Sie haben mich angegriffen. Ich verteidigte mich, und leider hörten sie nicht auf meine Hinweise, sie mögen damit aufhören. Sie gierten nach meinem Blut. Bestienseelen.« Er neigte ansatzweise sein Haupt. »Ich bin Sothâno. Verrate mir, was du möchtest.« Er zeigte auf die Leichen. »Waren es deine Freunde?«

»Verbündete. Und sie sind es noch.«

»Sie könnten noch leben, hätten sie ihre animalischen Instinkte gezügelt. Ich nehme Leben ungern.« Er wartete ab.

»Ich bin hier, um mit dir über deine Absichten zu sprechen.«

»Also doch Verhandlungen.«

»Keine für den Dârèmo.« Liothan setzte sich auf einen umgestürzten Pfeiler. »Du gehörst zu Tomeijas Truppe?«

»Ja.«

»Wusste sie, was du bist und was du beabsichtigst? Hat sie dich in die Grotte geschickt, um die Keijo auszuschalten? Oder bist –«

»So viele Fragen«, unterbrach Sotháno ihn. »Nein, sie hat damit nichts zu tun. Sie und Irian ahnten, was ich bin, doch ich sagte ihnen nichts über meine wahren Absichten.«

»Die wären?«

»Ist das nicht offensichtlich?« Sotháno legte eine Hand gegen ein von Rissen übersätes Standbild. »Ich habe zurückgeholt, was den T'Kashrâ gehört und uns geraubt wurde.«

»Der Dârèmo wird das nicht erlauben.«

»Er *muss.*« Sotháno lachte. »Ich habe mich durch einen magischen Bann mit der Quelle verbunden. Erlischt mein Leben, wandelt sich das Wasser. Fortan werden es nur noch die T'Kashrâ trinken können, ohne daran zu sterben. Die Menschen würden verdursten, obwohl die Zisternen randvoll sind. Das wäre das Ende für Wédōra.«

Die Zurückhaltung verdutzte Liothan. »Warum hast du es nicht gleich verändert? Es wäre dir ein Leichtes gewesen.«

»Ich … stehe in Tomeijas Schuld. Zweifach. Das hat die Stadt davor bewahrt, unter meinen Zauber zu fallen. Denn wir Enaïssef halten unser gegebenes Wort. Nicht wie die Kaufleute, die uns einst verrieten und täuschten.« Sotháno setzte sich ebenfalls. Das Wasser ringelte sich um seine Füße, ohne den Stoff seines Gewands oder die Schuhe zu benetzen. »Vielleicht bin ich auch einfach zu weich geworden. Ich sprach viel mit Tomeija, über das Zusammenleben zwischen uns und den Menschen.

Die Leute, die dieser Tage in den Häusern wohnen und ihren Geschäften nachgehen, haben nichts mit jenen Krämern zu tun, die das Unheil anrichteten. Was hätte ich von ihrem Tod?«

»Die Keel-Èru sähen es gewiss anders.«

»Krieger sehen nie den Frieden. Sonst wären es keine Krieger, nicht wahr?«

Liothan lächelte schwach. »Was schwebt dir vor?«

»Ich bin wahrscheinlich der einzige T'Kashrâ, der so denkt. Abgesehen von den Murzbha.« Sotháno sah Liothan an. »Vermutlich wäre es das Beste, wenn Wédōra und die vier Wüstenvölker Frieden finden. Indem wir Zutritt zu unserem Heiligtum erhalten. In welcher Form das geschehen soll, darüber wäre zu sprechen.« Er bückte sich und streichelte das Wasser zu seinen Füßen, als wäre es ein lebendiges Wesen. »Eines ist unumstößlich und nicht verhandelbar: Die Verbindung zwischen mir und der Quelle kann und werde ich nicht aufheben.«

»Schön und gut. Aber was geschieht, wenn du fällst und dir das Genick brichst?«

»Man sollte gut auf mich achtgeben«, erwiderte Sotháno. »Es ist meine Lebensversicherung. Ich weiß, dass mich der Dârèmo sonst so lange angreifen würde, bis ich besiegt wäre.«

»Er könnte dich gefangen nehmen und in seinen Turm einsperren, um dir ein langes, langweiliges Leben in Ketten zu bescheren.«

»Vorher bringe ich mich um. Der einzige Weg, den er wählen kann, ist die Verhandlung. Mit mir.« Sotháno wirkte entschlossen. »Ich war bereit, bei dem Versuch, in die Stadt zu gelangen, mein Leben zu verlieren. Dieses Versprechen gab ich meinem Vater und meinen Ahnen. Und jetzt, da es mir gelang, muss ich mir jeden Vorteil verschaffen, den ich bekommen kann.«

Liothan nickte. »Ich würde es wohl ebenso tun. Aber es gibt eine gute und eine schlechte Nachricht für dich und die T'Kashrâ.«

Sotháno schaute verdutzt. »Ich bin ganz Ohr. Die gute zuerst.«

»Tomeija hat mit Sarāsh vereinbart, dass du und deine Leute Zugang zur Grotte und zum Heiligtum erhalten sollen«, eröffnete Liothan und registrierte die Freude auf dem Gesicht des Priesters. »Für mehrere Sonnen in einem Siderim. Die genauen Umstände sollen noch ausgehandelt werden.«

»Das wäre … wie ist ihr das gelungen?«

»Nun kommen wir zur schlechten Nachricht.« Liothan zeigte auf die Kaverne und die Palastruine der Enaïssef. »Das alles kann schon bald vergangen sein. Zusammen mit Wédōra.«

»Was? Ist der Dârèmo –«

»Die Sungàm Tasai sind die Übeltäter. Sie haben eigene Pläne, was die Zukunft der Stadt und des Heiligtums angeht.« In knappen, eindringlichen Worten legte er die Erkenntnisse dar, die sie von den gestohlenen Plänen gewonnen hatten. »Tomeija wird im Auftrag des Dârèmo zu den Keel-Èru gehen und sie zu überzeugen versuchen, für Wédōra zu kämpfen.«

»Dafür bekommen wir das Zutrittsrecht«, vollendete Sotháno. »Ich verstehe. Und ich kann versichern: Ich werde für die Smaragdnen Wasser –«

»*Nicht* dein Leben geben! Sonst wäre alles verloren. Mit nutzlos gewordenem Wasser hätte der Dârèmo keinen Grund, irgendwelche Zugeständnisse zu machen. Eher würde er die Menschen zum Verlassen ihrer Häuser zwingen und das Heiligtum zerstören.« Liothan pochte gegen die Säule. »Dann hätten die Sungàm Tasai ebenfalls ihren Sieg errungen.«

Und das, da waren sich die Männer einig, durfte keinesfalls geschehen.

* * *

Was der sanfte, gnädige Wind bringt,
nimmt der unerwartete Sturm wieder mit.
Sprichwort der Enaïssef

Kapitel XXIV

Wüste

Tomeija ritt auf der Beek-Echse durch eine schmale Lücke zwischen den riesigen schwarzen Felsformationen hindurch, die wie ein Ring um die Oase lagen, die keine zwei Meilen vor ihr inmitten der Kargheit wie ein Trugbild auftauchte. Palmen und Bambus bildeten mit ihren Stämmen und dem dichtgrünen Blätterdach eine Barriere, durch die ihr Blick nicht drang.

Die Späher der Keel-Èru, die auf der Spitze der natürlichen Ausguckplattformen saßen, hatten sie gewiss über Meilen hinweg bemerkt und die Siedlung längst über ihr Kommen unterrichtet.

Tomeija hatte sich von Sotháno die Lage der Oase genau beschreiben lassen und sich auf die Reise begeben.

Sie hatte Uccrans Zeichen auf einen Wimpel übertragen und an einen langen Spieß gebunden, den sie senkrecht in den Wind hielt; der Stoff knatterte und knallte. Das Signum des Mar'Dheon bewahrte sie vor dem Sterben, aber gegen die Beklemmung vermochte sie sich nicht zu wehren. Die Umgebung galt im Umkreis von dreißig Meilen als Todesort für einen Menschen. Die Keel-Èru verschonten nichts und niemanden, der ihre Grenze überschritt.

Tomeija war an den Trümmern von mindestens zwei abgeschossenen Gleitern aus Sandwacht vorbeigekommen. Entweder waren die Piloten zu tief geflogen, oder die Krieger verstanden sich darauf, bis in große Höhen zu schießen. Sie vermutete in den Steinwänden geheime Kammern, in denen die Keel-Èru Katapulte lagerten, um ein Heer abwehren zu können, ganz gleich, wer sich an einer Eroberung der Oase versuchte.

Der Legende nach hatten es einst die Kaufleute aus Nolares

versucht, um sich die Wasservorräte zu sichern und eine zweite Stadt zu errichten, die Wédōra Konkurrenz machen sollte. Von ihren zwanzigtausend Söldnern war keiner zurückgekehrt.

Unmittelbar neben ihr kroch ein schwarzer Riesenskorpion aus dem Sand, größer als ein Pferd und mit stahlverstärkten Zangen, die jegliche Rüstung zerschnitten wie dünne Strohröhrchen.

Die vielfachen Augen richteten sich auf die Frau, der Schweif mit dem Giftstachel stand in einem leichten Bogen aufwärts und einsatzbereit. Die Klingen schnappten auf und zu, zerteilten die Luft mit schleifendem Geräusch.

Die Laufechse fauchte ängstlich auf und wollte ausbrechen. Es kostete Tomeija Kraft und Geschick, im Sattel zu bleiben und das Tier nicht durchgehen zu lassen.

Ein leiser Pfiff aus dem Nichts ließ den Skorpion zurück unter die Decke des Sandmeeres kriechen; als Letztes verschwand der Stachel.

Der Tod ist überall um mich herum. Tomeija ritt weiter auf die Oase zu.

Zwischen den Bambus- und Palmenstämmen tat sich keine Lücke auf. Die langen, dünnen Blätter wirkten scharf wie Schneiden.

Daher verzichtete Tomeija darauf, die Echse in das Dickicht zu lenken, sondern begann mit einer Umrundung. Sie hoffte, dass sie auf den Eingang stieß oder abgeholt wurde.

Nach einer geschätzten halben Meile tauchte eine breite Schneise in den Stämmen auf, durch die ein schnurgerader Steinpfad auf den See der Oase zuführte. Weit und breit gab es keine T'Kashrâ, keine Häuser.

Das sieht zu leicht aus. Tomeija richtete sich im Sattel auf. *Es ist eine Falle für Angreifer, die sich am Ziel wähnen sollen.*

Sie lenkte die Echse weiter und setzte das Umrunden fort, bis sie einen schmalen, verschlungenen Pfad entdeckte, den sie um ein Haar übersehen hätte. Anstatt das Reptil hineinzuzwingen, stieg Tomeija ab und begab sich vorsichtig hinein.

Der grauschwarze Steinboden war kühl, beschützt vom Blätterdach aus Palmen und Bambus. Die Temperatur fiel spürbar, die Luft roch feucht. Letzter Morgentau tropfte vom Laub auf Tomeija.

Sie hielt die türkisfarbenen Augen auf die Umgebung gerichtet. *Noch eine Falle?*

Der Pfad endete nach wenigen Schritten.

Das kann kein Zufall sein. Tomeija hockte sich hin und prüfte den Untergrund. Feines Gesteinsmehl lag um die Stämme.

Abrieb. Sie pochte mit den Fingerknöcheln gegen die Bäume, und ein hohles Geräusch erklang, was Tomeija zum Grinsen brachte. *Wusste ich es doch. Wo mag der Mechanismus sein, der sie zur Seite bewegt?*

Sie entdeckte eine sehr breite Trittleiste im vorderen Teil, doch auch dies erschien ihr zu offensichtlich.

Daher untersuchte sie die Stelle mit den falschen Bäumen weiter, bis sie an einem Bambuszweig eine verkratzte Stelle fand, die von Panzerhandschuhen stammen mochte.

Tomeija umfasste das Stück und drehte es um die eigene Achse.

Ein Klacken erklang. Der falsche Wald fuhr in einer Tiefe von drei Schritt auseinander und gab den Blick auf eine Mauer frei, in der ein Tor eingelassen war.

Davor stand Uccran in ein weites schwarzes Gewand mit dunkelgrünem Überwurf gekleidet und wartete auf sie. »Ich wusste, dass du die Fallen finden und durchschauen wirst, Daoja Mahal.«

»Hätten sie mich umgebracht?« Mit einem Pfiff rief Tomeija die Laufechse zu sich.

»Das will ich nicht ausschließen.«

»Sagtest du nicht, dass mir nichts geschehen wird?« Sie nahm die Zügel des Tieres und ging langsam auf ihn zu.

»Gegen deine Unachtsamkeit bin ich machtlos.« Die schwarzen Zeichen im geweißten Gesicht machten ihn sogar im hellen Licht zu einem Wesen der Dunkelheit. Er zeigte einladend auf den Durchlass. »Tritt ein. Und sei dir bewusst, dass du die erste Frau aus Wédōra bist, die unsere Oase lebend betritt und wieder verlassen wird.« Er zeigte ein Lächeln, was seine Gefährlichkeit nicht abschwächte.

Tomeija führte die Echse durch das Tor und ging neben Uccran her. »Du wirkst nicht überrascht, mich vor Ablauf unserer abgemachten Zeit zu sehen.«

»Ich würde mich zwar freuen, von dir zu hören, dass du Sehnsucht nach mir hattest, aber die Enttäuschung über die Wahrheit wäre zu groß.« Er nahm die Zügel ihres Reittiers und machte sie an einem Haken in der Mauer fest. »Das bleibt hier. Du musst nicht aufspringen und fliehen. Jemand kümmert sich um das Tier.«

Unmittelbar hinter dem Tor begann eine Straße, weniger breit als die andere, die zur Ablenkung errichtet worden war, aber sie bot dennoch Platz genug, um vier Reiter nebeneinander passieren zu lassen. Sie führte Tomeija und den Mar'Dheon unmittelbar in die Oase, die sich als wunderschöner See mit einer bebauten Insel erwies. Drum herum waren viereckige, mit geweißeltem Lehm versehene Häuser errichtet, die recht flach wirkten. Sie sollten den Stürmen keine Angriffsfläche bieten.

»Das meiste unseres Lebens spielt sich unter dem Sand ab«, erklärte Uccran. »Die Gebäude sind unterirdisch miteinander verbunden. Es gibt neben den Wohnungen kleinere Plätze und Säulenhallen. Das, was du siehst, dient in erster Linie als Belüftungsvorrichtung und als Hort für die Geschütze.« Er deutete zur Insel. »Da residiert unsere Si'Khonûngra, was in deiner Sprache so viel wie Königintochter bedeutet.«

»Sie befiehlt?«

»Sie liest die Zeichen im Sand und im Himmel, um uns wissen zu lassen, wie sich die Geister der Sarqia entschieden haben. Denn sie sagen uns, was die Zukunft bringen kann. Ob es so kommt« – Uccran machte eine Geste, die Tomeija nicht deuten konnte –, »hängt von uns ab. Wir bestimmen unseren Lauf aus verschiedenen Möglichkeiten, welche uns gegeben sind.«

Tomeija versuchte, sich die ganzen Eindrücke und Neuigkeiten einzuprägen. Sie hatte damit gerechnet, dass er sie in ein abgeschiedenes Zelt schleppte, weit weg von der Siedlung, damit sie nichts von dem Leben der Keel-Èru erfuhr. Dass er sein Wissen mit ihr teilte, beeindruckte und freute sie gleichermaßen. »Das ist ein anderes Verständnis von Gottheiten als das, wie wir es in Wédōra haben.«

»Ich hörte, der Dârèmo hasst sie, weil sie seine Macht untergraben.«

»Ganz so ist es nicht. Aber er achtet sehr darauf, dass kein Kult besonderen Zulauf erhält.«

»Außer dem von Driochor.« Uccran lachte. »Warum nicht? Ich mag deinen Gott des Todes, Daoja Mahal. Als Krieger muss man sich gut mit ihm stellen.«

Er geleitete sie zum ersten Haus und öffnete die Tür, ließ ihr den Vortritt.

Im Innern fanden sich keine Stühle oder Teppiche zum Setzen, sondern an den Decken und Wänden befestigte Liegematten, die sich angenehm der Körperform anpassten, wie Tomeija beim Platznehmen spürte. Der Tisch wurde von oben herabgelassen, Bedienstete kamen herein und brachten Tee sowie Naschereien, die fremdartig aussahen, aber einen appetitlichen Geruch verbreiteten. Das Getränk enthielt Spuren von Birne und Safran, dazu Honig und unbekannte Gewürze. Nichts davon wurde in Wédōra gereicht, trotz der unglaublichen Vielfalt der Handelsstadt.

»Bediene dich nach Belieben. Und es ist nichts davon für dich giftig.« Uccran goss den Tee mit jeweils drei Bewegungen aus. »Mit diesem Ritual vertreibt man die bösen Geister, die sich an die Kleidung des Gastes geklammert haben«, erklärte er. »Der Brosium hat eine klärende, läuternde Wirkung auf die Übel der Wüste.«

Tomeija musste sofort an Irian und seine unsichtbaren Freunde denken, mit denen er Zwiesprache hielt. Sie wäre neugierig, ob der Tee bei ihm Wirkung zeigte oder ob es letztlich nichts weiter als geistige Verwirrung war. »Danke.« Sie kostete davon und war vom fremden, ebenso vollen wie zarten Geschmack begeistert. Ausgewogen, nichts brach aus oder spielte sich überlagernd in den Vordergrund. Eine leichte Minznote gab Frische. »Das ist … einmalig!«

»Auf die gute Weise?«

»Auf die gute Weise.« Tomeija trank gleich noch einmal.

»Verrate mir, welche Sorge dich zu mir treibt.« Uccran betrachtete sie von seiner schwebenden Matte aus über den Rand der Schale hinweg; der aufsteigende Dampf verwischte sein Gesicht und gab ihm etwas Gespensterhaftes. Die tränenkleinen Diamanten an den Wangenknochen flirrten, sogar die Augen leuchteten.

»Es ist eine Angelegenheit, die Wédōra betrifft, das Heiligtum und euch, die T'Kashrâ.«

»Oh, das klingt, als könnte es eine große Sache sein.«

»Das ist es.« Tomeija beugte sich nach vorne und suchte aus ihrem Tragesack die Artefakte heraus, die ihr Liothan heimlich gegeben hatte. »Die habe ich als Zeichen der Verbundenheit mitgebracht. Sie gehören in die Hände deines Volkes.« Stück um Stück deponierte sie die Objekte in Kreisform auf dem Tisch. Zu guter Letzt legte sie den F'Shasiik, den Rufer, in die Mitte. »Den habe ich gefunden. Ich gebe ihn dir und deinem Volk zurück.«

Uccran hatte ihr anfangs neugierig, danach überrascht und schließlich über alle Maßen erstaunt dabei zugesehen, wie sie die Schätze ausbreitete. »Du hast keine Vorstellung, welche Werte du mir darbietest«, raunte er ungläubig.

»Nein. Ich weiß nur, dass sie in Wédōra für sehr viel Geld gehandelt werden. Trotz des Verbots des Dârèmo.«

»Und er gibt sie zurück?«

»Ja.«

»Dann muss es arg um die Stadt bestellt sein. Er hätte sie sicher lieber vernichtet.« Uccran hob ein Artefakt nach dem anderen an, drehte und wendete es, schloss dabei die Augen, als könnte er in die Dinge hineinlauschen und -fühlen. »Sie sind echt. Nicht eine Fälschung darunter«, raunte er weltvergessen.

»Um die Wirkung des F'Shasiik weiß ich, aber wozu dienen die anderen?«

»Nichts, was ihr Städter nutzen könntet. Das erzähle ich dir bei einer anderen Gelegenheit ausführlich.« Er goss sich Tee in drei kleinen Kippbewegungen nach. »Ist eine Seuche ausgebrochen, und wir haben das Gegenmittel dazu? Kam der Totenbeschwörer an die Grenze seiner schwarzen Macht?«

»Du meinst Dyar-Corron? Du nennst ihn Totenbeschwörer?«

»Er ist mehr als ein Iatros, aber kein Saldûn wie dein Freund. Vor den Bewohnern und dem Dârèmo mag er sich verstellen können, aber der Kara Buran hat ihn längst durchschaut.« Uccran lehnte sich zurück. »Doch es geht nicht um ihn.«

Ein Totenbeschwörer. Noch ein Grund mehr, ihn auszuschalten. »Nein.« Tomeija langte erneut in den Tragesack und nahm ein mit Stofflagen und Stroh gepolstertes Kästchen heraus. Sie befreite es von dem Schutz und schob es ihm hin. »Öffne es.«

Uccran tat es, ohne zu zögern. Und erstarrte, als er den Inhalt erblickte. »Das kann nicht sein!«

Sie beobachtete, wie er das mit T'Kashrâ-Symbolen gravierte Glasfläschchen herausnahm, das einen leichten Riss aufwies, aber seine Dichtigkeit nicht verloren hatte. Darin schwappte smaragdgrünes Wasser. »Es stammt aus der Grotte. Sie ist wieder unter der Obhut eines Enaïssef.«

»Sollte das wahr sein, dann ...« Uccran entkorkte das Behältnis und roch daran, trank davon. Seine Mimik entgleiste. Sprachlos stellte er es auf den Tisch und starrte überwältigt darauf.

Tomeija gab ihm alle Zeit, die er benötigte, um das Wunder zu realisieren, und genoss das Brosium.

»Es ist echt!« Uccran blickte sie ehrfürchtig an. »Du bringst mir diese Artefakte, danach erquickst du meine Seele mit dem, was keiner von uns seit zweihundertfünfzig Siderim mehr zu sich nehmen durfte«, brach es aus ihm heraus. »Ich *wusste*, dass du einzigartig bist, als ich dich das erste Mal sehen durfte, Daoja Mahal. Aber damit ist alles übertroffen, was hätte geschehen können! Nicht einmal die Si'Khonûngra sah das in den Zeichen vorher.«

»Sah sie denn, dass die Stadt und das Heiligtum vom Untergang bedroht sind?«

»Nein. Davon ist mir nichts bekannt.«

»Dann höre, was wir herausfinden mussten.« Tomeija legte Uccran dar, welche Pläne die Sungàm Tasai hatten. »Sie sind bereits weniger als acht Meilen an die Stadt herangekommen. Der Dârèmo wird einen Ausfall befehlen, mit allem, was wir aufbieten können, um die Schiffe zu vernichten und den Durchstoß zu verhindern. Sonst wird Wédōra untergehen. Das meine ich genau so, wie ich es sage.«

Uccran atmete tief ein. »Das wäre nie geschehen, wenn die Stadt nicht wie ein Geschwür gewachsen und erdrückend auf dem Heiligtum säße. Aber sei es drum. Es ist, wie es ist.« Er trank von seinem Brosium. »Ich werde der Si'Khonûngra vortragen, was du mir erzählt hast. Ich nehme an, der Dârèmo möchte, dass wir uns beteiligen?«

»Ihr und alle anderen T'Kashrâ, abgesehen von den Sandfressern«, antwortete Tomeija. »Ihr werdet unbehelligt bleiben. Während und nach der Schlacht. Und ihr sollt Zutritt zu eurem Heiligtum erhalten, an mehreren Sonnen in einem Siderim.«

»Dieser Enaïssef-Priester, lebt er noch? Ich hätte gedacht, dass ihn der Dârèmo angreift und vernichtet. Oder es zumindest versucht.«

»Er hat sein Leben an die Quelle gebunden. Stirbt er, verändert sich das Wasser und wird ungenießbar für alle Einwohner.«

Uccran lachte dunkel. »Damit konnte der Dârèmo nicht rechnen. All seine Macht bringt ihm nichts.« Er erhob sich. »Nun verstehe ich sehr gut, warum du mich aufgesucht hast. Wann soll der Ausfall beginnen?«

»Schon bald. Die Pläne werden gerade aufgestellt.«

»Ich rede mit der Si'Khonûngra, damit sie die Zeichen liest, und spreche mit den übrigen Mar'Dheon. Je nachdem, wie sie entscheiden, werden wir Boten an die anderen Oasen entsenden.« Er half Tomeija beim Aufstehen. »Ich kann dir keine Garantie geben, dass die Keel-Èru oder ein anderes Volk der T'Kashrâ erscheint.«

»Das werde ich so übermitteln.« Sie nahm den Tragesack und warf ihn mit einer Schlaufe über den Rücken.

Uccran öffnete ihr die Tür und übernahm die Führung.

Gesprochen wurde auf dem Weg zum Tor nicht. Tomeija spürte dem Geschmack des Brosiums auf der Zunge nach, den sie niemals mehr verlieren wollte. Bald darauf waren sie bei der Laufechse angekommen, die auf einem großen Stück Obst kaute, das ihr sichtlich schmeckte. Sie wirkte frisch und ausgeruht.

An den Satteltaschen hingen zwei Trinkschläuche sowie ein Bündel mit Proviant. Die Keel-Èru hatten sich ebenso um ihr leibliches Wohl gesorgt.

»Damit kommst du zurück nach Wédōra, ohne zu verhungern und zu verdursten.« Uccran reichte Tomeija die Hand und zog sie näher zu sich, dann legte er die Finger in ihren Nacken und die ihren in seine, die Stirnen berührten sich dabei. »Reise sicher, meine Daoja Mahal. Und nach der Schlacht sehen wir uns wieder.«

»Ich hoffe es.«

»Wir sehen uns wieder«, beharrte Uccran. »Die Keel-Èru mögen vielleicht nicht erscheinen, aber ich lasse dich nicht alleine in der Wüste gegen die Sungàm Tasai und ihre gekauften Razhiv ziehen.« Er ließ sie los. »Lass dem Dârèmo noch eine Warnung von mir zukommen.«

Tomeija nickte und stieg dabei auf den Rücken der Echse. »Die wäre?«

»Er soll nicht nur mit den Sungàm Tasai und ihren bezahlten fremden Razhiv rechnen. Die Thahdrarthi warten auf eine solche Gelegenheit, die Stadt anzugreifen. Der Ausfall mag den gefährlichsten Feinden gelten, aber ihr dürft die Sandfresser dabei nicht vergessen.« Uccran hob die Hand zum Gruß.

Tomeija ritt los, zum Tor hinaus und durch den Wald aus Bambus und Palmen. Sie versuchte, den Schrecken abzuschütteln, der sie bei den Worten des Mar'Dheon befallen hatte. Die Bedrohung durch die Thahdrarthi hatte sie schlicht übersehen.

* * *

Wédōra, Prachtviertel

Liothan blickte über die versammelten Häupter der Bruder- und Schwesternschaften, die sich unter den Flinken Händen zusammengefunden hatten. Darunter waren ein paar neue Gesichter, die sich aus den zerschlagenen Windläufern und Langdolchen hinübergerettet hatten, bevor Tomeija die Banden ausgehoben hatte. Man tagte im Haus der ermordeten Louthara, deren vier Töchter ihr Werk fortführten und für die Samtklingen in der umgebauten Takeza-Halle dabeisaßen.

»Ganz Wédōra spricht von der Einberufung der Stadtteilheere. Auch wir können uns nicht vor unserer Pflicht verschließen«, begann Liothan seine Rede. »Jeder von uns wurde aufgerufen, zu den Waffen zu greifen und sich den Vierteltruppen anzuschließen, sobald der Ruf erschallt.« Er langte hinter sich und nahm die zusammengerollte Stoffbahn, legte sie auf die Tafel und ließ sie mit einem Stoß ausrollen.

Hüpfend und hopsend offenbarte das bemalte Tuch sein Motiv: vier kreuzförmig angeordnete Hände mit jeweils zehn Fingern, das Zeichen der Flinken Hände, um das sich die neun Tropfen für die Viertel zogen. Der Turm des Herrschers fehlte. Diese Botschaft war eindeutig.

»Sobald der Dârèmo die Einwohner zum Kampf ruft, werden wir uns zu einer eigenen Truppe formieren«, verkündete er sein Vorhaben. »Wir ziehen unter *diesem* Banner ins Gefecht. Die Stadt soll sehen, dass wir, die Flinken Hände, uns nicht scheuen, unser Leben für alle zu geben.« Er blickte in verwunderte Gesichter, andere nickten mit einem breiten Lächeln. »Damit werden wir uns in den Köpfen der Menschen verankern, komme, was wolle. Man wird sich erinnern, dass die Flinken Hände ins Gefecht zogen. Für Wédōra! Es bringt uns Ehrfurcht, Ansehen, Lob und Zuspruch. Anwärter werden Schlange stehen, um bei uns mitzumachen. Unsere Macht und der Einfluss werden steigen, und das wird uns wiederum vor dem Zugriff des Dârèmo schützen.«

Zustimmendes Geraune und Gemurmel setzten ein.

»Machen wir uns damit nicht angreifbar?«, warf eine Frau ein. »Die Truppen könnten uns im Anschluss einfach attackieren. Das traue ich dem Dârèmo durchaus zu.«

»Sobald der Hauptkampf geschlagen ist, werden wir das Banner einrollen, und jeder kehrt in die Reihen der Stadtteilheere zurück«, erklärte Liothan. »Und ihr werdet sehen: Sie werden uns feiern wie Helden.«

»Sofern wir uns benehmen wie Helden«, rief ein Mann begeistert. »Ich schwöre, wir werden tapferer kämpfen als die Garde. Lasst uns an die alten Zeiten anknüpfen, als die Gesetzlosen Wédōra schon einmal vor dem Untergang bewahrten und uns der Dârèmo im Stich ließ!«

Laute Zustimmung wurde gerufen, die Versammlung applaudierte. Liothans Vorhaben fand regen Anklang.

»Ihr könnt euch denken, dass ich als Saldûn die Razhiv anführen soll«, begann er mit dem nächsten Teil seines Plans. »Daher werde ich nicht derjenige sein, welcher euch in die Schlacht führt und die Flinken Hände unauslöschlich ins Gedächtnis der Menschen brennt und den Eintrag in die Geschichtsbücher sichert.« Liothan deutete zur Tür. »Aber ich habe jemanden, der statt meiner den Flinken Händen vorstehen wird. Im Krieg und im Frieden.«

Die Bediensteten öffneten die Flügel.

Alle drehten tuschelnd die Köpfe zum Eingang, um zu sehen, wer dieses verantwortungsvolle Amt tragen sollte.

Nanthena kam herein, flankiert vom bärenhaften Wasēm. Sie blickte wie eine Königin auf die Versammlung, die aschroten Augen voller Freundlichkeit, auf der Miene eine gewisse Distanz, wie sie die Mächtigen benötigten, um ernst genommen zu werden. Sie trug ein Kleid, das schlicht und elegant war.

Überraschte Rufe erklangen, aus dem leisen Gemurmel wurde lautes Reden. Man hatte die beiden Ghominàs im Reich der Toten gewähnt.

»Vorstellen muss ich sie euch nicht. Nanthena und ich werden die Flinken Hände leiten. Ihr Wort ist mein Wort. Sofern die Versammlung zustimmt.« Liothan suchte auf den Gesichtern der Oberhäupter Zeichen des Widerstandes gegen die Nominierung.

»Wo ist Fradarick?«, fragte jemand.

»Er verstarb im Kampf und gab sein Leben für mich«, antwortete Nanthena und tat betrübt, ihre weißen Pupillen richteten sich auf den Mann, der gesprochen hatte.

Liothan sah auf den Zügen von Loutharas Töchtern Empörung. Sie hatten damit gerechnet, dass eine von ihnen berufen werden würde. Doch sie schwiegen klugerweise. *Sie werden versuchen zu intrigieren. Aber es wird ihnen nichts nützen.*

»Ihr Frauen und Männer der Flinken Hände«, sprach Nanthena. »Ihr kennt mich und meine Familie seit vielen Siderim. Fradarick bemühte sich, ein gutes Oberhaupt zu sein, und sicherlich war er das im Rahmen seiner Möglichkeiten. Ich werde für euch da sein und mein Streben in den Dienst der Flinken Hände stellen, damit keiner zu einer größeren Macht gelangt als wir. Reichtum und Wohlstand sollen uns folgen, und wir teilen unser Geld mit den Armen und Schwachen, die unser Heer gegen die Obrigkeit sein werden.« Sie hob die Hand und deutete zum Fenster hinaus. »Seid skeptisch, ich bitte euch darum. Ihr werdet auf dem Schlachtfeld sehen, dass ich vor nichts und niemandem zurückschrecke, um die Flinken Hände zum

Sieg zu führen. Genauso werde ich es in Wédōra halten. Das gelobe ich!«

Erster Beifall erklang, in den die Versammlung zu Liothans Erleichterung geschlossen einfiel.

»Einstimmig angenommen?«, rief er in die Runde. Loutharas Kinder enthielten sich. »Gut. Dann lasst mich euch unsere weiteren Verbündeten vorstellen.« Er vollführte eine Geste und sprach eine harmlose Formel.

Das war das Zeichen für die Keijo, die sich im Verborgenen bereitgehalten hatten. Sie zündeten die alchemistischen Pülverchen. Rauch stieg vor dem Eingang und hinter den vergitterten Fenstern auf.

Slink, Narako und die Übrigen traten aus ihren Verstecken, als seien sie heraufbeschworen worden, auch wenn ihre Zahl weniger als zwanzig betrug. Der Enaïssef hatte sie schwer geschröpft.

Die Flinken Hände sprangen teils von ihren Sitzen auf, teils harrten sie regungslos aus, um die Bestien nicht herauszufordern.

»Das sind die Wesen, die euch als Keijo bekannt sind. Sie wurden vom Dârèmo in Verliesen gehalten, abseits der Augen und Ohren der Stadtbewohner«, stellte Liothan die Wesen vor. »Ich ließ sie durch meine Saldûn-Macht an die Oberfläche steigen. Sie werden die Flinken Hände begleiten und treue Verbündete sein.«

»Woher wissen wir, dass sie … uns nicht zerfetzen, wenn sie der Blutrausch packt?«, wagte ein Mann den Einwurf. »Ich kann mir vorstellen, dass sie in ihrem einfachen Verstand nicht mehr zwischen Freund und Feind unterscheiden. Wie tollwütig gewordene Hunde, die …«

»Ich kann es sehr wohl«, entgegnete Narako mit kratziger Stimme. »Wir sind nicht dumm, wie du glauben möchtest.«

»Gewöhnt euch an den Anblick«, empfahl Liothan. »Man wird sie bald außerhalb der Kisten sehen, in denen sie an den Zugängen zu den Vorstädten ausharren mussten.«

Er hatte mit Sarāsh vereinbart, dass für die Keijo und auch für die Angitila eine eigene Form der Beteiligung am Leben in Wédōra gefunden werden musste. Ohne Zwang und Ketten. Dafür verzichteten die Kreaturen darauf, sich in der bevorstehenden Schlacht gegen die Menschen zu wenden. Es wäre gerade den Riesenechsen ein Leichtes, die Mauern zu beschädigen oder gar einzureißen und den Sungàm Tasai eine unerwartete Bresche zu schaffen.

Es hatte Liothan viel Überzeugungskraft gekostet, die Wesen dazu zu überreden, aber nach den enormen Verlusten an der Quelle sahen die Keijo ein, dass es für sie die beste Lösung war. Slink und überraschenderweise Narako erwiesen sich als Fürsprecher. Und sie hatten endlich verraten, wie viele Keijo es in sämtlichen Zellenblöcken gab: knapp fünfhundert, von uralt bis frisch geboren.

»Die Zeichen stehen vielfach für Umbruch und Neuerungen in unserer Heimat. Lasst sie uns nutzen. Die Flinken Hände werden ein Teil davon sein!« Liothan hob seinen Becher und reckte ihn hoch. »Auf uns!«

»Auf uns«, erschallte der Ruf aus vielen Kehlen, mitunter verhalten und unsicher. Loutharas Töchter rührten die Gläser überhaupt nicht an.

»Die richtige Überzeugung wird noch kommen«, flüsterte ihm Nanthena zu. »Nach dem Gefecht gegen die Sungàm Tasai sind die Zweifel verflogen.« Liothan stieß mit ihr an.

Jemand steckte ihm einen Zettel zu, ohne dass er bemerkte, von wem die Nachricht stammte. Als er das Papierchen entfaltete, las er darauf:

Betrüger! Falscher Dämonenbeschwörer!

* * *

Königreich Telonia, Baronie Walfor

Warmer Wind strich Arcurias durch das Gesicht und die blonden Locken, in denen sich zusehends graue Strähnen fanden.

Der Wind roch nach nichts. Stille umfing ihn. Genau *das* hätte nicht sein dürfen.

Feuchtes Moos, Waldboden, der Duft von Pilzen, die im Verborgenen wuchsen, Tannennadeln, das Knacken im Unterholz von Vögeln oder Wild, Eichhörnchen und die Rufe von Häher oder Kauz – gab es nicht mehr.

Der gerüstete König blickte aus dem Sattel seines Pferdes auf eine schier unendliche Wüste, mal mit Dünen, weiter abseits mit aufragenden Gesteinsbrocken und Felsen, auf denen es nichts Lebendiges gab. Der Zauber, den Dûrus in Gang gesetzt und den die Wǣrloga fortgeführt hatte, verwandelte sein Reich in eine karge Einöde, ohne Wasser, ohne ein Zeichen von Vegetation und Tieren.

Zahllose Quadratmeilen hatten er und seine Untertanen an den Fluch verloren, und der magische Bann machte an den Grenzen zu den Nachbarländern nicht halt. Der Sand und die Ödnis fraßen sich voran, gebaren grausame Monstren und furchterregende Scheusale, die Tag und Nacht über die Städte, Dörfer und Höfe herfielen und fraßen, was sie fanden. Sie waren die vernichtenden Vorboten der nachrückenden Wüste.

Arcurias kamen die Tränen, als er auf das Sandmeer blickte, an deren Rand sie sich befanden. »Es muss enden.«

Er und seine Begleiter hatten sich von Süden genähert, in der Hoffnung, nicht sogleich von der Wǣrloga und ihren Kreaturen entdeckt zu werden. Vierzig entschlossene Krieger und zehn Witgos, Hexer, Zauberer, Magister und Mèstres bildeten seine Truppe, die bereit war, gegen das Böse zu ziehen.

»Es *wird* enden, Hoheit.« Atha war genesen und hatte sich zusammen mit den Magiekundigen aus den umliegenden Landen an das Studium der gefundenen Formeln aus der anderen Welt gemacht. Arcurias hatte sich ebenfalls dem intensiven Erforschen gewidmet, aber einsehen müssen, dass sein Wissen zu sehr von Fenia geprägt war.

Atha, die mit ihrer eigenen Form der Hexerei hantierte, tat sich damit leichter und fand bei den Magistern aus Ilkion sowie einer Magistra aus Basirien geistige Gleichgesinnte. Tage und Nächte verbrachten sie mit dem Untersuchen der Silben und Lautfolgen.

Als kniffliger erwiesen sich die Gesten, da deren Beschreibungen Ungenauigkeiten beinhalteten, was zu gravierenden Fehlern und damit zu einer Gefahr für die Anwender werden konnte.

Schließlich fühlten sie sich jedoch sicher genug, um einen Ausflug in die Wüste zu wagen und die fremde Magie auszuprobieren. Sollte sich der Sand als untauglich erweisen, wäre der Widerstand gegen die Wærloga am Ende.

Arcurias seufzte. *Erfolg oder Fiasko, das stellt sich nun heraus.*

Er stieg aus dem Sattel und betrat den grauschwarzen Sand, in dem größere Kiesel zu sehen waren. Zwei Soldaten überwachten mit Sehgläsern die Umgebung, suchten nach Anzeichen für nahende Bestien.

Behutsam griff er in den warmen Sand, der die Hitze nicht von der schwachen Herbstsonne bezog. Er glühte von innen heraus, als strahlte darunter ein zweites Taggestirn.

»Ich fühle nichts«, sagte Arcurias enttäuscht zu seiner Begleitung. »Wenn es darin Energie gibt, liegt es an euch, sie zu entdecken.« Er erhob sich und warf den Sand zurück. »Wer fängt an?«

Sie hatten sich darauf geeinigt, nur einen Versuch zu unternehmen und gleich danach den Ort zu wechseln. Sie befürchteten, dass die Wærloga oder die Bestien spürten, wo man sich der magischen Macht bediente, und heraneilten, um die Eindringlinge zu töten. Bis dahin wollten Arcurias und seine Truppe weit weg sein.

Annla, die rothaarige Magistra aus Basirien, meldete sich und sprang vom Pferderücken, um in ihrem dunklen Lederkleid mit dem darüberliegenden Pelzmantel forsch einen Schritt in die Wüste hinein zu machen und eine Handvoll der Körnchen aufzunehmen.

Sie begann unerschrocken, die fremden Worte und Silben zu formen; dabei bewegte sie die Finger. Feine Spuren des Sandes rieselten herab und malten Symbole auf den losen Boden.

Nach dem letzten Wort und Annlas letzter Geste geschah – nichts.

Ruhig und schweigend wartete die Gruppe ab, da sich die Wirkung unter Umständen erst nach einer Weile entfalten mochte.

Arcurias zählte sechzig Herzschläge, bevor er zu seinem Pferd ging und aufstieg. »Gut, das war die falsche Reihung«, verkündete er. »Lasst uns verschwinden und nach Westen reiten, um es erneut zu versuchen.«

Annla stand enttäuscht in der Wüste. »Dabei habe ich etwas gefühlt«, sagte sie und begab sich niedergeschlagen zurück auf das Gras, das unter ihren Sohlen knisternd zu Sand zerfiel. »Die Kraft ist vorhanden, aber die Worte waren nicht die richtigen, fürchte ich.« Sie sah zu den anderen Zauberkundigen. »Ich wünsche euch mehr Glück.« Sie setzte einen Fuß in den Steigbügel und drückte sich in die Höhe.

Ihr Schuh löste sich unter dem geringen Gewicht auf und zerbrach zu grauem Sand.

Annla schrie vor Entsetzen und rutschte ab, fiel und wollte den Sturz mit den Armen abfangen, die jedoch sogleich zu Körnchen zerstoben und sich verteilten. Ihr Oberkörper schlug auf den Boden und wandelte sich zu einem Haufen Sand, als wären die Magistra und ihre Kleidung eine bemalte, vergängliche Skulptur gewesen.

»Bei Hastus!« Arcurias starrte auf das, was von Annla übrig geblieben war. »Stand *davon* etwas in den Aufzeichnungen?«

Die Gruppe sah sich fassungslos an.

»Weg von diesem Ort, falls die Wærloga unseren Versuch bemerkt hat.« Arcurias nahm die Zügel des überschüssigen Pferdes und ritt los. Die Begleiter folgten ihm, erst in gerader Linie weg vom Wüstensaum, und nach mehreren Meilen schwenkten sie nach Westen. So gelangten sie zurück auf das Gebiet von Burgonn.

Unterwegs berieten sie, was sich abgespielt haben könnte. Ein Fehler der Magistra kam gleichermaßen in Frage wie ein Abwehrzauber der Wærloga, um zu verhindern, dass sich jemand ihrer Energie bemächtigte.

»Wir werden es wieder versuchen«, sagte Atha, die ihre Söldnerrüstung mit dem Abzeichen der Sieben Krähen trug. Der Helm hing nach alter Gewohnheit am Sattelknauf, die dunklen Haare lagen auf der Panzerung. »Nicht nur Telonia zählt auf uns.«

Arcurias schätzte ihre Entschlossenheit, da sie der Truppe Mut und die Zuversicht gab. »Ja. Und ich werde mich daran beteiligen.«

»Ihr, Hoheit?« Atha staunte ihn an.

Arcurias lachte bitter. »Ich habe kein Königreich mehr, da braucht es mich als Hoheit noch viel weniger.«

»Aber das ist nicht Eure Form der Zauberei.«

»Das mag sein. Aber ich *muss* es lernen. Um euch zu unterstützen. Bei jeder Rast werde ich eure Aufzeichnungen lesen. Oder ich gehe die Notizen von Edocius und seinen verbündeten Mèstres nochmals durch.«

»Ihr könntet … denkt an die Unglückselige.«

Arcurias nickte grimmig und lenkte sein Pferd auf ein nahes Gehöft zu, das abseits ihres eigentlichen Weges lag. Seinen Berechnungen nach waren sie vierzig Meilen von der Wüste entfernt, und die Nacht brach herein. »Lasst uns dort schlafen und morgen ausgeruht einen zweiten Versuch angehen.«

Die Männer und Frauen trabten in lockerer Formation auf den Hof zu, der aus einem windschiefen Fachwerkhaus und einer hölzernen Stallung bestand.

Hinter den Fenstern des Wohngebäudes brannte Licht, aus dem Schornstein quoll heller Rauch von trockenen Scheiten. Die Bewohner hatten sich offenbar nicht von der anrückenden Ödnis vertreiben lassen und harrten trotzig auf dem Land aus.

Gepriesen seien sie dafür.

Arcurias blickte hinauf. Die Dämmerung hatte sich mit Wolken geschmückt, es sah nach einem gehörigen Regenguss aus, der sie im Freien bis auf die Knochen durchnässen würde.

Sie ritten auf den Hof, vorbei an dem Misthaufen, von dem die Hühner gackernd in die Scheune flüchteten. Lautes Muhen und Meckern verriet den Ankommenden, dass Kühe und Ziegen gehalten wurden.

Arcurias brachte sein Pferd zum Stehen und stieg ab. Er pochte fest gegen die Tür des Wohnhauses, als die ersten Tropfen aus dem schwarzgrauen Himmel fielen.

Von drinnen erklang lautes, feierliches Singen. Die Bewohner priesen Hastus und erbaten seinen Segen.

»Das wird dauern«, sagte er zu seinen Begleitern, die in den Sätteln saßen und abwarteten. Arcurias trommelte anhaltend gegen das Holz, bis der Gesang endlich verklang und der Eingang aufschwang.

Eine junge Bäuerin in einfacher Tracht und mit Schürze sah ihn an, in der rechten Hand ein Beil. Beim Anblick der Bewaffneten erschrak sie.

»Hastus und seine Heiligen seien mit dir«, grüßte Arcurias freundlich. »Wäre es möglich, ein Nachtlager bei dir zu bekommen? Das Wetter sieht nicht besonders gut für Reisende aus.« Er langte in seinen Geldbeutel und nahm ein Goldstück heraus. »Das ist für dich.«

Sie nahm die Münze und biss darauf. Ihre Augen wurden groß. »Das ist *echt!*«

»Natürlich. Sonst hätte ich es nicht dabei.«

»Dafür … könntest du …« Sie lachte auf und schloss die Münze fest in der Hand ein. »Mein Name ist Martis. Bringt eure Pferde in die Scheune, und danach macht es euch bequem bei uns. Zumindest die hohen Herrschaften. Teilt euch auf, wie ihr wollt, aber für mehr als zehn Mann reicht die Stube nicht. Wir richten schnell eine Suppe. Und dann will ich hören, was die Herrschaften hierhertreibt.«

»Der Kampf gegen die Wüste«, sagte Atha und sprang ab, auch die anderen verließen die Pferderücken.

»Oh. Dann seid ihr wahrlich Helden. Da gebe ich direkt noch Fleisch in die Brühe.« Martis verschwand von der Tür und ließ sie angelehnt.

»Gastfreundlich.« Arcurias wollte sein Tier in die Stallungen bringen, aber die Söldnerin nahm die Zügel. »Ein wenig sorglos vielleicht.«

»Was sollte sie gegen so viele Bewaffnete tun? Da wäre ich auch lieber freundlich. Und würde die Suppe vergiften.« Atha ging lachend durch den Regen auf die Scheune zu. »Ich komme gleich nach, Hoheit.«

Die Soldaten übernahmen die Pferde der Zauberkundigen, vier von ihnen und vier Krieger betraten zusammen mit Arcurias das Wohngebäude.

Kinder verschiedenen Alters standen im knappen Flur Spalier und betrachteten die unerwarteten Gäste neugierig. Die fünf Mädchen machten artig Knickse, die vier Jungs verbeugten sich tief.

In der erleuchteten Wohnstube warteten mehrere Erwachsene, manche waren an ihrer schlichteren Kleidung als Knechte und Mägde zu erkennen, die Besitzerfamilie des Hofes trug eine bessere, wenn auch nach höfischen Maßstäben sehr grobe Garderobe. Zu ihnen gehörte Martis, die neben ihren Eltern und Großeltern stand.

Arcurias nickte in die Runde. »Guten Abend. Der Segen von Hastus möge euch begleiten. Ich bin Arcurias.« Er zeigte auf seine Begleiter. »Dies sind meine treuen Reisegefährten und Gefährtinnen. Wir versuchen, die Wüste aufzuhalten. Danke, dass wir bei euch übernachten dürfen.«

»Es gab in Telonia einen König, der so hieß wie du«, sprach ein fast zahnloser Greis, wohl das Oberhaupt der Familie.

»Der bin ich. Mein Land ist bereits an die Macht der Wǽrloga gefallen«, sagte er. »Mit Hastus' Beistand besiegen wir sie.«

Die Kinder und Erwachsenen flüsterten aufgeregt untereinander.

»Den König ohne Land haben wir nicht zum Essen erwartet. Ich hoffe, dass euch die Suppe schmeckt, die wir kochen. Es wird dauern«, sagte der Alte und stieß mit seinem Stock einmal auf den Boden. »Du hast mein Mitleid, König. Und du hast meinen Unmut, weil du uns das Unglück eingebrockt hast.«

»Vater!«, rief eine ältere Frau tadelnd.

»Lass mich! Er ist nicht mein König. Und es ist mir egal, ob ich ihm damit unrecht tue. Das Böse kam aus *seinem* Reich, und *seine* Witga hat es schlimmer gemacht, wie man sich erzählt.« Der Greis blitzte ihn wütend an. »Ich hoffe für dich, dass du es ins Lot bringst, ehe dieser Sand auch mein Land und meinen Hof frisst!«

»Ich gebe nicht eher auf«, erwiderte Arcurias. Da er alles verloren hatte, gab es für ihn nichts mehr zu verlieren. »Bis zum letzten Atemzug werde ich kämpfen.«

»So spricht ein König!« Der Greis behielt den grummeligen Gesichtsausdruck bei, klang jedoch versöhnter. »Dann seid willkommen, du und dein Gefolge. Ihr werdet überwiegend in der Scheune schlafen müssen. Ein paar finden auf dem Boden in der Stube Platz.«

»Solange das Dach dicht ist, soll es uns recht sein.« Arcurias setzte sich an den grob gezimmerten Tisch, an dem rasch für ihn und seine Begleiter Platz gemacht wurde.

»Sag den anderen, dass wir reihum essen«, befahl er einem Soldaten. »Stellt Wachen an den Luken oben in der Scheune auf. Es soll das sicherste Gehöft in Burgonn sein, wenn wir schon unangemeldet erscheinen.«

Der Krieger salutierte und verschwand hinaus.

Die Bauersleute schauten ihren Gästen fasziniert beim Essen der Suppe zu, die bald serviert wurde: eine dicke, sämige Brühe mit reichlich Bohnen, Kräutern und gekochtem Fleisch. Sie machte satt und wärmte; anschließend gab es Waldkräutertee.

Atha stieß zu ihnen und bediente sich ebenfalls. »Nie habe ich was Besseres gegessen«, sagte sie zu der Familie und pochte mit dem Holzlöffel gegen die Schüssel. »Danke.«

»Er schmeckt wie jener Eintopf, den ich als Kind bekam, wenn ich Fieber litt«, sagte Arcurias nachdenklich. »Heute kann man in Telonia nur Sandtee kochen.«

Er ließ sich von Atha die Bücher der getöteten Annla reichen und setzte sich an den lodernden Kamin.

Zwar konnte er in der engen Behausung nicht alleine sein, aber Arcurias wollte ein wenig abseits seinen Gedanken nachhängen und schauen, ob er aus den Aufzeichnungen der Magistra zur Nutzung der fremden Magie schlau wurde.

Die Wärme des Feuers, das beruhigende Knacken und das Murmeln der Menschen, die im Wechsel hereinkamen, aßen und wieder gingen, ließen ihm die Lider schwer werden. Die Buchstaben tanzten vor seinen müden Augen.

Schließlich gab er dem Drang nach, klappte das Büchlein zu und lehnte den Kopf gegen den Balken in seinem Rücken. Arcurias nickte ein.

Aber sein Verstand löste sich nicht von den Geschehnissen und bescherte ihm wechselnde Alpträume.

Zunächst erschien Fenia von Ibenberg als halb verweste Leiche und bezichtigte ihn des Verrats, dann sprang ihn ein skelettierter Dûrus aus einem Sandhügel an und riss ihn vom Pferd.

Plötzlich war er von Bestien umzingelt, welche die Wærloga heraufbeschworen hatte, und sie verschlangen seinen Tross. Dann lag er im Wohngebäude des Gehöfts auf dem Esstisch, gefesselt und entblößt. Der Greis, seine Kinder und Kindeskinder standen um ihn herum und hielten lange, rostige Messer, streuten Sand über ihn und schnitten ihm unter Beschwörungen die Haut in Streifen herab. Sie beteten die Wüste als neue

Macht an, der sie sein Leben gaben, damit sie schneller um sich greife und die bekannte Welt verschlänge.

Arcurias wusste, dass er sich in erdachten Szenarien befand, aber er konnte sich nicht daraus befreien und aufwachen. Er spürte Wut, Angst, Schuld und die Pein, wenn der Alte einen weiteren Fetzen aus ihm säbelte und ihn an seine Kinder und Kindeskinder zum Essen reichte.

»Du entkommst mir nicht«, raunte die Stimme der Wǣrloga in Arcurias' Kopf. »Ich weiß, was ihr versucht. Doch ihr scheitert. Wie diese kleine Magistra. Ich mache euch alle zu Sand, über den ich schreite. Mein Reich wird größer als das eines jeden Kaisers, größer als die Wüste, die um Wédōra liegt. Ich bin eine und viele, ich bin Fenia und Dûrus und unerreicht! Wie wollt ihr mir widerstehen?« Dann lachte sie laut und hässlich.

Durch die Fenster und die Tür des Bauernhauses schwappte gelber und blutroter Sand, umspülte die Einrichtung und die Menschen, die sich nicht daran störten, dass die Körnchen sich an ihnen in die Höhe zogen und sie erdrückten.

Arcurias fühlte Fesseln um sich und den Sand, der sich über ihn legte, Mund, Augen, Ohren und Nase verschloss und ihm das Gefühl gab, ersticken zu müssen – bis ihn eifrige Hände ausgruben und freischarrten. Erleichtert wollte er nach Luft ringen, doch sah dann in die Fratze eines Scheusals, das nach Echse und Wolf aussah, mit Schuppen und Fell und langen Zähnen, aus denen Gift tropfte. Die Schnauze öffnete sich, und eine blauviolette, gespaltene Zunge leckte über sein Gesicht.

»Du wirst mir schmecken, Königlein«, grollte das Wesen, und aus dem Rachen stank es nach Hunger und Fäulnis. »Ein leckerer Brocken! Danach nehme ich die kleine Söldnerin und fresse sie!«

Arcurias schrie auf und riss sich von den Fesseln los. Er langte an die Seite und zog seinen Dolch, den ihm der Traum gewährte, und stach ihn der ganzen Länge nach durch das rechte, blau leuchtende Auge des Ungetüms.

Der Todesschrei der Bestie schmerzte in seinen Ohren, Speicheltröpfchen und Geifer trafen ihn.

Abrupt fuhr Arcurias auf und fand sich neben dem Kamin wieder – vor sich die Fratze der Wolfsechse, die knurrend vor ihm zusammenbrach und nach einem letzten Zucken stilllag. *Das war kein Traum!*

Er sprang erschrocken auf und blickte sich mit erwachenden Sinnen um.

In der Stube lagen die Bauersleute umher, Männer, Frauen und Kinder, abgeschlachtet von den Klauen und Zähnen der Bestien. Zwei Soldaten und Atha und leisteten erbitterten Widerstand gegen drei Scheusale, die ähnlich aussahen wie das Wesen, das Arcurias zum Opfer gefallen war.

Der König zog seinen Dolch aus dem Kopf des Gegners, stopfte sich Annlas Büchlein unter den Gürtel und riss sein Schwert heraus, um sich in den Kampf zu stürzen.

»Er ist endlich erwacht!«, rief Atha erleichtert und schlug einer Bestie mit einem beherzten Hieb ihres Streitkolbens die Giftzähne aus; klackernd rollten sie über den Boden. Ihr Gegner fiel sterbend hinterdrein. »Hoheit, wir müssen zu den Pferden und weg von hier! Der Hof ist überrannt und verloren!«

Die Wærloga sandte uns ihre Häscher nach. Annlas magisches Experiment in der Wüste war nicht unbemerkt geblieben. Gefangen in den Alpträumen, hatte sein Unterbewusstsein die Geräusche der Umgebung in die Trugbilder eingefügt.

»Voran!« Arcurias konzentrierte sich auf seine Witgokräfte und fegte die Ungeheuer, die ihnen den Gang versperrten, mit einer Sturmbö rücklings zur Tür hinaus. Holzverschalungen brachen ab und spickten die Widersacher im Flug mit langen Splittern.

Die Soldaten und Atha stürmten los, Arcurias legte sich im Verstand die nächste Formel zurecht.

Auf dem Innenhof bot sich ein Bild des Schreckens: Die Körper der Soldaten und Soldatinnen lagen zerrissen umher, der strömende Regen spülte das Blut und die Inhalte der aufgebrochenen Gedärme in die Jauchegrube. Selbst die Kühe und Ziegen waren von den Bestien in Stücke geschlagen worden; einige

Hühner rannten aufgescheucht umher und suchten Schutz in der Scheune.

Ein kleines Häuflein bot noch Widerstand, bestehend aus vier Zauberkundigen sowie acht Wachen, die einen Kreis gebildet hatten und sich nach Leibeskräften mit Speerstichen und Hexerei gegen das Dutzend Scheusale verteidigten.

Arcurias sah übergroße sandfarbene Schlangen mit gezacktem Muster, drei schwarze und drei hellgelbe Skorpione sowie jene Mischwesen aus Wolf und Echse, die auf zwei Beinen aufrecht stehend Waffen und Schild der getöteten Soldaten führten.

»Es ist nicht die Nacht, um zu sterben!« Er ließ eine drei Schritt lange Stichflamme aus seinem gereckten Schwert gegen die Schlangen und Skorpione züngeln und drang mit feuriger Klinge auf die Wolfsechsen ein.

Zischend und jaulend sprangen die Angreifer von dem König weg. Atha setzte einen weiteren Flammenzauber gegen sie ein und verbrannte die verletzten übergroßen Insekten und Kriechtiere zu Asche.

»Sie haben die Pferde getötet«, rief eine Wache. »Wir können nur zu Fuß flüchten.«

Unvermittelt sprangen weitere Bestien aus dem Schutz der Dunkelheit vom Dach der Scheune und warfen sich mitten unter sie. Arcurias wurde wie Atha von den Beinen geholt und fiel in den tiefen Matsch, der sich durch den Regen gebildet hatte.

Vor ihm stand ein menschengroßes, muskulöses Raubtier mit geflecktem Fell und kräftigen Pranken sowie einem langen Skorpionschwanz am Hinterleib. Anstelle von Vorderläufen hatte es die gezahnten Fangarme einer Gottesanbeterin, die aus blanken Knochen bestanden und an denen reichlich Blut hinablief.

»Vergehe!« Arcurias reckte das glühende Schwert gegen den Angreifer und setzte zu einer vernichtenden Formel an.

Der Skorpionstachel stieß blitzschnell herab und erwischte ihn am Oberschenkel, die Spitze pumpte das Gift in seinen

Leib. Es brannte und breitete sich als eiskalte Welle in seinen Adern aus, die seine Arme und Finger schwer machte. Mühsam vollendete Arcurias den Zauber und zerstörte den Brustkorb des Scheusals mit einer Flammenkugel, die das Wesen rückwärts davonschleuderte. Fell, Knochen, Herz und Lungen zerfielen unter dem Einschlag zu Asche.

Die Spitze des Stachels brach ab und blieb in Arcurias' Bein stecken, die Giftblase kontrahierte ungebrochen.

Ich täuschte mich. Es ist doch eine Nacht zum Sterben. Er sank in den Matsch und drehte den Kopf zu Atha und der verbliebenen Truppe. »Gebt nicht auf«, ächzte er tonlos. »Rettet die Unschuldigen.«

Dann gab es nur noch Kälte in seinem Verstand, und Arcurias' Gedanken erloschen.

* * *

Aus *Überleben in der Wüste*, von Kauffrau Ilenaja zu Aela:

Wer einmal in der Oase der Murzbha lagerte, kennt die denkwürdigen Gerichte.
So bekam ich saftige Scheiben von Echsengeweih, nicht gekocht, gebraten oder gesotten, sondern nur vom geschlachteten Vieh abgetrennt. Köstlich und voll saftigem Mark, dass es mir auf der Zunge zerlief.
Solltet ihr auf dem Markt Wüstenspargel finden, kauft ihn nicht. Esst ihn ausschließlich frisch bei den Murzbha oder geht selbst auf die Suche. Grün, salzig und voller Mineralien, die jeden Verlust vom Schwitzen mit einem Biss ausgleichen.

Kapitel XXV

Wédōra, Südvorstadt

Liothan und Tomeija warfen sich einen Blick zu. Sie waren unabhängig voneinander erleichtert darüber, bei der Besprechung der Nakib nicht das Sagen zu haben.

Ihre gelegentlichen Hinweise wurden gehört, aber die Aufstellungen des Heeres, der Garde und der Stadtteilheere übernahmen die Männer und Frauen, die in Taktik und Strategie geschult waren, auch wenn keiner sich jemals in einer solchen Lage befunden hatte. Eine derartige Schlacht, wie sie bevorstand, kannten Wédōras Aufzeichnungen nicht.

Auf dem Tisch im großen Besprechungsraum im Amtssitz von Hamátis, der Statthalterin der Vorstädte, lag eine eigens angefertigte Umgebungskarte, auf der sich maßstabsgetreue Modelle der Sungàm Tasai sowie der Truppen von Wédōra befanden. Die kleinen Schiffchen wirkten harmlos. Ihre Originale beherbergten Vernichtungsgewalt von kaum vorstellbarem Ausmaß, wie Tomeija und Liothan eindringlich geschildert hatten.

Sarāsh übernahm das Zuhören und Nachfragen, stellte Truppenteile und Kriegsgerät um und rückte sie zurück an den alten Platz oder suchte nach gänzlich neuen Positionen, um größere Vorteile aus dem Einsatz zu ziehen. Die Vertraute des Dârèmo stand von ihrem Rang über den Offizieren, hielt sich jedoch zurück und bevormundete sie zu keiner Gelegenheit.

»Bleibt es bei der letzten Aufstellung?«

»Ich denke doch, Herrin.« Ebneyon, der als neuer Nakib-Dho von Sandwacht zum Kriegsherr ernannt worden war, ließ seine Blicke über das Diorama schweifen. Seine besonnene Natur und sein fortgeschrittenes Alter machten ihn zum geeigneten Anführer. »Der letzte Gleiterüberflug brachte nichts Neues.« Er nahm einen Zeigestock und tippte auf die Bootsmodelle. »Die Sungàm Tasai haben acht ihrer zehn Kriegsschiffe an Land gezogen und bewegen sie über Holzstämme vorwärts, die sie wie Walzen unter den Kiel legen. Die anderen zwei liegen im Kanal und werden vermutlich als Nachschub zurückgehalten. Zudem sind weitere elf Lasten- und Grabungskähne vertäut. Die Arbeiten gehen hinter den Linien ungemindert weiter.«

»Das Wasser hat Niedrigststand, sagtet Ihr?«

»Ja, Herrin. Soweit unsere Pajarota das aus der Luft ausmachen konnten.« Ebneyon deutete auf die Wände des Flusslaufs. »Man sah Spuren von Feuchtigkeit und Pflanzenbewuchs, der ungefähr acht Schritt höher lag als der momentane Pegel. Das Wasser versickert schneller, als die Sungàm Tasai bedachten.«

»Oder gibt es einen anderen Grund?«

»Ja. Sie haben etwas vor.« Liothan erbat sich den Stab und ließ seine Spitze über die Karte wandern, berührte die eingezeichneten drei hintereinanderliegenden Sperren. »Sie schlossen die Tore und stauen den künstlichen Fluss an. Wenn sie die Klappen aufeinander abgestimmt öffnen, können sie eine Woge erzeugen, welche den Kanal entlangschießt, die Schiffe erfasst und bis an Wédōras Mauern trägt.«

»Aber nicht darüber hinweg. Sie sind zu hoch«, warf Sarāsh ein.

»Wie sieht es mit dem Druck aus, der gegen die Wände ausgeübt wird?«, fragte Tomeija nach.

»Sie überstehen einen Kara Buran. Das Wasser wird ihnen nichts anhaben.« Sarāsh blieb bei ihrer Ansicht.

Liothan und Tomeija sahen sich erneut an und dachten das Gleiche. *Es ist eine hoffnungsvolle Behauptung.*

»Ob die Mauern halten oder nicht: Unser Heer wäre weggeschwemmt und über eine große Strecke im Sand verteilt. Wer nicht ertrunken ist, hat andere Sorgen, als sich um das Kämpfen zu kümmern«, stellte Ebneyon besorgt fest. »Genau das werden die Fischficker versuchen wollen.« Er schaute zu Tomeija. »Ihr habt das Kommando über die Einheit, die heimlich über die Dünen in den Rücken der Sungàm Tasai vorrücken wird. Unter allen Umständen müsst Ihr verhindern, dass diese letzte Schleuse geöffnet wird und unsere Truppen davonspült.«

»Ja.« Tomeija war es nicht recht, dass sich die Aufmerksamkeit auf sie richtete.

Sarãsh nickte ihr zu. »Gibt es Anzeichen, dass die T'Kashrâ erscheinen werden, um mit uns in die Schlacht zu ziehen?«

»Ich kann nur sagen, was mir gesagt wurde«, sprach sie zum gefühlt hundertsten Mal. Liothan, die Nakib, ihre eigenen Leute und natürlich Sarãsh – sie alle wollten wissen, wie es sich mit den Verbündeten verhielt, die bis vor wenigen Mânen noch als Todfeinde gegolten hatten. »Ich bin mir sicher, dass den T'Kashrâ nichts von dem entging, was sich auf ihrem Land abspielt.« Den Seitenhieb hatte sie sich nicht verkneifen können.

»Ich würde mich ohnehin nicht auf sie verlassen«, steuerte einer der Nakib bei, Verachtung auf seinen Zügen.

»Ich werde dich daran erinnern.« Tomeija legte eine Hand gegen ihre Sitan-Diamanten.

»Somit werden wir eine starke Mitteleinheit bilden, die Außenflanken sind rechts und links jeweils leicht schräg nach vorne verschoben«, nahm Ebneyon das Erklären auf. »Die ersten Reihen der Blöcke bildet das Heer, dahinter folgt die Garde mit den schweren Geschützen, die letzte Linie wird von den Stadtteileinheiten gehalten. Sollten wir fallen, müssen die Einwohner das Schlimmste abwenden.«

»Kamen noch mehr Freiwillige dazu?«, erkundigte sich Sarãsh beim Quartiermeister.

»Nein, Herrin. Das heißt, doch. Aber es waren Kinder, keine Kämpfer«, erstattete er Bericht. »Sie mögen meinetwegen Steine von den Dächern werfen, falls es die Sungàm Tasai hinter die Mauern schaffen. Aber ich lasse sie nicht ins Getümmel ziehen. Die sterben schneller als Fliegen, die Flammen zu nahe kommen.«

Sarãsh legte ihm eine Hand auf die Schulter. »Gut. Achthundert Mann lasse ich in Wédōra zum Schutz der Tore als letztes

Aufgebot. Damit haben wir drei mal zweitausend Gardisten. Heer?«

»Zwanzig Gleiterflieger, die wir einsetzen können. Dazu insgesamt eintausend Laufechsenreiter, fünftausend Fußsoldaten und viertausend Bogenschützen, die wir auf die drei Blöcke aufteilen, wobei ich dazu neige, den Hauptblock stärker zu besetzen«, ging Ebneyon seine Liste durch. »Dazu die Bedienmannschaften für die schweren Katapulte und Geschütze sowie die Bolidschleudereinheiten, was fünfhundert Mann sind, die aber nicht in der Schlacht zählen.«

»Wie viele sind in Sandwacht geblieben?«

»Zwanzig Laufechsenreiter, dreihundert Fußsoldaten und einhundert Schützen. Ich habe sie Tomeija unterstellt, um das Schleusentor einzunehmen.« Ebneyon deutete auf die hintersten, dicksten Reihen der Angriffsblöcke. »Die Stadtvierteltruppen. Drei mal hunderttausend Männer und Frauen. Die Besten von ihnen mischte ich unter die Garde und das Heer, um deren Reihen zu stärken. Die restlichen hunderttausend warten in der Stadt auf das Signal, falls auch sie als Verstärkung anrücken müssen.«

»Oder gebraucht werden, um die Stadt zu verteidigen, sollten die Sungàm Tasai eindringen«, fügte Sarāsh hinzu. »Ich selbst führe dreihundert Dârèmoi in das Gefecht, die zweihundert Übrigen verbleiben ebenfalls in Wédōra.«

Liothan lauschte der Unterredung konzentriert. Noch war seine Entscheidung nicht gefallen, an welchem Punkt er mit seinen Flinken Händen aufmarschieren wollte. Er spielte mit dem Gedanken, sie zwischen den Flanken und dem Hauptheer zu positionieren, wie Scharniere, die ein dreiflügeliges Altarbild hielten. »Thoulikon wird sich zum Hauptblock begeben?«

»Ja. Dort werden die Sungàm Tasai ihre stärksten Truppen einsetzen, um bei unserem Ausfall durchzubrechen und in den Rücken zu fallen. So würde ich zumindest vorgehen.« Ebneyon stützte sich auf den Zeigestab.

Sarāsh holte tief Luft und betrachtete den Plan wie zum Abschied. »Beginnen wir den Tanz. Die Einheiten sollen sich in der Südvorstadt aufbauen und die Geschütze auf die Angitila laden. Schärft den Leuten ein, dass die Keijo, die sie zu sehen bekommen, zu uns gehören, auch wenn sie bedrohlich wirken. Sie unterstehen dem Saldûn. Niemand schlägt nach ihnen. Nicht mal mit bloßer Faust.«

Die Nakib bestätigten ohne große Begeisterung.

»Sobald wir den Ausfall beginnen, rechne ich damit, dass die Sungàm Tasai alles gegen uns werfen, was sie in ihren acht Schlachtschiffen versteckt haben, und auch ihre fremden Razhiv einsetzen werden«, sagte Ebneyon. »Um zu verhindern, dass sie die Schleusen im Moment unseres Auftauchens öffnen, gebe ich Euch, Tomeija, eine halbe Nacht Vorsprung. Das bringt uns den Vorteil, dass sich die Aufmerksamkeit auf Euch richten wird. Erst dann verlassen wir die Vorstadt und dringen, so schnell es geht, vor. So lange werdet Ihr und Eure Leute einen schweren Stand haben.«

Tomeija machte eine bestätigende Geste. »Driochor wird mit mir sein.« Drei der Nakib senkten leise huldigend ihre Häupter, was sie zum Lächeln brachte. Der Gott hatte dank ihres Wirkens etliche Freunde gefunden. »Ich halte die Schleuse, ganz gleich, was sich die Sungàm Tasai einfallen lassen.«

»Dann sehen wir uns morgen früh«, sagte Sarāsh. »Wir kämpfen nicht für den Dârèmo, das soll ich euch ausrichten. Sondern für die Menschen, die in der Stadt leben und die ohne uns verloren sein werden.« Sie nickte den Versammelten zu und verließ den Raum.

»Dann geht und verbringt die Zeit mit jenen, die euch lieben«, sprach Ebneyon. »Der Tag morgen macht uns zu anderen Menschen. Einige werden das letzte Mal ihren Kindern und Familien eine gute Nacht wünschen. Bedenkt das. Verlasst euer Heim morgen nicht im Zorn. Sprecht ein gutes Wort, das sie in Erinnerung behalten sollen, zu allen, denen ihr begegnet.«

Die Nakib reichten einander die Hand, die Versammlung löste sich auf.

Die Zeichner kamen herein und fertigten Duplikate der Aufstellung an, um sie für die Kibs verfügbar zu machen. Jeder musste wissen, wo er zu stehen hatte.

Das Trio, das offen und vor Sarāsh zu Driochor gebetet hatte, kam zu Tomeija und ließ sich ihren Segen geben, bevor auch sie verschwanden. Dank der Schriften im Tempel, die sie fleißig studierte und auswendig lernte, würde sie bald noch größere Wunder wirken. *Wenn Driochor es will und zulässt.*

Als die Zeichner gingen, blieben die Freunde alleine im Raum zurück.

Tomeija spazierte um den Tisch herum und prägte sich jede Kleinigkeit ein. Liothan hingegen blieb an der Stirnseite stehen, die Hände aufgestützt und vorgebeugt wie ein Feldherr, der mit seinen Entscheidungen haderte.

»Ich mache den Anfang.« Tomeija blieb seitlich stehen.

»Was meinst du damit?«

»Die Attacken. Auf die Sungàm Tasai.« Sie sah ihn fragend an. »An was dachtest du?«

»An das, was Ebneyon sagte. Dass wir uns von jenen, die wir lieben, mit freundlichen Worten verabschieden sollen.« Liothan drehte den Kopf zu ihr. »Was verriet dir Driochor zum Ausgang über die Schlacht?«

»Ich habe ihn nicht befragt, und ich will es nicht wissen. Es würde sich auf das auswirken, was ich tue.« Sie legte eine Hand an den Schwertgriff. »Ich muss in dieser Nacht erfolgreich sein, Liothan. Und du morgen am Tage.«

»Aber kehren wir zurück?«

»Ist das so wichtig für dich? Würdest du dich anders von Nanthena verabschieden, wenn du es wüsstest?«

»Ich …« Er wurde unsicher. »Es gäbe Dinge zu gestehen. Ihr zu gestehen.«

»Dass du es warst, der ihre Werkstatt zerstörte und die Kunstwerke vernichtete?« Tomeija schüttelte sachte den Kopf, die hochgesteckten grauen Haare wippten. »Die Wahrheit ist mit Louthara gestorben. Nanthenas Klinge hat das Geheimnis bewahrt.« Sie zwinkerte. »Außer, du sprichst im Schlaf.«

Er lachte. »Das sagt eine Gesetzeshüterin!«

»Das sagt deine Jugendfreundin, Liothan.« Sie begab sich neben ihn und packte ihn am Oberarm, blickte ihm fest in die braunen Augen. »Du wirst vom Schlachtfeld zurückkehren, meinetwegen verwundet und zerfetzt. Aber ich flicke dich mit Driochors Hilfe zusammen und hole dich aus dem Jenseits zurück.«

»Ich dachte, du kannst mit deiner Berührung töten, nicht das Leben zurückbringen?«

»Driochors Gaben sind vielfältig. Ich werde jedes Erdenkliche tun, so dass du mit deiner Nanthena leben und glücklich werden kannst, wie du es mit Cattra warst.«

Liothan war vom inständigen Tonfall überrascht. »Du machst dir Sorgen. Um mich.«

»Das tue ich, seit wir uns kennen.« Tomeija lächelte ihn an. »Wir leben für immer an diesem Ort. Du hast ein neues Glück gefunden, und das ist großartig. Das gönnen einem die Götter nicht allzu oft.«

»Das sind wirklich ehrliche Worte. Schöne Worte.« Liothan legte seine Hand auf ihre. »Aber nicht, dass *du* mir nicht zurückkehrst.«

»Das kann man nie wissen.«

Er umarmte sie, und sie schlang ihre Arme um ihn. »Wir feiern ein großes Fest, wenn der morgige Tag vergangen ist. Mit Speisen aus Walfor. Ich kann die besten Rezepte immer noch auswendig.«

»Darauf verlasse ich mich.« Tomeija drückte ihn noch einmal fest, bevor sie ihn losließ und sich eine heimliche Träne wegwischte. »Ich mache mich ans Packen und reite nach Sandwacht zu meiner Truppe. Es gibt eine Schleuse, die sich nicht öffnen darf.«

»Sag Irian, er soll auf dich aufpassen.«

»Ich denke, das tut er auch so.«

»Weil du ihm sein Herz geschenkt hast. Es wird das erste sein, das er nicht verzehrt«, neckte er sie.

Liothan sah ihr beim Hinausgehen zu und wunderte sich, dass sie nichts Schlagfertiges erwiderte.

Weil ich recht habe.

* * *

Wüste, zwanzig Meilen südwestlich von Wédōra

Tomeija folgte Irian durch die wolkenlose Wüstennacht. Hinter ihnen schlich die dreihundert Mann starke Einheit, mit denen sie die Schleuse einnehmen sollten.

Mit Irian hatten sie den besten Späher, den sie sich vorstellen konnte. Er führte sie voran, umging vorgelagerte Kundschafterposten oder verschwand für eine Weile und erledigte die Gegner lautlos, während die Truppe wartete. Wie jetzt.

Tomeija lenkte ihre Aufmerksamkeit in solchen Augenblicken des Ausharrens auf das bevorstehende Unternehmen, um nicht über ihre Gefühle nachzudenken. Liothans Verabschiedung und die Anspielung auf die unerfüllte Liebschaft zwischen ihr und Irian hatte gesessen. *Bleib bei dem, was bevorsteht.*

Tomeija saß mit der Einheit im ausgekühlten Sand hinter hellbraunen Felsbrocken, verborgen vor dem Blick der Feinde, und suchte die Zeichnung von der Schleuse heraus, welche die Pajarota-Lenker nach ihren Aufklärungsflügen angefertigt hatten.

Die Schleuse war massiv errichtet und besaß zwei schwere Zugangstore in turmähnlichen Verteidigungsanlagen, durch die man auf die Mauer und die Schleusenportale gelangte. Hätten sie diese Bollwerke erst einmal eingenommen, wären sie durchaus für eine Weile gegen den Ansturm der Sungàm Tasai zu halten, zumal die ihre gesamten Streitkräfte nach vorne gelagert hatten. *Bis auf die beiden Kriegsschiffe. Entdecken sie uns zu zeitig, könnte es übel werden.*

Die Überraschung musste gelingen.

Sobald die Besatzung der Schleuse mitbekäme, dass ein Angriff gegen sie begann, wäre es nur unter großen Verlusten möglich, die Wehranlage einzunehmen. Sie hatten Wurfhaken und Seile dabei, mit denen sie die Mauern erklimmen konnten, aber die Schilde boten geringen Schutz gegen die Bolzen und Steine, die herabregnen würden.

Obwohl Tomeija die verschiedenen Vorgehensweisen im Kopf durchging, Zeichnungen im Sand malte und verwischte, bekam sie die leisen Unterhaltungen mit, die von der Einheit geführt wurden. Ihr Name fiel mehrmals.

Sie ahnte, weshalb sich die Soldatinnen und Soldaten sorgten. Weniger wegen des Einsatzes, sondern dass er unter Tomeijas Befehl erfolgte. Ausgerechnet *sie*, die in Sandwacht dabei gewesen und dem grausamen Gemetzel entkommen war. Zusammen mit dem Hakhua, einem ehemaligen Soldaten und Verrückten, der die Herzen seiner Gegner verzehrte. Es hielt sich hartnäckig das Gerücht, dass sie den gefangenen Keel-Èru hatte entkommen lassen.

Von wegen. Tomeija sah zu Sotháno. Die Männer und Frauen ahnten nicht, dass er sich bei ihnen befand, getarnt als weiterer Späher. Sie hatten sich gemeinsam entschieden, ihn mitzunehmen, obwohl sein Leben an die Quelle gekoppelt war. Sie würden jede magische Hilfe benötigen. Dank des Wassers im künstlichen Fluss wäre seine Enaïssef-Magie gewiss zu etwas gut.

Sollten die Thahdrarthi auftauchen, ist er nicht minder von Nutzen.

Tomeija faltete den Plan zusammen, erhob sich und ging zu den Kibs. Etwas musste noch getan werden, bevor sie sich in die erste Schlacht warfen. Etwas, das sie Driochor versprochen hatte.

Die Gespräche verstummten mehr und mehr, je näher sie sich ihrer Truppe näherte. Der letzte unaufmerksame Redner wurde durch einen Rempler von seiner Nachbarin zum Schweigen gebracht.

Tomeija stand umgeben von Stille und Sand.

»Bevor wir unsere Pflicht tun und unseren Beitrag leisten, unsere Stadt zu retten«, setzte sie zu ihrer Rede an, »möchte ich euch die wahren Gründe dafür eröffnen, weswegen ich inmitten von Tod und Verderben, Wahn und Grausamkeit mein Leben in Sandwacht behielt.« Sie zog ihr Schwert und reckte es hoch in die Luft, damit es die Truppe im Schein der Gestirne sah. Raat und Ipoton leuchteten silbrig und feuerrot auf den polierten Stahl, die Gravuren schimmerten mystisch auf. »Das ist Driochors Schneide, und ich bin seine Dienerin und Priesterin. Er war es, der seine Hand über mich hielt und der mein Schwert führte, auf dass ich vom Sterben verschont bleibe.«

»Ich hörte, es waren die Geister des verrückten Hakhua«, warf jemand aus dem Schutz der Einheit ein.

»Niemand anderes als Driochor bewahrte mich vor dem Tod«, wiederholte Tomeija mit fester Stimme. »Und niemand anderes als er wird mich beschützen. Ihm vertraue ich voll und ganz.« Sie ließ das Schwert einmal kreisen, und das düstere Surren drang in die Stille der Wüste wie ein aufziehender Kara Buran. Es schien, als zöge die Klinge einen matten Silberschweif hinter sich her. »Ich rufe jeden und jede von euch auf: Folgt ihm. Folgt Driochor, und ihr werdet nichts fürchten müssen.«

»Bewahrt er uns vor dem Sterben?« Einer der Kibs erhob sich. »Ich habe ein Weib, zwei Kinder und einen kleinen Laden, die auf mich warten.«

»Kein Gott wird sich dazu herablassen, einen Sterblichen vor dem Ende zu bewahren oder ihn mit Reichtümern zu überhäufen oder mit ewiger Jugend zu bedenken, weil es der Sterbliche verlangt«, erwiderte Tomeija besonnen.

»Das hast du aber gesagt, Hohepriesterin!«

»Ich sagte: Ihr werdet nichts fürchten müssen. Driochor wird jene, die ihm folgen, im Jenseits erwarten und sie in sein Reich führen, wo ihr es gut haben werdet und ihm dient. Und wenn ihr ihm gut genug dient und ihr es euch wünscht, sendet er die Seele zurück, damit ihr von vorne beginnen könnt.« Tomeija lächelte. »So ist nichts verloren, wenn einer von uns heute gegen die Sungàm Tasai fallen wird. Denn wir gehen in Driochors Reich, wohlbehütet und sicher, und können zurückkehren.«

»Ich kehre in mein Leben zurück?« Der Kib lachte einmal auf. »Wie soll das gehen?«

»Für deine Seele mag sich das Dasein in Driochors Reich ewig lange und erfüllt und warm wie ein Sommertag anfühlen, wenn du dort verweilst. Und doch wirst du keinen Herzschlag nach deinem Tod aufwachen, versehen mit neuem Leben, sofern es dein Wunsch ist und du ihm ein guter Diener warst«, sagte Tomeija laut und hob ihr Schwert erneut, damit alle das eingepunzte göttliche Symbol darauf sahen. »Ganz gleich, ob ihr im Kampf fallt oder an einer Krankheit sterbt und alle euch aufgegeben haben und selbst der beste Iatros nichts mehr für euch tun kann – vertraut auf Driochor! Er kann euch zurücksenden. *Das* ist seine *Gnade!*«

»Dann will ich sie.« Eine Bogenschützin trat vor sie. »Ich will Driochor folgen und ihm eine gute Dienerin sein. Ich bitte um seinen Segen.«

»Wie lautet dein Name?«

»Wechinu. Mein Bruder Ebailsu und seine Freunde besuchten Euch damals, im Tempel«, erzählte sie. »Seitdem folgt er Euch, Herrin. Er schwärmt von Driochor und seiner Macht, das Sterben umkehren zu können.« Sie ging auf ein Knie hinab. »Diese Nacht soll mein Wechsel zu Eurem Glauben sein.«

Tomeija erinnerte sich genau an das Trio, das mit Beutelchen voll Blattgold zu ihr gekommen war. *Er fragte mich, ob ich Tote lebendig machen kann.* Sie senkte ihre Waffe und legte das Driochor-Zeichen auf ihren dunklen Schopf. »Diene und kehre zurück. Driochor kennt dich nun.«

Mit großer Genugtuung sah sie, wie die Männer und Frauen sich aus dem Sand erhoben und zu ihr kamen, vor ihr knieten und den Segen erbaten. Bis auf knapp zwanzig bekannten sie sich zum Gott des Todes.

Tomeija log sie nicht an.

Sie hatte dieses alte Versprechen in den Aufzeichnungen des Tempels gefunden, niedergeschrieben von einem Priester vor mehr als hundert Siderim. Er hatte penibel vermerkt, welche Menschen vor dem Sterben bewahrt worden waren. Aber nach einer Warnung der Iatroi sowie einer drohenden Revolte der anderen Priester durfte er es nicht mehr verkünden. Die Macht von Driochor wäre zu sehr gestiegen.

Tomeija wagte es. Der Dârèmo gewährte ihr freie Hand. *Sollen die Hintscha-Priesterin und Dyar-Corron verglühen vor Wut.*

Irian kehrte zurück, schlenderte gelassen um den Felsblock herum. Er stellte sich neben Tomeija, welche die letzte Segnung vornahm, und wartete ab.

»Was hast du gesehen?« Tomeija wandte sich zu ihm um.

»Wir kommen nahe bis an die Mauer.« Irian erbat sich den Plan und zeigte es ihr. »In dem Abschnitt, in dem wir angreifen sollten, sind nicht mehr als zehn, höchstens zwölf Mann unterwegs. Die kann ich mit einigen Leuten ausschalten und den Weg frei machen.« Sein Finger führte runter von der Mauer zum Bollwerk, das vor der Schleusenmauer lag. »Hier liegt unsere Schwachstelle: Die Geister sagten mir, dass uns dort jeweils zwanzig Bewaffnete erwarten. Sie haben stets fünf auf den Zinnen stehen, die Ausschau halten.«

»Und wenn wir uns die Rüstungen der Sungàm Tasai nehmen?«

»Sie haben den besten Blick vom Türmchen auf die Mauer. Ich fürchte eher, dass wir gezwungen sind, in großer Schnelligkeit über den Wall zu steigen, ganz egal, was wir uns Schönes und Elegantes ausdenken«, gab er zu bedenken. »Auch, wenn dein Plan der bessere ist.«

Tomeija ging in Gedanken die Möglichkeiten durch, die sie durchgespielt hatte. »Wir machen Folgendes: Unsere Laufechsenreiter und die Mehrheit der Schützen werden einige Meilen abwärts ziehen und sich zeigen, um einen Scheinangriff auf die weiter abgelegene Wachstation zu führen. Keiner von uns soll zu Schaden kommen. Herumreiten, Bolzen und Pfeile verschießen und gleich wieder weg«, erklärte Tomeija. »Wir gehen mit unseren dreihundert Mann und besten zehn Schützen an dieser Stelle über die Mauer, erledigen die Wachen und versuchen so zuerst auf die listige Art, in den Schleusenturm zu gelangen. Sollten wir entdeckt werden, heißt es: Angriff.« Sie blickte ihn abwartend an. »Gut, schlecht?«

»Ich bin kein Mitglied des Heeres mehr.« Irian deutete zu den Kibs. »Du solltest *sie* fragen.«

»Das tue ich. Nachdem ich deine Meinung hörte.«

»Ich halte es für machbar.«

»Hinweise auf die T'Kashrâ?«

Er schüttelte bedauernd den Kopf. »Die Geister haben sie auch nicht bemerkt. Sie halten sich aus dem Krieg heraus.«

»Dass sie sich diese Gelegenheit entgehen lassen, wird sie mehr kosten, als sie es erahnen können.« Tomeija begab sich mit Irian zu den Kibs und legte ihre Meinung sowie ihren Angriffsvorschlag dar, der vorbehaltlose Zustimmung erntete.

Gleich darauf brach die Einheit auf.

Die Echsenreiter und Mehrheit der Schützen eilten im Laufschritt nach Südwesten, in großem Abstand parallel zur Mauer, während sich die Fußsoldaten unter Irians Führung von Deckung zu Deckung bewegten.

Dünen, Felsen, Gras- und Buschland verhinderten ein frühes Entdecken. Er hatte die beste Strecke ausgesucht, um mit den dreihundert Kriegern bis auf fünfzig Schritte an den Wall zu gelangen.

»Von hier ab nur noch die kleine Gruppe«, verkündete Irian.

Durch ihr Fernrohr sah Tomeija hinter der Mauer das Türmchen des Schleusenbollwerks aufragen, auf dessen rundum verlaufendem Wehrgang fünf Wachen standen. *Wie die Geister sagten.* Sie schwenkte das geschliffene Glas an der Mauer entlang abwärts. »Keine Fuge.«

»Nein. Sie haben besser gearbeitet als auf der anderen Seite.«

Irian zeigte abwärts. »Der Scheinangriff unserer Echsenreiter hat begonnen. Wir müssen loslegen.«

Tomeija sah den Feuerschein mit bloßem Auge. Die Schützen ließen Brandgeschosse gegen die Sungàm Tasai fliegen.

Sie nahm die Bolidschleuder aus dem Tragesack und hängte sie sich um. »Dann los. Driochor ist mit uns.«

»Driochor ist mit uns«, erwiderten die Umstehenden.

Wieder setzte sich Irian an die Spitze. Er führte Tomeija, Sotháno und die zuvor ausgesuchten Leute, die sich aufs lautlose Töten und sichere Schießen verstanden, an die Mauer heran.

Mit lappenumwickelten Kletterhaken, damit sie nicht klirrten, und Seilen hangelten sie sich an den Steinen empor und schwangen sich über die Krone.

Die Wachen standen weit auseinander. Auch die Besatzung des Schleusentürmchens blickte nach Südwesten und verfolgte, was dort vor sich ging. Noch waren die zwanzig Eindringlinge nicht bemerkt worden.

Das brachte Tomeija auf einen verwegenen Gedanken. *Liothan wäre stolz auf mich.* Sie zeigte auf das Türmchen. »Weiter«, raunte sie. »Lasst die Seile für unsere Leute hängen.«

Irian warf ihr einen bewundernden Blick zu und hastete gebückt vorwärts.

Die Truppe schlich sich an dem Häuschen der Wachmannschaft vorbei, die Stufen hinab auf die breite Straße zwischen Kanalkante und Mauer. Sie huschte auf das Türmchen zu und gelangte in den Schatten des Bauwerks, ohne dass ein warnender Ruf oder ein Horn erklang.

Tomeija blickte mit pochendem Herzen zum auskragenden runden Wehrgang hinauf, unter dem sie standen. *So weit, so gut.*

Mit Handzeichen bedeutete sie den anderen, ein menschliches Dreieck an der Mauer zu errichten, an dem sie und Irian emporkletterten. Auf diese Weise überwanden sie die Distanz spielend und reichten bis an den Vorsprung heran, um sich festzuhalten.

Mit etwas Kraft und Geschick zogen sie sich zwischen den Zinnen empor.

Leise glitten sie auf den Wehrgang in den Rücken der fünf Wachen, die allesamt nach Südwesten und zum Spektakel blickten. Sie lachten leise und machten sich offenkundig über den Angriff lustig; die Sprache verstand Tomeija nicht.

Sie nickte Irian zu, der sein schweres, gekrümmtes Kurzschwert gezogen hatte. Es musste schnell gehen. Schnell und lautlos.

Driochor, sei mit mir! Tomeija legte einem Wachmann die Hand auf die Schulter und ließ ihrer Todeskraft freien Lauf, während sie mit der anderen das schwere Schwert führte und gleich zwei Widersacher enthauptete.

Irian stach den beiden verbliebenen Männern seine Klinge von hinten durch den Hals. Beinahe zeitgleich brachen die Verteidiger zusammen und lagen sterbend auf dem Wehrgang. Das Blut rann in Strömen davon, der kupferne Geruch verbreitete sich in der Luft.

»Bleiben noch fünfzehn«, hauchte Irian.

»Wir setzen sie gefangen, wenn es geht.« Tomeija pirschte sich durch die Zugangstür in das enge, gewundene Treppenhaus und steckte das Schwert weg. Es würde aufgrund seiner Länge hier nichts nützen.

Stimmen erklangen von unten, die übrigen Wachen befanden sich im Gemeinschaftsraum.

»Aber wenn wir sie einsperren, werden sie Lärm veranstalten«, flüsterte Irian und ging zum Tor, um ihre kleine Einheit hereinzulassen. Die Männer und Frauen eilten leise herein, vorsichtige Freude auf den Gesichtern.

»Wir müssen sie nicht umbringen. Außerdem kann dabei etwas nicht so laufen, wie wir möchten«, erwiderte sie. »Lass mich sprechen.« Tomeija öffnete unerschrocken die Tür und machte einen Schritt in den Raum dahinter. Die Sungàm Tasai saßen teils gerüstet, teils in Leibwäsche auf den Liegen oder am Tisch. Die Unterredungen endeten bei ihrem Eintreten.

»Vernehmt«, sagte Tomeija deutlich und legte ihre Hände auf die Rücken der Nächstbesten. »Wenn ihr schreit oder euch auffällig verhaltet, werdet ihr es nicht überleben.« Sie setzte einen Teil ihrer Todeskraft frei und brachte die Herzen ihrer willkürlich ausgesuchten Opfer zum Stocken.

Die Männer sogen erstickend die Luft ein und hielten sich die Brust, schwankten und mussten sich auf den Boden setzen.

»Meiner Macht seid ihr nicht gewachsen. Keinen Laut will ich von euch hören, und ihr werdet überleben. Oder ich verbrenne eure Herzen in euren Leibern!« Sie nahm den Schlüssel vom Haken an der Seitenwand, ging rückwärts aus dem Zimmer und schloss die Tür.

Irian und sie lauschten. Es blieb still, abgesehen von hektischen Gesprächen. »Sie fragen sich, was man gegen die unbekannte Razhiva tun sollte«, übersetzte er. »Sie fürchten sich vor dir.«

»Gut.« Tomeija wandte sich an ihre Leute. »Ihr anderen sucht die Rüstkammer und werft euch die Wappenröcke der Sungàm Tasai über. Wir schnappen uns den zweiten Turm, ohne dass die restlichen Krieger unserer Feinde etwas mitbekommen. Fünf von euch: Hoch auf den Wehrgang, damit es nicht auffällt.«

Die Soldatinnen und Soldaten grinsten und taten, was sie verlangte. Dann nahmen sie Formation ein und marschierten über die Mauer und das verriegelte Schleusentor hinweg zum gegenüberliegenden Türmchen.

Es gab nicht einmal eine Wache, die sie aufhalten wollte. Die List mit den Wappenröcken funktionierte hervorragend. Ohne auf Widerstand zu stoßen, schalteten sie zuerst die fünf auf dem Wehrgang aus, danach wiederholte Tomeija ihre Darbietung in der Gemeinschaftsunterkunft.

»Du denkst, das schreckt mich?« Einer der Sungàm Tasai ließ sich nicht beeindrucken. »Tod der Razhiva!« Er riss seinen Dolch aus der Hülle, drang mit einem lauten Ruf, der die Übrigen anspornen sollte, auf Tomeija ein. »Gebt Alarm! Tötet die Bastarde!«

Irian fing den Arm des Angreifers ab und brach ihm mit einer ruckartigen Bewegung das Handgelenk, der Dolch fiel auf den Steinboden.

Ein zweiter Gegner eilte zu Hilfe und schlug mit dem Schwert nach ihr.

Tomeija duckte sich unter dem Hieb weg und legte ihm die Hand gegen die Brust. »Du wolltest es so.« Mit dem nächsten Blinzeln brach der Mann unter ihrem Wirken tot zusammen. Seine Waffe, die ihm aus den Fingern glitt und neben ihm landete, hatte sich rot gefärbt.

Wieso? Tomeija blickte an sich herab, ohne eine Verletzung zu entdecken.

Die übrigen Sungàm Tasai verharrten. Sie hatten verstanden, dass Tomeija jemand war, der den Tod ohne Waffe brachte.

Hinter ihr brach Wechinu zusammen. Aus dem tiefen Schnitt an ihrem Halsansatz quoll das flüssige Rot, das sich durch ihre zupackende Hand nicht aufhalten ließ. »Ich … ich will nicht sterben!«, röchelte sie.

Tomeija kniete sich neben die blonde Frau, in deren geweiteten Pupillen sie Schmerz und Furcht sah. »Dann diene ihm«, sprach sie beschwörend. »Diene Driochor gut, und wir sehen uns gleich wieder.«

Wechinu versuchte sich an einem Nicken, und ihr Blick brach.

Tomeija ließ sich von Irian Verbandszeug geben, während ihre Truppe die Sungàm Tasai in Schach hielt. Sie packte Nähgarn und Nadel aus, um die zerschnittene Ader zu verbinden und die Fleischwunde rasch, aber sorgfältig zu schließen. Der helle Faden sog sich mit dem Blut voll.

Es muss mir gelingen. Für ihren Mut und um ihren Bruder zu belohnen. Als Tomeija sich sicher war, dass die Nähte hielten, legte sie zwei Finger auf die Stirn der Toten. *Wechinu und Ebailsu gehören zu meinen glühendsten Anhängern. Aber wenn ich versage …*

»Driochor, erhöre deine Priesterin«, murmelte sie. »Wenn es

der Wunsch der Sterblichen ist und sie dir im Jenseits eine gute Dienerin war, sende ihre Seele zurück.« Danach verfiel sie in das Rezitieren eines ersten Gebets. *Ich werde alles geben.*

Die Lider der Toten öffneten sich ruckartig.

Sowohl die Wédōraner als auch die Sungàm Tasai schrien leise auf. Schrecken, Freude und Überraschung brachen sich Bahn.

Wechinu hatte die Augen weit aufgerissen und hustete. Sie hielt sich die verletzte Stelle und stieß einen leisen Schrei aus. Ihre Atmung war viel zu schnell, ihr Herzschlag raste, wie die pochende Schlagader am Hals verriet. »Ich lebe! Ich ... ich lebe!«

»Ruhig«, sagte Tomeija und half ihr auf. »Du warst Driochor treu zu Diensten. Er sandte dich zu uns zurück. Dahin, wo du uns verlassen hast.«

»Danke!«, stammelte Wechinu und musste gestützt werden. Sie war bleich, die gesunde Farbe kehrte nur langsam in ihr Gesicht zurück. »Driochor, ich danke dir!«

»Schone dich. Die Wunde muss heilen.« Tomeija betrachtete die Gesichter der Umstehenden, auf denen sie die verschiedensten Gefühle ablas. »Seht ihr, wie groß seine Macht ist? Und seine Gnade?«

Die Sungàm Tasai wichen vor ihr zurück. »Wir regen uns nicht«, rief einer von ihnen entgeistert.

Die eigene Truppe neigte ihre Häupter ehrfurchtsvoll vor Tomeija. Bis auf Irian.

»Fünf Mann auf den Wehrgang. Die anderen zurück mit mir«, befahl sie und verließ den Raum. »Wir haben die Schleuse! Jetzt holen wir unsere restliche Einheit nach. Unauffällig. Ohne dass die Verteidiger was mitbekommen.«

Sie kehrten im Laufschritt über die Mauer zur anderen Seite zurück.

Driochors Macht war mit diesem Wunder gefestigt.

Kein Priester und keine Priesterin würden dies wiederholen können. *Die Hintscha-Kutu soll sich in Rauch auflösen vor Är-*

ger. Dann erinnerte sie sich an Uccrans Warnung. Dyar-Corron würde ihr derlei Wunder streitig machen wollen. *Der Totenbeschwörer, der verstorbene Kinder aussendet, um seine Feinde zu ermorden.* Die Fehde mit dem Obersten Iatros musste bis nach der Schlacht warten.

»Irian, ich und drei weitere gehen in unseren Wappenröcken raus. Zwei dorthin, wo wir die Kletterhaken befestigt haben, die anderen bewegen sich langsam auf die Mauerwachen zu«, erteilte sie neue Befehle. »Unsere Bogenschützen auf dem Wehrgang des Schleusenturms erlegen die Feinde unmittelbar vor uns. Wir zerren sie in den Schatten. Das sollte reichen, um eine Entdeckung zu verhindern. Dann holen wir unsere Truppen nach. In kleinen Gruppen, damit es nicht aus größerer Entfernung Aufmerksamkeit erregt.«

Die Kriegerinnen und Krieger nickten und öffneten das Tor. Nacheinander gingen sie in den Wappenröcken der Sungàm Tasai hinaus, offen und aufrecht, als gehörten sie zu den Gegnern.

»Du hättest ebenso anordnen können, dass sie sich nackt hinab in den Fluss stürzen sollen«, raunte ihr Irian zu. »Du wirst nach der Schlacht eine Legende sein, Tomeija. Die Driochor-Priesterin, die Tote aus dem Jenseits zurückkehren lässt.«

»Ist daran etwas Schlechtes, wenn ich ein Menschenleben bewahre und meinem Gott mehr Anhänger verschaffe?«

»Oh, *ich* habe nichts dagegen. Aber der Dârèmo. Oder Dyar-Corron.«

»Der Herrscher lässt mich machen. Und vor Dyar-Corron fürchte ich mich nicht.«

»Das solltest du. Er besitzt ähnliche Kräfte wie du.«

»Das weiß ich. Und trotzdem fürchte ich mich nicht.«

Irians Miene wirkte besorgt. »Was den Dârèmo angeht: Was wird er wohl nach der erfolgreichen Schlacht denken? Wird er eine Legende neben sich dulden?« Er sah sie an. »Die Geister sagen, ich soll sehr gut auf dich aufpassen, damit du am Leben bleibst. Du und dein Freund.« Er eilte leise nach vorne, auf die Treppen zu, die zur Mauer hinaufführten.

Tomeija fröstelte.

* * *

Wédōra, Südvorstadt

Das Zeichen! Sie haben das Zeichen gegeben!«, schallte der aufgeregte Ruf von den Tortürmen der Vorstadt.

Liothan spürte ein Ziehen im Magen. Es gab schon lange kein Zurück mehr, doch nun mussten sie vorwärts, anstatt auszuharren.

Die Sonne erhob sich aus ihrem Bett, und der Himmel färbte sich ankündigend hellblau, während die Kühle der Nacht mit eisigem Wind flüchtete. Raat und Ipoton sanken hinter die Dünen. Nur Ziin hielt aus und versprach, seine boshafte Kraft zu senden.

Der entscheidende Tag brach an.

Fünf Meilen vor der Stadt warteten die Schiffe der Sungàm Tasai. Die einen gruben sich an die Wurzeln der Stadt heran, an das, was Leben spendete und das Fundament bildete; die anderen rollten Schritt um Schritt auf den Stämmen vorwärts, auf die Mauern zu, um sich in Position zu bringen, wenn die Erde absackte und Wédōra verschlungen wurde und Millionen Tonnen Wasser das Loch im Boden fluten würden.

Hinter Liothan, Sarāsh und Ebneyon wartete die schweigende Streitmacht, die sich aufgrund der Menge an Menschen, Gerät und Wesen auf den Plätzen, den Straßen und Seitengassen verteilen musste. Manche Ausläufer reichten bis hinter die Hauptmauern in die Stadt hinein.

Nanthena ritt gerüstet auf einer gepanzerten Beek-Echse heran. Ohne ein Wort zu wechseln, küssten Liothan und sie sich vor aller Augen. Doch es erklangen keine Jubelrufe, keine freudigen

Laute oder Beifall. Ein Abschied, wie ihn Tausende Männer und Frauen in der vergangenen Nacht oder bei Anbruch des Aufmarschs begangen hatten. Mancher würde für immer sein.

Liothan umfasste Nanthenas bemalte Gesichtshälfte mit einer Hand. Er verbat sich Schwäche und Angst, denn auf ihn sahen sie alle. Er war der Saldûn, der Razhiv aller Razhiv und die größte Stütze des kommenden Angriffs. »Wir werden uns wiedersehen.«

»In diesem Leben«, betonte Nanthena und küsste ihn ein zweites Mal, bevor sie die Echse herumwarf und zurück an ihre Position ritt. Sie würde den rechten Block der Flinken Hände anführen, Wasēm den linken, sobald das Heer sich vor den Angreifern aus Sungàm Tasai aufbaute. Es wäre eine Überraschung für die meisten, und die Botschaft war eindeutig: Die Gesetzlosen stellten sich gegen die Erlasse des Dârèmo, aber nicht gegen ihre Heimat.

Sarāsh hob die Hand. Auf ihren Befehl hin öffneten sich die äußeren und inneren Tore gleichzeitig, um die Verteidiger in die Wüste zu entlassen.

Über ihnen zogen die Pajarota hinweg, die den Vormarsch, aber auch die Gegner unentwegt überwachten. Nichts durfte ihnen entgehen. Ihr Wissen brachte den entscheidenden Vorteil in der Schlacht. Solange sie nicht wussten, was sich unter den Blechdächern der Kriegsschiffe befand, könnte jede Taktik die falsche sein, doch mit Hilfe der fliegenden Augen und Ohren vermochten sie zu reagieren. Die Pajarota mussten hoch genug ihre Kreise ziehen, um außerhalb der Reichweite der feindlichen Katapulte zu bleiben.

Liothan, Sarāsh und Ebneyon ließen ihre Echsen in leichtem Trab losgehen. Zu viel Eile brachte nichts. Erst wenn man nahe genug an den Sungàm Tasai und ihren Schiffen war, würde das Stürmen einsetzen.

Unheimlich still setzte sich die Streitmacht in Bewegung. Ein metallisches Reiben, das Stampfen der Füße und hölzernes Knarren waren die einzigen Geräusche.

Kardīr fehlt. Wo versteckt er sich nur? Liothan blickte über die Schulter und sah auf die vielen Banner, die im kühlen Wind flatterten. Die Garden, das Heer, jedes Stadtviertel hatte seinen eigenen Wimpel und ein Banner, was zum einen der Orientierung im Gefecht diente, zum anderen Ausdruck des Stolzes war.

Dahinter folgten die mächtigen Angitila, auf deren Rücken die schweren Katapulte montiert worden waren. Einige trugen die Plattformen für die Fliegenden Krähen, die auf Feuerstrahlen gegen die Feinde flogen und beim Aufschlag einen gewaltigen Explosionsball verursachten, in dem Mensch und Material zu Asche verbrannten.

Der irdische Zauber der Alchemie.

Liothan bot sich ein wahrlich beeindruckendes Bild. Hunderttausende rückten aus, um Wédōra zu verteidigen, und verdunkelten den Sand der Wüste. Staubwolken bildeten sich und zogen zum Himmel empor.

Seine Zuversicht angesichts der Streitmacht stieg. Dagegen konnten die Sungàm Tasai nichts aufbieten. Die Menge reichte aus, um über die Schiffe hinwegzutrampeln und sie zu Bruchholz zu machen.

»Das gab es noch nie«, sagte Sarāsh neben ihm.

Liothan wandte sich zu ihr. »Ich weiß. Noch nie mussten –«

»Das meine ich nicht. Es ist das erste Mal, dass alle neun Viertel, die Statthalter, die Garde, das Heer, die Gesetzlosen, Arm und Reich vereint in die Schlacht ziehen. Keine Ausreden, kein Die-anderen-zuerst«, unterbrach sie ihn. »Ihr habt sie zusammengeführt.«

»Dem kann ich nur zustimmen, Saldûn«, sprach Ebneyon bewegt.

Liothan fühlte sich geschmeichelt. »Die Sungàm Tasai haben sie zusammengeführt. Und ich würde wetten, dass mehr als die Hälfte der Menschen in unserem Rücken gerne zu Hause geblieben wären.«

»Die Sungàm Tasai haben einen Grund geliefert, aber jemand musste sie einen.«

»Euer Wort und die Anordnung des Dârèmo waren es.« Liothan blieb nach außen bescheiden. »Seine Anweisungen, wie in einem solchen Fall zu handeln ist.«

»Das ist bis zu einem gewissen Grad richtig.« Sarāsh wollte ihm den Verdienst nicht nehmen. »Der Dârèmo würde es vielleicht auch anders sehen, aber diese Menschen folgen einem Gestrandeten, einem Saldûn, einem von ihnen. Dem Neuling, der sich für ihre Stadt ins Gefecht wirft. Ihr und Tomeija seid Vorbilder geworden. Ohne es zu merken.«

Ohne es zu wollen. Liothan schwieg und blickte hinauf zu den Gleitern. Mit Lichtzeichen gaben sie ihre Entdeckungen an das Heer weiter.

»Die Kriegsschiffe haben angehalten«, übersetzte Ebneyon. »Die Sungàm Tasai haben uns bemerkt.«

Die flache Ebene, über die sie vorrückten, erleichterte dem gewaltigen Heer den Marsch. Der Dârèmo hatte das Gelände rings um die Stadt einebnen lassen, um Angreifern keinerlei Schutz vor Sonne und Geschossen zu bieten. Die Sungàm Tasai hatten sich von Südwesten bis an den Rand der Ebene herangearbeitet und die Panzerschiffe auf den Holzrollen durch den weichen Untergrund herangeschafft.

Liothan nahm das Fernrohr und warf einen Blick auf die Feinde.

Die acht Kähne waren in trichterförmiger Formation und der Länge nach aufgestellt: vorne vier, dahinter schräg versetzt drei und ein letzter am Ende.

Der flache Ausläufer des Flusses war bis an den Kiel des hinteren Schiffs herangegraben worden. Liothan machte nachrückende Arbeitsboote aus, auf denen sich Laufräder, Winden und mechanisch angetriebene Schaufeln durch die Wüste fraßen. Es sah ungelenker und gröber aus als die Maschinen der Izozath, doch auch sie führten zum Erfolg.

Dahinter und weit entfernt lagen die letzten beiden Kriegsschiffe im Kanal, auf halber Strecke zwischen Front und Schleuse, die von Tomeija eingenommen worden war.

»Sie haben noch nicht gemerkt, dass sie das Wehr an uns verloren«, merkte Sarāsh an. »Tomeija und ihre Einheit machten es ausgezeichnet.«

»Ich hegte nie Zweifel an ihr.« Liothan sah gelegentlich Gerüstete an Deck der vorderen Kriegsschiffe und im Ausguck, die durch Fernrohre zu ihnen herüberstarrten. Das Belauern hatte begonnen.

Die Arbeiter am Boden legten die dicken Taue nieder und beendeten das Ziehen der Schiffe. Der Vormarsch der Sungàm Tasai endete.

»Sie nehmen die Stämme, die übrig sind, und stecken sie zusammen«, berichtete Liothan an Sarāsh.

»Barrikaden. Sie haben nicht vor, unseren Vorstoß zu kontern«, lautete Ebneyons Einschätzung. »Sie geben den Grabungsschiffen Deckung, damit sie … nein, sie schinden Zeit. Weil sie auf die Welle warten.«

»Sie können nicht wissen, dass die entscheidenden Schleusentore geschlossen bleiben.« Liothan beglückwünschte Tomeija dazu, Sotháno mitgenommen zu haben. Als Enaïssef wäre er sicherlich in der Lage, die heranrollende Woge aufzuhalten oder zu kontrollieren, bevor sie mit Wucht gegen die Mauer und Tore schwappte und alles in Stücke bräche. *Damit hätten wir nichts gewonnen, sondern Tomeija und ihre Leute verloren.* »Die Sungàm Tasai treffen ihre Vorbereitungen. Dann ist es wohl an uns, entsprechend zu antworten.«

Ebneyon nickte und rief die Nakib zu sich, um die Aufstellung erneut durchzugehen. Geriete die Schlachtordnung bei dieser Masse an Menschen, Razhiv, Katapulten und Wesen durcheinander, wäre der Ausfall zum Scheitern verurteilt. Die einzelnen Abteilungen würden sich gegenseitig behindern oder gar schaden.

In aller Ruhe wurde ein letztes Mal auf die Pläne gezeigt und gedeutet.

Während des Angriffs würden neben den Wimpel- und Lichtzeichen pfeifende Pfeile die Orientierung der unterschiedlichen Truppen erleichtern. Die Geschosse waren mit Kugelköpfen versehen, die verschiedene Bohrungen für Tonhöhen besaßen. Im Flug entwickelten sie ein lautes Heulen, das durch den Lärm drang. Zusätzlich waren sie mit brennbaren Leinen versehen, um den eigenen Bogen- und Katapultschützen unmissverständlich und sichtbar die Ziele anzuzeigen.

Liothan blickte noch einmal zu den Gleitern, die nichts Verdächtiges von den Schiffen meldeten. *Was immer sie in ihren Rümpfen haben, es wird eine Überraschung für uns.*

Er vermochte allenfalls zu schätzen, wie viele Soldaten einer der Kähne im Innern beherbergen konnte. *Tausend, höchstens.* Dazu die Katapulte, welche die gefährlichen Geschosse aus steinernem Kern und brennender Hülle verschossen. Ein Treffer hatte die Wachstation in rauchende Trümmer verwandelt. Sie würden zuerst ausgeschaltet werden müssen.

Liothan machte sich Sorgen wegen der angeheuerten Witgos der Sungàm Tasai.

Es galt die Regel, dass fremde Magie in der Wüste versagen musste und nur jene Razhiv wahrlich mächtig waren, die genügend Zeit im Sandmeer verbracht hatten oder durch den Genuss des Smaragdnen Wassers verändert worden waren wie er selbst.

Was werden sie gegen uns ausrichten? Nur Trug, um uns zum Aufgeben zu bringen?

Die Besprechung war zu Ende, die Nakib ritten zu ihren Einheiten zurück. Währenddessen versammelten sich die Razhiv hinter Liothan.

Sarāsh gab den Meldern Anweisung, welche Zeichen sie zu geben hatten. Die drei Mann starke Truppe bestückte die viele Schritt lange Lanze mit verschiedenen Wimpeln und hob sie in den kühlen Wüstenwind, der den Stoff zum Wehen und Flattern brachte.

Liothans Nackenhärchen stellten sich auf, als hinter ihm Befehle geschrien wurden und aus der marschierenden Masse eine Schlachtordnung wurde.

Das Rumpeln und Klirren von Rüstungen und Waffen erklang um ihn herum. Trommeln wurden geschlagen, Fanfaren mischten sich darunter, ohne dass die Streitmacht das Laufen unterbrach. Sie fächerte auf, nahm Position ein, bildete drei Blöcke: ein verstärkter in der Mitte, rechts und links zwei schwächere Flügel mit den beweglichen Streitwagen und der Reiterei. Der Wind blies den aufgewirbelten Staub nach Norden davon.

»Noch zwei Meilen.« Liothan hob das Fernrohr und schwenkte es über die wartenden Feinde.

Die Sungàm Tasai hatten aus den dicken Holzstämmen mittlerweile mannshohe Wälle gebaut und bohrten angespitzte Pflöcke davor in den Sand, um einen Sturmangriff so verlustreich wie möglich zu machen.

»Bald sind wir in Reichweite für einen ersten Gruß. Und unsere Gleiter sollen sich bereitmachen.« Ebneyon gab den passenden Befehl, die Melder hissten neue Wimpel.

Die Angitila mit den überschweren Katapulten und Feuerschweifwaffen rückten daraufhin nach vorne, um ihre vernichtenden Distanzgeschosse über die Köpfe der eigenen Truppen hinweg zum Einsatz bringen zu können. Lichtzeichen hinauf in den Himmel zu den Pajarota-Fliegern verkündeten, dass sie ihre Brandbomben abwerfen sollten, sowie sich die Metalldächer der Schiffe öffneten.

»Wie groß ist die Anzahl der Leute hinter dem Holzwall? Ich kam auf etwa zweitausend«, sagte Liothan zu Sarāsh.

»Meine Zahl ist ähnlich. Kaum bewaffnet und gerüstet gegen einen Angriff von uns.« Sie schien erleichtert. »Wenn die Sungàm Tasai keine schlafenden Giganten in den Schiffen transportieren, die sie wecken und auf uns hetzen, ist die größte Sorge, dass die Schleuse die mögliche Welle nicht aufhält. Denn das vor uns dürfte kaum eine Gefahr sein.«

Liothan fand es bemerkenswert, dass sich Sarāsh Zuversicht erlaubte.

Erneut wandte er den Kopf und betrachtete das Heer, das

inzwischen seine Position eingenommen hatte. Ein wohlsortiertes Wimpel- und Bannermeer, Speere und Lanzen, Fußsoldatinnen und -soldaten dicht an dicht, Angitila, dreihundert Keijo, Hunderttausende im Schein der aufgehenden Sonne, die sich schräg hinter ihnen erhob, als eilte sie zu Wédōras Unterstützung.

Dann scherten überraschend Bewaffnete aus den Verbänden aus. Sie schlossen sich zwischen den Blöcken zu zwei neuen Gruppen zusammen und hissten das Zeichen der Flinken Hände. Nanthena hatte wie verabredet die Anweisung gegeben, sich zu offenbaren und Seite an Seite mit den Einwohnern zu kämpfen.

Teils brandete lauter Jubel aus dem Stadtviertel der Mittellosen und ärmeren Zugezogenen auf. Die Gesetzlosen fanden Beifall unter den Verteidigern, ihr Einstehen wurde wahrgenommen.

Sarāsh drehte den Kopf. »Ah. Ein kluger Zug«, kommentierte sie das Geschehen. »Sie müssen von jemandem geführt werden« – sie wandte sich an Liothan –, »der das Spiel verstanden hat.«

»So wird es sein.« Liothan grinste frech. »Rücken wir vor.« Er richtete sein Augenmerk auf die Gleiter, um kein Zeichen von ihnen zu verpassen.

Wédōras Streitmacht beschleunigte hörbar. Der feste Boden bebte unter den Sohlen, Pfoten und dem Gewicht der Angitila. Sogar von den sich aufschwingenden Dünen in weiter Entfernung rutschte der Sand ab.

Mit einem Mal prasselten die Meldungen aus der Luft auf sie ein.

»Die Verdecke öffnen sich«, verkündete Ebneyon aufgeregt die Nachrichten. »Katapulte, Geschütze, Truppen. Je Schiff eintausend Krieger, die ausgeladen werden. Dazu noch Tiere, graue Haut, groß wie vier Stiere hintereinander und mit langem Schweif.«

»Was?« Sarāsh, die durch ihr Fernrohr die Linien der Sungàm

Tasai studierte, suchte hektisch nach den Wesen. »Das kann nicht sein! Sie sind ausgestorben!«

Ausgestorbene Wesen? Das hörte sich für Liothan nicht gut an. »Seit wann?«

»Seit die Quelle unter der Obhut der Enaïssef stand. Diese Bestien kamen einst zur Paarung in die Grotten.« Sarāsh ließ den Gleitern das Zeichen geben, ihre Brandbomben sogleich abzuwerfen. »Die T'Kashrâ unternahmen alles, um sie auszurotten.«

»Was sind das für Wesen?« Liothan ließ sich von ihrer zunehmenden Furcht anstecken. Er sah den Gleitern dabei zu, wie sie sich zu einer losen Linie formierten und ihre Höhe sachte verringerten, um ihre brennenden Pech- und Petroleumsäcke genauer ins Ziel bringen zu können.

Wie abgefeuert stiegen im gleichen Moment acht Kreaturen senkrecht aus den Schiffsrümpfen empor, die im Flug Schwingen ausbreiteten und sich durch die Gleiter pflügten. Die Schweife zerfetzten die Holzrahmen und Bespannungen, brachten die Brandbomben in der Luft zum Platzen und verteilten das Feuer auf jene Pajarota, die den ersten Attacken entkommen waren.

Dunkle, triumphierende Schreie drangen aus den aufgerissenen Mäulern der Scheusale und gelangten bis zu ihnen.

Zwei Gleitern gelang es trotzdem, beinahe über die Kriegsschiffe zu gelangen – wo sie von einem schwarzen Geschossschwarm aus den gegnerischen Katapulten hundert Schritte vor dem Ziel in Einzelteile zerlegt wurden.

Rauchend fielen die Reste hinter den Dünen herab, dunkler Qualm stieg auf.

»Draicani. Sanddrachen«, raunte Sarāsh. »Gefräßige Echsenbestien, die kurze Strecken fliegen können. Wie die schlimmeren Ausgaben von Heuschrecken. Einst gab es sie in großer Zahl.«

Liothan verfolgte, wie sich die Draicani auf den Schiffen niederließen und sich mit ihren Krallen putzten, um auf die nächste Anweisung zu warten. Die Gleiter waren schneller verloren als geglaubt. Diese Scheusale bedeuteten unvorhergesehene Schwierigkeiten. »Können sie Feuer speien?«

»Nein.«

»Gut.«

»Gift. In einem langen Strahl. Es löst sich in der Hitze sofort zu einer beißenden Wolke auf, die den Tod bringt.«

Liothan verfluchte die Sungàm Tasai. *Eine böse Überraschung.*

»Wo auch immer sie die Tiere herhaben: Unsere Katapulte sollen sich auf die Draicani konzentrieren«, sagte Ebneyon und ließ die Melder die Wimpel umstecken.

Warum schicken sie ihre Sanddrachen nicht aus? Fürchten sie unsere Geschosse? Liothan hätte die geschuppten Wesen sofort eingesetzt. Dann fiel es ihm ein. *Es ist noch nicht heiß genug, um aus deren Gift ein tödliches Gas werden zu lassen! Sie warten, bis ihre Wirkung vernichtend wird.*

Ein dunkles Rumpeln erklang.

Aus den Bäuchen der Kriegsschiffe erhoben sich die bekannten flammenden Kugeln, außen brennend, innen mit einem rundgeschliffenen, schweren Kern aus Eisen oder Stein.

Liothan zählte sechzehn Stück davon, die sich in den schwachblauen Himmel hoben und in einem hohen Bogen auf die Streitmacht zuflogen.

Zuerst sah es aus, als hätten sich die Geschützmeister der Sungàm Tasai in der Entfernung verschätzt. Immerhin lagen noch beinahe zwei Meilen zwischen den gegnerischen Linien.

Doch je mehr sich die rauchenden Meteore aufwärtsschwangen, auseinanderfächerten und geschwungene schwarze Linien über das unschuldige Blau malten, desto mehr erschrockene Rufe erklangen aus dem Heer.

Sie werden uns erreichen! »Aufhalten!«, schrie Liothan den Razhiv um sich herum zu und sammelte seine Konzentration. »Haltet auf, so viele ihr könnt!«

Sechzehn Meteore senkten sich fauchend, brennend, verderbend an verschiedenen Stellen auf die Streitmacht nieder, während das ankündigende Rumpeln erklang und sich bereits die nächsten Geschosse aufwärtsschwangen.

Liothans Zuversicht sank.

* * *

Tomeija trug den Wappenrock der Sungàm Tasai und befand sich auf dem Türmchen, welches den Zugang zur Schleuse blockierte. Sie richtete das schwere Standfernrohr auf die Schlacht aus, die begonnen hatte. »Das sieht nicht gut aus.« Sie trat zur Seite und ließ Irian hindurchschauen. »Was sind das für Biester? Drachen?«

Nach einem kurzen Blick schüttelte er den Kopf. »Draicani. Keine Drachen. Drachen sind längst an einem anderen Ort. Tief unter uns. Eines Tages, sagen die Geister, kommen sie durch den Schacht neben Wédōra herauf.«

Daran wollte Tomeija nicht denken. »Mir reichen diese Kreaturen völlig.«

»Hörte ich Draicani?« Sotháno begab sich zu ihnen und schob Irian zur Seite, um aufgeregt durch das Okular zu spähen. »Das sind tatsächlich welche! Die Enaïssef vor mir hatten sie ausgerottet, diese Plage der Wüste.« Er schwenkte hin und her. »Acht Stück. Sie legten ihren Laich in der Grotte ab, was wir mit viel Aufwand und Kampf unterbinden konnten.«

»Einige haben überlebt.« Tomeija schaute sich um, erst über den Wehrgang auf der Schleuse und an den Toren entlang, dann zur Mauer. Sie hörte den leisen Jubel, den die Soldaten der Sungàm Tasai ausstießen. Ihnen waren die ersten Erfolge ebenso wenig entgangen. Dass es sich bei der Wachmannschaft auf der Schleuse um Eindringlinge handelte, war noch nicht bemerkt worden. Sie gaben den regulären Truppen weiterhin keinen Grund zum Zweifeln.

»Die Draicani-Exemplare müssen sehr alt sein. Wenn sie es in die Grotte schaffen, dann entsteht die Plage …«

»Es wird keine Grotte mehr geben, wenn der Plan der Fischficker aufgeht.« Irian reckte den Arm und zeigte auf die brennenden Geschosse, die aus den Rümpfen der Kriegsschiffe in stetem Takt aufstiegen. »Da! Noch eine Salve.«

Die Razhiv aus Wédōra versuchten, die mörderischen Kugeln abzuleiten, doch die Wucht, mit der sie sich wie falsche Kometen aus großer Höhe herabwarfen, machte es auf Dauer zu einem unmöglichen Unterfangen. Zwar wurden etliche Geschosse abgefälscht, aber die Größe der Streitmacht machte sie zu einem leichten Ziel.

Machtlos sahen Tomeija und ihre Truppe mit an, wie vereinzelte Kugeln Löcher in die Reihen brannten und die freigesetzten Kerne aus Stein oder Eisen Schneisen des Todes in das Heer walzten. Zwei Angitila waren samt Katapulten von den Geschossen erschlagen und verbrannt worden. Eine Feuerstrahlplattform löste aus, verging in einer hundert Schritt hohen Stichflamme und zerriss die Echse in einer gewaltigen Explosion.

Sarāsh hatte in ihrer Verzweiflung den Befehl zum Sturmangriff gegeben, obwohl es noch mehr als anderthalb Meilen bis zu den Kähnen war. Eine andere Möglichkeit blieb ihr jedoch nicht.

Reiterei und Streitwagen hetzten über die Ebene, ohne Unterstützung von Pfeilen und Speeren, in der Hoffnung, rasch genug vorzustoßen und die mörderischen Großkatapulte auszuschalten. Sonst wäre der Kampf verloren, bevor das Gefecht Mann gegen Mann beginnen konnte. Eine Staubfahne zog hinter den Rädern und Hufen her und mischte sich zum aufsteigenden Qualm der brennenden Geschosse.

»Ich dachte bis eben, *wir* hätten den gefährlicheren Auftrag erhalten«, sagte Irian neben Tomeija.

»Sie werden Razhiv mit nach vorne bringen«, vermutete Tomeija und überlegte fieberhaft, welchen Beitrag sie leisten konnten. Ihr Blick fiel auf die zwei verbliebenen Kriegsschiffe im Kanal. »Wir könnten sie erobern und die Waffen gegen die Sungàm Tasai einsetzen«, schlug sie überhastet vor.

»Je Schiff warten tausend Krieger und ein Draicani auf uns«, widersprach Irian. »Wir sind knappe dreihundert.«

Tomeija gab ihm recht. »Ich will nicht herumsitzen und zusehen, wie das Heer und mein Freund vernichtet werden und die Stadt untergeht, in der ich lebe!«, stieß sie aus. »Wir könnten die Grabungsschiffe attackieren und für eine Ablenkung sorgen.«

»Das wäre zu meistern.« Irian stupste den Enaïssef an. »Was ist mit dir? Wäre es nicht an der Zeit, deine Zauberei einzusetzen? Wasser hast du genug.«

»Es ist das falsche Wasser.«

»Was bedeutet das?« Tomeija hatte es schon einmal gehört.

»Ich kann meine Kraft nur aus dem Wasser der Grotte ziehen.« Sotháno zeigte auf den Kanal. »Ich kann es beherrschen, gewiss. Aber es gibt mir nichts zurück. Deswegen« – er sah sie nacheinander an – »muss ich genau abwägen, wie viel meiner Energie ich einsetze.« Er pochte gegen seine mit Symbolen gravierte Wasserflasche. »Das wird mir neue Kraft zuführen, aber es verliert jedes Sandglas an Stärke.«

»Da! Die Söldner-Razhiv der Sungàm Tasai haben … haben die Ebene aufweichen lassen!«, rief einer ihrer Soldaten. »Die Streitwagen stecken fest!«

Tomeija setzte das Okular unverzüglich ans Auge. *Bei Driochor! Es stimmt!*

Den feindlichen Razhiv war es durch Hexerei gelungen, die plane Fläche in Matsch zu verwandeln. In dem Morast blieb stecken, was sich mit Beinen und Rädern vorwärtsbewegte. Die Reiterei quälte sich durch den Schlick, und wer mit seiner Echse oder dem Pferd stürzte, konnte sich aus eigener Kraft nicht mehr aus dem weichen Untergrund befreien.

Das Entsetzen packte Tomeija, je länger sie durch das Fernrohr starrte.

Auch die drei Blöcke des Hauptheeres gerieten in den Sumpf. Nur die Angitila schafften es dank ihrer Kraft und den breiten Füßen, sich gegen das Einsinken zu wehren. Der Sturmangriff kam zum Erliegen, die Streitmacht der Verteidiger klebte wie Fliegen auf Honigpapier in der Ebene.

Tomeija erhöhte die Vergrößerung durch das Vorlegen weiterer Gläser, auch wenn das Bild dadurch dunkler wurde. Sie suchte nach Liothan – und fand ihn.

Er hatte sich mit Sarāsh und den verbliebenen Razhiv auf den Rücken einer Angitila gerettet, die ein Steinkatapult trug. Sie waren damit beschäftigt, die unaufhörlich niederstürzenden Kugeln abzufangen, und hatten keine Gelegenheit, etwas gegen den Schlamm zu unternehmen. Die Sungàm Tasai hatten sich genau überlegt, wie sie vorgehen wollten.

Tomeija erkannte die Verzweiflung in Liothans Gebaren. *Die gleiche wie meine.*

Sie spürte eine Berührung am Rücken. »Das solltest du dir ansehen«, sagte Irian alarmiert.

»Schlechter kann es kaum werden.« Tomeija richtete sich auf und drehte sich auf sein Geheiß hin nach Südwesten, um zu erkennen, was er meinte. Die Wachstationen gaben sich Lichtzeichen und reichten die Nachricht rasend schnell untereinander weiter. »Was sagen sie?«

»Bereitmachen. Für. Schleusenöffnung.« Irian beschattete die Augen. »Welle rollt. Ankunft: zehn.«

Tomeija stieß einen Fluch aus. *Wie wir es uns dachten.* »Zehn? Nicht mehr?«

»Neun«, antwortete Irian.

»Neun oder zehn?

»Acht …«, gab er ruhig zurück.

Da begriff Tomeija. »Alle weg von den Toren!«, rief sie ihren Leuten zu. »Und runter von der Mauer. Begebt euch zu den anderen in die Türme!« Sie richtete ihren Blick auf den Kanal stromabwärts. Der Wasserspiegel hob sich bereits an, schwoll empor und drückte sich an den Wänden hinauf. »Beeilt euch!«

Ihre Truppe stob davon.

»Eines der Kriegsschiffe will wissen, warum die Schleusenmechanik sich nicht bewegt«, meldete der Enaïssef nervös.

Die Woge schwappte heran, drückte eine schaumige Welle vor sich her. Das Wasser war dreckig und hellbraun, trug den Sand von den ausgespülten Wänden mit. Höher und höher wuchs sie empor.

Tomeija schätzte, dass sie bei ihrem Eintreffen bis an den oberen Rand der Mauer und Tore reichen würde. Die Sungàm Tasai hatten wirklich alles exakt berechnet. *Bis auf unser Eindringen.* Sie nahm Irians Hand, ohne die Augen abzuwenden.

Dann brandete die Welle gegen die Sperre und brachte das Bauwerk zum Beben. Die Erschütterungen lösten Steine aus dem Türmchen und Wehrgang. Tomeija und Irian hielten mit Mühe das Gleichgewicht.

Wie eine Wand schossen Gischt und Wasser senkrecht an der Mauer hinauf und stiegen zwanzig, dreißig Schritt in die Höhe, bevor sie niederklatschten und die Steine überfluteten. Zinnen wurden abgerissen und auf der anderen Seite in den Kanal gespült, Hunderte Fass Wasser rannen über den Boden und bildeten eine künstliche, dreckige Kaskade, die sich schäumend in die Tiefe ergoss und kleinere Wellen auslöste.

Tomeija war bis auf die Haut durchnässt und wischte die langen, grauen Haare aus ihrer Sicht.

Die Mauer verschob sich. Die eisernen Schleusenriegel und die Scharniere verbogen sich mit lautem metallischem Quietschen – aber sie hielten stand. Aus den Lücken und Rissen, die sich im Bollwerk gebildet hatten, spritzte das schmutzige Wasser in dicken Strahlen heraus; der Druck hätte ausgereicht, um Stein zu brechen.

Tomeija lachte grimmig gegen das Tosen und Rauschen, rieb sich die Tropfen aus den Augen. *Wir haben zumindest diesen Teil ihres Plans vereitelt!*

Plötzlich wurde es feuerhell. Zwei dumpfe Schläge schüttelten die Schleuse durch, gefolgt von einem Zischen. Es roch nach brennendem Petroleum.

Tomeija fuhr herum.

Die beiden Kriegsschiffe der Sungàm Tasai im Kanal hatten

die Dächer aufgeklappt und nahmen Mauer sowie Tore unter Beschuss.

Die nächsten brennenden Kugeln wurden vorbereitet, um die Sperre zu brechen und das Wasser in den Kanal fließen zu lassen, solange es noch hoch genug stand und es nicht zum Rückfluss gekommen war.

»Die gegnerischen Fußtruppen in der Ebene ziehen sich in die Schiffe zurück«, rief Irian durch das Dröhnen und Rauschen des Wassers. »Sie wissen, was kommen wird.«

»Liothan weiß es nicht.« Tomeija verfolgte den Flug eines Geschosses, das in das Tor krachte und ein Loch von der Größe einer Kate schlug.

Wasser schoss gurgelnd und kraftvoll hinaus in den Kanal. Durch die starken Bewegungen des Flusses ging die vierte Kugel fehl und landete jenseits der Mauer, erlosch zischend und spritzend.

Tomeijas Entscheidung war gefallen. »Ruf unsere Leute. Wir greifen die Schiffe an. Sonst hat Wédōra keine Aussicht, diesen Tag zu überleben.« Sie wandte sich Irian zu und küsste ihn lange. »Driochor wird uns schützen.«

Irian setzte zu einer Erwiderung an, eilte aber dann die feuchten Stufen hinab.

»Es wäre an der Zeit, unter Beweis zu stellen, dass die Enaïssef nicht tot sind und ihre Kraft behalten haben«, sagte Tomeija. »Oder du verlierst dein Heiligtum.«

Sotháno rieb sich zum Aufwärmen die Hände. »Ich bin bereit. Meine Bidjani sollen fließen wie unaufhaltsames Wasser.«

* * *

Liothan spürte Tränen der Wut in seinen Augenwinkeln. *Wir haben die Sungàm Tasai unterschätzt!*

Von seinem Aussichtspunkt auf dem Rücken der Angitila aus blickte er auf den misslungenen Vormarsch, bei dem er sich in vorderster Front befand. Die breiten Füße verhinderten das zu tiefe Einsinken, die Kraft der Echse reichte aus, um sich durch den haftenden, haltenden Schlick zu bewegen.

Der heldenhafte, verzweifelte Ausfall von Streitwagen und Reiterei, die sie just passierten, war vom Sumpf beendet worden. Auch die mitgepreschten Keijo hingen fest. Slink und Narako hatten jegliche Eleganz verloren.

Es blieb Liothan keine Zeit, geistigen Kontakt mit den Keijo aufzunehmen. Seine gesamte Kraft wurde für die Abwehr der Geschosse benötigt.

Die drei Blöcke aus Fußsoldaten und Schützen kämpften sich mehr schlecht als recht voran. Tausende von Stiefelsohlen verwandelten den feuchten Untergrund noch rascher in tiefen Schlick, durch den sie kaum vorankamen. Die Männer und Frauen stapften vorwärts und halfen sich gegenseitig. Aufgeben kam nicht in Frage, doch von einem Aufmarsch oder gar einem Sturm war nicht mehr zu sprechen.

Die Geschütze der Sungàm Tasai sandten derweil ihre Geschosse unablässig in die Reihen.

Die Razhiv aus Wédōra konnten immer wieder schlimme Verluste abwenden, aber ihre Kraft erlosch allmählich. Zur schwindenden Konzentration gesellte sich die nachlassende Energie. Die Komponenten gingen den Zauberkundigen aus.

Nur Liothan, der Ziin nutzte, und einige wenige, die sich auf die Macht der Sonne verließen, konnten unentwegt ihre Formeln und Sprüche einsetzen, um den Tod von oben aufzuhalten. Die Zeit für einen magischen Gegenschlag wurde ihnen nicht gegeben.

»Es ist eine Flucht nach vorne«, wisperte Ebneyon entsetzt. »Selbst wenn wir an den Barrikaden ankommen, werden sich die Draicani und …« Seine Stimme versagte. Es dauerte ein, zwei Atemzüge, bis er seine Fassung zurückerlangte.

»Könnt Ihr mich mit den Dârèmoi nach vorne bringen, Saldûn?« Sarāshs Körper straffte sich. Sie hatte sich für einen Angriff entschieden. »Durch die Luft. Genau auf die vordersten Schiffe, um die Katapulte auszuschalten.«

Liothan überlegte. »Wenn ihr euch auf eine der Plattformen begebt, werde ich versuchen –«

Das Rauschen, das vom Fluss hinter den Kriegsschiffen erklang, zog seine Aufmerksamkeit auf sich. An der Schleuse brach sich die Woge, welche die Sungàm Tasai losgeschickt hatten, um die Schiffe bis an Wédōras Mauern zu tragen. Gischt und große Wellen schwappten über die Sperre, aber die Tore blieben verschlossen. *Danke, Tomeija!*

»Die achttausend Mann vor uns verlassen die Barrikaden und steigen in die Kähne. Sie wissen nicht, dass die Welle ausbleibt, und gehen von dem alten Plan aus, den sie ersonnen hatten«, sagte Ebneyon aufmerksam.

Die feindlichen Razhiv hielten die Zaubersprüche, welche den Untergrund in Morast verwandelten, vorerst nicht länger aufrecht. Aus dem zähen Schlamm wurden abrupt trockene Körnchen, die harmlos von der Kleidung abfielen und die klammernde Wirkung verloren.

Jubel über die Erlösung ging durch die Reihen der Heeresblöcke.

Die Draicani stiegen von den Dünen auf und suchten sich höhere Stellen, auf denen sie vor dem erwarteten Wasser in Sicherheit wären.

»Das verschafft uns Zeit, die wir dringend brauchen!« Liothan bekam einen Hauch frische Zuversicht. »Dann rasch auf die Plattform mit den Dârèmoi.«

Noch bevor Sarāsh Anweisung geben konnte, schleuderten die beiden im Kanal verbliebenen Kriegsschiffe ihre Geschosse gnadenlos gegen die Schleusentore, um sie aufzubrechen. Zwar gelang es ihnen nicht, doch die Steine stanzten Löcher in das Holz, durch das Wasser mit hohem Druck herausfloss und den darunterliegenden Kanal flutete.

Liothan sah den Pegel steigen und die Grabungsschiffe anheben. Dann floss das Wasser durch das angelegte Bett und schob sich fingerhoch unter die flachen Kiele der Kriegsschiffe, hob die Rümpfe mit steigender Höhe an.

Waren die Kähne zuvor auf den Holzstämmen träge vorangekommen, ritten sie nun auf dem vorwärtskriechenden Nass behäbig den Angreifern entgegen.

Weitere Luken und Klappen öffneten sich in den Seitenwänden und gaben Speer- sowie Bolzenschleudern frei. Hätte sich das Heer aus Wédōra vorhin noch über eine kürzere Entfernung zu den Widersachern gefreut, waren sie ohne die eigenen schweren Katapulte nichts weiter als leicht abzuschießende Ziele.

»Sie brauchen keinen Zauber mehr, um die Wüste in Schlamm zu verwandeln«, sagte Ebneyon und ließ die Melder verkünden, dass sich die Überlebenden erneut zu drei Blöcken formieren sollten.

»Saldûn, bringt meine Dârèmoi und mich nach vorne!« Sarāsh machte sich bereit. »Mein Angriff mag unseren Leuten Mut machen. Führt Ihr sie und gebt mir in Geschichtsbüchern einen Tod, der in Erinnerung bleiben wird.«

Auch wenn die Kriegsschiffe mehr als eine Meile entfernt waren, kroch das Wasser vorweg und hatte die erste Reihe des Heeres bald erreicht.

Das … das ist es! Ich muss es versuchen! »Ebneyon, lasst unsere Leute antreten und anhalten.« Liothan rutschte an dem Seil vom Rücken der Angitila und sprang die verbliebene Distanz bis zum Boden hinab. »Keiner geht auch nur noch einen Schritt nach vorne! Ich halte die Welle auf.«

Er stieg in den Sattel einer Laufechse und ließ sie über den Sand rennen, dem nahenden, knöchelhohen Wasser und den Schiffen entgegen.

Sarāsh schrie ihm etwas nach, doch er verstand es nicht.

Die beiden hinteren Kriegsschiffe hatten mehrere Löcher in die Schleuse geschossen, der Zufluss verstärkte sich und trieb die acht Kähne auf einer höheren Welle vorwärts. Dabei drehten sie sich und zeigten dem Heer aus Wédōra die Breitseiten, die Luken zum Schießen geöffnet.

Zehn Schritte trennten Liothan von der schwappenden Wasserlinie.

Das ist nahe genug. Er brachte die Echse zum Halten und kniete sich in den staubigen Sand. Eine Hand reckte er gegen Ziin und die beiden schwindenden Monde, um deren Kraft unmittelbar zu empfangen. *Es muss ausreichen.*

Wie ein dünner Film aus dreckiger hellbrauner Farbe huschte das Kanalwasser auf ganzer Breite heran und legte sich über die Wüste. Vor Liothans Augen bildete sich ein Meer, das sich anschickte, erst ihn, dann das Heer und danach die Stadt zu verschlingen.

Liothan hielt den Blick auf das Wasser gerichtet, den linken Arm mit geöffneter Hand in den Himmel gereckt. Ein Spruch ging ihm durch den Kopf, an sich leicht und einfach, aber niemals vorgesehen für eine solche Masse.

Dann dachte er an Nanthena, um sich zu bestärken und anzuspornen – und die Formel verließ seine Lippen.

Liothan zapfte jegliche Energie, die er bekommen konnte, aus den Nachtgestirnen ab und lenkte sie in den Zauber.

Spürbar jagten die Kräfte durch seine Finger und gaben der Wortmacht eine Form, auch wenn der Mond der Bosheit Spuren in seine Gedanken grub. Es schmerzte und stach in den Kuppen, seinem Arm, seinem Kopf. *Es muss gelingen!*

Sarāsh rechnete vielleicht damit, dass er das Wasser versickern ließ, damit die Rümpfe aufsetzten, oder dass er eine Schneise bildete, durch welche das Heer trockenen Fußes nahe genug an die Kriegsschiffe herangelangte, um sie zu attackieren.

Doch Liothan setzte einen Zauber frei, der eines Saldûn würdig war und mit dem an diesem Ort keiner rechnete.

* * *

Tomeija blickte zu den in Mitleidenschaft gezogenen Mauern der Schleuse. Durch den Beschuss und den Druck der Wassermassen bildeten sich Risse und Sprünge. Das Zurückrollen der künstlich erschaffenen Woge hatte zwar eingesetzt, aber die Fluten standen nach wie vor deutlich bis an die Kante.

»Wir sind bereit«, rief Irian von unten.

Tomeija gab ihnen das Zeichen, von der Sperre zu verschwinden, die jeden Moment zusammenbrechen konnte. »Ich komme gleich runter.«

»Dort!« Sotháno hatte just zu einem Bidjan angesetzt und ließ ihn fallen. Vereinbart war gewesen, dass er die Wasserstrahlen gegen die Kriegsschiffe lenken sollte. »Da drüben! Sind das … Ist das der Mar'Dheon?«

Tomeija sah zum Wall, der den Kanal gegen die Wüste abschirmte. Ein kleines Heer aus Skorpionreitern, Schattensand- und Sturmvipern und weiteren riesigen Insekten stürmte heran. Die Keel-Èru bildeten die Spitze, deutlich an den schwarzen Panzerungen zu erkennen; dahinter folgen weitere T'Kashrâ, die stolz ihre Fahnen in den Wind hissten.

»Verschiedene Stämme der Agham und Murzbha«, erkannte Sotháno freudig. »Sie haben sich zusammengeschlossen!«

Tomeija schätzte die Zahl ihrer unerwarteten Unterstützung auf knappe fünfzehntausend Kämpfer. Ihr Herz klopfte vor Freude doppelt so schnell. *Das Blatt lässt sich wenden!*

Als hätte Uccran ihre Gedanken zu dem Vorhaben vernommen, die beiden Kriegsschiffe einzunehmen, überrannten die T'Kashrâ die Mauer und zeigten den Sungàm Tasai, dass die Befestigung bei einer ernstgemeinten Attacke niemals gegen die Wüstenvölker standgehalten hätte.

»Los! Wir greifen zusammen mit ihnen an!« Tomeija kletterte hastig hinab. Sie rannte neben Irian und vor den dreihundert Kriegerinnen und Kriegern den Weg entlang, um in das Getümmel einzugreifen.

Da sich der Wasserspiegel gehoben hatte, schwammen die Kähne gleichauf mit dem Ufer, was es den Angreifern leichtmachte, an Deck zu gelangen. Noch ehe sichs die Schiffsbesatzungen versahen und die Katapulte ausrichten konnten, befanden sich die ersten Keel-Èru bereits an Bord und wüteten mit ihren Skorpionen und Reptilien unter den Gegnern.

Die Agham und Murzbha stießen unerschrocken hinzu. Sie

legten lange Planken aus Bauholz an und stürmten nicht nur die Kriegsschiffe, sondern flugs auch die Grabungsschiffe.

Es ging derart rasch, dass Tomeija und ihre Einheit zu spät bei den Kämpfen ankamen, um gebraucht zu werden. Erste Rauchsäulen stiegen von den Kähnen auf, welche die Schaufeln und Kräne trugen. Die T'Kashrâ versenkten die größte Gefahr für ihr Heiligtum.

Staunend gelangten Tomeija und ihre Dreihundert an Bord des Kriegsschiffes, wo sie von Uccran aus dem Sattel seines schwarzen Skorpions heraus begrüßt wurde. Er schob sein Visier in die Höhe, zeigte das unheimlich bemalte Gesicht. »Wie du siehst, konnte ich die Stämme überzeugen, mit den Keel-Èru in den Kampf zu reiten. Nicht wegen Wédōra. Sondern wegen unseres Smaragdnen Wassers und deines Versprechens.«

Tomeija ging über das Deck und betrachtete die Hunderte von Leichen, welche die T'Kashrâ hinterlassen hatten. Nicht ein Sungàm Tasai oder Draicani hatte überlebt. »Ich stehe zu meinem Wort.« Ihr Blick blieb an titanischen Katapulten hängen, die mit Federdruck und Gegengewichten arbeiteten, um die enorme Reichweite zu erlangen. Sie waren fertig geladen und warteten darauf, abgefeuert zu werden. »Drehen wir die Schlacht zu unseren Gunsten.«

»So soll es geschehen, Daoja Mahal.« Uccran gab Anweisungen, und seine Krieger eilten zu den riesigen Schleudern, um sie in Position zu drehen.

* * *

Liothan repetierte die Formel zunächst leise, und aus dem Flüstern wurde ein beschwörender Singsang. Eine Hand reckte er über das vordringende, bräunliche Wasser, die andere gegen die Monde.

Seine prickelnden Fingerkuppen, durch die er die Energie aufsog, erhitzten sich schmerzhaft. Auch sein Körper entwickelte eine ungewohnte innere Wärme, die ihm den Schweiß aus sämtlichen Poren trieb. Übelkeit breitete sich aus, Schwindel versuchte, ihm die Konzentration zu nehmen.

Liothan hielt es aus, verdrängte es, die Augen fest auf das Wasser gerichtet.

Endlich bildete sich mit deutlich vernehmbarem Knacken und Knistern eine zarte kristalline Haut über der Flüssigkeit, kurz bevor sie seine Knie erreichte. Das Wasser gefror.

Mehr! Ich brauche mehr davon! Liothan nahm keine Rücksicht auf sein Wohlergehen und gab sämtliche Kraft in den Zauber. *Raat, Ipoton und Ziin, ihr drei Monde – steht Wédōra bei!* Sein Blick wurde unscharf, der Schwindel stärker.

Der eisige Effekt breitete sich in ganzer Länge nach rechts und links aus und brachte die erste Welle zum Anhalten, um sich von dort rasend schnell auszuweiten.

Liothan sandte den Vereisungszauber gegen die Schiffe und die Wellen, die sie herantrugen. *Bis hierher und nicht weiter.*

Die Kiele hingen plötzlich mehrere Schritte über dem Boden in den erstarrten Wogen, gefrorene Gischt klirrte auf die Decks. Eiskristalle formten sich zu langen Spießen und durchbrachen die Planken und Spanten, der Druck des umschließenden, nachrückenden Eises knackte die hölzernen Wände wie Nussschalen in einem Amboss.

Binnen kurzer Zeit fielen die Kriegsschiffe der Sungàm Tasai auseinander. Bewaffnete wurden zusammen mit den Katapulten erdrückt und von gläsern anmutenden Spießen erstochen, andere rutschten hilflos und haltlos über die glatten Flächen, um von Wrackteilen erschlagen zu werden. Ansatzlos war die Luft von Fauchen und Rauschen angefüllt. Brennende Kugeln stürzten aus dem Himmel – und schlugen in die eingefrorenen Schiffe ein, zerstörten sie gänzlich. Flammen breiteten sich auf dem Eis aus, das Holz fing Feuer.

Hinter Liothan erklang erlöster, unsagbar lauter Jubel. Wédōras Heer feierte seinen Saldûn, der aus dem drohenden Untergang durch die nahenden Wogen einen unglaublichen Sieg gemacht hatte.

Geschafft! Liothan beendete die Beschwörung und legte seine heißen Finger auf das Eis vor sich. Es zischte laut.

Dann hob er den Blick.

Inmitten der Wüste hatte sich eine Eisfläche gebildet, die vor seinen Knien begann, sich über die ebene Fläche bis zum Kanal zog und auch nicht vor der Staumauer haltmachte. Mehrere erstarrte Wasserstrahlen standen aus dem zerstörten Schleusentor heraus.

Von der Flotte aus Sungàm Tasai war nichts geblieben außer Trümmern, die teils brannten und im Feuersturm vergingen. Eine Handvoll feindlicher Soldaten taumelte über den gefrorenen Untergrund und suchte ihr Heil in der Flucht.

Doch aus Richtung des Kanals schwirrten dunkle Wolken aus Bolzen, Pfeilen und Speeren, die sowohl den Kriegern als auch den Draicani galten. Die geflügelten Echsenwesen wussten nicht, was sie tun sollten, und irrten umher. Wer auch immer sie abgerichtet hatte, musste bereits tot sein.

Dann war Nanthena plötzlich an Liothans Seite und half ihm beim Aufstehen. »Es gibt keinen größeren Saldûn als dich«, sagte sie überschwenglich und küsste ihn.

Schwach erwiderte er ihre Zärtlichkeit. »Ich habe mir große Mühe gegeben.« Er betrachtete das brennende Eis, das am späteren Tag in den Strahlen der heißen Mittagssonne schmelzen würde. Harmlos und langsam, ohne zerstörerische Wucht.

Das verbliebene Heer der Verteidiger stürmte unter Ebneyons Führung an dem Paar vorbei und machte sich auf die Jagd. Keinem, der das Massaker durch die Sungàm Tasai überlebt hatte, stand der Sinn nach Schonung der Feinde, die das Ende von Wédōra und einer Million Menschen beabsichtigt hatten.

Liothan hielt Ausschau nach dem Angitila, auf dem Sarãsh ritt. »Wir müssen zu ihr«, sprach er matt. Sämtliche Gliedmaßen schmerzten, er schmeckte Metall in seinem Mund und drohte in eine Ohnmacht zu gleiten. »Alle sollen fliehen. Das Wasser. Im Kanal jenseits der Schleuse. Die Gefahr ist noch nicht …«

In dem Augenblick wurden aus den Rissen und Sprüngen in der Staumauer gewaltige Löcher – und die Sperre zerbrach. Der eindringende Frost hatte ihr nach Beschuss und Wellendruck den Rest gegeben und den Mörtel gesprengt.

Liothan umschloss Nanthena schützend. Mehr Kraft besaß er nicht mehr. »Die Flut wird uns davonreißen.«

Aus der Ferne erklang Logaios, der Sturmwarner, das große Horn, das eigentlich dafür gedacht war, den Kara Buran anzukündigen.

Und ein jeder auf dem Schlachtfeld wusste: Wédōra schrie um Hilfe.

* * *

Das ist Liothans Werk! Tomeija vermochte die türkisfarbenen Augen nicht von der sich ausbreitenden Eisfläche abzuwenden. Sie wuchs und raste knisternd heran, erfasste den Kanal und fror die zwei eroberten Kriegsschiffe ein.

Knackend wehrten sich die Planken gegen den Druck, aber sie brachen unter der Gewalt des Frostes.

»Alle runter!«, rief Tomeija. »Die Rümpfe brechen und fallen auseinander.«

So schnell, wie die T'Kashrâ sich auf die Schiffe begeben hatten, so geschwind zogen sie sich von ihnen zurück und formierten sich jenseits des Befestigungswalls.

»Das magische Wunder geht weiter.« Irian machte Tomeija auf die gefrierende Schleuse aufmerksam. »Siehst du das?«

»Und wie ich das sehe!« Sie wusste im Gegensatz zu jenen, die sich nicht mit der Kraft des Eises auskannten, was unweigerlich geschehen musste. »Rennt in die Wüste! Weg von der Staumauer. Wenn sie fällt, wird es eine zweite Welle geben!«, schrie sie Uccran zu, damit er ihre Befehle weitergäbe.

Dumpf krachend lösten sich ganze Steinverbünde aus dem Wehr. Das Tor stürzte ohne die haltenden Angeln und zerschmetterte auf dem dicken Eis zu kleinen Stückchen.

Das … ist das möglich? Tomeija konnte nicht anders, als auf die Lücken zu starren und an ihrem Verstand zu zweifeln: Statt eines sich ergießenden, vernichtenden Sturzbaches sah sie eine massive Wand aus Eis.

Weitere Steinbrocken brachen aus der Schleuse, die rumpelnd in sich zusammenfiel und den massiven Block aus gefrorenem Wasser freigab, der sich dahinter gebildet hatte. Auch die beiden Türmchen rutschten ab und zerschellten beim Aufprall.

»Liothan hat … den ganzen Kanal einfrieren lassen?« Tomeija lief los, packte Irian am Arm und riss ihn mit sich. »Hoch auf den Wall. Ich will sehen, wie weit es reicht.«

Zusammen mit ihm und Teilen der Einheit, die sich den Anblick nicht entgehen lassen wollten, erklomm sie die Mauer.

Das Eis erstreckte sich, soweit das Auge reichte, und spiegelte gleißend die steigende Sonne.

Tomeija stieß ein ungläubiges Lachen aus. »Unfassbar! Aus dem Halunken mit Herz ist ein wahrer Saldûn geworden.«

Das Krachen und Knistern fand kein Ende. Der Frost grub sich in die feuchten, vollgesogenen Wände und sprengte die ersten Felsenstückchen ab.

»Der Kanal wird einstürzen.« Tomeija gab ihrer Einheit das Signal, sich in die Wüste zurückzuziehen und nahe den T'Kashrâ Aufstellung zu nehmen. »Wir stoßen gleich zu Liothan. Ich muss wissen, wie es dem Heer ergangen ist.«

Sie harrte mit Irian noch aus, um gebannt zu verfolgen, wie die steilen Hänge im unteren Teil des Kanals knapp über dem Eis zersprangen, weil die Kälte zubiss und am Stein nagte. Der Fels darüber verlor den Halt und brach ab, riss das Land und den losen Sand dahinter mit sich.

Tomeija und Irian begaben sich in Sicherheit, während die von den Sungàm Tasai mühsam über viele Siderim hinweg errichtete, nutzlose Mauer absackte und den Kanal verfüllte.

Über dem Eis bildete sich eine Schicht aus Schutt und begrub die zerstörten Schiffe samt den Toten unter sich. Staubwolken stiegen auf und wurden vom Wind davongetragen.

Tomeija begab sich eilends zu den T'Kashrâ, an deren Spitze sich Uccran und sein Kriegstrupp befanden. »Ihr seid gekommen. Und nun begleitet uns nach Wédōra, um mit dem Dârèmo –«

Mitten in ihre Worte erklang das weithin hörbare Dröhnen des Alarmhornes aus der Stadt.

Alle wandten den Kopf, um nach Wédōra zu schauen.

Aus dem Nordosten war, unbemerkt von ihnen, eine enorme Streitmacht aufmarschiert, die vor den Toren der Stadt saß und bereits eingedrungen sein musste, während sie gegen die Sungàm Tasai gekämpft hatten. Erste ölige, sattschwarze Rauchsäulen standen über der nördlichen Vorstadt.

Mein Tempel! Bevor Tomeija sich fangen konnte, hörte sie Uccran angewidert sagen: »Thahdrarthi.«

* * *

In den Brunnen, aus dem du trinkst, wirf keine Steine.
Sie könnten vergiftet sein.

Sprichwort der Enaïssef

Kapitel XXVI

Wédōra, Nordvorstadt

Schneller!« Tomeija saß hinter Uccran auf dem schwarzen Riesenskorpion, der auf seinen acht Beinen über die Ebene rannte. Der Wind riss an ihren grauen Haaren, und dennoch erschien ihr der Ritt viel zu langsam.

Tomeija und Liothan, der auf dem Rücken einer Angitila mit Katapult folgte, bildeten zusammen mit den fünfzehntausend T'Kashrâ sowie den übriggebliebenen Reitereinheiten, Streitwagen, unverletzten Razhiv und einer Handvoll Keijo die Spitze des Angriffs. Sie wollten sich gegen die Thahdrarthi werfen, um sie vom Einfall in Wédōra abzuhalten und zu beschäftigen, bis das Hauptheer aufgeschlossen hatte.

Hunderttausend erschöpfte Kriegerinnen und Krieger waren ihnen nach dem Gefecht gegen die Sungàm Tasai geblieben, die etliche Meilen um die Mauer zurücklegen mussten. Eine Hälfte würde sich durch das Südtor begeben und die Verteidiger in der Stadt verstärken, während die Kräftigsten die Attacke im Rücken der Sandfresser führen sollten. Unter denen, welche nach Wédōra zurückkehrten, befand sich der Enaïssef, um in der Grotte neue Kraft zu schöpfen.

Doch bis die hunderttausend die Strecke zurückgelegt hatten, mit voller Panzerung und Bewaffnung, würde es dauern.

Das Rattern der surrenden Räder und das Galoppieren der Hufe, das Scharren der Echsenkrallen und das Stampfen der Angitila erklangen um Tomeija herum. *Es wird die Thahdrarthi hoffentlich überraschen, wenn wir hinter ihnen erscheinen.*

Der schwarze Skorpion hatte die Mauern der Westvorstadt umrundet, so dass vor ihr die nördliche Vorstadt auftauchte. Die Rauchsäulen waren zahlreicher und dicker geworden, das Feuer schien sich in das Viertel dahinter ausgebreitet zu haben.

Tomeija erinnerte sich an Uccrans warnende Worte. *Er hat es vorhergesagt.* Doch es war den Menschen keine andere Wahl geblieben, als mit größtem Heer gegen die Sungàm Tasai zu ziehen. *Die Verteidiger der Vorstadt wurden entweder überrumpelt, oder die Sandfresser hatten Razhiv dabei.*

Tomeija wollte nicht ausschließen, dass die Sungàm Tasai ihre Finger in diesem zweiten Akt des Spiels hatten. Möglicherweise hätten die Thahdrarthi zur Ablenkung früher angreifen sollen oder gar dem Verteidigerheer in den Rücken fallen – doch nach dem Untergang der Kriegsschiffe hatten die Sandfresser vielleicht beschlossen, ihr Glück lieber in der Eroberung von Wédōra zu versuchen.

Eine kleine Gruppe von Angreifern zeigte sich am großen Vorstadttor.

»Sie schließen es!«, schrie Tomeija gegen den Wind zum Mar'Dheon. »Sollte ihnen das gelingen, kommen wir nicht mehr in ihren Rücken, um sie in die Zange zu nehmen.«

Uccran nickte und machte Handzeichen zu seinen Keel-Èru.

Auch Liothan hatte bemerkt, was die Eroberer im Schilde führten. Er und seine Razhiv sandten flammende Kugeln gegen die Sandfresser, die mitten unter ihnen detonierten und sie in Fetzen rissen.

Aber das Tor schloss sich weiterhin.

Tomeija blickte zu ihrem Freund, der mit kalkweißem Gesicht auf der Plattform der Angitila stand und Formeln murmelte. Nanthena stützte ihn. *Er schafft es nicht.* Sie wandte ihre türkisfarbenen Augen wieder nach vorne. *Wir schaffen es nicht.*

Sarāsh ließ die Truppen anhalten, während sich der Zugang zur Vorstadt für sie schloss. »Wir kehren um«, rief sie zu Tomeija und den T'Kashrâ. »Gegen die Mauern anzurennen, ist zwecklos. Sobald sie die Katapulte gegen uns einsetzen, sind wir verloren. Auch die Angitila nutzen uns nichts.«

»Was ist mit den Razhiv?«

»Zu erschöpft«, erwiderte Liothan und klammerte sich an das Geländer der Plattform. »Wir müssen zurück und sie von innen abwehren. Von den Wehrgängen des Durchgangsportals aus. Mit …« Er schwankte. Nanthena fing ihn ab und ließ ihn auf einen Sitz gleiten. »Mit Katapulten.«

Tomeija nickte. »Dann zurück.«

Sarāsh deutete auf die T'Kashrâ. »Sie nicht. Sie warten draußen. Sie können die Sandfresser vernichten, wenn sie aus der Vorstadt flüchten. Aber sie werden keinen Fuß nach Wédōra setzen.«

»Es war anders abgemacht!«, begehrte Tomeija auf.

»Es *ist* abgemacht, dass wir darüber verhandeln. Das ist noch nicht geschehen«, erwiderte sie. »Du magst ihnen trauen. Doch bedenke, wie die Bewohner beim Anblick unserer Verbündeten reagierten. Sie würden sie aus falscher Furcht heraus angreifen.«

»Sie hat recht.« Uccran deutete zur Angitila. »Gehe zu ihnen und kehre in die Stadt zurück. Wir kümmern uns um die Sandfresser, sobald sie fliehen.«

»Gut. Ich stehe zu meinem Wort. Ihr werdet Zugang erhalten.«

»Ich weiß. Und ich vertraue dir, Daoja Mahal. Nun geh und treib uns die Sandfresser vor die Klingen.«

Tomeija glitt aus dem Sattel und rutschte über den schwarzen Skorpionkörper auf den Boden. Sie lief zur riesigen Echse und hangelte sich am Seil in die Höhe, um sich auf die Plattform zu schwingen. Soldaten halfen ihr, zu ihnen zu klettern.

Dann stand sie neben Liothan, umarmte ihn. »Du hast Großes vollbracht«, sagte sie stolz. »Du verrückter Saldûn.«

»Ich bin immer noch ein Halunke mit Herz«, gab er matt zurück. »Es kann sein, dass du für mich kämpfen musst. Es hat mich mehr angestrengt als gedacht.«

Sarāsh ließ die Einheit umdrehen. »Wir gehen über die Westvorstadt rein. Das ist die kürzeste Strecke.«

Liothan brachte seine Lippen dicht an Tomeijas Ohr. »Ich. War es. Nicht.«

»Wie meinst du das?«, erwiderte sie leise und ließ sich nichts anmerken.

»Ich habe nur das Wasser in der Ebene frieren lassen.«

Tomeija stockte. Dann fiel ihr ein, wem sie das noch größere Wunder zu verdanken hatten. *Sothåno!* Der Enaïssef hatte die Gelegenheit genutzt, die ihm der Saldûn vorsetzte, und die Wirkung mit seinem Bidjan verstärkt. Das Lob dafür hatte er Liothan überlassen.

Neue Geräusche lenkten Tomeijas Aufmerksamkeit auf die Mitte der Stadt. Aus den Außenrohren des Dârèmo-Turmes drang mit lautem Fauchen weißer, schwarzer und grauer Rauch, und in der Kuppel blitzten verschiedenfarbige Lichter. Es rumorte im Innern, lange Flammen schlugen aus den Röhren.

»Seht! Der Turm! Er erwacht!« Nanthena zeigte zum aufragenden Gebäude, an dem sich Dutzende Luken und Klappen öffneten.

»Der Dârèmo greift ein!« Sarăsh ließ die Echse anhalten, um verfolgen zu können, was sich abspielte.

Auch die Übrigen richteten die Blicke hinauf, angespannt und überrascht, dass der Herrscher tatsächlich handelte.

Um die große verspiegelte Kugel auf der Spitze spielten winzige Blitze, die sich mit einem dunklen Summen wieder und wieder von der Oberfläche lösten und knisternd in die nördliche Vorstadt niederstießen. Unaufhörlich erklangen dumpfe Explosionen.

Staunend verfolgte Tomeija, wie aus den Luken lange tiefrote Feuerlanzen stachen und kreischend Geschosse abgefeuert wurden, die an die Feuerstrahlenwaffen erinnerten. Der Lärm war schmerzhaft laut. Qualmwolken dampften aus den Öffnungen des Bauwerks, das seine Vernichtungskraft über die Thahdrarthi ausschüttete.

Es wird kein Stein auf dem anderen bleiben. Tomeija sah vor ihrem inneren Auge ihren Driochor-Tempel in Trümmern liegen.

Die Außenmauern der Vorstadt versperrten die Sicht auf das Geschehen im Innern, doch die unablässig aufsteigenden Feuerwolken und der Rauch verhießen für die Kontore, Schreine und Heiligtümer nichts Gutes. Sollten noch Gardisten Widerstand geleistet haben, würden sie nun ebenso ausgelöscht wie die Angreifer.

Die Blitze jagten unablässig aus der Kuppel zu Boden. Tomeija sah Wetterleuchten über den bebenden Sand huschen. Die Energien, die der Dârèmo gegen die Thahdrarthi einsetzte, reichten weit. Steinstückchen regneten bis zu ihnen und landeten im Sand.

Aus den einzelnen Rauchsäulen wurde ein einziger, tiefschwarzer Pfeiler. Die gesamte Nordvorstadt stand in Flammen.

Da öffneten sich die Tore. Die ersten Thahdrarthi versuchten, sich vor der Vernichtung in Sicherheit zu bringen.

Darauf hatten die Keel-Èru, die Agham und Murzbha gewartet und begannen sogleich mit der Verfolgung.

»Der Turm! Er schwankt!«, schrie einer der Soldaten erschrocken.

Tomeija sah es auch. Schilfrohrhaft wankte und bog er sich als Folge des Einsatzes der unzähligen schweren Waffen. Die verspiegelte Kuppel bekam Sprünge, doch das Bauwerk feuerte unaufhörlich aus Luken und Toren.

»Bei Driochor! Er zerbricht!« Tomeija zückte ihr Fernrohr. *Der Dârèmo kontrolliert die Geschütze nicht mehr.*

Im gleichen Augenblick zersprang der in Rauch gehüllte Turm an drei verschiedenen Stellen, glühende Explosionen drangen aus den Luken, und Außenrohre rissen aus den Halterungen. Bunte Lohen schlugen aus mehreren Löchern. Dann sackte das Bauwerk senkrecht nach unten, während die verspiegelte Kugel zerbarst und eine Rauchwolke in die Höhe schoss und Tomeija die Sicht raubte. Bis zum letzten Moment hatten die Katapulte und Waffen gefeuert.

Sarāshs Beine knickten weg, sie sank auf die Plattform. »Der Dârèmo …«, sagte sie mit erstickter Stimme. Entsetzt blickte sie zwischen Tomeija und Liothan hin und her. »Er ist tot!« Sie zitterte. »Was … was soll Wédōra ohne ihn tun? Er ist doch … er ist doch …« Sie schluchzte.

»Sarāsh! Sarāsh, hört zu: Unsere Einheit soll erneuert werden«, schlug Tomeija nachdrücklich vor. »Wir durchsuchen die Vorstadt nach unseren Überlebenden und versteckten Thahdrarthi. Könnt Ihr das anordnen?«

Die Vertraute des Dârèmo nickte schwach, und die Melder setzten auf ihr Geheiß die passenden Signale.

Aber als sie auf der Angitila durch die geöffneten Tore ritten, hellwach und hochaufmerksam, um auf Angriffe reagieren zu können, existierte nichts mehr, was ihnen gefährlich werden konnte.

Die Geschosse und Blitze hatten die Nordvorstadt vollständig ausgelöscht. Es gab verbrannte Steine, kniehohe Aschehügel und Sand, der stellenweise unter der Hitze zu Glas geschmolzen war. Verkohlte Leichname von Thahdrarthi und Gardisten lagen zwischen den Trümmern.

Zwei der gewaltigen Außenwände waren zur Hälfte eingerissen, die Mauern hatten den Explosionen nicht standgehalten. Über die aufgetürmten Steinhügel hinweg sprangen verletzte Thahdrarthi ins Freie und dachten gar nicht daran, die einrückende Echse anzugreifen.

Uccran wird sie finden und töten. Tomeija hielt die Luft an, als der Wind sich drehte und den Rauch gegen sie wehte. *Mein Tempel steht nicht mehr.* Driochor hatte gegen die Feuerkraft nichts aufzubieten gehabt. *Die sonstigen Schreine auch nicht. Gleiches Recht für alle.*

Der allgegenwärtige Qualm stank alchemistisch und Übelkeit erregend, so dass es ihr den Magen hob und sie sich seitlich von der Plattform übergeben musste.

Wédōra war vor dem Untergang gerettet.

Zu einem hohen Preis.

* * *

Wédōra, Prachtviertel

Liothan blickte am langen Tisch entlang, bis sich die Schärfe verlor und die Umgebung mitsamt den Menschen zu undeutlichen Schemen wurde. Er fühlte die Müdigkeit in sämtlichen Knochen. Das beständige Zaubern hatte ihn viel körperliche Kraft gekostet.

Auch seine Seele schien in Mitleidenschaft gezogen worden zu sein. Ziin, der Mond der Bosheit, hatte einen Fleck darauf hinterlassen, was sich in Stimmungsschwankungen und schlechten Gedanken äußerte. *Ich hoffe, es ist lediglich vorübergehend.*

Das rauschende Fest, das in Wédōra am Abend des Sieges stattgefunden hatte, um die Toten zu ehren und das eigene Überleben zu feiern, hatte sich nicht erhebend auf Liothans Laune ausgewirkt. Die Menschen hatten seinen Namen gerufen und ihm Geschenke gemacht, die sich in seinem Haus stapelten. Keins war ausgepackt. *Ich werde sie an die Bedürftigen und Familien der Toten geben. Sie haben mehr davon.*

»Was denkst du?« Nanthena legte ihre Hand auf seine. Sie hatte ihre Stimme gesenkt, um die laufenden Unterredungen nicht zu stören. »Du siehst bedrückt aus.«

»Schlaf. Ich denke an Schlaf. Gefühlte hundert Siderim. Am Stück«, antwortete er ehrlich und seufzte. »Dabei müssen wir noch diese Beratung durchstehen.«

Sie lachte und drückte seine Finger. »Du bist der Saldûn. Du kannst alles.«

»Nein. Ich kann zum Beispiel gerade nicht schlafen.« Liothan gab ihr einen schnellen Kuss auf die bemalte Wange. »Wo waren wir?«

»Bei der Aufnahme der Schäden. Wir sind gleich damit durch.«

Liothan nahm einen Schluck Wasser aus dem Becher, der vor ihm stand.

Mit ihnen zusammen saßen die neun Statthalter, Hamátis für die Vorstädte, Slink für die Keijo, je ein Vertreter der Agham, Murzbha und Keel-Èru, Sotháno und Sarāsh an dem Tisch, der auf den Überresten des Dârèmo-Turmes aufgestellt worden war. Nach dem Einsturz hatte die abschirmende, tödliche Mauer um das Bauwerk die umherfliegenden Trümmer aufgefangen, die sonst im Prachtviertel schwerste Verwüstungen angerichtet hätten. Danach war sie ebenso zerstört.

Jeder, der von geheimnisvollen Entdeckungen hinter der Mauer und im eingestürzten Turm geträumt hatte, wurde enttäuscht: Es gab hier nichts, bis auf eine gepflasterte Fläche, auf der sich Metall, Schrott und Steinquader verteilten.

Liothan hatte Überreste eines Vinciad erkannt und wusste nun, wie die Leute des Herrschers die Leichen der ermordeten Thoulikoner einst an den Kanal herangebracht hatten. Mit Sicherheit war das Gefährt von den Izozath gestohlen worden. Er behielt seine Entdeckung für sich.

Vom Dârèmo selbst gab es keine Spur. Die schweren Steine konnten einen Toten spielend zu Brei zermahlen haben, so dass man sich wenig Hoffnung auf seine Leiche machte. Sollte ein Zauber auf dem Areal gelegen haben, war er mit dem Einsturz und dem Tod des Dârèmo aufgehoben.

Genau das war die feste Annahme, der man in Wédōra anhing.

Der Mythos des Herrschers war nun so unsterblich wie Liothans Ruf als mächtigster aller bekannten Saldûn. Der Dârèmo hatte die Stadt vor großem Schaden, wenn nicht sogar vor dem Untergang bewahrt.

Tot. Liothan stellte den Becher ab. *Oder es gab ihn nie.* Er schaute zu Sarāsh und zwang sich, ihren Worten zu folgen. *Sie behauptet, mit ihm gesprochen zu haben. Gesprochen. Aber sah sie ihn jemals?*

»… die Nordvorstadt neu angelegt werden, nach dem Muster der anderen. Wir lassen die Steine nach brauchbar und nicht brauchbar sortieren«, kam Sarāsh zum Ende. »Die halb zerstörten Außenmauern müssen auf Standfestigkeit geprüft werden, bevor wir sie instand setzen. Das dritte Viertel hat mehrere Brandschäden gemeldet. Auch diese Häuser werden von unseren Baumeistern in Augenschein genommen. Sonst brechen sie womöglich beim Ausbessern zusammen. Damit ist niemandem geholfen. Einwände? Hinweise auf Beschädigungen, die wir noch nicht aufgenommen haben?«

Die Statthalterin des Prachtviertels hob die Hand und zählte verschiedene Kleinigkeiten auf, wie zerstörte Fenster, abgeplatzte Vergoldungen und Fassadenrisse.

Liothan lachte böse auf, und Nanthena drückte beruhigend seine Hand. Sie dachte genauso wie er. Der lächerlichen Aufzählung standen Tausende Tote gegenüber, die dem Beschuss der Sungàm Tasai sowie den Thahdrarthi zum Opfer gefallen waren. Wédōra hatte einen beträchtlichen Teil seiner Bewohner verloren, Kinder ihre Eltern und Großeltern, Eheleute ihre Lebenspartner, Schwestern und Brüder ihre Geschwister. *Was bedeuten da kaputte Steine und abgerissene Vergoldungen?*

Mehr als zehntausend Thahdrarthi waren vernichtet worden. Dieses Volk der T'Kashrâ stellte für die Stadt keine Bedrohung dar, zumindest nicht in den kommenden zwanzig Siderim, bis es eine neue Generation von Feinden gäbe.

Die Statthalterin setzte sich. Sie hatte alles vorgetragen, der Schreiber alles notiert.

Sarāsh sagte dazu nichts. Sie vermied es, Schelte und Zurechtweisungen zu verteilen. Sie widmete sich dem nächsten Punkt. »Kommen wir zu dem, was der Dârèmo den T'Kashrâ in Aussicht stellte, sollten sie zur Verteidigung der Stadt eilen.«

»Wir kamen. Damit haben wir das Recht erworben.« Uccran machte seine Erwartung unmissverständlich deutlich.

»Sie kamen reichlich spät«, sagte Dyar-Corron, der mit zusammengelegten Fingerspitzen wie ein lauerndes Raubtier in seinem Sessel saß. »Wir haben die meiste Arbeit getan.«

»Darum geht es nicht«, fuhr Liothan dazwischen. »Es hätte mehr Leben gekostet, wären sie nicht gewesen. Hätte ich als Saldûn versagt, wärt Ihr froh gewesen, die Wüstenvölker auf Eurer Seite zu wissen. Der Disput ist hinfällig.«

»Es geht nur darum, wie wir dabei vorgehen.« Sarāsh blickte zu Uccran. »Ich biete euch an, vier Mal in einem Siderim zur

Quelle reisen zu dürfen. Wir werden einen Zugang ermöglichen, ihr werdet die Stadt ohne Waffen betreten und euch an die Wege halten, die wir vorgeben.« Sie sah wie alle die aufkommende Ablehnung auf den Gesichtern der T'Kashrâ. »Bevor ihr dagegen sprecht, bedenkt: Die Menschen in Wédōra fürchten sich vor euch. Sie werden euch erst vertrauen, wenn ihr über etliche Siderim hinweg bewiesen habt, dass keine Gefahr von euch ausgeht wie in den letzten zweihundertfünfzig Siderim.«

»Nachdem wir zweihundertfünfzig Siderim von Wédōra betrogen wurden, meinst du«, erwiderte Uccran. »Die Stadt trägt die größte Schuld am Erstarken der Sandfresser. Vergesst das nicht.« Er blickte nach rechts und links. »Aber ich stimme für die Keel-Èru zu.«

Die Vertreter der Murzbha und Agham sagten ebenso zu.

Sotháno, der in seiner dunkelblauen Robe einen Gegensatz zu den gepanzerten T'Kashrâ bildete, hob die Hand. »Es haben sich mir fünf weitere Enaïssef offenbart, die mit mir im Heiligtum leben wollen«, sagte er. »Wir kümmern uns um die Quelle und ihre Reinheit.«

»Trug! Nichts als Trug und List! Sie werden das Wasser verändern, so dass wir Wédōraner an schleichenden Krankheiten dahinsiechen werden!«, warf Dyar-Corron ein.

»Ihr meint solche Krankheiten, die kleine Kinder zu Untoten machen?« Liothan richtete seinen drohenden Blick auf den Obersten Iatros, wissend, dass ihn der Blinde nicht sah.

Dyar-Corron lachte verächtlich. »Unfug. Solche Krankheiten gibt es nicht. Es war ein Fluch.«

»Danach steht uns nicht der Sinn«, sagte Sotháno ruhig. »Rache führt zu nichts, außer zu mehr Leid. Es ist eine neue Zeit angebrochen. Zudem habe ich geschworen, dass ich nichts tun werde, was ihr« – er zeigte auf Tomeija – »schaden wird. Ganz im Gegenteil, Dyar-Corron. Das Wasser aus der Quelle wird schmackhafter und erquickender sein denn je.« Er stand auf und ließ seinen Blick über die Versammlung schweifen. »Wir wollen nichts weiter, als die Traditionen von einst in Einklang mit Wédōra zu bringen. In eine neue Ära führen. Sie wird zunächst geprägt sein von Vorbehalten und Misstrauen, ich weiß. Aber wir überwinden es und machen diese Stadt zu einem Ort von friedlichem Zusammenleben. Den Hass und die Gewalt der Vergangenheit müssen wir hinter uns lassen.«

»Ich stimme dem zu«, sagte der dreiäugige Slink. »Wir haben Unrecht durch den Dârèmo erfahren. Aber er ist tot, und von uns gibt es kaum mehr welche. Gerne sind wir ein Teil des Neuen und bringen uns ein. Gegen die Vorbehalte. Und sollte die Wüste Gestrandete ausspucken, die zu unserer Art gehören, wird es uns eine Freude sein, ihnen zu erklären, wie das Zusammenleben in Wédōra verläuft. Zwischen den Menschen, den T'Kashrâ und den Keijo.«

»Wer ist für diese Regelung?« Sarāsh wartete ab und sah, dass sie eine mehrheitliche Zustimmung fand. »Damit zum nächsten Punkt. Da der Dârèmo tot ist: Wie soll Wédōra in Zukunft geleitet werden? Unsere Stadt ist wichtig für die Reiche rund um die Wüste. Und sie muss neutral gegenüber allen bleiben.«

Liothan hob als Erster die Hand. »Meine Idee wäre: Sarāsh bleibt vorerst die Oberste, weil sie die meisten Geheimnisse kennt und die Dârèmoi auf ihrer Seite hat. Wir bilden so schnell wie möglich einen Rat aus Gestrandeten, Keijo und Statthaltern, den Zünften und den Flinken Händen, die gemeinsam beraten, wie in Zukunft vorzugehen ist. Ihre Beschlüsse sollen gelten, und Sarāsh wird die Vorsitzende sein.«

Tomeija nickte ihm lächelnd zu. Der Rest disputierte mal laut, mal leise über den Vorschlag. Es kamen Veränderungswünsche auf, manchen gingen die Restriktionen zu weit. Tomeija verlangte zudem, dass es verboten wurde, Todkranke, Alte und Gebrechliche ins Totenmeer des Verwesungsturmes zu werfen, was erneut Dyar-Corrons Widerstand weckte.

Liothan hielt sich raus. Er hatte den Stein ins Rollen gebracht, seine Arbeit war getan. Die Müdigkeit wurde nicht geringer, ihm fehlten Lust und Kraft, sich mit den Statthaltern und insbesondere Dyar-Corron anzulegen.

Ich werde sicherlich noch Gelegenheiten finden, unsere Feindschaft zu pflegen. Er goss sich smaragdfarbenes Wasser nach und sehnte sich nach einem guten Stück Braten und einem tiefen Schlummer.

»Das hast du sehr gut gemacht«, vernahm er Daityas düstere Stimme in seinem Kopf. »Wir sind auf einem guten Weg.«

Liothan schloss die Augen, um sich auf die Unterredung mit der Angitila zu konzentrieren. »Ihr habt mit Slink einen guten Vertreter im kommenden Rat«, antwortete er gedanklich.

»Ja. Er ist gut ausgewählt.«

»Wie hast du es in meinen Verstand geschafft?«

Die Stimme lachte dunkel. »Du hältst mich für einen Keijo?«

»Was solltest du sonst sein?« Erst jetzt fiel ihm auf, dass er nie mehr als die Stimme gehört und diese ohne langes Nachdenken einer der Angitila-Echsen zugeordnet hatte.

»Was sollte ich sonst sein … eine gute Frage. Du stellst sie dir gerade zum ersten Mal, Saldûn.«

Liothans Mund wurde trocken, in seinem Nacken kribbelte es. »Ich habe es versäumt, aufmerksamer zu sein.«

»Das hast du.« Daitya lachte erneut. »Gräme dich nicht. Es ist nichts Schlimmes geschehen.«

»Wer bist du?«

»Spielt das noch eine Rolle? Die Stadt hat einen Saldûn, mit dem sie wenig zu fürchten hat, und es bahnt sich eine Wende im Zusammenspiel der Völker an.«

»Sage mir, wer …?«

»Die Alten Geister werden nach der Schlacht nicht länger gebraucht.«

»Verrate mir, mit wem ich rede.«

Die finstere Stimme schwieg.

Liothan hatte eine Ahnung.

Doch der Dârèmo war tot, und so musste es bleiben.

* * *

Verlache den kleinen Kern nicht. Eines Sonnenaufgangs wird er eine stattliche Palme sein, und eine seiner Nüsse kann dir den Schädel spalten, wenn du in seinem Schatten sitzt.

Weisheit der Agham

Kapitel XXVII

Wédōra, Vergnügungsviertel

Liothan saß in der hinteren Ecke der Kaschemme *Stachelbusch*, in der das Leben tobte wie vor der Schlacht, vor dem Sterben und vor dem Neuanfang. Beständigkeit. Im Vergnügungsviertel war sie am ehesten zu finden, denn die Freude an Zerstreuung verloren die Menschen nie. Zu keiner Zeit.

Das ist beruhigend. Liothan, der eine Unterredung mit den Razhiv gehabt hatte, saß in seiner Saldûn-Robe in einer Ecke und gönnte sich ein Henket, bevor er in seinen Palastbau zurückkehren wollte, um mit Nanthena über die Unternehmungen der Flinken Hände zu reden.

Der Zusammenschluss der Gesetzlosen hatte sich mit ihrem Auftreten im Kampf um Wédōra einen festen Stand in Wédōras Gesellschaft erkämpft. Kleinere kriminelle Grüppchen bildeten sich außerhalb der Flinken Hände, aber Tomeija hatte ein wachsames Auge auf sie, während sie den Neubau des Driochor-Tempels plante. Das Gebäude sollte die übrigen Heiligtümer übertreffen, und die Gläubigen halfen in Scharen. Die Erzählung über Wechinus Wiedererweckung in der Schlacht hatte sich wie ein Lauffeuer verbreitet, vor allem Soldaten und Gardisten ließen sich zum Gott des Todes bekehren.

Liothan seufzte nach dem letzten Schluck und bestellte noch einen Krug. Er sah an sich hinab. *Lederhose und Flachshemd fehlen mir.* In seiner alten Kleidung hätte er sich wie der Halunke, wie der einfache Holzfäller, wie der bescheidene Mann in Walfor gefühlt. *Das vermisse ich gelegentlich.*

Fünf Monde waren seit dem Kampf gegen die Sungàm Tasai und die Thahdrarthi vergangen, und es hatte sich einiges getan.

Die kleineren Schäden im Prachtviertel waren ausgebessert,

die Mauer um die Nordvorstadt erhob sich zu zwei Dritteln in alter Höhe. Die Errichtung der Nordvorstadt selbst würde viel Zeit in Anspruch nehmen. Die Schlacht hatte etliche gute Handwerker, Zimmersleute und Steinmetze das Leben gekostet, deren Verlust sich doppelt und dreifach bemerkbar machte.

Neben der Trauer herrschte Ruhe und Gelassenheit in den Straßen. Es gab keine Gefahr mehr, abgesehen von den wenigen Thahdrarthi, denen die T'Kashrâ und allen voran Uccran als Mar'Dheon nachstellten.

Der Handel ging weiter.

Mit den eintreffenden Kaufleuten erreichte Liothan und der Rat die Kunde, dass der Kaiser von Sungàm Tasai durch einen Anschlag ums Leben gekommen war, angeblich durch eine mysteriöse Waffe der Izozath, was keiner belegen konnte. Die Zerstörung des Kanals hatte zudem Auswirkungen bis in deren Kerngebiet. Das Eis hatte sich weiter ausgebreitet, als man es vermutet hatte, und die Hälfte der Transportflotte zerstört. Gerüchte besagten, dass sich drei Nachbarländer zusammengeschlossen hatten, um die Könige von Sungàm Tasai zu stürzen und das Wasserreich kurzerhand unter sich aufzuteilen.

Mir soll es recht sein. Liothan bezahlte das Henket großzügig und aß von den getrockneten, gewürzten Gemüsescheiben, die dazu gereicht wurden.

Sie stammten wie viel Obst und Gemüsesorten aus dem fruchtbaren Streifen Wüste, der sich dort gebildet hatte, wo der künstliche Fluss verlaufen war. Das Wasser hatte die verschütteten, verborgenen Samen wie nach den seltenen Regenfällen zum Keimen gebracht. Nun zog sich eine unerwartete Vegetation wie eine gerade, grüne Linie durch den Sand.

Ebenso blühten und gediehen die Pflanzen innerhalb der Mauern prächtiger denn je, die Ernten fielen besser aus. Was immer Sotháno und die Enaïssef-Priester in der Grotte taten, das grüne Wasser entwickelte mehr Kraft, wie auch Liothan und die Razhiv fühlten.

Wédōra braucht keinen Dârèmo mehr. Er kostete von den

hellgrünen Scheibchen, die prickelnd nach Salz und Schärfe schmeckten. Dazu gab es krosse Khubs, die wundervoll krachten und knusperten. *Er wusste, dass es Zeit war zu gehen. Und mit welch einem Abgang!*

Zufrieden seufzend betrachtete er die Besucher der Kaschemme – und schrak kurz zusammen.

»Kardīr?«

Er sprang auf und schob sich durch die Menge, bis er den Tisch erreichte, an dem sein verschollener, blasshäutiger Freund saß. Wie stets trug er ein auffälliges Gewand und eine Perücke auf dem Kopf, die aussah, als könnte der Razhiv sie getrost andersherum aufsetzen, ohne dass es auffiel.

Kardīr schaute zu ihm auf und setzte das Glas Wein ab. »Liothan! Da steckst du!« Er zog ihn am Ärmel auf den freien Stuhl. »Wie geht es dir?«

»Wie es *mir* geht?« Liothan glaubte an einen Scherz.

»Ja, sicher! Unter Freunden fragt man sich das doch. Sollte dich etwas bedrücken« – er klopfte sich mit der Faust gegen die Brust –, »komm zu mir. Ich stehe dir bei. Du siehst ziemlich müde aus. Und … ernst. Was bedrückt dich?«

Er redet, als habe er nichts mitbekommen. Liothan betrachtete ihn. »Wo warst du? Wir haben dich überall gesucht.« Er nahm den Weinbecher und trank einen Schluck gegen den trockenen Mund. Sein Henket hatte er in der Eile auf dem Tisch stehen lassen.

»Ich? Na, in Wédōra.«

»Wo warst du in der Schlacht?«

»Welche Schlacht?«

»Gegen die Sungàm Tasai!«

Kardīr brach in schallendes Gelächter aus. »Die Fischficker? Wie sollen sie mit ihren Schiffen bis zu uns gekommen sein?«

»Auf einem Kanal.«

»Ja, den hätten sie gerne.«

»Es *gab* ihn.« Liothan suchte den Blick des Freundes. »Kardīr, es *gab* diesen Kanal. Und die Schlacht. Und Tausende

Tote.« Er leerte den Rebensaft in einem Zug, Weinstein knirschte zwischen seinen Zähnen. »Du hast sehr viel verpasst.«

Nun verlor Kardīr die Heiterkeit. »Das hast du dir nicht ausgedacht?«

»Nein.«

»Dann … war ich länger weg, als ich dachte.« Er wurde nachdenklich. »Wédōra hätte mich gebraucht?«

»Ja. Die Sungàm Tasai kamen mit Sanddrachen und angeheuerten Razhiv, um uns … einerlei. Das erzähle ich dir später.« Liothan legte ihm eine Hand auf die Schulter und rüttelte freundlich daran. »Welche Drogen hast du genommen, dass du dich an nichts erinnern kannst?«

»Es waren keine Drogen. Nicht nur.« Kardīr legte die Hände in den Schoß. »Ich bin gereist. Wie ein Saldûn.«

»Mit den magischen Formeln, die wir entdeckt haben?«

»Ja. Aber … aber ohne, dass ich es wollte.« Kardīr räusperte sich. »Ich gestehe, ich versuchte ein neues Rauschmittel, das mir angeboten wurde, bestehend aus einer Prise hiervon und einer Prise davon. Ich habe nicht achtgegeben, als die Frau es anrührte. Danach erschien mir … alles leicht. So machte ich Versuche, als ich in deinem Haus war. In der Bibliothek. Frage mich nicht, welche Sprüche ich miteinander kombinierte, aber unvermittelt – zack – befand ich mich an anderen Orten!«

Dieses Mal lachte Liothan ihn aus. »In meinem Haus? Das *war* das Rauschmittel, mein Bester. Dein Verstand hat dir herrliche Trugbilder in den Kopf gepflanzt.«

»Das dachte ich zunächst auch. Aber ich war … wo auch immer! Und erlebte Abenteuer!«, sagte Kardīr beschwörend.

»Wie kamst du denn wieder zurück? Diese neuartige Traummixtur wird ja nicht ewig anhalten«, sagte er mit einem neckenden Lächeln.

»Es hat mich aus dieser anderen Welt herausgerissen, zurück nach Wédōra. Als der Zauber erlosch.«

»Du meinst, die Wirkung der Mixtur.«

»Der Zauber, Liothan! Es war ein *Zauber!*« Er winkte die

Bedienung herbei und orderte neuen Wein. Dann rückte er an seiner Perücke herum und wirkte beleidigt.

»Sicherlich.« Liothan grinste. »Es wird sich in den Geschichtsbüchern nicht gut machen, wenn wir aufschreiben: Der große Kardīr lag im Rausch in irgendeinem Keller, während draußen die Schlacht um Wédōra tobte.«

»Glaub es oder nicht.« Kardīr bekam den Wein und prostete ihm zu. »Wir werden es sehen.«

»Werden wir? Du hast noch von dem Zeug?«

»Nein. Es wurde verbraucht.«

»Zu schade.«

»Ja. Ich wäre gerne noch einmal gereist.« Kardīr sah bedauernd auf den leeren Becher vor Liothan. »Die Frau, von der ich es kaufte, war eine Ghefti. Ich hörte mich nach ihr um, und man sagte mir, sie sei weitergereist. Ich weiß nicht, ob und wann sie in der Stadt auftaucht.«

Liothan spürte eine aufsteigende Leichtigkeit in seinen Gedanken. Weder Henket noch Wein wirkten auf diese Weise.

Oh, Hastus. Nein. Er blickte auf das Gefäß, auf dessen Grund er die Kristalle sah. »Das … ist kein Weinstein.«

»Nein.«

»Du hast es mich trinken lassen!« Liothan sprang auf. »Kardīr, du verrückter Idiot!«

»Ich … bin noch zu benebelt, um daran zu denken«, verteidigte sich der Razhiv und zupfte einen Strohhalm aus seiner falschen Haarpracht. »Lauf nach Hause und lege dich ins Bett, bis es vorbei ist.«

Liothans Kopf fühlte sich an, als wäre er eine große, leichte Hülle, die sich von einem Hals lösen und aufsteigen wollte.

* * *

Königreich Telonia, Baronie Walfor

Arcurias hatte nicht damit gerechnet, die Augen noch einmal zu öffnen.

Er hob den Kopf und blickte auf sein Bein. Deutlich war die Erinnerung an den Giftstachel, der das tödliche Sekret in sein Bein gepumpt hatte. Aber der Stachel fehlte, die Wunde war verbunden.

Die Rüstung hatte man ihm abgenommen, er trug nur das Untergewand. Er lag auf dem Boden einer Halle, deren Decke fünf Stockwerke hoch war. Erhellt wurde das Innere von Tageslicht, das durch große runde Fenster fiel. Draußen schien die Sonne hell auf die Wüste nieder, in der Ferne erhoben sich schroffe Gebirgsketten, die nicht länger von Wald verborgen wurden. Die Hitze stammte nicht vom Taggestirn, sondern ging vom Sandmeer aus.

In einem geflochtenen, großen Sessel in der Mitte der Halle saß die Wǽrloga, die ein weißes Leinenkleid und Geschmeide aus Gold um Hals, an den Händen und Zehen trug. Die Haare waren tiefschwarz, die Haut zeigte Spuren des Zerfalls. Aber ihr Verstand und ihr Körper lebten.

»Der König ist erwacht«, rief sie laut und lachte. »Willkommen in meinem Palast! Noch ist er bescheiden und klein, aber das werde ich ändern.« Sie hob die verwesende Hand, und auf den Balustraden über ihnen traten Menschen ins Licht. »Sieh! Das sind meine ersten Untertanen. Menschen, die einst *dich* König und Lehnsherr nannten, Arcurias. Sie haben verstanden, dass ich nun ihre Herrin bin.«

Er erhob sich und betrachtete die Gesichter der Männer, Frauen und Kinder, die auf ihn niederblickten, teils mitleidig, teils ablehnend. Sein Leib schmerzte vom Gift und den Anstrengungen des Kampfes. Das Alter machte sich mehr denn je bemerkbar. Er streifte die blonden Locken zurück. »Was hast du ihnen versprochen?«

»Nichts. Das ist das Beste!« Sie lachte. »Sie leben in meinem Palast und erfüllen meine Wünsche. Dafür lasse ich sie leben. Wer sich bewährt, der darf mir zu einem späteren Zeitpunkt helfen, mein unendliches Reich zu verwalten. Ich bin zwar eine Wǽrloga, aber ich kann nicht überall zugleich sein.« Ihr vertrocknendes, verfallendes Antlitz zeigte Stolz und Überheblichkeit. »Diese hier sind gute Anwärter.« Sie klatschte in die Hände.

Aus den Schatten unter der Galerie traten zwei Mèstres und eine Witga, die mit ihm zusammen auf dem Gehöft gegen die Scheusale gekämpft hatten. Ihre alte Kleidung war gegen weiße Leinengewänder, ähnlich dem der Wǽrloga, ausgewechselt worden. Auf ihren Gesichtern und der freiliegenden Haut zeigten sich Totenflecke. Auch sie waren zu Untoten geworden.

»Was ist mit den anderen Zauberkundigen?«

»Sie wollten sich nicht mit mir zusammentun.« Die Wǽrloga klang gelangweilt. »Also endeten sie wie alle, die sich mir widersetzen. Nur war ich bei ihnen grausamer, denn wer meine großzügige Offerte ablehnt, der beleidigt mich zutiefst.«

»Dann wirst du mich ebenso töten müssen.« Arcurias sah abscheuliche Bestien, die im Schatten der Balustrade blieben, teils gerüstet und bewaffnet und auf der Hut. Manche erschienen wie Mischwesen aus Menschen und Reptilien, andere bestanden aus zusammengesetzten Köpfen, Leibern und Körperteilen. Er sah eine Frau mit vier Armen und zwei Köpfen, verunstaltet und aus den Ansatzstellen blutend. *Sie werden mich beim kleinsten Zucken angreifen.*

»Geduld, mein kleiner König. Du bist noch nicht an der Reihe.« Die Wǽrloga rief Wachen herein, die Atha mit sich führten. Sie lag in Ketten, und ein goldenes Schimmern umgab ihren Hals. *Eine magische Fessel.* »Erst will ich wissen, was diese Witga zu meiner Offerte zu sagen hat.«

Die vier Bewaffneten schleuderten die Söldnerin auf den Boden neben den König und traten zurück.

»Nun, Atha. Du hast gesehen, was ich mit jenen tat, die sich weigerten, auf meine Seite zu kommen«, sagte sie Wǽrloga lockend. »Du kannst sterben wie sie, langsam und qualvoll, oder du reihst dich ein, und ich vermache dir die Aufsicht über …« Sie tat, als müsste sie nachdenken. »Telonia? Oder lieber Sibenien? Ach, uns wird etwas einfallen.« Sie lehnte ihren verrottenden Oberkörper nach vorne. »Was wählst du?«

»Wenn ich werde wie die drei neben dir«, erwiderte Atha und richtete sich auf, »bin ich nicht minder tot. Niemals will ich zu einem Wiedergänger werden, und möge meine Macht dadurch noch so groß sein.«

»Gut gesprochen! Aber ein wenig übertrieben für eine Söldnerin, die einst Tod und Verderben für ein paar lausige Münzen brachte.« Die Wǽrloga lächelte, und die oberste Hautschicht riss an den Wangen; die Zähne schimmerten weiß durch die Lücke. »Ich frage mich daher: Verhandelst du mit mir über einen besseren Sold, oder meinst du es ernst?«

»Ich meine es absolut ernst.« Atha blickte zu Arcurias. »Eher verlasse ich diese Welt, als dass ich dir diene, Wǽrloga.«

»Hm. Aber wenn sich alle Guten mir widersetzen und ich sie töte, habe ich dann nicht noch schneller gewonnen?«, fragte sie spöttisch. »Wäre es nicht sinnvoller, du würdest mich anlügen und versuchen, mir in den Rücken zu fallen?«

»Ich denke nicht, dass es mir noch möglich sein wird, wenn du erst deine Hexerei über mich geworfen hast.« Atha spie vor den Thron. »Töte mich, Wǽrloga. Und alle, die dir folgen: Dämonen sollen euch zerreißen!«

Arcurias machte einen Schritt auf die Wiedergängerin zu. »Ich folge dir, meine Lehrerin.«

»Siehst du, Söldnerin. *Er* hat es begriffen.« Die Wǽrloga lehnte sich zurück. »Er war mein, nein, Fenias bester Schüler. Und doch kann er nichts gegen mich ausrichten. Weil er das weiß, geht er zum Schein das Bündnis mit mir ein und denkt, es käme eine Gelegenheit, um mich zu überwältigen.« Sie sah zu ihm. »Treffe ich ungefähr deine Gedanken?«

»Nein.«

»Wirklich nicht? Es stünde dir nämlich sehr gut zu Gesicht. Der Herrscher, der sich für sein verlorenes Land rächen will. Für die Toten und Vertriebenen. Der sich gegen das Böse stemmt. Gegen mich, die grausame Wǽrloga.« Die Untote kicherte. »Dabei hast *du* sie erst erschaffen. Indem du sie gegen Dûrus ausgesandt hast.«

»Es hätte anders kommen können.«

»Und jetzt willst du versuchen, gegen meine Hexerei zu bestehen, und so tun, als würdest du dich unterwerfen.« Die Wǽrloga erhob sich von ihrem Thron und kam die Stufen langsam herab. »Wie erbärmlich.«

Die gerüsteten Bestien und magisch zusammengefügten Gestalten traten aus den Schatten und rückten näher an die Gefangenen. Es waren gut vierzig Kreaturen, mit denen sich die Wǽrloga umgab, darunter auch Mischwesen, wie sie am Bauernhof erschienen waren.

Arcurias suchte Athas Blick und versuchte, ihr unauffällig verstehen zu geben, dass sie sich bereithalten solle. »Nein. Ich folge dir.«

»Das wirst du. Denn gegen meine Kräfte richtest du nichts aus. Doch finden wir zuerst heraus, wie stark du seit meiner Abwesenheit vom Hofe geworden bist.« Sie umrundete ihn einmal und blieb vor ihm stehen. »Anschließend kümmere ich mich um die Söldnerin.«

Ihre Hand, von der die Hautfetzen sich ablösten, sank auf seinen gelockten Kopf. Die krallengleichen Nägel bohrten sich in die Haut. Sein Schädel fühlte sich an wie in einen Amboss eingespannt. Die andere Hand hob sich, und der Skorpionring schwebte vor Arcurias' Augen. Mit einem Finger schnippte die Wǽrloga die Siegelplatte zur Seite.

Der leuchtend rote Rubin mit den schwarzen Einschlüssen näherte sich seiner Stirn. Sengende Hitze ging von dem pulsierenden Stein aus. Rote und finstere Energiefädchen lösten sich von ihm und berührten sanft wie Spinnweben die königliche Haut.

Arcurias ruckte vorwärts und sprach einen Gegenzauber. Die Nägel schnitten tief in seine Kopfhaut ein, kratzten über den Schädelknochen. Die Schmerzen waren unbeschreiblich. »Jetzt, Atha! Entkomme! Bilde den Widerstand gegen die Wærloga!«

Dann trafen seine Stirn und Rubin zusammen.

Arcurias bekam einen Schlag. Sein Schädel schnappte zurück wie unter einem Schwinger, und sofort wurde er von den Wachen ergriffen.

»Ein Aufhebungszauber?« Die Wærloga ließ ihn los. Sie blickte auf den glimmenden Stein und lachte höhnisch. Sein Blut rann über ihre Fingerkuppen und die Nägel. »Du dachtest, *das* reicht aus, um meine Macht zu brechen?«

Atha hing im Griff dreier Bestien und war aufgrund der Ketten keine zwei Schritte weit gekommen. Immerhin hatte sich die goldene Schlinge um ihren Hals durch die Hexerei aufgelöst, offenbar das einzige Resultat seiner Bemühungen.

»Sagte ich nicht, dass ich dir nicht glaube?« Die Wærloga drohte spielerisch mit dem blutfeuchten Finger, dann schlug sie mit der Rückhand zu. Die Siegelplatte schnitt Arcurias' Wange auf, und Blut quoll warm über die Haut und den Hals hinab. »Aber du musstest es versuchen, ich weiß. Und so schlecht war die Absicht nicht.« Sie griff in Athas dunkle Haare und riss daran, schüttelte die Frau. »Aber sie hätte mich niemals ...«

Scheppernd flogen die großen Steintüren des Eingangs auf und lösten sich aus den Angeln. Eine schlug der Länge nach um und begrub zwei Bestien unter sich; das Blut der Getöteten spritzte rechts und links über den Marmorboden.

Auf der Schwelle stand ein Mann um die dreißig Jahre, der seine langen braunen Haare offen trug und in einem hellgrünen Gewand steckte, das von einem breiten, mehrfach gewickelten weißen Stoffband gehalten wurde. Die Stickereien auf dem Kragen ähnelten den Symbolen auf dem Leinenkleid der Wærloga.

»Da haben wir den Ursprung des Übels«, sagte der Mann zur Begrüßung. »Da ist man kaum hundert Jahre tot, und schon verwandelt sich die Heimat in eine Wüste.« Er blickte sich um. »Ja, das kenne ich alles. Oder so ähnlich zumindest. Bei Hastus, dieses Rauschmittel gibt sich keinerlei Mühe, meinem Verstand fremde Trugbilder zu erschaffen.« Er musterte die Wǽrloga, Arcurias und Atha. »Es vermengt meine alten Erinnerungen mit meiner neuen Heimat. Enttäuschend.«

Die Bestien setzten sich kreischend und fauchend in Bewegung, aber der Mann sprach wie nebensächlich eine Formel und vollführte eine Geste, welche die Scheusale in grelles Feuer hüllte und sie samt und sonders zu Asche zerfallen ließ.

»Schaut euch das an!«, rief er begeistert. »*Das* hätte ich in der Schlacht gebraucht! Ich vermag alles, was ich möchte. Jede Formel, jeden Zauber, den ich gelesen habe, fällt mir ein!« Er hob seine Arme und richtete die Zeigefinger auf die nachrückenden Ungeheuer. Sie hielten tatsächlich inne, während die grauen Flöckchen ihrer Artgenossen um sie tanzten. »Ich würde an eurer Stelle stehen bleiben, sonst mache ich euch zu Füllmaterial für diese Wüste vor der Tür.«

Arcurias hatte keine Ahnung, um wen es sich bei dem Unbekannten handelte, der ganz ohne Zweifel einen Teil seines Verstandes verloren hatte. *Aber er ist ein Witgo. Ein mächtiger.* »Helft uns«, stieß er verzweifelt hervor. »Diese Wǽrloga hat mein Land –«

»Einen Augenblick.« Der Mann kniff die braunen Augen zusammen. »Ihr … Ihr seht aus wie König Arcurias. Zumindest ähnlich wie die Abbilder auf den Münzen.«

»Ihr habt recht!« *Er kennt sich bei uns aus!* »Ich bin König Arcurias. Diese Wüste ist durch finstere Magie entstanden, die –«

Die Wǽrloga versetzte ihm eine weitere brachiale Ohrfeige und wandte sich dem Unbekannten zu. »Ich glaube nicht, was ich sehe!« Sie richtete den Zeigefinger anklagend auf den Neuankömmling, der Ring blitzte. »*Du* bist dieser *verdammte* Räuber! Dieser beschissene gierige dreckige *Räuber*, der Dûrus in jener Nacht überfiel und alles durcheinanderbrachte!«

»Freundliche Worte, die du sprichst! Kennen wir uns? Und Ihr seid?«

»Liothan!«, heulte die Wærloga auf. »Das ist dein verfluchter Name! Liothan!«

»Ah, du kennst mich in der Tat.« Der unbekannte Mann blickte auf den Skorpionring. »Das ist … sein Ring! Dûrus' Ring! Seid Ihr seine Nachfahrin, die ebenso …« Dann lachte er und klopfte sich mit einer Hand auf den Oberschenkel. »Dieses Rauschmittel ist großartig! Oh, bei Hastus. Nun wird es doch lustig. Ich kann mir meinen Traum erfüllen und mich an dir rächen für das, was du mir und Tomeija antun wolltest. Oder an deinem Vorfahren. Wer immer du sein mögest.«

Die Wærloga sandte mit einem wütenden Kreischen eine Feuerlohe aus dem Rubin gegen ihn, aber Liothan spaltete den Flammenstrahl auf, so dass er an ihm vorbeijagte, und lenkte ihn gegen die umherstehenden Scheusale. Erneut tanzten graue Flöckchen durch die Halle, die Rüstungen und Waffen klirrten nieder. »Sagte ich es nicht?«, sprach er tadelnd. »Asche.«

Arcurias verstand nicht, was geschah, doch es war ihm gleich, denn es geschah zu seinem Vorteil. Er nutzte die Ablenkung und riss sich aus dem Griff der Wachen los, dann sandte er einen Energieblitz gegen die Wærloga.

Sie wehrte die Attacke ab, und der königliche Zauber schlug in Atha ein, riss sie zu Boden.

»Die Wærloga!«, rief Arcurias dem Unbekannten zu. »Vernichte sie!«

Die Wachen versuchten, seiner habhaft zu werden, aber der König schlug um sich, bekam einen Dolchgriff zu packen und stach auf die Männer ein. Zum Weben eines Hexspruches blieb ihm keine Zeit.

Nachdem er sich seiner Häscher entledigt hatte, erwartete er die Angriffe von neuen Scheusalen.

Sie blieben aus.

Alles, was die Wærloga aufbieten konnte, hetzte sie gegen Liothan. Die Halle war angefüllt mit dem Heulen und Schreien der Bestien, die von Zaubern oder abgefälschten Sprüchen getroffen wurden und vergingen. Es zischte und blitzte, es stank nach kochendem Blut und verbranntem Fell und geröstetem Fleisch.

Der abrupt aufgetauchte Liothan wehrte die gegen ihn gerichtete Magie mit einer Selbstverständlichkeit ab, als bereitete es ihm weder Sorge noch Mühe.

Hastus, danke für die Entsendung dieses Retters! Arcurias kniete sich neben die bewusstlose Atha und nutzte einen Heilzauber, um sie zu wecken. Ihre Ketten löste er auf magische Weise.

Sie riss verwirrt die Augen auf. »Was …?«

»Wir bekommen unsere Gelegenheit, die Wǽrloga zu töten«, sprach er hastig und zog sie mit sich auf die Beine. »Eine bessere Ablenkung als ihn hätten wir uns nicht wünschen können.«

Die Bestien und Wachen beachteten sie nicht und drangen unverwandt auf Liothan ein. Doch sosehr sie es auch versuchten, sie gelangten nicht an den Witgo heran, der Vernichtung auch für den Palast brachte. Drei Treppen lagen bereits in Trümmern, Balustraden sackten ab, ein weißlich gelber Staubschleier breitete sich aus.

»Das ist Vergeltung nach meinem Geschmack«, rief Liothan und lachte. »Hui, Dûrus! Schau, was ich mit deinem Prunkbau mache! Wie fühlt sich das an? Na? Ärgerst du dich?«

Arcurias vermochte nur zu erahnen, wie groß die Macht des Witgos sein musste, wenn er eine Wǽrloga nicht nur zurückdrängte, sondern sie dabei auch noch verlachte. Die übergelaufenen, untoten Mèstres lagen als zerfetzte, schmauchende Bündel auf dem Boden.

»Ich kümmere mich um die letzte Witga«, verkündete Atha und hob ein Schwert auf. »Ihr unterstützt diesen Irren gegen die Wǽrloga, Hoheit.« Sie schlich sich hinter den Thron und begab sich unbemerkt in den Rücken der Wiedergängerin aus Tersith.

Liothan hielt eine Hand ausgestreckt und ließ die heranschießenden Feuerbälle daran abprallen, um damit die letzten

Bestien und Wachen zu vernichten. Als die Letzte von ihnen schmurgelnd verging, ließ er die Arme sinken.

»Endlich«, sagte er und schüttelte die Finger aus. »Ich bekam einen Krampf.« Er nickte Arcurias zu. »Ihr kommt ein bisschen spät, Hoheit. Aber ich nehme an, Ihr möchtet die Ehre, die Wǽrloga zu töten?«

»Sofern es mir gelingt, gerne. Aber ich fürchte, ich bin auf Euch angewiesen.«

»Du … du bist zu einem Saldûn geworden«, stotterte die Wǽrloga. »Wie ist das möglich? Du warst ein Räuber! Nichts weiter als ein gewöhnlicher Verbrecher!«

»Wédōra und sein Wasser, die drei Monde … frag mich was Leichteres.« Liothan machte unverdrossen den Eindruck, die Bedrohung nicht ernst zu nehmen, als sei er ein Gott auf einer Vergnügungsreise bei den Sterblichen. »Denken wir doch mal nach. Der Ring ist deine Macht«, sprach er zu ihr. »Darin ist die Kraft gespeichert. Damit wirst du den Bann aufrecht halten, den du über meine Heimat geworfen hast.« Vorwurfsvoll blickte er Arcurias an. »Und Ihr habt dabei zugesehen, Hoheit? Schämt Euch. Ihr hättet Euch mehr Mühe geben sollen.«

Ein lauter Schrei erklang, dann brach die Witga unter der Balustrade zusammen. Aus ihrer Brust ragte eine rotglühende Schwertspitze. Hinter der Zusammensackenden kam Atha zum Vorschein, die sich an der Wand abstützte. Sie hatte kaum mehr Kraft. »Erledigt, Hoheit«, sagte sie schwach. »Ihr seid dran.«

»Es ist genug!« Die Wǽrloga sprang auf den König zu. Um sie herum erhoben sich Dolche, Speere und Schwerter, die teils auf den König, teils auf Liothan zurasten.

Arcurias wob einen Verteidigungszauber, gegen den die Klingen stießen.

Aber die Wǽrloga sprang heran und packte ihn am Hals. »Du wirst sterben!« Die scharfen Nägel schnitten sich durch sein Fleisch und schlossen sich halb um den Kehlkopf, um ihn herauszureißen. »Dabei hätten wir gemeinsam herrschen können, törichter Schüler!«

»Hey! Du hast etwas übersehen«, erklang Liothans heitere Stimme.

Die Wǽrloga drehte sich zu ihm. »Zu dir komme ich gleich, beschissener Räuber!«

»Und *was* können Räuber gut?« Als Antwort hielt Liothan einen abgeschnittenen Finger in die Höhe und wackelte damit. Daran saß der Siegelring mit dem glimmenden Rubin. »Das wollte ich in jener Nacht tun, als ich bei dir einbrach: dir den Ring von der Hand schneiden. Ich habe es nachgeholt. Du hast es nicht einmal bemerkt.«

Die Wǽrloga stieß Arcurias los von sich, hob die Hand und starrte auf die Lücke. »Wie hast du …?«

»Ich ließ eines deiner Messer eine andere Bahn fliegen«, erklärte er und zog den Ring vom Finger, barg das Schmuckstück in seiner rechten Faust. »Was geschieht wohl, wenn ich den Rubin zerstöre?«

»Nein«, hauchte die Wǽrloga entsetzt. »Bitte, ich überlasse dir –«

»Was? Die Hälfte des Königreichs und deine Tochter?«, unterbrach er sie. »Dieses Land *hat* einen König. Und ich eine Frau, die auf mich wartet.« Liothans Lippen formten einen Zauber, und die Finger pressten sich fester um den Ring, wie Arcurias am Weiß der Knöchel sah.

»Nein!«, schrie die Wǽrloga und drückte sich ab, um mit einem langen Sprung zu ihm zu gelangen.

Eine blutrote Explosion umhüllte Liothan und die Wǽrloga.

Geblendet schloss Arcurias die Augen und wurde von einer Böe erfasst, die ihn durch das Glas des Fensters nach draußen fegte. Mehrmals überschlug er sich im Sand und blieb letztlich benommen liegen.

Ich lebe noch. Arcurias stemmte sich auf die Knie und musste wegen des starken Schwindels innehalten. Er richtete die Augen auf den Palast – und sah nichts als einen Haufen zerstörter Steine.

Die Wüste um ihn herum veränderte sich und verwandelte

sich unter seinen Fingern zu gewöhnlicher Erde. Trocken und staubig, aber mit dem wundervollen Geruch nach Leben und Wachstum.

»Bei Hastus!«, stieß Arcurias aus und verfiel in ein hustendes Lachen, als habe er seinen Verstand verloren.

Er grub seine Hände in die Erde und warf sie in die Höhe, ließ sie auf sich regnen und atmete den Duft ein. Mit Wasser und Zeit würde aus dem Nichts wieder ein Ort werden, an dem es grünte und blühte.

Seine Euphorie endete jäh. *Die Wǽrloga! Und Atha!*

Arcurias kämpfte sich auf die Füße und lief zu den Ruinen, aus denen ihm die Söldnerin entgegenkam. Ihre linke Schulter und ihr linker Arm waren erkennbar gebrochen, aber sie lebte.

»Hoheit! Hoheit, die Wǽrloga!«, rief sie.

»Wo? Was ist mit ihr geschehen? Wo steckt dieser Liothan?«

»Er war nach der Explosion fort, und sie … sie …« Atha hielt sich an ihm fest, die Schmerzen machten ihr zu schaffen.

»Atha! Was ist mit der Wǽrloga?«

Sie sah ihn glücklich an. Graue Flöckchen wehten zu ihnen. »Asche.«

Sie verdrehte die Augen und brach zusammen.

Arcurias fing die junge Söldnerin behutsam auf. Er würde sie weiter ausbilden und zu seiner Hof-Witga machen. *In meinem Königreich. Das grünen und blühen wird.*

Arcurias ließ seinen Blick schweifen. Die Ödnis verging, wie sie gekommen war. Die Wǽrloga war ausgelöscht und ihr Fluch gebrochen.

Telonia konnte auferstehen.

* * *

Wédōra, Vergnügungsviertel

Benommen stürzte Liothan rücklings gegen einen Tisch, fiel darüber, warf ihn um und ging mit einem halben Dutzend Krügen zu Boden. Henket und laute Rufe ergossen sich über ihn.

»Wartet, wartet. Reißt ihm doch nicht gleich den Kopf ab«, erklang Kardīrs belustigte Stimme durch den Tumult. »Er hat nur ein bisschen zu viel getrunken. Das wird wieder.«

Liothan wurde von vielen Händen aufgerichtet und hingestellt. »Danke, es geht schon«, brachte er heraus. Seine Saldûn-Robe stank nach Henket und hatte einige Schmutzflecken abbekommen. Er fand ein Stück krosses Gemüsestückchen am Ärmel und aß es, bevor es abfiel.

»Ja, wir gehen schon.« Kardīr warf sich Liothans Arm um den Nacken und hielt ihn an der hinteren Schärpe fest. Er legte einige Münzen auf den Tisch. »Für die Scherereien.« Unter dem gutmütigen, verständigen Lachen der Gäste verließen sie den *Stachelbusch* und betraten die Straße.

Es war tiefste Nacht, was Liothans brummendem Schädel zupasskam. Helles Licht gefiele ihm gar nicht. »Ich war in Walfor«, brummelte er.

»Nein, warst du nicht«, erwiderte Kardīr und führte ihn einige Schritte weg vom Eingang, durch den neue Gäste wollten, und setzte ihn auf ein leeres Fass. »Mein Rauschmittel hat dir einen Streich gespielt.«

»Hat es nicht.«

»Du saßt die ganze Zeit neben mir, Liothan. Und du hast vor dich hingestarrt und gesabbert wie ein hypnotisiertes Echsenhörnchen.« Kardīr lachte und schlug ihm auf den Oberarm, seine Perücke verrutschte. »Ich will mir nicht ausmalen, was geschehen wäre, wenn du deine Saldûn-Kräfte eingesetzt hättest.«

»Ich *war* in Walfor!« Die Erinnerung kehrte mit jedem Atemzug deutlicher zu Liothan zurück.

»Na schön. Du warst in Walfor.« Kardīr setzte sich neben ihn. »Was hast du erlebt?«

»Es … hat sich alles dort verändert.« Liothan berichtete von seinem Abenteuer und dass er sein altes Zuhause hatte aufsuchen wollen, und es sei überall nur Wüste gewesen; er erzählte von dem Palast, der sich anstelle von Dûrus' Haus erhob, sofern er dessen Lage richtig schätzte, und von der Wǽrloga. »Dann habe ich den Rubin vernichtet und … befand mich wieder hier.«

»Hm. Das klingt nach einem sehr wirren Traum.« Kardīr schaute ihn aufmerksam an. »Hast du den Ring denn? Er wäre ja ein Beweis.«

Liothan betrachtete seine leeren Hände. Er drehte und wendete sie, als könnte er sich den Schmuck aus Versehen angesteckt haben. »Nein.« Wieder wurde ihm übel. Er reckte eine Hand gegen die drei Monde, um sich Kraft zu nehmen, und wob einen Zauber gegen die Kopfschmerzen. »Ich fühle mich seltsam leer. Als hätte ich meine Saldûn-Kräfte eingesetzt.«

»Hast du nicht. Wie gesagt, du hast die ganze Zeit neben mir gesessen.« Kardīr imitierte ein sabberndes Echsenhörnchen. »Komm, wir gehen zu dir, und ich erzähle, was ich auf meinen Reisen von Planáoma zu Planáoma erlebte.« Dann stockte er. »Nein, ich habe es wohl auch nur geträumt. Wie du. Ich meine, wie sonst hätte ich reisen können? Ich bin kein Saldûn.«

Liothan lachte. »Ja, gehen wir zu mir und bereiten uns was zu essen zu. Du wirst von mir erfahren, was sich in Wédōra getan hat, während du in deinem Rausch lagst. Denn *das,* ich schwöre, *das* habe ich mir nicht ausgedacht.«

Mit ein wenig Wehmut machte er sich mit Kardīr auf den Weg. *Walfor. Es wäre zu schön gewesen. Aber es stimmte so vieles nicht.* »Du hast recht. Es war nicht meine Heimat«, sagte er beim langsamen Gang durch das Vergnügungsviertel. »König Arcurias wurde von mir gerettet.«

»Und?«

»Er müsste seit vielen Jahren tot sein.«

»Verstehe.«

»Und … diese ganzen Veränderungen, und dass Dûrus im Körper einer Wǽrloga steckte …«

»Was ist eine Wǽrloga?«

»Eine untote Razhiva.«

»Uh. Das ist übel. Hast du sie besiegt?«

»Natürlich! Ich bin ein Saldûn!« Liothan lachte, und Kardīr stimmte mit ein. Er blickte zum Firmament hinauf und grüßte Raat, Ipoton und Ziin mit einer Geste. »Mein echtes Leben ist hier. Und ich bin sehr, sehr glücklich.«

»Demnach keine Reisepläne mehr?«

»Nein. Ich habe in Wédōra genug zu tun. Da brauche ich nicht noch mehr Abenteuer. Auch keine erdachten.« Liothan löste Kardīrs Hand von seiner Schärpe und nahm seinen Arm aus dem Nacken des Freundes. »Versprich, mich nie wieder von deinen Mixturen trinken zu lassen.«

»Ich gelobe es. Außer, du willst es.«

Liothan deutete an, sich übergeben zu müssen. »Niemals, danke.« Er warf einen neuerlichen Blick zum Nachthimmel und lächelte.

Er hatte trotz allem das gute Gefühl, in seiner alten Heimat gewesen und Ordnung geschaffen zu haben. *Ich war verdammt gut als Saldûn.* Er grinste. *Und als Halunke. Ich habe Dûrus seinen scheiß Finger abgeschnitten.*

* * *

Tomeija trat in ihrem dunklen Driochor-Priesterin-Gewand aus dem Schatten der Seitengasse und blickte im Schein der aufgestellten Feuerfässer ihrem halb betrunkenen, halb berauschten Freund nach, der von Kardīr begleitet wurde.

Eigentlich war sie Liothan auf der Spur geblieben, weil ihre Spione behauptet hatten, Dyar-Corron plane einen neuerlichen Anschlag auf ihn.

Um ihn notfalls warnen zu können, hatte sie ihn nach der Unterredung mit den Razhiv verfolgt. Jetzt, da Kardīr an seiner Seite war, machte sie sich keine Sorgen mehr. Sie würden sicher nach Hause gelangen.

Tomeija hatte das Gespräch der beiden Männer mitbekommen, nachdem sie die Kaschemme verließen. *Walfor scheint ihn endlich losgelassen zu haben.*

Sie bückte sich und hob den blinkenden Gegenstand auf, den Kardīr unauffällig mit dem Fuß zur Seite gestoßen hatte, nachdem er unbemerkt aus Liothans Finger geglitten war.

Ein halb geschmolzener Goldring. In der Fassung steckten die Reste eines geplatzten Rubins. Auf der Siegelplatte gab es nichts mehr zu erkennen, abgesehen vom Giftstachel eines Skorpions. *Dûrus.*

Liothan war wirklich in der alten Heimat gewesen. Kardīr hatte es erkannt und die Beweise verschwinden lassen, ihm die Reise in einen Rauschtraum umgedeutet.

Damit er keinen Grund hat, es ein weiteres Mal zu versuchen.

Sie legte eine Hand an den Schwertgriff und lenkte ihre Schritte zur Baustelle des Driochor-Tempels, den sie zehnfach größer als den vorherigen plante. Der Altar stand bereits in den halbfertigen Mauern. Die Verbreitung des göttlichen Wortes und die Jagd auf Verbrecher waren ihre Bestimmung, und es nahm all ihre Kraft in Anspruch. Und was Irian und Uccran anging … *Wer weiß, was später sein wird?*

Tomeija wog den Goldklumpen in der Hand. *Unser Zuhause ist Wédōra.* Sie warf den Ring in die heiße Glut eines Feuerfasses, Funken stiegen prasselnd auf. *Ein für alle Mal.*

ENDE

DANKSAGUNG

Wédōra, das alte Rollenspielprojekt, ist zu seinem Recht gekommen und wurde ein zweites Mal zum Leben erweckt.

Aber nun sind die Geschichten um die Wüste erzählt, und es wird Zeit, sich fremden, unbekannten Welten zuzuwenden, die in meinen Notizbüchern warten.

In den kommenden Wochen und Monaten werde ich Zeit mit dem Aufbau eines neuen Kosmos verbringen, um darin Storys anzusiedeln und Helden in Gefahren zu stürzen.

Was es wird?

Aus dramaturgischen Gründen hülle ich mich darüber noch in Schweigen …

Nicht verschweigen möchte ich meinen Dank an Sonja Rüther, Natalja Schmidt und Yvonne Schöneck, die einen ersten Blick auf den Roman warfen. Nicht zu vergessen sei Hanka Jobke, die mit Lektorat und Redaktion daranging, die verbliebenen tückischen Stellen im Sand aufzudecken und auszumerzen, damit niemand bei der Lektüre verschüttgeht.

Danke ebenso an den Knaur Verlag, dem ich ein bisschen mehr Seiten zum Drucken schickte, als sie vielleicht dachten. Manchmal muss eben mehr erzählt werden.

Ich mache mich jetzt auf in die nächste Welt, ins nächste Abenteuer. So viele Ideen, so wenig Zeit – aber ich bemühe mich, wenigstens einen Bruchteil davon zum Leben zu erwecken.

Markus Heitz,
Frühjahr 2017

Eine Million Einwohner
Neun intrigante Statthalter
Ein Herrscher, den niemand je zu Gesicht bekommt

MARKUS HEITZ

Wédōra

Staub und Blut

Roman

Im Mittelpunkt einer gigantischen Wüste liegt die schwer befestigte Stadt Wédōra. Sämtliche Handelswege der fünfzehn Länder rings um das Sandmeer kreuzen sich hier, Karawanen, Kaufleute und Reisende finden Wasser und Schutz. Hierhin verschlägt es den Halunken Liothan und die Gesetzeshüterin Tomeija. Die beiden kommen zum ungünstigsten Zeitpunkt in die Stadt, steht Wédōra doch kurz vor einem gewaltigen Krieg, denn die geheimnisvollen Stämme der Wüste rufen zum Sturm auf die mächtige Stadt. Liothan und Tomeija geraten schnell in ein tödliches Netz aus Lügen und Verschwörungen, besitzen sie doch Fähigkeiten, die für alle Seiten kriegsentscheidend sein können.

Die perfekte Mischung aus Unheimlichem und Action
für alle alten und neuen Heitz-Fans

MARKUS HEITZ

Des Teufels Gebetbuch

Roman

Der ehemalige Spieler Tadeus Boch gelangt in Baden-Baden in den Besitz einer mysteriösen Spielkarte aus einem vergangenen Jahrhundert. Alsbald gerät er in einen Strudel unvorhergesehener und mysteriöser Ereignisse, in dessen Zentrum die uralte Karte zu stehen scheint.
Die Rede ist von einem Fluch. Was hat es mit der Karte auf sich? Wer erschuf sie? Gibt es noch weitere? Wo könnte man sie finden? Dafür interessieren sich viele, und bald wird Tadeus gejagt, während er versucht, dem Geheimnis auf die Spur zu kommen. Plötzlich steigt der Einsatz: Es ist um nicht weniger als sein eigenes Leben.

KNAUR